U0841228

鷗鷀巢詩集箋校

唐伯慧題

詹安泰 著
張中之 箋校

嶺南古籍出版社
南方傳媒
·廣州·

圖書在版編目（CIP）數據

鵁鶄巢詩集箋校 / 詹安泰著；張中之箋校．廣州：嶺南古籍出版社，2025.6. -- ISBN 978-7-80775-017-8

Ⅰ．I227

中國國家版本館 CIP 數據核字 202442UD50 號

JIAOLIAO CHAO SHIJI JIANJIAO

鵁鶄巢詩集箋校

詹安泰　著　張中之　箋校

出 版 人：肖風華

策劃編輯：張賢明
責任編輯：張賢明　汪坤梅
封面設計：張綺華
責任技編：周星奎
封面題簽：詹伯慧

出版發行：嶺南古籍出版社
地　　址：廣州市越秀區恤孤院路 12 號（郵政編碼：510080）
電　　話：（020）87776449（總編辦）　（020）87774479（售書熱綫）
印　　刷：廣州市豪威彩色印務有限公司
開　　本：889mm×1230mm　1/32
印　　張：26.375　插　頁：1　字　數：580 千
版　　次：2025 年 6 月第 1 版
印　　次：2025 年 6 月第 1 次印刷
定　　價：180.00 圓

版權所有　翻印必究

如發現印裝質量問題，影響閱讀，請與出版社（020-87778643）聯繫調換。

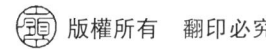

序

饒平張中之曾在中山大學中國語言文學系攻讀中國古典文獻學專業的碩士學位，是我的門弟子。以是之故，他在《鷓鴣巢詩集箋校》殺青後問序於我。我不擅箋詩，但還是應承其請求。一方面，師弟舊情深誼，義不容辭；另一方面，中之嘗爲我的書作序，我亦有意投桃報李。壬辰秋冬，我把自己的一些舊體詩文輯爲《沁廬彙草》，以綫裝本的式樣印了百册自娱。當時以作品稚拙，不敢獻醜於師長同事，僅向幾位有玩心的小友索了序，中之亦在其列。其序簡潔雅致，學養文采并見，給我留下深刻印象。

中之攻讀碩士學位，其過程可以「舉重若輕」來形容。他聰明機敏，能力超群，基礎扎實，富有才情，是一塊很值得鍛造的好材料。考慮到讀書種子難得，我曾給他提供過攻讀博士學位、進一步深造的選項，他回應説志不在功名，願早日服務社會。我感到有些遺憾，但仍尊重他的選擇。

然而中之志不在功名并不等於打算捨學術而求世利。從中大畢業後，他作爲編輯在省垣的出版社工作了一段時間，後辭職返鄉。在家鄉，他因一個偶然的機會成了黨政機關的公務員。雖然公牘勞形，但是中之對學術的熱情并未消褪半分。在過去的數年中，他見縫插針，利用業餘時間從事學術研究，著作疊出，與人合著了《論語講讀》《漢字美學》《字説對聯》等書，成果不讓職業學者，令人嘖嘖稱奇！最近數年，他更是在學術園地上獨力耕耘，撰成了《鷓鴣巢詩集箋校》一書。

《鷓鴣巢詩集》爲中之的邑先達詹安泰的别集。衆所周知，詹安泰是二十世紀嶺南産生的一代詞宗，在詩詞創作與研究方面均卓有建樹。他以詞集《无盦詞》奠定了其作爲一流詞人的地位，詞界推崇備至，把他與同時代的詞人夏承燾、唐圭璋、龍榆生并稱「四大家」。其《花外集箋注》《碧山詞箋證》《姜詞箋解》《宋人詞題集録》《詞學研究》《李璟李煜詞》《宋詞散論》《詹安泰詞學論稿》等著述，反映了他在詞學上的理論貢獻。除詞以外，詹安泰於詩亦有建樹，早期曾出版詩集《滇南挂瓢集》，之後又有手鈔本《鷓鴣巢詩集》傳世。相對於詞，學術界對詹安泰詩的研究并不那麽充分，迄今未見有系統的專著問世。這一點，正是中之發願補其闕略，黽勉從事於《鷓鴣巢詩集》箋校的原因所在。

中之箋校《鷓鴣巢詩集》，有着得天獨厚的條件。首先，詹安泰乃饒邑先賢，而中之爲饒邑後學。對中之而言，《鷓鴣巢詩集》是「鄉邦文獻」。箋校工作由其承擔，顯然比讓外邑人來進行更具優勢，因爲這裏頭存在着文化内涵理解與思想感情體認的問題。其次，詹安泰早年曾受聘於廣東省立第二師範學校（韓山師範學院前身），後半生則一直在中山大學中文系任教授；而中之也先後在此二校受業。人雖隔代，學統相通，後生所受即先生所傳，正所謂「同聲相應，同氣相求」，主體對客體很易產生共鳴。最後，詹安泰是著名詩人詞家，而中之在詩詞創作方面亦有良好根底，曾獲中華大學生研究生詩詞大賽季軍、「彭壽眉杯」國際大學生研究生咏花詩詞大賽優勝獎。詹安泰之詩宗宋，中之學詩亦從宋入。由懂詩者箋詩，更易中的。概言之，《鷓鴣巢詩集箋校》是邑人解邑人、學人釋學人、詩人注詩人的結果，可謂因緣和合。

《鷓鴣巢詩集箋校》以手鈔本《鷓鴣巢詩集》九卷爲底本，參校《滇南挂瓢集》及散見於各種書刊的詩作，箋校對象覆蓋今日所能找到的詹詩的全部，整理研究的内容則包括史事考證、内容注解、文字校勘、輯佚補録、論評彙集諸方面。與那些缺乏識力、單純靠查詞典來作注的膚淺之作不同，由諳熟辭章之學的中之撰著的《鷓鴣巢詩集箋校》體現了一種學術抱負。箋校者胸懷廣大、志向高遠，他要撰著的，是一部材料可信、研究深入、内容豐富、結論篤實的用心之作；是一部可填補空白、合乎規範，能獲學術界認可的扎實之作；是一部經得起時間考驗，在未來的詹氏詩學研究中無法繞過的標杆之作。中之在箋校的各個環節都付出了心血，在從事這項工作的過程中所下的功夫與他的學術追求是對等的，因此作品也是過硬的。

是爲序。

甲辰九月十八日鬱林楊權於穗城

自序

夫神驥先行，不能尾附，禮器丹漆，唯有夢隨。賢達前踪，追躡何從。面目精神，摹狀安得。不有百載之時空，光影塵屑，一二偶然交迭。有後來者，以步以趨，宇宙晃漾，若響應焉。

无盦先生吾鄉賢也，出身饒北客家一帶，固宜客人之風德。及先生游學講習，磨礱浸灌，具在潮中。是兼有潮、客二地人文秉性者。吾生饒邑，潮籍人也，先世居大埔，亦客人也，地脉相近，氣味相親。此吾箋无盦詩之發端一也。

先生初施絳帳於廣東省立第二師範學校，即今韓山師院，後以名士爲中山大學所聘，隨校轉徙滇南粵北，未嘗須臾離於教席。若我初問字韓師，復乃負笈中大，當年草木，歷歷猶在，所踐先生之既履，欲追杖錫之所之。此吾箋无盦詩之發端二也。

先生作詩，胎息老杜昌黎，出入梅翁坡谷，深懷悃款，幽氣奧衍，居然宋調。吾學詩亦從宋入，取徑不殊。雖其深致之旨，未必克會，至若辭章義理，應略有心得。此吾箋无盦詩之發端三也。

且夫先生以倚聲名世，學者多稱无盦詞，而鷦鷯巢詩則鮮有發明，是鄙心所不得已者，爰有作焉。以《鷦鷯巢詩集》凡九卷，强作箋注讎勘，并有補闕搜遺，才知不具，精粗無擇，唯在校理文字、抉摘史事而已。竟知潤豐古樓之下，總有一種詩人精神耿耿於天地之間，又豈我片紙荒章有與也哉！

癸卯秋日，饒邑後學張加和中之謹序

凡例

一、先生詩集共二種，一爲手鈔本《鷓鴣巢詩集》九卷，係先生自行删定之章，半生况味，具見於此，壬戌何氏「至樂樓叢書」《鷓鴣巢詩集·无盦詞》、二〇〇二年香港翰墨軒「名家翰墨叢刊」《詹安泰詩詞集》景印，皆據此本。一爲民國廿八年己卯鉛印本《滇南挂瓢集》，存詩一卷凡百首，多爲先生早年之作，於手鈔本或存或去。手鈔本詩亦有韓師校刊、《嶺雅》等書刊見載者，文字多少异同。今以手鈔本爲底本，參校《滇南挂瓢集》及現存所見諸書。

一、底本與他本异者。底本未録而見於他本，輒據他本補録并出校，以見本詩全貌。如《韓山韓水歌寄邵潭秋（祖平）》據《韓師周刊》補題序，《鬱鬱四首》據《韓師周刊》《語言文學專刊》補所删自注，《高痦盦疊惠佳章報以長句》《月夜獨行忽忽若有所悟因作》等詩底本未見，皆據《滇南挂瓢集》補録。底本與他本异文兩通者出校。底本誤者徑改并出校。辨字句是非者出校并有「按」字。底本無誤而他本訛脱衍倒者不出校。又，底本手鈔，其中增删諸文，悉效二〇一一年上海古籍出版社《詹安泰全集》點校本，亦出校以見先生成詩之始末。原本缺字、漫漶而無從補足者，識以「□」符號。

一、凡引證典故，以最古最前之書爲主，有後世承用而小异者，及於本詩辭義，亦采之。本詩辭句蓋本杜韓歐梅蘇黄諸人者出注，以見先生宋調之端倪。文辭義理擇要出注，或推求詩旨，一家之言，繫於句下，皆有「按」字。

一、本詩所涉交游，凡人物生平事略，於名號首見之詩下出注，後不再贅。人物當時事迹關乎本詩者另行出注，其餘但言見前注。人名不詳者有之，以坪石時期、饒平梅縣時期尤夥，蓋僻左埋名，文獻不足，兹亦注明，留待後考。

一、詩集諸章，大抵依歲次而編，前三卷多爲任教韓師期間所作，四卷多旅澂所作，五六七卷多坪石所作，八卷乃有饒平、梅縣時期之詩，九卷係重返石牌中山大學任教期間之詩，每卷首着「按」字，略述先生行迹。説本詩文旨辭義及繫年考證，置於章末，亦着「按」字。

一、唱和之章，有附來詩和詩者，悉依底本。如《秋分日得熊魯柯詩次均奉答》附熊潤桐來詩未署名，《次陳青萍（湛銓）韵二首》附陳湛銓原作與陳《修竹園詩前集》文有异同，《明日又寄魯柯》熊潤桐和作無題而接在前作和詩之下，徑依手鈔本文字。唱和之作底本未具而見於他人詩集者，輒據以補録并出校，如《次均潘皃公伯鷹臨觴詩》下潘伯鷹和詩據《玄隱廬詩》補録，《高陂途次晤汝濱局長即席賦贈》下邱汝濱和詩據《矚雲樓吟草》補録。

一、集評者，輯近世各家論及本詩辭章義理之條。綜述先生詩整體風格特色者不録。演繹詩文字句大意者不録。鑿空妄説無甚見識者不録。

一、先生早年之作，多自悔弃不録，散見於《二師旬刊》《韓師周刊》諸書刊。先生自云《鷓鴣巢詩集》有十卷，而今手鈔本僅存九卷，丁亥以後，亦未獲見定稿，散見於《嶺雅》《海濱》《上饒學報》諸書刊。凡輯佚之詩，外編一卷，録於書末作「集外補録」，其中不免謬漏，願假諸君子之聰明，以裨我不逮之耳目。

目録

鷓鴣巢詩集箋校卷第二 …… 一〇七

鷓鴣巢詩集箋校卷第三

鷦鷯巢詩集箋校卷第四

鷓鴣巢詩集箋校卷第五 …… 三四四

鷓鴣巢詩集箋校卷第六

鷓鴣巢詩集箋校卷第八 …………… 五三〇

《鷓鴣巢詩集》集外補録 …… 七四四

鶺鴒巢詩集原序

方序 手鈔本

祝南教授以其《鶺鴒巢詩集》屬序，且曰：試爲我删之。余曰：昔之所謂大家與名家者，本不在篇章之多寡。其寡者，蓋本出之以矜慎；而多者，雖往往挾泥沙以俱下，而終不害其爲長江大河也。昔人刊集，多愛弃少作。然如子美東郡之篇，義山天平之什，與二公晚節之詩，蓋不侔矣。然今其存集者，或反以此爲金針之度。固知珷玞不害於連城，而况未必即爲珷玞者耶？且詩人之筆不可以貌取。彼昌黎之排奡，香山之平易，體貌不同，而其爲鋪陳奔放之筆則一也。何則？其時則中興，其位皆通顯，故能流連光景，體物而不遺。持較子美之流離，義山之阨塞，其哀樂之感，固有天然氣澤之殊焉。今君以沉博絶麗之才，主盟壇坫，掌教大學，澤諸生以風雅。雖邦家多故，居處未寧，而資之以放情山川，周覽人物，舊時文士所謂殘杯冷炙，苜蓿含辛者，已非今日學人之所恒歷。宜其詩之鯨鏗春麗，沉雄峻雅，而款步堂堂，絶無一毫羞澀之態。蓋幾於合韓、白爲一手，而清和自得之氣，又不爲前人之所掩焉。天將以昌君之詩者昌吾華夏，則將爲之益多爲正聲之鼓吹，而何事刪削爲哉？自古操枋之家，莫高於蕭《選》，考其所録曹、陶、鮑、謝之作，蓋軼者無幾矣。非若後世選家，各出其阿私之見，寸寸而度之也？然則貴其全而不貴其偏，固古今之達道也。元裕之推江山萬古潮陽筆，而斥高天厚地之詩囚。君固潮州人也，而又嗣武昌黎，肸蠁千年，正其法乳，豈必以局於跬步之名家自待，而又何嗛焉？是説也，倘許爲知言乎？既以是復於教授，遂録以爲之序焉。

方孝岳書於廣州

羅序 手鈔本㊀

語言之妙於用也，由聲以寫其情，由法以喻其意，因聲以爲韵，因法以明則，則與韵宣，而自然之節奏以出。故詩與文之爲物也，同於此自然之節奏，其始蓋無有大异焉者也。自孔子以正樂言詩，詩聲之效，著於文苑，燦爛其辭，整比其節，以赴其音調。於是情韵之用㊁，入人心脾而不自覺。美辭寄於繁聲，雅韵流於齒頰，所從來尚矣。惟孔子已不悉以風詩入樂，後之爲詩者亦不爲樂而有詩，徒以重音之故，亦遂嚴其聲律，若涉大防而不敢逾。沿波不返，而詩毗於聲則重詞，文毗於意則重筆，劃然若鳥獸與草木之不同類，是又風氣之弊者已。陶潛皇皇，欲以清簡之聲寫其儒義。謝靈運益濟以山川，仍以摹繢爲能，不廢其詞藻。昔人以儒學屈於廟堂，老莊肆於山水，觀於陶、謝之作，則毗聲、毗意之界可廢，莊生可以爲詩，而雅頌入於山水矣，不亦壯哉！吾友詹祝南教授，少好梅宛陵之詩，著《鷦鷯巢詩稿》，不以色澤自娱，舉淳樸古勁之味斂於行間，以發其奇鬱之思。乍視之，若爲棘澀，徐而即之，始知其腴拙之味，是殆可謂聲與意湊合而相宣者。蓋自三百年來，碩學輩出，臨文澤以駢儷，而枯淡簡樸之風，或將輟響。錢籜石、翁覃溪之流，欲出而挽之，而波瀾未壯，詩意猶确。迨曾滌生起，以其再造清社之力，誦法江西，天下靡然向風，崛强幾於絶軌。其時獨有鄭子尹，僻處西南，力追昌黎，哀音激楚，以寫其顛沛流離之境，格高而趣博，以宋骨而昭之唐韵，斯可謂自得者也。自是以還，學宋者無慮千百，而民族衰頹，適際其會。士君子飲啄於濁流，歌哭囚於市井，頡頏高於秋旻，迴磅礴之氣以濟於飲食男女之途，終焉道喪於世、世喪其道而不能自拔，於是而有宋文弱之積弊，遂不免乘憔悴行吟、慷慨率陳之習而重衍[三]，或不免見譏於賢者。然則抗志古昔，以達於奇偉莊嚴之境，又有非力求詩聲溫潤而不可者。祝南亦進退宋人[四]，獨能低徊漢魏，將進而之宣尼正樂之所。倘能益以予小子會廟堂鐘鼓、山水清音之旨，激昂而極道之，則揄揚民族之興也有日矣，而況於陶寫身世之感乎！

二十九年六月[五]，興寧羅倬漢序

【校記】

㈠本序曾刊載於一九四〇年《斯文》半月刊第一卷第三期。

㈡「於是」，《斯文》作「於是而」。

㈢此句《斯文》無「不免」二字。

㈣「進退宋人」，《斯文》作「進退於宋人」，手鈔本原亦作此，後删「於」字。

㈤「六月」，《斯文》作「五月」。

何序

至樂樓本

邇者饒子固庵以其鄉先輩詹祝南教授手寫詩詞見示，屬爲刊行。君諱安泰，號无盦，祝南其字，廣東饒平人也。抗戰軍興，君掌教中山大學，隨校遷徙滇南，以至光復，以至易簀之年。終其生從事教育事業，所成就者甚衆。君爲學無所不窺，而用力於詩詞者尤爲深至。縋幽入險，一反流俗之所爲，夐乎尚矣。余性好詩詞，亦與聞先賢緒論。因謂宛陵爲宋詩開山祖，其淡遠幽閑，乃學韋蘇州有得者，而氣格之古健，則似韓昌黎。醉翁推挹於前，放翁步趨於後，既而爲半山，爲山谷，爲後山。工精力到，宋詩乃能在唐詩之外，另啓封疆。自四家之詩盛行於清季，同光詩體遂風靡天下矣。詞自康雍以來，倚聲者不出竹垞與迦陵兩派，而浙西之宗白石者，尤稱盛焉。自乾隆末年張皋文尊體之説出，周止庵繼之，標舉周、辛、吳、王四家，以爲詞之矩範，而詞風爲之一變。馴至季清之世，宗夢窗者又風靡一時，彊村倡之，述叔和之，大鶴、蕙風從而羽翼之，詞之能事畢矣。每念詩之有南皮、弢庵、散原、伯子，猶詞之有半塘、大鶴、古微、蕙風，類皆撫時感事，寫之以聲，乃言之有物者也。君踵承同光諸老之後，挹其流韵遺風，發爲詩詞，兼精而獨到。其遺詩九卷，曰《鷓鴣巢詩》，寢饋於宛陵者特深，而助之以昌黎、東坡筆勢。其長篇古風，往往在千言以上，浩瀚峥嶸，極文筆之宏肆。近體雅煉，不避僻澀艱深，意欲歷幽險以成孤詣也。而入滇以後所作尤多，其中紀亂之篇，與杜陵「三吏」「三别」同其悲慨，又可作詩史讀焉。其詞則初宗白石，繼學夢窗，辛辣處殆過其詩，亦欲隨古翁、述翁之後，安排椎鑿，以力破餘地也與。余於君之安貧樂道，百折而不改其操，仰之彌深。而珍視嶺南文獻，發潛闡幽，又未敢後人。用特爲之殺青，以公於世，并不揣謭陋，弁以數言，工拙非所計也。

壬戌孟秋之月，何耀光序於至樂樓

饒序 至樂樓本

鍾竟陵嘗謂：「真詩者，精神之所爲。察其幽情單緒，孤行靜寄於紛擾之中；復以虛情定力，獨往冥游於寥廓之外。如訪者之幾於一逢，入者之欣於一至。」蓋詩之不可强作，自非爐錘功深，何能臻獨造之境？而又不可不作，以情非得已，不能不宣泄之，以訴之冥漠。是故爲詩者，不望得人之知，而解人又焉易得？真詩之難求如此，亦猶弋者之幸於一獲。知詩之難得，非如莊生所謂空谷足音，不幾於曠世而一逢也耶？无盦之於詩，氣骨遒而情性敻。擬太華曾雲之峻，不足以方其縹緲之思；吸西顥沆瀣之英，不足以喻其高騫之操。近世之爲詩者，隱秀瘦折者有之，沉博瑰偉者有之，舉足以震駭心目。若夫具才力而不逞才力，擅翰藻而不侈翰藻，滌煩襟以抽哀思，澡清魄而發幽響，如野雲之孤飛，獨隺之宵唳，追之無踪，覓之無聲。非夫絶倫軼群，超埃壒而高舉者，孰能究其神旨，至於斯極者乎？无盦挂瓢滇海，凄吟武溪，居山林之牢，值澒洞之際。晚歲所作，如書之一波三折，逋峭峻絜。至今誦之，低徊悱惻，彌愴平生於疇日。而伯慧世兄承其先志，亟欲謀刊遺集。去歲執手漢皋，惓惓無已；今夏相見扶桑，得快披覽。嘆真詩之未絶，又喜其行世之有日也。用不辭固陋，妄爲揚榷。若其窈然以深，廓然以遠，世之工此道者，自能識之，毋待余之煩言矣。

庚申五月，饒宗頤拜序，時客京都三緣寺

鷓鴣巢詩集題詞

陳詩 手鈔本㈠

性靈自搖蕩，歌咏發聲詩。哀樂各適志，正變因時宜。伊維三百篇，風疋昔分歧。國風原里巷，男女嬉燕私。疋頌出巫史，德化舒究咨。二變成叔季，發憤音凄其。九歌本湘沅，信鬼俗好祠。屈宋眷君國，瀝情爰陳詞。樂府房中什，朝廟昭光儀。清商相和曲，街陌述鄙思。五言肇宛洛，勞人申鬱伊。作者盛魏晋，吐詞日華滋。六代尚聲律，周旋期中規。陳張起初唐，復古辨指歸。少陵直喪亂，昂激音響悲。元白歌民病，韓孟務恢奇。宋賢綜前軌，旨婉而詞微。金源惟遺山，凄厲秋霜霏。明人謹繩尺，敓魄存其皮。清季境獨闢，海外覓新坻。同光體晚出，感結抽餘噫。過此詩途塞，朱紫眩是非。小疋廢今日，交侵傷四夷。豈其無嗣響，童孺自嚘咿。未聞趨氣勢，抉電掀天威。饒平詹祝南，崛起韓江湄。沉冥積歲月，搏空卒奮飛。當其淬厲初，綺思粲芳菲。流泉不擇地，珠玉信毫揮。澤古既已久，落筆轉矜持。繩趨日勤劬，處忘行若遺。煉就幾險句，撚斷幾吟髭。沉浸亦有年，終自出杼機。情詞兼疋怨，文質窮高卑。疋鄭別涇渭，天巧契人爲。恍若出幽谷，曠快映朝暉。長空任翱翔，浩蕩天風吹。賞音代有人，醇醇寸心知。

民元三十年五月十日，鹽城陳鍾凡題

【校記】

㊀ 此詩曾刊載於一九四三年《金女大集刊》第一集文科，題作「鷓鴣巢詩集題詞」。

温詞 手鈔本㈠

綺年早具耽吟癖，陳迹已成雲霧。八代風標，西江派別，長憶孤燈哦雨。葩經案譜，溯正變源流，聖心如語。轉益多師，鴻爐鑄出驚人句。芳華嘆隨水去。一枝聊可托，隱願誰訴。粵嶺烽烟，滇雲悵望，悵觸哀情如許。新篇舊賦，僅叢集詩囊，兩間長住。莫泣新亭，挽瀾憑砥柱。臺城路·寄題祝南老弟《鷓鴣巢詩集》即用其《題高吹萬風雨勘詩圖》韵

庚辰秋日大埔温廷敬（丹銘）

【校記】

㈠ 此詞亦見温廷敬《居易樓詞》，題作「題祝南《鷓鴣巢詩集》即用其《題高吹萬風雨勘詩圖》韵」。

鷦鷯巢詩集箋校卷第一

【按】

鷦鷯巢，《莊子・逍遥游》：「鷦鷯巢於深林，不過一枝。」成玄英疏曰：「鷦鷯，巧婦鳥也，一名工雀，一名女匠，亦名桃蟲，好深處而巧爲巢也。……而鳥巢一枝之外，不假茂林。」張華《鷦鷯賦》序云：「鷦鷯，小鳥也，生於蒿萊之間，長於藩籬之下，翔集尋常之内，而生生之理足矣。色淺體陋，不爲人用，形微處卑，物莫之害，繁滋族類，乘居匹游，翩翩然有以自樂也。」委命順理之謂也。先生詩《寄彭逸農湘潭》：「翀霄健翮知誰會，失笑鷦鷯護一窠。」《青萍東歸喜極賦贈》：「飽看河嶽壓行卷，失笑鷦鷯巢一枝。」皆取此義。詩集之名或以此。又，《詩經・周頌・小毖》：「肇允彼桃蟲，拚飛維鳥。」毛《傳》曰：「桃蟲，鷦也，鳥之始小終大者。」陸璣疏云：「今鷦鷯是也。微小於黄雀，其雛化而爲雕，故俗語鷦鷯生雕。」朱熹《集傳》曰：「桃蟲，鷦鷯，小鳥也。」則取慎微之義。

先生詩集，據先生一九五一年填寫《廣東省公私立高等學校教職員概况表》「著作及發明」

「已完成之著作」有「《鷓鴣巢詩集》十卷」。今所見手鈔本《詩集》凡九卷，大抵依時序編訂。據先生丁丑自印本《无盦詞》序，「兵火滿天，舉家避難……隨身行李，尚有《鷓鴣巢詩・丙丁稿》」，乃知詩集時有甲乙丙丁之分卷，於一九三七年編至丁稿。一九三九年刊印《滇南挂瓢集》選詩凡百首，及一九四〇年刊印《鷓鴣巢詩》，多見於今手鈔本《詩集》前三卷。

此卷所録，多爲先生一九三七年以前所作。詹伯慧《詹安泰教授的生平與學術成就述略》：「在作詞的同時，詹先生還創作了大量的詩，特别是一九三五年以後，他詩興大發，寫了《韓山韓水歌寄邵潭秋》《聽歌舞團陳翠寶唱大鼓詞率成長句》《游别峰八十六韵》《琴香館夜聽王澤如琵琶、鄭祝三箏、吴軒孫胡弦合奏》諸首，尤見氣韵沉雄，情意深切。」丁丑《无盦詞》序云：「三十以後，愛我者頗勸以存稿，積今五年。」方孝岳《鷓鴣巢詩集序》：「昔人刊集，多愛弃少作。然如子美東郡之篇，義山天平之什，與二公晚節之詩，蓋不侔矣。然今其存集者，或反以此爲金針之度。固知珷玞不害於連城，而况未必即爲珷玞者耶！」

韓山韓水歌寄邵潭秋 祖平㊀〔一〕

潭秋秘書以《粤秀山觀紅棉歌》屬和，奇情壯采，不易學步，别依放翁《同何元

立賞荷花》詩體，作此報之。㊁

十年行住韓水山〔二〕，水何漭泱山巑岏。上聳雙旌下覆鑊，韓山一名雙旌山。谽谺礧砢森芒角〔三〕。重崗起伏矯龍蛇，老拳新笋騰紛拏。夾崗滑澗垂兩股，山雨來時響砧杵。炮車雲起風雷驚，古貝古松宣威聲〔四〕。獨有韓祠得昂屹〔五〕，轉憶韓公歌忽忽。韓公有《忽忽歌》。㊂〔六〕嗟我道不能自肥，用韓句。㊃〔七〕古尚或庶今都非。回頭驀見寒鳶墮，瑟縮絡續似炙輠〔八〕。始信行路真孤墳，路成墳毀將何云。何遜詩：「行路一孤墳，路成墳欲毀。」㊄〔九〕奔雹飛光天行健〔一〇〕，倏忽鑾花開千萬。小白長紅淺深青〔一一〕，斂日媚岩宮妃屏。屏裏酌春春晶晶〔一二〕，籠蓋院亭落池沼。驅遣餘光壓江皋，江摇山重朝天號。猶擁塔城抱村郭〔一三〕，人行不行恣笑樂。陸離光怪舞僛僛〔一四〕，恍侍青帝穿花衣〔一五〕。空愛山薑膽瓶養，凋疏鬢髮花肯上。踽行稍可過湘橋〔一六〕，一領光景當天驕。翠壁蒼藤初無路，臨流搔首還指顧。豈其炎徼矗蓬瀛〔一七〕，待吐勃鬱醒心靈。豈其百戰困疆埸，不敢熊魚美芹蕨㊅〔一八〕。哀哉醜婦老窮閻，偶得尺布珍千縑。長雲弄晚炊烟没㊆，漁網交收月旋出。客船此際齊掌燈，湘橋上下客家船至多，人呼爲客船。月驅星落浮波行。波外樓臺高下起，山歌簫篴宛曼美。忽鱉鱠魚醉猩猩，欲與造化相追傾。不然委骨窮塵下〔一九〕，熏響歇絶向誰訴。逢辰未得長流連㈧，夢破蒼鵰飛翀天〔二〇〕。緑幕黄簾知多少〔二一〕，寸磷死守直到曉。山山瘴霧鳥雀啼，還來風木交悲摧。射眼濕花落如雨，曹行癡坐不自主。要仗緑章叩九閽〔二二〕，臣少也賤嗟無文〔二三〕。嗚呼！安得范陽邵夫子，物我兩忘探太始〔二四〕。

【校記】

㈠ 此詩曾刊載於一九三七年四月十二日《韓師周刊》第三卷二十二期，詩題作「韓山韓水歌」。
㈡ 手鈔本無序，今據《韓師周刊》補録。
㈢ 此句自注手鈔本無，今據《韓師周刊》補録。
㈣ 此句自注，《韓師周刊》作「借韓公《送區弘南歸》句。」
㈤ 此句自注，手鈔本無，今據《韓師周刊》補録。
㈥ 「美」，《韓師周刊》作「羡」。
㈦ 「長雲」，《韓師周刊》作「長雪」，疑刊誤。
㈧ 「未得」，《韓師周刊》作「未許」。

【箋注】

〔一〕韓山韓水，乾隆《潮州府志·山川》：「韓山在城東，舊名雙旌，其頂有三峰，形類筆架，又名筆架山。韓昌黎刺潮時常游覽於此，故名韓山。」又，「韓江在城東韓山下，合汀、贛、循、梅諸水，匯於三河壩，合産溪、九河、鳳水，過鳳栖峽，經鰐溪爲韓江，至鳳凰洲分爲三支。」邵祖平（一八九八—一九六九），字潭秋，號鍾陵老隱、培風老人，室名無盡藏齋、培風樓，江西南昌人，曾任《學衡》雜志編輯、章氏國學會講席，曾任教於東南大學、之江大學、浙江大學、朝陽法學院、四川大學、金陵女子大學、華西大學、西北大學、西南美術專科學校、重慶大學、四川教育學院等校，有《培風樓詩存》《詞心箋評》《峨眉游草》等。

〔二〕先生於一九二六年八月受聘於廣東省立第二師範學校（今韓山師範學院），至其時十載。

〔三〕谽谺，山石險峻貌。

〔四〕古貝，即木棉樹。《南史·夷貊傳上·林邑國》：「古貝者，樹名也，其華成時如鵝毳，抽其緒紡之以作布，布與紵布不殊。」

〔五〕韓祠，即潮州韓文公祠，在潮州城東韓山之麓，始建於北宋咸平二年。《宋史·陳堯佐傳》：「通判潮州，修孔子廟，作韓吏部祠，以風示潮人。」及元祐五年遷於城南，蘇軾於是有《潮州韓文公廟碑》，碑云：「潮人之事公也，飲食必祭，水旱疾疫，凡有求必禱焉。」後又經轉徙，移至今址。劉克莊《潮州修韓文公廟》：「廟始在州宅後，蘇碑云在州南七里者，元祐庚午王侯滁之所徙也。淳熙己酉，丁侯允元又徙韓山，夷石爲廟。」
〔六〕韓愈《忽忽》：「忽忽乎余未知生之爲樂也，願脱去而無因。安得長翮大翼如雲生我身。乘風振奮出六合，絶浮塵。死生哀樂兩相弃，是非得失付閑人。」
〔七〕韓愈《送區弘南歸》：「嗟我道不能自肥。」《淮南子·精神訓》：「先王之道勝，故肥。」
〔八〕炙輠，陸續不盡之貌。《史記·孟子荀卿列傳》：「談天衍，雕龍奭，炙轂過髡。」司馬貞《索隱》曰：「劉向《别録》『過』字作『輠』。輠，車之盛膏器也。炙之雖盡，猶有餘津，言髡智不盡如炙輠也。」
〔九〕句見何遜《塘邊見古冢》詩。
〔一〇〕天行健，《易傳·象傳·乾》：「天行健，君子以自强不息。」孔穎達《正義》曰：「天行健者，謂天體之行，晝夜不息，周而復始，無時虧退，故云天行健，此謂天之自然之象。」
〔一一〕小白長紅，各色花也。李賀《南園》：「花枝草蔓眼中開，小白長紅越女腮。」
〔一二〕皛皛，潔白明亮貌。
〔一三〕塔城，謂潮州城。《韓江見聞録·卷七》：「金山東北，城堞倚之。城外濱河，古之山麓。今石根矗河干，云昔年有寺在石上，因而起塔，曰龍湫寶塔。」
〔一四〕舞僛僛，《詩經·小雅·賓之初筵》：「賓既醉止，載號載呶。亂我籩豆，屢舞僛僛。」毛傳：「僛僛，舞不能自正也。」

〔一五〕青帝，《淮南子・天文訓》：「東方，木也，其帝太皞，其佐句芒執規而治春。」

〔一六〕踽行，獨行貌。湘橋，即廣濟橋，在潮州城東，跨韓江上，始建於南宋。《三陽志》：「乾道七年，太守曾公汪乃造舟爲梁，八十有六隻，以接江之東西兩岸，且峙石洲於中，以繩其勢，根其址，凡三越月而就，名曰『康濟橋』。」郭春震《潮州府志》「廣濟橋」下：「大明宣德間，知府王源累石爲墩，造舟二十有四，爲浮梁，更今名。」饒宗頤《廣濟橋志》：「俗傳造橋始自韓湘子，因建廟祀於東洲之首，而稱橋曰『湘子橋』，或簡稱『湘橋』。流俗相傳，迄今無以易矣。」

〔一七〕炎徼，謂南方邊地。《淮南子・天文訓》：「南方，火也，其帝炎帝。」蓬瀛，蓬萊、瀛洲，皆神山名，見《鬱鬱四首》詩注。

〔一八〕熊魚，《孟子・告子上》：「魚，我所欲也；熊掌，亦我所欲也。二者不可得兼。」芹、蕨，草名。《列子・楊朱》：「昔人有美戎菽、甘枲莖、芹萍子者，對鄉豪稱之。鄉豪取而嘗之，蜇於口，慘於腹，衆哂而怨之，其人大慚。」

〔一九〕委骨窮塵，鮑照《蕪城賦》：「東都妙姬，南國麗人。……埋魂幽石，委骨窮塵。」

〔二〇〕蒼鵝，典出《晉書・隱逸列傳》：「永嘉中，洛城東北步廣里中地陷，有二鵝出焉，其蒼者飛去，白者不能飛。養聞嘆曰：『昔周時所盟會狄泉，即此地也。今有二鵝，蒼者胡象，白者國家之象，其可盡言乎！』」按，此句謂時局也。

〔二一〕韓愈《短燈檠歌》：「黄簾緑幕朱户閉，風露氣入秋堂凉。」

〔二二〕緑章，李肇《翰林志》：「詔用白藤紙，慰撫軍旅用黄麻紙，青詞用青藤紙朱字，則緑章青詞也。」李賀有爲道士作《緑章封事》，王琦《彙解》曰：「《演繁露》：『今世上自人主，下至臣庶，用道家科儀奏事於天帝者，皆青藤紙朱字，名爲青詞。』緑章即青詞，謂以緑紙爲表章也。」九閽，即九天。

〔二三〕《論語·子罕》：「吾少也賤，故多能鄙事。」《孔子家語·正論》：「言之無文，行之不遠。」

〔二四〕太始，《列子·天瑞》：「太始者，形之始也。」張湛注曰：「陰陽既判，則品物流形也。」

【集評】

施議對《中國詞學文化學的奠基人》：「韓山、韓水，從小的範圍看，指的是筆架山和韓江。……而從大的範圍看，則此山和水，乃泛指粵東的山和水，自然包括眼下的韓山和韓水。」

彭玉平《現代文學中的古典情懷——詹安泰舊體詩詞初探》：「《韓山韓水歌寄邵潭秋》被列爲《鷓鴣巢詩集》的開篇，顯然也無不視其爲早期詩歌代表作的意味。」「寫景寫人渾然一體，其構思之『綺』與語言之『麗』，確實是相得益彰的。」

【按】

邵潭秋一九三六年前後任鐵道部次長曾養甫秘書，以事來穗而有《粤秀山觀紅棉放歌》，先生有和作，見《和邵潭秋〈越秀山觀紅棉歌〉》詩注。其後別依陸游《同何元立賞荷花追懷鏡湖舊游》詩體，作此報之。乃知此詩應作在《和邵潭秋〈越秀山觀紅棉歌〉》同時。又，所依放翁詩體者，先生《无盦説詩》：「七言古詩，句句用韵兩句一轉者，韓公善此體，東坡、誠齋、放翁時一爲之，頗不易作，亦不宜過長。此雖匀稱有規律可循，尤難於多變化也。」放翁《同何元立賞荷花》詩即此之屬。

聞瞿禪承燾將有廣南之行，詩以迎之〔一〕

看山我興已難豪，絶愛君居傍怒濤。瞿禪教授之江大學，門對錢塘江。兼作毗鄰有西子〔二〕，幾從舒嘯憶東皋〔三〕。投荒文字能生健，閲世肝腸試反騷〔四〕。何日韓蘇還過嶺〔五〕，春風搔首野雲高。

【箋注】

〔一〕夏承燾（一九〇〇—一九八六），字瞿禪，浙江温州人。治詞學，曾任之江大學、杭州大學等校教授，以詞學名世，有《天風閣詩集》《月輪山詞論集》《唐宋詞論叢》《詞學論劄》等。廣南，即廣東一帶。《太平寰宇記》：「開寶初，潘美平南漢，分廣南東西路。」

〔二〕西子，指杭州西湖。按，之江大學近西湖，故云。

〔三〕陶淵明《歸去來兮辭》：「登東皋以舒嘯，臨清流而賦詩。」

〔四〕反騷，揚雄有《反離騷》，《漢書·揚雄傳上》：「先是時，蜀有司馬相如，作賦甚弘麗温雅，雄心壯之，每作賦，常擬之以爲式。又怪屈原文過相如，至不容，作《離騷》，自投江而死，悲其文，讀之未嘗不流涕也。以爲君子得時則大行，不得時則龍蛇，遇不遇命也，何必湛身哉！乃作書，往往摭《離騷》文而反之，自峭山投諸江流以吊屈原，名曰《反離騷》。」

〔五〕韓蘇，即韓愈、蘇軾，見《鬱鬱四首》詩注。按，此蓋比瞿禪。

【集評】

彭玉平《現代文學中的古典情懷——詹安泰舊體詩詞初探》：「詹安泰的這一份綺麗情懷，與楚騷爲近，也與韓愈、蘇軾被貶南下潮州而帶來的文化淵源有關。詹安泰《聞瞿禪（承燾）將有廣南之行，詩以迎之》詩末云：『投荒文字能生健，閱世肝腸試反騷。何日韓蘇還過嶺，春風搔首野雲高。』可以看出其在創作思想和創作風格方面對韓愈、蘇軾的自覺追隨。」

「投荒文字能生健，閱世肝腸試反騷」，陳偉《嶺東二十世紀詩詞述評》：「此句化用瞿禪名聯『攖人憂患矜啼笑，閱世風霜逼老成』（《客思》）。无盦頸聯殆學之也。」

「何日韓蘇還過嶺，春風搔首野雲高」，陳偉《嶺東二十世紀詩詞述評》：「一結疏放。」

【按】

夏氏將有廣南之行者，時瞿禪擬同龍榆生赴任中山大學教授。夏承燾《天風閣學詞日記》一九三五年七月十三日：「接榆生函，云擬赴廣州中山大學，如彼方可爲，他年邀予同往，問有意南行否。」又，八月廿二日：「接廣東中山大學校長電，聘予爲國文系教授，月薪毫洋三百六十元。」先生詩或作於其時前後。後瞿禪因病未成行。

不算

不算奇窮窮却奇，全無骨魄向人卑。慰情留得短長句，淑世并難小大兒〔一〕。時洗龍腥傍海立〔二〕，或舒山氣約雲嬉。可嫌髮禿無機械〔三〕，的皪裝春故故疑〔四〕。

【箋注】

〔一〕小大兒，《後漢書·文苑列傳》載禰衡語：「大兒孔文舉，小兒楊德祖。餘子碌碌，莫足數也。」

〔二〕傍海立，蘇軾《有美堂暴雨》：「天外黑風吹海立，浙東飛雨過江來。」《容齋隨筆》：「讀者疑海不能立，黄魯直曰『蓋是爲老杜所誤』，因舉三大禮賦《朝獻太清宫》云『九天之雲下垂，四海之水皆立』以告之。二者皆句語雄峻，前無古人，坡《和陶停雲詩》有『雲屯九河，雪立三江』之句，亦用此也。」

〔三〕機械，《淮南子·原道訓》：「故機械之心，藏於胸中，則純白不粹，神德不全。」高誘注曰：「機械，巧詐也。」

〔四〕的皪，鮮明貌。故故，猶云屢屢。按，此化用王安石《次韻王勝之咏雪》「的皪裝春樹上歸」之句。

贈别葉青天[一]〔一〕

松柏有本根[二]，鬱律盤深谷[三]〔二〕。鵷雛有潔癖，腐鼠驚果腹〔三〕。寧無出世姿，取經貴緣督〔四〕。大道泥没馬㊃，通朝壁瀉瀑㊄。目既無全牛㊅〔五〕，理詎甘馳逐。葉子龍川英，貞固异凡俗。遠泛千里舟，來主韓山麓。義利辨必嚴，寡言猶寡欲㊆。沉潛忘寢餐，策劃周芒角。不病物議騰，常憂願力縮。遇物道自昌，持躬神獨肅。即此已大艱，世乃事炙轂〔六〕。挈瓶患屢空〔七〕，求珠争買櫝㊇〔八〕。大憨故昏昏㊈〔九〕，小慧長促促〔一〇〕。衮衮閎聲光，沾沾事鄙黷㊉。我聞古有言，知足斯不辱〔一一〕。窮達亦何常，得喪當風燭〔一二〕。所難全厥天⑪，擔書行且讀。非非孰是是，此日未須卜。秋風起林端，秋意已可掬⑫。何必懷此都，九州歷瞻矚⑬。他年幸相逢，一笑動高屋〔一三〕。

【校記】

㊀此詩曾刊載於一九三六年九月《廣東省立韓山師范學校歡送葉校長青天紀念特刊》，題作「贈別葉校長青天」。

㊁「本根」，《紀念特刊》作「本真」。

㊂「鬱律盤深谷」，《紀念特刊》作「兀强挺深谷」。

㊃「泥没馬」，《紀念特刊》作「久泥濘」。

㊄「壁瀉瀑」，《紀念特刊》作「瀉壁瀑」。

⑯「既」，《紀念特刊》作「倘」。
⑰「猶」，《紀念特刊》作「復」。
⑱「求珠」，《紀念特刊》作「遺珠」。
⑲「故」，《紀念特刊》作「或」。
⑳「事」，《紀念特刊》作「流」。
㉑「所難」，《紀念特刊》所録作「最難」。
㉒此二句《紀念特刊》作「秋意起林端，秋容已可掬」。
㉓「歷」，《紀念特刊》作「紛」。

【箋注】

〔一〕葉青天，廣東龍川人，曾於一九三四年八月至一九三六年七月任廣東省立第二師范學校（一九三五年改名「廣東省立韓山師范學校」）校長。《廣東省立韓山師范學校歡送葉校長青天紀念特刊·發刊詞》：「這兩年來，韓山師範在葉校長主持之下，着實進步了不少。概括來説，在物質建設方面，有圖書儀器的大量增加，有中山紀念堂、圖書館、校門的先後落成，有校前曠地，與山後校園的從事填闢；積極的如同事間的互助合作，局學間勤儉風尚的養成，與及由提倡愛國心愛群心所演變出來的各種熱情的舉動。」

〔二〕鬱律，高聳貌。

〔三〕鵷雛、腐鼠，典出《莊子·秋水》：「南方有鳥，其名爲鵷雛，子知之乎？夫鵷雛發於南海而飛於北海，非梧桐不止，非練實不食，非醴泉不飲。於是鴟得腐鼠，鵷雛過之，仰而視之曰：『嚇！』」

〔四〕《莊子·養生主》：「緣督以爲經。」郭象注曰：「緣，順也。督，中也。」

〔五〕《莊子·養生主》：「始臣之解牛之時，所見無非牛者；三年之後，未嘗見全牛也。」

〔六〕炙轂，陸續不盡之貌，見《韓山韓水歌寄邵潭秋》詩注。

〔七〕《論語·先進》：「子曰：『回也其庶乎，屢空。』」何晏《集解》曰：「言回庶幾聖道，雖數空匱而樂在其中。」陸機《文賦》：「患挈瓶之屢空，病昌言之難屬。」

〔八〕《韓非子·外儲說左上》：「楚人有賣其珠於鄭者，爲木蘭之櫃，薰以桂椒，綴以珠玉，飾以玫瑰，輯以羽翠。鄭人買其櫝而還其珠。此可謂善賣櫝矣，未可謂善鬻珠也。」

〔九〕大憝，大惡者也，《書·康誥》：「元惡大憝，矧惟不孝不友。」昏昏，暗也，《孟子·盡心下》：「今以其昏昏，使人昭昭。」

〔一〇〕小慧，《論語·衛靈公》：「群居終日，言不及義，好行小慧，難矣哉！」促促，急迫貌。

〔一一〕《老子》：「知足不辱，知止不殆，可以長久。」

〔一二〕得喪，猶言得失。風燭，喻變幻莫定。杜甫《佳人》：「世情惡衰歇，萬事隨轉燭。」

〔一三〕高屋，高屋帽也。蘇軾《次韵子由・椰子冠》：「規模簡古人争看，簪導輕安髮不知。更著短檐高屋帽，東坡何事不違時。」王文誥輯注引李廌《師友談記》：「士大夫近年仿東坡桶高檐短帽，名曰『子瞻樣。』」

【按】據廣東省檔案館《民國時期廣東省政府檔案史料選編》一九三六年九月一日廣東省政府第七届委員會第五次會議事録：「教育廳廳長建議，省立韓山師範學校校長葉青天擬着另任候用。」是月，廣東省立韓山師範學校舉辦「全體員生歡送葉校長青天大會」，并有《廣東省立韓山師范學校歡送葉校長青天紀念特刊》，先生此詩收録其中，故知應作於一九三六年葉卸任前後。

鬱鬱四首㊀

鬱鬱生世不稱意，𧈧蜮罔兩交怪祟㊁。讀書爲文祇私哂㊂，踳駁螭龍羼螻蚓〔一〕。

豈必陋巷乃真貧㊃〔二〕，魯叟周游一貧身〔三〕。長捋虎鬚不自惜㊄〔四〕，哀哉冥冥行路人。

聞古安貧得樂道，顏回原憲其表表〔五〕。學道而今直餓死，誰還七尺輕一履。力撑心物詎專城，要不失爲天地靈。世争唯心、唯物，殆昧於世運遷變耶？㊅ 何不舍生學仙去，近尤盛唯生。㊆ 黄芽液與清溪英〔六〕。待學神仙去三島〔七〕，眼底蛟鼉千掀攪。待上青天割青雲，夢中星斗紛秋旻。人所應無不必無，桓彝稱徐寧語。〔八〕 拔劍悲歌虞兮虞〔九〕。丈夫舉足天下敵〔一〇〕，不然抱瓮豈真愚〔一一〕。

韓公當年謫潮州，道固坎坷聲名留〔一二〕。東坡當年遷嶺表，勝事遺芬今皎皎〔一三〕。我生墮地卅五年，百無一遂羞古賢。剥摘斕斑徒爾苦，會看髼鬣飛翀天〔一四〕。

【校記】

〔一〕此詩曾刊載於一九三七年五月三日《韓師周刊》第三卷二十五期、一九三七年六月中山大學研究院文科研究所《語言文學專刊》。

〔二〕「怪崇」，《韓師周刊》作「懷崇」，疑刊誤。

〔三〕「衹」，《韓師周刊》作「種」，疑刊誤。

〔四〕此句《韓師周刊》《語言文學專刊》作「豈關陋巷道斯貧」。

㈤「自」，《韓師周刊》《語言文學專刊》作「知」。
㈥此句自注，手鈔本删之，今據《韓師周刊》《語言文學專刊》補録。
㈦此句自注，手鈔本删之，今據《韓師周刊》《語言文學專刊》補録。

【箋注】

〔一〕踳駁，猶言䮞駁，舛駁不純之意。羼，雜也。韓愈《贈崔立之評事》：「才豪氣猛易語言，往往蛟螭雜螻蚓。」

〔二〕用顏回事。《論語·雍也》：「子曰：『賢哉回也！一簞食，一瓢飲，在陋巷。人不堪其憂，回也不改其樂。』」

〔三〕魯叟，指孔子。據《史記·孔子世家》，魯定公十四年，孔子去魯周游，先後到衛、宋、陳、鄭、蔡、楚等國，歷十四歲而反魯。

〔四〕捋虎鬚，《三國志·吴書·朱桓傳》裴松之注引《吴録》曰：「桓奉觴曰：『臣當遠去，願一捋陛下鬚，無所復恨。』權馮几前席，桓進前捋鬚曰：『臣今日真可謂捋虎鬚也。』權大笑。」

〔五〕顏回，孔子弟子，事見前注。何晏《集解》引孔安國曰：「顏淵樂道，雖簞食在陋巷，不改其所樂。」原憲，孔子弟子。《史記·仲尼弟子列傳》：「孔子卒，原憲遂亡在草澤中。子貢相衛，而結駟連騎，排藜藿，入窮閻，過謝原憲。憲攝敝衣冠見子貢。子貢恥之，曰：『夫子豈病乎？』原憲曰：『吾聞之，無財者謂之貧，學道而不能行者謂之病。若憲，貧也，非病也。』子貢慚。」表表，卓然特著貌。

〔六〕黃芽液，《周易參同契》：「陰陽之始，玄含黃芽。」俞琰《發揮》曰：「玄含黃芽者，水中產鉛也。鉛爲五金之主，在北方玄冥之内，得土而生黃芽。黃芽，即金華也。」

〔七〕神仙三島，蓬萊、方丈、瀛洲也。《史記·封禪書》：「此三神山者，其傳在勃海中，去人不遠，患且至，則船風引而去。蓋嘗有至者，諸仙人及不死之藥皆在焉。其物禽獸盡白，而黃金銀爲宫闕。未至，望之如雲，及到，三神山反居水下。臨之，風輒引去，終莫能至云。」

〔八〕桓彝稱徐寧語，見《世説新語·賞譽》：「人所應有，其不必有；人所應無，已不必無。真海岱清士。」

〔九〕《史記·項羽本紀》：「項王軍壁垓下，兵少食盡，漢軍及諸侯兵圍之數重。夜聞漢軍四面皆楚歌，項王乃大驚曰：『漢皆已得楚乎？是何楚人之多也！』項王則夜起，飲帳中。有美人名虞，常幸從；駿馬名騅，常騎之。於是項王乃悲歌慷慨，自爲詩曰：『力拔山兮氣蓋世，時不利兮騅不逝。騅不逝兮可奈何，虞兮虞兮奈若何！』歌數闋，美人和之。項王泣數行下，左右皆泣，莫能仰視。」

〔一〇〕《史記·項羽本紀》：「項籍少時，學書不成，去學劍，又不成。項梁怒之。籍曰：『書足以記名姓而已。劍一人敵，不足學，學萬人敵。』」

〔一一〕抱瓮，《莊子·天運》：「子貢南游於楚，反於晉，過漢陰，見一丈人方將爲圃畦，鑿隧而入井，抱瓮而出灌，搰搰然用力甚多而見功寡。子貢曰：『有械於此，一日浸百畦，用力甚寡而見功多，夫子不欲乎？』爲圃者卬而視之曰：『奈何？』曰：『鑿木爲機，後重前輕，挈水若抽，數如泆湯，其名爲槔。』爲圃者忿然作色而笑曰：『吾聞之吾師：有機械者必有機事，有機事者必有機心。機心存於胸中，則純白不備；純白不備，則神生不定；神生不定者，道之所不載也。吾非不知，羞而不爲也。』子貢瞞然慚，俯而不對。」

〔一二〕《新唐書·韓愈傳》：「憲宗遣使者往鳳翔迎佛骨入禁中，三日，乃送佛祠。愈聞惡之，乃上表。表入，帝大怒……乃貶爲潮州刺史。」饒宗頤《宋代莅潮官師與蜀學及閩學》：「韓公刺潮，爲時僅八月，驅鰐魚，置鄉校，垂詢民間疾苦，教化所被，潮陽之地遂有『海濱鄒魯』之稱。潮人思之深，至名其山曰韓山，水曰韓水，登臨之處曰韓亭，手植之木曰韓木。」蘇軾《潮州韓文公廟碑》：「潮人之事公也，飲食必祭，水旱疾疫，凡有求必禱焉。」

〔一三〕嶺表，謂嶺南一帶。《宋史·蘇軾列傳》：「紹聖初，御史論軾掌內外制日，所作詞命，以爲譏斥先朝。遂以本官知英州，尋降一官，未至，貶寧遠軍節度副使，惠州安置。居三年，泊然無所蒂芥，人無賢愚，皆得其歡心。又貶瓊州別駕，居昌化。昌化，故儋耳地，非人所居，藥餌皆無有。」蘇軾《自題金山畫像》：「問汝平生功業，黄州惠州儋州。」

〔一四〕鬇，亂髮也。鬡，鬇鬡也。

久思游別峰不果，春窗雨夜，娥卿談別峰勝概，恍然有作㊀〔一〕

我夢游別峰，在十五年前。及近別峰居，十載九遷延。靈峰何時鑿，炫怪走窮邊。變滅驅風雨，雄鶩軸坤乾。寧數桂林奇〔二〕，不讓鳳凰專。嶺東山鳳凰最著。〔三〕攀躋愧腰脚，目力空顛眩。我聞古有說，詩人愛自然。腹底本無詩，詩在青山眠。自我居韓山，日讀詩百篇。所向無佳趣，永嘆懷前賢。謝王爭何苦〔四〕，顏黔守何堅㊁〔五〕。陶令豈真達〔六〕，弃官拘一廛〔七〕。曷若華頂哭㊂〔八〕，終南顧不捐。用韓公事。㊃攬芬有餘寄，吟嘯延奇緣。緑髮漸凋疏，淹忽又今年。㊄春意自浩蕩，春花自嬋娟。春風海外來，排日兩連綿。寸磷發黯光，茗話邀佳朋㊅。佯悲亦狂笑，一凳三徙旋。娥卿語特雋，嘖嘖口流涎。云昨別峰游，勝概難具宣。癡龍卧雲窟〔一〇〕，毒草摇蒼烟〔一一〕。群崖爭弄嶮，崖隙綴花鈿。石髮瘦徑盤〔一二〕，柔簪暗水牽。澗瀑交交流，鐣鎝間潺湲〔一三〕。倒影得機始，濯翎見心源。時若衆仙來，天風激佩環。結庵萬松頂〔一四〕，古佛相與眠。庵外瞰城中，貼地藥膏圓〔一五〕。谷雷撼不驚㊆，那妨人語喧㊇。坐令萬慮祛㊈，領略淺深禪㊉。小隱得高士，大隱定成仙〔一六〕。聽此回前夢，夢夢相接聯。我家面背山，山山美林泉〔一七〕。亦有讀書院〔一八〕，亦有釣魚淵〔一九〕。亦有樵與牧，童稚雙垂肩。亦有斕斑廟，百十坐僧氈。更有望海嶺〔二〇〕，漾日水漣漣。處處足鈎搭，光景騰萬千。恨無摶霄翼〔二一〕，片雲周八埏〔二二〕。恨作濁水泥，沉滯不自便㊁〔二三〕。戀故始非今，好游願自先。乃信讀書人，價不值一錢。響腸但蚯蚓〔二四〕，聒耳無管弦〔二五〕。暫息不可得㊂，遑言金印懸〔二六〕。擲筆長嘆息，呼酒與愁湔。

【校記】

㊀ 此詩曾刊載於一九三七年二月十五日《韓師周刊》第三卷十七期，文稍异同。

㊁「何」，《韓師周刊》作「自」。

㊂「曷若」，《韓師周刊》作「不如」。

㊃ 此句自注，手鈔本無，今據《韓師周刊》補録。

㊄ 此二句《韓師周刊》録作：「王子（顯詔。）知我意，屢約渡東阡。渡阡廿里强，直造別峰巔。貧賤非自耻，山鬼常相纏。緑髮漸凋疏，中懷况如□。信厭近市囂，揮手謝良朋。爾來嚴堂守，淹忽又今年。」

⑥此句《韓師周刊》作「烹茗談腐鮮」。

⑦「不驚」，《韓師周刊》作「不聞」。

⑧「那妨」，《韓師周刊》作「那聞」。

⑨「坐令」，《韓師周刊》作「坐會」。

⑩「領略」，《韓師周刊》作「何論」。

⑪「沉滯不自便」句之下，《韓師周刊》録有：「譬彼泰山松，剥落根獨拳。譬彼潯江婦，日夕恨空船。」

⑫「息」，《韓師周刊》作「適」。

【箋注】

〔一〕別峰，地名，在潮州。乾隆《潮州府志·山川》「海陽縣」下：「別峰山距縣東北十里，又名鳳栖山，高一百八十丈，周圍二十里，山峰秀特，水聲潺潺。」娥卿，即先生之妻柯娥仙（一九一二—二〇一二）。《年譜》「一九三〇年」下：「十月，先生與柯娥仙成婚（《履歷表》），妻柯娥仙，時十九歲，潮州楓溪柯誠記之女，外家祖宅有柳堂。婚後，在潮州城内膠柏街租得五間平過的樓房。」

〔二〕桂林奇，《方輿彙編·山川典》：「桂林山水之勝，甲於天下，然其山率皆平地突出，傍無延屬。而名峰异境，奇而且多，又皆相去不遠。」

〔三〕鳳凰山，乾隆《潮州府志·山川》「饒平縣」下：「鳳凰山距縣西五十里，高六百丈，綿亘百餘里，俯瞰諸峰，山頂翠如鳳蓋，與待詔山相接。」

〔四〕謝王，東晉王導、謝安諸望族也。《景定建康志》：「《舊志》云：『烏衣巷在秦淮南。晉南渡，王、謝諸名族居此，時謂子弟爲烏衣諸郎。』」

〔五〕顔黔，顔回、黔婁也，皆安貧守道之士。顔回，孔子弟子，見《鬱鬱四首》詩注。黔婁，春秋魯人，謚曰康。陶潛《咏貧士》：「安貧守賤者，自古有黔婁。」白居易《過顔處士墓》：「簞瓢顔子生仍促，布被黔婁死更貧。」

〔六〕陶潛，字淵明，曾任彭澤令，故稱「陶令」。《宋書·隱逸列傳》：「郡遣督郵至，縣吏白應束帶見之，潛嘆曰：『我不能爲五斗米折腰向鄉里小人。』即日解印綬去職，賦《歸去來》。」

〔七〕一廛，《周禮正義》：「古制田百畝而中有廛，因謂百畝之地爲一廛。」喻方寸之地。

〔八〕華頂，華山巔也。李肇《唐國史補》：「韓愈好奇，與客登華山絶峰。度不可返，乃作遺書發狂慟哭。華陰令百計取之，乃下。」韓愈有《答張徹》詩，《全唐詩》注曰：「沈顔遺李肇書，謂退之托此以悲世人登高而不知止，且示戒焉。」

〔九〕終南，指終南山。《大唐新語·隱逸》：「藏用指終南山謂之曰：『此中大有佳處，何必在遠！』承禎徐答曰：『此僕所觀，乃仕宦捷徑耳。』」捐，弃也。

〔一〇〕癡龍雲窟，神仙洞也。《太平廣記·博物》：「漢時，洛下有一洞穴，其深不測。……最後所至，苦饑餒，長人指中庭一大柏樹近百圍，下有一羊，令跪捋羊鬚，初得一珠，長人取之，次捋亦取，後捋令食，即得療饑。……羊爲癡龍，其初一珠，食之與天地等壽，次者延年。」

〔一一〕毒草，《後漢書·西南夷傳》：「雲南縣有神鹿，兩頭，能食毒草。」

〔一二〕《初學記》引晉周處《風土記》：「石髮，水苔也，青緑色，皆生於石也。」

〔一三〕鏜鎝，水聲也。

〔一四〕乾隆《潮州府志·寺觀》「海陽縣」下：「天湖庵，在東廂別峰頂。」庵始建於明，至清康熙年間重建，同治年間重修，後稱「別峰古寺」。

〔一五〕按，別峰古寺東南向，寺前可俯瞰見潮州古城全貌。

〔一六〕王康琚《反招隱詩》：「小隱隱陵藪，大隱隱朝市。」

〔一七〕先生詩《壬午十一月廿三日四十一度初度，時客平石》：「我本鄙人家山鄉。」先生舊居潤豐樓，在今饒平縣新豐鎮。面背山，謂其地前後皆山也。

〔一八〕讀書院，或謂琴峰書院，在今饒平縣三饒鎮。先生嘗就讀於饒平縣高等小學，即其地也。又，潤豐樓外有「學文堂」，爲先生世居。詹伯慧《我的父親詹安泰》：「記得小時候，父親和兩位叔叔一共三家人都住在潤豐樓外祖先留下來的一棟叫做『學文堂』的房子裏，周圍的人管它叫做『書齋』。」

〔一九〕釣魚淵，先生詩《壬午十一月廿三日四十一度初度，時客平石》：「我本鄙人家山鄉，左右回溪面横塘。……笑呼逐逐鄰童子，捕雀上樹魚入水。」又《丙戌端午得家電，告母病重，旋復電至，母病得醫，已減半矣，驚喜交集因作》詩自注：「余家前池後竹，父母親每於夕陽西下時看鵝回舍。」饒平縣新豐鎮潤豐樓前溪水横塘，今猶在焉。

〔二〇〕望海嶺，在今饒平縣中部，地近新豐鎮。康熙《饒平縣志·山川》「望海嶺」下：「在縣東二里。……前建有雲山、大觀、石岩三古寺，□□尚存。」陳沅《饒平縣志補注》：「在縣東五里馬岡村西南，高數十丈，周約四里，遠眺海表。有雲山、大觀、石岩三古寺，俗名上中下庵。附郭諸山，以此爲最高。」詩中「望海嶺」「斕斑廟」蓋指此。按，饒平錢東鎮東北一帶另有一處名望海嶺，於此不涉。

〔二一〕摶霄翼，《莊子·逍遥游》：「鵬之徙於南冥也，水擊三千里，摶扶摇而上者九萬里，去以六月息者也。」

〔二二〕八埏，《漢書·司馬相如傳》：「上暢九垓，下溯八埏。」顔師古注引孟康曰：「埏，地之八際也。」

〔二三〕濁水泥，古譬語也。曹植《七哀詩》：「君若清路塵，妾若濁水泥。浮沉各异勢，會合何時諧。」又《怨詩行》：「君作高山柏，妾爲濁水泥。」黄庭堅《清閑處士頌》：「若夫污泥濁水，與蛙同生，不溷其清。」便，安也。

〔二四〕舊誤以蚯蚓有孔竅能作微鳴。孔武仲《書館買粟飯取閤門水以接晝餓》：「餓腸蚯蚓鳴。」先生詩《歲暮雜感六首》：「蚯蚓響腸空負手。」

〔二五〕梅堯臣《永叔贈酒》：「嗟我儒者飲，聒耳無管弦。」聒，聲擾也。

〔二六〕金印懸，喻得官職。《史記・五宗世家》：「漢獨爲置丞相，黄金印。」《世說新語・尤悔》周顗語：「今年殺諸賊奴，當取金印如斗大繫肘後。」

【集評】

施議對《中國詞學文化學的奠基人》：「別峰夢游，雖非親自經歷，勝似親自經歷。謂腹底本無，詩在青山；我家背山，山山林泉。處處可堪鈎搭，光景何止萬千。澗瀑交流，鏜鎝潺湲。因倒影得其機始，由濯翎而見心源。鷹揚鶚薦，厲翮九霄；戀故非今，好游自此。萬慮於坐臥中祛除，禪機於淺深處領略。在一定意義上講，詩人愛自然，也就是『外師造化，中得心源』（張璪語）的意思。」

【按】

施議對《中國詞學文化學的奠基人》、鄭曉燕《詹安泰先生年譜》（以下簡稱《年譜》）以此詩作於一九三五年。按，此詩在《游別峰八十六韻》前一年，或作於一九三六年春。

次均潘皃公伯鷹臨觴詩〔一〕

緑髮黄埃互激磨，臨觴不醉奈愁何。風華忍復當王儉〔二〕，割據曾誰吊趙佗〔三〕。高樹有巢還震顫〔四〕，嶺雲無髻鬱嵯峨〔五〕。何時分得曹溪滴〔六〕，網取春魂與放歌。

附和作

潮州詹祝南惠和拙詩有緑髮黄埃互激磨之句賦謝〔一〕

潘伯鷹

吹竽操瑟倦開顔，幕府文書茁野菅。辛苦黄埃磨緑髮，寂寥素抱語蒼山。忽驚瓊玖馳春至，頓覺江湖拓夢還。回首潮陽思吏部，雲龍猶願及追攀。

【校記】

〔一〕後附潘伯鷹和作，手鈔本無，今據《玄隱廬詩》補録。

【箋注】

〔一〕潘伯鷹（一九〇五—一九六六），原名式，字伯鷹，號鳬公，安徽安慶人，曾任職於上海圖書館，曾任教於同濟大學、上海音樂學院等校，久寓上海，以書法名世，有《書法雜論》《中國的書法》《中國書法簡論》《玄隱廬詩》等。先生嘗有致陳中凡信：「有潘鳬公者（伯鷹，原名式），工詩，書法圖章亦甚精雅，刻寓都門，屢有函件往還。」

〔二〕《南史·王儉傳》：「王儉，字仲寶，生而僧綽遇害，爲叔父僧虔所養。幼篤學，手不釋卷。賓客或相稱美，僧虔曰：『我不患此兒無名，正恐名太盛耳。』」温庭筠《中書令裴公挽歌詞》：「王儉風華首。」

〔三〕《史記·南越列傳》：「南越王尉佗者，真定人也，姓趙氏。……行南海尉事。囂死，佗即移檄告横浦、陽山、湟溪關曰：『盜兵且至，急絶道聚兵自守！』因稍以法誅秦所置長吏，以其黨爲假守。秦已破滅，佗即擊并桂林、象郡，自立爲南越武王。高帝已定天下，爲中國勞苦，故釋佗弗誅。漢十一年，遣陸賈因立佗爲南越王，與剖符通使，和集百越，毋爲南邊患害，與長沙接境。」

〔四〕元好問《懷秋林别業》：「高樹有巢鳩笑拙。」喻不穩妥。

〔五〕曹植《洛神賦》：「雲髻峨峨，修眉聯娟。」李善注曰：「峨峨，高如雲也。」

〔六〕曹溪滴，六祖慧能嘗演法於曹溪寶林寺，即今南華寺，見《游南華寺》詩注。《曹溪通志》：

「蓋曹溪爲天下禪宗本源之地，若洙泗云。」本覺《釋氏通鑒·韶國師》：「又有問如何是曹溪一滴水？眼曰：『是曹溪一滴水。』韶聞乃大悟，平生疑滯，涣若冰釋。」

邵潭秋遠貽《培風樓詩存》，作此報謝[一]二首

久嘆心如逐客尨，尋章摘句不成邦[二]。一篇此日真龍鳳，异代同功或鄭江。巢經巢、伏敔堂。[三]最怕騎驢京國過[四]，却看斂旆鸛鵝降[五]。長頭饒舌狂奴態[六]，乞借霜鐘與小撞[七]。

夢覺河山不肯清，中年哀樂况峥嶸。何難唐宋共鑪冶[八]，别有才腸携手生[九]。奇艷蠻花開絶頂，翻飛海水壓層城。吉州未是詩人屈，烟柳斜陽漫暗驚。黄文節詩：「吉州司户官雖小，曾屈詩人杜審言。」[一〇]

【箋注】

[一]邵祖平（潭秋），見前注。邵潭秋有《培風樓詩》，辛未自序曰：「三十歲以前所爲詩四百餘首，隨予南北行者僅七八年。盡刊之則多疵累，去之又良不忍，遂取而痛删之，得二百十餘

首，都爲一集。」

〔二〕黄庭堅《子瞻詩句妙一世乃云效庭堅體》詩：「我詩如曹鄶，淺陋不成邦。」

〔三〕巢經巢，鄭珍（一八〇六—一八六四），字子尹，晚號柴翁，清貴州遵義人，有《巢經巢詩集》。羅倬漢《鶗鴂巢詩集序》謂「鄭子尹僻處西南，力追昌黎，哀音激楚，以寫其顛沛流離之境，格高而趣博，以宋骨而昭之唐韵，斯可謂自得者也」。伏敔堂，江湜（一八一八—一八六六），字持正，一字弢叔，别署龍湫院行者，清江蘇長洲人，有《伏敔堂詩録》。彭藴章序曰：「古體皆法昌黎，近體皆法山谷，無一切諧俗之語錯雜期間，戛戛乎其超出流俗矣。」

〔四〕騎驢，范成大《北門覆舟山道中》：「騎驢索句當年事，歲暮騷人不自聊。」

〔五〕蘇軾《會客有美堂時周有服》：「詩壇欲斂鸛鵝軍。」鸛鵝典出《左傳·昭公二十一年》：「丙戌，與華氏戰於赭丘。鄭翩願爲鸛，其御願爲鵝。」杜預注曰：「鸛、鵝，皆陣名。」先生詩《元龍約偕湛銓茗話平石餐室》：「舊笑鸛鵝甘獨斂。」

〔六〕狂奴態，《後漢書·逸民傳·嚴光》：「司徒侯霸與光素舊，遣使奉書。使人因謂光曰：『公聞先生至，區區欲即詣造，迫於典司，是以不獲。願因日暮，自屈語言。』光不答，乃投劄與之，口授曰：『君房足下，位至鼎足，甚善。懷仁輔義天下悦，阿諛順旨要領絶。』霸得書，封奏之，帝笑曰：『狂奴故態也。』」

〔七〕《禮記・學記》：「善待問者如撞鐘，叩之以小者則小鳴，叩之以大者則大鳴。」

〔八〕章太炎評《培風樓詩》：「足下詩出入唐宋，得於天授，與僕輩哺咀漢晋者稍异。」劉永濟曰：「覺其真摯之情，而出以精練之筆，絶非宋人堂廡所能限者。」

〔九〕嚴羽《滄浪詩話・詩辨》：「夫詩有别才，非關書也。」

〔一〇〕句出黄庭堅《寄舒申之户曹》。《唐書・杜審言傳》：「恃才高以傲世見疾，嘗語人曰：『吾文章當得屈、宋作衙官。』遷洛陽丞，坐事貶吉州司户參軍。」

次均潭秋荔灣夜泛㈠〔一〕

片片素雲挾夢飛，十年前事柳成圍〔二〕。種花空自勞潘令〔三〕，擘荔何曾誤玉妃〔四〕。
盲女琵琶歌淚賤〔五〕，水樓心願篆烟微〔六〕。南來可有離奇感，媚舞争誇着主衣㈡。潭秋初次服官嶺南。后山詩：「肯着主衣裳，爲人作春妍。」㈢〔七〕

【校記】

㈠此詩曾刊載於一九三六年十月十九日《韓師周刊》第三卷二期，題作「次韵邵秘書潭秋荔灣夜泛」。

㊁「媚舞」，《韓師周刊》作「妍舞」。

㊂此句自注，手鈔本無，今據《韓師周刊》補録。

【箋注】

〔一〕邵祖平（潭秋），見前注。荔灣，地名，在廣州。

〔二〕《世説新語・言語》：「桓公北征經金城，見前爲琅邪時種柳，皆已十圍，慨然曰：『木猶如此，人何以堪！』攀枝執條，泫然流淚。」

〔三〕潘令，指晋人潘岳。《白氏六帖》：「潘岳爲河陽令，種桃李花，人號曰『河陽一縣花』。」

〔四〕玉妃，指楊玉環。《新唐書・楊貴妃傳》：「妃嗜荔枝，必欲生致之，乃置騎傳送，走數千里，味未變，已至京師。」杜牧《過華清宮》：「一騎紅塵妃子笑，無人知是荔枝來。」又，嶺南荔枝有「妃子笑」之品。陳鼎《荔枝譜》：「妃子笑，産佛山，色如琥珀，有光，大如鵝卵。其甘如蜜，其臭如蘭，皮薄而肉厚，核小如豆，漿滑如乳。啖之能除口氣，使齒牙香經宿，宜乎妃子見之而笑也。」

〔五〕盲女琵琶，阮葵生《茶餘客話》：「盲女琵琶，明時已有之，至今江淮尤甚。」

〔六〕篆烟，焚香烟曲折似篆，故稱。

〔七〕陳師道《妾薄命》：「古來妾薄命，事主不盡年。起舞爲主壽，相送南陽阡。忍着主衣裳，爲人作春妍。」按，后山此詩係爲其師曾鞏作，乃以自表見其不更他師也。任淵《后山詩注》引白樂天《燕子樓》詩「鈿暈羅衫色似烟，幾回欲著即潸然。自從不舞霓裳曲，疊在空箱十一年」，以爲「后山蓋用此意，而語尤高古」。

【按】

此詩作於一九三六年，時邵潭秋任鐵道部次長曾養甫秘書，初次服官嶺南。先生詞《鷓鴣天（懶薄羈魂不耐刓）》序：「丙子夏旅居廣州，邵潭秋（祖平）亦因事南下，客裏相逢，暢談至快。」《年譜》「一九三六」年下引先生《檢討報告》亦紀其事。孔令彬《詹安泰執教韓師二十載年譜簡編》：「暑期，詹天泰辭去教職，詹安泰乃携其到廣州約十餘日，爲之謀一份公務員的職務。在廣州剛好遇到了去夏方才結識的邵祖平。……有與邵的和詩《次韵邵秘書潭秋荔灣夜泛》。」

離亂〔一〕

離亂逃荒計豈粗，山樓忍淚倚修梧。短長夢已連環至，東北風猶跋扈呼。幾見圍城師屈突〔二〕，一從歧路泣楊朱〔三〕。安心無術書生最，耕織還當問婢奴。

【箋注】

〔一〕一九三七年秋，日寇始擾潮汕，先生舉家避至潮州楓溪，有《无盦詞序》於楓溪途次：「冰火滿天，舉家避難，尚不知葬身何處。」

〔二〕屈突通，隋唐間人，《舊唐書》本傳：「時通弟蓋爲長安令，亦以嚴整知名。時人爲之語曰：『寧食三斗艾，不見屈突蓋；寧服三斗葱，不逢屈突通。』」圍城事者，據《舊唐書》列傳，煬帝幸江都，令通鎮長安，及唐義兵起，陷京師，擒通送於長安，「高祖謂曰：『何相見晚耶？』通泣對曰：『通不能盡人臣之節，力屈而至，爲本朝之辱，以愧代王。』高祖曰：『隋室忠臣也。』命釋之，授兵部尚書，封蔣國公，仍爲太宗行軍元帥長史。……或問：屈突通盡忠於隋而功立於唐，事兩國而名愈彰者，何也？答云：若立純誠，遇明主，一心可事百君，寧限於兩國爾！」

〔三〕楊朱，戰國時人。《列子·説符篇》：「楊子之鄰人亡羊，既率其黨，又請楊子之竪追之。楊子曰：『嘻！亡一羊何追者之衆？』鄰人曰：『多歧路。』既反，問：『獲羊乎？』曰：『亡之矣。』曰：『奚亡之？』曰：『歧路之中又有歧焉，吾不知所之，所以反也。』楊子戚然變容，不言者移時，不笑者竟日。」

狂飈至，黃葉成團飛，惟籬外秋花，猶綽約可念

渡海穿雲落短墻，攪將黃葉滿江鄉。爲披椒榝尋生脱〔一〕，肯戀癡肥別壽殤〔二〕。寒蝶斷無迎客舞，秋花兀自隔籬芳。思家老少都腸斷，韋端己詞：「未老莫還鄉，還鄉須斷腸。」歐公詩：「人老思家甚年少。」〔三〕莫向風前話夕陽。

【箋注】

〔一〕椒、榝，皆惡草名。《離騷》：「椒專佞以慢慆兮，榝又欲充夫佩幃。」先生《離騷箋疏》：「椒專會奸巧傲慢，榝又混充香囊。」

〔二〕壽殤，生命修短之謂。《莊子·齊物論》：「莫壽於殤子，而彭祖爲夭。」人生在於襁褓而亡，謂之殤子；彭祖至八百歲，猶自悔不壽。

〔三〕句出韋莊詞《菩薩蠻》、歐陽修詩《戲書》。

爲黄君綿家澤題《弱肉强食圖》〔一〕

月黑風驕天傾覆，咆咻啁啾鬼嘯哭，不覺拭汗似出浴。舊聞湅骨毒四煽，何當同類當珍膳，待放雄圖骨節轉。嗚呼黄子仁者仁，走書作畫畫通神，誰云虎頭真癡人〔二〕。

【箋注】

〔一〕黄家澤（一九一一—一九八五），字君綿，號石潭，潮州人，師從劉海粟、王个簃、諸樂三等，畫以清俊稱，曾創辦白虹國畫研究社。時黄任教於廣東省立第二師範學校。

〔二〕虎頭癡，《太平廣記》：「晋顧愷之，字長康，小字虎頭，晋陵人。多才氣，尤工丹青，傳寫形勢，莫不妙絶。」《晋書・文苑列傳》：「初，愷之在桓温府，常云：『愷之體中癡黠各半，合而論之，正得平耳。』故俗傳愷之有三絶：才絶，畫絶，癡絶。」

月夜聞簫，招石銘老、楊瘦子光祖納涼㊀〔一〕

洗腸不借圖澄法〔二〕，吊眼恍同佛閣檠。況有清簫吹月笑，好携蠻榼戴花行〔三〕。暝思千萬終何濟，入夢風雷已慣驚。偷得歡娛休病懶，留他丹臒與公卿。「丹臒所以爲國家之光華也。」見《敬齋古今黈》。〔四〕

【校記】

㊀此詩曾刊載於一九三六年十二月七日《韓師周刊》第三卷八期，題作「月夜聞簫招石銘老楊瘦子晒臺納涼」。

【箋注】

〔一〕石維岩（一八七八—一九六一），字銘吾，號慵石、慵叟，廣東潮安人，執業律師，工詩，爲壬社第二任社長，曾任潮州農林中學學監、遂溪縣專審員，受聘爲廣東省文史館館員，有《慵石室詩鈔》。楊光祖，廣東潮安人，壬社發起人之一，有《沙溪吟草》，因其身形瘦短，詩近郊島，或戲稱「楊瘦子」。

〔二〕佛圖澄，西晋時期天竺僧。《高僧傳》：「澄或言佛圖磴，或言佛圖橙，或言佛圖蹬，皆取梵音之不同耳。」《佛圖澄傳》：「澄腹傍有一孔，常以絮塞之。每夜讀書，則拔絮。孔中出光，照於一室。又嘗齋時，平旦至流水側，從腹旁孔中引出五臟六腑，洗之。」

〔三〕蠻榼，南方所製酒器也。王安石《寄張先郎中》：「胡床月下知誰對，蠻榼花前想自隨。」

〔四〕李冶《敬齋古今黈》：「范蔚宗《樂游苑應詔詩》末云：『聞道雖已積，年力互頽侵。探已謝丹臒，感事懷長林。』又，顔延年《和謝監詩》云：『伊昔遘多幸，秉筆侍兩闈。雖慚丹臒施，未謂玄素睽。』呂延濟、呂向皆以丹臒爲榮禄，而李善又以爲君恩，皆非也。丹臒所以爲國家之光華也。范意謂揣己空疏，不足以華國，故感事思歸；顔意謂雖無文章，可以華國爲慚，亦未至始素終玄，如絲之改色也。」

李禿翁冰若自真如寄詩見懷，讀罷悵惘，報以此章〔一〕

十年行坐四圍山，一讀嚴清千夢還。山谷詩：「李侯詩律嚴且清。」〔二〕別後情懷幾獨往，當前花鳥如相關。沉沉酒力銷殘劫，宛宛心光洗百蠻〔三〕。平治詩書那可説，來詩有「豈有詩書致平治」句。烟霏輿衛笑疏頑〔四〕。

附來詩

寄詹祝南潮陽

李冰若

屋外東華十丈塵。橘中棋局幾回新。千烽典册歸陳迹，萬里波濤托故人。豈有詩書致平治，自從患難見交親。寄身爲報陶元亮，莫向孤雲訴苦辛。

【校記】

㊀後附李冰若來詩，手鈔本無，今據《栩莊詩詞集》補録。

【箋注】

〔一〕秃翁，李冰若（一八九九—一九三九），名錫炯，字冰若，自號栩莊主人，湖南新寧縣人，曾任上海暨南大學國文系教授、武岡中央軍校教官，有《花間集評注》《莨楚軒詩》《緑夢庵詞》《栩莊詩詞集》《閑盧餘事》等。真如，地名，在上海，時李冰若任教於上海暨南大學，先生詞《應天長（深荷澹柳）》稱作「真茹別墅」。

〔二〕句出黄庭堅《再次韵兼簡履中南玉》。又，蘇軾《謝人見和前篇》：「敢將詩律鬥深嚴。」蘇詩「深嚴」或作「清嚴」。

〔三〕百蠻，謂邊遠之地。龔鼎孳《歸舟過章江雪堂先生謝病山居輕帆出晤》詩：「風烟洗百蠻。」先生詩《丁亥上元示静聞二首》：「與放心光照百蠻。」

〔四〕黄庭堅《賈天錫惠寶薰乞詩予以十字作詩報之》詩：「俗氛無因來，烟霏作輿衛。」輿衛，如在左右也。

聽歌舞團陳翠寶唱大鼓詞率成長句㊀〔一〕

清明前後天陰黑，隔霧看花花無色。意行微雨故飛飛，兀坐中情長惻惻。十年蘊命一山城，村釀雖沽少肴炙。醉去何曾得佳趣，游浪時復羨裙屐㊁。朋好知我有痂嗜㊂〔二〕，云有劇團來自北。厥名銀花花亂飄，厥技南國罕與匹。傍晚冒雨驅車去，明燈乍上萬人集。欵首斜身點足尖，蠕動微哦簇蠓蠛。色相頓失舊矜嚴，不成盈座都温客㊃。須臾一豕美而艷〔三〕，姿態裊娜揭簾出。名陳翠寶飾鳳喜，《啼笑姻緣》中主角。〔四〕唱大鼓詞自按拍。初猶生澀漸宛曼，繼乃圓朗轉密栗。裂玉跳珠火龍盤，疾風暴雨雄鬼泣㊄。暫如游電激秦箏〔五〕，忽若餓鴟搏弱翼㊅。荒荒雁背夕陽寬，縮縮角落羸牛窄。琵琶塞上不足哀〔六〕，霓裳殿中何可律〔七〕。震蕩魂魄逾夜魔，瀲灧容華耀朝日。驀地颯爽健鶻翻，倏爾端凝大山立。風摑桃杏自天斜〔八〕，香逐燕鶯交拋擲。橫挑秋水巧傳神〔九〕，直使善財難着力〔一〇〕。人間幾曾得見聞，瓖骨觀音或小謫〔一一〕。坐此令我發夢思，都門夫子廟堂側〔一二〕。秦淮花鼓迹成陳，鳴鳳茶歌境初歷。鳴鳳，茶社名。當時魂消直到今，未許清狂不敢說。鬢髮年來漸凋疏，宛宛心光鬱黝石。肯斅說老簪羞花，不信過江士如鯽〔一三〕。短褐欲拂山館塵，冰綃妄冀鮫人織〔一四〕。焉知困人天氣時，得續笑啼墜歡拾。前頭倘是老來嬌〔一五〕，不向荒岡題壞壁。

【校記】

〔一〕此詩曾刊載於一九三七年六月中山大學研究院文科研究所《語言文學專刊》，題作「聽陳翠寶唱大鼓詞率成長句」。

㈡「游浪」，《語言文學專刊》作「游歡」。
㈢「痂嗜」，手鈔本原作「痂癖」，後改。
㈣「都」，《語言文學專刊》作「皆」。
㈤「雄鬼」，《語言文學專刊》作「厲鬼」。
㈥「餓鴟」，《語言文學專刊》作「飢鴟」。

【箋注】

〔一〕陳翠寶，上海銀花歌舞團舞星。大鼓詞，北方傳統曲藝之一，多以三弦伴奏，或説或唱，以演故事。

〔二〕痂嗜，《宋書·劉邕傳》：「邕所至嗜食瘡痂，以爲味似鰒魚。嘗詣孟靈休，靈休先患灸瘡，瘡痂落床上，因取食之。靈休大驚。答曰：『性之所嗜。』」謂怪嗜也。

〔三〕一豸，張衡《西京賦》：「嚼清商而却轉，增嬋蜎以此豸。」薛綜注曰：「嬋蜎、此豸，姿態妖蠱也。」

〔四〕張恨水《啼笑姻緣》之一段，女主角沈鳳喜於北京天橋下唱大鼓書。

〔五〕秦箏，應劭《風俗通義》：「箏，謹按《禮·樂記》：『五弦，筑身也。』今并、涼二州箏形如瑟，不知誰所改作也。或曰秦蒙恬所造。」蒙恬秦人，故稱秦箏。

〔六〕用明妃事。李商隱《王昭君》：「馬上琵琶行萬里。」石崇《王明君》題解：「王明君本名昭君，以觸文帝諱，故晋人謂之明君。匈奴盛，請婚於漢，元帝以後宮良家子明君配焉。初武帝以江都王建女細君爲公主，嫁烏孫王昆莫，命琵琶馬上作樂，以慰其道路之思，送明君亦然也。其新造之曲，多哀怨之聲。」

〔七〕《唐逸史》：「開元中中秋後，羅公遠取拄杖爲大橋，請明皇同登。公遠曰：『此月宮也。』見仙女數百皆素倲寬衣，舞於廣庭，曰《霓裳羽衣之曲》，明皇密記其聲調，作《霓裳羽衣曲》。」鄭愚《津陽門詩》注曰：「葉法善引明皇入月宮，聞仙樂。及上歸，但記其半，遂於笛中寫之。會西涼府都督楊敬述進《婆羅門曲》，與其聲調相符，遂以月中所聞爲散序，用敬述所進爲其腔，名《霓裳羽衣曲》。」

〔八〕夭斜，窈窕貌。《詩經·周南·桃夭》：「桃之夭夭，灼灼其華。」

〔九〕秋水，美目也。傅毅《舞賦》：「目流睇而横波。」李善注曰：「横波，言目邪視，如水之横流也。」

〔一〇〕善財，亦作「善才」，唐代琵琶師之稱。白居易《琵琶行》：「曲罷曾教善才服。」

〔一一〕觀音謫降，喻美人也。鏁骨，亦作「鏁子骨」，得道神仙骨節珊然有聲，故云。

〔一二〕都門，時國民政府都南京。南京夫子廟在南京城秦淮河北岸，廟側有鼓書場名「鳴鳳茶社」者。按，先生一九三五年有南京之游，或曾在此聽演大鼓書。

〔一三〕《北夢瑣言》：「江陵在唐世，號衣冠藪澤，人言琵琶多於飯甑，措大多於鯽魚。」連横《桃花扇題詞》：「過江名士多於鯽。」

〔一四〕鮫人織，《博物志》：「南海外有鮫人，水居如魚，不廢織績。」《述异記》：「南海出鮫綃紗，泉室潛織，一名龍紗。」

〔一五〕老來嬌，花名。先生詞《霜花腴》序曰：「雁來紅，一名老來嬌，（余未之見也。）……品草描花，非所夙尚，即其名而寫所感，必非工於體物矣。」按，蓋用其字義。

【按】據文碩《中國音樂劇史》，上海銀花歌舞團曾於一九三四年六月前後輾轉港澳、汕頭、厦門等地巡演。此詩或作於該時期。以詩中有記京游事，推知當作於一九三五年之後。

游别峰八十六韵㊀〔一〕

天下勝迹人人知，東有泰岱西峨嵋〔二〕。嵩華終南衡陽朔〔三〕，山經地志紛星棋。或嗟或哭或顛喘，崒屼邃窅艱攀躋〔四〕。寺藏漢魏晋唐宋，石勒碑頌銘歌辭〔五〕。發爲雄文體能創，即作小記傳無疑。名山英靈氣未得，名山志業安由期〔六〕。病瘡羸馬不辭鞿，臣壯筋力何當疲〔七〕。人笑襬襶我成癖〔八〕，游別峰夢無時離。去春有人實告我，告我別峰窮幽奇。聽罷躍躍欲試之，腰脚未健先題詩。余去春有《夢游別峰》詩。〔九〕今年清明後六日，友生慫恿乘春嬉。諗所願久共挽去，蟠胸忽覺生蛟螭。陰翕陽闢得沆瀣〔一〇〕，九州六合隨噴噫〔一一〕。斧鑿岩壁熊羆肆，煦育稻秫青葱齊。千敷高艷到璚梢〔一二〕，雙織裙帶縈郊扉。撐空叢竹殷筠籊，懸崖老龍盤之而〔一三〕。茆菅吮茁巨深谷〔一四〕，栝柏摇弄偏頗陂〔一五〕。峰巒迴轉若失途，光景吸引如生磁。江波匝納漭泱流〔一六〕，帆影來往參差飛。金砂玉礫射午日〔一七〕，嫩柳明桃醒昏眵〔一八〕。天外樓臺錯錯陳，林隙遁隱悠悠思。刹那觀心歷萬劫〔一九〕，蒼茫危涕鬱千悲。白骨慣以蛇爲穴，紙灰挂在岡之茨㊁〔二〇〕。方死方生何恩怨〔二一〕，忽出忽入誰町畦〔二二〕。魍魎魑魅況沓雜〔二三〕，咆哮啁啾争雄雌。蠻觸蹶角總兒戲〔二四〕，騏驥跛鱉寧妍媸〔二五〕。渺矣子晋跨雲鶴〔二六〕，卓哉老氏鍾嬰兒〔二七〕。數弓倘許與遲留〔二八〕，一世無復長奔馳。須臾十二羊腸過〔二九〕，擖蹋藤蘿摩㕒巇〔三〇〕。縷脉碎細若雕鏤〔三一〕，群峰刻削相因依。巍乎矗插青霄外，或乃排斡滄海湄〔三二〕。散布鼯鼬突泉乳，裂坼龜筊羅多歧。拔地自蓄莽蒼氣，坐朝不數皇王威。諸佛香中通謦欬〔三三〕，一庵山腹當肝脾〔三四〕。庵前單樹戀禿頂，庵後篁桂噓清颸。中有廣埕鐵床穩，旁夾怪巘獰貌窺〔三五〕。新植菜甲秀可餐〔三六〕，靜看簪笋神能怡。石澗分音有幽咽㊂，春禽作響無沙嘶。綽綽風姿信男女，頻頻撞擊相嘔呢。擲珓搖籤卜佳朕〔三七〕，揚眉蹙額眈靈機。求官賜福俗獻醜，泣血椎心孤扶嫠㊃〔三八〕。亦有摩挲墻壁字，頗露瀟灑江湖姿。蟻螻豈能勘幾訣㊄，想像自見來雲旗〔三九〕。何必杳冥妄冀報，但不如此將奚爲。正猶瞀儒守帖括〔四〇〕，欲以斯道經邦畿。萬人幾人叵閔笑，萬事大氐交遷推。輕塵栖草駒過隙〔四一〕，談固容易知其誰〔四二〕。古之大隱隱於市〔四三〕，日者列傳傳其微〔四四〕。抱瓮穿垣亦天全〔四五〕，裸行髡首還形虧〔四六〕。失時累轉駕則駕，偶然游戲非都非㊅。奸慝可堪閟神宇〔四七〕，剿鏟試假通天犀㊆〔四八〕。帝遣緇衣勸我止〔四九〕，復降璽詔詒我貽〔五〇〕。出爾反爾旁人嗤〔五一〕，自顧亦復如蒙倛〔五二〕。一二三小子更憙事〔五三〕，若烏脱籠牛辭犁。亂叩九閽法正則〔五四〕，待割鹿肉觴瑶姬㊇〔五五〕。异哉芸芸一爐炭，播弄缺陷千刓劙㊈〔五六〕。告冤沉沉白日黯，奪魄滚滚東流西。回頭萬木刺天眼，羲鞭鞭撻天倒垂〔五七〕。急走側嶺向北望㊉，崗陵廬舍連崇庳〔五八〕。適來兩樵指我言，七十餘村村村宜。不少溪橋互穿貫⑪，頗産髦俊光門楣。我謝兩樵一叩首，所見者遠難依稀。却還庵外覓去路，石級砌叠殊前蹊。蹊因山轉多曲折，山孕水漏從平低。鳴玉琤琮奏足底，野花歷亂堆山皮〔五九〕。時摘一枝隨步嗅，忽焉數犬看人迷。脱履披衣坐毬罽〔六〇〕，爽心澈骨祛塵緇。出没鷄孫小一握，傳呼舊釀多幾卮㊁。乳犢偎娘樂耕稼，頑稚挈榼供耘耔〔六一〕。黄農虞夏忽復見〔六二〕，百官美富空牽羈〔六三〕。我今欲辨口已呿〔六四〕，亦無雄髮朝陽晞〔六五〕。即此是神仙窟宅，虚勞蹇叟登天梯〔六六〕。少豁心眼得佳趣，緩尋沙埗沿風漪。龍眼初珠榆錢碎，荷葉未傘枇杷肥〔六七〕。石髮與紅苔幽瘦〔六八〕，文杏共長楊傾欹〔六九〕。㊂烟嵐一抹白吞吐，鈎連萬頃青玻璃。琢屐網魚各生活，東津市人多製屐。㊃〔七〇〕擔夫里婦侈哆嗎〔七一〕。五里十里茶亭建，四通八達長堤支。長堤未必驚郎目〔七二〕，何事歸及黄昏炊。更雇小舟轉別渚，欲邀明月上平。天池〔七三〕。如中郎觀鴻都碣，十旬不返疇云癡〔七四〕。當年韓蘇曾過嶺〔七五〕，惜不於此一留題。於戲！兀兀讀書亦胡爲，動輒得咎言非機〔七六〕。撑持絶學衹見點，哀號衢路終羞卑〔七七〕。丘軻揚歷得轗坷〔七八〕，杜陳詩賦酬枵飢〔七九〕。且倚昆侖向大海，長睨電露吞天臍〔八〇〕。

【校記】

㊀ 此詩曾刊載於一九三七年六月中山大學研究院文科研究所《語言文學專刊》。

㈡「紙灰」，《語言文學專刊》作「紙條」。
㈢「凋」，《語言文學專刊》作「碉」。
㈣「泣血椎心」，《語言文學專刊》作「椎心泣血」。
㈤「勘幾訣」，《語言文學專刊》作「勘秘訣」。
㈥「偶然游戲」，《語言文學專刊》作「人間游戲」。
㈦此句《語言文學專刊》作「剿滅欲假通天犀」。
㈧「鹿肉」，《語言文學專刊》作「鹿角」。
㈨「播弄」，《語言文學專刊》作「顛簸」。
㈩「急走」，《語言文學專刊》作「急趨」。
⑪「穿貫」，《語言文學專刊》作「貫穿」。
⑫「多」，《語言文學專刊》作「盈」。
⑬此二句《語言文學專刊》作「紅苔共石髮幽瘦，文杏與長楊傾欹」。
⑭此句自注，《語言文學專刊》作「東津市人多琢屐爲生。」

【箋注】

〔一〕別峰，潮州山名，見前注。

〔二〕泰岱，即泰山，爲衆嶽所宗，故稱岱宗。《周禮·春官·大宗伯》鄭玄注曰：「五嶽，東曰岱宗、南曰衡山、西曰華山、北曰恒山、中曰嵩高山。」峨嵋，即峨眉山，在今四川一帶。

〔三〕嵩，即嵩山。華，即華山。終南，即終南山。衡，即衡山。陽朔，謂桂林諸山。

〔四〕崒屼，險峻貌。邃窅，隱晦貌。

〔五〕碑，《昭明文選序》：「碑碣志狀。」吕延濟注曰：「記其年代，狀摹其德行。」頌，《昭明文選序》：「頌者，所以揄揚德業，褒贊成功。」銘，《昭明文選序》：「銘則序事清潤。」劉良注曰：「述其功美使可稱名也。」辭，吕延濟注曰：「猶思也，寄辭以遺思。」

〔六〕名山志業，《史記·太史公自序》：「以拾遺補藝，成一家之言，厥協六經异傳，整齊百家雜語，藏之名山，副在京師，俟後世聖人君子。」司馬貞《索隱》引《穆天子傳》郭璞注云：「『古帝王藏策之府』，則此謂『藏之名山』是也。」

〔七〕《左傳·僖公三十年》：「臣之壯也，猶不如人，今老矣，無能爲也已。」

〔八〕褦襶，胡文英《吴下方言考·褦襶》：「褦襶，不能事而笨也，吴諺呼笨人爲褦襶。」又，姚寬《西溪叢語》「據《炙轂子》云，褦襶，笠子也。」

〔九〕即《久思游别峰不果春窗雨夜娥卿談别峰勝概恍然有作》。

〔一〇〕陰翕陽闢，謂日初出時。沆瀣者，夜半水氣也。

〔一一〕九州，《書·禹貢》：「禹别九州。」即冀、兗、青、徐、揚、荆、豫、梁、雍九州也。六合，天地四方也。

〔一二〕敷，散布也。璚梢，謂花木美者。

〔一三〕之而，鬚毛也。《周禮・考工記・梓人》：「深其爪，出其目，作其鱗之而。」戴震《補注》曰：「頰側上出者曰之，下垂者曰而，鬚鬣屬也。」

〔一四〕茅、菅，小草名。《說文解字》：「茅，菅也。」段玉裁注曰：「此從統言也。陸璣曰：『菅似茅而滑澤，無毛。』」

〔一五〕栝、柏，樹名。偏陂，《尚書・洪範》：「無偏無陂。」孔傳曰：「偏，不正；陂，不平。」

〔一六〕匝納，水聲也。

〔一七〕蘇軾《同正輔表兄游白水山》：「金沙玉礫粲可數。」

〔一八〕昏眵，目傷眦也。韓愈《短燈檠歌》：「兩目眵昏頭雪白。」

〔一九〕釋家語。九十刹那爲一念，刹那者，言時之極短也。萬劫者，經世界成壞一萬，言時之極長也。《仁王般若波羅蜜經》：「一念中一刹那，經九百生滅。」

〔二〇〕茨，以茅蓋屋也。

〔二一〕《莊子・齊物論》：「方生方死，方死方生。」郭象注曰：「今生者方自謂生爲生，而死者方謂生爲死，則無生矣；生者方自謂死爲死，而死者方謂死爲生，則無死矣。」

〔二二〕《莊子・内篇・人間世》：「彼且爲無町畦，亦與之爲無町畦。」町畦，田界也。

〔二三〕魑魅，山神怪也；魍魎，水神怪也。張衡《西京賦》：「魑魅魍魎，莫能逢旃。」

〔二四〕蠻觸，《莊子·則陽》：「有國於蝸之左角者，曰觸氏；有國於蝸之右角者，曰蠻氏。時相與争地而戰，伏屍數萬，逐北，旬有五日而後反。」喻蕞爾之争。

〔二五〕騏驥，良馬也。《離騷》：「乘騏驥以馳騁兮。」跛鱉，跛足鱉也。嚴忌《哀時命》：「駟跛鱉而上山兮，吾固知其不能升。」

〔二六〕劉向《列仙傳·王子喬》：「王子喬，周靈王太子晋也。好吹笙，作鳳鳴。游伊洛閑，道士浮丘公接上嵩山。十餘年後，來於山上，告桓良曰：『告我家，七月七日待我緱氏山頭。』果乘白鶴駐山顛，望之不得到，舉手謝時人而去。」

〔二七〕《老子》：「專氣致柔，能嬰兒乎？」又，「如嬰兒之未孩」，王弼注曰：「言任自然之氣，致至柔之和，能若嬰兒之無所欲乎？」

〔二八〕弓，量地之數。《度地論》：「二尺爲一肘，四肘爲一弓，三百弓爲一里。」

〔二九〕羊腸，《吕氏春秋·九山》：「太行羊腸，其山盤紆如羊腸。」

〔三〇〕厜㕒，山顛也。《爾雅·釋山》：「崒者厜㕒。」

〔三一〕韓愈《南山》：「清明出棱角，縷脉碎分離。」脉，水分流也。

〔三二〕韓愈《南山》：「力雖能排斡，雷電怯呵詬。」排，推也；斡，轉也。

〔三三〕謦欬，言談咳嗽之聲也。《莊子·徐無鬼》：「夫逃空虛者，藜藋柱乎鼪鼬之徑，踉位其空，聞人足音跫然而喜矣，又況乎昆弟親戚之謦欬其側者乎？」

〔三四〕別峰頂有天湖庵，即今別峰古寺，見《久思游別峰不果》詩注。

〔三五〕《廣韵》：「巘，山形如甑。一曰山峰。」貔，《尚書・牧誓》孔傳曰：「貔，一名執夷，虎屬也。」《詩經・大雅・韩奕》陸璣疏曰：「貔似虎，或曰似熊，遼東謂之白熊。」

〔三六〕《説文解字》：「草木初生曰甲。」

〔三七〕珓、籤，皆占卜用物。《演繁露・卜教》：「後世問卜於神有器名杯珓者，以兩蚌殼投空擲地，觀其俯仰，以斷休咎。」佳朕，猶云佳兆。

〔三八〕孤，子無父也；嫠，婦無夫也。

〔三九〕雲旗，《楚辭・九歌・東君》：「駕龍輈兮乘雷，載雲旗兮委蛇。」

〔四〇〕瞀儒，愚蒙之謂也。《荀子・非十二子》：「世俗之溝猶瞀儒，讙讙然不知其所非也。」王先謙《集解》引郝懿行曰：「溝猶瞀儒四字迭韵，其義則皆謂愚蒙也。」帖括，唐代明經科以帖經試士，應試者乃權宜編成「帖括」，以資誦習。《新唐書・選舉志上》：「爲進士者皆誦當代之文，而不通經史，明經者但記帖括。」

〔四一〕《列女傳》：「人生世間，如輕塵栖弱草耳，何至辛苦乃爾。」《莊子・知北游》：「人生天地之間，若白駒之過隙，忽然而已。」

〔四二〕《尚書・説命中》：「非知之艱，行之惟艱。」孔傳曰：「言知之易，行之難。」

〔四三〕王康琚《反招隱詩》：「小隱隱陵藪，大隱隱朝市。」

〔四四〕《史記》有《日者列傳》，裴駰題解：「古人占候卜筮，通謂之『日者』。」

〔四五〕抱瓮，典出《莊子》，見《鬱鬱四首》詩注。先生詩《報陳寂爰連縣》：「雖缺温飽得天全。」

〔四六〕髡首，剔頭也。裸行，裸身而行也。《楚辭·九章·涉江》：「接輿髡首兮，桑扈裸行。」接輿、桑扈，皆古隱士。王逸注曰：「自刑身體，避世不仕也。」「去衣裸裎，效夷狄也。」

〔四七〕憝，惡也。閟，匿也。

〔四八〕通天犀，古人以犀角爲靈物，能分水。葛洪《抱樸子·登涉》：「得真通天犀角三寸以上，刻以爲魚，而銜之以入水，水常爲人開。」

〔四九〕緇衣，僧尼之服也，代指僧人。

〔五〇〕飴，糖也。《吕氏春秋》：「仁人之得飴，以養疾侍老也。」

〔五一〕出爾反爾，《孟子·梁惠王下》：「曾子曰：『戒之，戒之！出乎爾者，反乎爾者也。』」

〔五二〕蒙倛，《荀子·非相》：「仲尼之狀，面如蒙倛。」楊倞注曰：「倛，方相也。其首蒙茸然，故曰蒙倛。」

〔五三〕二三子，同游學生也。《論語·述而》：「吾無行而不與二三子者，是丘也。」

〔五四〕法正則，《離騷》：「名余曰正則兮。」王逸注曰：「正，平也。則，法也。」

〔五五〕割鹿肉，《三國志·吴志·趙達傳》：「嘗過知故，知故爲之具食，謂曰：『倉卒乏酒，又無嘉肴，無以叙意，如何？』達取盤中隻箸，再三縱横之，乃言：『卿東壁下有美酒一斛，鹿肉三斤，何以辭無？』」瑶姬，神女。《太平廣記》引《集仙録》：「雲華夫人，王母第二十三女，太真王夫人之妹也，名瑶姬。」

〔五六〕刓，剖也；劙，割也。

〔五七〕羲鞭，日也。《廣雅》：「羲和，日御也。」傅玄《日昇歌》：「羲和初攬轡，六龍并騰驤。」杜甫《同諸公登慈恩寺塔》：「羲和鞭白日。」

〔五八〕崇庳，屋高下也。

〔五九〕琤琮，衆水聲也。歷亂，紛雜貌。

〔六〇〕毬罽，氈毯之類，以唐代西域有國名罽賓者，故稱。

〔六一〕耘，除草也；耔，培土也。《詩經·小雅·甫田》：「今適南畝，或耘或耔。」

〔六二〕黄，指黄帝；農，指神農氏；虞，指虞舜；夏，指夏禹。喻上古治世。

〔六三〕百官富美，范仲淹有《百官圖》，《資政殿學士户部侍郎文正范公神道碑銘》：「爲《百官圖》以獻，曰：『任人各以其材而百職修，堯舜之治，不過此也。』」

〔六四〕呿，張口貌。

〔六五〕晞髪，《楚辭·九歌·少司命》：「晞女髪兮陽之阿。」晞，曬也。

〔六六〕蹇，跛也。登天梯，《楚辭·九思·傷時》：「緣天梯兮北上，登太一兮王臺。」

〔六七〕《太平御覽》引晋顧微《廣州記》：「龍眼，子似荔枝，七月熟。」《廣群芳譜》：「榆莢，生青熟白，形圓如小錢，故又名榆錢。」

〔六八〕石髮、紅苔，皆石苔之類。先生詩《久思游别峰不果，春窗雨夜，娥卿談别峰勝概，恍然有作》：「石髮瘦徑盤，柔簪暗水牽。」

〔六九〕文杏，即銀杏。長楊，潘岳《閑居賦》：「長楊映沼。」劉良注曰：「楊，柳樹也。」

〔七〇〕潮州多製屐。張渠《粤東聞見録》：「潮州尚拖成散屐，以輕爲貴。」東津，潮州地名，在韓江東岸。

〔七一〕侈哆，口大張貌。《詩經·小雅·巷伯》：「哆兮侈兮。」嗚，口不正也。

〔七二〕驚郎目，《清商曲辭·西曲歌·襄陽樂》：「朝發襄陽城，暮至大堤宿。大堤諸女兒，花艷驚郎目。」《通典·樂典》：「劉道彦爲襄陽太守，有善政，百姓樂業，人户豐贍，蠻夷順服，悉緣沔而居，由此有襄陽樂歌也。」

〔七三〕按，此句「上」字下注一「平」字，蓋謂此字宜用平聲。「欲邀明月上天池」之句，聲韵似近體，故調度使變化聲容。「上」字用作在上之上，平水韵在漾韵去聲，而依《韵補》則作辰羊切，如楚辭《九懷》「騎霓兮南上」，即爲平聲。《鷓鴣巢詩集》未見他例，若《无盦詞》中，則有《石州慢》「目斷經年」、《天香》「鴛鴦卅六顛倒」、《安公子》「屧響連朱户」，「目」「六」「屧」下皆注「平」，係以入代平。《木蘭花慢》「趁行雲都幻作離愁」，入聲「作」下注「去」，依《集韵》《韵會》用箇韵去聲。《徵招》「魂招碧凝江關外」，平聲「凝」下注「去」，依《集韵》《韵會》用径韵去聲。此皆注明字聲之例。先生有《中國文學上之倚聲問題》《論聲韵》諸文，論詞頗嚴四聲之辨，要在聲情吻合、聲樂吻合，論詩則於平仄之外亦不廢其聲。《中國文學上之倚聲問題》：「其在於詩，則於平仄之外，上去入三聲，雖亦有其運用之妙，顧無成式可按，故得僅守平仄。」《无盦説詩》：「詩有聲韵美，學詩者自當兼講聲韵。」并援趙執信《聲調譜》論及古詩聲調之法，以爲「説有根據」。

〔七四〕東漢蔡邕，字伯喈，官拜左中郎將，故稱蔡中郎。鴻都，漢代藏書之所也。王羲之《書論》：「蔡尚書入鴻都觀碣，十旬不返，嗟其出群。」疇，疑辭。

〔七五〕韓愈、蘇軾，事見前注。先生詩《鬱鬱四首》：「韓公當年謫潮州，道固坎坷聲名留。東坡當年遷嶺表，勝事遺芬今皎皎。」

〔七六〕機，祥也。

〔七七〕哀號衢路，《後漢書·馮衍傳》：「楊朱號乎衢路兮。」典見《離亂》詩注。

〔七八〕丘軻，孔丘、孟軻也。揚歷，顯揚經歷也。

〔七九〕杜陳，或謂杜甫、陳師道。枵，飢也。

〔八〇〕昆侖，西方神山名。吞天臍，《河圖·括地象》：「河有九曲，發昆侖爲地首……至砥石入於海爲天臍。」電露，《金剛經》：「一切有爲法，如夢幻泡影，如露亦如電，應做如是觀。」

【集評】

陳沅與詹安泰書云：「《別峰八十六韵》矯健盤旋，無一韵鬆懈，更似幽燕老將，横青犢，策黄渠，騁九折峻阪，觀者震駭而馭者整暇，潮士紀游之咏，此篇允推巨製。」

【按】

據一九三七年《韓師周刊》第三卷第二十二期《全校學生旅行別峰（第十周）》：「本校爲使學生欣賞自然，增進身心健康，發揚求學之活潑精神起見，因有春假旅行別峰之舉。旅行日期，原定四日，嗣因天雨未果，乃改期於第十周星期日舉行，是日天氣晴朗，春光明媚，全校學生於上午八時在操場集隊，由教師領導出發，十時許到達目的地，即散隊游息。名山古刹，幽静可人，各生均携帶乾糧，於山上舉行野餐。至下午一時許，始整隊回校。」若依彼時政府規定《學校學年學期及休假日期規程》，二月一日起爲學校第二学期，至春假旅行別峰在「第十周星期日」，正是詩中「清明後六日」之期，即西曆一九三七年四月十一日。據詩意，即紀此游，乃知此詩作在一九三七年春夏之際。

琴香館夜聽王澤如琵琶、鄭祝三箏、吴軒孫胡弦合奏〔一〕

樂最動人琵琶箏，我心好之嗟無成。胡弦圓朗亦悦耳，合奏弥使百靈清。王鄭吴俱此中聖，忽携仙樂張洞庭〔二〕。端坐飄然若脱殼，頓覺厚地高天平。况當二月春如海，十萬八萬呈奇英。顛狂花鳥歷歷過，伴以明月凉宵行。里巷嗚咽固騷屑〔三〕，有酒難慰客魂驚。年來徒友飛鳥散，爲寶往往求榮名。得少佳趣真天幸，上指一刻千春生。千春爛縵色相陳，未若指上兼傳情。舊聞高調出焦尾〔四〕，亦有箜篌彈李憑〔五〕。季長子晋兩擅勝〔六〕，异代各以其術鳴。鍾期已杳孰知音〔七〕，我詩不敢形其聲。且養天和拂俗醜〔八〕，留待後日來重聽。

【箋注】

〔一〕琴香館，其地不詳。鄭祝三（一八八一—一九四六），名映梅，又名錦春，廣東澄海人，擅民樂，特擅秦箏，師事潮州國樂名宿洪沛臣，有民樂大師、秦箏聖手之稱。按，據孫淑彦、王雲昌《潮汕人物辭典》：「青年時期遠渡南洋經商於星洲（新加坡），與王澤儒（人稱琵琶王）、吳軒慈（人稱胡弦吳）友善，共同經營三友實業公司。每於夜間店務餘暇之時，合奏國樂，怡然相得，一時傳爲佳話。」詩中王鄭吳，蓋指此三人。

〔二〕《莊子·至樂》：「咸池九韶之樂，張之洞庭之野，鳥聞之而飛，獸聞之而走，魚聞之而下入，人卒聞之，相與還而觀之。」

〔三〕騷屑，風聲貌。劉向《九嘆·思古》：「風騷屑以摇木兮。」

〔四〕焦尾，琴名。《後漢書·蔡邕傳》：「吴人有燒桐以爨者，邕聞火烈之聲，知其良木，因請而裁爲琴，果有美音，而其尾猶焦，故時人名曰『焦尾琴』焉。」

〔五〕古樂府《箜篌引》，見《失題五首（澂江作）》詩注。李賀《李憑箜篌引》：「吴絲蜀桐張高秋，空山凝雲頹不流。江娥啼竹素女愁，李憑中國彈箜篌。昆山玉碎鳳皇叫，芙蓉泣露香蘭笑。十二門前融冷光，二十三絲動紫皇。女媧煉石補天處，石破天驚逗秋雨。夢入神山教神嫗，老魚跳波瘦蛟舞。吴質不眠倚桂樹，露脚斜飛濕寒兔。」

〔六〕季長，《後漢書·馬融傳》：「馬融，字季長，扶風茂陵人也。……善鼓琴，好吹笛，達生任性，不拘儒者之節。」子晋，《列仙傳·王子喬》：「王子喬，周靈王太子晋也。好吹笙，作鳳鳴。」

〔七〕鍾期，即鍾子期。劉向《説苑》：「伯牙子鼓琴，其友鍾子期聽之。方鼓琴而志在於太山，鍾子期曰：『善哉鼓琴！巍巍乎若太山。』少選之間而志在流水，鍾子期聽之，曰：『善哉鼓琴！湯湯乎若流水。』鍾子期死，伯牙子屏琴絶弦，終身不鼓，以爲時無足爲鼓琴者。」

〔八〕天和，《莊子·庚桑楚》：「敬之而不喜，侮之而不怒者，唯同乎天和者爲然。」

和邵潭秋《越秀山觀紅棉歌》㈠〔一〕

高花吐天天敷朱，低花壓屋屋成圖。小大俱得撐正氣，枝柯猶欲雄關夫。春風冥搜貫萬象，西極東州齊莽蕩〔二〕。丹霞大帝似有意〔三〕，放逐此花落南瘴。雕愁刻鬼骨魄寒，起看烟霧堆雲鬟。蜿蜒時夾黝青走，夭矯恍若龍蛇蟠。暇日消憂躡磴道〔四〕，牙角九關幾猺獠〔五〕。提精懸膽凛堅冰〔六〕，焦頭爛額駭烈燒。如頳虬卵略槎枒〔七〕，珊瑚瑪瑙相交加。突迫盆盆猛士血〔八〕，驚飛故故夕陽鴉。拔劍悲歌歌罷哭，潭淹風光次第縮〔九〕。忽發思古之幽情，若對漢廷念頗牧〔一〇〕。蠻夷大長南粤王〔一一〕，當年威聲致堂堂。一死肯下薦蕉荔〔一二〕，千秋英物留精光。精光煜爚臺蒿萊〔一三〕，沐日浴月乘時開。不有詩翁題詩來，誰教桃李嗟無才〔一四〕。奇葩初胎葉已落〔一五〕，彼真群鷄此獨鶴〔一六〕。即以餘絮所覆被，大用亦羞牡丹洛〔一七〕。黄蜂顫聾難排衙〔一八〕，青鶻斑蝶各有家。蒼茫海枯山石爛，試招寸抱明荒遐㊁。往往兵戈百十載，績續孤臣下馬拜。豈等狐鼠竄窮邊，欲仗豪奇驅閟怪。嗚呼今人非古人，偶遂刻畫何酸辛。迅雷世險長叵測〔一九〕，摩挲大足慘玄神。我所思兮植寰宇，刓換人間腐腸腑。直使十萬年後人，不携雨淚來吊古。

附原作

粵秀山觀紅棉放歌㊂

邵祖平

南維離火昭且融，陰陽炭熾洪爐銅。鼓鑄山川出奇木，花開十丈斑枝紅。南溟天闊鯤鵬徙，楚庭燈雜魚龍戲。此時越王山景奇，袨服華妝男女麗。倚天照海光無垠，拔地干雲春有勢。插空疑開太華蓮，紛披萬朵鷩鈎連。苕苕亭亭亂晴昊，玉女笑靨温千年。春秋繁露赤玉杯，淋漓大筆書空來。萬臂撑天掬心血，供養鳳雛鳴高臺。四山青翠頗黎禎，一抹霞彩珊瑚明。琥珀杯承瑪瑙碗，花光玉理横庚庚。睒婆佛國初傳種，銜子飛來有鸞鳳。春華秋實兩宜人，崛起大材兼體用。海棠嬌惰入掖宮，桃李粗庸皆臣工。此花威儀可南面，赤纛華屋人趨風。峨峨嶷嶷飭冠佩，肅立丹陛躋蹌同。獨立雄風表南隅，琳宮赤松相與娛。蠻夷一書嫚呂姁，虬髯千艘王扶餘。江山未盡英雄氣，卉木猶堪偏霸居。漫訪素馨花田路，且尋藥洲丹顔駐。流霞歡傾抱朴碗，穗城丹甑豐粻糈。平人皆乘赤杠車，雖有寇盜無由聚。嗚呼海外奇觀得此遭，飄若浮雲且當住。

【校記】

〔一〕詩題手鈔本「越秀山」原作「粵秀山」，後改。《滇南挂瓢集》題作「和邵潭秋《粵秀山觀紅棉放歌》」。

〔二〕「試招」，《滇南挂瓢集》作「招邀」。

〔三〕後附邵祖平原作，手鈔本無，今據《培風樓詩》補録。

【箋注】

〔一〕邵祖平（潭秋），見前注。先生詩《韓山韓水歌》詩序有「潭秋秘書以《粵秀山觀紅棉歌》屬和」云云。越秀山，《白雲粵秀二山合志》：「越秀山在會城北，爲省會主山，由白雲山逶迤而西，跨郡而聳起，東西延袤三里餘，俯視三城，下臨萬井，爲南武之鎮山。」

〔二〕西極，《離騷》：「朝發軔於天津兮，夕余至於西極。」先生《離騷箋疏》：「西極，指極西之地，没有確定的地名。」東州，猶云東方。

〔三〕丹霞大帝，或謂東霞扶桑大帝。《枕中書》：「扶桑大帝住在碧海之中，宅地四面并方三萬里。」取顏色丹紅之義。

〔四〕王粲《登樓賦》：「聊暇日以銷憂。」

〔五〕九關，《楚辭・招魂》：「虎豹九關，啄害下人些。」王逸注曰：「天門凡有九重，使神虎豹執其關閉，主啄齧天下欲上之人而殺之也。」猺、獠，皆犬類野獸。

〔六〕《詩經・小雅・小旻》：「戰戰兢兢，如臨深淵，如履薄冰。」先生詩《鐵嶺寓居雜詩（十首）》：「人間終古凛堅冰。」

〔七〕赬虬卵，柿果也。語出韓愈《游青龍寺贈崔大補闕》：「然雲燒樹火實騈，金烏下啄赬虬卵。」韩醇注云：「上聯咏柿葉之紅而光華之粲然，下聯咏柿實之赤而日光之交映。火傘、赬虬，皆狀其紅而取喻之工如此。」赬，赤也；虬，龍子有角者。槎枒，枝杈錯落貌。

〔八〕盆盆，暗貌。

〔九〕郭璞《江賦》：「與波潭淹。」李善注曰：「潭淹，隨波之貌。」

〔一〇〕頗牧，即廉頗、李牧。《史記・廉頗藺相如列傳》：「廉頗者，趙之良將也。」「李牧者，趙之北邊良將也。」

〔一一〕大長，即首領。南粵王，指南越王趙佗，見《次均潘皃公伯鷹臨觴詩》注。

〔一二〕蕉、荔之類，南俗用充果品。韓愈《柳州羅池廟詞》：「荔子丹兮蕉黃，雜肴蔬兮進侯堂。」蘇軾《潮州韓文公廟碑》：「爆牲雞卜羞我觴，於粲荔丹與蕉黃。」

〔一三〕煜爚，光耀貌。臺者，越秀山上越王臺也。《明一統志·廣東布政司》「越秀山」：「在府城内稍北，聳拔二十餘丈，上有越王臺故址，昔趙佗因山爲之，唐韓愈詩『樂奏武王臺』是也，諸名賢題咏甚富。」清嘉慶《羊城古鈔》：「越王臺，在越秀山上。漢趙佗建，爲三月三日修禊之處。」

〔一四〕按，此句蓋用邵祖平《粵秀山觀紅棉放歌》「桃李粗庸皆臣工」詩意。

〔一五〕《番禺雜記》：「木棉先花後葉。」

〔一六〕《世説新語·容止》：「嵇延祖卓卓如野鶴之在雞群。」

〔一七〕餘絮大用者，《番禺雜記》：「二三月間花既謝，蕊爲棉。有殼盛之人績爲衣裳。」牡丹洛，《事物紀》：「洛陽牡丹冠天下。」歐陽修《洛陽牡丹記》：「出洛陽者，今爲天下第一。」

〔一八〕蜂排衙，群蜂早晚按時飛聚，若官吏陳列儀仗於衙中，故云。王冕《村居》：「蜂排早晚衙。」吴仁傑《兩漢刊誤補遺》：「唐人以群蜂早晚翔集，謂之『蜂衙』。」

〔一九〕迅雷，《論語·鄉黨》：「迅雷風烈。」邢昺疏曰：「迅，急疾也。風疾雷爲烈。」

【按】

先生詞《鷓鴣天（懶薄羈魂不耐刓）》序云：「丙子夏旅居廣州，邵潭秋（祖平）亦因事南下。客裏相逢，啓談至快。」先生詩《韓山韓水歌》詩序：「潭秋秘書以《粤秀山觀紅棉歌》屬和，奇情壯采，不易學步。」邵此詩收録於《培風樓詩》卷三（丙子一九三六至己卯一九三九），先生和邵詩即作於其時，或在一九三六年前後。

偶成三首㈠

好詩如好色〔一〕，多得不自滿。詩亦如美人，晨夕知冷暖。所以古佳士，看花歸緩緩。此中有詩在，豈惟苦日短。我思東坡翁，垂老憐花伴〔二〕。

寒月當空照，驚波横地起。如見人肺肝〔三〕，亦復悟生理。貧子去家鄉，高歌向城市。材豈真樗櫟〔四〕，事大非得已㈡。亮哉古有言，士爲知己死〔五〕。

飄風不終朝〔六〕，旋得亦旋失。驅羊以飼虎〔七〕，完了知何日。惜哉一世人，求生無其術。明明見沉陸〔八〕，我復於焉虱〔九〕。豈不慕壯游，微哦還摇膝。

【校記】

㊀《滇南挂瓢集》此詩編次於《聞瞿禪將有廣南之行詩以迎之》前。

㊁「大」，《滇南挂瓢集》作「或」。

【箋注】

〔一〕《論語·子罕》：「吾未見好德如好色者也。」

〔二〕蘇軾《朝雲墓志銘》：「東坡先生侍妾曰朝雲，字子霞，姓王氏，錢塘人。敏而好義，事先生二十有三年，忠敬若一。」又《朝雲詩》序：「予家有數妾，四五年相繼辭去，獨朝雲者，隨予南遷。」

〔三〕《大學》：「人之視己，如見其肺肝然。」

〔四〕樗櫟，《莊子·逍遥游》：「吾有大樹，人謂之樗。其大本擁腫而不中繩墨，其小枝捲曲而不中規矩，立之塗，匠者不顧。」又《莊子·人間世》：「匠石之齊，至於曲轅，見櫟社樹。……以爲舟則沈，以爲棺槨則速腐，以爲器則速毀，以爲門户則液樠，以爲柱則蠹。是不材之木也，無所可用，故能若是之壽。」

〔五〕《戰國策·趙策》：「士爲知己者死，女爲説己者容。」

〔六〕《老子》：「飄風不終朝，驟雨不終日。孰爲此者？天地。天地尚不能久，而况於人乎？」

〔七〕《史記·張儀列傳》：「驅群羊而攻猛虎，虎之與羊不格，明矣。」
〔八〕沉陸，喻國土淪陷。典出《世説新語·輕詆》：「桓公入洛，過淮、泗，踐北境，與諸僚屬登平乘樓，眺矚中原，慨然曰：『遂使神州陸沉，百年丘墟，王夷甫諸人，不得不任其責！』」
〔九〕於焉虱，阮籍《大人先生傳》：「且汝獨不見夫虱之處於褌中，逃乎深縫，匿乎壞絮，自以爲吉宅也。行不敢離縫際，動不敢出褌襠，自以爲得繩墨也。饑則嚙人，自以爲無窮食也。然炎丘火流，焦邑滅都，群虱死於褌中而不能出。汝君子之處區内，亦何异夫虱之處褌中乎？」

余嗜茶成癖，或勸以多飲失眠，不改也，戲爲長句自解

往讀玉川先生詩〔一〕，恒向茶經問陸羽〔二〕。東坡涪翁亦憙事〔三〕，作詩寵茶壓酒脯。車聲轉腸何足恤，東坡見山谷「煎成車聲繞羊腸」句，云：「黄九恁地怎得不窮？」見王立之《詩話》。〔四〕最愛小壺坐夜雨。潮俗，佳茶用小壺。〔五〕春風佳人領一二，「春風」謂茶，見任子淵注。東坡詩云：「欲將佳茗當佳人。」〔六〕勝客快朋邀三五。脱略公卿得縱横〔七〕，恍惚天地無今古。遑論酒食相徵逐〔八〕，獨對胸襟有城府〔九〕。曉汲深清涉谷澗，歸來紅日每卓午。花棚禽語安矮爐，高韵欲闖陶韋户〔一〇〕。近來腰脚頗欠健，滋味轉約山僧主。破竹更作調水符，東坡愛

玉女洞中水，既致兩瓶，恐後爲使者見紿，因破竹爲契，使寺僧藏其一以爲往來之信，戲謂爲調水符，作詩云云。見吴子書《詩話》。㊁〔二〕使從處女泉中取。潮州西湖處女泉水，烹茶絶佳。㊂〔三〕團龍包貢何敢求〔四〕，求之於水不無補。人言飲多要失眠，我覺詩清勝睡苦。

【校記】

㊀此句自注，《滇南挂瓢集》作：「『春風』謂茶，見任注山谷詩。」

㊁此句自注「見吴子書《詩話》」，手鈔本「吴子書」作「吴子聿」，應爲鈔誤，徑改。《滇南挂瓢集》亦作「見吴子書《詩話》」。

㊂此句自注末「烹茶絶佳」，《滇南挂瓢集》作「烹茶致佳」。

【箋注】

〔一〕唐人盧仝，自號玉川子，有《玉川子詩集》。盧仝嗜茶，有《走筆謝孟諫議寄新茶》詩：「一碗喉吻潤，兩碗破孤悶。三碗搜枯腸，唯有文字五千卷。四碗發輕汗，平生不平事，盡向毛孔散。五碗肌骨清，六碗通仙靈。七碗吃不得也，唯覺兩腋習習清風生。蓬萊山，在何處？玉川子，乘此清風欲歸去。」

〔二〕唐人陸羽，字鴻漸，以治茶名，有《茶經》三卷。《新唐書·隱逸列傳·陸羽》：「羽嗜茶，著經三篇，言茶之原、之法、之具尤備，天下益知飲茶矣。時鬻茶者，至陶羽形置煬突間，祀爲茶神。」

〔三〕蘇軾、黄庭堅諸子雅好茗事，多見咏茶詩文。北宋文人熹茶之風特盛，宋徽宗《大觀茶論》序：「縉紳之士，韋布之流，沐浴膏澤，薰陶德化，盛以雅尚相推，從事茗飲。故近歲以來，采擇之精，製作之工，品第之勝，烹點之妙，莫不盛造其極。」

〔四〕句見黄庭堅《以小團龍及半挺贈無咎并詩》。王直方（立之）《詩話》：「東坡見山谷此句，云：『黄九恁地怎得不窮？』故晁無咎復和云：『車聲出鼎繞九盤，如此佳句誰能識。』」

〔五〕先生詩《茶》「含膏小壺得妙配」下有自注云：「以小壺配小杯，玲瓏精緻，亦吾州獨尚。」

〔六〕黄庭堅有《謝送碾賜壑源揀牙》詩：「春風飽識大官羊，不慣腐儒湯餅腸。」任淵注曰：「『春風』謂茶。」又，蘇軾《次韵曹輔寄壑源試焙新芽》：「從來佳茗似佳人。」

〔七〕江淹《恨賦》：「脱略公卿，跌宕文史。」張銑注曰：「脱略，輕易。」

〔八〕徵逐，交往過從也。韓愈《柳子厚墓志銘》：「今夫平居里巷相慕悦，酒食游戲相徵逐。」

〔九〕黄庭堅《次韵奉答吉老并寄何君庸》：「傾懷相見開城府，取意閑談没臼窠。」

〔一〇〕陶韋，即陶潛、韋應物。《全唐诗补逸》「韋應物」下：「其詩閑澹簡遠，人比之陶潛，稱『陶韋』云。」

〔一一〕宋人吴聿，字子書，有《觀林詩話》紀其事：「東坡愛玉女洞中水，既致兩瓶，恐後復取而爲使者見紿。因破竹爲契，使寺僧藏其一，以爲往來之信，戲謂爲調水符，作詩云：『欺謾久成俗，關市有契繻。誰知南山下，取水亦置符。古人辨淄澠，皎若鶴與鳧。吾今既謝此，但視符有無。常恐汲水人，智出符之餘。多防竟無及，弃置爲長吁。』此當與擇勝亭俱傳於好事者，非確論也。」蘇軾詩見《自清平鎮游樓觀五郡大秦延生仙游往返四日得十一詩寄舍弟子由同作》。

〔一二〕潮州西湖，乾隆《潮州府志·山川》：「西湖在東湖之西北，北宋知軍州事林嵘所濬，周圍二百五十丈。」饒鍔《西湖山志·泉石》「處女泉」下：「在西湖山壽安寺旁石窟，幽閟，世不之知。明季，泉始發見，寒溅如銀。衆資不匱。《西湖紀》云：『泉洞如井，深可三尺，石磴幾級，下方及泉，一如栖鳳，而清冽甘芳過之。』栖鳳泉在路畔，人人得而媟褻，有如名妓，此泉深居幽谷，從不見人，正如處女，故以處女名之。」丘逢甲《潮州春思》：「小砂壺瀹新鷓咀，來試湖山處女泉。」

〔一三〕團龍，宋名茶，《宣和北苑貢茶録》：「太平興國初，特置龍鳳模，遣使即北苑造團茶，以别庶飲。龍鳳茶蓋始於此。」包貢，貢品也，《尚書·禹貢》：「厥包橘柚錫貢。」《大觀茶論》序：「本朝之興，歲修建溪之貢，龍團鳳餅名冠天下。」

南宮李子建先生葆光遠貽《涵象軒集》作此報謝〔一〕

孤鶴屈雎鶚〔二〕，二蛇化龍雉。用宛陵詩意。〔三〕分位固無常，德名有千祀。當升聖人堂〔四〕，偶作亂世士。救衰以詩文〔五〕，吾希南宮李。寧乏王佐姿〔六〕，萬殊本同軌〔七〕。道在不敢緩，追風況驥子〔八〕。先生爲剛己先生賢嗣。〔九〕振奇發古芬，百靈供驅使。老蒼轉鏜鎝，冲夷洞肌理〔一〇〕。力上躡風騷〔一一〕，唐宋乃平視。文亦開宗派，吴北江謂先生文亦開一宗派。〔一二〕剛柔兩擅美。大月朗諸天，餘光落荒鄙。鳥鼠室久空〔一三〕，連璧忽照几〔一四〕。静夜一玩索，恍若背澆水。時復見奇趣，驚呼中流矢〔一五〕。譬彼韓范軍，詎能摩其壘〔一六〕。貧賤耻壯游，高山徒仰止〔一七〕。寤寐以求之〔一八〕，庶幾道如砥〔一九〕。

【箋注】

〔一〕李葆光，字子建，直隸南宮（在今河北）人，清進士李剛己之子，師事吴闓生受古文法，官吉林地方審判廳推事，有《涵象軒集》。《涵象軒集》凡文集三卷、詩集六卷、詞一卷，一九三五年有北平李静澄刻本。

〔二〕孤鶴，喻高士。雕、鶚，皆猛禽也，喻讒佞。

〔三〕梅堯臣《讀范桐廬述嚴先生祠堂碑》：「二蛇志不同，相得榛莽裏。一蛇化爲龍，一蛇化爲雉。龍飛上高衢，雉飛入深水。爲蜃自得宜，潛游滄海涘。變化雖各殊，有道固終始。」

〔四〕升堂，《論語·先進》：「子曰：『由也升堂矣，未入於室也。』」《顔氏家訓》：「仲尼門徒，升堂者七十有二。」朱熹《集注》曰：「升堂入室，喻入道之次第。」

〔五〕蘇軾《潮州韓文公廟碑》：「文起八代之衰，而道濟天下之溺。」

〔六〕《漢書·董仲舒傳》：「董仲舒有王佐之材。」

〔七〕同軌，《禮記·中庸》：「今天下車同軌，書同文，行同倫。」《史記·秦始皇本紀》：「車同軌，書同文字。」先生詩《寄陳守玄滬瀆》：「精埒任天機，萬法歸同軌。」

〔八〕驥子，良馬也，喻俊才。

〔九〕李剛己（一八七二—一九一四），直隸南宫人，清光緒二十四年戊戌科三甲進士，歷任靈丘、繁峙、五臺、静樂等縣知縣。辛亥革命後，兼署大同知府，曾受聘於保定高等師範國文部，從學於賀濤、吴汝綸，詩文名於時，有《李剛己遺集》。

〔一〇〕鏜鎝，明朗貌。冲夷，平和貌。

〔一一〕風騷，國風、離騷也。嚴粲《詩緝》：「離騷出於《國風》，其文約，其辭微，世以『風騷』

并稱，謂其體之同也。」

〔一二〕吴北江，即吴闓生。吴闓生《晚清四十家詩鈔》序：「剛己之子葆光子建，作詩頗有父風。」

〔一三〕梅堯臣《示沈生》：「我居無鳥鼠，乃知屋室貧。」

〔一四〕連璧，美玉也，此比李子建《涵象軒集》。

〔一五〕梅堯臣《月下懷裴如晦宋中道》：「夜深忽驚魘，呼若中流矢。」

〔一六〕韓范，謂宋臣韓琦、范仲淹，二人曾經略西夏，有安邊之功。《宋史·韓琦傳》：「琦與范仲淹在兵間久，名重一時，人心歸之，朝廷倚以爲重，故天下稱爲『韓范』。」摩壘，迫近敵壘也，喻相匹敵，語出《左傳·宣公十二年》：「吾聞致師者，御靡旌，摩壘而還。」

〔一七〕《詩經·小雅·車舝》：「高山仰止，景行行止。」鄭玄箋曰：「庶幾古人有高德，則慕仰之，有明行者，則而行之。」

〔一八〕《詩經·周南·關雎》：「窈窕淑女，寤寐求之。」毛傳曰：「寤，覺；寐，寢也。」

〔一九〕《詩經·小雅·大東》：「周道如砥，其直如矢。」鄭玄箋曰：「履行之其如砥矢之平。」砥，磨石也，取均平之義。

【按】

先生有致陳中凡信曰：「南京李子建葆光，亦寄其新刊《涵象軒集》。」《年譜》謂該信寫於一九三七年，或即作詩之年。

猛淬篇寄贈龍雨生教授㊀〔一〕

猛淬鷦鷯何所似〔二〕，右臂雖存若斷水〔三〕。發宮擊商亦殊苦〔四〕，墜地疇不識驥子。金鐘巨鏞懸東序〔五〕，下士聞道笑而已〔六〕。庶可捫虱傲王侯㊁〔七〕，寧復驅車過朝市〔八〕。眼前物物勞天工〔九〕，人生識字憂難空〔一〇〕。槎枒肺肝得磨蕩，大荒風雨且吟龍。雨生顏所居曰「風雨龍吟室」。㊂〔一一〕

【校記】

㊀ 詩題「龍雨生」，《滇南挂瓢集》作「龍榆生」。

㊁「庶可」，《滇南挂瓢集》作「直可」。

㊂ 此句自注「雨生」，《滇南挂瓢集》作「榆生」。

【箋注】

〔一〕龍雨生，即龍榆生。龍榆生（一九〇二—一九六六），名沐勛，以字行，江西萬載人，工詞，師從朱彊村，曾任教於上海暨南大學、廣州中山大學、復旦大學、南京中央大學等校，有《風雨龍吟室詞》《忍寒詞》《唐宋詞格律》《近三百年名家詞選》等。猛淬者，淬利刀劍也，喻爲學。

〔二〕鸊鵜，鳥名。《方言》：「野鳧甚小，好没水中南，楚人謂之鸊鵜。」《爾雅》郭璞注：「鸊鵜，似鳧而小，膏中瑩刀。」

〔三〕右臂雖存，杜甫《清明》：「右臂偏枯半耳聾。」蘇軾《次韵秦太虚見戲耳聾》：「晚年更似杜陵翁，右臂雖存耳先聵。」按，右臂爲執筆作文之臂也。斷水，寶劍名。《拾遺記》：「越王句踐使工人以白馬白牛祠昆吾之神，采金鑄之，以成八劍……二名『斷水』，以之劃水，開即不合。」

〔四〕宫、商，音調名。發宫掣商，泛指倚聲之事。

〔五〕金鐘巨鏞，喻龍榆生。《説文解字》：「大鐘謂之鏞。」東序，指學校。《禮記·王制》鄭玄注曰：「東序、東膠亦大學，在國中王宫之東。」

〔六〕《老子》：「上士聞道，勤而行之。中士聞道，若存若亡。下士聞道，大笑之。不笑，不足以爲道。」

〔七〕捫虱，典出《晉書·苻堅載記·王猛》：「桓温入關，猛被褐而詣之，一面談當世之事，捫虱而言，旁若無人。」

〔八〕驅車朝市，喻逐名利。陶潛《感士不遇賦》：「擁孤襟以畢歲，謝良價於朝市。」

〔九〕物物，《莊子·在宥》：「有大物者，不可以物；物而不物，故能物物。」成玄英疏曰：「不爲物用而用於物者也。」

〔一〇〕蘇軾《石蒼舒醉墨堂》：「人生識字憂患始，姓名粗記可以休。」先生詩《歲暮雜詩（丁亥六首）》：「識字憂愁始。」

〔一一〕室名蓋出蘇軾《王仲至侍郎見惠稚栝》詩：「何人風雨夜，卧聽飢龍吟。」

題畫〔一〕

澗松撑天古鬚鬛〔二〕，有約白雲千吐納，溪紅山翠恍相答。巨壑舊聞悶龍卵，過橋豈真爲閑散，待哭華巔嗟哉遠〔三〕。虎頭不癡我先癡〔三〕，請君更請楊惠之，補維摩像如枯龜〔四〕。

【校記】

〔一〕詩題《滇南挂瓢集》題作「爲陳行成題所藏畫」，手鈔本詩題有塗改，原題或即此。按，陳行成，廣東潮安人，時任潮安縣立初級中學校長。

【箋注】

〔一〕黄庭堅《送謝公定作竟陵主簿》：「澗松無心古鬚鬣。」《酉陽雜俎》：「松言五粒者，粒當言鬣，自有一種名鬣皮，無鱗甲而結實多。」

〔二〕哭華巔，用韓愈事，見《久思游別峰不果》詩注。

〔三〕虎頭癡，指顧愷之，見《爲黄君綿（家澤）題〈弱肉强食圖〉》詩注。

〔四〕唐人楊惠之，擅塑像。《五代名畫補遺》：「楊惠之與吴道子同師張僧繇筆迹，號爲畫友，工藝并著，而道子聲先獨顯。遂焚弃筆硯，發憤專思，塑作能奪僧繇，畫相與道子爭衡。」據《名勝志》，維摩詰像在鳳翔縣天柱寺，傳爲楊惠之所塑。蘇軾《鳳翔八觀》有《維摩像唐楊惠之塑在天柱寺》詩：「今觀古塑維摩像，病骨磊嵬如枯龜。」枯龜者，皴裂狀也。

焕華來汕約共談笑，病足不赴，報之以詩㈠〔一〕

五載石交慳一面〔二〕，半年小別抵千宵。客秋廣州晤後，匆匆又半年矣。騫騰可有車生耳〔三〕，蟄伏□□□□□。□□蠻花供嘯笑，游山蹩脚費招邀。余以游山傷足。猶存鷄酒倘來過〔四〕，勝洗龍腥仗海潮。

【校記】

㈠此詩手鈔本無，今據《滇南挂瓢集》補録。

【箋注】

〔一〕焕華，其人不詳。汕，即廣東汕頭。

〔二〕石交，金石交也，語出《漢書·韓信傳》，顔師古注曰：「稱金石者，取其堅固。」孟郊、韓愈《遺興聯句》：「常恐金石契，斷爲相思腸。」

〔三〕車耳，古時貴宦之車，車廂兩旁有藩屏如耳者，以翳塵泥，故稱。應劭《漢官儀》：「里語云：『仕宦不止車生耳。』」

〔四〕陶潛《歸園田居》：「漉我新熟酒，隻鷄招近局。」

錫純枉贈佳章，報以二絶㊀〔一〕

一往情何重，千年鶴未還。奇愁携手至，莫便念家山。

自具風雷氣，誰來放浪吟。古芬如可攬㊁，尊酒欲同斟。

【校記】

㊀《滇南挂瓢集》題作「錫純科長枉贈佳章率成二絶報之」。

㊁「攬」，《滇南挂瓢集》作「挹」。

【箋注】

〔一〕曾錫純，其人不詳。據先生《錫純兩度枉訪答拜未能》詩「十年一得巴陵曾」諸語，或爲湖南人。《年譜》「一九三七年」下：「錫純，據蔡起賢先生，乃政界中喜詩之人。」

夜與錫純談詩，交子始各別去，次日，錫純以詩索和，即依均奉答㊀〔一〕

真成未飲敵百觴，陪詩人坐一亭涼。山城幾笑空積石，施愚山序蓮山詩謂：「嶺以南，古稱多石少人。」〔二〕此夜老生不談常〔三〕。肝腎雕鎸寧答颯〔四〕，去來今古試張望。輸公英氣騰騰上，愧我媸工寸寸償。

【校記】

㊀《滇南挂瓢集》題作「夜陪錫純科長談詩至快次日以新詩索和即依元均奉答」。

【箋注】

〔一〕曾錫純，見前注。

〔二〕施閏章（一六一八—一六八三），字尚白，號愚山，清安徽宣城人，有《愚山先生學餘集》。

廖騰煃（一六四一—一七一七），字占五，號蓮山，清福建將樂人，有《慎修堂詩集》。

〔三〕《世說新語·規箴》：「此老生之常談。」

〔四〕雕鎸肝腎，喻作文章。韓愈《贈崔立之評事》：「勸君韜養待徵招，不用雕琢愁肝腎。」歐陽修《答聖俞莫飲酒》：「朝吟摇頭暮蹙眉，雕肝琢腎聞退之。」

讀潘皃公寄示《聽劉寶全鼓詞》之作，忽忽有感，走賦長句却寄〔一〕

密霧作暝迷高暾〔二〕，鷙禽啼徹深閉門。一讀新詩一叫絕，劉寶全汝果何人。我昔懸涕過京國〔三〕，夜夜聽歌不相識。托飛馳勢汝真幸，使我天南悵天北。汝曲豈祇天上有〔四〕，怵魄凄心應以手〔五〕。古憂時士汝知否，具熱烈血千萬斗。痛憤鬱怒無由首，拚向歌場誇誰某。不然壯夫所不爲〔六〕，况於卑賤肯苟苟。大筆已驅龍虎鬥，大力并挾山嶽走〔七〕。走擲滄海掀狂瀾，呼風噴雨騰雲端。眴息雲外出金丸〔八〕，熊熊光氣迫人看。但見人人縮筋骨，誰知物物生脾肝。更持雄膽爲鎮壓，欲從沉摯降魔頑。嗚呼一世百禍灾，得存偶遂可勝哀。好種入地僵根荄，戕殺肆毒寧有涯，奇愁莽莽無聖胎〔九〕。我今非指喻非指〔一〇〕，公乎倘一聽我來。古來詩書不可讀，那冠切雲穿奇服〔一一〕。客久成駭三光局〔一二〕，且蓄長謀留食肉〔一三〕。

【箋注】

〔一〕潘伯鷹（鳧公），見前注。潘鳧公有詩《聽劉寶全鼓詞作歌》，收録於《玄隱廬詩》卷三。劉寶全（一八六九—一九四二），河北深縣人，京韵大鼓演員，人稱「鼓界大王」，有《大西廂》等名段。

〔二〕暾，日始出也。

〔三〕先生一九三五年曾於南京聽演大鼓書，見《聽歌舞團陳翠寶唱大鼓詞》詩注。

〔四〕杜甫《贈花卿》：「此曲祇應天上有，人間能得幾回聞。」

〔五〕應手，語出《莊子·天道》：「斫輪，徐則甘而不固，疾則苦而不入，不徐不疾，得之於手而應於心。」

〔六〕壯夫不爲，揚雄《法言·吾子》：「或問：『吾子少而好賦？』曰：『然，童子雕蟲篆刻。』俄而曰：『壯夫不爲也。』」

〔七〕《孟子·梁惠王上》：「挾太山以超北海，語人曰我不能，是誠不能也。」

〔八〕金丸，日也。或喻日寇。

〔九〕聖胎，釋家語，《仁王護國般若波羅蜜多經》：「是爲菩薩初長養心，爲聖胎故。」良賁疏曰：「於三賢位俱名聖胎。所謂胎者，自種爲因，善友爲緣，聞净法界等流正法，修習長養，初地見道，誕佛家矣。」

〔一〇〕《莊子·齊物論》：「以指喻指之非指，不若以非指喻指之非指也。」先生詩《贈王顯詔》有自注云：「章太炎氏以所指者爲境界。」

〔一一〕《楚辭·九章·涉江》：「余幼好此奇服兮，年既老而不衰。帶長鋏之陸離兮，冠切雲之崔嵬。」

〔一二〕騃，癡也。潘伯鷹《聽劉寶全鼓詞作歌》：「天崩地裂爾豈曉，茫茫孰與悲三光。」三光，日月星也。局，促也。

〔一三〕《春秋左傳·莊公十年》：「肉食者鄙，未能遠謀。」杜預注曰：「肉食，在位者。」

【按】

潘凫公《玄隱廬詩》有《聽劉寶全鼓詞作歌》，詳寫劉氏鼓歌之情狀，若「禿頭白髮目如電，默立三叉小鼓間」，至於「但驚雄氣以神行，山海飛揚赴宫羽」「慷慨低昂雜凄楚，變化歡娱生鬱怒」，至於「聲情相激聲益高，風横溟渤堆波濤」「洪聲頓著如光迅，迅掃淋漓山嶽定」，具見老藝人手段，声情變化，足以移人。據詩中「寶全今年六十七」諸語，推知詩作應在一九三七年前後。時日寇猖披，時局動蕩，先生此詩則於賞藝之外，更兼知人論世。一九三七年夏，劉寶全以古稀之年，應邀率團於南苑、東門倉、頤和園等地慰問國民革命軍二十九軍，演《單刀赴會》《長阪坡》《南陽關》等古人英烈名段，大壯敵愾之氣，詩中所謂「怵魄凄心應以手」「拼向歌場誇誰某」，曲藝界有雄膽沉摯之翁如此。雖鼓詞説唱小道，可以挾山嶽、驅龍虎，使國中懦者立、怯者勇，焉能以「壯夫所不爲」説之。

余素患失眠，且不能飲，晚來憊極，以酒試解，遂昏昏入睡，一覺已夜半矣，走筆二章

睡起夜半意忽忽，恍揖老侯見唐突。星軿漢影流天西〔一〕，恃健烏鴉不安棲。聲勢直欲凌訓狐〔二〕，庭葉籬蟲交響啼。萬户闃静零露重〔三〕，顫栗頻頻毛髮竦。簡髮數米何瑣勞〔四〕，墳前簇簇蓬蒿高。自夢山城堆海水，誰嗟蟣虱攢弊袍〔五〕。荒鷄縱鳴莫起舞〔六〕，床上小兒驚金鼓〔七〕。

不睡困我二十年，自從識書長失眠。晚來偶然醉得睡，我生不飲胡便醉。一覺精神若插翼，真可當車以螳臂〔八〕。先燒西藏香氣長㊀，開元寺西藏香最名貴。〔九〕煎茶旋滌愁侵腸。亦復題詩作細字，刻意凄沉掃紅翠。呼吸九關通仙靈，搜羅萬象留珍秘。待明發唱睡神聽，使我夜夜生鼾聲。

【校記】

㊀「先」，《滇南挂瓢集》作「新」。

【箋注】

〔一〕星軿，星如車也。漢影，銀河也。

〔二〕訓狐，鴞也，即猫頭鷹。韓愈《射訓狐》：「有鳥夜飛名訓狐，矜凶挾狡誇自呼。」

〔三〕零露，《詩經·鄭風·野有蔓草》：「野有蔓草，零露漙兮。」鄭玄箋曰：「零，落也。」

〔四〕簡髮數米，《莊子·庚桑楚》：「簡髮而櫛，數米而炊。」成玄英疏曰：「擇簡毛髮，梳以爲髻，格量米數，炊以供餐。」瑣細事也。

〔五〕蟣虱攢弊袍，《韓非子·喻老》：「天下無道，攻擊不休，相守數年不已，甲胄生蟣虱，燕雀處帷幄，而兵不歸。」

〔六〕聞鷄起舞，典出《晉書·祖逖列傳》：「與司空劉琨俱爲司州主簿，情好綢繆，共被同寢。中夜聞荒鷄鳴，蹴琨覺曰：『此非惡聲也。』因起舞。」

〔七〕金鼓，兵事也。《左傳·僖公二十二年》：「三軍以利用也，金鼓以聲氣也。」

〔八〕螳臂當車，《莊子·人間世》：「汝不知夫螳螂乎？怒其臂以當車轍，不知其不勝任也。是其才之美者也。」

〔九〕潮州開元寺，乾隆《潮州府志·寺觀》：「開元寺，在城内甘露坊，創於有唐，興廢不一。」

教師節日同人飲集潮州西湖〔一〕

城西西湖湖上山〔二〕，遠近賢智欣追攀㊀。豐草緑縟軟可籍，往往隊隊攢螺鬟。游船幾隻蛋青色，僧寺黝赤深蒼斑。茶寮强半作酒社㊁〔三〕，涼亭隨意欹幽灣。開闢操場曠平甚，走踼健兒神氣蠻。斤鋤不斷見耘培，久矣人力奪天慳。古迹遂少過問者，獨留啐鳥牽花鬘。時維官曆六月六，相約有書不教讀。抵掌奮舌抉秘怪〔四〕，脱慮祛憂縱耳目。圓荷柄柄散清芬，懸泉潺潺明寒玉。過雨覆岡蕉扇肥，分陰剪徑柳濤緑㊂。枝節瑣碎蘊奇精，往復謔浪寧拘束。恍然回夢到遂初〔五〕，雖無琴弦有松竹。誰還春思争亂雲，十年香艷落紛紛。峭壁舊劖無七字〔六〕，青袍坐瘦今幾分。称意人間信難得，心膏銷盡何堪焚〔七〕。重踏曲磴窘蹩脚，旋添桂槳摇高旻〔八〕。槳影和屋和山流，白衣浮水猶浮鷗。容與豈必大盤月〔九〕，賭勝先鬥小龍舟。時端午前七日。鼓激鱅鰱忽跳躍，風雷鬱怒蟠蛟虬〔一〇〕。傾盆拔木萬矢下，勢欲驅人波底泅。轉柁疾向岸隙上，痛憤須臾變豪宕。膠翅嫩鷄佳酒醬，互勸杯觴放洪量。全無白髮羞醉扶，衹欠紅裙酬清唱。各各意氣衝斗牛〔一一〕，不數帝王况將相。曰歸已及二更初，談笑猶誇酒力餘。平生長恨誤識書，嘆出無車食無魚〔一二〕。嗟嗟吾黨二三子〔一三〕，何不日日來西湖。

【校記】

〔一〕「欣」，《滇南挂瓢集》作「争」。

〔二〕「作」，《滇南挂瓢集》作「雜」。

〔三〕「分陰剪徑」，《滇南挂瓢集》作「縈客分陰」。

【箋注】

〔一〕潮州西湖，見前注。時以每年陽曆六月六日爲教師節。

〔二〕乾隆《潮州府志·山川》：「西湖山距縣北一里許，舊名銀山，山下爲西湖，高曰五十餘丈，周圍十里。」

〔三〕先生詩《與友人品茗西湖滴翠亭》：「荷畔茶寮兼賣酒。」

〔四〕抵掌奮舌，快談貌。《戰國策·秦策》載蘇秦：「於是乃摩燕烏集闕，見説趙王於華屋之下，抵掌而談。」抵，據也。

〔五〕遂初，漢劉歆作《遂初賦》，志其游放山水之情狀。章樵《古文苑》注曰：「是時朝政已多失矣，歆以論議見排擯，志意不得之官。經歷故晉之域，感念思古，遂作斯賦，以嘆征事，而寄己意。」又，《晋書·孫楚傳》附孫綽傳：「居於會稽，游放山水，十有餘年，乃作《遂初賦》以致其意。」

〔六〕按，七字，或即詩句之謂，韓愈《紀夢》：「壯非少者哦七言，六字常語一字難。」

〔七〕心膏，何遜《爲衡山侯與婦書》：「心如膏火，獨夜自煎。」

〔八〕桂槳，蘇軾《前赤壁賦》：「桂棹兮蘭槳，擊空明兮溯流光。」高旻，猶言高天。

〔九〕容與，從容閑舒貌。《楚辭·九歌·湘夫人》：「時不可兮驟得，聊逍遥兮容與。」大盤月，李白《古朗月行》：「小時不識月，呼作白玉盤。」

〔一〇〕鱅、鰱，魚名。依《説文》，龍無角曰蛟，龍子有角曰虯。

〔一一〕斗、牛，皆星宿名。《晋書·張華列傳》：「初，吴之未滅也，斗牛之間常有紫氣……及吴平之後，紫氣愈明。華聞豫章人雷煥妙達緯象，乃要煥宿，屏人曰：『可共尋天文，知將來吉凶。』因登樓仰觀。煥曰：『僕察之久矣，惟斗牛之間頗有异氣。』華曰：『是何祥也？』煥曰：『寶劍之精，上徹於天耳。』……即補煥爲豐城令。煥到縣，掘獄屋基，入地四丈餘，得一石函，光氣非常，中有雙劍，并刻題，一曰龍泉，一曰太阿。其夕，斗牛間氣不復見焉。」

〔一二〕《戰國策》：「齊人有馮諼者，貧乏不能自存，使人屬孟嘗君，願寄食門下。」「居有頃，倚柱彈其劍，歌曰：『長鋏歸來乎！食無魚。』左右以告。孟嘗君曰：『食之，比門下之客。』居有頃，復彈其鋏，歌曰：『長鋏歸來乎！出無車。』左右皆笑之，以告。孟嘗君曰：『爲之駕，比門下之車客。』於是乘其車，揭其劍，過其友曰：『孟嘗君客我。』」

〔一三〕嗟嗟，呼喚辭。吾黨二三子，語出《論語·公冶長》：「子在陳，孔子曰：『歸乎，歸乎！吾黨之小子狂簡，斐然成章，吾不知所以裁之。』」《論語·述而》：「子曰：『二三子以我爲隱乎？吾無隱乎爾。吾無行而不與二三子者，是丘也。』」

【按】

據詩中自注「時端午前七日」，推知此詩作於一九三七年夏。

奉題陳斠玄師《黄山游草》即用杜贈原均㊀〔一〕二首

勞生山水得登臨〔二〕。曠快真堪一放吟。白石清簫吹別調〔三〕，冬郎孤憤托微音〔四〕。將年問鶴終成古〔五〕，與虎謀皮不始今〔六〕。偶遂肯憐長病足㊁，余游別峰病足，猶未愈。㊂追隨何日豁游襟。

英年已就千秋業，垂老還爲七字吟。肯信達夫成晚學〔七〕，自然石室絶塵音。文與可號石室先生。㊃〔八〕山川秘怪驕脣舌，來去馬牛閲古今〔九〕。夫子高情誰會得，摩挲日夕蕩煩襟。

【校記】

㊀詩題「陳斠玄師」，《滇南挂瓢集》作「斠玄先生」，《清暉山館友聲集》先生致陳中凡信作「斠玄夫子」。

㊁「偶遂」，《滇南挂瓢集》作「少賤」。「病足」，《清暉山館友聲集》先生致陳中凡信作「蹩脚」。

㊂此句自注，手鈔本無，今據《滇南挂瓢集》補録。《清暉山館友聲集》先生致陳中凡信自注

作：「泰游別峰傷足，迄今猶未愈也。」

㊃ 此句自注，《清暉山館友聲集》先生致陳中凡信作：「文與可稱石室先生。」

【箋注】

〔一〕陳中凡（一八八八—一九八二），原名鍾凡，字覺元，號斠玄，歷任東南大學國文系主任，中山大學、暨南大學文學院院長，金陵大學、南京大學教授等，有《中國文學批評史》《清暉吟稿》。先生曾稱：「在廣東大學讀書時，他是我的老師，對我好，畢業後有書信來往。」陳斠玄《黃山游草》，陳《清暉吟稿》自云：「丁丑春四月，與鎮藩、楚蘭諸君游黃山，興之所至，沿塗推敲，諸生轉相傳述，率爾流布。」

〔二〕勞生，《莊子·大宗師》：「夫大塊載我以形，勞我以生。」

〔三〕白石，宋詞人姜夔，號白石道人。姜夔《過垂虹》：「自作新詞韵最嬌，小紅低唱我吹簫。」

〔四〕冬郎，晚唐詩人韓偓，字致堯，小字冬郎，有《香奩集》，多記冶游諸篇，艷奪温李。先生《无盦説詩》：「韓致堯最工艷體，然有深味。其佳者，寓身世家國之感，沉痛悲鬱之懷，不應徒作艷體觀也。」

〔五〕將年問鶴，郭璞《游仙詩》：「借問蜉蝣輩，寧知龜鶴年。」《養生要論》：「道家之言，鶴曲頸而息，此其所以爲壽。」

〔六〕與虎謀皮，語出《太平御覽》引《符子》：「欲爲千金之裘，而與狐謀其皮；欲具少牢之珍，而與羊謀其羞。」

〔七〕達夫，唐詩人高適，字達夫，有《高適集》已佚，後人編有《高常侍集》行世。《舊唐書》：「適年過五十，始留意詩什，數年之間，體格漸變，以氣質自高，每吟一篇，已爲好事者稱頌。」

〔八〕宋人文同，字與可，爲漢時蜀郡守文翁之後，故蜀人猶以「石室」名其家，世稱石室先生。文翁事見《旅瀓一月所懷萬端紀以長句》詩注。

〔九〕來去馬牛，《左傳·僖公四年》：「君處北海，寡人處南海，唯是風馬牛不相及也。」楊萬里《謝張子儀尚書》詩：「今古交情市道同，轉頭立地馬牛風。」

【按】

陳中凡《清暉吟稿》丁丑集有《黄山紀游》九首，作於丁丑春五月。是年五月三十日先生致陳中凡信「日前郵奉小詩數首」云云，其中即有此詩，故推知此詩作於一九三七年。

題馬慕蘧《蘇齋遺詩》〔一〕

久耳馬公名，卅載官河北。政績今龔黄〔二〕，性情古狷直〔三〕。餘事及篇章，凌鶱戢群翼〔四〕。心肝寧鐵鑄，痛憤誰能抑。浩然塞兩間〔五〕，亦不矜筋力。瑣細到蟲魚，雜碎惟君國。誠齋詩：「雕得心肝百雜碎。」〔六〕死豈一切平，生真百憂迫㊀。古馗森峥嶸，白日走鬼蜮〔七〕。梁燕巢林去，獰狼求其食。妖氛乘蹙土〔八〕，滅没不容刻。遺澤愴孤忠，天地驚慘黑。

【校記】

㊀「迫」，《滇南挂瓢集》作「逼」。

【箋注】

〔一〕馬爲瑗（一八六〇—一九一五），字慕蘧，江蘇建湖人，曾任京師東城兵馬司副指揮，歷任東安、豐潤知縣，薊州、灤州，遵化知州，有循吏之名。辛亥後弃政從商，籌辦煤礦業。有《蘇齋遺詩》。

〔二〕龔黄，漢循吏龔遂、黄霸，《漢書·循吏傳》有傳。

〔三〕《論語·子路》：「狷者，有所不爲也。」

〔四〕凌騫，飛騰前進貌。戢，斂也。

〔五〕兩間，天地也。韓愈《原人》：「形於上者謂之天，形於下者謂之地，命於其兩間者謂之人。」

〔六〕語出楊萬里《跋陸務觀劍南詩稿二首》。

〔七〕鬼、蜮，异怪之屬。《诗經・小雅・何人斯》：「为鬼为蜮。」蓋言時局。

〔八〕蹙土，國土減削也。

盧冀野教授寄示《柴室詩》賦謝并簡李禿翁〔一〕

久知飲虹曲獨絕，忽睹新詩靈氣迸。信哉大才無不可〔二〕，倒吸長川酒亦聖〔三〕。我聞文字體面殊，力争上游本情性。義法采藻固莫廢〔四〕，語語骨脉曷由病。千花開春摇奇精，幺蟲響砌駭群命。猛士哮殺麗姝舞，笑啼豈必齊常正。流行坎止自卷舒〔五〕，騰天潛淵隨答贈〔六〕。御風眴息越千關〔七〕，山海不驚存一定〔八〕。我少懵懂冥擿埴〔九〕，搪塞沙泥破釜甑〔一〇〕。跛鱉久矣憚躐級〔一一〕，幸見指南敢妄評〔一二〕。吾友李子亦解人，往往稱君具百勝。似蠶作繭誠有之，宛陵句。〔一三〕他日相逢試相證。

【箋注】

〔一〕盧前（一九〇五—一九五一），字冀野，號小疏、柴室、飲虹，江蘇江寧人，受業於吴梅，治詞曲學，曾任教於金陵大學、光華大學、成都大學、中山大學、暨南大學、四川大學等校，曾任國立音樂專科學校首任校長、南京通志館館長，有《詞曲研究》《中國戲劇概論》《紅冰詞集》《明清戲曲史》等。《柴室詩》，盧前詩集。李冰若（禿翁），見前注。

〔二〕《論語·微子》：「我則异於是，無可無不可。」

〔三〕《三国志·魏书·徐邈傳》：「時科禁酒，而邈私飲至於沉醉。校事趙達問以曹事，邈曰：『中聖人。』……度遼將軍鮮於輔進曰：『平日醉客謂酒清者爲聖人，濁者爲賢人，邈性修慎，偶醉言耳。』」

〔四〕按，先生論詩，主張義法采藻不偏廢。邱世友《永遠懷念的追記》論及无盦：「先生學術發軔於辭章。而辭章合考鏡史實，究明詁訓和闡發義理四者，先生稱爲經史子集之學。」

〔五〕流行坎止，《漢書·賈誼列傳》：「乘流則逝，得坎則止。」顔師古注引孟康曰：「《易》：『坎爲險。』遇險難而止也。」又引張晏曰：「謂夷易則仕，險難則隱也。」

〔六〕騰天，《易經·乾》：「九五，飛龍在天，利見大人。」潛淵，《易經·乾》：「初九，潛龍勿用。」「九四，或躍在淵，無咎。」

〔七〕《莊子·逍遥游》：「夫列子御風而行，泠然善也。」

〔八〕一定，不改易者。《淮南子·主術訓》：「今夫權衡規矩，一定而不易，不爲秦楚變節，不爲胡越改容。」

〔九〕冥擿埴，揚雄《法言·修身》：「擿埴索塗，冥行而已矣。」李軌注曰：「埴，土也。盲人以杖擿地而求道，雖用白日，無异夜行。」

〔一〇〕破釜甑，《史記·項羽本紀》：「皆沉船，破釜甑，燒廬舍，持三日糧，以示士卒必死，無一還心。」

〔一一〕跛鱉，《楚辭·哀時命》：「駟跛鱉而上山，吾固知其不能升。」躐級，越升也。

〔一二〕指南，張衡《東京賦》：「鄙哉予乎！習非而遂迷也，幸見指南於吾子。」薛綜注曰：「言己之惑，不知南北，今先生指以示我，我足以三隅反也。」

〔一三〕見梅堯臣《永叔寄詩八首并祭子漸文一首》詩：「讀書又憶石夫子，似蠶作繭誠有之。」

錫純兩度枉訪，答拜未能，詩以寄意〔一〕

袯濯奇愁目放棱〔二〕，十年一得巴陵曾。官清詩自逾窮健，地僻人誰出古矜〔三〕。說夢有時飛涕笑〔四〕，箋天何計避嫌憎〔五〕。且來小閣酬肝膽，莫向高丘問廢興〔六〕。

【校記】

㈠ 詩題「錫純」，《滇南挂瓢集》作「曾錫純」。

【箋注】

〔一〕曾錫純，見前注。
〔二〕袚濯，除垢使潔也。
〔三〕《論語·衛靈公》：「君子矜而不争。」朱熹《集注》曰：「莊以持己曰矜。」
〔四〕先生詩《久不得瘖盦書賦此却寄》：「群飛涕笑汝何賢。」
〔五〕箋天，猶言箋天公，行文告請蒼天之謂。黄庭堅詞《踏莎行》：「欲箋心事寄天公。」先生詞《虞美人（荒庭紅葉誰還掃）》：「箋天何意博癡頑。」按，「避嫌憎」諸語，或指先生以漢奸嫌疑遭羈押事。事見夏承燾《天風閣學詞日記》、鄭曉燕《年譜》、陳嘉順《别有奇芬日采擷——抗戰初期的中學教員日常生活》等。一九三八年初，潮安政府胡銘藻當局以先生與李芳柏有漢奸嫌疑，將二人羈押，各界人士多方請求保釋無果，後經時任潮安駐軍副軍長李崇綱等人與胡周旋，幾經争取，始免。
〔六〕《離騷》：「忽反顧以流涕兮，哀高丘之無女。」高丘，王逸注曰：「楚有高丘之山。」《文選》吕向注：「高丘，楚山名。」先生《離騷箋疏》從其説，曰：「『高丘』是比喻楚國的朝廷。」

潭秋秘書寄湘桂紀游詩索評，奉題一律㈠〔一〕

囊括山川氣力遒，南來又壯桂湘游。輪奔電笑身誰主㈡〔二〕，鬼斧神工句與搜。落日鷹瞵馳漲海〔三〕，迷方獠擾愴高丘㈢〔四〕。杜韓詩卷堂堂在〔五〕，肯并纖兒細説愁〔六〕。

【校記】

㈠詩題《滇南挂瓢集》作「潭秋秘書寄湘桂紀游詩索評奉題一律呈教」，邵祖平《培風樓詩·題詩》作「奉題《培風樓詩集》」。

㈡「輪奔電笑」，《滇南挂瓢集》作「奔輪笑電」。

㈢「迷方獠擾」，《滇南挂瓢集》作「蒸天蠻瘴」。

【箋注】

〔一〕邵祖平（潭秋），見前注。邵祖平湘桂紀游詩，有湘桂公路、叠彩山、獨秀峰、龍隱岩、七星岩、象鼻山諸作，多收録於《培風樓詩》卷之三（丙子一九三六至己卯一九三九）。

〔二〕奔輪，雷也；笑電，電也。《神异經·東荒經》：「天爲之笑。」張華注曰：「言笑者，天口流火照灼，今天不下雨而有電光是天笑也。」

〔三〕瞵，下視貌，《左思·吴都賦》：「鷹瞵鶚視。」漲海，南海也，《舊唐書·地理志》：「南海在海豐縣南五十里，即漲海，渺漫無際。」鮑照《蕪城賦》：「南馳蒼梧漲海。」

〔四〕獠，西南夷名。高丘，楚山名，見《錫純兩度枉訪答拜未能》詩注。

〔五〕杜韓，即杜甫、韓愈。堂堂，廣大貌。

〔六〕纖兒，猶言小兒，鄙語也。

錫純出示雨夜詩次均奉答〔一〕

思入寥天自坎壈〔二〕，詩來夜雨與凄沉。長髯短簿知誰健〔三〕，作繭排愁意已深〔四〕。

剩欲泥塗供偃仰〔五〕，却憐花月負歌斟。前頭未了風埃夢，忍對瀟瀟一再吟。余屢有對雨之什。

【箋注】

〔一〕曾錫純，見前注。

〔二〕思入寥天，《莊子·大宗師》：「安排而去化，乃入於寥天一。」郭象注曰：「安於推移，而與化俱去，故乃入於寂寥而與天爲一也。」坎壈，不得志也。《楚辭·九辯》：「坎壈兮貧士，失職而志不平。」

〔三〕長鬣短簿，又作長鬣主簿。《古今注》：「羊，一名長鬣主簿。」喻羊毫筆。

〔四〕作繭者，陸游《書嘆》：「人生如春蠶，作繭自縛裹。」

〔五〕泥塗，典出《莊子·秋水》：「吾聞楚有神龜，死已三千歲矣，王巾笥而藏之廟堂之上。此龜者，寧其死爲留骨而貴乎，寧其生而曳尾於塗中乎？」偃仰，安居游樂也，《詩經·小雅·北山》：「或棲遲偃仰。」

與友人品茗西湖滴翠亭〔一〕

柳帶榆錢湖四圍，新荷搖水香上衣。荷畔茶寮兼賣酒，呼坐山亭當山扉。亭名滴翠翠欲滴，苦竹黃梅亂蘚壁。壁中大蟻争覓食，時見幽禽蹋蕉櫪〔二〕。飲茶來此得清歌，不比城市妖聲多。飲茶人亦好題字，强半啼饑雜嘲戲。我來值夏日正午，不思餅糕况酒舖。會須一醉樂陶陶，春秋花月相對吐。

【校記】

〔一〕詩題《滇南挂瓢集》作「偕洪北岸品茗滴翠亭」，手鈔本原題疑亦此，後删改。按，洪應埜，號北岸，潮州人，曾任職於省立金山中學任職。

【箋注】

〔一〕滴翠亭，饒鍔《潮州西湖山志·園亭》「滴翠亭」下：「在湖山麓熙春園西南。民國十一年建，四周隙地雜植花木，栖雲涵翠，境極幽静。亭有聯云：『四面有山皆入畫，一年無日不看花。』」

〔二〕蕉、櫪，樹名。先生詞《采桑子·韓山寓興》：「鳥雀瓏玲，蕉櫪蕭森，外有回波照眼明。」

悶雨〔一〕

悶雨十日天不破，苦人乃與炎蒸殊。熱灼濯汗得宣泄，鬱伏全無藥能蘇。涉水汹洶清濁混，登山滑滑泥濘塗。對南窗户風間阻，面西墻壁濕敷腴。釜魚甑塵居自若〔二〕，雌蝶雄蜂思何如。縱有斗酒非其徒，孤憤敢續離騷初。亦憶醉翁春行樂〔三〕，誰嗟夔府秋傷徂〔三〕。日夕光氣閟陸離，前後顛危望持扶。聞古夏水信浩浩，得聖者起爲清疏〔四〕。鼻涕垂頤詎木石〔五〕，六鑿通透成奔趨〔六〕。或出經邦一二策，猶夢觸兔百千株〔七〕。刮開天暵利劍無，寧知晴昊潛天衢。

【校記】

㈠ 此詩手鈔本無，今據《滇南挂瓢集》補録。

【箋注】

〔一〕釜魚甑塵，《後漢書·獨行傳》載范冉：「所止單陋，有時絶粒，窮居自若，言貌無改。閭里歌之曰：『甑中生塵范史雲，釜中生魚范萊蕪。』」

〔二〕醉翁，指歐陽修。《醉翁亭記》：「太守與客來飲於此，飲少輒醉，而年又最高，故自號曰醉翁也。醉翁之意不在酒，在乎山水之間也。山水之樂，得之心而寓之酒也。」《豐樂亭小飲》：「人生行樂當勉强，有酒莫負琉璃鐘。」

〔三〕杜甫《秋興》：「夔府孤城落日斜，每依北斗望京華。」悵望長安也。夔府，地名。唐置夔州，州治在奉節，爲府署所在，故稱。

〔四〕《虞書》載帝禹治水事：「洪水滔天，浩浩懷山襄陵，下民昏墊。予乘四載，隨山刊木，暨益奏庶鮮食。予决九川，距四海，浚畎澮距川；暨稷播，奏庶艱食鮮食。懋遷有無，化居。烝民乃粒，萬邦作乂。」

〔五〕鼻涕垂頤，黄庭堅《次韵元實病目》：「君不見嶽頭懶瓚一生禪，鼻涕垂頤渠不管。」任淵注曰：「唐高僧號懶瓚，隱居衡山之頂石窟中，德宗遣使詔之，寒涕垂頤，未嘗答，使者笑之，且勸拭涕，瓚曰：『我豈有工夫爲俗人拭涕耶！』竟不能致而去。」喻能遺外形骸也。

〔六〕六鑿，典出《莊子·外物》：「目徹爲明，耳徹爲聰，鼻徹爲顫，口徹爲甘，心徹爲知，知徹爲德。……心無天游，則六鑿相攘。」成玄英疏曰：「鑿，孔也。攘，逆也。自然之道，不游其心，則六根逆，不順於理。」

〔七〕觸兔，典出《韓非子·五蠹》：「宋人有耕田者，田中有株，兔走，觸柱折頸而死，因釋其耒而守株，冀復得兔，兔不可復得，而身爲宋國笑。今欲以先王之政，治當世之民，皆守株之類也。」

寄彭逸農湘潭〔一〕 二首

久闊音聞近若何，緑陰四滿亂層荷。襟期雙棹蒼烟渺，去住千方野馬多〔二〕。剩抱殘柯卑枳橘〔三〕，可容清夢落槃阿〔四〕。翀霄健翮知誰會，失笑鷦鷯護一窠〔五〕。

凌胸浩氣與雲平，記向華亭坐四更〔六〕。欲學寶書窮百國，當時甚思游學歐陸。翻疑直道負孤生〔七〕。時艱得幸隨親健，客久何妨以術鳴。計吏彭璆高北海〔八〕，時任職設計課。會看吐吸奮長鯨〔九〕。

【箋注】

〔一〕彭逸農，其人不詳。湘潭，在今湖南一帶。

〔二〕野馬，《莊子》：「野馬也，塵埃也，生物之以息相吹也。」成玄英疏曰：「青春之時，陽氣發動，遥望藪澤之中，猶如奔馬，故謂之野馬也。」

〔三〕殘柯，《述异記》：「信安郡石室山，晋時王質伐木至，見童子數人，棋而歌，質因聽之。童子以一物與質，如棗核，質含之，不覺飢。俄頃，童子謂曰：『何不去？』質起，視斧柯爛盡，既歸，無復時人。」枳橘，《晏子春秋·内篇雜下》：「橘生淮南則爲橘，生於淮北則爲枳，葉徒相似，其實味不同。所以然者何?水土异也。」

〔四〕槃阿，《詩經·衛風·考槃》：「考槃在阿，碩人之薖。」朱熹《集傳》曰：「槃，盤桓之意。言成其隱處之室也。」

〔五〕《莊子·逍遥游》：「鷦鷯巢於深林，不過一枝。」

〔六〕華亭，《世説新語·尤悔》：「陸平原河橋敗，爲盧志所讒，被誅。臨刑嘆曰：『欲聞華亭鶴唳，可復得乎！』」劉孝標注引《八王故事》曰：「華亭，吴由拳縣郊外墅也，有清泉茂林。吴平後，陸機兄弟共游於此十餘年。」

〔七〕直道，《論語·衛靈公》：「斯民也，三代之所以直道而行也。」朱熹《集注》曰：「直道，無私曲也。」

〔八〕彭璆，東漢時人。孔北海，即東漢孔融，字文舉，曾任北海相，故稱。《三國志·魏志·邴原傳》：「時魯國孔融在郡，教選計當任公卿之才，乃以……彭璆爲計吏。」

〔九〕左思《吴都賦》：「長鯨吞航，修鯢吐浪。」《异物志》：「鯨魚長者數十里，小者數十丈，雄曰鯨，雌曰鯢。」

鷓鴣巢詩集箋校卷第二

【按】

《年譜》「一九三七年」下：「是年，先生詩興勃發，所作甚多。」其時前後，先生有致陳中凡信云：「泰半年來不填詞，惟稍稍誦習韓、蘇、黃之七古，及宛陵之五古，興之所至，亦學塗鴉。即春假至今，已得長短古三四十首。誠以泰前寫詩患枯瘦，填詞患滯澀，欲治此少救其弊也。」時先生任教於韓山師範學院。至一九三七年，寇氛日熾，乃避地潮州楓溪柳堂，後受聘於中山大學，將赴雲南澂江任職。此卷所録多爲其間之作。

上石遺先生㊀〔一〕

破海横風波飛揚，毒龍牙角周華疆〔二〕。丘蛇穹鱉爲紀綱〔三〕，神目迷奪人顛狂。造次譎怪滂其湯㊁〔四〕，灼肉脱髁不可當。如病艱食飼螟蝗，故家文字等秕糠〔五〕。詩道賊裂幾幾亡，觥觥諸老蹠且僵〔六〕。我公一鼓通宋唐〔七〕，詩鈔詩話詩教昌㈢〔八〕。紀事褒貶謹毫芒〔九〕，現身說法居上庠〔一〇〕。或引堂室或門墻〔一一〕，或海外來争趨蹌〔一二〕，或伏窮僻薰心香〔一三〕。尊杜工部韓侍郎〔一四〕，旁推孟白兼歐陽〔一五〕。都官半山蘇陸楊〔一六〕，不袒苦陳門硬黄〔一七〕。金元明清誰短長，自然體大大無方〔一八〕。萬方羅拜羅酒漿，天以百厄成朋良。卌年湖海嚴風霜，依仁游藝刻不忘〔一九〕。救病扶傷探神囊，下視富貴猶荒荒。遂使群兒噤否臧〔二〇〕，遂使萬流歸汪洋，遂使古馗復康莊〔二一〕。齊名散原與海藏〔二二〕，騰踔高蹈非易望。孰若我公普慈航〔二三〕，示人奇寶如家常。示人大參如桂薑〔二四〕，不必駭汗人得嘗。服食多少清肺腸，惟仁者壽壽而康〔二五〕。天遣山水作公鄉，徜徉老轉精力强。時亦醉倒百千觴，快乘飛鳥相翱翔。此福古今疇抗行，我少冥瞀不知量〔二六〕。仰瞻日月垂明光，晚交石子過從忙。銘吾。㈣〔二七〕石子有詩贊公詳，銘吾曾以詩就正，稱「詩弟子」。稱公日夕流芬芳〔二八〕。索呈小草冀公匡，去冬曾索拙稿寄呈。㈤鹽城我師陳斠玄師。勤護將㈥〔二九〕。謂師之師今素王〔三〇〕，諭以詩奉三官堂。石遺先生故居。㈦〔三一〕拜求大醫治膏肓〔三二〕，獨抱區區心遑遑。卅年新學况披猖〔三三〕，貧愁依我如依娘。向來野馬忽羈繮，安持雄膽句餘糧㈧〔三四〕。公乎勇此當車螳〔三五〕，倘許斥罵憐倀倀。此詩寄三官堂，先生已下世矣。

【校記】

㈠詩題《滇南挂瓢集》作「呈石遺太夫子」。按，先生師陳蔚玄係出石遺室門下，故云。
㈡「滂」，《滇南挂瓢集》作「滄」。
㈢「詩教」，《滇南挂瓢集》作「詩道」，手鈔本原亦作「詩道」，後改。
㈣此句自注，手鈔本無，今據《滇南挂瓢集》補録。
㈤此句自注，《滇南挂瓢集》作：「今春銘吾以拙稿寄呈。」
㈥「鹽城我師」下自注，《滇南挂瓢集》注在句末。
㈦此句自注，《滇南挂瓢集》作：「太夫子故居。」
㈧「匄」，《滇南挂瓢集》作「乞」。

【箋注】

〔一〕陳衍（一八五六—一九三七），字叔伊，號石遺老人，福建侯官（今福州）人，清光緒舉人，曾任學部主事、京師大學堂教習、無錫國學專門學校教授，有《石遺室詩話》《近代詩鈔》《遼詩紀事》《金詩紀事》《元詩紀事》等。
〔二〕毒龍，喻殘暴者。華疆，中國也。先生詩《悼張藎忱（自忠）將軍》：「毒龍牙角周八方。」
〔三〕梅堯臣《夢登河漢》：「丘蛇與穹鱉，盤結爲紀綱。」

〔四〕滂湯，水流盛大貌。

〔五〕秕糠，穀不熟爲秕，穀皮曰糠，喻瑣碎無用之物。賊，毀敗也。石維岩《讀〈石遺室詩集〉呈石遺老人》：「年來詩道衰，白戰方披猖。其中空無有，咀嚼若秕糠。」趙松元評石詩曰：「這裏指近代文學改良運動中出現的新體詩。……是作者對新體詩的批評，這種批評鮮明地表明了作者與同光體的淵源。」

〔六〕觥觥，剛直貌。踣，僵也，覆倒也。

〔七〕通宋唐者，陳衍《石遺室詩話》：「蓋余謂詩莫盛於三元，上元開元，中元元和，下元元祐也。」

〔八〕詩鈔詩話者，陳石遺《近代詩鈔》《石遺室詩話》等。

〔九〕紀事者，陳石遺《遼詩紀事》《金詩紀事》《元詩紀事》等。

〔一〇〕現身説法，釋家語，《楞嚴經》：「我於彼前，皆現其身，而爲説法，令其成就。」上庠，指學校。陳石遺曾任清京師大學堂文科教習，清亡後，輾轉南北各大學講學，晚歲寓居蘇州，倡辦國學會，任無錫國學專修學校教授。

〔一一〕堂室，《論語·先進》：「由也升堂矣，未入於室也。」門墻，《論語·子張》：「夫子之墻數仞，不得其門而入，不見宗廟之美，百官之富。得其門者或寡矣。」

〔一二〕趨蹌，趨步拜謁之謂。《詩經·齊風·猗嗟》：「巧趨蹌兮。」鄭玄箋曰：「蹌，巧趨貌。」

〔一三〕心香，釋家語，猶言瓣香，謂中心虔誠如爇香供佛也。又喻敬仰師承。

〔一四〕杜工部，即杜甫。韓侍郎，即韓愈。

〔一五〕孟白，即孟浩然、白居易。歐陽，即歐陽修。

〔一六〕都官，即梅堯臣。半山，即王安石。蘇陸楊，即蘇軾、陸游、楊萬里。

〔一七〕陳，即陳師道。黄，即黄庭堅。苦陳硬黄，陳師道詩有苦拙氣，黄庭堅詩以瘦硬稱，故云。

〔一八〕體大無方，包羅萬象之謂。先生詩《寄陳守玄滬瀆》：「體大信無方，包羅朝野市。」又《短古呈雁晴師》：「體大無方從者衆。」

〔一九〕依仁游藝，《論語・述而》：「志於道，據於德，依於仁，游於藝。」朱熹《集注》曰：「依者，不違之謂。」「游者，玩物適情之謂。」

〔二〇〕否臧，語出《易經・師》：「師出以律，否臧，凶。」孔穎達疏：「否謂破敗，臧謂有功。」

〔二一〕康莊，寬闊平坦貌，語出《史記・孟子荀卿列傳》：「爲開第康莊之衢。」《爾雅》：「四達謂之衢，五達謂之康，六達謂之莊。」

〔二二〕陳三立，字伯嚴，號散原，江西義寧人，有《散原精舍詩》。鄭孝胥，字蘇龕，一字太夷，號海藏，福建閩侯人，有《海藏樓詩》。石遺、散原、海藏等皆以「同光體」名家。

〔二三〕普慈航，釋家語，意謂衆生苦難如在海中，願宏行佛法渡登彼岸也。《萬善同歸集》：「駕大般若之慈航，越三有之苦津。」

〔一四〕大參，藥珍稀者。《本草》：「一名神草，一名人銜，一名地精。年深浸漸長成者，根如人形，故謂之人蓡。」桂薑，肉桂、生薑之類，家常藥名。

〔一五〕《論語·雍也》：「知者樂，仁者壽。」邢昺疏曰：「仁者壽者，言仁者少思寡欲，性常安静，故多壽考也。」韓愈《送李愿歸盤谷序》：「飲且食兮壽而康。」

〔一六〕冥瞀，猶言蒙瞀，不明事理之貌。

〔一七〕石維岩（銘吾），見前注。

〔一八〕石維岩《讀〈石遺室詩集〉呈石遺老人》：「有如一老樹，着花自芬芳。」

〔一九〕陳中凡（斠玄），見前注。

〔二〇〕素王，《莊子·外篇·天道》：「玄聖素王之道也。」郭象注曰：「有其道爲天下所歸而無其爵者，所謂素王自貴也。」

〔二一〕陳衍故居三官堂，在今福建福州。《榕城考古録》：「三官堂，在文儒坊南閩山巷。」

〔二二〕膏肓，疾病甚也。《春秋左傳·成公十年》：「疾不可爲也。在肓之上，膏之下，攻之不可，達之不及，藥不至焉，不可爲也。」杜預注曰：「肓，鬲也。心下爲膏。」

〔二三〕披猖，失意貌。

〔二四〕先生詩《寄陳守玄滬瀆》：「因求高賢門，乞糧延饑死。」

〔二五〕《韓詩外傳》：「齊莊公出獵，有螳螂舉足將搏其輪。問其御曰：『此何蟲也？』御曰：『此螳螂也。其爲蟲，知進而不知退，不量力而輕就敵。』莊公曰：『以爲人，必爲天下勇士矣。』於是回車避之。」

【集評】

「我公」以下諸句，吳承學、彭玉平《〈詹安泰全集〉序》曰：「這雖是對石遺詩歌特點的總結，也不無夫子自道的意味在內，體現了詹安泰的宗宋并不拘泥於宋詩派，而是要博師百家，融合唐宋，歸於自然，自出手段。」

「貧愁依我如依娘」，彭玉平《現代文學中的古典情懷——詹安泰舊體詩詞初探》：「以愁養育，愁語連篇，是詩人詩歌的本色所在。」

大風雨二首

風勢初未大，窮陰紛迴合。萬瓦失鱗光，千林向天插。忽然飛霹靂，繩粗雨四壓〔一〕。凶利敵白箭，當者争擠踏。排山復倒海，狂飈與相答。危樓危愈危，窗户亂開闔。掃漏覺帚少，聞聲凜壁塌。短焰不成明，鬼電長繞匝〔二〕。檐雀只驚啼，庭柯已摧拉〔三〕。因思禾稼繁，况乃賦税雜。推解起何方〔四〕，喧闐夢朋盍〔五〕。

十日已苦熱，一雨竟傷農。雨更十日來，嗟哉况有風。萬物慘顔色㊀，群動患息躬〔六〕。山虚地轉軸〔七〕，力重石翻空。即鹿亦非禍〔八〕，伏虎不敢雄。獨恐破浪人，舟隻觸蛟龍。將身作釣餌，巨魚化爲熊〔九〕。食肉弃其骨，骨塞海神胸。赫然震怒噴，飛波濺隆穹〔一〇〕。滔天信大浸〔一一〕，一世誰從容。不如蟄陋室，日夕看蝸踪。習静有真趣，此趣聖可通。

【校記】

㊀「顔色」，《滇南挂瓢集》作「容色」。

【箋注】

〔一〕蘇舜欽《往王順山值暴雨雷霆》：「一霆淫雨如繩粗。」

〔二〕劉克莊《郭熙山水障子》：「神雷鬼電或取將。」

〔三〕潘尼《火賦》：「林木摧拉。」

〔四〕推解，推食解衣，語出《史記·淮陰侯列傳》：「漢王授我上將軍印，予我數萬衆，解衣衣我，推食食我。」

〔五〕朋盍，朋友也，典出《易經·豫》：「勿疑，朋盍簪。」王弼注曰：「盍，合也；簪，疾也。」孔穎達疏曰：「群朋合聚而疾來也。」

〔六〕群動，衆禽獸也。陶潛《飲酒》：「日入群動息。」

〔七〕杜甫《西閣夜》：「山虛風落石。」地軸，張華《博物志》：「地有三千六百軸，犬牙相舉。」

〔八〕即鹿，典出《易經·屯》：「即鹿無虞，惟入於林中。」孔穎達疏曰：「即，就也；虞，謂虞官。如人之田獵，欲從就於鹿，當有虞官助己，商度形勢可否，乃始得鹿；若無虞官，即虛入於林木之中。」高亨注曰：「即鹿，猶言從鹿，逐鹿耳。」按，無虞，先生此詩或作無憂解，故曰「非禍」。意謂入於林中，以避其禍。先生詩《將入蜀賦示同人五首》「即鹿無虞春自滿」句，亦取此義。又，先生編《中國文學史》第三章第三節引用此卦：「即鹿（王肅作「麓」）無虞，惟入於林中。」解釋作男女婚媾之事，釋文曰：「往山麓去是不會受人干涉的。」

〔九〕《左傳·昭公七年》：「昔堯殛鯀於羽山，其神化爲黃熊，以入於羽淵。」鯀，大禹之父。《玉篇》：「鯀，大魚也。」

〔一〇〕隆穹，高天也。

〔一一〕大浸，大水也。《尚書·堯典》：「湯湯洪水方割，蕩蕩懷山襄陵，浩浩滔天。」喻世事。

讀《莊子》

失時泥塗污〔一〕，得勢蛟蛇絡。韓詩：「褫身絡蛟蛇。」〔二〕媢毒豈骨賤，叵奈填溝壑〔三〕。中道信遑遑，一士長諤諤〔四〕。游行如無歡，鍵户得浪謔〔五〕。情思超千萬，天地窮橐籥〔六〕。視彼得失徒，何异床三脚〔七〕。坐卧不自安，將安得至樂〔八〕。至精出至仁〔九〕，吾欲爲錫爵〔一〇〕。

【箋注】

〔一〕泥塗污，《莊子·田子方》：「弃隸者，若弃泥塗。」《莊子·秋水》：「寧其死爲留骨而貴乎，寧其生而曳尾於塗中乎？」

〔二〕句見韓愈《讀東方朔雜事》。絡，繞也。

〔三〕填溝壑，喻死，語出《戰國策·趙策》：「願及未填溝壑而托之。」死則填壑，故云。

〔四〕《史記·商君列傳》：「千人之諾諾，不如一士之諤諤。」諤諤，直言争辯貌。

〔五〕鍵户，猶言閉户。

〔六〕《老子》：「天地之間，其猶橐籥乎？虚而不屈，動而愈出。」吴澄注曰：「橐籥，冶鑄所以吹風熾火之器也。爲函以周罩於外者，橐也；爲轄以鼓扁於内者，籥也。」

〔七〕床三脚，不穩妥貌。先生詩《平石贈别畢業諸子》：「譬彼床缺脚，還如舟失柁。」

〔八〕至樂，《莊子·天運》：「夫至樂者，先應之以人事，順之以天理，行之以五德，應之以自然，然後調理四時，太和萬物。」

〔九〕至精，《易傳·繫辭傳》：「無有遠近幽深，遂知來物，非天下之至精，其孰能與於此。」

〔一〇〕錫爵，賜酒也，嘉尚之意。《詩經·邶風·簡兮》：「赫如渥赭，公言錫爵。」

寄陳守玄滬瀆〔一〕

矯矯北流陳，槃槃天下士〔二〕。著讀百車書〔三〕，聲名震遐邇。人或窮所學，莫窮學所底。獵新極瀛寰〔四〕，汲古得至理〔五〕。鋭入無堅奥，力向皆披靡。持較溝瞀儒〔六〕，甘瓜笑苦李〔七〕。何况爾小生，乖張儕鹿豕〔八〕。焉能睹詄蕩〔九〕，眼光才一咫〔一〇〕。蹋蹶固其宜，佻㒓殊可耻〔一一〕。意快千花開，道尊五侯擬〔一二〕。偶然發爲詩，氣力懾虎兕。萬靈恣吐吸，浩浩無涯涘〔一三〕。肝膽峙昆侖〔一四〕，咳唾落璣珥〔一五〕。螣蛇無足飛〔一六〕，雷車挾翼起〔一七〕。親切母乳兒，洞明鏡照水。有時醜老樹，點綴將霞綺。有時曠朗場，結構交楠梓。體大信無方，包羅朝野市〔一八〕。高高動帝閽〔一九〕，嘖嘖艷里耳〔二〇〕。亦復窟玄秘，非指喻非指〔二一〕。精垺任天機〔二二〕，萬法歸同軌。譬彼飛行仙〔二三〕，古詎今成是。不勇破舊貫，生生曷有恃。〔二四〕待焚稿逾千，守玄有《待焚稿》。績作難縷紀。直令始自兹，群識真善美。信哉天之驕，一世誰平視。卓立大千界〔二五〕，清風飄松子〔二六〕。上庠暫倜儻，多才走隸齒〔二七〕。恍夢去接歡，忽見起拊髀〔二八〕。身披金甲盔，貔貅紛指使〔二九〕。湔雪戴天仇，爲國揚庥祉〔三〇〕。文字刻痛憤，浩歌寧無俟。我少事白戰，頗慕童汪錡〔三一〕。尪羸枉踸踔，跼蹐困州里。〔三二〕剜肉補巨瘡〔三三〕，屠龍競末技〔三四〕。得不償所失，歲或三五徙。微哦雖不廢，難飽等糠秕〔三五〕。因求高賢門，乞糧延饑死〔三六〕。愷悌神以恩〔三七〕，可容矜爪觜〔三八〕。

【校記】

〔一〕手鈔本此詩題上標一叉號（×）。

【箋注】

〔一〕陳柱（一八九〇—一九四四），字柱尊，號守玄，廣西北流人，曾任教於中央大學、交通大學上海分部，有《待焚詩稿》《守玄閣詩集》等。滬瀆，即上海。陳曾任教於上海交通大學，又曾因戰亂避地上海租界。

〔二〕矯矯，高峙貌。桀桀，出衆貌。

〔三〕《莊子·天下》：「惠施多方，其書五車。」

〔四〕陳守玄嘗游學日本，故云。

〔五〕汲，引水於井也。韓愈《秋懷詩》：「汲古得修綆。」

〔六〕溝瞀儒，《荀子·儒效》：「甚愚陋溝瞀而冀人之以己爲知也，是衆人也。」楊倞注曰：「溝瞀，無知也。」

〔七〕苦李，典出《世説新語》：「王戎七歲，嘗與諸小兒游，看道邊李樹多子折枝，諸兒競走取之，唯戎不動。人問之，答曰：『樹在道邊而多子，此必苦李。』取之，信然。」庾信《歸田詩》：「苦李無人摘，秋瓜不直錢。」後喻以無用而全生，蘇軾《次韵黄魯直見贈古風》：「顧我如苦李，全生依路傍。」

〔八〕儕鹿豕，《孟子·盡心上》：「舜之居深山之中，與木石居，與鹿豕游，其所以异於深山之野人者幾希。」

〔九〕詄蕩，《漢書·禮樂志》：「天門開，詄蕩蕩。」顔師古注引如淳曰：「詄蕩蕩，天體堅清之狀也。」

〔一〇〕一咫，言其短也。《説文》：「中婦人手長八寸謂之咫。」

〔一一〕踢蹶，顛僕傾跌也。佻撻，輕薄狂浪也。

〔一二〕《漢書·元后傳》：「成帝悉封舅王譚、王立、王根、王逢時、王商爲列侯，五人同日封，故世謂之『五侯』。」《漢書·游俠傳》載樓護：「是時王氏方盛，賓客滿門，五侯兄弟争名，其客各有所厚，不得左右，唯護盡入其門，咸得其歡心。結士大夫，無所不傾，其交長者，尤見親而敬，衆以是服。……爲五侯上客。」

〔一三〕《莊子·養生主》：「吾生也有涯，而知也無涯。」《莊子·秋水》：「今爾出於涯涘，觀於大海。」

〔一四〕先生詩《次均幹青（倬漢）除夕見酬之作》：「試上昆侖媲肝膽，重羅天地入新編。」

〔一五〕咳唾，《莊子·漁父》：「竊待於下風，幸聞咳唾之音以卒相丘也。」璣、珥，美珠玉也。

〔一六〕《荀子·勸學》：「螣蛇無足而飛。」陸佃云：「螣蛇能騰，蟲之自勝者，亦曰靈蛇。」

〔一七〕雷車，雷也。《搜神記》：「義興人周永和出行，因日暮，路旁小屋中有女子留宿。一更後，有唤『阿香』，女應諾，『官唤汝推雷車。』女遂辭周云：『有官事須去。』俄而大雷。」

〔一八〕陳柱《待焚詩稿·後序》謂己詩：「有懷舊之思想焉，有愛新之思想焉，有恬淡之思想焉，有憤激之思想焉。時而思隱士慕青山，時而思英雄舞長劍，時而思賢聖談道德，時而思佳人感香艷。其體有似古典派者焉，有似白話派者焉，有創體焉，有擬作焉，有悲壯者焉，有淡退者焉，有近於粗豪者焉，有近於妖艷者焉。……我之爲今爲故，千萬變而未始有窮，則我之思想我之詩體，亦當千萬變而未始有極。」

〔一九〕帝閽，《離騷》：「吾令帝閽開關兮，倚閶闔而望予。」王逸注曰：「帝，謂天帝也；閽，主門者。」先生《離騷箋疏》：「給天帝守門的人。」

〔二〇〕嘖嘖，贊嘆辭。里耳，猶言俗耳。

〔二一〕語出《莊子》，見《讀潘皃公寄示聽劉寶全鼓詞之作》詩注。

〔二二〕精垺，《莊子·秋水》：「夫精，小之微也；垺，大之殷也。」又，「今予動吾天機，而不知其所以然。」

〔二三〕飛行仙，仙名，《楞嚴經》：「堅固草木而不休息，藥道圓成，名飛行仙。」

〔二四〕《論語·先進》：「仍舊貫，如之何？」破舊貫，謂創新也。陳柱《待焚詩稿·自序》云：「蓋凡古人所已到之地，所已咏之物，凡有所作，即不因襲，亦悉是陳言矣。是故山人自頃以來，別發宏願，以謂他日者，要當到吾國古詩人所不到之地，賞吾國古詩人所未見之景，庶幾可以激古詩人所未有之情，吟古詩人所未咏之詩。」「刻鏤衆形，敷陳萬慮，辟洋海之涵蓄，同岱嶽之崇高，盡萬怪而畢有，極宇宙之壯觀，豈與夫尋常之丘澗，爭一花一草之妍哉？此則山人近日之大志，欲於古人詩國之外，別開領土者也。」

〔二五〕大千界，釋家語，三千大千世界也。

〔二六〕林希逸《松子僧前落》：「野迴無人迹，長松不計年。隨風飄子下，竟日落僧前。」

〔二七〕倜儻，卓异貌。隸齒，同列也。

〔二八〕拊髀，《三國志》裴松之注引《九州春秋》劉備事：「備曰：『吾常身不離鞍，髀肉皆消。今不復騎，髀裏肉生。日月若馳，老將至矣，而功業不建，是以悲耳。』」

〔二九〕《史記·五帝本紀》載軒轅氏：「教熊、羆、貔、貅、貙、虎，以與炎帝戰於阪泉之野。」司馬貞《索隱》曰：「此六者猛獸，可以教戰。」

〔三〇〕麻，蔭也；祉，福也。

〔三一〕汪錡，春秋時之魯童。《左傳·哀公十一年》載魯師與齊戰：「公爲與其嬖僮汪錡乘，皆死，皆殯。孔子曰：『能執干戈以衛社稷，可無殤也？』」又，《禮記·檀弓下》：「與其鄰童汪踦往，皆死焉。魯人欲勿殤童汪踦，問於仲尼。仲尼曰：『能執干戈以衛社稷，雖欲勿殤也，不亦可乎！』」

〔三二〕尪羸，瘦弱貌。踸踔，跛行貌。跼蹐，局促貌，《詩經·小雅·正月》：「謂天蓋高，不敢不局。謂地蓋厚，不敢不蹐。」

〔三三〕聶夷中《傷田家》：「二月賣新絲，五月糶新穀。醫得眼前瘡，剜却心頭肉。」

〔三四〕屠龍技，《莊子·列禦寇》：「朱泙漫學屠龍於支離益，單千金之家，三年技成，而無所用其巧。」

〔三五〕先生詩《上石遺先生》：「故家文字等秕糠。」

〔三六〕先生詩《上石遺先生》：「妄持雄膽匄餘糧。」

〔三七〕《詩經·大雅·旱麓》：「豈弟君子，神所勞矣。」鄭玄箋云：「勞，勞來，猶言佑助。」《左傳》杜預注曰：「愷，樂也；悌，易也。」

〔三八〕韓愈《嘲魯連子》：「魯連細而黠，有似黃鷂子。田巴兀老蒼，憐汝矜爪觜。」蘇軾《送任伋通判黃州》詩：「莫對黃鷂矜爪觜。」

和答陳寥士一念之作，時倭夷正犯我華北也〔一〕二首

弱雲狼藉破殘年，皛皛乍聞帝力宣。堂室可容巢野鵲，遨游何意挾飛仙〔二〕。危時苦語争新刻，出手春衫失故妍。一念千花開絶頂，試明寸抱向遥天。

聲聞嘆望遂經年，一念廉貞默始宣〔三〕。西笑無端看海水〔四〕，南朝有客夢金仙〔五〕。剩從紙尾收魂魄〔六〕，肯對人前别醜妍。郎署李德林。劉輿。今幾許〔七〕，又飛急雨滿江天。

【箋注】

〔一〕陳寥士（一八九八—一九七〇），原名陳道量，字企白，一作器伯，號寥士、十園，浙江寧波鎮海人，以詩名，有《單雲閣詩》《單雲閣詩話》等。陳氏一念之作，未見其詳。

〔二〕蘇軾《前赤壁賦》：「挾飛仙以遨游，抱明月而長終。」

〔三〕《楚辭·卜居》：「吁嗟默默兮，誰知吾之廉貞。」

〔四〕西笑，桓譚《新論·祛蔽》：「人聞長安樂，則出門西向而笑。」西望帝都，故云。海水者，滄海横流之謂。《春秋穀梁傳注疏序》：「孔子睹滄海之横流，乃喟然而嘆曰：『文王既没，文不在兹乎？』」楊士勛疏曰：「百姓散亂，似水之横流，今以爲滄海是水之大者，滄海横流，喻害萬物之大，猶言在上殘虐之深也。」

〔五〕南朝，宋、齊、梁、陳先後都建康（今南京），故稱。按，此或指當時南京國民政府。金仙，李賀《金銅仙人辭漢歌》序：「魏明帝青龍元年八月，詔宫官牽車西取漢孝武捧露盤仙人，欲立置前殿。宫官既拆盤，仙人臨載，乃潸然淚下。」

〔六〕紙尾，紙末簽押，故云。杜牧《送沈處士赴蘇州》詩：「因書問故人，能忘批紙尾。」

〔七〕郎署，禁中衛侍之官也。李德林，字公輔，歷仕北齊、北周、隋等朝，《隋書》有傳。劉輿，字慶孫，東晋時人，與劉琨并尚書郭奕之甥，《晋書》有傳。《漢武故事》：「顔駟，不知何許人，漢文帝時爲郎。至武帝，嘗輦過郎署，見駟尨眉皓髮，上問曰：『叟何時爲郎？何其老也？』答曰：『臣文帝時爲郎。文帝好文而臣好武，至景帝好美而臣貌醜，陛下即位好少而臣已老，是以三世不遇，故老於郎署。』」按，此句用郎署李、劉史事，接申前文「人前別醜妍」句意，蓋發懷才不遇之感。

廖烈婦丘荷公屬題〔一〕

有烈婦廖耿古光，夫死求子嗣其房。子得其所殉夫亡，聞之摧裂人肝腸。婦也不及事姑嫜〔二〕，以耕以織日不遑。平生詩書長相忘，何來萬丈吐光芒。嗚呼！天以巾幗爲紀綱〔三〕，丈夫視此乃茫茫，豈獨州里揚芳香。

【箋注】

〔一〕丘荷公，丘復（一八七四—一九五〇），原名馥，字果園、瘦樵，號念廬，别號荷生，福建龍岩上杭縣藍溪曹田人，清舉人，南社創辦者之一，有《念廬詩稿》等。廖烈婦廖氏，丘復《上杭縣志·烈女傳》：「廖氏，曹田丘德祥妻，覺坊廖克槿女。年十六於歸。性高傲，夫有過，必極諫。年二十三，夫卒，止遺一女，乃泣請宗老，商議立嗣。伯嫂允以次子承之。喪葬畢，翌晨，出衣物分贈諸嫂，托以後事，將午，投繯以殉。時光緒十九年九月二十七日。」丘逢甲詩《藍溪烈婦篇爲上杭族人德祥妻廖氏作》亦咏其事。

〔二〕姑嫜，夫之父母也。

〔三〕紀綱，表率也。

京游追紀二首

千年王氣鬱鍾山〔一〕，樹自蒼深石自頑。錯恠腐遷開跌宕〔二〕，草萊真見列朝班〔三〕。明孝陵

掃葉樓僧去不還〔四〕，花光茶氣擁香鬟。留題忍便師遺老，别有莫愁湖外山〔五〕。登掃葉樓

【箋注】

〔一〕《史記·高祖本紀》：「秦始皇帝常曰：『東南有天子氣。』於是因東游以厭之。」又，《三國志·魏書》：「金陵王氣兆於先代，黄旗紫蓋，本出東南，君臨萬邦，故宜在此。」《景定建康

志》：「考之史前，楚威王時，以其地有王氣，埋金以鎮之。」

〔二〕腐遷，指司馬遷，以其嘗遭腐刑，故云。

〔三〕先生詩《山居》：「列石擬朝班。」朝班，朝廷百官之列也。

〔四〕掃葉樓僧，《皇明遺民傳・龔賢》：「工畫，愛仿梅花道人筆意，自寫小照，作掃落葉僧，名所居爲『掃葉樓』。」先生詞《翠樓吟（石磴嘘凉）》：「寄語，拖帚殘僧，漫暗傷亡國，舊城東路。」

〔五〕莫愁湖，地名，在南京。《太平寰宇記》：「莫愁湖在三山門外，昔有妓盧莫愁家此，故名。」先生詞《翠樓吟（石磴嘘凉）》：「官楊摇亂緑，有迎客翩翾靈羽。莫愁延佇。」

【按】

一九三五年七月，先生有滬杭之行，并游南京。此追紀京游一處。明孝陵在鍾山（南京紫金山）南麓，建於明洪武年間，明太祖朱元璋與孝慈高皇后之陵寢；掃葉樓在清凉山，明末詩人龔賢故居，先生詞《翠樓吟（石磴嘘凉）》序有「乙亥新秋登清凉山掃葉樓」云云。

登鷄鳴寺尋胭脂井，阻兵不果〔一〕二首

胭脂凝淚更誰貪，雜碎猶能作繭蠶〔二〕。代有霸才乘勢起，莫因河北笑江南〔三〕。

玉樹後庭一往空〔四〕，風流無復陣香宫。范石湖詩：「宫中亦有風流陣。」〔五〕何心重覓南朝夢，磨鬢山花作意紅。

【箋注】

〔一〕南京鷄鳴寺，《江南通志》「鷄鳴寺」下：「寺在府鷄籠山，與覆舟臺城相接。晋永康間始創道場。明初爲普濟禪師廟。洪武二十年改創鷄鳴寺，遷靈谷寶志公法函瘞於山麓，建浮圖五級，有施食臺，寺中有憑虚閣、望湖亭。」胭脂井，在鷄鳴寺内，傳爲南朝陳景陽殿之井。《韵語陽秋》：「陳後主起臨春、結綺、望仙三閣，極其華麗。後主與張麗華、孔貴妃各居其一，與狎客賦詩，互相贈答，采其艷麗者被以新聲，奢淫極矣。隋克臺城，後主與張、孔坐觀無計，遂俱入井，所謂『胭脂井』是也。……今胭脂井在金陵之法寶寺，井有石欄紅痕若胭脂，相傳云後主與張孔淚痕所染，石欄上刻後主事迹八分書，乃大曆中張著文，又有篆書『戒哉戒哉』數字，其他題刻甚多，往往漫滅不可考。寺即景陽宫故地也。」後古迹堙滅，至清道光年間，爲鷄鳴寺僧尋得，題曰「古胭脂井」。

〔二〕楊萬里《跋陸務觀劍南詩稿》：「雕得心肝百雜碎。」陸游《書嘆》：「人生如春蠶，作繭自縛裏。」

〔三〕河北，隋也；江南，陳也。

〔四〕玉樹後庭，《陳書・皇后列傳》：「後主每引賓客對貴妃等游宴，則使諸貴人及女學士與狎客共賦新詩，互相贈答，采其尤艷麗者以爲曲詞，被以新聲，選宮女有容色者以千百數，令習而歌之，分部迭進，持以相樂。其曲有《玉樹後庭花》《臨春樂》等，大指所歸，皆美張貴妃、孔貴嬪之容色也。」李白《金陵歌送別范宣》：「天子龍沉景陽井，誰歌玉樹後庭花。」

〔五〕句出范成大《題開元天寶遺事四首》。風流陣，王仁裕《開元天寶遺事・風流陣》：「明皇與貴妃每至酒酣，使妃子統宮妓百餘人，帝統小中貴百餘人，排兩陣於掖庭中，目爲風流陣。以霞被錦被張之爲旗幟，攻擊相鬥，敗者罰之巨觥以戲笑。」

【按】

此詩同前，蓋亦京游追紀之作。

不寐〔一〕

牡丹芍藥互榮悴，誠齋詩：「芍藥榮時牡丹悴。」〔二〕白髮黄鷄孰短長〔三〕。一笑能爲千解脱，終宵何事百思量。憐花大月弄羈客，作鼓官蛙喧睡鄉〔三〕。自是有生愁不了，那關家國正茫茫。

【校記】

㈠手鈔本此詩題上標一叉號（×）。

【箋注】

〔一〕句見楊萬里《蘭溪女兒浦曉寒》：「人生何必早得意，芍藥榮時牡丹瘁。」

〔二〕蘇軾《過密州次韵趙明叔喬禹功》：「黄鷄催曉凄涼曲，白髮驚秋見在身。」又，《與臨安令宗人同年劇飲》：「試呼白髮感秋人，令唱黄鷄催曉曲。」

〔三〕官蛙，謂蝦蟆。《晋書·孝惠帝紀》：「帝又嘗在華林園，聞蝦蟆聲，謂左右曰：『此鳴者爲官乎，私乎？』或對曰：『在官地爲官，在私地爲私。』」

月夜偕娥卿、慧兒乘凉楓溪公路㈠〔一〕

屈折心情到月光，黄麻夾道晚初凉。依稀緑樹張龍傘，承受天河泛水漿〔二〕。欲濕衣裾風與拂，未疏閑檢興多狂。昂頭待向孤尖去〔三〕，如雨蟲聲出矮墻。

【校記】

㈠ 手鈔本此詩題上標一叉號（×）。

【箋注】

〔一〕娥卿、慧兒，指先生妻柯娥仙、長女慧明。

〔二〕天河，即銀河。《詩經·大雅·棫樸》：「倬彼雲漢，爲章於天。」毛傳曰：「雲漢，天河也。」

〔三〕孤尖，謂山顛獨出。楊萬里《郎石峰》：「四旁不與衆山連，特地孤尖立半天。」

【按】

一九三七年秋以後，先生舉家避地楓溪，此詩或作於其時。

苦熱

赤膊扇扇汗不止，卧不登床坐席地。氣管長日難寸舒，心場一宵突千騎。焦急真匪語可喻，定有火神作怪祟。不然去年來楓溪，大暑猶能晝渴睡〔一〕。今年萬方不如意，苦熱更值邊警至。落地巨炮聲響雷，騰天飛機虎插翅〔二〕。初以鮮血挫凶鋒，旋聞主將忽潛避〔三〕。探望日日復人人，消息雖遠若指臂〔四〕。堅鋼要須熱力鎔〔五〕，莫使貪涼忘痛淚。

【箋注】

〔一〕渴睡，猶言瞌睡。

〔二〕按，時日寇凶焰，潮汕地區邊警頻繁。民國《潮州志·大事志》「二十七年」下：「是歲六月至十月，日機漫炸汕頭、潮陽、揭陽、豐順。」又，是年八月，日軍飛機向潮州投彈，擲中廣濟橋江心梭船，死傷者衆。

〔三〕民國《潮州志·大事志》「二十七年」下：「六月，日寇陷南澳。七月，我軍反攻，得而復失，楊俊清等戰死。」

〔四〕《漢書·賈誼傳》：「如身之使臂，臂之使指，莫不制從。」

〔五〕堅鋼，巨炮飛機之謂也，喻邊寇。

【按】

據詩中「去年來楓溪」等語，推知此詩或作於一九三八年。

溝水一首贈楊瘦子 光祖〔一〕

溝水蟠蛟螭〔二〕，首尾不得顧。豈無溟渤寬〔三〕，惜哉無其路。況聞烹調者，日講炮燖具〔四〕。蝦蟆跳八尺〔五〕，寸魚安沮洳〔六〕。大小何可常〔七〕，枯死爲失據。天心材萬殊，矜心起重注。莊子注：「重則心矜。」〔八〕

【箋注】

〔一〕楊光祖，見前注。

〔二〕龍無角曰蛟，若龍而黄曰螭。

〔三〕溟、渤，皆海名。《列子·湯問》：「終北之北有溟海者，天池也。」駱賓王《浮查》：「渤海三千里，泥沙幾萬重。」

〔四〕肉不去毛炙之曰炮；炙爛曰燖。《路史·禪通紀·炎帝》：「修火之利，以炮以燖。」

〔五〕《諧謔録》載蝦蟆：「一跳八尺，再跳丈六。從春至夏，裸袒相逐。無地取作，掉尾肅肅。」

〔六〕沮洳，《詩經・魏風・汾沮洳》：「彼汾沮洳。」孔穎達疏曰：「沮洳，潤澤之處。」

〔七〕梅堯臣《大風》：「天理何可常。」

〔八〕《莊子・達生》：「其巧一也，而有所矜，則重外也。凡外重者内拙。」郭象注曰：「所要愈重，則其心愈矜也。」

守玄寄紙索書近作，既用報命，媵以長句㊀〔一〕

我詩鈍弱書尤拙，平直粗解氣已茶〔二〕。肥字雖避饅頭羞，宛陵詩：「世人作肥字，正如論饅頭。厚皮雖然佳，俗物已可羞。」〔三〕家鷄寧買群兒悦。用庾安西、王右軍事。柳州詩：「聞道近來諸子弟，臨池尋已厭家鷄。」〔四〕忽辱箋來索書詩，强驅身戰試執鐵〔五〕。主將有命誰敢違，祇恐旁人罵濫竊。公書唐體參漢法〔六〕，我曾過宋旋易轍〔七〕。遠近高下何可擬，豈有華嵩賤蟻垤〔八〕。如濱水居贈溪骨，又如得裘當夏熱〔九〕。縱各有用用則殊，况值遑遑天雨血。時北寇正深也。公但一笑置之可，别有奇芬日采擷。

【校記】

㈠ 手鈔本此詩題上標一叉號（×）。

【箋注】

〔一〕陳柱（守玄），見前注。

〔二〕解，懈也。茶，疲貌。

〔三〕句出梅堯臣《韵語答永叔内翰》。

〔四〕庾安西，即晋人庾翼。王右軍，即王羲之。《南史·王僧虔傳》：「庾征西翼書，少時與王右軍齊名。右軍後進，庾猶不分。在荆州與都下人書云：『小兒輩賤家鷄，皆學逸少書，須吾下當比之。』」句出柳宗元《殷賢戲批書後寄劉連州并示孟侖二童》：「書成欲寄庾安西。紙背應勞手自題。聞道近來諸子弟，臨池尋已厭家鷄。」

〔五〕執鐵，猶云執兵。蕭何《論書勢》：「夫書，勢法猶若登陣。」

〔六〕陳柱《談書法》：「文之樸茂偉大，莫如兩漢，其書法亦如之。文之氣韵莫如唐，其書法亦如之。」黄賓虹致陳柱信曾評陳氏法書「清健渾古」。

〔七〕過宋者，蓋謂學宋人書帖，蘇黄米蔡諸家也。易轍，車行改道也，喻變更。按，觀今先生書，多取六朝及晋碑，入「二爨」筆意，融碑化帖，自成面貌，非特學宋帖者。

〔八〕華、嵩，皆高山名。蟻垤，蟻穴隆堆也。梅堯臣《方在許昌幕内弟滁州謝判官有書》詩：「我輩在蟻垤，難謂太華卑。」

〔九〕黄庭堅《長句謝陳適用惠送吴南雄所贈紙》：「得紙無异夏得裘。」

苦雨

沙沙復嗒嗒，七日光不流。日開窗迎風，欲使濕斂收。前者翕翕熱，旱禱桑林頭〔一〕。天果徇人願㈠，霈然滿渠溝。龍骨閟其聲〔二〕，我田禾稼稠。草花明側港㈡，樹色暗荒丘。柳貫溪魚肥，花遮陋室羞。戲郊集頑稚，浮鼻見過牛〔三〕。高下隨地脉，杖屨接清游。相隔幾何時，翻爲洪潦憂。沿墻看行蝸〔四〕，仰屋想鳴鳩〔五〕。炭霉疏茗煮，𠠝髒戒奴蹂。焚香玩古篆，尋夢上京樓。樓高今誰屬，日夕使人愁。平生有詩癖，復與詩病謀。〔六〕乘此一揣摩，堆几紛琳璆〔七〕。焉敢慕大國〔八〕，庶乎得少瘳〔九〕。

【校記】

㈠「徇」，手鈔本原作「循」，後改。

㊁「側港」，手鈔本原作「側岸」，後改。

【箋注】

〔一〕禱桑林，求雨也。《淮南子·主術訓》：「湯之時，七年旱，以身禱於桑林之際，而四海之雲湊，千里之雨至。」

〔二〕龍骨，龍骨車也，水車之一種，以形如龍骨，故稱。

〔三〕黄庭堅《病起荆江亭即事》：「時有歸牛浮鼻過。」

〔四〕釋永頤《久雨》：「山房十日雨，仰棟看行蝸。」先生詩《大風雨二首》：「不如蟄陋室，日夕看蝸蹤。」

〔五〕鳴鳩，《嘉泰會稽志》引陸璣云：「鶻鳩，一名斑鳩，似鵓鳩而大。鵓鳩，灰色，無綉項。陰則屏逐其匹，晴則呼之，語曰『天將雨，鳩逐婦』者是也。」

〔六〕楊萬里《跋姜春坊梅山詩集》：「老子平生有詩癖，爲君焚却老陶泓。」司空圖《即事》：「此生詩病苦，此病更蕭條。」

〔七〕琳璆，美玉也，喻文辭美者。

〔八〕大國，《文心雕龍·詮賦》：「六義附庸，蔚成大國。」

〔九〕瘳，病愈也。

寄懷丘拉因玉麟〔一〕

兔烏疾驚風〔二〕，乍覺已飄瞥。肝腸敵熾炭〔三〕，面背通紅熱。我巢漂依人〔四〕，照鏡羞緑髮〔五〕。登樓靳一賦〔六〕，對門空十笏〔七〕。結廬念高隱，魂夢飛林樾。亦挈龐公妻〔八〕，若坐孫子刖〔九〕。室寬自踽蹐，脚健誰超越。幸得朋親飲，想共嵇阮發〔一〇〕。大瓢量不勝〔一一〕，赤裸禮先桎〔一二〕。無人諳句法，安得詩腸滑。獨憶君小詞，清光奪水月。刻意出淒沉，雄談來突兀。天賦惜花心，時復慰愁渴。聞道著書多，選精待青殺〔一三〕。疏糲可飽啖〔一四〕，熊魚定肆割〔一五〕。直恐鵂鶹眼，當山看無物〔一六〕。齒牙會苦磨〔一七〕，咀嚼入其骨。醫俗慕新方〔一八〕，問鼎值瓦鉢〔一九〕。枯守虛藻鑒，行車無輗軏〔二〇〕。悟到老佛安，奈此蠅蛙聒〔二一〕。雨凉吾將歸，寄聲早縛筏〔二二〕。

【箋注】

〔一〕丘玉麟（一九〇〇—一九六〇），字拉因，廣東潮州意溪人，主治民間文學，曾任教於潮州金山中學、韓山師院等校，有《潮州歌謡》《潮州妖精鬼神故事》《回回紀詩草》《白話詩作法講話》等，譯有《印度情歌》。

〔二〕兔烏，日月也。傅咸《擬天問》：「月中何有？玉兔搗藥。」《春秋元命包》：「日中有三足烏，烏者，陽精。」

〔三〕韓愈《聽穎師彈琴》：「無以冰炭置我腸。」

〔四〕《詩經・豳風・鴟鴞》：「予室翹翹，風雨所漂揺。」黄庭堅《寄裴仲謀》：「風雨漂我巢。」

〔五〕李白《將敬酒》：「君不見高堂明鏡悲白髮，朝如青絲暮成雪。」

〔六〕王粲有《登樓賦》。《三國志・魏志》：「時董卓作亂，仲宣避難荆州，依劉表，遂登江陵城樓，因懷舊而有此作，述其進退危懼之情也。」

〔七〕十笏，喻室之小。《禮記・玉藻》：「笏度二尺有六寸。」《隋唐嘉話》：「顯慶中，王元策使西域，有維摩居士石室，以手板縱横量之，得十笏。」

〔八〕龐公妻，皇甫謐《高士傳》：「龐公者，南郡襄陽人也，居峴山之南，未嘗入城府，夫妻相敬如賓。……後遂携其妻子登鹿門山，因采藥不反。」

〔九〕孫子刖，刖，刑名，斷其足也。《史記・孫子吴起列傳》載孫臏：「孫臏嘗與龐涓俱學兵法。龐涓既事魏，得爲惠王將軍，而自以爲能不及孫臏，乃陰使召孫臏。臏至，龐涓恐其賢於己，疾之，則以法刑斷其兩足而黥之，欲隱勿見。」

〔一〇〕嵇阮，即嵇康、阮籍。

〔一一〕大瓢，《莊子·逍遥游》：「惠子謂莊子曰：『魏王貽我大瓠之種，我樹之成而實五石，以盛水漿，其堅不能自舉也。剖之以爲瓢，則瓠落無所容。非不呺然大也，吾爲其無用而掊之。』莊子曰：『夫子固拙於用大矣。』」

〔一二〕《世説新語·德行》：「王平子、胡毋彦國諸人，皆以任放爲達，或有裸體者。樂廣笑曰：『名教中自有樂地，何爲乃爾也。』」

〔一三〕殺青，圖書校勘定稿之謂。劉向《别録》：「殺青者，直治竹作簡書之耳。新竹有汁，善朽蠹。凡作簡者，皆於火上炙乾之。」

〔一四〕韓愈《山石》：「疏糲亦足飽我飢。」

〔一五〕熊魚，典出《孟子》，見《韓山韓水歌寄邵潭秋（祖平）》詩注，喻著書選精者。

〔一六〕鵂鶹眼，《莊子》：「鵂鶹夜撮蚤，察毫末；晝瞑目，不見丘山，殊性也。」蓋自譬也。

〔一七〕黄庭堅《以梅饋晁深道戲贈》：「詩成有味齒牙間。」

〔一八〕蘇軾《於潛僧緑筠軒》：「人瘦尚可肥，俗士不可醫。」

〔一九〕問鼎，《左傳·宣公三年》：「楚子伐陸渾之戎，遂至於雒，觀兵於周疆。定王使王孫滿勞楚子，楚子問鼎之大小輕重焉。對曰：『在德，不在鼎。德之休明，雖小，重也；其奸回昏亂，雖大，輕也。……鼎之輕重，未可問也。』」瓦鉢，輕小陶器也。

〔二〇〕輗、軏，車轅端持衡者。《論語·爲政》：「大車無輗，小車無軏，其何以行之哉？」

〔二一〕黄庭堅《題淡山岩》：「春蛙秋蠅不到耳。」

〔二二〕縛筏，《説文》：「筏，海中大船。」《論語·公冶長》：「子曰：『道不行，乘桴浮於海。』」

風雲日緊，阻雨不得歸郡寓，書寄丘拉因〔一〕

日晞初月生東嶺，長與雨聲伴夜永。强弩射鼷誰則甘〔二〕，邊風吹山氣已猛。墮雉待兔言各殊〔三〕，歸與歸與總愁予〔四〕。感憤自憐費諫紙㊀，寫游仙詩讀道書〔五〕。

【校記】

㊀「諫紙」，手鈔本原作「諫草」，後改。

【箋注】

〔一〕丘玉麟（拉因），見前注。

〔二〕《三國志·魏書》：「千鈞之弩，不爲鼷鼠發機。」

〔三〕墮雉，《易經·旅》：「射雉，一矢亡，終以譽命。」待兔，《韓非子·五蠹》：「宋人有耕田者，田中有株，兔走，觸柱折頸而死，因釋其耒而守株，冀復得兔，兔不可復得，而身爲宋國笑。」

〔四〕《論語·公冶長》：「子在陳曰：『歸與！歸與！吾黨之小子狂簡，斐然成章，不知所以裁之。』」《楚辭·九歌·湘夫人》：「帝子降兮北渚，目眇眇兮愁予。」

〔五〕《昭明文選》有「游仙」之目，采何劭、郭璞諸篇。李善注曰：「凡游仙之篇，皆所以滓穢塵網，錙銖纓紱，餐霞倒景，餌玉玄都。」

【按】

此詩作於避地楓溪期間。

楓溪困雨寄懷石銘老〇〔一〕

譎士漫郎俱不稱〔二〕，泥牛木馬任來呼〔三〕。闗天心事夢同短，醉眼怪花欹自扶。并絶村烏争爛響，誰從詩老乞靈珠〔四〕。瀟瀟十日霉生筆，尚挾風雷得意無〔五〕。

【校記】

〔一〕詩題「困雨」，手鈔本原作「阻雨」，後改。

【箋注】

〔一〕石維岩（銘吾），見前注。

〔二〕漫郎，謂唐人元結。顔真卿《容州都督元結碑》序：「將家瀼濱，乃自稱浪士，著《浪説》七篇。及爲郎，時人以浪者亦漫爲官乎，遂見呼爲『漫郎』。」黄庭堅《彫陂》：「窮山爲吏如漫郎，安能爲人作嚆矢。」

〔三〕泥牛木馬，《五燈會元》：「泥牛入海無消息。」《從容録》：「木馬游春駿不羈。」釋本寂《五相偈》：「泥牛吼水面，木馬逐風嘶。」

〔四〕靈珠，陸倕《新漏刻銘》：「陸機之賦，虚握靈珠。」李周翰注曰：「靈珠，喻文章美也。」

〔五〕張孝祥《樞密端明先生寵分新茶》詩：「先生筆勢挾風雷，春色先從筆底回。」

贈王顯詔〔一〕〔二〕

亂時無分守閑冷〔二〕，安得清談瀹香茗。王子樂道游藝人〔三〕，廣頞修眉頎以整〔四〕。

與我相歡逾十載，佳言木屑霏霏永。《晉書》王澄曰：「彥國吐佳言，如鋸木屑。」〔五〕家蓄書畫不計軸，日夕香河划小艇。醉抹萍光牽翠荇，鈎沉剥肉親明靚。燒蘭然密坐待老㊁〔六〕，涷雨怪風來常猛㊂〔七〕。摇摇屢見心旌翻〔八〕，汪汪旋覺江波静〔九〕。自有筆花奪目睛〔一〇〕，裊腰粉面群造請㊃〔一一〕。試和歌喉粗間細，亦出古調窮高迥。頗使耗精識者稀，或笑苟安天之幸。東看則西南成北，《楞嚴經》：「如人以表爲中時，東看則西，南觀成北。表體既混，心應雜亂。」㊄〔一二〕喻指非指况虚景。莊周謂公孫龍：「以指喻指，不若以非指喻非指。」章太炎氏以所指者爲境界。〔一三〕窮儒憂樂何能同，且共搜奇登絶頂。

【校記】

㊀此詩曾刊載於一九四八年十月《廣東日報》副刊《嶺雅》第廿三期。

㊁手鈔本「密」疑鈔誤，《嶺雅》所録作「蜜」。

㊂「涷」，《嶺雅》作「涷」。

㊃「裊腰」，手鈔本原作「裊娜」，後改。

㊄此句自注，《嶺雅》作：「用《楞嚴經》。」

【箋注】

〔一〕王顯詔（一九〇二—一九七三），原名觀寶，號居易居主，廣東潮安人，曾任教於廣東省省立第二師範學校、金山中學等校，擅書畫，并通詩詞、音樂、鑒藏諸事，有《王顯詔山水畫册》。先生詞《安公子》序曰：「王顯詔與余共事近十年，精樂理，擅繢事。」又《鷓鴣天》序曰：「題王顯詔畫册，顯詔兼精音樂。」

〔二〕黄庭堅《次韵子由績溪病起被召寄王定國》：「身得遭太平，分甘守閑冷。」

〔三〕游藝，《論語·述而》：「依於仁，游於藝。」

〔四〕頞，鼻莖也。頎，長貌。

〔五〕《世説新語·賞譽》亦載其事，劉孝標注曰：「言談之流，靡靡如解木出屑也。」

〔六〕蘭膏、蜜炬，皆以燃燒照明之物。

〔七〕《楚辭·九歌·大司命》：「令飄風兮先驅，使涷雨兮灑塵。」王逸注曰：「暴雨爲涷雨。」

〔八〕《戰國策·楚策》：「卧不安席，食不甘味，心摇摇如懸旌，而無所終薄。」

〔九〕《世説新語·德行》：「叔度汪汪如萬頃之陂，澄之不清，擾之不濁，其器深廣，難測量也。」

〔一〇〕筆花，王仁裕《開元天寶遺事》：「李太白少時，夢所用之筆頭上生花，後天才贍逸，名聞天下。」

〔一一〕先生詞《安公子》序謂王顯詔：「遠近來學者成徒，女弟子尤特爲勤懇。」

〔二〕按，黄庭堅《次韵王荆公題西太乙宫壁》「真是真非安在，人間北看成南」，即用《楞嚴經》句，此一是非而彼一是非之意也。

〔三〕語出《莊子·齊物論》。章太炎《齊物論釋》以釋藏説莊：「即無執而無言説也。」又，「彼所謂『指』，上『指』，謂所指者，既境。下『指』，謂能指者，即識。物皆有對，故莫非境；識則無對，故識非境。無對，故謂之無；有對，故謂之有。以物爲境，即是以物爲識中之境，故公孫以爲未可。莊生則云以境喻識之非境，不若以非境喻識之非境。蓋以境爲有對者，但是俗論方有所見，相見同生，二無内外，見亦不執，相在見外，故物亦非境也。物亦非境，識亦非境，則有無之争自絶矣。」

陳寥士寄眎自金華至麗水所得詩三十首，讀之神王，賦此報謝〔一〕

大聲宗無音〔二〕，至言探理窟〔三〕。卓哉四明陳〔四〕，夙世樹其核〔五〕。瓣香實詞老，謂其師馮夢華。〔六〕搜奇到禪碣。寥士編《七塔寺志》，多與佛門往還。〔七〕欲往從之游，向海迷津筏。忽見揚天葩〔八〕，恍揖拄山笏〔九〕。名勝恣歷覽，卅日無休歇。收以囊中素〔一〇〕，精光奪水月。變幻窮造化，瑣碎畢毫髮。如入鴻都觀〔一一〕，如登天仙闕。如讀山經圖〔一二〕，心眼交奔突。豪情想可知，高辭久寧没。我本山中人，十年興不發。每得游山詩，神氣乃雄勃。貴遠而賤近[三]，理真不可忽。不然坐蠻荒，日夕飽林樾。所獵信已多，生事與之卒。曷若爲桐毛，山谷詩：「上爲朝陽桐，下爲澗溪毛。」任注：「言必爲世用，隨所遇何如耳。」[四]大小用不竭。假日或倘徉[五]，蕩胸自傲兀[六]。葆茲絶世姿，一掃千蛇蝎。凶饑勢莫遏，剥膚浸及骨[七]。寸言持謝公，倘許肆筆伐。

【箋注】

[一] 陳寥士，見前注。金華、麗水，在浙江一帶。

[二] 《道德經》：「大音希聲。」王弼注曰：「聽之不聞名曰希，不可得聞之音也。」

[三] 理窟，義理之淵藪也，語出《世説新語·文學》，晉人張憑、劉尹詣簡文帝，「撫軍（簡文帝）與之話言，咨嗟稱善曰：『張憑勃窣爲理窟。』」

[四] 四明陳，四明山在浙江寧波一帶，故云。

[五] 李軍《四明藏書家陳寥士事迹稽略》：「其父陳荔汀、母止止老人，以及其妻謝黛雲、妹陳蘭言俱擅詩詞，堪稱一門風雅。」

[六] 馮煦（一八四三—一九二七），字夢華，號蒿庵，清光緒進士，授翰林院編修，工詩詞駢文，

尤以詞名，有《蒙香室詞》《蒿庵類稿》《宋六十一家詞選》等。瓣香，猶云師承。

〔七〕李軍《四明藏書家陳寥士事迹稽略》：「一九三五年，陳寥士回到寧波，當時七塔寺主持邀請他編纂《七塔寺志》。陳寥士即於同年發凡起例，至次年粗成，遂於一九三七年排印出版。此志中卷八藝文一門，收録陳寥士及東社同人與七塔寺主持、僧人唱和詩作頗多。」

〔八〕韓愈《醉贈張秘書》：「東野動驚俗，天葩吐奇芬。」

〔九〕《世説新語・簡傲》：「王子猷作桓車騎參軍。桓謂王曰：『卿在府久，比當相料理。』初不答，直高視，以手版拄頰云：『西山朝來，致有爽氣。』」

〔一〇〕李商隱《李長吉小傳》：「恒從小奚奴，騎距驢，背一古破錦囊，遇有所得，即書投囊中。」

〔一一〕蔡邕入鴻都觀碣，十旬不返，見《游别峰八十六韻》詩注。

〔一二〕山經，即《山海經》。

〔一三〕曹丕《典論・論文》：「常人貴遠賤近，向聲背實。」

〔一四〕句出黄庭堅《柳閎展如子瞻甥也其才德甚美有意於學》詩。任淵注曰：「言必爲世用，隨所遇何如耳。朝陽桐，謂可作琴瑟，以薦清廟。《卷阿》詩曰：『梧桐生矣，於彼朝陽。』注曰：『梧桐本生山岡，太平而後生朝陽。』《左傳》曰：『澗溪沼沚之毛，可薦於鬼神，可羞於王公。』」

〔一五〕《離騷》：「聊假日以媮樂。」先生《離騷箋疏》：「假日：是假藉時日。」徜徉，安閑自得貌。

韓愈《送李願歸盤谷序》：「從子於盤兮，終吾生以徜徉。」

〔一六〕傲兀，高傲不群貌。韓愈《寄崔二十六立之》：「傲兀坐試席，深叢見孤羆。」《碧溪詩話》引退之詩曰：「若平日所養不厚，誠難傲兀也。」

〔一七〕剥膚，《易傳·象傳·剥》：「剥床以膚，切近灾也。」韓愈《鄆州溪堂詩序》：「剥膚椎髓。」

戊寅三月二十日陪李立之將軍、吴稚筠師、石銘老、楊瘦子、饒伯子、林青萍游梅林湖，分均得晚字〔一〕

性愛山水游，兹游值春晚。景氣自清佳，况得佳游伴。將軍雄髮緑，二老意興遠〔二〕。餘子致翩翩，主人引緩緩。主人陳姓。寸步勞瞻矚，高談探源本。昔日湖山寺，荒冢今無算。風嘘陰洞雲，鳥拂雄龍卵。適有大鳥飛過。「雄龍」，見宛陵詩。〔三〕一樹不生長，萬石交怒很。仰攀憚翻仄，覆視肯平坦。地鱗鹿迹絶，誰歟此息偃〔四〕。因思古賢儒，所善异俗善。上有薛中離先生讀書處。〔五〕譬彼翠微巔，天梯連雲棧〔六〕。九子日講學〔七〕，峻極轉寬衍〔八〕。囂塵來無從，道在履斯穩〔九〕。不然下有湖，湖[illegible]泥可畎。湖魚美可食，湖水清可盥。最宜仁者居，豈任凡夫混。湖竟無居人，兼之石蓮滿。蓮根肆阻塞，有意作浮誕。舟子挐舟過，若登九折坂〔一〇〕。歸途遂及雨，冒雨登車返。世路信嶮巇〔一一〕，吾生寧懶散。來日正多方，努力加餐飯〔一二〕。

【箋注】

〔一〕李崇綱（一八九六—一九四四），字立之，廣東惠陽人，陸軍少將，撰有《詞學發凡》未刊。時李或在潮安駐軍任職。吴延康（一八五四—一九二六），字稚筠，廣東潮安人，清舉人，辛亥革命後曾任汕頭税務局局長、《汕頭商報》主筆、汕頭孔教會會長，有書名。饒宗頤（一九一七—二〇一八），廣東潮州人，字伯濂，又字伯子、固庵，號選堂，饒鍔之子，學涉敦煌學、考古學、詩詞、經史、金石等諸多領域，擅書畫，香港大學教授。時饒爲中山大學廣東通志館專任纂修。林青萍，原名林國史，業醫，壬社中人，先生詩《林青萍索詩，賦此貽之》：「林君好肺腸，詩醫兩所喜。」石維岩（銘吾）、楊光祖，均見前注。梅林湖，地名，在潮州。

〔二〕將軍，謂李立之。二老，謂吴稚筠、石銘老。

〔三〕梅堯臣《寄題周敦美琨瑶洞》：「仙人采玉驅雄龍，列山剖璞青腔空。」

〔四〕梅堯臣《寄題周敦美琨瑶洞》：「地鱗鹿迹尚莫到，安問樵老諸牛童。」

〔五〕《明史·薛侃傳》：「薛侃，字尚謙，揭陽人。性至孝。正德十二年成進士，即以侍養歸。師王守仁於贛州。歸，語兄助教俊，俊大喜，率群子侄宗鎧等往學焉。自是王氏學盛行於嶺南。」光緒《海陽縣志·輿地略三·山》：「中離山與西山連，明薛侃自號中離，嘗結盧講學於此。」按，今梅林湖畔虎尾山麓有「中離洞」，即其地也。

〔六〕李白《蜀道難》：「天梯石棧相鈎連。」

〔七〕饒宗頤《薛中離年譜》：「講學中離山，日與士友講習不綴。四省同志聞風遠來，至不能容，各自另架屋以居，會文考德，興發益多。」黄宗羲《明儒學案》「閔粤王門」：「海内同志之盛，莫有先於潮陽者。」

〔八〕峻極，《禮記·中庸》：「峻極於天。」鄭玄注曰：「峻，高也。」《易傳·象傳·需》：「象曰『需於沙』，衍在中也。」孔穎達疏曰：「衍謂寬衍，去難雖近，猶未逼於難，而寬衍在其中也。」

〔九〕《易經·履》：「履道坦坦，幽人貞吉。」

〔一〇〕九折坂，喻極崎嶇。梅堯臣《送薛公期比部歸絳州展墓》：「羊腸九折阪。」

〔一一〕嵇康《五言贈秀才詩》：「吉凶雖在己，世路多崄巇。」

〔一二〕古詩：「弃捐勿復道，努力加餐飯。」

【按】

此詩作於一九三八年。

贈饒伯子〔一〕二首

我往過君居，君年十五六。侍立乃翁旁〔二〕，嶄然露頭角〔三〕。乃翁富藏書，天嘯樓藏書極富。〔四〕插架三萬軸〔五〕。博古而敏求〔六〕，著述森在目。越今五六年，乃翁墓草宿〔七〕。朋親嘆惋餘，喜君傳家學〔八〕。驥子走追風〔九〕，雛鳳聲戛玉〔一〇〕。術業日已專，精力日已足。行見卓上京，豈惟驚流俗。在昔君子儒〔一一〕，斫雕以爲樸〔一二〕。亦有用長者，頗不憚馳逐。良犬不取鼠〔一三〕，良禽善擇木〔一四〕。志尚各千秋，世紛同一哭。相期在何許，嶺月明高屋。

我往所爲詩，凝煉誠自喜。人天未湊合〔一五〕，運斤或傷指〔一六〕。及今讀君詩，如游五都市〔一七〕。光彩紛四射，無復見俚鄙。我豈深詩者，貌相政爾爾。君才實過我，學亦不可齒〔一八〕。乃者我有疾，乞君代講几〔一九〕。高情久不忘，小試何足紀〔二〇〕。君自有可傳，可傳不繫此。

【箋注】

〔一〕饒宗頤，見前注。

〔二〕饒宗頤之父饒鍔（一八九一—一九三二），字純鈎，號鈍盦，潮州人，家殷富，精考據之學，工詩詞文章，爲「壬社」發起人，有《慈禧宫詞》《西湖山志》《淮南子斠證》《天嘯樓集》等，另有《潮州藝文志》卒時未完稿，由饒宗頤續成。

〔三〕韓愈《柳子厚墓志銘》：「雖少年，已自成人，能取進士第，嶄然見頭角焉。」

〔四〕天嘯樓，饒鍔蒓園藏書樓名。

〔五〕韓愈《送諸葛覺往隨州讀書》：「鄴侯家多書，插架三萬軸。」

〔六〕《論語·述而》：「我非生而知之者，好古，敏以求之者也。」

〔七〕墓草宿，《禮記·檀弓上》：「朋友之墓，有宿草而不哭焉。」孔穎達疏曰：「宿草，陳根也，草經一年陳根陳也。」

〔八〕饒鍔謝世，壬社有挽聯曰：「一代文章托吾子；九重泉路盡交期。」鄭國藩《饒純鈎先生墓志銘》：「君著作等身，方以立言垂不朽，子賢又克負荷，宜慶君，何以悲君，蓋非爲君悲，爲吾潮學界悲也！」

〔九〕黃庭堅《次韵子瞻送李廌》：「驥子墮地追風日。」

〔一〇〕李商隱《韓冬郎即席爲詩相送一座盡驚》詩：「雛鳳清於老鳳聲。」戛玉，擊玉作鳴，其聲清脆也。

〔一一〕君子儒，《論語·雍也》：「女爲君子儒，無爲小人儒。」錢穆《孔子傳》：「孔子之所謂君子儒，乃在其職業上能守道義，以明道行道爲主。不合道則寧弃職而去。」

〔一二〕《史記·酷吏列傳》：「漢興，破觚而爲圜，斫雕而爲樸。」司馬貞《索隱》引晋灼云：「斫理凋弊之俗，使反質樸也。」

〔一三〕《吕氏春秋·士容論》：「齊有善相狗者，其鄰假以買取鼠之狗，期年乃得之，曰：『是良狗也。』其鄰畜之數年，而不取鼠。以告相者，相者曰：『此良狗也，其志在獐麋豕鹿，不在鼠。』」梅堯臣《贈陳無逸秀才》：「良犬不取鼠，其人苦尤之。」

〔一四〕《左傳·哀公十一年》：「鳥則擇木，木豈能擇鳥。」

〔一五〕先生論詩，頗以「人天凑合」爲尚。陳中凡《鷓鴣巢詩集》題詞所謂「天巧契人爲」者。先生詩《學詩一首眎湛銓》：「在天不可求，恃人未爲至。人天兩得之，得之豈易易。」又，《正月廿五日報陳青萍貴州》：「頻來句欲勘人天。」左鵬軍《詹安泰的詩學觀念與創作趣味》：「詹安泰先生特别强調作詩要有天人兩得、得魚忘筌、達到一種造化之工的創作境界。這種境界好像很虛幻、很難捉摸，但是基礎是讀書萬卷，是胸羅萬象之後才能有這樣一種靈機獨辟的精神情感和創作狀態。」

〔一六〕運斤，典出《莊子·徐無鬼》：「郢人堊慢其鼻端若蠅翼，使匠石斫之。匠石運斤成風，聽而斫之，盡堊而鼻不傷，郢人立不失容。」《文心雕龍·神思》：「獨照之匠，窺意象而運斤。」

〔一七〕五都市，五方都會也，據《漢書·食貨志》，王莽以長安以下，洛陽、邯鄲、臨淄、宛、成都爲「五都」。

〔一八〕齒，年序次第也。

〔一九〕一九三八年春，先生以病無法到省立韓山師範學校授課，按校方規定：「教員告假，照章每月不得超過所任功課八分之一，如有不得已事故，須告假八分之一以上者，應請人代課，薪水由代課代支，惟代課人須先得校長或教務主任同意。」先生因向校長李育藩舉薦饒宗頤，爲代授國文課。時饒宗頤爲中山大學廣東通志館專任纂修。據檔案，韓師於一九三八年三月十一日發函致先生及饒公言聘請之事。又，先生之病，據韓師致饒公信函檔案底稿，塗改有「因患肚癱，未便行動」諸語。

〔二〇〕小試者，牛刀小試也，見《武江寓居》詩注。

【按】據詩中「君年十五六」「越今五六年」諸句，并饒伯子「代講几」諸事之年歲，推知此詩或作於一九三八年前後。

寄贈李立之□……□㊀〔一〕二首

吾聞石老言〔二〕，公具評詩眼。久觀所爲詩，清健力瀰滿。不□許渾□，□□□□館。得意外形骸〔三〕，攄懷□悃款〔四〕。□猶□龍□，□□□□短。文武道則一，嗟哉今尤罕。

□□□戎馬，□書□飽讀。聲光兩赫奕，此福非凡福。□□□□□，□思遂初服〔五〕。舉目□河山，抽身寧迫促。得□□何當，天地□□復。善葆絶世姿，漢廷思頗牧〔六〕。

【校記】

㊀此詩二首，手鈔本録而删之，僅餘片語堪識，今姑補録於此。

【箋注】

〔一〕李崇綱（立之），見前注。

〔二〕石老，即石維岩（銘吾），見前注。

〔三〕《晋書・阮籍傳》：「當其得意，忽忘形骸。」

〔四〕悃款，誠摯也。《楚辭・卜居》：「吾寧悃悃款款，樸以忠乎？將送往勞來，斯無窮乎？」

〔五〕遂初服，《離騷》：「進不入以離尤兮，退將復修吾初服。」蔣驥注曰：「初服，未仕時之服也。」

〔六〕頗牧，廉頗、李牧，見《和邵潭秋〈越秀山觀紅棉歌〉》詩注。

仲英南歸，同人宴集合群樓，分均得不字〔一〕

劉子潮之英，作詩殊健崛。聞聲神久往，靚面口轉吃。幸及梅雨辰，邀共市樓月。與會各騷心，雄談每鶻突〔二〕。爽快瀉谷簾〔三〕，酸甘啜嘉橘。探懷多奇趣，比類窮方物。哀時吐吞乍，束己䃴磷不〔四〕。若見孔尊豪〔五〕，頓忘庾塵拂〔六〕。人生重意氣〔七〕，世海揚糠秕〔八〕。塞胸有五嶽〔九〕，逢場慳一忽〔一〇〕。滿地况膻腥〔一一〕，采服存肌骨〔一二〕。

最難壯腰脚，何事簪纓紱〔一三〕。子自軍中來，對茲寧怫鬱〔一四〕。

【箋注】

〔一〕劉仲英（一八九四—？），名選雄，號寅庵，廣東潮安人，詩承同光法乳，與石銘吾、侯乙符并稱「嶺東三杰」，曾與吴雙玉編《風報》於汕頭，晚歲潦倒香江，其詩今多散佚。合群樓，其地不詳。

〔二〕鶻突，疑惑也，依違也。疑義同析之謂。

〔三〕谷簾，廬山康王谷瀑布，其狀如簾，故名。張又新《煎茶水記》：「廬山康王谷水簾水第一。」楊萬里《陳蹇叔郎中出閩漕别送新茶》詩：「細瀉谷簾珠顆露。」

〔四〕磂磷，當即緇磷。《論語·陽貨》：「不曰堅乎？磨而不磷。不曰白乎？涅而不緇。」何晏《集解》曰：「磷，薄也；涅，可以染皁。言至堅者，磨之而不薄；至白者，染之於涅而不黑。喻君子雖在濁亂，濁亂不能污。」

〔五〕孔尊，喻酒不空，典出《後漢書·孔融列傳》：「及退閑職，賓客日盈其門。常嘆曰：『坐上客恒滿，尊中酒不空，吾無憂矣。』」

〔六〕庾塵，庾公之塵，喻權貴。《世説新語·輕詆》：「庾公權重，足傾王公。庾在石頭，王在治城坐。大風揚塵，王以扇拂塵曰：『元規塵污人！』」晋人庾亮，字元規。

〔七〕蘇軾《淛陽早發》：「人生重意氣，出處夫豈徒。」

〔八〕糠籺，貧者食也。穀皮曰糠，屑米細者曰籺。

〔九〕李白《望鸚鵡洲懷禰衡》：「五嶽起方寸。」先生詩《贈張覺任（作人）教授兄》：「氣高五嶽峙胸中。」

〔一〇〕慳，吝也。一忽，謂時極短也。

〔一一〕杜甫《秦州見敕目薛三璩授司議郎》：「華夷相混合，宇宙一膻腥。」

〔一二〕采服，采服仙草之類，喻逸志。李白《答族侄僧中孚贈玉泉仙人掌茶》：「采服潤肌骨。」

〔一三〕簪纓紱，佩戴冠帶、印綬之類，喻官宦事。孟浩然《宿天臺桐柏觀》：「願言解纓紱，從此去煩惱。」

〔一四〕怫鬱，氣不舒也。東方朔《七諫·沉江》：「心怫鬱而内傷。」

題黄賓虹畫《勾漏聽泉圖》〔一〕

看雲蓊蔚意態横，聽泉點滴心脾清。我久勃鬱凌肝鬲，因亦不敢看雲生。所思聽泉絶壑去，旒鈴鸞佩琤琮鳴〔二〕。荒城斗大日蠖伏〔三〕，惜哉胸次空峥嶸。披圖恍見勾漏面，十年一豁昏花睛。豈必龍樓匹日觀，舊聞洞府栖仙靈。千丈寒藤吊猿母，百里森木嘷狐精。時綴嬌花媚嬌鳥，來共風篴流風情。遂令雲關與鎖鑰〔四〕，勾漏洞内有「雲關」二大字。要逐山鬼呼弟兄〔五〕。俯仰天地爲幕席〔六〕，醉歌日月相送迎。迄今寧復紀誰某〔七〕，當時已自忘形名。萬千色相笑泡幻〔八〕，留此泉響詩人聽。北流陳子今之英，才力欲與造化争。少日攀陟飽歷覽，垂老耳眼猶聰明。乞黄山翁寫成圖，爲圖作跋窮所經〔九〕。餉我值熱如沃冰，欲贊未贊夢魂縈〔一〇〕。便從大師歸大隱，一洗殺伐粗豪聲。

【箋注】

〔一〕黄賓虹（一八六四—一九五五），原名懋質，字樸存、樸人，號賓虹，又號予向、虹廬等，祖籍安徽歙縣，生於浙江金華，南社社員，以畫名，有《古畫微》《虹廬畫談》等。《勾漏聽泉圖》，勾漏山在廣西，傳爲仙人葛洪煉丹之處。清《廣西通志》「北流縣」下：「勾漏山，縣東北十五里，石峰千百，皆矗立特起，其岩穴勾曲穿漏，故以名山。又嘗以名縣。道書爲『二十二洞天』，葛洪求爲勾漏令，修煉於此。」黄賓虹曾於一九二八年、一九三五年兩度游桂，皆有畫作。陳柱《憶舊游》曰：「當吾隨老畫家游桂林也，每遇一名勝，則必詢其地名，詳其古迹。」據陳柱《黃賓虹先生〈勾漏聽泉圖〉跋》，此圖乃黃賓虹爲陳柱所作，并有自題云：「勾漏山中所見瀑泉，試以浙江垢道人之法擬之。」

〔二〕旒鈴，冠冕垂玉相擊作鈴聲也。琤琮，濺瀑聲也。

〔三〕斗大，《南史·恩幸列傳》：「政得一州如斗大。」陸游《逍遥》：「州如斗大真無事，日抵年長未易消。」蠖伏，如尺蠖之屈伏也。

〔四〕《淮南子·原道訓》：「排閶闔，鑰天門。」

〔五〕山鬼，山精也。《永嘉郡記》：「安固縣有山鬼，形體如人而一脚，裁長一尺許，好啖鹽，伐木人鹽輒偷將去。不甚畏人，人亦不敢犯，犯之即不利也。喜於山澗中取食蟹。」

〔六〕白居易《和微之新樓北園偶集》：「天地爲幕席，富貴如泥沙。」

〔七〕蘇軾《石鼓歌》：「欲尋年歲無甲乙，豈有名字記誰某。」

〔八〕《涅槃經》：「一切衆生，各各皆見，種種色相。」《金剛經》：「一切有爲法，如夢幻泡影，如露亦如電，應作如是觀。」

〔九〕陳柱一九三七年《黃賓虹先生句漏聽泉圖跋》：「《句漏聽泉圖》者，黃山黃賓虹先生爲北流陳柱之所作也。天下洞天三十有六，勾漏之勝，列二十二焉。……若夫賓翁丹青之妙，早兼南北二宗，心賞所存，猶在江程兩逸，旁徵軼事，冀發潛光。借彼遺黎，助我興感，然則賓翁斯圖，其用意甚矣。」

〔一〇〕宋庠《正月望夕供養大阿羅漢畫像作》：「欲贊已忘言，拳拳自終夕。」

和錫純月夜泛舟之什并眎同游諸子〔一〕二首

寂處冥搜感不支，忍攜孤淚落漣漪。懸心暫比風燈定〔二〕，吊眼頻驚大劫移〔三〕。得少清談邀福眷，毋多狂論起哀思〔四〕。明明照座都蓬勃，叔世未妨出手遲〔五〕。

崩裂肝腸孰與收，偶隨勝友漾輕舟。墮波皎月如相笑，壓翠眉山兀自浮。便欲盟漚歸大隱〔六〕，劇憐扶夢上京樓。此生患不懵騰醉〔七〕，説劍何須作遠游〔八〕。

【箋注】

〔一〕曾錫純，見前注。

〔二〕風燈，梅堯臣《宿邵埭聞雨因買藕芡人回呈永叔》：「亂風燈不定。」

〔三〕大劫，《雲笈七籤》：「天地改易，謂之大劫。」

〔四〕哀思，《禮記·樂記》：「亡國之音哀以思。」

〔五〕叔世，《左傳·昭公六年》：「三辟之興，皆叔世也。」孔穎達疏引服虔云：「政衰爲叔世。」

〔六〕盟漚，典出《列子·黄帝篇》：「海上之人有好漚鳥者，每旦之海上，從漚鳥游，漚鳥之至者百住而不止。其父曰：『吾聞漚鳥皆從汝游，汝取來，吾玩之。』明日之海上，漚鳥舞而不下也。」黄庭堅《登快閣》：「萬里歸船弄長笛，此心吾與白鷗盟。」

〔七〕《楚辭·漁父》：「衆人皆醉我獨醒。」

〔八〕説劍，《莊子》有《説劍》篇：「天子之劍，以燕溪、石城爲鋒，齊、岱爲鍔，晉、魏爲脊，周、宋爲鐔，韓、魏爲鋏，包以四夷，裹以四時，繞以渤海，帶以常山，刺以五行，論以刑德，開以陰陽，持以春夏，行以秋冬。此劍直之無前，舉之無上，案之無下，運之無旁。上决浮雲，下絶地紀。此劍一用，匡諸侯，天下服矣。此天子之劍也。」遠游，《楚辭·遠游》：「悲時俗之迫厄兮，願輕舉而遠游。」李白《秋夜獨坐懷故山》：「莊周空説劍。」「遠游學屈平。」

【集評】

「崩裂」一首，陳渺之《嶺東二十世紀詩詞述評》：「頷聯瘦硬通神，真宋調也。」

錫純續寄泛舟飲酒之作再和〔一〕二首

氣欲生山盡化埃，相思寸寸况成灰〔二〕。肺腸渴待清流潤，語笑能令春態回。勝似聞歌當艷舞，縱無闊量負深杯。十年滯著從宣泄，好繼今茲夜夜來。

君詩迎風如仙樂，我瘦蓄淚向清江〔三〕。飽食豈能了塵慮，堅城自可受人降〔四〕。已驚草木千萬陣〔五〕，想卧塘荷卅六雙〔六〕。如此乾坤寧浩大，抽身何日携山厖。

【箋注】

〔一〕曾錫純，見前注。

〔二〕李商隱《無題》：「一寸相思一寸灰。」

〔三〕先生《和錫純月夜泛舟之什》詩：「忍携孤淚落漣漪。」又，先生詩多取瘦折，潘伯鷹《葉元龍監察與詹祝南教授詩境不同迭有唱和》：「詹詩取瘦以煉妍。」

〔四〕黄庭堅《子瞻詩句妙一世乃云效庭堅體》詩：「句法提一律，堅城受我降。」語出《史記·匈奴列傳》：「漢使貳師將軍廣利西伐大宛，而令因杅將軍敖築受降城。」

〔五〕《晉書·苻堅載記》載苻堅淝水兵敗，「堅與苻融登城而望王師，見部陣齊整，將士精鋭，又北望八公山上草木，皆類人形，顧謂融曰：『此亦勍敵也，何謂少乎！』憮然有懼色。」按，時日寇大侵，邊警頻驚，故云。

〔六〕卅六雙者，卅六對鴛鴦也。古樂府《相逢行》：「入門時左顧，但見雙鴛鴦。鴛鴦七十二，羅列自成行。」李商隱《代應》：「誰與王昌報消息，盡知三十六鴛鴦。」

叠均寄錫純〔一〕 四首

林泉臺榭眼難支，忽忽心旌蕩碧漪。跣足何曾忘揖讓〔二〕，扣舷誰復草符移〔三〕。不緣俗食貪魚肉〔四〕，久賦停雲慰夢思〔五〕。薄醉佯狂癡未了，休嗟玩日出山遲〔六〕。

稽天大浸待誰收〔七〕，世海自憐失路舟。不醉胡歸尋夢去〔八〕，少安毋躁看鷗浮。遥聞野戰爭新鬼，應有人來哭舊樓〔九〕。何似堂堂七尺在，沉昏片霎得優游。

溪骨仙螺無點埃，休從塵海看飛灰。曲腸不借圖澄洗〔一〇〕，滿興如同安道回〔一一〕。警句吟哦當大月，多年心願付閑杯。問天漸露通明意，何必嶺南有雁來。「地近嶺南無雁來。」山谷句。〔一二〕

幾見折花一近水〔一三〕，舊聞游艇百瀕江。遲來未飲心先醉〔一四〕，便許能詩力已降。尺木寸魚生有本〔一五〕，韓豪黄硬古無雙〔一六〕。聽韶三月從憎厭〔一七〕，試放村歌答野厐。

【箋注】

〔一〕曾錫純，見前注。
〔二〕跣，足親地也。揖讓，《漢書·禮樂志》：「揖讓而天下治者，禮樂之謂也。」
〔三〕扣舷，蘇軾《前赤壁賦》：「於是飲酒樂甚，扣舷而歌之。」符移，官家敕命文書之類。姜夔《阮郎歸（紅雲低壓碧玻璃）》：「綉衣夜半草符移。月中雙槳歸。」
〔四〕食貪魚肉者，蓋用馮瑗事，見《教師節日同人飲集潮州西湖》詩注。
〔五〕停雲，陶潛有《停雲》詩，序云：「停雲，思親友也。樽湛新醪，園列初榮，願言不從，嘆息彌襟。」
〔六〕楊萬里《過陂子徑五十餘里》詩：「澗泉勸我出山遲。」
〔七〕大浸，即大水，喻時局。《莊子·逍遥游》：「大浸稽天而不溺。」
〔八〕《詩經·邶風·式微》：「式微，式微，胡不歸？」
〔九〕杜甫《兵車行》：「新鬼煩冤舊鬼哭，天陰雨濕聲啾啾。」
〔一〇〕圖澄洗腸，見《月夜聞簫招石銘老楊瘦子納凉》詩注。
〔一一〕晋人戴逵，字安道。《世説新語·任誕》：「王子猷居山陰，夜大雪，眠覺，開室，命酌酒。四望皎然，因起仿偟，咏左思《招隱詩》。忽憶戴安道，時戴在剡，即便夜乘小船就之。經宿方至，造門不前而返。人問其故，王曰：『吾本乘興而行，興盡而返，何必見戴？』」

〔二〕句出黃庭堅《出迎使客質明放船自瓦窰歸》詩。

〔三〕蘇軾《寒食宴提刑致語口號》：「還把去年留客意，折花臨水更徘徊。」

〔四〕蘇轍《和强至太博小飲》：「未盡一杯先已醉。」柳永詞《訴衷情近》：「黯然情緒，未飲先如醉。」

〔五〕尺木、寸魚，微生物也。

〔六〕韓、黄，即韓愈、黄庭堅。

〔七〕《論語·述而》：「子在齊聞《韶》，三月不知肉味。曰：『不圖爲樂之至於斯也。』」《論語·八佾》：「子謂《韶》，盡美矣，又盡善也。」

次均答錫純寄贈〔一〕

不信沉昏意便癡，叢攢簿領尚能詩〔二〕。剩從昭諫求真味〔三〕，欲拜茶山作老師〔四〕。力厚轉於雅澹近，骨寒只與亂離宜。傭書賣卜教誰定〔五〕，佇看長才爲國醫〔六〕。

【箋注】

〔一〕曾錫純，見前注。

〔二〕簿領，劉楨《雜詩》：「沉迷簿領書，回回自昏亂。」李善注曰：「簿領，謂文簿而記録之。」叢攢簿領，謂政務繁忙。

〔三〕昭諫，指唐詩人羅隱，字昭諫，號江東生，有《江東集》《甲已集》等。先生《无盦説詩》：「羅昭諫七律，時有言外味、弦外音，其沉摯處每出之以和婉，非許丁卯輩可比。」

〔四〕茶山，指南宋詩人曾幾，字吉甫，號茶山居士，有《茶山集》。

〔五〕傭書，謂受雇鈔書，用闞澤事。《三國志·吴書·闞澤傳》：「闞澤字德潤，會稽山陰人也。家世農夫，至澤好學，居貧無資，常爲人傭書，以供紙筆，所寫既畢，誦讀亦徧。追師論講，究覽群籍，兼通歷數，由是顯名。」賣卜，謂占卜營生，用嚴君平事。《漢書·王貢兩龔鮑列傳》：「君平卜筮於成都戢，以爲：『卜筮者賤業，而可以惠衆人。有邪惡非正之問，則依蓍龜爲言利害。與人子言依於孝，與人弟言依於順，與人臣言依於忠，各因勢導之以善，從吾言者，已過半矣。』裁日閲數人，得百錢足自養，則閉肆下簾而授《老子》。博覽亡不通，依老子、嚴周之指著書十餘萬言。」

〔六〕《國語·晋語》：「上醫醫國，其次疾人。」

林青萍索詩，賦此貽之〔一〕

林君好肺腸，詩醫兩所喜。近廢詩不讀，於醫探奧旨。古得仲景傳，今參哲氏理〔二〕。稍試洞本原，沉疴霍然起。亦不憚身手，陟涉窮山水。全活遂以多，聲名動遐邇。時或出議論，汪汪無涯涘〔三〕。所思矯時弊，寧闢炫厥美。去彼庸劣流，何止千萬里。我往與之交，蓋由文字始。及我多愁病，君藥服即已。我問君胡能，君竟笑相視。自其究心來，於兹有年矣。乃知專精難，雖若事薄技〔四〕。良醫猶良相，古人善媲擬〔五〕。

【箋注】

〔一〕林青萍，見前注。

〔二〕張仲景，東漢名醫，傳有《傷寒雜病論》《金匱要略》等。哲氏，白人也。按，應指西洋之醫術。

〔三〕汪汪，深廣貌。《世説新語·德行》：「叔度汪汪如萬頃之陂，澄之不清，擾之不濁，其器深廣，難測量也。」先生詩《寄陳守玄滬瀆》：「萬靈恣吐吸，浩浩無涯涘。」

〔四〕薄技者，謂醫門小業也。

〔五〕媲擬，同比也。《國語·晉語》：「文子曰：『醫及國家乎？』對曰：『上醫醫國，其次疾人，固醫官也。』」《醫宗己任編》：「昔范文正公作諸生時，輒以天下爲己任，嘗曰：『异日不爲良相，便爲良醫。』」

寥士自滬寄示《四十書懷》詩索和㊀〔一〕

山中久不紀甲子〔二〕，海上忽來詩一紙。振采直耀九霄宫〔三〕，攄懷欲勘卌年眯〔四〕。聲聞早已作龍驤〔五〕，恩愛今但看犢舐〔六〕。才豈無用有屈伸，游果有方無遐邇〔七〕。眼中名山與大川，馬背吴頭連楚尾〔八〕。收之緗素落人間〔九〕，坐覺風雷生腕底〔一〇〕。高朋勝友紛獻納，白璧明珠驚朝市。斬蛟刺虎寧缺力〔一一〕，抉秘搜奇達神旨〔一二〕。惠我一編塔寺志〔一三〕，養精千斛參苓水。静定自然見功夫〔一四〕，突奔誰復儕鹿豕〔一五〕。即此盛業輕萬户，云何政績僅百里〔一六〕。近來國步大艱難〔一七〕，每獲新詩益健美。待覆東海凱歌歸，且看群魔駢首死〔一八〕。四十無聞不足畏㊁〔一九〕，尋常行迹未爲喜。况是高辭動上京，猶有餘光照荒鄙〔二〇〕。聞道歇濤戰壘連，藏身人海空谷似。陳蒙盦自滬來書云：「藏身人海，如逃空谷。」〔二一〕又聞西去氣騰天，會見東來聲貫耳。肯廢單弦彈變徵〔二二〕，來詩有「願廢單弦變徵聲」句。日月光華約共起㊂〔二三〕。

【校記】

㊀此詩曾刊載於一九四九年二月《廣東日報》副刊《嶺雅》第三十九期，題作「十園自滬寄示四十書懷詩奉和長句」。

㊁「畏」，手鈔本原作「懼」，改而未删，今從之。

㊂「起」，手鈔本原作「弃」，後改。

【箋注】

〔二一〕陳寥士，見前注，時陳或居上海。

〔二二〕林希逸《竹溪鬳斋十一稿续集》引晋人語：「山中無甲子，代謝自成歲。」

〔二三〕九霄，猶言九天，《漢書·禮樂志》：「九重開，靈之斿。」顔師古注曰：「天有九重。」九霄宫，謂天帝所居極高處。

〔四〕攄懷，猶言舒懷。《廣韵》：「眯，物入目中也。又，塵秕迷視也。」

〔五〕龍驤，《六書故》：「馬行迅疾，首騰驤也。」潘岳《籍田賦》：「龍驥驤騰。」

〔六〕犢舐，典出《後漢書·楊震傳》載楊彪：「子修爲曹操所殺，操見彪問曰：『公何瘦之甚？』對曰：『愧無日磾先見之明，猶懷老牛舐犢之愛。』」

〔七〕《論語·里仁》：「子曰：『父母在，不遠游，游必有方。』」

〔八〕吴頭楚尾，《職方乘》：「豫章之地，爲吴頭楚尾。」黄庭堅《謁金門·戲贈知命》：「山又水，行盡吴頭楚尾。」

〔九〕緗素，書寫用絹帛之類，喻陳寥士詩。

〔一〇〕先生詩《楓溪困雨寄懷石銘老》：「瀟瀟十日霉生筆，尚挾風雷得意無。」

〔一一〕蘇軾《張作詩送硯反劍》詩：「斬蛟刺虎老無力。」

〔一二〕達神旨，《説文》：「旨，意也。」許慎序曰：「曉學者達神旨。」

〔一三〕陳寥士撰有《七塔寺志》，見《陳寥士寄示自金華至麗水所得詩》詩注。

〔一四〕《雲笈七籤》：「守根不離，名曰静定。」

〔一五〕突奔，衝撞也。先生詩《寄陳守玄滬瀆》：「乖張儕鹿豕。」《楞伽經》：「譬如群鹿，爲渴所逼。見春時焰，而作水想。迷亂馳趣，不知非水。」

〔一六〕萬户者，食邑萬户之侯也。百里之政，一縣之域也。《史記·李將軍列傳》：「惜乎，子不遇時！如令子當高帝時，萬户侯豈足道哉！」

〔一七〕謝莊《宋孝武帝哀策文》：「王室多故，國步方蹇。」

〔一八〕東海、群魔，喻日寇。《晉書·樂志》：「其有短簫之樂者，則所謂王師大捷，令軍中凱歌者也。」

〔一九〕《論語·子罕》：「四十、五十而無聞焉，斯亦不足畏也已。」

〔二〇〕先生詩《南宮李子建先生（葆光）遠貽〈涵象軒集〉作此報謝》：「大月朗諸天，餘光落荒鄙。」時先生避地楓溪，故云。

〔二一〕陳運彰（一九〇五—一九五五），字君謨，一字蒙盦，號華西，廣東潮陽銅盂人，曾任上海通志館特約采訪、潮州修志局委員，曾任教於之江文理學院、太炎文學院、聖約翰大學等校，有《紉芳簃詞》。

〔二二〕變徵，音調名，《漢書·律歷志》：「聲者，宮、商、角、徵、羽也。」變徵之聲慷慨悲凉，《史記·刺客列傳》：「高漸離擊築，荆軻和而歌，爲變徵之聲，士皆垂淚涕泣。」

〔二三〕《尚書大傳》：「日月光華，旦復旦兮。」

錫純過訪楓溪，快談竟日，別後惠詩見懷，作此報之〔一〕

幾見洗兵淚〔二〕，經天復漂杵〔三〕。幾見横磨劍，驅風猶使虎。鐵鳥翻長空，驕彈轉急雨。壯碩填岸窟，龍雉作蛇鼠。直令一世人，中毒劇厲蠱。嗟我寄邊徼，有命不自主。日夕慕騰騫㈡[四]，鬱抑久伏處。如坐天地逼㈢，如洞肺肝腐㈣。不種楊惲田[五]，况撾禰衡鼓[六]。身羞竈下婢[七]，心嚮高丘女[八]。何期嘉賓至[九]，清風動檐宇。款曲兩殷勤[一〇]，衣冠俱濟楚[一一]。佳言霏木屑[一二]，妙談醉醇醑[一三]。棗歜嗜雖殊[一四]，各以好尚詡[一五]。某也格高絶，某也筆健舉。某以老辣稱，某以清深著。驥騄騁千里[一六]，傳者皆可數。萬派紛其繁，萬法歸一乳。凑合有人天，縱論窮今古。相看或大笑，相喻乃無語。良會惜難常，新詩忽我予㈤。沉迷寧倦悔，咀嚼知甘苦。國殤髮未白，頭顱空如許。且共起浩歌，庶幾得净土㈥。

【校記】

㈠ 此詩曾刊載於一九四九年四月《廣東日報》副刊《嶺雅》第四十九期，題作「錫純携友過訪楓溪快談竟日別後惠詩見懷作此報之（戊寅）」。

㈡「騰騫」，《嶺雅》作「曠蕩」。

㈢「逼」，《嶺雅》作「迫」。

㈣「洞」，《嶺雅》作「見」。

⑤「忽我予」，手鈔本原作「忽起予」，後改。

⑥「得净土」，手鈔本原作「生樂土」，後改。此句下原另有句，後删。

【箋注】

〔一〕曾錫純，見前注。

〔二〕杜甫《洗兵馬》：「安得壯士挽天河，净洗甲兵長不用。」

〔三〕《尚書·武成》：「血流漂杵。」孔傳：「血流漂舂杵，甚之言也。」

〔四〕李白《書情題蔡舍人雄》：「層飆振六翮，不日思騰騫。」

〔五〕楊惲田，《漢書·楊敞傳》載楊惲：「一朝以晻昧語言見廢，内懷不服。……其詩曰：『田彼南山，蕪穢不治，種一頃豆，落而爲萁。人生行樂耳，須富貴何時。』」張晏注曰：「山高而在陽，人君之象也。蕪穢不治，言朝廷之荒亂也。一頃百畝，以喻百官也。言豆者，貞實之物，當在囷倉，零落在野，喻己見放弃也。萁曲而不直，言朝臣皆諂諛也。」

〔六〕禰衡鼓，《世説新語·言語》：「禰衡被魏武謫爲鼓吏，正月半試鼓。衡揚枹爲《漁陽摻撾》，淵淵有金石聲，四坐爲之改容。」劉孝標注引《文士傳》：「魏武帝八月朝會，大閲試鼓節，作三重閣，列坐賓客。以帛絹製衣，作一岑牟，一單絞及小褌。鼓吏度者，皆當脱其故衣，着此新衣。次傳衡，衡擊鼓爲《漁陽摻撾》，蹋地來前，躡馺脚足，容態不常，鼓聲甚悲，音節殊妙。坐客莫不慷慨，知必衡也。既度，不肯易衣。吏呵之曰：『鼓吏何獨不易服？』衡便止。當武帝前，先脱褌，次脱餘衣，裸身而立。徐徐乃着岑牟，次着單絞，後乃着褌。畢，復擊鼓摻槌而去，顔色無怍。」

〔七〕竈下婢，言其卑也。先生詩《懷潮中故舊》：「勤同竈下婢。」

〔八〕高丘女，《離騷》：「忽反顧以流涕兮，哀高丘之無女。」見《錫純兩度枉訪答拜未能》詩注。

〔九〕《詩經·小雅·鹿鳴》：「我有嘉賓，德音孔昭。」

〔一〇〕款曲，衷情也。白居易《同微之贈别郭虚舟煉師》詩：「款曲話平昔，殷勤勉衰羸。」

〔一一〕濟楚，鮮明貌。《詩經·曹風·蜉蝣》：「蜉蝣之羽，衣裳楚楚。」

〔一二〕佳言木屑，見《贈王顯詔》詩注。

〔一三〕醇醑，美酒也。

〔一四〕傳周文王嗜昌歜，春秋時魯人曾點嗜羊棗。蘇軾《答李端叔書》：「不肖爲人所憎，而二子獨喜見譽，如人嗜昌歜羊棗，未易詰其所以然者。」

〔一五〕曹植《與楊德祖書》：「人各有好尚。」

〔一六〕驥騄，良馬也。曹丕《典論·論文》：「咸以自騁驥騄於千里，仰齊足而并馳。」

【按】

此詩作於一九三八年，時先生舉家避地潮州楓溪。

無題㈠

□□□□□□□，□□□□□南疆。馬龍車水□□□，說劍揮□故故忙。獨□□□淚□□，故人□□見吾狂。

酒態詩情勝□□，□□不見故人書。□□□樂□□□，□□亂逃□□□。□□歌舞□□忘，□□肝腸□□□。□□□□□□□，□□□□□□□。

【校記】

㈠此詩數首，手鈔本録而删之，不可辨識，今姑以「無題」存迹。

游宋王臺〔一〕

一月煩囂百慮侵，盛年肯負壯游心。摩挲勝迹憐頑石，宋王台僅三巨石耳。多少行人托苦吟。帝子精魂隨日遠，孤臣痛淚剩波深。樓船髣髴驅風雨，待續龍編感不禁〔二〕。

【箋注】

〔一〕宋皇臺，在香港。《九龍宋皇臺遺址碑記》：「宋皇臺遺址在九龍灣西岸，原有小阜名聖山者。巨石巍峨，矗立其上，西面横列元刻『宋王臺』榜書，旁綴『清嘉慶丁卯重修』七字。」「考臺址明、清屬廣州府新安縣，宋時則屬廣州郡東莞縣，稱『官富場』。端宗正位福州，以元兵追迫，遂入海，由是而泉州而潮州而惠州之甲子門，以景炎二年春入廣州。治二月，舟次於梅蔚，四月進駐場地，嘗建行宫於此，世稱『宋皇臺』。或謂端宗每每慈息於石下洞中，故名，非所知矣。其年六月，移蹕古塔。九月如淺灣，即今之荃灣也。十一月元兵來襲，乃復乘舟遷秀山。計駐於九龍者，凡十閱月焉。」

〔二〕龍編，傳姜太公撰兵法《六韜》，中有「龍韜」，故云。又，經有出於龍宫者，謂之龍編。

【按】

此詩應爲一九三九年先生途經香港所作。一九三八年十月，先生由陳中凡推薦，以名士身分，被中山大學破格聘爲中文系教授。一九三八年十月，賊氛日熾，廣州淪陷，中山大學奉命内遷，初遷羅定，後改遷廣西龍州，後又改遷雲南澂江。先生受聘後，赴滇接替海綃翁詩詞教席，於一九三九年春單身從潮州前往赴任。《年譜》「一九三九年」下：「四月九日，先生啓程往澂江，繞惠州經香港再轉安南（今越南）取道滇越鐵路上昆明。」「六月二日，夏承燾接吴笠信，言先生已到香港。」

游龍泉寺〔一〕二首

苦寒數日忽晴照，過雨疏林宜快探。瘦嶺猶龍蟠禹穴〔二〕，平疇如水碧江南。客來爲説山中樂，人老翻憐世味諳。乞與讀書應不悔，寺旁有文武閣，爲往日士子讀書之所。白頭經卷禮伽藍〔三〕。

不道鳴泉繞指寒，龍飛處處起峰巒。香深應有花爲壽，地僻渾忘劫未殘。細煮焙茶清肺腑，閑看畫壁判梟鸞。壁中有《天堂地獄圖》。〔四〕己公待訪無茆屋〔五〕，且試將心與汝安〔六〕。

【箋注】

〔一〕龍泉寺，應指廣東惠州龍泉寺，在今惠州市惠東縣，始建於明，清乾隆年間重修。

〔二〕禹穴，《史記·太史公自序》：「南游江淮，上會稽，探禹穴。」裴駰《集解》引張晏曰：「禹巡狩至會稽而崩，因葬焉。上有孔穴，民間云禹入此穴。」

〔三〕伽藍，梵語僧伽藍摩，指僧院。

〔四〕梟，鳥之惡者；鸞，鳥之善者。蘇軾《和陶雜詩十一首》：「哀哉喪亂世，梟鸞各騰翥。」

〔五〕己公，即巳公，唐人。杜甫《巳上人茅齋》：「巳公茅屋下，可以賦新詩。」

〔六〕《五燈會元》載達摩、慧可：「可曰：『我心未寧，乞師與安。』祖曰：『將心來，與汝安。』可良久曰：『覓心了不可得。』祖曰：『我與汝安心竟。』」

【按】

此詩應爲先生一九三九年往雲南澂江赴任途中所作。

鷓鴣巢詩集箋校卷第三

【按】

此卷所録，多爲先生一九三九年前後自潮州楓溪初旅滇南所作。初，先生或有入蜀從政之想，後仍往中山大學任教。時中山大學遷址雲南澂江，據梁山等編《中山大學校史》：「文學院在澂江城内外兩處：城内有文廟、鳳麓小學男子部與女子部、玉光樓、觀音閣等五處；城外有斗田閣、翠竹庵兩處。」先生旅滇之作，何耀光至樂樓本序：「入滇以後所作尤多，其中紀亂之篇，與杜陵『三吏』『三别』同其悲慨，又可作詩史讀焉。」

將入蜀賦示同人五首 己卯三月

身世馬牛慣跌蹉〔一〕，苦從鄙細事張羅〔二〕。去看冠冕南州士〔三〕，與踏盤彎蜀道坡〔四〕。即鹿無虞春自滿〔五〕，逢辰作健誤非多〔六〕。出山小草休終悔〔七〕，劍外當年有凱歌〔八〕。

出處吾生定幾癡，十年襬襶愧須眉〔九〕。比來忽動滄桑感，別去寧忘肺腑私。蹴踘萬花妨馬隊〔一〇〕，尋常一念皺春池〔一一〕。從今不惜留頻嚏〔一二〕，説與故人知未知㊀。

不緣車耳憚饑驅〔一三〕，也逐忙人向上都〔一四〕。三月繁花空自賞，萬方多難欲誰誣〔一五〕。略舒病眼貪山水，久澀詩腸愛杜蘇〔一六〕。丞相祠堂況復在〔一七〕，綸巾羽扇想雄圖〔一八〕。

行歌野哭願多乖〔一九〕，捲地風雷可力排〔二〇〕。向道未容封曹鄶〔二一〕，食貧忍使畀狼豺〔二二〕。縱令公叔迷馬足〔二三〕，不信子陽是井蛙〔二四〕。蓬累長年莫見笑〔二五〕，孤生原不露根荄〔二六〕。

登臨此日難費淚，商略何時復比肩。搖膝漫誇存絕技〔二七〕，曳裾未許守青氈〔二八〕。關心故里移風俗，歸路無人問歲年。晚節昂藏豈易得〔二九〕，放懷萬一寄新篇。

附和作

次韻祝南將入蜀五首

石維岩銘吾

欲持何語慰蹉跎，衮衮諸公以禮羅。聞道郎君赴西蜀，好尋事迹到東坡。詩人作吏寧今有，詞客哀時孰古多。一念蠶叢與鳥道，如吟閬水閬山歌。

我亦同君作意癡，幾回想欲上峨眉。衹緣步履難稱健，未是山川有所私。昨日招游石遺老，异時重話習家池。窮生行止常如此，不許達人粗見知。

滿地干戈不可驅，幾時復我兩京都。羊城胡馬近還集，兔歲佛狸死豈誣。劍閣上游天設險，王師南定民其蘇。有人爲問潮中事，繪事幸無鄭俠圖。

勿笑慵翁與物乖，暮年心事自安排。不知家國遑知己，誰問狐狸況問豺。干世當捫王猛虱，建邦肯似子陽蛙。萬方盼望春開動，一雨能生百草荄。

不是君家真愛國，如何一夜聳詩肩。但聞新貴車爲步，焉識流民草作氈。心痛議和南渡日，眼驚遷地永嘉年。大言若説書生憤，試讀龜堂學杜篇。

【校記】

㈠「知未知」，手鈔本原作「想未知」，後改。

【箋注】

〔一〕先生詞《少年游》：「莫問行藏，馬牛身世，方寸響春潮。」

〔二〕張羅，《戰國策·東周策》：「譬之如張羅者，張於無鳥之所，則終日無所得矣。」

〔三〕冠冕，喻仕宦。南州，指兩粤地區，舊以兩粤爲南州路，故云。

〔四〕蜀道，指蜀地。古樂府有《蜀道難》，吴兢解題曰：「備言銅梁、玉壘之阻。」李白《蜀道難》：「噫吁嚱，危乎高哉！蜀道之難，難於上青天。」

〔五〕即鹿無虞，典出《易經·屯》，見《大風雨二首》詩注。

〔六〕樂府《企喻歌》：「男兒欲作健，結伴不須多。」

〔七〕出山小草，典出《世説新語·排調》：「謝公始有東山之志，後嚴命屢臻，勢不獲已，始就桓公司馬。於時人有餉桓公藥草，中有『遠志』，公取以問謝：『此藥又名「小草」，何一物而有二稱？』謝未即答。時郝隆在坐，應聲答曰：『此甚易解：處則爲遠志，出則爲小草。』」陸游《初拜再領祠宫之命有感》：「小草出山初已誤，斷雲含雨欲何施。」

〔八〕劍外，劍閣以南，蜀地也。杜甫《聞官軍收河南河北》：「劍外忽傳收薊北。」

〔九〕褦襶，癡笨之謂，見《游别峰八十六韵》詩注。

〔一〇〕杜甫《韋諷録事宅觀曹將軍畫馬圖》：「霜蹄蹴踏長楸間，馬官厮養森成列。」

〔一一〕馮延巳詞《謁金門》：「風乍起，吹皺一池春水。」

〔一二〕《詩經·邶風·終風》：「寤言不寐，願言則嚏。」鄭玄箋云：「汝思我心如是，我則嚏也。今俗人嚏云『人道我』，此古之遺語也。」蘇軾《元日過丹陽》詩：「白髮蒼顔誰肯記，曉來頻噓爲何人。」

〔一三〕車耳，見《焕華來汕約共談笑》詩注。《漢官儀》：「里語云：『仕宦不止車生耳。』」

〔一四〕上都，時國民政府都重慶，故稱。

〔一五〕杜甫《登樓》：「花近高樓傷客心，萬方多難此登臨。」

〔一六〕杜蘇，即杜甫、蘇軾。

〔一七〕丞相祠堂，四川成都諸葛武侯祠也。杜甫《蜀相》：「丞相祠堂何處尋，錦官城外柏森森。」

〔一八〕綸巾羽扇，裴啓《語林》：「諸葛武侯與宣王在渭濱將戰，武侯乘素輿，葛巾，白羽扇，指揮三軍。」蘇軾詞《念奴嬌·赤壁懷古》：「羽扇綸巾，談笑間，强虜灰飛烟滅。」

〔一九〕杜甫《閣夜》：「野哭幾家聞戰伐，夷歌數處起漁樵。」蘇軾《除夜野宿常州城外》：「行歌野哭兩堪悲。」

〔二〇〕陸游《夜聞雷雨大作》：「暗空霧雨無時已，捲地風雷却是晴。」

〔二一〕曹、鄶，小邦名。《左傳》：「季子觀樂，自鄶以下無譏焉。」注曰：「季子聞曹、鄶二國歌，不復譏之，以其微也。」黄庭堅《子瞻詩句妙一世乃云效庭堅體》詩：「我詩如曹鄶，淺陋不成邦。」

〔二二〕食貧，猶言食艱。《詩經·衛風·氓》：「自我徂爾，三歲食貧。」畀狼豺，《詩經·小雅·巷伯》：「取彼譖人，投畀豺虎。」

〔二三〕公叔，指漢人朱穆，字公叔，朱暉之孫，《後漢書·朱暉傳》有附傳：「及壯耽學，鋭意講誦，或時思至，不自知亡失衣冠，顛隊坑岸。其父常以爲專愚，幾不知數馬足。穆愈更精篤。……其尊德重道，爲當時所服。」

〔二四〕子陽，指漢人公孫述，字子陽，嘗據蜀稱帝，都成都，後兵敗死，《後漢書》有傳。《後漢書·馬援列傳》：「子陽井底蛙耳，而妄自尊大。」

〔二五〕蓬累，《史記·老子韓非列傳》：「君子得其時則駕，不得其時則蓬累而行。」張守節《正義》曰：「蓬，沙磧上轉蓬也；累，轉行貌也。言君子得明主則駕車而事，不遭時則若蓬轉流移而行，可止則止也。」

〔二六〕古詩：「冉冉孤生竹，結根泰山阿。」

〔二七〕摇膝，吟詩也。白居易《聞龜兒咏詩》：「憐渠已解咏詩章，摇膝支頤學二郎。」先生詩《偶成三首》：「微哦還摇膝。」絶技居龍，見《寄陳守玄滬瀆》詩注。

〔二八〕曳裾，求食侯門之謂。《漢書·鄒陽傳》：「飾固陋之心，則何王之門不可曳長裾乎。」守青氈，喻守舊。《晉書·王羲之列傳》載王獻之：「夜卧齋中，而有偷人入其室，盜物都盡。獻之徐曰：『偷兒，青氈我家舊物，可特置之。』群偷驚走。」

〔二九〕昂藏，英偉出衆貌。

【按】

此詩作於一九三九年春，時先生或有入蜀從政之想。詹伯慧《我的父親詹安泰》：「父親在韓師任教二十載，一九三八年，日寇進犯廣東，戰火熾烈，有人邀我父親入蜀從政，父親與祖父商量，祖父以『學文堂』世代書香，弃教從政實不可取，要父親三思而行。其時羊城告急，中山大學奉命西遷雲南澂江。恰巧主講詩詞的嶺南詞家海綃翁陳洵辭去教席，文學院長吴康求賢若渴，馳函欲以名士身份急聘我父親赴滇接替海綃翁教席，主講詩詞。這樣一來，從政乎？從教乎？父親斟酌再三，畢竟學術生命對父親來説最可寶貴，他終於放弃仕途，做了接受中大教授聘約的決定。」先生詞《高陽臺·郭介子篤士自蜀中倚聲見懷賦報》中自注云：「廿八年春，余將入蜀，旋留滇。」

留楓溪十日未發

久客楓溪今復來，門庭巧鳥如鷩猜〔一〕。難爲去住時微咥〔二〕，悵望音書日百回。腹儉春昏慵晝睡〔三〕，憂深語澀怕詩催。風聞蜀國多佳士，别有奇花爛漫開。

【箋注】

〔一〕《史記·汲鄭列傳》：「門外可設雀羅。」高適《奉和鶻賦》：「紛羽族以驚猜。」

〔二〕《廣韵》：「咥，笑也。」

〔三〕《論語·公冶長》：「宰予晝寢，子曰：『朽木不可雕也，糞土之墻不可圬也。於予與何誅。』」

【按】

此詩或作於一九三九年春，時先生欲入蜀從政，而尚未成行。

題清代名人手迹〔一〕

聞君詩筆致堂堂，屢賦新篇欲寄將。忽對高賢親寶墨，惜無佳句與評量。多時我亦鵝鷄厭〔二〕，余頗憙書，酬應爲勞，不勝煩厭矣。易代誰思將帥忙。中爲張香濤、李步青等與方照軒往還手札。〔三〕尚有籌邊大計在，休嗟去國寸心長。

【校記】

㈠手鈔本原題前後有刪字，應爲酬贈之作，并似有「時人將西行」諸字。

【箋注】

〔一〕鵝、鷄者，皆喻作書，用王右軍事。《晉書·王羲之傳》：「山陰有一道士，養好鵝，羲之往觀焉，意甚悦，固求市之。道士云：『爲寫道德經，當舉群相贈耳。』羲之欣然寫畢，籠鵝而歸，甚以爲樂。」厭家鷄，見《守玄寄紙索書近作》詩注。

〔二〕方照軒，方耀（？—一八九一），字照軒，清廣東普寧人，咸同間以剿匪顯名，官至廣東水師提督，嘗駐潮州，有治績。張香濤，張之洞（一八三七—一九〇九），字孝達，號香濤，清直隸南皮人，晚清重臣，曾任兩廣、湖廣、兩江等地總督，任軍機大臣；李步青，清人，其事不詳。

【按】

此詩或作於一九三九年春，在先生將入蜀前。

余將有滇蜀之行，錫純邀石銘老餞別於湖濱寓邸，席次拈杜公「知爲後會更何地」爲起句，各成一律〔一〕

知爲後會更何地，想起明朝要舉杯。不醉那忘千疊恨，有生誰了十方哀〔二〕。中年多病寧須厭，陳迹關心倘復來〔三〕。便指湖山爲質證㊀，莫任滇蜀老風埃。

【校記】

㊀「便」，手鈔本原作「好」，後改。

【箋注】

〔一〕曾錫純、石維岩（銘吾），均見前注。「知爲後會更何地」，句出杜甫《送路六侍御入朝》，又作「更爲後會知何地」。

〔二〕先生詞《水龍吟·感舊用稼軒登建康賞心亭韻》：「萬派雌黄，十方悲笑，一齊來此。」

〔三〕陸游《予數年不至城府丁巳火後今始見之》：「陳迹關心已自悲，劫灰滿眼更增欷。」

【按】

此詩應作於一九三九年春，時先生將有滇蜀之行。

初到瀓江作

亂山合沓瀓江圍〔一〕，平疇千頃人家稀。古柏亭亭如幢插㊀，菜葉肥厚田泥肥。陂塍高下馱馬過，荷塘遠近鷺鷀飛。撫仙湖大尚未到，嗑湖山影能依稀〔二〕。景色自與交嗵內，去來誰復探幾微〔三〕。一陣香風忽吹送，送我入城聊息機〔四〕。城中事事不可說〔五〕，要當日日行郊扉。

【校記】

㊀「幢插」，《滇南挂瓢集》作「插幢」。

【箋注】

〔一〕合沓，重迭攢聚也。謝靈運《登廬山絶頂望諸嶠》：「巒隴有合沓。」

〔二〕雲南撫仙湖，見《撫仙湖》詩注。先生詩《撫仙湖》：「渺茫一白嚙山根。」蓋言其清。

〔三〕唖内，猶言唖吶，水聲也。幾微，微隱者也。

〔四〕杜甫《將赴成都草堂途中有作》詩：「回首風塵甘息機。」

〔五〕蘇軾《次韵子由送陳侗知陝州》：「别來不可説，事與浮雲多。」

【按】

一九三九年，先生受中山大學之聘赴滇教授詩詞。《年譜》「一九三九年」下：「四月九日，先生啓程往澂江，繞惠州經香港再轉安南（今越南）取道滇越鐵路上昆明。」夏承燾《天風閣學詞日記》一九三九年四月二十六日：「接祝南書，言將往中山大學講詩詞。」又，五月二十二日：「接詹祝南香港函，已首途赴澂江。」《年譜》「六月」下：「是月底，先生到達澂江。」此詩應作於其時。

撫仙湖〔一〕

渺茫一白嚙山根〔二〕，汹涌聲威數里聞。與洗十年千滯著，可能雙棹滿湖雲。

【箋注】

〔一〕撫仙湖，清道光《澂江府志・山川》：「在城南十里，周圍三百餘里，北納諸溪，南受星湖，泓泓清澈，一碧萬頃。……湖中孤山浮於水面，東南諸山岩壑嶙峋，懸竇玲瓏。中有石肖二仙，皆肩搭手而立扁舟，遥望若隱若見。舊傳仙人慕湖山清勝，因留其迹，故以名湖。」

〔二〕先生詞《慶清朝慢・撫仙湖》：「瀉水天低，量愁海闊，山根嚙斷還連。」蓋言其清也。《徐霞客游記》：「滇山惟多土，故多壅流而成海，而流多渾濁，唯撫仙湖最清。」

【按】

此詩或作於一九三九年，爲先生初到澂江所作。

次均答吴辛旨三立融縣寄懷之什㈠〔一〕

詩從元祐諸公入〔二〕，學到康成吾道東〔三〕。如此絶塵真皛皛，何當對月嘆濛濛。來詩有「滄海塵飛惜月濛」句。干霄自許通雲氣，抉秘寧羞伏枕中〔四〕。閑涕清歡俱可惜，漫明寸抱强人同。

【校記】

㈠ 詩題《滇南挂瓢集》無「三立」二字。

【箋注】

〔一〕吴三立（一八九七—一九八九），字辛旨，廣東平遠人，曾任教於國立北京大學、中山大學、中華文法學院、勷勤大學、華南師範學院等校，治文字音韵之學，工書，能詩，有《文字形義要略》《中國文字學》《靡騁集》《辛旨近詩》等。融縣，在廣西。

〔二〕嚴羽《滄浪詩話·詩體》：「元祐體：蘇、黄、陳諸公。」吴辛旨詩學宋，故云。

〔三〕康成，東漢經師鄭玄，字康成。《後漢書·鄭玄傳》：「以山東無足問者，乃西入關。……玄因從質諸疑義，問畢辭歸。融喟然謂門人曰：『鄭生今去，吾道東矣。』」

〔四〕《漢書·劉向傳》：「淮南有枕中《鴻寶》《苑秘書》。」顔師古注曰：「《鴻寶》《苑秘書》并道術篇名。臧在枕中，言常存録之不漏泄也。」

【按】

一九三九年，吴三立隨廣東省立教育學院避寇内遷至廣西融縣。先生此詩或作於其時。先生詞

《虞美人（芳洲不蘸娉婷影）》序云：「旅食澂江，生意垂盡，中懷淒鬱，難已於言。」

旅澂一月，所懷萬端，紀以長句

我來澂江恰一月，舊蓄温情冷冰鐵。澂江山水實愛我，人物乃真難殫揭。我歷要荒初到此〔一〕，恍陟峋嶁探禹穴〔二〕。不得其門止半腹〔三〕，忽開雲霧凝清絶。人言魚米富蕴藏，我見菜蔬堪采擷。因向城中聊税駕〔四〕，不覺肝腸生鬱結。衣帽骯髒政可憐㊀，穢垢積沓慣不潔㊁。童稚乍喜無嫌猜〔五〕，少壯相看已萎茶〔六〕。蕉萃豈關食用繁，因循正坐吹吸烈。日閟昏沉迷天地，誰從理亂問堯桀〔七〕。在昔東坡渡海南，烹蛇熏鼠書不輟〔八〕。茶山避地入柳州，長苦蚊蠅手欲折〔九〕。此間此物實難窮，蠓虱蛸螬更爲蠻〔一〇〕。背癢祇思女仙爬〔一一〕，腸污渴想高僧切〔一二〕。用知性習判醜妍〔一三〕，未必地靈鍾人杰。不然出城試四望，群峰撑空水澄澈。平疇百頃簇簇明，古柏千章森森列。高花低草映紅青，雲影湖光交怡悦。孕毓直欲壓西南㊂，秀媚豈遽羞江浙。奈何文野大懸殊，譬追騏驥以跛鱉〔一四〕。十駕能功詎則信〔一五〕，百年樹人古有説〔一六〕。昌黎治潮八月餘，民風向學如饕餮〔七〕。陽明當日宰龍場，不一二年俗亦别〔八〕。文翁莅蜀文能周〔九〕，道真還鄉道斯茁〔一〇〕。顧茲蕞爾一邊城〔一一〕，開而化之智寧竭。況聞氣候此最佳，冬不嚴寒夏不熱。雨晴布配極平勻，得天獨厚世難埒。天與不取易成灾〔一二〕，吾今作詩俟來哲。

【校記】

㊀「政可憐」，《滇南挂瓢集》作「怪可憐」。

㊁「慣不潔」，《滇南挂瓢集》作「故不潔」。

㊂「西南」，手鈔本原作「西湖」，後改。

【箋注】

〔一〕要荒，至邊遠地。舊制，王畿之外成甸、侯、綏、要、荒五服，見《尚書·禹貢》。孔穎達疏曰：「既言九州同風，法壤成賦，而四海之内，路有遠近，更叙弼成五服之事。甸、侯、綏、要、荒五服之名，堯之舊制。」

〔二〕韓愈《岣嶁山》：「岣嶁山尖神禹碑。」《史記·太史公自序》：「探禹穴，窺九疑。」

〔三〕不得其門，《論語·子張》：「夫子之墻數仞，不得其門而入，不見宗廟之美，百官之富。」

〔四〕稅駕，《史記・李斯列傳》：「吾未知所稅駕也。」司馬貞《索隱》曰：「稅駕，猶解駕，言休息也。」

〔五〕李白《長干行》：「同居長干里，兩小無嫌猜。」

〔六〕萎茶，《莊子・齊物論》：「茶然疲役，而不知其所歸。」《韻會》：「茶，疲貌。」

〔七〕《管子・霸言》：「堯舜之人，非生而理也；桀紂之人，非生而亂也。」

〔八〕蘇轍《子瞻和陶淵明詩集引》序：「東坡先生謫居儋耳，置家羅浮之下，獨與幼子過負擔渡海。葺茅而居之，日啖薯芋，而華屋玉食之念不存於胸中。平生無所嗜好，以圖史爲園囿，文章爲鼓吹，至此亦皆罷去，獨喜爲詩，精深華妙，不見老人衰憊之氣。」

〔九〕曾幾（茶山），見前注。曾幾《蚊蠅擾甚戲作》：「從來所持白羽扇，自許百萬猶能當。安知手腕爲汝脫，以小喻大真成狂。」

〔一〇〕蠥，孽也。《說文》：「禽獸蟲蝗之怪謂之蠥。」

〔一一〕葛洪《神仙傳・王遠》：「麻姑手爪似鳥，經見之，心中念曰：『背大癢時，得此爪以爬背，當佳也。』」蘇軾《寄蔡子華》：「莫從唐舉問封侯，但遣麻姑更爬背。」先生詩《贈閻宗臨、梁佩雲夫婦》：「詎有麻姑搔，愈我十年疥。」

〔一二〕圖澄洗腸，見《月夜聞簫招石銘老楊瘦子納涼》詩注。

〔一三〕《論語・陽貨》：「子曰：『性相近也，習相遠也。』」

〔一四〕白居易《履道西門》：「跛鱉難隨騏驥足。」先生詩《游别峰八十六韵》：「騏驥跛鱉寧妍媸。」

〔一五〕《荀子·勸學》：「騏驥一躍，不能十步；駑馬十駕，功在不舍。」楊倞注曰：「言駑馬十度引車，則亦及騏驥之一躍。」

〔一六〕百年樹人，《管子·權修》：「一年之計，莫如樹穀；十年之計，莫如樹木；終身之計，莫如樹人。」

〔一七〕韓愈郡望昌黎（今屬河北），故稱韓昌黎。蘇軾《潮州韓文公廟碑》：「始潮人未知學，公命進士趙德爲之師。自是潮之士，皆篤於文行，延及齊民，至於今號稱易治。」饕餮，古神獸名，見《吕氏春秋》《神异經》等，喻貪婪。

〔一八〕王守仁（一四七二—一五二八），字伯安，浙江餘姚人，明儒，學者稱「陽明先生」。龍場，地名，在貴州。《明史·王守仁列傳》：「正德元年冬……謫貴州龍場驛丞。龍場萬山叢薄，苗、僚雜居。守仁因俗化導，夷人喜，相率伐木爲屋，以栖守仁。」

〔一九〕文翁，漢循吏也。《漢書·循吏列傳》：「景帝末，爲蜀郡守，仁愛好教化。見蜀地辟陋有蠻夷風，文翁欲誘進之。……數歲，蜀生皆成就還歸。……又修起學官於成都市中。……繇是大化，蜀地學於京師者比齊魯焉。至武帝時，乃令天下郡國皆立學校官，自文翁爲之始云。」

〔二〇〕道真，指東漢人尹珍，字道真，牂柯毋斂人。《後漢書·南蠻西南夷列傳》：「桓帝時，郡人尹珍自以生於荒裔，不知禮義，乃從汝南許慎、應奉受經書圖緯，學成，還鄉里教授，於是南域始有學焉。」

〔二〕蕞爾，極小貌。

〔三〕《史記·張耳傳》：「天與不取，反受其咎。」

【按】

此詩作於一九三九年七八月間。

久不得家書，感夢成咏四首

檢點征程不計年，夢深故國黯狼烟。涉江争欲遺珠佩〔一〕，哭野那聞嚮杜鵑〔二〕。游氣熏人有冷暖，微生辟穀詎神仙〔三〕。難調玉髓香瘢補〔四〕，哀賦無端一惘然〔五〕。

瀝耳哀聲孰與多，驚回静夜閟岩阿。依稀高炬明朱閣，來往行纏挂緑蘿〔六〕。瞑想一宵成隔世，漫磨玉斧劈繁柯〔七〕。憂生懷抱勞前哲，祇爲當年小跌蹉〔八〕。

斂恨收狂特地寒，勞勞猶自忍荒殘〔九〕。從來絶痛成癡笑，試寫新詞刻古歡。遥夜何人看斗轉，明時無夢得懷寬。靈均天問真虚妄〔一〇〕，吞象巴蛇本屈盤〔一一〕。

群飛海水水樓東〔三〕，不盡邊愁雨與風。已自騰霄摧鳳翮，共誰作意感蘭叢。明心燈影依依瘦，去路弓衣疊疊雄〔三〕。但得相逢如昨日，不辭身世老雕蟲〔四〕。

【箋注】

〔一〕古詩：「涉江采芙蓉，蘭澤多芳草。采之欲遺誰，所思在遠道。」

〔二〕哭杜鵑，《蜀記》：「昔有人姓杜名宇，王蜀，號曰望帝。宇死，俗説云宇化爲子規。子規，鳥名也。蜀人聞子規鳴，皆曰望帝也。」《禽經》：「子規夜啼達旦，血漬草木。」

〔三〕辟穀，道家不食五穀以爲道引之術。《史記·留侯世家》：「乃學辟穀，道引輕身。」

〔四〕吴文英詞《高陽臺·落梅》：「問誰調玉髓，暗補香瘢。」

〔五〕庾信有《哀江南賦》，寄故國哀思也。李商隱《錦瑟》：「錦瑟無端五十弦，一弦一柱思華年。」「此情可待成追憶，只是當時已惘然。」

〔六〕行纏，遠行所用裹足布也。

〔七〕《酉陽雜俎·天咫》：「舊言月中有桂，有蟾蜍。故异書言，月桂高五丈，下有一人，常斫之，樹創隨合。人姓吴名剛，西河人，學仙有過，謫令伐樹。」

〔八〕先生《將入蜀賦示同人五首》詩：「身世馬牛慣趺蹉。」

〔九〕梅堯臣《曉》：「人世紛紛事，勞勞只自爲。」

〔一〇〕靈均，屈原字。傳屈原作《天問》，王逸序曰：「屈原放逐，彷徨山澤。見楚有先王之廟及公卿祠堂，圖畫天地山川神靈，琦瑋僪佹，及古賢聖怪物行事，因書其壁，呵而問之，以渫憤懣。」

〔一一〕《天問》：「靈蛇吞象，厥大何如？」《山海經・海內南經》：「巴蛇食象，三歲而出其骨。」

〔一二〕海水群飛，揚雄《太玄經》：「海水群飛，終不可語也。」按，此喻時局。

〔一三〕弓衣，《詩經・小雅・采緑》：「言韔其弓。」《説文解字》：「韔，弓衣也。」喻兵甲。

〔一四〕老雕蟲，李賀《南園》：「尋章摘句老雕蟲。」語出揚雄《法言・吾子》：「或問：『吾子少而好賦。』曰：『然。童子雕蟲篆刻。』」

【按】 此詩作於先生初旅澂時。

寓樓口占

多感真成劉夜坐，「建水舊傳劉夜坐。」陳德誠句。〔一〕一吟還似賈長江〔二〕。垂頭鼻涕曾誰省〔三〕，剩聽村歌答野尨。

【箋注】

〔一〕胡仔《漁隱叢話》：「《南唐書》云，夏寶松與詩人劉洞俱顯名，陳德誠以詩美之。」《全唐詩》注云：「劉洞有《夜坐》詩，夏寶松有《宿江城》詩，皆見稱一時，號『劉夜坐』『夏江城』云。」

〔二〕賈長江，賈島曾任遂州長江縣主簿，故稱。《詩鏡總論》：「賈島衲氣終身不除，語雖佳，其氣韵自枯寂耳。」

〔三〕垂頤鼻涕，外形骸也，用僧懶瓚事，見《悶雨》詩注。

贈陳竺同教授二首〔一〕

絶徼相看意已深，三年前事漫追尋。三年前，余與竺同將共事而不果。㊀神明致聖存祛練〔二〕，竺同從歐陽竟無學佛有年。〔三〕蘭蕙向人轉鬱沉〔四〕。不競南風虛自許〔五〕，深携酒鱉待誰斟〔六〕。但教心性如天馬，養馬還當拜道林〔七〕。竺同游西龍潭歸，語余曰：「滇中多山，澂江多馬。吾肥碩不勝脚力，其將學騎馬乎？」

浮海穿山孰短長〔八〕，而今萬里信投荒。無窮花鳥還留眼，一念鄉關幾斷腸。時潮汕已陷，温州亦告急。難出蛟胎淬鷫鷞〔九〕，可堪檀板對蠻娘〔一〇〕。從來痛極成癡絶〔一一〕，何日相將學楚狂〔一二〕。

【校記】

㊀ 此句自注，手鈔本無，今據《滇南挂瓢集》補録。

【箋注】

〔一〕陳竺同（一八九八—一九五五），原名經，字嘯秋，以字行，浙江温州人，曾任教於温州藝文學校、復旦大學、中國公學、廣東省立文理學院、桂林國立師範學院、中山大學等校，有《中國上古文化史》《中國文化史略》等。

〔二〕《世説新語·文學》：「佛經以爲祛練神明，則聖人可致。」劉孝標注曰：「釋氏經曰，一切衆生皆有佛性，但能修智慧、斷煩惱，萬行具足，便成佛也。」

〔三〕歐陽竟無（一八七一—一九四四），江西宜黄人，名漸，以字行，佛學居士，有《竟無内外學》等。陳竺同嘗於南京支那內學院從歐陽竟無學。

〔四〕楊萬里《朱伯勤同子文弟幼楚侄來訪書事》：「坐看千林總黃落，祇餘蘭蕙向人青。」

〔五〕不競南風，《左傳・襄公十八年》：「晋人聞有楚師，師曠曰：『不害，吾驟歌北風，又歌南風，南風不競，多死聲，楚必無功。』」杜預注曰：「歌者吹律以咏八風，南風音微，故曰不競也。」《世説新語・方正》：「王子敬數歲時，嘗看諸門生樗蒲，見有勝負，因曰：『南風不競』。」謂事不利也。

〔六〕酒鱉，古酒器名。《山家清事・酒具》：「舊有扁提，猶今酒鱉；長可尺五而匾，容斗餘；上竅出入，猶小錢大，長可五分，用塞；設兩環帶，以革唯漆爲之。」

〔七〕道林，指東晋僧人支遁，字道林。《世説新語・言語》：「支道林常養數匹馬。或言道人畜馬不韵，支曰：『貧道重其神駿。』」

〔八〕浮海，《論語・公冶長》：「子曰：『道不行，乘桴浮於海。』」

〔九〕李賀《春坊正字劍子歌》：「蛟胎皮老蒺藜刺，鸊鵜淬花白鷴尾。」蛟胎，或即鮫胎，鯊魚皮製劍鞘也。淬鸊鵜，瑩刀劍也，見《猛淬篇寄贈龍雨生教授》詩注。

〔一〇〕檀板，樂器名，檀木所製拍板也。先生詞《齊天樂・丙子首春有懷榆生廣州》：「蠻娘慣笑。任腸斷歌戲，賦殘愁照。」

〔一一〕先生《久不得家書感夢成咏》詩：「從來絶痛成癡笑。」

〔二〕楚狂，《論語・微子》：「楚狂接輿歌而過孔子曰：『鳳兮鳳兮，何德之衰？往者不可諫，來者猶可追。已而，已而，今之從政者殆而！』孔子下，欲與之言。趨而避之，不得與之言。」邢昺疏曰：「接輿，楚人，姓陸名通，字接輿也。昭王時，政令無常，乃被髮佯狂不仕，時人謂之『楚狂』也。」李白《廬山謠寄盧侍御虛舟》：「我本楚狂人，鳳歌笑孔丘。」

【按】此詩作於先生旅澂之時，時陳竺同在內遷之廣東省立教育學院任教。

澂江絶句㊀

東阡南陌疏疏柳，入水浮山片片雲。萬里客心何處着，青青墩上出紅裙。

環庵水木妙成圖〔一〕，雲脚山前又一區〔二〕。爲問老僧入定未，偷閑欲乞圓精珠。

秋立還如春未老，風欹半爲鳥能鳴〔三〕。可惜挑桃人無識㊁，不種夭桃點古城〔四〕。

一世何曾耕作忙，無窮禾黍自青蒼。蒼天着意成疲懶，故放花冠啼午墻〔五〕。

飲茶七碗一時下〔六〕，沐浴長年勺水艱。如此忍容亦不易，羞他日日睹彎環〔七〕。

溝塍屈曲宛龍蛇，清唱有人手八叉〔八〕。瞥見明駝換快馬，木蘭何日汝還家〔九〕。澂江女郎亦喜騎馬。

做狂幾日帽檐斜，直看曉雲串暮鴉。一忽野風生別趣，摇摇擺擺陌頭花。

【校記】

㈠ 此詩七首，《滇南挂瓢集》編次爲「東阡」「環庵」「做狂」「秋立」「溝塍」「一世」「飲茶」。

㈡ 「挑桃」，《滇南挂瓢集》作「擔桃」。

【箋注】

〔一〕按，庵者，或謂澂江中山大學文學院所在翠竹庵。

〔二〕一區，猶言一域。《漢書·揚雄傳》：「有宅一區。」

〔三〕風欹，迎風攲帽也。典出《北史·獨孤信列傳》：「信在秦州，嘗因獵日暮，馳馬入城，其帽微側。」

〔四〕夭桃，《詩經·周南·桃夭》：「桃之夭夭，灼灼其華。」

〔五〕孫光憲《浣溪沙》：「花冠閑上午墻啼。」

〔六〕七碗茶，用盧仝詩意，見《余嗜茶成癖或勸以多飲失眠》詩注。

〔七〕李賀《十二月樂詞・十月》：「長眉對月鬥彎環。」

〔八〕手八叉，《太平廣記・文章・温庭筠》：「才思艷麗，工於小賦。每入試，押官韵作賦。凡八叉手而八韵成。」

〔九〕樂府《木蘭辭》，記花木蘭代父從軍事，有「願馳千里足，送兒還故鄉」句，郭茂倩《樂府詩集》作「願借明駝千里足」，《酉陽雜俎》作「願馳千里明駝足」。明駝者，健走駱駝也。

【按】

此詩應爲一九三九年秋前後。

爲劉衡戡題《掣鯨廬詩》〔一〕二首㊀

清奇已自成標格，鏜鎝多能出老蒼〔二〕。直向杜韓抉秘奥〔三〕，未須苦學到曾黄。曾剛父、黄晦聞。〔四〕

忍携閑涕哀江南〔五〕，凑合人天趣許兼。解道湖州詩筆老，風流何日拜蘇髯〔六〕。

【校記】

㊀ 此詩手鈔本無，今據《滇南挂瓢集》補録。

【箋注】

〔一〕 劉錫基（一九一五—一九六〇），字衡戡，號掣鯨廬，廣東臺山人，中山大學文學士，曾游於先生、朱子範等人之門，善撫碑隸，有《掣鯨廬詩》。

〔二〕 鏜鎝，明朗貌。先生《蚪玄夫子寄〈清暉吟藁〉》詩：「大聲信鏜鎝。」

〔三〕 杜韓，杜甫、韓愈也。

〔四〕 曾習經（一八六七—一九二六），字剛甫，號蟄庵居士，廣東揭陽人，歷官至度支部左丞，清帝遜位，即挂冠去，有《蟄庵詩存》《秋翠齋詞》。黄節（一八七三—一九三五），名晦聞，字玉昆，號純熙，廣東順德人，有《黄史》《詩旨變雅》《詩旨纂辭》《蒹葭樓詩》等。

〔五〕 庾信有《哀江南賦》。先生詩《秋興四首和高痞盦（二適）》：「東南無復容涕淚，誰還作賦聲酸哀。」

〔六〕 蘇髯，指蘇軾。黄庭堅《次韵宋楙宗三月十四日到西池》詩：「還作遨頭驚俗眼，風流文物屬蘇仙。」

玉笋峰〔一〕

玉笋何年鑿，玲瓏堆玉髓。矗立仙湖旁，吮吸仙湖水〔二〕。孤尖直撑天，端凝流曼美〔三〕。千山環拱之，低頭若侍婢。養精靈氣毓，寧復污塵滓。潔身去中州，選幽落荒鄙。飛鳥飛不過，攀躋况俗子。驚飈與吹拂，欲墜還騫起〔四〕。倒影壓群峰，精光難逼視。昔人擬文筆，我意殊不似。髣髴金字塔〔五〕，蒼茫入雲裏。

【箋注】

〔一〕玉笋峰，在雲南。清道光《澂江府志·山川》「玉笋山」下：「在城西南二十五里，舊名涌拔山，峻峭嶙峋，挺拔雲表，屹立撫仙湖上，狀如玉笋直插天。……景謂『玉笋晴嵐』，即此。」

〔二〕撫仙湖，見前注。玉笋峰在撫仙湖西岸。

〔三〕清道光《澂江府志·山川》：「山頂有石盤，闊五尺許，四時生水不竭。」

〔四〕《廣雅》：「騫，飛也。」

〔五〕金字塔，名古迹也，埃及、美洲等地多見，以石砌錐形如「金」字，故稱。

【按】

此詩爲先生一九三九年旅澂所作。

金蓮峰〔一〕

久慕青芙蓉，言游金蓮峰。出城遵東道，杖策披晨風。村落何寥寂，竹樹自葱蘢。曲徑窮幽勝，浮屠見盛容〔二〕。乃知金蓮名，實與禪意通。超然得真宰，何在非天工。世人以貌求〔三〕，千載空朦朧。

【箋注】

〔一〕金蓮峰，在雲南。清道光《澂江府志·山川》「金蓮山」：「一名綉球山，古名牢莊山，在城東五里。高圓平正，衆山環拱，夕陽已墜，惟此山紅光朗映，燦若金蓮。且山多産野金蓮花，故名。景謂『金蓮晚照』，即此。」

〔二〕浮屠，佛塔也。

〔三〕《史記·仲尼弟子列傳》：「以貌取人，失之子羽。」

游翠竹庵〔一〕

窮荒身如寄，累悶騷滿腹。當秋破永嘆，選勝涉幽谷。弄晴泥途滑，瀉澗茭茅綠。戴勝露迷睛〔二〕，戴勝時立徑側，近前始飛去。丹花摇初浴。路迴景愈佳，神清步轉速。盤紆沿石磴，匍匐上翠竹。結庵何年期，繞座自芬馥。靈風一飄蕩，雲旗紛馳逐〔三〕。有仙亂山昏〔四〕，無雨萬象縮。城居歷可數，湖水澄堪掬。明媚獻群峰，田疇績百幅。曖曖綴墟落〔五〕，森森列喬木。瞬息幻千形，東西極兩軸。東邊日出西邊雨，時時如此。涵虛入混濛〔六〕，顧影傷踡跼〔七〕。輕塵凄弱草〔八〕，毒龍走平陸〔九〕。禍亂良已殷，生世誰與淑〔一〇〕。宿心空中寫〔一一〕，積憤難滅撲。昭曠未易言〔一二〕，詩書詎可讀。歸休且莫陳〔一三〕，懷哉慎所欲。

【箋注】

〔一〕翠竹庵，在雲南澂江城外，時爲澂江中山大學文學院院址之一。清道光《澂江府志·寺觀》：「翠竹庵，一名九子母娘娘廟，見壇廟殿供碧霞神君。」

〔二〕戴勝，鳥名，以頭冠五色如方勝，故稱。

〔三〕靈風雲旗，《離騷》：「載雲旗之委蛇。」王逸注曰：「以雲爲旌旗。」李商隱《重過聖女祠》：「一春夢雨常飄瓦，盡日靈風不滿旗。」

〔四〕張先《醉垂鞭（雙蝶綉羅裙）》：「昨日亂山昏，來時衣上雲。」

〔五〕陶潛《歸園田居》：「曖曖遠人村，依依墟里烟。」曖曖，隱約貌。

〔六〕涵虛，水映天也。孟浩然《望洞庭湖贈张丞相》：「涵虛混太清。」

〔七〕踡跼，詰屈不行貌。《離騷》：「僕夫悲余馬懷兮，蜷局顧而不行。」

〔八〕皇甫謐《列女傳》：「人生世間，如輕塵栖弱草耳，何至辛苦乃爾！」

〔九〕毒龍，喻日寇。

〔一〇〕淑，清湛也。《詩經·大雅·桑柔》：「其何能淑。」

〔一一〕謝靈運《富春渚》：「宿心漸申寫，萬事俱零落。」

〔一二〕昭曠，至達之道也。《漢書·鄒陽傳》：「周文王獵涇渭，載呂尚歸，以王天下，以其能越攣拘之語，馳域外之議，獨觀乎昭曠之道也。」

〔一三〕《莊子·逍遥游》：「歸休乎君，予無所用天下爲！」

【按】

此詩應作於一九三九年秋。

澂江苦無書讀，忽睹《宛陵集》，大喜過望因題〔一〕

壯歲獨喜都官詩〔二〕，亦不見悔人見嗤。連年離亂工轉徙，屢欲書竄難爲辭。《宛陵集》外有《書竄》詩，多所指斥。〔三〕辭成豈遽羽毛比，老泉詩：「誰爲山川，不如羽毛。」〔四〕語澀恐被鬼神疑。橐筆荒陬忽怪事〔五〕，得所愛好彌驚奇。破壁寸磷閑披讀，賞心一刻祛憂噫。深遠閑澹固莫匹，政以皺折窮覃思〔六〕。翻空時或吐芬艷，挹之無盡即已離。俗子紛紛乞高格，門墻渺邈况骨皮〔七〕。亮哉昔者海藏翁，爲言宛陵何可追。「臨川不易到，宛陵何可追。」海藏句。〔八〕對卷三復還三嘆〔九〕，悠悠斯世知其誰。

【箋注】

〔一〕梅堯臣《宛陵集》，凡六十卷。《四庫總目提要》：「其詩初爲謝景初所輯，僅十卷。歐陽修得其遺稿增并之，亦止十五卷。其增至五十九卷，又他文賦一卷者，未詳何人所編。」

〔二〕都官詩，《六一詩話》：「鄭谷詩名盛於唐末，號《雲臺編》，而世俗但稱其官，爲『鄭都官詩』。梅聖俞晚年官亦至都官，一日會飲余家，劉原父戲之曰：『聖俞官必止於此。』坐客皆驚。原父曰：『昔有鄭都官，今有梅都官也。』聖俞頗不樂，未幾，聖俞病卒，余爲序其詩爲《宛陵集》，而今人但謂之『梅都官詩』，一言之謔，後遂果然，斯可嘆也。」

〔三〕梅堯臣《書竄》詩，見殘宋本，他本皆無。詩載御史唐介因諫遭貶，多斥文彦博奸佞之事。

〔四〕句見蘇洵《雲興於山》詩。

〔五〕橐，束也。荒陬，謂澂江。

〔六〕歐陽修《六一詩話》：「聖俞覃思精微，以深遠閑澹爲意。」又，先生《无盦説詩》：「梅宛陵五古，氣韵絶高，非唐宋所能囿。」「宛陵五古之起步，每甚不經意，而愈轉愈深，愈深愈厚，絶無刻削之痕迹，亦無劍拔弩張之習氣，氣力甚大，工候最純；又善用鈍拙句，而鮮明生動。」「宛陵古體，最能避熟就生。常人所覼縷不盡者，彼以三兩語了之，而常人以爲不足發揮之點，彼乃不憚落力渾灑，痛快淋漓，使人神觀飛越。」

〔七〕門墻，《論語·子張》：「夫子之墻數仞，不得其門而入，不見宗廟之美，百官之富。得其門者或寡矣。」骨皮，《詩話總龜後集·效法》：「學杜甫而得其皮骨者鮮矣，又況其髓哉！」

〔八〕句見鄭孝胥《偶占示石遺同年》詩。

〔九〕三復三嘆，《荀子·禮論》：「清廟之歌，一倡而三嘆也。」陸機《文賦》：「雖一唱而三嘆，固既雅而不艷。」《梁書·何遜傳》：「沈約亦愛其文，嘗謂遜曰：『吾每讀卿詩，一日三復，猶不能已。』」

【集評】

彭玉平《現代文學中的古典情懷——詹安泰舊體詩詞初探》：「詹安泰對古代詩人，尤其欣賞韓愈和梅堯臣的詩歌，特別是中年隨中山大學遷徙雲南等地時，相似的經歷，流離的情形，使他對梅堯臣的詩有一種特別的共鳴。」

張福清《試論詹安泰先生的詩學批評體系》：「整首詩確有宛陵體的風貌，説明了詹氏對梅堯臣詩歌的喜愛，以及對其『窮而後工』『平淡自然』理論的繼承和發展。」

【按】

此詩應爲先生一九三九年旅瀓所作。先生詩得宛陵特深，《鷦鷯巢詩集》方孝岳序謂先生「少好梅宛陵詩」，何耀光序謂先生詩「寢饋於宛陵者特深」。先生《无盦説詩》：「余平生於五古最服膺者，陶公而以外，端推此老。」時先生居身僻左，得所愛好，豈不愜目。

憶楓溪柳堂㊀〔一〕

三載楓溪似故家，流丹飛翠大排衙。楓溪多巨宅。而今窟宅幾狐鼠，回首風塵百嘆嗟。月漏桐梢涼蠟石，鶯啼柳外韵疏花。此情未許重追憶〔二〕，一僨何堪誤歲華〔三〕。

【校記】

㊀ 此詩手鈔本無，今據《滇南挂瓢集》補録。

【箋注】

〔一〕楓溪柳堂，先生妻外家祖宅也，《年譜》「一九三〇年」下：「妻柯娥仙……潮州楓溪柯誠記之女，外家祖宅有柳堂。」一九三七年後，先生舉家避寇至潮州楓溪，寓居妻外家祖宅柳堂。

〔二〕李商隱《錦瑟》：「此情可待成追憶。」

〔三〕《大學》：「一言僨事。」僨，覆敗也。

【按】

此詩應爲先生一九三九年旅澂所作。

出澂江廢城，登麒麟山，因游東龍潭〔一〕

鬱鬱麒麟山，雲氣自吐内。梯翠濕衣裾，窮幽庋禪榻〔二〕。香濃鳥和歌，風歆樹獵颯。鈴鐸何時鳴，僧墳立小塔。窅篠穿微徑〔三〕，膝行心愈慴〔四〕。静極天籟驕，洞虚蟲響答。少憩層青閣〔五〕，光通潭影合。渌净不可唾〔六〕，蟻魚細難唼。石縫點古苔，亭邊摇亂葉。一碑矗道旁，鏤文如玉牒〔七〕。方塘廣十弓〔八〕，源與潭水接。碎萍間紅緑〔九〕，燦爛蕃錦曄。浮鼻見過牛〔一〇〕，倚闌悵鬥鴨〔一一〕。桃柳亦成圖，牌坊已歷劫。有牌坊，上署『雲間水澹』四大字，依稀可認，餘皆漫漶難識矣。㊀〔一二〕信美非吾土〔一三〕，相期莫浪狎。

【校記】

㊀ 此句自注，手鈔本無，今據《滇南挂瓢集》補録。

【箋注】

〔一〕澂江廢城，或指陽宗廢縣，始建於元，民國時城址尚存。麒麟山，在撫仙湖西。東龍潭，在澂江城東闕摩山華藏寺下，舊稱東浦泉。道光《澂江府志·山川》「東浦泉」：「在華藏寺下。……泉内有龍，變化出入，或蛇或蟆，不可方物。士人見之，則有科甲顯秩之兆，庶人則獲厚利。」中山大學遷澂後，校舍分散各處，東龍潭爲理學院院址之一。

〔二〕《玉篇》：「庋，閣也。」

〔三〕窅窱，深遠貌。

〔四〕《廣韵》：「慴，伏也，懼也，怯也。」

〔五〕層青閣，原名涵碧亭。道光《澂江府志·山川》「東浦泉」下：「泉左建亭，古曰『一鏡』，曰『天泉』，今曰『涵碧』，曰『清賞』，虚窗四達，碧水瀠洄，丹壑翠嶂，古木琳宫，參差倒影。」民國十九年（一九三〇），涵碧亭遺址改建爲層青閣。

〔六〕韓愈《合江亭》：「瞰臨眇空闊，緑净不可唾。」

〔七〕左思《吴都賦》：「烏策篆素，玉牒石記。」張銑注曰：「玉牒、石記，皆典策類也。」

〔八〕十弓，量地之數也。《度地論》：「二尺爲一肘，四肘爲一弓。」

〔九〕歐陽修《答吕公著見贈》：「菡萏間紅緑。」

〔一〇〕浮鼻過牛，用山谷詩意，見《苦雨》詩注。

〔一〕馮延巳詞《謁金門》：「鬥鴨闌干獨倚，碧玉搔頭斜墜。」鬥鴨，古者有使鴨相鬥爲博戲也。

〔二〕道光《澂江府志·坊表》「雲間水波」下：「共一石坊，在華藏寺鏡光池本口。知府張同居建。」

〔三〕王粲《登樓賦》：「雖信美而非吾土兮，曾何足以少留。」

【按】

此詩作於一九三九年。先生有詞《八州甘聲（悵晴空四面擁峨鬟）》，序曰：「訪澂江古城，因游東龍潭、層青閣。同行者鄭國基、王慶菽等凡八人。時汕頭淪陷十日矣。」應爲同時所作。層青閣，及今已爲中山大學澂江辦學紀念館。

游西龍潭遂登石頭山〔一〕石頭山，蓋土人所稱〔一〕

昔賢愛勝游，山巔與水涘。水取其清深，山不厭怪傀。吾今一日游，勝絶兼山水。山石何確犖〔二〕，截脉騰地起。鼻牙交錯落，齬齵互堆纍。或險逾天梯，或夷如巨甌〔三〕。大陷生窩洞，小蹶盈瘡痏。時見排斡走，還來端正視。情態變萬千，面貌無鄙俚。脚漏涌成潭，倒影入潭底。環以石闌干，縈之紫葛藟。生長無寸魚，點滴凝清泚。潭外出方塘，百草簇蔓蘼。潭角老樹多，莫明所自始。挺立脱本根，盤拏逞譎詭。豈真霜露滋〔四〕，不隨樵隱死。同來二三子，嘖嘖稱奇美。因復窮幽險，攀躋沿石齒。寸途千詰屈，一步三轉徙。喘息略能蘇，群峰簪笏峙〔五〕。靈光閃仙湖〔六〕，翠色上禾秕〔七〕。有屋結孤村，無誰采白芷〔八〕。皇皇龍王廟〔九〕，乃在山之趾。下山入廟觀，逢人問所以。言者亦滔滔，方音難入耳。廟西有急流，濁紅污血似。持較東邊潭，相去直萬里〔一〇〕。古云在山清〔一一〕，斯語未必是。清濁自有體，居處何可恃。一啜懷千金，詎乏清净理。嗟嘆有餘情，各各遺煩累。歸途載言笑〔一二〕，夾道盛梨柿。一畝向日葵，媚明敵桃李。滿園玉蜀黍，鬚垂珠纚纚〔一三〕。每避馬蹄塵，途中多馱馬。或折鬢棱蕊〔一四〕。曲曲轉幾程，欣欣得所止。即此足賞心，何事苦泥滓。

【校記】

〔一〕詩題自注，手鈔本無，今據《滇南挂瓢集》補録。

【箋注】

〔一〕西龍潭，在溦江城西北蟠龍岡石岩下，舊稱西礐泉。

〔二〕韓愈《山石》：「山石犖确行徑微。」犖确，怪石嶙峋貌。

〔三〕𩰤，盛物匣也。

〔四〕韋應物《鷓鴣啼》：「南枝日照暖，北枝霜露滋。」

〔五〕簪笏，冠簪、手版之類。簪笏峙，喻高聳。

〔六〕仙湖，即撫仙湖，見前注。

〔七〕《說文解字》：「秕，不成粟也。」

〔八〕白芷，香草名。《楚辭·招魂》：「菉蘋齊葉兮，白芷生。」

〔九〕龍王廟，道光《溦江府志·壇廟》「西浦龍泉廟」下：「在蟠龍岡麓。」

〔一〇〕「廟西」至「萬里」，道光《溦江府志·山川》「西礐泉」下謂，「山麓左右雙湫混混夾出」，左湫「四時常清，撓之不濁」，右湫「四時常濁，澄之不清」，「兩湫合流，并納諸小溪成沼，不涸不溢，灌溉田畝」。

〔一一〕杜甫《佳人》：「在山泉水清，出山泉水濁。」

〔一二〕《詩經·衛風·氓》：「載笑載言。」鄭玄箋曰：「則笑則言，喜之甚。」

〔一三〕纚纚，長而下垂貌。

〔四〕吴文英詞《杏花天》：「鬟棱初剪玉纖弱。」先生詞《秋宵吟》：「鬟棱花，院落酒。」

【按】

此詩爲先生一九三九年旅澂所作。

潭秋寄眎《西征詩草》賦此報之〔一〕

匏繫萍飄故自疑〔二〕，灸眉刺舌亦成癡〔三〕。冥搜廢軫存凄抱〔四〕，稍與蠻妮乞异詞。光怪十分迷手眼，人禽一例共酣嬉。心源獨濯知誰會，學杜龜堂爾許思〔五〕。

【箋注】

〔一〕邵祖平（潭秋），見前注。日寇侵華時期，邵潭秋舉家遷四川，歷任朝陽法學院、四川大學諸教職，蜀中所作多見於《培風樓詩》卷四。

〔二〕匏繫，《論語·陽貨》：「吾豈匏瓜也哉？焉能繫而不食。」劉寶楠《正義》曰：「匏瓜以不食，得繫滯一處。」王粲《登樓賦》：「懼匏瓜之徒懸兮，畏井渫之莫食。」

〔三〕炙眉，典出《晉書·郭舒傳》，王澄別駕，「荊土士人宗廙嘗因酒忤澄，澄怒，叱左右棒廙。舒厲色謂左右曰：『使君過醉，汝輩何敢妄動！』澄恚曰：『別駕狂邪，誑言我醉！』因遣掐其鼻，炙其眉頭。舒跪而受之。澄意少釋，而廙遂得免。」刺舌，典出《隋書·賀若弼傳》：「父敦臨刑，呼弼謂曰：『吾以舌死，汝不可不思。』因引錐刺弼舌出血，誡以慎口。」意謂狂直不容於時也。蘇軾《劉貢父見余歌詞數首》詩：「刺舌君今猶未戒，炙眉吾亦更何辭。」

〔四〕先生詞《天香》：「香魂縹緲，來夢破、十年淒抱。」

〔五〕龜堂，即陸游。《石洲詩話》謂放翁詩：「平生心力，全注國是，不覺暗以杜公之心爲心。」石維岩《次韵祝南將入蜀五首》：「大言若説書生憤，試讀龜堂學杜篇。」

【按】

此詩爲先生一九三九年旅澂所作。

懷潮中故舊〔一〕

一老巋然在，枯居道有真。彰身羅萬卷㊀，搖筆動秋旻。入定詎由佛，言愁不爲

貧。滄桑忽挂眼，何意哭天民。石銘吾維岩

卅載憂勤甚〔二〕，巖堂守敝袍。門生遍嶺嶠，日夕撼秋濤。大道存糞溺〔三〕，世情競鼓刀〔四〕。何當更歷亂，苦學頑民逃。謝燕師賢明

雅雅復魚魚〔五〕，妙年善著書〔六〕。才真不世出，榻早爲君虛〔七〕。浩劫霾心賞，荒山閟古儲。可能行萬里，日夕與勤鋤。饒固庵宗頤㊁

少賤獨多能〔八〕，貧逾行脚僧。爲詩尊瘦折，於古有師承。玩世存微惋〔九〕，逢人笑凍蠅〔一〇〕。一炊真不易，天道果何憑。楊瘦子光祖

仁愛存天性，樸真出古愚。勤同竈下婢，笑過酒家胡〔一一〕。舊是尋詩客，翻成賣藥儒〔一二〕。瘡痍看又滿，我亦欲懸壺〔一三〕。林青萍國史

儀表看非凡，艱虞耐力擔。十年飽世故，一意作奇男。愛客常豪飲，逢辰喜快譚。俠柔天亦妒，久别爾何堪。洪北岸應堃㊂

一僨何由見〔一四〕，千憂祇起嗟。詩書長在眼，情性恰如花。標格高奇艷，拉因小詞頗奇艷。㊃〔一五〕澆腸雜酒茶。何堪魂夢苦，和淚憶袈裟。丘拉因玉麟

【校記】

㈠「羅」，手鈔本原作「藏」，後改。《滇南挂瓢集》作「惟」。

㈡「饒固庵宗頤」，《滇南挂瓢集》作「饒伯子宗頤」。

㈢「洪北岸應堃」一首，手鈔本删之，今據《滇南挂瓢集》補録。

㈣此句自注，手鈔本無，今據《滇南挂瓢集》補録。

【箋注】

〔一〕潮中故舊者，石維岩（銘吾）、饒宗頤（固庵）、楊光祖、林國史（青萍）、洪應堃（北岸）、丘玉麟（拉因），均見前注。謝賢明（一八八五—一九五二），字燕庭，廣東潮安人，歷任省立金山中學、惠來縣立第一中學、饒平隆都中學等校校長，一九二七至一九三二年間任廣東省立第二師範學校（今韓山師範學院）校長，其時先生亦在校内任教。

〔二〕一九三一年二月，廣東省教育廳頒布對省立第二師範學校嘉勉令：「校長謝賢明對於校務進行，甚爲努力，教職各員均能一致合作，共謀發展，學生亦勤苦力學，著有聲績，具見實心任事，無忝厥職，至可嘉許。」

〔三〕《莊子·知北游》：「東郭子問於莊子曰：『所謂道，惡乎在？』莊子曰：『無所不在。』東郭子曰：『期而後可。』莊子曰：『在螻蟻。』曰：『期而後可。』曰：『在稊稗。』曰：『何其愈下邪？』曰：『在瓦甓。』曰：『何其愈甚邪？』曰：『在屎溺。』東郭子不應。」先生詩《寄居百煉岡匝月作》：「大道存糞溺，虛名媚俗聽。」

〔四〕鼓刀，《離騷》：「吕望之鼓刀兮，遭周文而得舉。」王逸注曰：「鼓，鳴也。或言吕望太公，姜姓也，未遇之時，鼓刀屠於朝歌也。」先生《離騷箋疏》：「鼓刀，鼓動屠刀，即當屠户。」

〔五〕韓愈《元和聖德詩》：「駕龍十二，魚魚雅雅。」方世舉曰：「魚有貫，雅有陣，言扈從之象也。」謂威儀整肅貌。

〔六〕黄仲琴《潮州藝文志・序》曰：「宗頤學有淵源，實吾畏友，年僅十八，續成父書。」

〔七〕虛榻，《後漢書・周黄徐姜申屠列傳》載陳蕃、徐稚：「時陳蕃爲太守，以禮請署功曹，稚不免之，既謁而退。蕃在郡不接賓客，唯稚來特設一榻，去則縣之。」

〔八〕《論語・子罕》：「吾少也賤，故多能鄙事。」

〔九〕《六書故》：「惋，駭恨也。」

〔一〇〕凍蠅，喻愚鈍。張鷟《朝野僉載》：「蘇味道才高識廣，王方慶質卑辭鈍，俱爲鳳閣舍人，張元一曰：『蘇九月得霜鷹，王十月被凍蠅。』」

〔一一〕酒家胡，古有胡姬爲當壚侍者，故云。辛延年《羽林郎》：「昔有霍家奴，姓馮名子都。依倚將軍勢，調笑酒家胡。胡姬年十五，春日獨當壚。」

〔一二〕林青萍業醫，先生詩《林青萍索詩賦此貽之》：「近廢詩不讀，於醫探奧旨。」

〔一三〕《國語·晉語》：「上醫醫國，其次疾人。」

〔一四〕《大學》：「一言僨事。」僨，覆敗也。

〔一五〕丘拉因有《香艷集》，於一九四〇年出版，饒宗頤謂其詩：「誠能充其膽識，放爲光焰，以高明率真自見。」

【按】

此詩或爲先生一九三九年旅澂所作，思故友也。

家書〔一〕

兩月家書斷，開緘認獨真。無誰與笑樂，有語刻酸辛。涼月窺孤枕，狼烟滿四鄰。飄離吾負汝，歸去趁芳春。

【校記】

〔一〕此詩手鈔本無，今據《滇南挂瓢集》補録。

山居

賃屋無半宅，方萬里有《典半宅》詩。〔一〕十年九住山。澗花掠眉宇，松子響更闌。開户見雲滚，行空笑鳥頑。心源容净滌，列石擬朝班〔二〕。

【箋注】

〔一〕元詩人方回，字萬里，有《典秀山宅半》《再賦典半宅》諸詩。

〔二〕先生詩《京游追紀（二首）》：「草萊真見列朝班。」

高痦盦叠惠佳章，報以長句〔一〕

萬口吃羌孰與傳〔二〕，深嚴律法費窮搜〔三〕。但聞京國傳新唱，早以才華接貴游。我愧試投文字晚，誰安坐老鼓鼙秋〔四〕。黄鷄白酒知難過〔五〕，烹韵封書可自由。

【校記】

㈠此詩手鈔本無，今據《滇南挂瓢集》補録。

【箋注】

〔一〕高二適（一九〇三—一九七七），號痞盦，江蘇泰州人，擅書，曾經章士釗引薦受聘爲江蘇省文史館館員，有《新定急就章及考證》《劉夢得集校録》《劉賓客辨易九流疏記》《高二適書法選集》等。

〔二〕萬口吃羌，韓愈《平淮西碑》：「萬口和附，并爲一談。」陳師道《贈二蘇公》：「文體變化未可量，萬口一律如吃羌。」

〔三〕蘇軾《謝人見和前篇》：「敢將詩律鬥深嚴。」

〔四〕鼓鼙，軍鼓之類，喻戰亂。

〔五〕黄鷄白酒，喻歡會。白居易《朱陳村》：「黄鷄與白酒，歡會不隔旬。」蘇軾《秋行夏興》：「黄鷄白酒雲山約，此計當時已浩然。」

【按】

此詩爲先生旅澂時期所作，時高痞盦或在重慶政府立法院任職。

秋興四首和高瘖盦 二適㊀〔一〕

千山環抱寒響起，皓月媚人瀉秋水。階草不覆怪蟲囂，披衣中夜行乍止。微聞一葉愁莫排〔二〕，何況漫天匝地來。東南無復容涕淚〔三〕，誰還作賦聲酸哀〔四〕。

故家四鄰光氣騰，秋霖飄洒鬱炎蒸。每封書來如封淚，旌竿麇集驚青蠅〔五〕。我欲奮飛慚輕矯，説與暖姝應失笑〔六〕。何時痛憤得少舒㊁，壯不如人今垂老〔七〕。

海水群群刺天飛〔八〕，海西有客淚沾衣。將身出賣不論價，十分蹉跌未能非。天自陰陰月自蝕，窮荒栖遁强食力〔九〕。萬籟寂時一呼嘯，極目秋空無過翼〔一〇〕。

誰歟舞殯而歌墓〔一一〕，昨上東城聽金鼓。奇彩眩目花繽紛，人面獸心不可數〔一二〕。雲旗旄鉞森連天，高空鐵鳥交翩躚〔一三〕。快借秋飈與埽蕩，不教老鶴問堯年〔一四〕。

【校記】

㊀ 此詩《滇南挂瓢集》編於《哭冰若》之後。

〔二〕「舒」，《滇南挂瓢集》作「伸」。

【箋注】

〔一〕高二適（瘖盦），見前注。

〔二〕《淮南子·説山訓》：「一葉落而知歲之將暮。」

〔三〕龔自珍《己亥雜詩》：「獨倚東南涕淚多。」

〔四〕庾信有《哀江南賦》，序曰：「不無危苦之辭，唯以悲哀爲主。」

〔五〕麇集，如麇之群集也。《説文》：「麇，麞也。似鹿。麞性驚，又善聚散，故又名麇，一物二名也。」青蠅，《詩經·小雅·青蠅》：「營營青蠅。」

〔六〕暖姝，《莊子·徐無鬼》：「所謂暖姝者，學一先生之言，則暖暖姝姝而私自説也，自以爲足矣。」成玄英疏曰：「暖姝，自許之貌也。」

〔七〕《左傳·僖公三十年》：「臣之壯也，猶不如人，今老矣，無能爲也已。」先生詩《壬午十一月廿三日四十一度初度，時客平石》：「賤子小時亦了了，壯不如人忽將老。」

〔八〕揚雄《劇秦美新》：「神歇靈繹，海水群飛。」李善注曰：「海水，喻萬民；群飛，言亂。」

〔九〕食力，《國語·晉語四》：「庶人食力。」

〔一〇〕杜甫《夜》：「城郭悲笳暮，村墟過翼稀。」

〔一一〕舞殯歌墓，蘇軾《秦少游夢發殯而葬之》詩：「世衰道微士失已，得喪悲歡反其故。草袍蘆榧相嫵媚，飲食嬉游事群聚。曲江船舫月燈球，是謂舞殯而歌墓。」《禮記》：「適墓不歌。」

〔一二〕人面獸心，《列子·黄帝》：「夏桀、殷紂、魯桓、楚穆，狀貌七竅皆同於人，而有禽獸之心。」《漢書·匈奴傳》：「夷狄之人貪而好利，被髮左衽，人面獸心。」

〔一三〕雲旗，《史記·司馬相如列傳》：「拖蜺旌，靡雲旗。」張守節《正義》曰：「畫熊虎於旌，似雲氣也。」鐵鳥，飛機也。喻戰争。

〔一四〕老鶴堯年，《太平御覽》引《异苑》：「大亨二年冬，大寒。南洲人見二白鶴語於橋下，曰：『今兹寒不減堯崩年也。』於是飛去。」先生詩《報陳寂爰連縣》：「舊識春風入花骨，剩容老鶴賡堯年。」

哭冰若〔一〕

冰若李氏，余忘年交也。教授暨南大學五六年，今秋赴渝，尚未通問，遽以客死聞。傷哉！〔二〕

嗚呼冰若竟死矣，汝得何病死何日，我直至今尚茫然。我唯有聲徹天淚徹泉。我將咒詛慘酷之人生，而爲汝抱憾以終天。檀以香自焚，膏以明自煎〔二〕。以汝之聰明英俊練達老成而竟死，天乎何言，我又將誰冤。毒龍擾平陸，毒草摇蒼烟。屍積如山，血流如川，狰獰人鬼周八埏。我日見横死之人，我日有取死之道，我復何心安。静便憶昔共師門〔三〕，師稱學行汝最先。自我結交二十載，屈指無如汝最賢。愛我親我逾骨肉，憫我疏恢恕我愆。别我贈詩不可計，邀我滬瀆相流連〔四〕。十五年來如一日，我以窮遁汝西遷。喜汝辭去都講席，得展宏抱濟時艱〔五〕。都梁絶句猶挂壁，月前冰若猶寄來《都梁絶句》十餘首。〔六〕詩人作吏古爭傳。何意噩耗突焉至，使我驚呼號跳連夜不成眠。嗚呼！問年汝始强仕爾〔七〕，仕果爲貧不爲貧〔八〕。如何一旦長相捐，使人百身欲贖兮嗟無緣〔九〕。秋空有黄烏〔一〇〕，秋樹有哀蟬〔一一〕。誰知夢狸之無首〔一二〕，誰識金鼓之鼘鼘〔一三〕。母寧不悲，兒寧不憐。室栖嫠影，野走鬼魂。嗚呼汝果何心哉，而獨離此之紛紛，悄向無生以求全。使死而有知，能不飲恨而聲吞〔一四〕。汝靈如不昧，汝歸乎來吾語汝〔一五〕，汝住新都我南滇。相去途路不千里，汝胡爲乎不告我以行止，使我得傾累年之鬱滯，重與把臂快游延。嗚呼！冰若其征塵未浣而遽逝耶！其孰苦汝戕其生而殞其年。汝喪誰護，汝訃誰宣。我今臨風哭汝而吊汝，汝其知我此恨長綿綿〔六〕！

【校記】

㈠ 詩題下序，手鈔本有刪改。《滇南挂瓢集》序作：「冰若李氏，余忘年交也。教授暨大五六年，今春任武岡中央軍校教官，秋間赴渝受訓。尚未通問，遽以客死聞。一時肝腸俱裂，即濡筆作此詩哭之。於其學問事功，以及余兩人之交誼，當別著於篇。此作未能盡其萬一也。」

【箋注】

〔一〕李冰若，見前注。倪春軍《李冰若年譜》引《小傳》曰：「一九三九年七月下旬，奉命到重慶中央訓練團受訓。途中得疾，八月下旬抵重慶，住沙坪壩醫院治療。九月五日逝世。終年四十一歲。」又，先生庚辰有《鶯啼序》詞悼之。

〔二〕《莊子·人間世》：「山木自寇也，膏火自煎也。」成玄英疏曰：「膏能明照以充鐙炬，爲其有用，故被煎燒。豈獨膏木，在人亦然。」

〔三〕師門者，陳中凡（斠玄）也，見前注。一九二五年，陳中凡在國立廣東大學任教，先生與李冰若皆師事之。

〔四〕李冰如曾任教於上海暨南大學，頻有招邀，一九三五年七月，先生與弟天泰行經滬杭有訪之。

〔五〕倪春軍《李冰若年譜》「一九三八年」下：「冬，任中央軍校第二分校上校教官。」

〔六〕先生詞《鶯啼序（遥情趁春亂颭）》下有自注：「余來澂江後，冰若尚寄新篇。」

〔七〕强仕，《禮記·曲禮》：「四十曰强，而仕。」

〔八〕《孟子·萬章下》：「仕非爲貧也，而有時乎爲貧。」

〔九〕百身欲贖，《詩經·秦風·黄鳥》：「彼蒼者天，殲我良人。如可贖兮，人百其身。」鄭玄箋曰：「可以他人贖之者，人皆百其身。謂一身百死猶爲之，惜善人之甚。」

〔一〇〕《詩經·秦風·黄鳥》：「交交黄鳥。」毛傳曰：「黄鳥以時往來得其所，人以壽命終亦得其所。」

〔一一〕《拾遺記》：「漢武帝思懷往者李夫人，不可復得。時始穿昆靈之池，泛翔禽之舟。帝自造歌曲，使女伶歌之。時日已西傾，凉風激水，女伶歌聲甚遒，因賦《落葉哀蟬》之曲。」

〔一二〕狸首，喻棺柩。《禮記·檀弓下》：「孔子之故人曰原壤，其母死，夫子助之沐椁。原壤登木曰：『久矣，予之不托於音也。』歌曰：『狸首之班然，執女手之卷然。』」孔穎達疏曰：「言斫椁材文采似狸之首。」

〔一三〕鼘鼘，亦作淵淵，鼓聲也。《世説新語·言語》：「衡揚枹爲《漁陽》摻撾，淵淵有金石聲，四坐爲之改容。」

〔一四〕江淹《恨賦》：「自古皆有死，莫不飲恨而吞聲。」

〔一五〕《楚辭·招魂》：「魂兮歸來，反故居些。」

〔一六〕白居易《長恨歌》：「天長地久有時盡，此恨綿綿無絕期。」

【集評】

趙雅娟《「何難唐宋共鑪冶，別有才腸携手生」——論詹安泰先生的詩學宗尚及創作成就》：「《哭冰若》一詩無論是句法還是立意均有韓愈詩歌的影子，其中聽聞友人病逝之後動人心魄的震驚與傷感，能使人聯想到韓愈的名篇《祭十二郎文》。……整首詩根據情緒的起伏跳動自然而然地運用各種句式和語法，給人悲痛欲絕、無可告訴，衹能與友人絮絮追訴的動人心魄的情感衝擊。可以說是獨具特色的一首古體的悼友的杰作。」

贈李品純全佳教授〔一〕 二首㈠

古有君子儒，守身常如玉〔二〕。看天時負手，鍵户自裹足。或效虎頭癡〔三〕，或效阮公哭〔四〕。變化固莫窮，揭來每成獨。一旦發爲文，明珠瀉百斛〔五〕。聲價走十方，千秋不厭讀。良治無頑礦，宛陵句。〔六〕幽蘭生空谷。回視囂囂徒，大笑乃捧腹。有生此有苦，不苦有真詮。微聞古人言，至樂全其天〔七〕。昨者讀君詩，愁語致連篇。愁豈爲君役，我詩亦復然。乃知天地心，一變三千年。久以愁養育，與苦不相關。蒙叟非真達〔八〕，陳思非真賢〔九〕。君看一世人，誰不愛愁眠。

【校記】

㊀ 此詩《滇南挂瓢集》編於《秋興四首和瘖盦》之後，詩題無「二首」二字。

【箋注】

〔一〕李全佳（一九〇九—一九八四），字品純，廣東湛江吴川人，有《吴川方言》，曾任教於中山大學，先生澂江時詩亦有稱「李品純秘書」者。

〔二〕《論語·雍也》：「女爲君子儒，無爲小人儒。」《孟子·離婁上》：「孰不爲守？守身，守之本也。」

〔三〕虎頭癡，顧愷之也，見《爲黄君綿（家澤）題〈弱肉强食圖〉》詩注。

〔四〕阮公哭，《魏氏春秋》載阮籍：「時率意獨駕，不由徑路。車迹所窮，輒慟哭而反。」

〔五〕黄庭堅《雙井茶送子瞻》：「想見東坡舊居士，揮毫百斛瀉明珠。」

〔六〕句出梅堯臣《師厚生日因以詩贈》：「龍驥産龍駒，良金出良冶。良冶無頑礦，龍駒豈凡馬。」

〔七〕至樂，《莊子·至樂》：「天下有至樂無有哉？有可以活身者無有哉？今奚爲奚據？奚避奚處？奚就奚去？奚樂奚惡？」郭象注曰：「擇此八者，莫足以活身，唯擇而任其所遇者，乃全耳。」

〔八〕蒙叟，莊周蒙人也，故云。

〔九〕陳思，曹植嘗封陳王，謚曰「思」，故稱。曹植有《釋愁文》。

【集評】

「久以愁養育，與苦不相關」，彭玉平《詹安泰：從潮州走出去的一代「嶺南詞宗」》：「詹安泰的中年主要在憂患亂離中渡過的，他自稱『貧愁依我如依娘』，以愁養育，愁語連篇，是詩人詩歌的本色所在，但愁與苦是兩種不同的感情層次，愁是詩性的，苦則是從生活意義來説的。」

張葆恒教授索贈小詩率成一律〔一〕

已向荒城買醉頑，誰從列石認朝班〔二〕。安心退膜存孤唱〔三〕，過目飛蟲憶巧鬟〔四〕。

夢澀只疑春易老，客來爲説氣如山。算能乞得閑身去，危涕終當一笑删〔五〕。刳腔舞殯今成讖〔六〕，得放雄愁亦大奇。出手生妨玉子瘦〔七〕，逢人或笑虎頭癡〔八〕。欲持何物酬青膽，聞説五常首白眉〔九〕。野哭街歌俱有味，未須苦憶鬢邊絲。

【箋注】

〔一〕張葆恒，或即張佛泉。張佛泉（一九〇七—一九九三），學名葆桓，河北寶坻縣人，曾任教於北京大學、西南聯合大學、燕京大學、東海大學等校，主治政治學、法學，有《民主與選舉》《民權初步釋義》等。

〔二〕先生詩《山居》：「列石擬朝班。」

〔三〕蘇軾《次韻答子由》：「安心如膜退重重。」《涅槃經》：「如盲目人爲治目，造詣良醫，良醫即以金鎞刮其眼膜。」佛理喻去障也。宋僧釋德洪《次韻平無等歲暮有懷》：「雙眸新退重重膜。」釋紹曇《偈頌一百零二首·其五十九》：「只將宗鏡鑒惟心，法眼重重添翳膜。」

〔四〕過目飛蟲，梅堯臣《寄李獻甫》：「何言自我去，眼前一似空。城中豈無人，過目猶飛蟲。」

〔五〕江淹《恨賦》：「孤臣危涕，孽子墜心。」

〔六〕刳腔，梅堯臣《金陵懷古》：「誰知荒涼城，空存如刳腔。」舞殯，蘇軾《秦少游夢發殯而葬之》詩：「世衰道微士失已，得喪悲歡反其故。草袍蘆棰相嫵媚，飲食嬉游事群聚。曲江船舫月燈球，是謂舞殯而歌墓。」先生詩《連日陰晦與青萍訪舊談詩》：「獨抱超奇信大難，刳腔舞殯慣常看。」

〔七〕黄庭堅《送劉季展從軍雁門》：「石趺谷中玉子瘦。」玉子，仙家所種玉苗也。《搜神記》載楊伯雍事，「山高八十里，上無水，公汲水作義漿於阪頭，行者皆飲之。三年，有一人就飲，以一斗石子與之，使至高平好地有石處種之，云：『玉當生其中。』……乃種其石。數歲，時時往視，見玉子生石上，人莫知也。」

〔八〕虎頭癡，指顧愷之，見《爲黄君綿（家澤）題〈弱肉强食圖〉》詩注。

〔九〕《三國志·蜀志·馬良傳》：「馬良字季常，襄陽宜城人也。兄弟五人，并有才名，鄉里爲之諺曰：『馬氏五常，白眉最良。』良眉中有白毛，故以稱之。」

【按】此詩或爲先生一九三九年旅澂所作。

月夜獨行，忽忽若有所悟因作〔一〕

蓬累今生且放顛〔二〕，舊家消息故難傳。地高野翠能留月，世亂同情不值錢。縱被黄蜂傷毒螫，勝如曲巷聽哀鵑。丘山華屋非真感〔三〕，題句還當着意妍。

【校記】

㊀ 此詩手鈔本無，今據《滇南挂瓢集》補録。

【箋注】

〔一〕先生詩《將入蜀賦示同人五首》：「蓬累長年莫見笑。」

〔二〕曹植《箜篌引》：「生存華屋處，零落歸山丘。」

次均高痦盦見寄㊀〔一〕

觸熱忍寒各异儔〔二〕，桐凋霜後句誰搜。蘇子美詩：「詩社凋零霜後桐。」〔三〕可嫌守印如枯木〔四〕，天許囊詩托遠游〔五〕。癡鈍畏人非一世，清揚覿面待何秋〔六〕。只將細作行書看，野鶴精神得自由。

【校記】

㈠ 詩題《滇南挂瓢集》作「次均痞盦和答所寄」。

【箋注】

〔一〕高二適（痞盦），見前注。

〔二〕陸游《秋晴欲出城以事不果》：「矜名飾詐竟一世，忍寒觸熱忘其骸。」

〔三〕句見蘇舜欽《滄浪亭懷貫之》。

〔四〕梅堯臣《次韵和永叔》：「每嗟守印如枯木，欲弃明珠學緯蕭。」先生詩《明日再用前韵》：「印猶枯木守寧重。」又《饒城晤姚文傑兄匆遽別去》詩：「小印可堪枯木守。」

〔五〕囊詩，李商隱《李長吉小傳》：「恒從小奚奴，騎距驢，背一古破錦囊，遇有所得，即書投囊中。」

〔六〕清揚靚面，《詩經·鄭風·野有蔓草》：「有美一人，清揚婉兮。邂逅相遇，適我願兮。」毛傳曰：「清揚，眉目之間婉然美也。」

論詩三首斠師命作㊀〔一〕

詩者志所之〔二〕，精埒恃其膽〔三〕。隨物以賦形〔四〕，窮盡亦可喻〔五〕。正變自因時〔六〕，勇往無險坎。一闢遂能造，何論濃與淡。

奇矯固難階，凝煉亦可喜〔七〕。謂與元氣侔，譬以指喻指〔八〕。天地豈不寬，人自見一咫。人天果湊合〔九〕，大道乃如砥〔一〇〕。

至人未易求〔一一〕，下此必狂狷〔一二〕。徇名蓋可恥，況以要貴顯。正聲日微芒〔一三〕，湖海致曼衍。陶公猛志在〔一四〕，高辭用自遣㊁。

【校記】

㊀此詩曾刊載於一九四九年五月《廣東日報》副刊《嶺雅》第五十二期，題作「論詩三首陳斠玄先生命作」。又，詩題《清暉山館友聲集》先生致陳中凡信作「論詩三首呈斠師」。

㊁此二句《清暉山館友聲集》先生致陳中凡信作：「陶公豈不偉，無心用自遣。」

【箋注】

〔一〕先生師陳中凡（斠玄），見前注。

〔二〕《毛詩序》：「詩者，志之所之也，在心爲志，發言爲詩。」

〔三〕精孚，《莊子·秋水》：「夫精，小之微也；孚，大之殷也。」

〔四〕隨物賦形，蘇軾《畫水記》：「畫奔湍巨浪，與山石曲折，隨物賦形，盡水之變，號稱神逸。」

〔五〕嗿，《詩經·周頌·載芟》：「有嗿其饁。」毛傳曰：「嗿，衆貌。」

〔六〕正變者，《毛詩序》：「至於王道衰，禮義廢，政教失，國异政，家殊俗，而變風變雅作矣。」陳中凡《鷓鴣巢詩集》題詞：「哀樂各適志，正變因時宜。」

〔七〕先生詩《贈饒伯子》：「我往所爲詩，凝煉誠自喜。」

〔八〕以指喻指，用《莊》典，喻詩之境界也，見《讀潘皂公寄示〈聽劉寶全鼓詞〉之作》詩注。

〔九〕人天凑合，意謂人天兩得之詩境，見《贈饒伯子》詩注。

〔一〇〕《詩經·小雅·大東》：「周道如砥，其直如矢。」

〔一一〕至人，《荀子·天論》：「明於天人之分，則可謂至人矣。」《莊子·外物》：「唯至人乃能游於世而不僻，順人而不失己。」

〔一二〕狂狷，《論語·子路》：「子曰：『不得中行而與之，必也狂狷乎！狂者進取，狷者有所不爲也。』」邢昺注曰：「狂者進取於善道，知進而不知退；狷者守節無爲，應進而退也。」

〔一三〕正聲，《毛詩序》：「雅者，正也。」

〔一四〕陶潛《讀山海經》：「刑天舞干戚，猛志故常在。」

【集評】

彭玉平《現代文學中的古典情懷——詹安泰舊體詩詞初探》：「詹安泰主張『隨物賦形』式的言志，反映時代的變化，以天人合一爲終極追求，反對以詩歌作爲邀取名利的手段，在藝術風格上，則提倡因時因事因人的變化，不拘泥於濃與淡、奇矯與凝煉之一端，顯得相當通達。」

黑雲

黑雲蔽日風漂山，毒霧重重花千盤。忽逢嘯虎出林端，嘶鳴病馬聲悲酸。如赤身膊刀劍刓，欲死不死泥塗蟠。飛書走檄叢茆菅〔一〕，野火猛烈波翻瀾。淹燒刻刻交循環，簇簇鬼魂況黝奸。去即無家歸大難〔二〕，何必苦苦望生還。

【箋注】

〔一〕飛書走檄，喻戰事急。《漢書·高帝紀》顏師古注：「檄者，以木簡爲書，長尺二寸，用徵召也。其有急事，則加以鳥羽插之，示速疾也。」

〔二〕班彪《北征賦》：「野蕭條以莽蕩，迥千里而無家。」樂府《善哉行》：「來日大難，口燥脣乾。」

【按】

此詩或爲先生一九三九年旅澂所作，時寇氛日熾。

答林青萍潮安〔一〕

書報故人幸無恙，身淪异域信堪傷。已驚井掩千嬌骨，日寇入潮城，婦女不堪污辱，多投井死。〔二〕可有篋存三宿糧。對鏡衰顏羞蠹葉，啼秋敗壁約寒螿〔三〕。相思日日誰曾會，痛淚紛紛自作行。

【校記】

㊀ 詩題《滇南挂瓢集》作「得林青萍潮安寄書賦答」。

㊁ 此句自注「日寇入潮城」，《滇南挂瓢集》作「寇入潮城」，手鈔本原亦無「日」字，後補。

【箋注】

〔一〕林國史（青萍），見前注。

〔二〕陸游《遣興》：「唧唧悲蛩常吊夜，蕭蕭蠹葉更禁秋。」

【按】

此詩或爲先生一九三九年旅澂所作。

無題三首次劉衡戡韵 錫基㊀〔一〕

深鎖眉痕對遠山〔二〕，定情幾費玉雙環〔三〕。迷香自古能銷骨，鵑語無端枉破顔〔四〕。

人去林花飛滿院，怨隨龍篴度重關〔五〕。無誰一笑尊前釋〔六〕，出手猶堪忍百艱。

永巷何人絶叫囂㈡〔七〕，忍寒三載負良宵。年芳過眼寧生戀，心事關天欲起潮。極想封狐營樂窟〔八〕，鶱鷲亂葉掃狂飈。沉哀一世知誰會，蕭瑟蘭成感泬寥〔九〕。

半老嬌情未肯降，一從鬲指譜新腔〔一〇〕。衣雲飄蕩知何處，堅誓分明如此江〔一一〕。斂恨通辭波黯黯〔一二〕，倚樓極目影幢幢。秋衾銅輦長留夢〔一三〕，流涕誰甘賦大邦。

【校記】

㈠ 詩題《滇南挂瓢集》作「無題三首次衡戡均」。

㈡ 「絶叫囂」，《滇南挂瓢集》作「待避囂」。

【箋注】

〔一〕劉錫基（衡戡），見前注。

〔二〕眉痕遠山，《西京雜記》：「文君姣好眉色如望遠山。」

〔三〕韋應物《行路難》：「荆山之白玉兮。良工雕琢雙環連，月蝕中央鏡心穿。故人贈妾初相結，恩在環中尋不絶。人情厚薄苦須臾，昔似連環今似玦。」

〔四〕《禽經》：「靈鵲兆喜。」張華注曰：「鵲噪則喜生。」

〔五〕龍篴，笛也。馬融《長笛賦》：「龍鳴水中不見已，截竹吹之聲相似。」

〔六〕陸游《蓬户》：「樽前一笑且婆娑。」

〔七〕永巷，宫署名，後指幽閉待罪宫女之所。《列女傳》載周宣王姜后：「脱簪珥待罪於永巷。」《史記・吕太后本紀》：「吕后最怨戚夫人及其子趙王，乃令永巷囚戚夫人，而召趙王。」司馬貞《索隱》：「永巷，别宫名，有長巷，故名之也。」

〔八〕封狐，大狐也。《戰國策・齊策》：「狡兔有三窟，僅得免其死耳。」

〔九〕蘭成，即庾信。陸龜蒙《小名録》：「庾信幼而俊邁，聰敏絶倫，有天竺僧呼信爲『蘭成』，因以爲小字。」沉寥，曠蕩空虚貌。庾信《和潁川公秋夜詩》：「沉寥空色遠，葉黄凄序變。」

〔一〇〕鬲指，音律中犯聲過腔之一種。先生《論音律》：「又姜夔《湘月》詞自序云：『即《念奴嬌》之鬲指聲也，於雙調中吹之。鬲指亦謂之過腔。』《念奴嬌》本大石調，即黄鐘商，煞聲用『四』字；鬲指聲入雙調，則中鬲高大石一宫，煞聲用『上』字矣。故鬲指亦過腔也。」

〔一一〕《晉書・祖逖傳》：「逖將其部曲百餘家渡江，中流，擊楫而誓曰：『祖逖不能清中原而復濟者，有如大江！』」

〔一二〕先生詞《鷓鴣天（一角山樓夕照遲）》：「盤月悄，柳烟低，微波何處托通辭。」

〔一三〕李賀《還自會稽歌》：「臺城應教人，秋衾夢銅輦。」按，李長吉此詩蓋擬庾肩吾之作，述梁亡之悲。此或喻時局。

衡戡寄無題詩三首乞和，既次均報之，意有未盡，復成四首，余素不喜此，亦杜公「强戲爲吴體」類也〔一〕

雙倚梧桐看漸枯〔二〕，水堂東畔起城烏。啼痕兀自憐鴛枕，遥夜何人嘆綉襦〔三〕。選席目成寧有錯〔三〕，及時願結總非愚。春花秋葉殊今昔，蘭麝熏殘夢到無。

應無閑夢到風騷，着意傷春第幾橋〔四〕。浴鴨池邊牽翠綫，粉蓮江上脱紅綃。照顔鸞鏡自成惜〔五〕，掉臂香街孰見招。時地不同情事改，心弦日日響鳴潮。

日日相思更漏遲，簾風細細鬢絲絲。温馨一片花前覺〔六〕，忍耐千般夢後知。早結西鄰私宋玉〔七〕，蓦驚紈扇裂班姬〔八〕。樓臺終古天涯路，尊酒共誰一暗期。

暗期花下月明中，流艷前宵夢恰同〔九〕。佇待行雲來裊碧，無端零雨濕愁紅〔一〇〕。銀箏撥怨空能極，海氣昏山不易窮。天末知誰真坐悔〔一一〕，多生微惋感秋蟲。

【箋注】

〔一〕劉錫基（衡戡），見前注。杜公吴體者，杜甫詩《愁》下自注：「强戲爲吴體。」

〔二〕倚梧桐，語本《莊子·德充符》：「倚樹而吟，據槁梧而瞑。」陸德明《釋文》引崔譔曰：「據琴而睡也。」

〔三〕元稹《遣病》：「啼痕暗横枕。」張九齡《望月懷遠》：「情人怨遥夜。」

〔三〕《楚辭·九歌·少司命》：「滿堂兮美人，忽獨與余兮目成。」目成，王逸注曰：「與我睨而相視，成爲親親也。」

〔四〕周密《江城梅花引（雁霜苔雪冷飄蕭）》：「幾度問春春不語，春又到，到西湖，第幾橋。」

〔五〕《太平御覽》引范泰《鸞鳥詩》序：「昔罽賓王結罝峻祁之山，獲一鸞鳥，王甚愛之，欲其鳴而不致也。乃飾以金樊，饗以珍羞。對之逾戚，三年不鳴。夫人曰：『聞鳥見其類而後鳴，何不縣鏡以映之。』王從言。鸞睹影感契，慨焉悲鳴，哀響中霄，一奮而絶。」

〔六〕《廣韵》：「馨，香也。」

〔七〕西鄰，謂宋玉。宋玉《登徒子好色賦》：「天下之佳人莫若楚國，楚國之麗者莫若臣里，臣里之美者莫若臣東家之子。東家之子，增之一分則太長，减之一分則太短；着粉則太白，施朱則太赤；眉如翠羽，肌如白雪；腰如束素，齒如含貝；嫣然一笑，惑陽城，迷下蔡。」

〔八〕班姬，即班婕妤。班婕妤《怨詩》：「新裂齊紈素，鮮潔如霜雪。」《文選》序之云：「昔漢成帝班婕妤失寵，供養於長信宫，乃作賦自傷，并爲《怨詩》一首。」

〔九〕李商隱《曲池》：「月中流艷與誰期。」

〔一〇〕温庭筠《荷葉杯》：「楚女欲歸南浦，朝雨，濕愁紅。」

〔一一〕杜甫《天末懷李白》：「凉風起天末，君子意如何。」

【按】

老杜「吴體」，或以爲拗律之類。方回《瀛奎律髓》入「拗字类」：「拗字詩在老杜集七言律詩中謂之『吴體』。老杜七言律一百五十九首，而此體凡十九出，不止句中拗一字，往往神出鬼没，雖拗字甚多，而骨骼愈峻峭。今江湖學詩者喜許渾詩，『冰聲東去市朝變，山勢北來宫殿高』『湘潭雲盡暮山出，巴蜀雪消春水來』，以爲丁卯句法，殊不知始於老杜。如『負鹽出井此溪女，打鼓發船何郡郎』『寵光蕙葉與多碧，點注桃花舒小紅』之類是也。如趙嘏『殘星幾點雁横塞，長笛一聲人倚樓』亦是也。唐詩多此類，獨老杜『吴體』之所謂拗，則才小者不能爲之矣。五言律亦有拗者，止爲語句要渾成，氣勢要頓挫，則换易一兩字平仄無害也，但不如七言『吴體』全拗爾。」仇兆鰲《杜詩詳注》引黄生曰：「皮、陸集中亦有吴體詩，乃當時俚俗爲此體耳。詩流不屑效之。杜公篇什既衆，時出變調。凡集中拗律，皆屬此體。曰『戲』者，明非正律也。」胡應麟曰：「老杜吴體，但句格拗耳。」而紀昀《瀛奎律髓刊誤》引《题省中院壁》謂「『吴體』與拗法不同，其訣在每對句第五字以平聲救轉，故雖拗而音節仍諧」，如杜《愁》《晝夢》《暮歸》《早秋苦熱堆案相仍》諸詩，謂「此四首皆『吴體』，全不入律，與前用拗法者不同」。先生之摯友夏承燾《杜詩札丛》專有《吴体》一章辨之：「以爲杜作『吴體』本是用民間歌謡聲調，并没有什麽字聲上的規律。……杜甫的『吴體』是仿效南方民歌聲調的，和一般文士所作的變體格律詩、在對句或本句中用平仄相救的實不相同。……皮日休、陸龜蒙以字聲相救的文士格律體當作『吴體』，雖作於吴中，而實不是杜甫出於民間歌謡的『吴體』。」先生此詩四首，特少拗句，若「照顔鸞鏡自成惜」諸拗，易本句平仄以自救之，亦律體尋常作法。所謂效杜「吴體」者，蓋參用皮、陸吴聲古調，以男女相思怨慕之情入詩，故有取譬淺俚、「素不喜此」云云，而用筆健勁，不落滑俗，至有香草美人，引類譬喻，豈能衹吴中俚俗之體目之。

平生一首寄石銘老㊀〔一〕

平生江海志，來作窮荒客〔二〕。一角小樓居，半年無行迹。圍山迫叢青，開簾浮孤白。想見素心人〔三〕，離恨幽幽積。此去路幾千，重逢幾何年。吹香或自笑，飛夢不成仙。倚天拔地須長劍〔四〕，坐老奇愁汝寧敢。衹許筆力驅萬牛〔五〕，羅將天地作詩膽。

【校記】

〔一〕詩題「寄」《滇南挂瓢集》作「寄懷」。

【箋注】

〔一〕石維岩（銘吾），見前注。

〔二〕陳與義《西軒》：「平生江海志，歲暮僧廬中。」

〔三〕陶潛《移居》：「聞多素心人，樂與數晨夕。」

〔四〕宋玉《大言賦》：「方地爲車，圓天爲蓋，長劍耿耿倚天外。」

〔五〕黄庭堅《以團茶洮州緑石硯贈無咎文潛》：「張子筆端可以回萬牛。」又，《子瞻詩句妙一世乃云效庭堅體》詩：「萬牛挽不前，公乃獨力扛。」

感事〔一〕

越絶書成可若何〔一〕，五湖舊約已無多〔二〕。盧湛流落空投贈〔三〕，阮籍倡狂只放歌〔四〕。萬目睽瞻軍細柳〔五〕，幾聞犀象渡香河〔六〕。九閽有願終難訴〔七〕，夢裏徒然欲止戈〔八〕。

景陽鐘動海雲昏〔九〕，黄葉空山夜打門。留命猶妨龍未死〔一〇〕，無倀肯信虎能言〔一一〕。借頭一擊成微惜〔一二〕，却敵千方賴至尊〔一三〕。寸管蒼茫長淚漬，華衢甚日賦鵬鵾〔一四〕。

【校記】

㊀此詩手鈔本無，今據《滇南挂瓢集》補録。

【箋注】

〔一〕《越絶書》，或以爲子貢所作，一説伍子胥所作，古吴越地方雜史也。《越絶書·外傳本事》：「問曰：『何謂《越絶》？』『越者，國之氏也。』『何以言之？』『按《春秋》序齊、魯，皆以國爲氏姓，是以明之。絶者，絶也，謂句踐時也。』」

〔二〕五湖舊約，《吴越春秋》：「范蠡曰：『臣聞君子俟時，計不數謀，死不被疑，内不自欺。臣既逝矣，妻子何法乎？王其勉之，臣從此辭。』乃乘扁舟，出三江，入五湖，人莫知其所適。」

〔三〕按，「盧湛」或即「湛盧」，古寳劍名。《越絶書·越絶外傳·記寳劍》：「歐冶乃因天之精神，悉其伎巧，造爲大刑三、小刑二，一曰湛盧，二曰純鈞，三曰勝邪，四曰魚腸，五曰巨闕。」

《吴越春秋·闔閭内傳》：「湛盧之劍，惡闔閭之無道也，乃去而出，水行如楚。楚昭王卧而寤，得吴王湛盧之劍於床。」

〔四〕《晋書·阮籍傳》：「時率意獨駕，不由徑路，車迹所窮，輒痛哭而返。」王勃《滕王閣序》：「阮籍倡狂，豈效窮途之哭。」

〔五〕細柳，地名，在今陝西一帶，昔漢周亞夫屯軍處。《史記·絳侯周勃世家》：「以河内守亞夫爲將軍，軍細柳，以備胡。……天子先驅至，不得入。先驅曰：『天子且至。』軍門都尉曰：『將軍令曰：軍中聞將軍令，不聞天子之詔。』居無何，上至，又不得入。於是上乃使使持節詔將軍：『吾欲入勞軍。』亞夫乃傳言開壁門。壁門士吏謂從屬車騎曰：『將軍約，軍中不得驅馳。』於是天子乃按轡徐行。至營，將軍亞夫持兵揖曰：『介胄之士不拜，請以軍禮見。』天子爲動，改容式車。……文帝曰：『嗟乎，此真將軍矣！』」

〔六〕香象渡河，釋家語，《優婆塞戒經·三種菩提品》：「如恒河水，三獸俱渡，兔、馬、香象。兔不至底，浮水而過。馬或至底，或不至底。象則盡底。」喻大乘菩薩修證也。

〔七〕九閽，猶言九天。李商隱《哭劉蕡》：「上帝深宫閉九閽，巫咸不下問銜冤。」

〔八〕止戈，《説文解字》：「止戈爲武。」《左傳·宣公十二年》：「夫文，止戈爲武。」又，「夫武，禁暴戢兵，保大定功，安民和衆，豐財者也。武有七德。」

〔九〕景陽鐘，《南史·后妃傳上·武穆裴皇后傳》：「宫内深隱，不聞端門鼓漏聲，置鐘於景陽樓上，應五鼓及三鼓。宮人聞鐘聲，早起妝飾。」許渾《金陵懷古》：「景陽鐘動曙樓空。」

〔一〇〕龍死，《史記·秦始皇本紀》：「三十六年，熒惑守心。有墜星下東郡，至地爲石，黔首或刻其石曰：『始皇帝死而地分。』始皇聞之，遣御史逐問，莫服，盡取石旁居人誅之，因燔銷其石。」裴駰《集解》引蘇林曰：「祖，始也。龍，人君象。謂始皇也。」

〔一一〕虎倀，《康熙字典》：「倀鬼，虎嚙人，人死，魂不敢他適，輒隸事虎，名曰倀。」裴鉶《傳奇·馬拯》：「此是倀鬼，被虎所食之人也，爲虎前呵道耳。」

〔一二〕借頭一擊，《史記·刺客列傳》載荆軻刺秦事：「乃遂私見樊於期……荆軻曰：『原得將軍之首以獻秦王，秦王必喜而見臣，臣左手把其袖，右手揕其匈，然則將軍之仇報而燕見陵之愧除矣。將軍豈有意乎？』樊於期偏袒扼腕而進曰：『此臣之日夜切齒腐心也，乃今得聞教！』遂自剄。……乃遂盛樊於期首函封之。」「遂至秦……軻既取圖奏之，秦王發圖，圖窮而匕首見。因左手把秦王之袖，而右手持匕首揕之。未至身，秦王驚，自引而起，袖絶。……荆軻逐秦王，秦王環柱而走。……負劍，遂拔以擊荆軻，斷其左股。荆軻廢，乃引其匕首以擿秦王，不中，中桐柱。秦王復擊軻，軻被八創。軻自知事不就，倚柱而笑，箕踞以駡曰：『事所以不成者，以欲生劫之，必得約契以報太子也。』於是左右既前殺軻，秦王不怡者良久。」

〔一三〕《荀子·正論》：「天子者執位至尊，無敵於天下。」

〔一四〕寸管，筆也。先生詞《水調歌頭（麗日明郊郭）》：「咄汝蒙莊筆，留與賦鵩鵑。」鵩鵑，典出《莊子·逍遥游》：「北冥有魚，其名爲鯤。鯤之大，不知其幾千里也。化而爲鳥，其名爲鵬。鵬之背，不知其幾千里也；怒而飛，其翼若垂天之雲。」

陰寒連日聊短述〔一〕

陰重寒彌厲，風驕雨欲來。小堂虚坐嘯，大道幾飛埃。啾野盈新鬼〔一〕，封烟渺故臺。生存知偶遂，别久不成哀〔二〕。

【校記】

〔一〕此詩手鈔本無，今據《滇南挂瓢集》補録。

【箋注】

〔一〕杜甫《兵車行》：「新鬼煩冤舊鬼哭，天陰雨濕聲啾啾。」

〔二〕查慎行詞《長亭怨慢·壬戌九月十三日到家作》：「生還偶遂，别中事、逢人怕揭。」

【按】此蓋學杜甫《江上值水如海勢聊短述》之題。仇兆鰲《杜詩詳注》：「不能長吟，聊爲短述耳。」

報楊慧甫睿聰香港㊀〔一〕

客路一爲別，鄉心共不支。偷生逃虎口〔二〕，哀賦落江湄〔三〕。考信難成録，觀空各有辭。蒼鵶看又舞〔四〕，微命欲誰期。

【校記】

㊀ 詩題《滇南挂瓢集》作「報楊慧甫香江」。

【箋注】

〔一〕楊睿聰（一九〇五—一九六一），字慧父，或作慧甫，潮州海陽人，曾任教於潮州金山中學、廣東省立第二師範學校等校，治潮汕民俗學，有《潮州的習俗》《潮州謎俗》《思未齋詩詞》

等。王韶生《楊慧父先生家傳》：「君讀書授徒，介然不易其操。三十年如一日，其養也純，其守也固，庶幾可風者矣。」又，據《國立廣高潮州同學會年刊》第一卷《廣高潮州同學會會員録》，先生與楊睿聰原係同窗，「詹君原進『文史三年』，後因病停學一年。」

〔二〕《後漢書·皇后紀》：「幸得安全，俱脱虎口。」

〔三〕哀賦，庾信《哀江南賦》，見前注。

〔四〕蒼鶻舞，喻亂世。見《韓山韓水歌寄邵潭秋（祖平）》詩注。

窮荒遁迹，隱憂猶繁，世事茫茫，信難自料矣〔一〕

繭足荒山杜陵叟，無家别猶歌北風〔一〕。茹芝能忍可興漢〔二〕，失路始鳴真病蟲〔三〕。
神驥解韁空吊眼〔四〕，天河瀉水孰爲功〔五〕。變衰草木春生潤〔六〕，借酒頽顔欲斷紅〔七〕。

【校記】

〔一〕此詩手鈔本無，今據《滇南挂瓢集》補録。

【箋注】

〔一〕杜甫有《無家别》，曲盡無家之慘。《詩經・邶風・北風》：「北風其涼，雨雪其雱。」毛傳曰：「北風，刺虐也。衛國并爲威虐，百姓不親，莫不相携持而去焉。」

〔二〕《太平御覽・逸民》：「四皓者，皆河内軹人也，或在汲。一曰東園公，二曰角里先生，三曰綺里季，四曰夏黄公，皆修道潔巳，非義不動。秦始皇時，見秦政虐，乃退入藍田山，而作歌曰：『莫莫高山，深谷逶迤。曄曄紫芝，可以療飢。唐虞世遠，吾將何歸？駟馬高蓋，其憂甚大。富貴之畏人，不如貧賤之肆志。』」《史記・留侯世家》：「四人從太子，年皆八十有餘，鬚眉皓白，衣冠甚偉。上怪之，問曰：『彼何爲者？』四人前對，各言名姓，曰東園公，角里先生，綺里季，夏黄公。上乃大驚，曰：『吾求公數歲，公辟逃我，今公何自從吾兒游乎？』四人皆曰：『陛下輕士善駡，臣等義不受辱，故恐而亡匿。竊聞太子爲人仁孝，恭敬愛士，天下莫不延頸欲爲太子死者，故臣等來耳。』」茹，食也。

〔三〕失路，《晉書・阮籍傳》：「時率意獨駕，不由徑路，車迹所窮，輒痛哭而返。」鳴者，韓愈《送孟東野序》：「大凡物不得其平則鳴。」

〔四〕陳師道《送傅子正宣義》：「神驥解纆天上足。」

〔五〕方回《次韵吴僧魁一山》：「天河瀉水洗心君。」

〔六〕宋玉《九辯》：「悲哉秋之爲氣也！蕭瑟兮草木摇落而變衰。」陳琳詩：「春天潤九野。」

【按】此詩或爲先生客居澂江所作。

驚聞黃岡失陷㊀〔一〕 黃岡隸饒平

桐帽棕鞋踏黃葉〔二〕，木魅山魈若爲接〔三〕。何來殺氣復騰騰，自怪勞人畏喋喋〔四〕。狐腋牛衣寧等視〔五〕，才慧半以隱憂死㊁。忽報一日失黃岡，驚呼乃如中流矢〔六〕。小室孤燈困橫床㊂，追思寸寸斷剛腸〔七〕。青春便與剪髻去㊃〔八〕，白髮可忍倚閭望〔九〕。黃岡離家百里耳，濱水依山人慕義〔一〇〕。烈士名節赫四表，黃岡起義在廣州前。〔一一〕早與黃花相映美。近十年更日繁華，杰構崇墉交矜誇〔一二〕。買醉不絶金龜客〔一三〕，散行争避油壁車〔一四〕。浩歌最宜大月上，一拍狂濤騰萬丈。沙埗靈祠香火起，瑶佩明珠出交響〔一五〕。昨聞鮀島雄牙須〔一六〕，巨艨短艬群迴迂〔一七〕。投身有用誰不集〔一八〕，十千斗酒難笑扶。遂使蝦夷常側目，况復賦性具三毒〔一九〕。鐵鳥張翼助威勢，嗟哉骨肉空爾築。脅肩諂笑猶紛紛〔二〇〕，方生方死未知分〔二一〕。安得龍泉號出匣〔二二〕，飛光直截海東雲。

【校記】

㊀ 手鈔本詩題「失陷」原作「失守」，後改。《滇南挂瓢集》作「失守」。

㊁ 「才慧」，《滇南挂瓢集》作「材慧」。

㊂ 「困」，《滇南挂瓢集》作「倒」。

㊃ 「便與」，《滇南挂瓢集》作「便作」。

【箋注】

〔一〕饒平黄岡，據《三陽志・營寨》，南宋淳祐間而有黄岡石城。陳光烈《饒平縣志補訂・建置》：「黄岡鎮城，在縣治東南九十里宣化都，明洪武初建。」民國《潮州志・大事志》一九四一年七月下：「日寇陷黄岡。」「七月，寇謀打通閩粵沿海，分左右兩翼發動。四日晨三時，右翼海軍陸戰隊三百餘以兵艦炮火掩護，冒夜雨登陸柘林，占領東界。拂曉，以飛機掩護趨黄岡，時左翼登陸汫洲，由三柏門横渡來犯，攻迫媽宫山，我退石壁庵，寇遂陷黄岡，大掠五日。」

〔二〕黄庭堅《次韵子瞻以紅帶寄王宣義》：「桐帽棕鞋稱老夫。」桐帽，桐木所製襆頭也；棕鞋，棕絲製鞋也。又，《饒平古今詩詞選》余構養、張旭光注：「桐帽是古小國桐國反欺楚國大國的兵士。棕鞋是指以棕毛製作的鞋。踏黄葉可能指日寇殘踏黄岡。」姑備一説。

〔三〕木魅，樹精。山魈，猴屬。《廣异記》：「山魈者，嶺南所在有之，獨足反踵，手足三歧。其牝者好施脂粉，於大樹中做窠。」

〔四〕喋喋，衆多貌。

〔五〕狐腋，毛皮珍者。《史記·商君列傳》：「千羊之皮，不如一狐之腋。」牛衣，喻賤物。《漢書·王章傳》：「章疾病，無被，卧牛衣中，與妻决，涕泣。」顔師古注曰：「牛衣，編亂麻爲之，即今俗呼爲龍具者。」

〔六〕梅堯臣《月下懷裴如晦宋中道》：「夜深忽驚魘，呼若中流矢。」

〔七〕寸寸斷腸，語出《世説新語·黜免》：「桓公入蜀，至三峽中，部伍中有得猿子者。其母緣岸哀號，行百餘里不去，遂跳上船，至便即绝。破視其腹中，腸皆寸寸斷。」

〔八〕剪髻，《世説新語·賢媛》：「陶公少有大志，家酷貧，與母湛氏同居。同郡范逵素知名，舉孝廉，投侃宿。於時冰雪積日，侃室如懸磬，而逵馬僕甚多。侃母湛氏語侃曰：『汝但出外留客，吾自爲計。』湛頭髮委地，下爲二髲，賣得數斛米，斫諸屋柱，悉割半爲薪，剉諸薦以爲馬草。日夕，遂設精食，從者皆無所乏。」黄庭堅《戲贈彦深》：「老妻甘貧能養姑，寧剪髻鬟不典書。」

〔九〕倚閭，《戰國策·齊策六》：「王孫賈年十五，事閔王。王出走，失王之處。其母曰：『女朝出而晚來，則吾倚門而望；女暮出而不還，則吾倚閭而望。』」楊炯《從甥梁錡墓志銘》：「望吾子者，空懷倚閭之嘆。」

〔一〇〕濱水依山者，據康熙《饒平縣志·山川》：「黄岡溪，自燈塔溪二十五里至此，分三溪入海。」「寶珠山，在黄岡堡後田中，形如覆鐘。」「石壁山，在黄岡堡北二里。」

〔一一〕黄岡起義，一九〇七年，同盟會許雪秋、陳芸生、陳涌波、何子淵等發動潮州黄岡舉義，歷時六日，事具載鄧慕韓《丁未潮州黄岡舉義記》。廣州起義，一九一一年，同盟會黄興等率部舉義於廣州，史稱廣州起義，即黄花崗起義，事具載鄒魯《廣州辛亥三月二十九日革命記》。

〔一二〕康熙《饒平縣志·城池》「黄岡市」：「其地依山背海，魚鹽之利傍及鄰邑，通貨貿財，最爲輻輳。」又據一九三四年《廣東全省地方紀要》：「饒平縣屬商務，以黄岡最爲繁盛，縣城次之。計縣城鋪屋，不過數百間。而黄岡一埠，則將及二千間。」

〔一三〕金龜客，李白《對酒憶賀監》序云：「太子賓客賀公，於長安紫極宫一見余，呼余爲『謫仙人』，因解金龜，换酒爲樂。」詩有「金龜换酒處」之句。

〔一四〕油壁車，車乘以油塗飾車壁，故名。《蘇小小歌》：「妾乘油壁車，郎騎青驄馬。」

〔一五〕按，東南沿海地區多供媽祖，故云。

〔一六〕鮀島，即汕頭。黄庭堅《次韵子瞻以紅帶寄王宣義》：「陰壑虎豹雄牙須。」

〔一七〕艨艟，戰船也。

〔一八〕黄庭堅《對酒歌答謝公静》：「投身有用禍所集。」

〔一九〕蝦夷，指日寇。釋家語，貪嗔癡三毒，皆惡業也。

〔二〇〕脅肩諂笑，《孟子·滕文公下》：「曾子曰：『脅肩諂笑，病於夏畦。』」趙岐注曰：「脅肩，竦體。諂笑，强笑。」

〔二一〕《莊子·齊物論》：「方生方死，方死方生。」

〔二二〕龍泉，寶劍名。李白《在水軍宴贈幕府諸侍御》：「寧知草間人，腰下有龍泉。」王琦注曰：「龍泉即龍淵也，唐人避高祖諱，改稱龍淵曰龍泉。」

學詩一首眎湛銓〔一〕

成詩辨咄嗟，學詩非兒戲。在天不可求，恃人未爲至。人天兩得之〔二〕，得之豈易易。我初年少日，藻辭頗不匱。笑啼混妍媸，性情作糧糒〔三〕。游意或騰霄，矜奇每立异。蕭稂紛四滿，蘭荃曷由蒔〔四〕。挾策走名都，屢乞師友第。贊嘆假旁門，微咥乃相視〔五〕。盛氣一以殺，勤求廢食寐。黑白漸知分，力上匄餘溉〔六〕。側艷固所嗤，俗濫尤所避。跌宕生濃姿，清新刻摯意。境寂鈎幽玄，興來極横肆。筆既從所欲，擬常不以類。得魚能忘筌〔七〕，劈堊仍傷鼻〔八〕。恍悟徇迹象，投鼠或忌器〔九〕。果得造化工，糟粕寧非累。幹畫馬壞足〔一〇〕，驅風如騄駬〔一一〕。宋玉賦高唐，詎目睹所記〔一二〕。后山仙骨喻〔一三〕，神妙久無比。理法尚其粗，况乃逐聲字。萬卷要能破〔一四〕，萬象羅胸次。靈機一觸闢，何適非正位〔一五〕。陳子喜讀書，後生足可畏〔一六〕。種木待成材，更有千秋計〔一七〕。爲詩日不輟，苦心欲孤詣。譬彼當春花，照眼能娟麗。譬彼過澗泉，圓朗殊悦耳。生具長爪癖〔一八〕，略同都官嗜〔一九〕。年力正富盛，寧知後所底〔二〇〕。我思造之深，爲言詩如此。嗟我垂垂老，子其矢此志。

【箋注】

〔一〕陳湛銓（一九一六—一九八六），少字青萍，號修竹園主人，廣東新會人，曾任教於中山大學、上海大夏大學、廣州珠海大學等校及香港聯合、華僑、經緯、嶺南等書院，有《周易講疏》《莊周述要》《陶淵明詩文述》《杜詩編年選注》《蘇詩編年選注》《修竹園詩集》等。詹伯慧《我的父親詹安泰》：「新會籍的陳湛銓等，從澂江到坪石到梅縣，幾經播遷，大都時相過從，成爲父親身邊的至親門人。……陳湛銓是跟隨父親學詩最有心得，成就最大的一位。」

〔二〕按，此「人天湊合」之謂也，見《贈饒伯子》詩注。

〔三〕先生詩《楊士雄乞詩贈别率成長句》：「能以所學爲糧糒。」

〔四〕蕭、稂，惡草也；蘭、荃，香草也。

〔五〕微哂，猶言微笑。按，微笑者，不以爲然也。《論語·先進》「侍坐」章，子路率爾對，其言不讓，「夫子哂之」。朱熹注曰：「哂，微笑也。」包咸曰：「爲國以禮，禮貴讓，子路言不讓，故笑之。」此句義近似。先生少年作詩頗事藻辭，矜奇立异，競放性情，故師門不然之。

〔六〕先生詩《上石遺先生》：「妄持雄膽匄餘糧。」

〔七〕《莊子·外物》：「荃者所以在魚，得魚而忘荃。」筌，魚笱也。

〔八〕《莊子·徐無鬼》：「郢人堊慢其鼻端若蠅翼，使匠石斫之。匠石運斤成風，聽而斫之，盡堊而鼻不傷，郢人立不失容。」

〔九〕賈誼《治安策》：「里諺曰：『欲投鼠而忌器。』此善諭也。鼠近於器，尚憚不投，恐傷其器，况於貴臣之近主乎。」

〔一〇〕唐人韓幹，善畫，尤工鞍馬。《酉阻雜俎·支諾皋中》：「建中初有人牽馬訪馬醫，稱馬患脚，以二十鐶求治。其馬毛色骨相，馬醫未常見，笑曰：『君馬大似韓幹所畫者，真馬中固無也。』因請馬主繞市門一匝，馬醫隨之。忽值韓幹，幹亦驚曰：『真是吾設色者，乃知隨意所匠，必冥會所肖也。』遂摩挲，馬若蹶，因損前脚，幹心异之。至舍，視其所畫馬本，脚有一點黑缺，方知是畫通靈矣。」

〔一一〕騄駬，良馬名，見《平石贈别畢業諸子》詩注。

〔一二〕宋玉有《高唐賦》，序云：「昔者楚襄王與宋玉游於雲夢之臺，望高唐之觀。……昔者先王嘗游高唐，怠而晝寢，夢見一婦人曰：『妾巫山之女也，爲高唐之客。聞君游高唐，願薦枕席。』王因幸之。去而辭曰：『妾在巫山之陽，高丘之阻，旦爲朝雲，暮爲行雨朝朝暮暮，陽臺之下。』」

〔一三〕后山，即陳師道。陳師道《次韵答秦少章》：「學詩如學仙，時至骨自换。」

〔一四〕杜甫《奉贈韋左丞二十二韵》：「讀書破萬卷，下筆如有神。」

〔一五〕正位，《易傳·文言傳·坤》：「君子黄中通理，正位居體。」孔穎達疏曰：「居中得正，是正位也。」

〔一六〕《論語·子罕》：「後生可畏，焉知來者之不如今也。」邢昺疏曰：「言年少之人足以積學成德，誠可畏也。」

〔一七〕《管子·權修》：「一年之計，莫如樹穀；十年之計，莫如樹木；終身之計，莫如樹人。」

〔一八〕長爪，指李賀。李商隱《李長吉小傳》：「長吉細瘦，通眉，長指爪。」

〔一九〕都官，即梅堯臣，見《澂江苦無書讀忽睹〈宛陵集〉》詩注。

〔二〇〕《詩經·小雅·祈父》：「靡所底止。」毛傳曰：「底，至也。」

【集評】

彭玉平《現代文學中的古典情懷——詹安泰舊體詩詞初探》：「把自己早年追逐詞藻、矜奇鬥异、競放性情到中年以後的抛弃側艷和俗濫、追求自然生機和清新意境，做了相當細緻的勾勒。特别是他對詩境創造性的追求，成爲他中年以後自覺的詩學理念。」

陳乾綱《陳湛銓及其「修竹園詩」研究》謂陳湛銓早年詩學李義山，「可以推想詹安泰當時看見先生的作品，就像看見少日的自己，都是在講求用字的不凡，多用典故……故提示先生不學李商隱之處，其實是要避免學其因用典太多而入於冷僻之弊。」

全漢英宴余西南飯店，即席乞詩，率成兩律。其第一首則次陳湛銓韻也。座中十人，余及李品純秘書外，均漢英舊友。〔一〕

緑髮黄埃久蕩磨，山城幾得醉顔酡〔二〕。十年肝膽知誰健，一往憂幽似我多。敢復逢人稱鄭郭〔三〕，居然苦學到陰何〔四〕。尋常蹋地能生憶，且向尊前試放歌〔五〕。

狂妄多年真見慣，荒寒此日猶能詩。倘來雙髻調笙坐〔六〕，可許樊樓帶醉辭〔七〕。紅淚劫餘幾惻愴，緑章奏斷總騈枝〔八〕。醒心雲水存癡願，哀艷奇雄羡汝爲。

【校記】

〔一〕此詩手鈔本無，今據《滇南挂瓢集》補録。

【箋注】

〔一〕全漢英、西南飯店，其人、其地不詳。陳湛銓，李全佳（品純），均見前注。此詩或爲先生客居澂江所作。

〔二〕先生詩《次均潘鳬公伯鷹臨觴詩》：「緑髮黄埃互激磨，臨觴不辭奈愁何。」酡，飲酒朱顏貌。

〔三〕鄭郭，南宋潮陽鄭南升、揭陽郭叔雲，皆從朱熹問業。明林大春修《潮陽縣志》：「吾潮雖故稱鄒魯，尊崇孔氏而興於斯文，然自趙宋道學大明之時，慨然以正學自任，卓爲一郡儒宗者，實自鄭、郭二先生始。」丘逢甲《説潮五古》：「卓哉鄭與郭，學爲晦翁喜。」

〔四〕陰何，即陳朝人陰鏗、梁朝人何遜。杜甫《解悶》：「頗學陰何苦用心。」

〔五〕曾習經《簡栖用沈二歲朝韵寄懷依韵奉酬》：「尋常蹋地能生憶，况是高樓一曲歌。」

〔六〕雙髻，謂歌女。

〔七〕樊樓，泛指酒樓。吴曾《能改齋漫録·地理》：「京師東華門外景明坊，有酒樓，人謂之礬樓。……本商賈鬻礬於此，後爲酒樓。本名白礬樓。」

〔八〕緑章，見《韓山韓水歌寄邵潭秋（祖平）》詩注。駢枝，典出《莊子·駢拇》：「是故駢於足者，連無用之肉也。枝於手者，樹無用之指也。」

内子自故鄉歷險至香港賦此却寄㈠

難得間關萬里行〔一〕，况携稚女飽虚驚。中年哀樂今猶昔〔二〕，半世功名我負卿。香海寧無勞夢想，山城早已見分明〔三〕。交行并倚期非遠，莫怨風聲聽水聲。

【校記】

㈠ 此詩手鈔本無，今據《滇南挂瓢集》補録。

【箋注】

〔一〕間關，《詩經·小雅·車舝》：「間關車之舝兮，思孌季女逝兮。」毛傳曰：「間關，設舝貌。」

車軸動而不息，喻行路輾轉。

〔二〕《世説新語·言語》：「謝太傅語王右軍曰：『中年傷於哀樂，與親友别，輒作數日惡。』」

〔三〕香海，即香港。山城，謂雲南澂江。

【按】此詩或作於一九三九年前後，時先生在澂江。詹伯慧《我的父親詹安泰》：「一九三九年初父親單身先期赴任，其後，我母親和宗頤先生相約一起繞道惠州經香港再轉安南（今越南），取道滇越鐵路上昆明找我父親。後來衹因宗頤先生路上生病，抵港後爲香港文化界所聘用，終止入滇行程……我母親也就衹好帶同我不到兩歲的妹妹（按，先生長女慧明。）獨自輾轉入滇。」

寄李滄萍馬交〔一〕

緑蘿磐石苦吟身，月上時時憶故人。過海天風容入律，懷嵩清夢可羞貧〔二〕。編摩嶺學功誰見，滄萍曾來書言欲編《嶺學》。談笑新交意未真。守印緯蕭俱不適，宛陵詩：「可堪守印如枯木，欲弃明珠學緯蕭。」〔三〕微軀暫遣作流民。

三年消息隔千方，幾爲憂生坐夕陽〔四〕。人去如流歸獨未，雁飛不到止猶妨。雄心退膜私蟬唱〔五〕，多士過門識瓣香〔六〕。早晚天風下南徼〔七〕，可能尊酒與評量。

【校記】

㈠ 此句自注，手鈔本無，今據《滇南挂瓢集》補録。

【箋注】

〔一〕李滄萍（一八九七—一九四九），原名漢聲，又名紹基，字菊齋，號萍簃、高齋，廣東豐順人，黄節弟子，黄遵憲孫婿，曾任廣東通志館纂修，曾任北京師範大學、中山大學、嶺南大學教授，能詩，工書，有《詩學通論》《楚辭通論》《高齋詩存》《論書瑣記》等。馬交，即澳門。

〔二〕李德裕《懷嵩樓記》：「懷嵩，思解組也。」

〔三〕句出梅堯臣《次韵和永叔》。明珠緯蕭，典出《莊子·列禦寇》：「河上有家貧恃緯蕭而食者，其子没於淵，得千金之珠。其父謂其子曰：『取石來鍛之。夫千金之珠，必在九重之淵而驪龍頷下，子能得珠者，必遭其睡也。使驪龍而寤，子尚奚微之有哉！』」

〔四〕先生詞《定風波（身世花飄不定風）》：「隔歲歡期留臂印，誰信。依然愁坐夕陽紅。」

〔五〕雄心退膜，去障也。見《張葆恒教授索贈小詩率成二律》詩注。

〔六〕多士，《詩經·大雅·文王》：「濟濟多士。」瓣香，猶云師承。

〔七〕南徼，《史記·司馬相如傳》：「南至牂牁爲徼。」

鷓鴣巢詩集箋校卷第四

【按】

此卷所録，多爲先生旅澂所作。先生於一九三九年赴滇任教澂江中山大學，至一九四〇年秋，中山大學自雲南回遷粵北坪石，先生自行由滇返饒平，南行滇越鐵路，取道香港、惠州。

斠玄夫子寄《清暉吟稿》，屬爲點定，拜讀後敬題五十均㊀〔一〕

泰昔年少日㊁，兀不識歌詩。長者或有言，鄙薄不屑爲〔二〕。間一操紙筆，試割感頑皮〔三〕。翻自詡高調，苦學非所宜。洎長登師門，如病遇良醫。一針走群魔，再藥改容儀。提命既以勤〔四〕，晨夕忘其疲㊂。精粗固知審，正變略能窺。廣采到里咢〔五〕，畢究極天吹。有時心語手〔六〕，居然塤應篪〔七〕。今古得齊觀，鉅細欲無遺㊃。大喜呈師評，師謂古可斬〔八〕。得寸望進尺，脱險思履夷。幾爲衣食走(五)，幾見滄桑移〔九〕。一往十五年，遂忝爲人師〔一〇〕。師心敢自用〔一一〕，師訓鏤肝脾。孰意師諭來，猶復愛所私。猥以清暉稿，屬爲點勘之。絶塵無得稱，妄贊詎成辭(六)。落落鸞鳳姿，汪汪千頃陂〔一二〕。高標與弘量，翼以學無涯。發爲金玉聲〔一三〕，籍湜駭且馳〔一四〕。神味何可窮(七)，貌相已矜奇。初體尚清快，月瀉秋潭水。潭底舞瘦蛟，百怪呈巧媚。騰空化爲龍，長吟塞萬里。觀者摇精魄，聞者久側耳。稍進爲矯健(八)，中或綴奇麗。戟峰揚天葩〔一五〕，倒景耀大地(九)。詄蕩出呀呷〔一六〕，樓臺生夢寐。如讀荆關畫〔一七〕，如參禹益記〔一八〕。非盡才學功，兼得山川佽〔一九〕。不然老儒多，問誰發斯秘。壯游亦已倦，國蹙日未已〔二〇〕。痛憤澈中邊，冲夷洞肌理。大聲信鏜鎝，寸言刻酸摯〔二一〕。極其笑駡能，何問鉅細事。愈樸乃愈厚〔二二〕，雕繢直兒戲。用見老成心，迴與世俗异。世俗局文字，流連忘所志。得一已多矜(一〇)，况今備衆美。三年足三變，後此將胡底。竟讀思古人，古人無可比〔二三〕。所嗟我及壯，聲利自生貪。哇咬逐塵好〔二四〕，意思如膠粘。歐公句。〔二五〕祛煩癰益腫(一一)〔二六〕，對影筆難銛〔二七〕。琢切悵明誡〔二八〕，談吐憂陰憸〔二九〕。無復曩日情，督命得深嚴。百涉寧一成，因循慕安恬〔三〇〕。何時親几案，力請脱重鉗。

【校記】

㈠此詩收録於陳中凡《清暉吟稿·題詞》，題作「鄦玄夫子寄示清暉吟稿，伏讀既竟，敬題五十均」，末署「巳卯十二月二日，澂江」。

㈡「泰昔」，《清暉吟稿·題詞》作「我昔」。

㈢「晨夕」，《清暉吟稿·題詞》作「昕夕」。又，《清暉吟稿·題詞》「昕夕忘其疲」後有句：「揣摩久不捨，勝覽欲無遺。」

㈣「今古得齊觀，鉅細欲無遺」，《清暉吟稿·題詞》無此二句。

㈤「走」，《清暉吟稿·題詞》作「忙」。

㈥「辭」，《清暉吟稿·題詞》作「詞」。

㈦「何可窮」，《清暉吟稿·題詞》作「政難窮」。

㈧「進」，《清暉吟稿·題詞》作「轉」。

㈨「耀」，《清暉吟稿·題詞》作「粲」。

㈩「參」，《清暉吟稿·題詞》作「忝」，疑刊誤。

⑪「矜」，《清暉吟稿·題詞》作「誇」。

⑫「益」，《清暉吟稿·題詞》作「轉」。

【箋注】

〔一〕先生師陳中凡（斠玄），見前注。

〔二〕揚雄《法言・吾子》：「或問：『吾子少而好賦？』曰：『然。童子雕蟲篆刻。』俄而曰：『壯夫不爲也！』」

〔三〕《左傳・襄公三十一年》：「未能操刀而使割也，其傷實多。」

〔四〕提命，猶言耳提面命。《詩經・大雅・抑》：「匪面命之，言提其耳。」

〔五〕里咢，民間歌謡之謂。《爾雅・釋樂》：「徒擊鼓謂之咢。」

〔六〕韓愈《鄭群贈簟》：「手磨袖拂心語口。」

〔七〕塤、篪，樂器名。《詩經・小雅・何人斯》：「伯氏吹塤，仲氏吹篪。」鄭玄箋：「伯仲喻兄弟也。我與女恩如兄弟，其相應和如塤篪。」

〔八〕蘄，求也。

〔九〕滄海桑田，典出《神仙傳・麻姑》：「麻姑自説云：『接侍以來，已見東海三爲桑田，向到蓬萊水淺，淺於往者會時略半也，豈將復還爲陵陸乎！』」

〔一〇〕先生於一九二四至一九二五年間師從陳斠玄，至於其時十五年。時先生任教於中山大學。

〔一一〕陸九淵《與張輔之書》：「學者大病，在師心自用。師心自用，則不能克己，不能聽言。」

〔一二〕《後漢書・黄憲傳》：「叔度汪汪若千頃陂，澄之不清，淆之不濁，不可量也。」

〔一三〕《孟子·萬章下》：「集大成也者，金聲而玉振之也。金聲也者，始條理也；玉振之也者，終條理也。」

〔一四〕籍湜，即張籍、皇甫湜，皆韓愈門生。蘇軾《潮州韓文公廟碑》：「追逐李杜參翱翔，汗流籍湜走且僵。」

〔一五〕韓愈《醉贈張秘書》：「東野動驚俗，天葩吐奇芬。」

〔一六〕詄蕩，空曠無際貌。呀呷，吞吐開合貌。

〔一七〕荆關，五代時畫師荆浩、關仝，皆擅畫山水。梅堯臣《觀邵不疑學士所藏名書古畫》：「山水樹石硬，荆關藝能至。」

〔一八〕禹益，大禹、伯益也。大禹王天下，伯益輔治，掌山澤之官，事見《尚書》。

〔一九〕佽，便利也。《文心雕龍·物色》：「若乃山林皋壤，實文思之奧府。……抑亦江山之助乎。」

〔二〇〕《詩經·小雅·小明》：「政事愈蹙。」

〔二一〕先生序陳中凡《清暉説詩》：「至夫表章英烈，激揚士氣之作，大聲鏜鞳，廉悍無比。」

〔二二〕先生序陳中凡《清暉説詩》：「先生之詩，其氣充，其力厚，其骨峻而神起。」

〔二三〕先生序陳中凡《清暉説詩》：「不蘄合於古人，而自足以行今而傳後。」又，「雖古俊奇桀特之士所爲，亦有所未至者焉，則信乎發千古未有之伏，蔚爲一代之靈寶，抑非獨兼有學人之詩與詩人之詩之所長而已。」

〔二四〕哇咬，俚樂也。歐陽修《讀梅氏詩有感示徐生》：「吾嘗哀世人，聲利競爭貪。哇咬聾兩耳，死不享韶咸。」

〔二五〕歐陽修《讀梅氏詩有感示徐生》：「篇章久不作，意思如膠粘。」

〔二六〕韓愈《雨中寄孟刑部幾道聯句》：「祛煩類決癰。」語出《莊子·大宗師》：「彼以生爲附贅懸疣，以死爲决疣潰癰。」癰，膿瘡之類。

〔二七〕揚雄《法言·問道》：「刀不利，筆不銛。」銛，利也。

〔二八〕琢切，韓愈《雨中寄孟刑部幾道聯句》：「琢切奉明誡。」語出《詩經·衛風·淇奥》：「有匪君子，如切如磋，如琢如磨。」

〔二九〕陰憸，佞諂之謂。

〔三〇〕歐陽修《讀梅氏詩有感示徐生》：「凡人貴勉强，惰逸易安恬。」

【集評】

趙雅娟《「何難唐宋共鑪冶，别有才腸携手生」——論詹安泰先生的詩學宗尚及創作成就》：「這首詩既從風格上指出陳中凡詩學識兼具，格高而奇，矯健清麗，又指出其内容上憂國傷心，樸厚真摯。這種評價其實也是詹安泰先生自己對於詩歌創作内容與風格的追求。」

【按】

此詩應作於一九三九年末。

報丘汝濱宗華高陂〔一〕

別遠情胡適，山深鬢有霜。看花迷季侯，問俗記虞唐〔二〕。不改粗蠻態，寧憂大國殤。獨留肝膽在，和夢寄江鄉。

【箋注】

〔一〕邱汝濱（一八九八—一九七一），別名宗華，號矚雲樓，廣東潮安人，壬社社員，曾任職於廣東潮梅各屬電報局，有《矚雲樓吟草》《蕉窗隨筆》等。高陂，在今梅州市大埔縣，時丘汝濱任職其地。

〔二〕虞唐，虞舜、唐堯，喻上古太平盛世。《論語·泰伯》：「唐虞之際，於斯爲盛。」

樓居二首

真如酷吏竄邊州〔一〕，萬里荒城僦角樓〔二〕。補貼蠻箋兼障冷〔三〕，寬儲詞卷待瞞愁〔四〕。長謠不斷成賓戲〔五〕，小食非時與婦謀〔六〕。削稿驚看流寇記，對門誰復慕浮鷗。

白霧紅雲欲上衣，近山遠水碧相圍。杜公隱几能舒悶〔七〕，康子安貧可息機〔八〕。坎止流行誰管束〔九〕，畦蔬隴稻自香肥。但令少斂思歸恨，不道人間有是非。

【箋注】

〔一〕陸游《二月二十四日作》：「崖州萬里竄酷吏。」

〔二〕僦，賃也。

〔三〕蠻箋，蜀産箋紙也。韓浦《以蜀箋寄弟洎》：「十樣蠻箋出益州。」

〔四〕先生詞《高陽臺·潮安除夜和韓子耕》：「張彩瞞愁。」

〔五〕賓戲，班固有《答賓戲》，以賓戲主人作問答。《後漢書·班彪列傳》：「固自以二世才術，位不過郎，感東方朔、揚雄自論，以不遭蘇、張、范、蔡之時，作《賓戲》以自通焉。」

〔六〕《論語·鄉黨》：「不時不食。」鄭玄注曰：「不時，非朝、夕、日中時。」

〔七〕杜甫《悶》：「捲簾唯白水，隱几亦青山。」憑几，《莊子·齊物論》：「南郭子綦隱几而坐，仰天而噓。」成玄英疏曰：「隱，憑也。子綦憑几坐忘，凝神遐想。」

〔八〕康子，春秋魯人黔婁，謚曰康。陶潛《咏貧士》：「安貧守賤者，自古有黔婁。」

〔九〕坎止流行，《漢書·賈誼傳》：「乘流則逝，得坎則止。」顏師古注曰：「孟康曰：『《易》坎爲險，遇險難而止也。』張晏曰：『謂夷易則仕，險難則隱也。』」

病意

病意兼旬行坐疲，卧床妄想愈迷離。繁聲不時出耳際，邁步何日摩山眉。龍象有生乍入夢〔一〕，人天留眼與題詩。茶鐺藥竈伴誰去，鼻堊虱輪空汝奇〔二〕。

【箋注】

〔一〕龍象，釋家語也。《翻譯名義集·大論》：「那伽或名龍，或名象，是五千阿羅漢中最大力，以是故言如龍如象，水行中龍力最大，陸行中象力最大。」

〔二〕鼻堊，《莊子·徐無鬼》：「郢人堊慢其鼻端若蠅翼，使匠石斫之。匠石運斤成風，聽而斫之，盡堊而鼻不傷，郢人立不失容。」虱輪，《列子·湯問》載紀昌者學射於飛衛：「飛衛曰：『未也，必學視而後可，視小如大，視微如著，而後告我。』昌以氂懸虱於牖，南面而望之。旬日之間，浸大也。三年之後，如車輪焉。」

羅孟韋倬漢教授兄過訪山樓，快談竟日，賦此奉贈〔一〕

朝見蒼鵝飛，暮聽群胡嘯〔二〕。俄然風飄山，山山明野燒。龍蛇伸還屈〔三〕，海桑赴如召。昨夢寧獨休，忽來驚同調〔四〕。恍坐晋宋上，澄潭回遠照。又若横素琴，泠泠響清操。浄室閟古香，閑談發幽窔。長松想高標，浮溪憶孤棹。天道存剥復〔五〕，曲學嗟枉撓〔六〕。背膺撫誰憐，紅白凄相弔。披髮攢亂愁，攫心洞百竅。豈其腐肺肝，脱身隱霧豹〔七〕。豈其絶靈慧〔八〕，栖荒親玀獠〔九〕。注重意多矜〔一〇〕，口利覆彌巧。昔人戒虛誇，後生汨泥淖。蕩滌良已艱，狂蹌何可貌。猶畏工言子〔一一〕，觀空倘一笑。

【箋注】

〔一〕羅倬漢（一九〇一—一九八四），字孟韋、幹青，廣東興寧人，曾任政職，曾任教於中山大學、金陵大學、廣東省立文理學院、華南師範大學等校，有《論經學》《詩樂論》《史記十二諸侯年表考證》。時羅孟韋在澂江，任教於中山大學師範學院。

〔二〕蒼鶻，群胡也，見《韓山韓水歌寄邵潭秋（祖平）》詩注。

〔三〕《易傳·繫辭傳》：「龍蛇之蟄，以存身也。」《漢書·揚雄傳上》：「君子得時則大行，不得時則龍蛇。」

〔四〕謝靈運《七里瀨》：「誰謂古今殊，异世可同調。」李善注曰：「調，猶運也。謂音聲之和也。」

〔五〕剥復，盛衰消長之謂也。「剥」卦，坤下艮上，一陽在上爻，《易傳·彖傳·剥》：「柔變剛也。不利有攸往，小人長也。」「復」卦，震下坤上，一陽在初爻，《序卦傳》曰：「物不可以終盡，剥窮上反下，故受之以復。」

〔六〕曲學，學不以正道也。《禮記·月令》：「毋或枉橈。」孔穎達疏曰：「枉謂違法曲斷，橈謂有理不申，應重乃輕，應輕更重。」

〔七〕隱霧豹，劉向《列女傳·陶答子妻》：「妾聞南山有玄豹，霧雨七日而不下食者，何也？欲以澤其毛而成文章也，故藏而遠害。犬彘不擇食，以肥其身，坐而須死耳。』」

〔八〕《老子》：「絶聖弃智，民利百倍。」

〔九〕玀獠，猪犬之類。

〔一〇〕先生詩《溝水一首贈楊瘦子（光祖）》「矜心起重注。」句下自注云：「莊子注：『重則心矜。』」

〔一一〕工言，巧言也。阮籍《咏懷》：「拔劍臨白刃，安能相中傷。但畏工言子，稱我三江旁。」

同程維巧及内人、稚女重游東龍潭〔一〕

前度人來今剩半，荷枯柳老澹寒漪。潭心細泡騰騰起，屋角鈎藤宛宛垂。待上浮圖看落日〔二〕，慚無清夢到春池。放愁預約桃花雨，聞春到桃花奇艷。說與妻孥意豈知。

【箋注】

〔一〕程維巧，曾就讀於廣州培道女中，任《培道學生》編輯，有《洪水傳説與夏禹的地理環境》等。内人、稚女，謂先生妻柯娥仙、長女詹慧明也，先生赴任中山大學後，妻女乃隨赴滇。東龍潭，在澂江，見《出澂江廢城登麒麟山》詩注。

〔二〕浮圖，佛塔也。東龍潭在闕摩山華藏寺下，故云。

【按】

此詩應爲一九三九年旅澂所作。

己卯除夜

又驚歲月去堂堂〔一〕，脱亂祛貧未有方。與鑷短髭寧避白〔二〕，强開病眼爲思鄉。邊笳鄰笛都成怨〔三〕，賣劍買牛倘可商〔四〕。何日真符大吉利，不勞催淚落哀章。

【箋注】

〔一〕陸游《秋思六首》：「南鄭歸來二十霜，背人歲月去堂堂。」

〔二〕左思《白髮賦》：「星星白髮，生於鬢垂。……將拔將鑷，好爵是縻。」李白《秋日煉藥院鑷白髮》詩：「鑷白坐相看。」

〔三〕邊笳，即胡笳。鄰笛，典出向秀《思舊賦》序：「余逝將西邁，經其舊廬，於時日薄虞淵，寒冰凄然，鄰人有吹笛者，發聲寥亮，追思曩昔游宴之好，感音而嘆。」

〔四〕《漢書·循吏傳·龔遂》：「民有帶持刀劍者，使賣劍買牛，賣刀買犢，曰：『何爲帶牛佩犢！』」」蘇軾《次韵曹九章見贈》：「賣劍買牛真欲老，得錢沽酒更無疑。」又《浣溪沙（傾蓋相逢勝白頭）》：「賣劍買牛吾欲老，乞漿得酒更何求。」

【按】

此詩作於己卯除夜，即新曆一九四〇年二月，時先生在澂江。

庚辰元日

慣向山城數歲晨，敢辭鬢髮逐年新。平生所學知何用，晚輩相過若至親〔一〕。浩蕩從看一起痌，健頑未信終逃秦〔二〕。欲窮百國异書讀，且領江天自在春。

【箋注】

〔一〕《年譜》「一九四〇年」下：「據詹伯慧先生回憶，在雲南中大期間，除湯擎民外還有幾位潮籍學生丘陶常（歷史系）、陳叔良（中文系）、方書春（哲學系）、許寄儂（師範）、鄭碧珠（中文系）及福建籍的陳必恒（中文），經常到先生住所品茶求教，共叙鄉情。」

〔二〕逃秦，典出陶淵明《桃花源記》：「自云先世避秦時亂，率妻子邑人，來此絶境，不復出焉。遂與外人閑隔，問今是何世，乃不知有漢，無論魏晉。」

【按】

此詩作於庚辰元日，即新曆一九四〇年二月，時先生在澂江。

次均幹青倬漢除夕見酬之作二首〔一〕

修阻關河客夢殘〔二〕，雲昏石老感無端〔三〕。萬千哀怨從頭掩，瞞昧光陰一指彈。冠服污頑癡自檢〔四〕，姓名剥落畏人看。屠蘇共醉寧非忝〔五〕，待乞靈犀與辟寒〔六〕。

十年塵海苦縈牽，又見山精欲夜然。《涉江賦》：「百籟夕奏，山精夜然。」〔七〕待學虞翻窮繹易〔八〕，耻聞郭隗壯干燕〔九〕。高辭難作弓刀賣〔一〇〕，亂世何當一再遷。試上昆侖媲肝膽，重羅天地入新編。

【箋注】

〔一〕羅倬漢（幹青），見前注。

〔二〕陸游《雙頭蓮（風捲征塵）》：「悲歡夢裏。奈倦客、又是關河千里。」

〔三〕張炎《疏影（柳黄未結）》：「却笑歸來，石老雲荒，身世飄然一葉。」

〔四〕《楚辭·漁父》：「吾聞新沐者必彈冠，新浴者必振衣。」

〔五〕屠蘇，酒名。古俗以農曆正月初一飲屠蘇酒。《荆楚歲時記》：「長幼悉正衣冠，以次拜賀，進椒柏酒，飲桃湯，進屠蘇酒。」

〔六〕靈犀辟寒，《開元天寶遺事》：「開元二年冬至，交趾國進犀一株，色黄如金。使者請以金盤置於殿中，温温然有暖氣襲人。上問其故，使者對曰：『此辟寒犀也。』」

〔七〕語出曹毗《涉江賦》。

〔八〕虞翻繹易，三國時人虞翻有《周易注》九卷。《三國志》裴松之注引《翻别傳》：「所覽諸家解不離流俗，義有不當實，輒悉改定，以就其正。」「以典籍自慰，依易設象，以占吉凶。又以宋氏解玄頗有繆錯，更爲立法，并著明楊、釋宋以理其滯。」

〔九〕郭隗干燕，《戰國策·燕策》：「昭王曰：『寡人將誰朝而可？』郭隗先生曰：『臣聞古之君人，有以千金求千里馬者，三年不能得。涓人言於君曰：「請求之。」君遣之。三月得千里馬，馬已死，買其首五百金，反以報君。君大怒曰：「所求者生馬，安事死馬而捐五百金？」涓人對曰：「死馬且買之五百金，况生馬乎？天下必以王爲能市馬，馬今至矣。」於是不能期年，千里之馬至者三。今王誠欲致士，先從隗始。隗且見事，况賢於隗者乎？豈遠千里哉？』」

〔一〇〕按，先生詩《己卯除夜》「賣劍買牛倘可商」，句意近之。

【按】

此詩應作於一九四〇年春。

短古呈雁晴師〔一〕

夫子聲聞久四壅，體大無方從者衆。草玄綉虎各有歸〔二〕，獨惜醯鷄有一瓮〔三〕。道南易東紛成徒〔四〕，誰歟甘作西家愚。十五年來知何似，失笑門生竊老夫〔五〕。

【箋注】

〔一〕李笠（一八九四—一九六二），字雁晴，浙江里安人，歷任中山大學、之江大學、中央大學、南開大學、復旦大學諸校教授，有《殷契探釋》《卜詞字例隅釋》《文字學總凡》《史記訂補》等。《年譜》引先生《幹部經歷表》（一九五六年）：「在廣東大學讀書時，他是我的老師，後來我任中大時，他是中文系主任。關係好，過從密。」

〔二〕草玄，揚雄有《太玄》。《漢書·揚雄傳下》：「時雄方草《太玄》，有以自守，泊如也。」綉虎，《類説》引《玉箱雜記》：「曹植七步成章，號綉虎。」

〔三〕醯鷄，《莊子·外篇·田子方》：「孔子出，以告顔回曰：『丘之於道也，其猶醯鷄與。微夫子之發吾覆也，吾不知天地之大全也。』」郭象注曰：「醯鷄者，醋瓮中之蠛蠓。」

〔四〕道南，《宋史·道學傳》：「時河南程顥與弟頤講孔孟絶學於熙、元之際，河洛之士翕然師之。時調官不赴，以師禮見顥潁昌，相得甚歡。其歸也，顥目送之曰：『吾道南矣。』」易東，《漢書·儒林列傳·丁寬》：「初，梁項生從田何受《易》，時寬爲項生從者，讀《易》精敏，材過項生，遂事何。學成，何謝寬。寬東歸，何謂門人曰：『《易》以東矣。』」

〔五〕先生《斠玄夫子寄清暉吟藁屬爲點定》詩：「一往十五年，遂忝爲人師。」

幹青贈詩，愛勉甚至，賦此報謝〔一〕

近句欲師孟貞曜，秃筆曾拜梅宛陵〔二〕。并絶温歡樂枯槁，朱晦庵以梅詩爲枯槁。鄭子尹

《書東野集後》：「峭性無温容，酸情無歡蹤。」[三] 寧必傲慢矜崚嶒。香艷或時入懷抱，一落故紙生劍稜。遂令觀者嫉且走，如避腥穢當晨興。獨有潮安石銘老[四]，六十骨氣猶騰騰。以私所好每相過，袖拂寒鐘答寒蠅[五]。旁人贊嘆若鄭莫[六]，安知大小判齊鄫[七]。平生快意難久駐，驀來荒徼呼無譍。血軀挺立聲懾魄，放肆孰與乘春登。負手偶逢大月上，對門苦憶清時朋。海山隔阻悵琢切[八]，况聞講學交凛兢[九]。擘箋不意得吾子，餘事猶欲詩文倆[一〇]。揚歷幽燕暨三島[一一]，惜哉有句篋藏仍。談吐自堪藥懵懂，元黄且試分鳩鷹[一二]。塗鬆漫垩競粉飾㊀[一三]，鬥新誇异争師承。白馬花袍非真健[一四]，烟行媚視將焉憑[一五]。譬際九秋弄浮靚，經霜紅葉脱層層。説魚夢飽何預已[一六]，政恐夕壅隨朝崩[一七]。古來文士類雄杰，趨同造獨難雙凭。捫摩日月苟踣蹟[一八]，豈勝鍵户曲其肱㊁[一九]。箕口狐威誠何畏[二〇]，甘辭譎誘徒招憎[二一]。舊見游龍在勺水，亦有躍蛟穿繩罾。鷄蟲得失庸足算[二二]，暫共笑謔煮枯藤。早晚深杯飛嶺表，邀約石老燃明燈。但使心精耿長在，撐持絶學看誰能。

【校記】

㊀「塗鬆」，手鈔本原作「塗鴉」，後改。

㈡「鍵」，手鈔本作「健」，應爲鈔誤，逕改。

【箋注】

〔一〕羅倬漢（幹青），見前注。

〔二〕孟貞曜，即孟郊。梅宛陵，即梅堯臣。

〔三〕宋人朱熹，號晦庵。《朱子語類》：「或曰：『聖俞長於詩。』曰：『詩亦不得謂之好。』或曰：『其詩亦平淡。』曰：『他不是平淡，乃是枯槁。』」清人鄭珍，字子尹。「峭性」「酸情」句出鄭珍《巢經巢詩集》。

〔四〕石維岩（銘吾），潮安人，見前注。

〔五〕《禮記·學記》：「善待問者如撞鐘，叩之以小者則小鳴，叩之以大者則大鳴。」

〔六〕鄭莫，指清詩人鄭珍、莫友芝。鄭珍，見前注。莫友芝，字子偲，號郘亭，晚號眲叟，貴州獨山人，道光舉人，有《郘亭詩鈔》《郘亭知見傳本書目》《聲韵考略》等。鄭、莫同出程恩澤門下，俱爲西南大師。陳衍《石遺室詩話》：「黔詩人莫、鄭并稱，均多亂離之作。二人工力略相伯仲，子尹詩情尤摯耳。」又謂道咸以來生澀奥衍一派，「鄭子尹珍之《巢經巢詩鈔》爲其弁冕，莫子偲足羽翼之。」

〔七〕齊鄫，東周時國名。齊，大國也；鄫，小國也。

〔八〕琢切，《詩經·衛風·淇奥》：「有匪君子，如切如磋，如琢如磨。」

〔九〕凜兢，謹肅貌。陸游《養氣》：「凜凜春冰履，兢兢拱璧藏。」

〔一〇〕韓愈《和席八十二韵》：「多情懷酒伴，餘事作詩人。」

〔一一〕幽燕，地名，今河北北部及遼寧一帶，唐前屬幽州，戰國時屬燕國，故稱。三島，指日本。羅倬漢曾就讀於日本京都大学研究院，故云。

〔一二〕元黄，猶言玄黄。《易傳·文言傳·坤》：「天玄而地黄。」鳩鷹，《禮記·月令》：「驚蟄之日，鷹化爲鳩。」又：「七月，鳩化爲鷹。」

〔一三〕赤黑色之生漆曰髹。以白物塗之曰堊。

〔一四〕白馬花袍，李賀《洛姝真珠》：「花袍白馬不歸來，濃蛾叠柳香脣醉。」

〔一五〕烟行媚視，李賀《洛姝真珠》：「金鵝屏風蜀山夢，鸞裾鳳帶行烟重。」王琦注曰：「行烟，即行雲行雨之謂。」

〔一六〕説魚，《莊子·秋水》：「莊子與惠子游於濠梁之上。莊子曰：『鯈魚出游從容，是魚之樂也。』惠子曰：『子非魚，安知魚之樂？』莊子曰：『子非我，安知我不知魚之樂？』」夢者，蓋出《莊子·齊物論》：「方其夢也，不知其夢也。夢之中又占其夢焉，覺而後知其夢也。且有大覺而後知此其大夢也。」

〔一七〕壅，河壅也；崩，山崩也。

〔一八〕踣躓，傾跌也。

〔一九〕曲肱，《論語・述而》：「子曰：『飯疏食，飲水，曲肱而枕之，樂亦在其中矣。』」

〔二〇〕箕，星宿名。箕口，古人以箕宿爲天口，主出氣，主口舌，喻讒佞之人。《詩經・小雅・巷伯》：「哆兮侈兮，成是南箕。彼譖人者，誰適與謀。」狐威，典出《戰國策・楚策》：「虎求百獸而食之，得狐。狐曰：『子無敢食我也。天帝使我長百獸，今子食我，是逆天帝命也。子以我爲不信，吾爲子先行，子隨我後，觀百獸之見我而敢不走乎？』虎以爲然，故遂與之行。獸見之皆走。虎不知獸畏己而走也，以爲畏狐也。」

〔二一〕甘辭，諛詞也。譎誘，權詐也。

〔二二〕鷄蟲，喻微細物。杜甫《縛鷄行》：「鷄蟲得失無了時，注目寒江倚山閣。」王安石《絶句》：「鷄蟲得失何須算，鵬鷃逍遥各自知。」

失題五首 澂江作

鈴鐸無聲夜向闌，鏡棱欺鬢燭光寒。縱來海嘯通雲氣，如夢芳華不耐看。
百抑雄愁莫問天。紅氍毹地漫腥膻〔一〕。流珠慧語通明殿，記否承恩最少年〔二〕。

飛揚寧忘漢家封〔三〕，磨杵成針術易窮〔四〕。輸與狂生索酒去〔五〕，放喉高唱大江東〔六〕。

空懷抱月架雲梯，蕉櫪深蒼步步迷〔七〕。驀聽不如歸去好，千山無數杜鵑啼〔八〕。

莫問淮南米有無〔九〕，夢中猶見渡河呼〔一〇〕。天留一笑千峰頂〔一一〕，翻憶當年舊狗屠〔一二〕。

【箋注】

〔一〕紅氍毹，演劇舞臺所用之綫毯。按，或喻時政。

〔二〕錢起《送張將軍征西》：「長安少年唯好武，金殿承恩爭破虜。」

〔三〕飛揚，語出劉邦《大風歌》。《史记·高祖本纪》：「高祖還歸，過沛，留置酒沛宫，悉召故人父老子弟縱酒，發沛中兒得百二十人，教之歌。酒酣，高祖擊築，自爲歌詩曰：『大風起兮雲飛揚，威加海内兮歸故鄉，安得猛士兮守四方！』」

〔四〕《潛確居類書》：「李白少讀書，未成，弃去。道逢老媪磨杵，白問其故。曰：『欲作針。』白感其言，遂卒業。」

〔五〕狂生，指漢人酈食其，《史记·酈生陸賈列傳》：「酈生食其者，陳留高陽人也。好讀書，家貧落魄，無以爲衣食業，爲里監門吏，然縣中賢豪不敢役，縣中皆謂之『狂生』。……初，沛公引兵過陳留，酈生踵軍門上謁……使者出謝曰：『沛公敬謝先生，方以天下爲事，未暇見儒人也。』酈生瞋目案劍，叱使者曰：『走復入言沛公，吾高陽酒徒也，非儒人也！』」此句「狂生索酒」，語出蘇軾《上元夜》：「狂生來索酒（自注云：「賈道人也。」），一舉輒數升。」

〔六〕俞文豹《吹劍續録》：「東坡在玉堂，有幕士善謳。因問：『我詞比柳詞何如？』對曰：『柳郎中詞，只好十七八女孩兒執紅牙板唱楊柳岸曉風殘月，學士詞，須關西大漢執鐵板唱大江東去。』」

〔七〕先生詞《采桑子·韓山寓興》：「八年已共韓山老，烏雀瓏玲。蕉櫪蕭森，外有回波照眼明。」

〔八〕杜鵑啼，典出《蜀王本紀》：「蜀望帝淫其臣鱉靈之妻，乃禪位而逃，時此鳥適鳴，故蜀人以杜鵑鳴爲悲望帝，其鳴爲『不如歸去』云。」梅堯臣《杜鵑》：「蜀帝何年魄，千春化杜鵑。不如歸去語，亦自古來傳。」

〔九〕淮南米，杜甫《解悶》：「爲問淮南米貴賤，老夫乘興欲東流。」語出《晉書》：「王述年三十未知名，人謂之癡。導以門第辟之，既見，唯問江東米價，述張目不答。」

〔一〇〕渡河呼，崔豹《古今注》：「子高晨起刺船，有一白首狂夫，被髮提壺，亂流而渡，其妻隨而止之，不及，遂墮河而死。於是援箜篌而鼓之，作《公無渡河》之曲，聲甚凄愴，曲終，亦投河而死。霍里子高還，以其聲語妻麗玉，玉傷之，乃引箜篌而寫其聲，聞者莫不墮淚飲泣焉。麗玉以其聲傳鄰女麗容，名曰《箜篌引》焉。」漢樂府《箜篌引》：「公無渡河，公竟渡河。墮河而死，當奈公何！」

〔二〕《續古尊宿語要》載南宋僧釋本才偈語：「相逢一笑千峰頂，高下森羅百億身。」

〔三〕狗屠，《史記·刺客列傳》：「荊軻既至燕，愛燕之狗屠及善擊筑者高漸離。荊軻嗜酒，日與狗屠及高漸離飲於燕市，酒酣以往，高漸離擊筑，荊軻和而歌於市中，相樂也，已而相泣，旁若無人者。」

【按】

此詩爲先生旅澂時期所作。

雜感寄高瘖盦〔一〕 三首

巒山泉水故難清〔二〕，流輩高奇浪得名。何似浣花溪畔去〔三〕，噫餘靈響答春聲。

一日愁雲鬱不開，遂滿庭院長莓苔。東風倘爲吹愁破〔四〕，海鶴何時見一來〔五〕。

百不如人祇詩苦〔六〕，少壯相看有二陵。指宛陵、廣陵。瘖盦近詩學廣陵。〔七〕聞道詩與年俱老〔八〕，耆年楊陸待誰僞〔九〕。

【箋注】

〔一〕高二適（痯盦），見前注。

〔二〕杜甫《佳人》：「在山泉水清，出山泉水濁。」

〔三〕浣花溪，《玉芝堂談薈》：「成都府城西南有浣花溪，一名百花潭。任夫人微時，見一僧墜污渠，爲濯其衲，百花滿潭。」杜甫宅在浣花溪上。

〔四〕屈大均詞《殢人嬌》：「生恨東風，不解吹愁西去。」

〔五〕海鶴，喻故人。先生《爲吴述華（書發）壽姚秋老》詩：「自然海鶴風姿古。」

〔六〕李白《戲贈杜甫》：「借問别來太瘦生，總爲從前作詩苦。」

〔七〕宛陵，即梅堯臣，見前注。宋人王令，字逢原，詩學韓孟，有《廣陵集》。

〔八〕趙執信《贈老友王羲文》：「詩格年俱老。」孫過庭《書譜》：「通會之際，人書俱老。」

〔九〕楊陸，或謂楊萬里、陸游。按，楊陸晚歲詩趨平淡自然，《甌北詩話》：「放翁詩凡三變。宗派本出於杜，中年以後，則益自出機杼，盡其才而後止。……是放翁詩之宏肆，自從戎巴、蜀而境界又一變。及乎晚年，則又造平淡，并從前求工見好之意亦盡消除，所謂『詩到無人愛處工』者，劉後村謂其『皮毛落盡』矣。」楊萬里《讀張文潛詩》：「晚愛肥仙詩自然，何曾綉繪更雕鎸。春花秋月冬冰雪，不聽陳玄衹聽天。」

【按】

此詩爲先生旅瀫時期所作，時高瘖盦或入蜀從政。

游昆明翠湖〔一〕

十日山城塵慮攖，夕陽橋外翠湖明。雙摇紅槳飛長笛，幾見垂楊坐小鶯。夜夢應猶含谷氣，客游真悔慕虚名。一痕詩思凉生雨〔二〕，何日重來聽雨聲。

【箋注】

〔一〕雲南昆明翠湖，舊稱九龍池。清《雲南通志·雲南府》「九龍池」下云：「在昆明縣城内，清迴秀澈，蔬圃居其半，又曰『菜海稻田』，蓮池又半之，沿五華右，貫城西南，啣達滇池。昔爲沐氏别業，名『柳營』。」

〔二〕先生詞《點絳唇（費盡爐紅）》：「天如夢，一痕燈共，雨又瀟瀟送。」

【集評】

「幾見垂楊坐小鶯」，陳渺之《嶺東二十世紀詩詞述評》：「四句『坐』字奇。」

《嶺東二十世紀詩詞述評》引陳彪曰：「唐韵，蓋詹詩中不多見。前四句唐調，末聯晚唐調，唯頸聯宋調。」

傅尚霖博士將離澂江，索詩贈别〔一〕

飲譽英年滿上京，何當蠖屈此山城。焦唇敝舌知誰會〔二〕，脱軫抽琴肯自鳴〔三〕。投水草蛇驚放縱〔四〕，過江名士誤廉貞〔五〕。不成歌哭惟癡笑，别有肝腸未許名。

【箋注】

〔一〕傅尚霖，曾任教於中央大學、中山大學等校，主治社會學，有《世界糧食恐慌的剖視》《中國家庭的特點》等。

〔二〕曹植《善哉行》：「來日大難，口燥唇乾。」

〔三〕黃庭堅《次韵孫子實題少章寄寂齋》：「余欲造之深，抽琴去其軫。寄寂喧哄間，此道有汲引。」韓愈《送孟東野序》：「大凡物不平則鳴。」

〔四〕《南唐近事》：「汝雖打草，吾已蛇驚。」

〔五〕過江名士，見《聽歌舞團陳翠寶唱大鼓詞率成長句》詩注。又《詩人節懷屈原》：「誤念廉貞餘事耳。」

絶句二首

研經誰似賈長頭〔一〕，到眼無能辨馬牛〔二〕。矜怪立奇嗟一律，昆侖東蹋水西流〔三〕。

舊家法物等澆漓〔四〕，小道千年獨可私。倚聲爲异域所無。說似屯田吾亦肯，只愁無旨與填詞〔五〕。

【箋注】

〔一〕賈長頭，《東觀漢記》：「賈逵，字景伯，能講左氏及五經本文，以大小夏侯尚書教授。長八尺二寸，諸儒爲之語曰：『問事不休賈長頭。』」

〔二〕辨馬牛，語出《莊子·秋水》：「秋水時至，百川灌河，涇流之大，兩涘渚崖之間，不辨牛馬。」

〔三〕昆侖在西北，水向東流，東蹋西流者，非正道行也。

〔四〕澆漓，薄酒之類。先生詩《上石遺先生》：「故家文字等秕糠。」

〔五〕宋詞人柳永，曾任屯田員外郎，故稱「柳屯田」。《能改齋漫録》：「仁宗留思儒雅，務本理道，深斥浮艷虛薄之文。初，進士柳三變好爲淫冶曲調，傳播四方。嘗有《鶴冲天》詞云：『忍把浮名，换了淺斟低唱。』及臨軒放榜，特落之，曰：『此人風前月下，好去淺斟低唱，何要浮名，且填詞去。』三變由此自稱奉旨填詞。」

春盡日聞楓溪柳堂被毁〔一〕

苦送春歸愁不歸，幾聞種柳碧成圍〔二〕。應無皎月流深巷，誰共林烏坐夕暉。生世亂離寧獨惜，天心浩蕩恐難非。沉憂莫上山樓望，花落鵑啼草正肥。

【箋注】

〔一〕楓溪柳堂，先生妻外家祖宅也，見前注。

〔二〕《世説新語·言語》：「桓公北征經金城，見前爲琅邪時種柳，皆已十圍，慨然曰：『木猶如此，人何以堪！』」

東坡書陶詩小楷墨迹，丹師命題〔一〕

平生喜臨東坡字，平生喜讀東坡詩。亦猶東坡喜淵明〔二〕，和詩作字無時離。昔人論字與詩若，謂必脱俗無豐肥。我意東坡必不爾，點畫肥厚生奇姿〔三〕。豈獨饅頭喻不倫〔四〕，氣韵每每鍾王期〔五〕。硬黄顛米庸渠偶〔六〕，妖歌嫚舞真兒欺。東坡《題逸少帖》：「妖歌嫚舞眩兒童。」小楷流傳世尤罕，斂神八極藏芥微〔七〕。凝静中實具情態，粲女含春羞簾帷。又如孤雲當落日，有意無意閑且癡。須臾擁出團團月，花花世界堆琉璃〔八〕。摩挲大可忘肉味〔九〕，諷咏况復存高辭。問誰清福得坐享，出自内府歸吾師。據丹師考，此墨迹舊藏紹興内府。〔一〇〕吾師博古天下知，廣蓄書畫盈敦彝〔一一〕。玩好敢不惜日力，入眼非此難愉怡。亂來避地居滬瀆，賴得神物一揚眉。神物定有神呵護，不然俗客胡見遺。因加勘校與題句，抉發秘伏判然疑。遂令八百年前人，恍若覿面飛峨嵋〔二〕。儕輩見之魂傎倒，師寓物耳寧物移〔三〕。政猶黃樓樓下水，藉以洗耳兼療飢〔四〕。所嗟賤子竄荒徼，雖平生喜未由窺。何時展拜兵燹後，一洗積悶清心脾。

【箋注】

〔一〕温廷敬（一八六九—一九五四），字丹銘，號止齋，廣東大埔人，曾與丘逢甲等人創嶺東同文學堂，爲掌教。辛亥革命後，任惠潮嘉師範學校首任校長，後落籍汕頭，有《補讀書樓文集》《明季潮州忠逸史》《經史金文證補》《潮州詩萃》等。

〔二〕東坡喜淵明，蘇轍《子瞻和陶淵明詩集引》記東坡語：「吾於詩人，無所甚好，獨淵明之詩。」「吾於淵明，豈獨好其詩也哉？如其爲人，實有感焉。」

〔三〕杜甫《李潮八分小篆歌》：「書貴瘦硬方通神。」《丹鉛總録》：「杜子美論書則貴瘦硬論，畫馬則鄙多肉此，自其天資所好而言耳，非通論也。大抵字之肥瘦，各有宜，未必瘦者皆好而肥者便非也。」蘇軾《孫莘老求墨妙亭詩》：「千載筆法留陽冰，杜陵評書貴瘦硬。此論未公吾不憑，短長肥瘦各有態。」

〔四〕梅堯臣《韵語答永叔内翰》：「世人作肥字，正如論饅頭。厚皮雖然佳，俗物已可羞。」

〔五〕鍾王，即鍾繇、王羲之。庚肩吾《書品》：「人世之所學，惟張有道、鍾元常、王右軍其人也。……鍾天然第一，工夫次之，妙盡許昌之碑，窮極鄴下之牘。王工夫不及張，天然過之；天然不及鍾，工夫過之。」

〔六〕硬黄，謂黄庭堅。黄氏書迹，張孝祥跋山谷書帖引宋徽宗評曰：「如抱道足學之士，坐高車駟馬之上，横斜高下，無不如意。」仇遠跋山谷書《高松賦》：「挺挺如長松出岫。亭亭如翠柏干霄。」顛米，謂米芾，《東坡詩話》：「元章素性清狂，人以爲米顛。」

〔七〕八極，八方之極也。芥微，喻極小者。《維摩詰經·不思議品》：「以須彌之高廣内芥子中，無所增減。」

〔八〕花花世界，釋家語，《華嚴經》：「佛土生五色莖，一花一世界，一葉一如來。」

〔九〕忘肉味，《論語·述而》：「子在齊聞《韶》，三月不知肉味，曰：『不圖爲樂之至於斯也。』」

〔一〇〕温丹銘《題東坡〈歸去來辭集字詩十首小楷册〉》詩序云：「曾入紹興内府，元代歸許文正，明末歸韓逢禧，清初歸梁王立及高士奇，故各有其印章，又有『太室』印，不知誰何。明陳繼儒刊入《晚香堂蘇帖》。」南宋時紹興内府，《齊東野語》：「紹興内府所藏，不減宣政。」

〔一一〕敦、彝，禮器之類。

〔一二〕八百年前人，蘇東坡也。先生詩《斠師自成都惠貽近照敬題長句》：「峨嵋髣髴落尊前。」

〔一三〕寓物，寄情也。物移，《左傳·昭公二十八年》：「夫有尤物，足以移人。」

〔一四〕黄樓，地名，在徐州，蘇軾任彭城守時所建，堊以黄土，取「土實勝水」之義，故名。蘇軾《答王鞏》：「此外有黄樓，樓下一河水。美哉洋洋乎，可以療飢并洗耳。」洗耳，典出皇甫謐《高士傳》：「巢父聞許由之爲堯所讓也，以爲污，乃臨池水而洗耳。」

【按】

此詩所題東坡書陶詩，應即蘇軾《歸去來辭集字詩十首小楷册》，乃温丹銘在上海搜求所得。温丹銘《亂離集》有《題東坡〈歸去來辭集字詩十首小楷册〉》詩，其序云：「東坡小楷傳者甚少，此尤妍秀。蓋前人所謂謫黄州後書，自魯公北海外兼致力於二王者，然筆筆却是東坡本色。……避地來滬，去歲得此。」

姚秋園先生梓芳七十壽詩〔一〕

榕中夙以文士著〔二〕，近尤杰出曾與丁〔三〕。叔雅高才驚海内，剛父詩筆標凄清。并時古文公第一，沉浸穠鬱餐華英〔四〕。直踵八家祧揚馬〔五〕，寧獨法乳嗣桐城〔六〕。此道古難今垂絕，庸妄每每忘心盲。飣餖臚列獵采藻〔七〕，如傅脂粉於村傖。末流叫囂更不恤，欲弃冠帶回猩猩〔八〕。廢書蔑古競鄙野，牙牙學語交偁傾〔九〕。直令師儒群負手，太息驚呼目瞠瞠。朝夜不見日月星，非癡非狂孰與争〔一〇〕。力戰險怪詎言勇，自然外肆而中弸〔一一〕。遠略既見廊廟具〔一二〕，字向紙上亦峥嶸。秋園文集不脛走〔一三〕，一讀能豁昏花睛。當日三子實互美〔一四〕，投老骨氣獨奇横。今年七十暫息影〔一五〕，遠近祝壽紛持觥。我謂公壽天之賜，杯行到手必無停。斯文未喪所繫大〔一六〕，激濤駭浪看孤撑。請共壽公長駐顏，黄芽液與青溪精〔一七〕。

【箋注】

〔一〕姚梓芳（一八七一—一九五一），字君慤，號覺庵，晚署秋園老人，廣東揭陽磐溪人，曾任法部主事、暹羅華僑宣慰使、潮梅行政考察等職，曾任揭陽縣修志館館長，詩文宗桐城，有《覺庵叢稿》《秋園文鈔》《勸學堂四書文》《廣西辦學文稿》等。

〔二〕榕中，即揭陽。

〔三〕曾、丁，指揭陽近代詩人曾習經、丁惠康。曾習經（剛甫），見前注。丁惠康（一八六八—一九〇九），字叔雅，號惺庵，丁日昌之子，有《丁叔雅詩集》，陳石遺謂其「能詩善書精鑒別，聲名藉甚，當世士夫無不知有丁叔雅」。石銘吾《姚氏學苑庚辰題辭》：「光宣吾州數詩文，於詩曾丁稱异軍。」

〔四〕韓愈《進學解》：「沉浸醲鬱，含英咀華。」

〔五〕八家者，唐韓愈、柳宗元，宋歐陽修、蘇洵、蘇軾、蘇轍、曾鞏、王安石，明朱右選有《八先生文集》。揚馬，指揚雄、司馬相如，劉勰《文心雕龍·練字》：「陳思稱揚馬之作，趣幽旨深。」祧，繼承也。

〔六〕法乳，釋家語，《涅槃經·如來性品》：「飲我法乳，長養法身。」姚秋園古文師承桐城，故云。桐城，清方苞、劉大櫆、姚鼐諸家以文名，以其皆籍安徽桐城，世稱爲桐城派。曾國藩《歐陽生文集序》：「乾隆之末，桐城姚姬傳先生鼐，善爲古文辭，慕效其鄉先輩方望溪侍郎之所爲，而受法於劉君大櫆及其世父編修君範。三子既通碩望，姚先生治其術益精。歷城周永年書昌爲之語曰：『天下之文章，其在桐城乎！』由是學者多歸向桐城，號『桐城派』。」

〔七〕飣餖，喻堆砌雜湊。

〔八〕冠帶，喻禮儀教化。猩猩，喻禽獸。

〔九〕牙牙，小兒學語聲。石維岩《讀〈石遺室詩集〉呈石遺老人》：「年來詩道衰，白戰方披猖。其中空無有，咀嚼若秕糠。話言謂獨創，寒山實濫觴。謂辟新紀元，擊壤早津梁。自命活文學，病已入膏肓。」

〔一〇〕韓愈《誰氏子》：「非癡非狂誰氏子。」

〔一一〕肆，極也。弸，弓彊貌。

〔一二〕廊廟，《三國志・蜀書・許靖傳》：「許靖夙有名譽，既以篤厚爲稱，又以人物爲意，雖行事舉動，未悉允當，蔣濟以爲『大較廊廟器』也。」

〔一三〕《甌北詩話・白香山詩》：「文人學士既嘆爲不可及，婦人女子亦喜聞而樂誦之。是以不脛而走，傳遍天下。」

〔一四〕三子者，曾習經、丁惠康、姚梓芳。

〔一五〕息影，《莊子・漁父》：「處陰以休影，處靜以息迹。」

〔一六〕斯文未喪，《論語・子罕》：「子畏於匡。曰：『文王既没，文不在兹乎？天之將喪斯文也，後死者不得與於斯文也。天之未喪斯文也，匡人其如予何？』」

〔一七〕黄芽液、青溪精，學仙也，見《鬱鬱四首》詩注。

【按】

此詩應作於一九四〇年，時姚氏在揭陽榕城史巷舊廢地塊建學苑講學。

爲吳述華書發壽姚秋老述華，秋老孫婿也㊀〔一〕

人間麟鳳不世出〔二〕，天上斗星時見之〔三〕。臨文寧薄唐以下〔四〕，高懷直與晋爲期。
自然海鶴風姿古，欲訂烟霞兵火滋。歲歲北堂看大慶〔五〕，且憑尊酒養厖眉〔六〕。

【校記】

㊀ 此詩亦載於姚梓芳《秋園文鈔》爲姚秋園集庚寅題辭。

【箋注】

〔一〕姚梓芳（秋園），見前注。吳述華（書發），姚之孫婿。

〔二〕蘇軾《司馬温公神道碑》：「公如麟鳳，不鷙不搏。」

〔三〕《詩經·小雅·大東》：「維北有斗，不可以挹酒漿。」

〔四〕按，先生詩《姚秋園先生（梓芳）七十壽詩》評姚詩文「直踵八家祧揚馬，寧獨法乳嗣桐城」，此之謂也。

〔五〕北堂，母家也。《詩經·衛風·伯兮》：「焉得諼草，言樹之背。」毛氏傳曰：「諼草令人忘憂。背，北堂也。」《野客叢書·萱堂桑梓》：「今人稱母爲北堂萱，蓋祖《毛詩·伯兮》詩。」

〔六〕厖眉，王褒《四子講德論》：「厖眉耆耈之老，咸愛惜朝夕，願濟須臾。」李善注曰：「謂眉有白黑雜色。」

【按】

此詩應爲一九四〇年祝秋園老人壽時代擬。

朱梅癡守一將返蜀任軍管區秘書，臨別索詩賦贈〔一〕

萬花指天天如錦，湖光瀲灩山倒浸。風晨月夕試放歌，勝於清酒三升飲。夏不炎熱冬不寒，無憂復得安高枕〔二〕。舍此子今將胡適，令我乍聽危疑甚。遑遑塵路信有人，豺虎爲友鬼爲鄰。一燒已使睡龍躍，一笑誰買三千春。積慮銷骨懺彌厚，剥落儒墨亦已久。上庠東序當濡首〔三〕，門前況種先生柳〔四〕。壯年抱負真不凡，入户出户耐力擔。百萬甲兵羅胸腹，山水景物寧深貪。蜀州自昔靈氣含，蜀產自昔多奇男。子才實具文與武，去矣毋復戀茲土。

【箋注】

〔一〕朱守一，號梅癡，巴蜀人，師從向楚，有《梅癡吟稿》《梅花詩集》。時朱或在滇南，將返蜀從政。四川省軍管區司令部設立於一九三八年六月，直隸於其時國民政府軍政部。

〔二〕先生詩《旅滇一月所懷萬端紀以長句》謂滇南之地：「况聞氣候此最佳，冬不嚴寒夏不熱。雨晴布配極平匀，得天獨厚世難埒。」

〔三〕上庠、東序，即大學。濡首，語出《易經·未濟》：「上九，有孚於飲酒，無咎。濡其首，有孚失是。象曰：『飲酒濡首，亦不知節也。』」意謂沉湎於酒，此喻專治學問。

〔四〕《宋書·隱逸列傳·陶潛》：「潛少有高趣，嘗著《五柳先生傳》以自况，曰：『先生不知何許人，不詳姓字，宅邊有五柳樹，因以爲號焉。』」

羅幹青之尊人六十雙壽〔一〕

吾聞古有言，知足斯不辱〔二〕。渾然天地心，守正在淳樸。頤志到林泉，交游違雜俗。晨駕裝春花，泠風送夏綠。萬象憑高眺，隻鷄招近局〔三〕。難得此至樂，夫豈事馳逐。公是人中龍〔四〕，譬彼澗阿竹〔五〕。變幻固無方，束身還如玉。清琴流空山㊀，鳴鷗矯閑谷〔六〕。一念到滄桑，夷然遂初服〔七〕。問業貨殖傳〔八〕，有書子孫讀。子爲天下士，孫亦露頭角〔九〕。雖微赫赫功，庶以潤身屋〔一〇〕。唱隨今六十〔一一〕，遠近齊仰福。賤子尸上庠，幸與郎君熟〔一二〕。美迹類能審，聲光未易沐。敬爲進寸辭，聊當野人祝〔一三〕。

【校記】

㊀「流空山」，手鈔本原作「鳴空山」，後改。

【箋注】

〔一〕羅倬漢（幹青），羅孟韋也，見前注。

〔二〕《老子》：「知足不辱，知止不殆，可以長久。」

〔三〕陶潛《歸園田居》：「漉我新熟酒，隻鷄招近局。」

〔四〕人中龍，《苕溪漁隱叢話》謂東坡：「時月出東方，林影在地，公展讀於風檐，喜見鬚眉，曰：『子瞻人中龍也。』」

〔五〕山夾水曰澗，曲陵曰阿。

〔六〕陶潛《游斜川》：「弱湍馳文魴，閑谷矯鳴鷗。」

〔七〕夷然，猶言坦然。遂初服，見《寄贈李立之□……□》詩注。

〔八〕《史記》有《貨殖列傳》，此謂經商爲業。

〔九〕露頭角，韓愈《柳子厚墓志銘》：「雖少年，已自成人，能取進士第，嶄然見頭角焉。」

〔一〇〕《禮記·大學》：「富潤屋，德潤身，心寬體胖。」

〔一一〕唱隨，喻夫婦和睦。

〔一二〕時先生在澂江任教，與羅幹青往來甚密，故云。先生詩《短古呈雁晴師》：「十五年來知何似，失笑門生竊老夫。」

〔一三〕野人祝，嵇康《與山巨源絶交書》：「野人有快炙背而美芹子者，欲獻之至尊，雖有區區之意，亦已疏矣。」蘇軾《教坊致語》：「雖白雪陽春，莫致天顔之一笑；而獻芹負日，各盡野人之寸心。」

【按】

此詩應作於先生旅澂時期，祝羅倬漢父母六十壽也。時羅亦在滇南。

楊士雄乞詩贈别率成長句〔一〕

天風浩浩瀓江路，掃地張飲馬蹄聚。榴紅柏翠柳層青，欲行不行如墮霧。曾是依山來避秦〔二〕，送客人自客中人〔三〕。誰歎信樂不思蜀〔四〕，我總憂端難具陳。羡子十年刃初試〔五〕，能以所學爲糧精。他時騰踏詎可量〔六〕，此日相看情獨摯。亂世事功譬流汞〔七〕，適意何必金帶重〔八〕。君家舊事須細參，莫作騷人只嘲弄。

【箋注】

〔一〕楊士雄，其人不詳，時或有去瀓從政之行。

〔二〕避秦典見《庚辰元日》詩注。

〔三〕翁卷《送劉成道》：「客中仍送客，羸病若爲心。」

〔四〕《三國志》裴松之注引《漢晋春秋》載劉後主禪事：「司馬文王與禪宴，爲之作故蜀技，旁人皆爲之感愴，而禪喜笑自若。……王問禪曰：『頗思蜀否？』禪曰：『此間樂，不思蜀。』」

〔五〕先生詞《念奴嬌（送鄭國基之任南洋）》：「未須魂斷，十年霜刃初試。」

〔六〕騰踏，馬飛馳貌。韓愈《符讀書城南》：「飛黄騰踏去，不能顧蟾蜍。」

〔七〕流汞，水銀也。蘇軾《送陳睦知潭州》：「寒光潑眼如流汞。」

〔八〕金帶，古時百官所服腰帶，喻從政。

【按】

此詩應爲先生旅澂所作。

牢落

已殊犢子只狂顛〔一〕，牢落心情詎偶然〔二〕。作雨作雲酬一笑〔三〕，方生方死遂三年〔四〕。陶甄造物從無悔〔五〕，狼藉花風孰與妍〔六〕。贏得王符工疾世〔七〕，著書猶及守吾玄〔八〕。

【箋注】

〔一〕犢子，喻少壯之年。《晉書·石季龍載記》：「快牛爲犢子時，多能破車，汝當小忍之。」黄庭堅《王聖美三子補中廣文生》：「歸去雄誇向兒侄，舍中犢子剩狂顛。」

〔二〕陸機《文賦》：「心牢落而無偶，意徘徊而不能掎。」李善注：「牢落，猶遼落也。言思心牢落而無偶。掎之意，徘徊而未能也。」

〔三〕杜甫《貧交行》：「翻手作雲覆手雨，紛紛輕薄何須數。」黃庭堅《夢中和觴字韵》：「作雲作雨手翻覆，得馬失馬心清涼。」

〔四〕方生方死，用《莊》典，見《游别峰八十六韵》詩注。

〔五〕陶甄造物，喻造化。張華《女史箴》：「茫茫造化，二儀既分。散氣流形，既陶既甄。」李善注引如淳曰：「陶人作瓦器謂之甄。」

〔六〕花風，《演繁露·花信風》：「三月花開時風名花信風。初而泛觀，則似謂此風來報花之消息耳。」

〔七〕《後漢書·王符傳》：「自和、安之後，世務游宦，當塗者更相薦引，而符獨耿介不同於俗，以此遂不得升進。志意蘊憤，乃隱居著書三十餘篇，以譏當時失得，不欲章顯其名，故號曰《潛夫論》。」蘇軾《次韵子由送蔣夔赴代州學官》：「疾世王符解著書。」

〔八〕揚雄著《太玄》，見《短古呈雁晴師》詩注。

寄友人洛陽㊀

用舍各有歸〔一〕，龍猪各有悦〔二〕。大道詎遠人〔三〕，小言自作吶〔四〕。失愛胡悁悁，適意無泄泄〔五〕。力戰快風雷，程功笑薄劣〔六〕。默默安食寐，誰歟卓就列。昂昂千里駒〔七〕，實惟吾家杰。自其幼小時，里鄗譽秀茁。稍長去從師，夜誦恒至哲。豁然遂貫通〔八〕，志行皎冰雪。勇往絶嶮峭，擒虎犯虎穴〔九〕。屢出詈寒蛟〔一〇〕，忍復傷蜻蛚〔一一〕。一念到高堂，中心乃如結〔一二〕。見倒眼刺芒，得勢泥行橇〔一三〕。忠愛本孝友，聖訓昭哉揭〔一四〕。以我老荒江，庶幾古遺潔。逢時當命駕〔一五〕，折簡招邀迭。自非嵇生狂，寧守老氏拙〔一六〕。媚竈定乖情〔一七〕，分符諒异竊〔一八〕。十年乍遇合，中路忽牽掣。草玄久難安〔一九〕，懷往今愈熱。當風與開襟〔二〇〕，私室或捫舌〔二一〕。端能辨黑白，孰試論堯桀〔二二〕。望望長迢遞〔二三〕，促促苦餔啜〔二四〕。東歸數近期，時將回粤。北客厲堅節。桑榆倘爲收〔二五〕，賤材猶可挈。

【校記】

㊀ 詩題手鈔本有删，「友人」二字爲後改。

【箋注】

〔一〕王安石《和聖俞農具詩》：「用舍各有時，此日兩無邀。」

〔二〕龍猪，韓愈《符讀書城南》：「兩家各生子，提孩巧相如。……三十骨骼成，乃一龍一猪。」先生詩《贈萬仲文教授兄》：「頃刻與辨幾龍猪。」

〔三〕《中庸》：「子曰：『道不遠人，人之爲道而遠人，不可以爲道。』」

〔四〕吶，言難也。《禮記·檀弓》：「其言吶吶然，如不出諸其口。」

〔五〕悁悁，悶忿貌。泄泄，懈怠貌。

〔六〕程功，《禮記·儒行》：「程功積事。」陳澔集説引應氏曰：「程算其功，積累其事。」

〔七〕《楚辭·卜居》：「寧昂昂若千里之駒乎？」王逸注曰：「昂昂，志行高也。」

〔八〕朱熹《大學章句》：「至於用力之久，而一旦豁然貫通焉。」

〔九〕《後漢書·班超傳》：「不入虎穴，不得虎子。」

〔一〇〕韓愈《秋懷詩》：「有蛟寒可罾。」先生詩《幹青贈詩愛勉甚至賦此報謝》：「舊見游龍在勺水，亦有躍蛟穿繩罾。」

〔一一〕蜻蛚，蟋蟀之俗稱。蟋蟀候秋而吟，張載《七哀詩》：「仰聽離鴻鳴，俯聞蜻蛚吟。哀人易感傷，觸物增悲心。」

〔一二〕《詩經·曹風·鳲鳩》：「其儀一兮，心如結兮。」孔穎達疏曰：「既如壹兮，其心堅固不變，如裹結之兮。」

〔一一〕泥行橇，《史記·夏本紀》：「泥行乘橇。」喻濫行無方。

〔一二〕《莊子·達生》：「昭昭乎若揭日月而行也。」

〔一三〕《史記·老子韓非列傳》：「君子得其時則駕。」張守節《正義》曰：「言君子得明主則駕車而事。」

〔一四〕嵇生，即嵇康。老氏，即老聃。

〔一五〕媚竈，典出《論語·八佾》：「王孫賈問曰：『與其媚於奥，寧媚於竈，何謂也？』子曰：『不然，獲罪於天，無所禱也。』」朱熹《集注》曰：「媚，親順也。室西南隅爲奥。竈者，五祀之一，夏所祭也。」孔穎達疏曰：「竈者，飲食之所由，雖處卑褻，爲家之急用，以喻國之執政。」

〔一六〕分符，封官授爵之謂。《莊子·胠篋》：「竊鉤者誅，竊國者爲諸侯。」

〔一七〕揚雄有《太玄》，見《短古呈雁晴師》詩注。

〔一八〕王粲《登樓賦》：「憑軒檻以遥望兮，向北風而開襟。」

〔一九〕捫舌，使不言語也。《詩經·大雅·抑》：「莫捫朕舌，言不可逝矣。」

〔二〇〕先生詩《旅溦一月所懷萬端紀以長句》：「日閟昏沉迷天地，誰從理亂問堯桀。」

〔二一〕韓愈《除官赴闕至江州》詩：「別來已三歲，望望長迢遞。」

〔二二〕餔啜，飲食也。

〔二三〕《後漢書·馮異傳》：「赤眉破平，士吏勞苦，始雖垂翅回溪，終能奮翼黽池，可謂失之東隅，收之桑榆。」《淮南子》：「日西垂，景在樹端，謂之桑榆。」收之桑榆，此喻河山收復。

【按】

此詩或作於一九四〇年，時中山大學將自溦江回遷粵北樂昌坪石。

寄任西岩華翠湖〔一〕

嶔崎磊落任公子〔二〕，可向湖塘定起居。待拂蛟涎咽海月，時將赴美。〔三〕先呼柳鳥弄文魚。反騷何日真名世〔四〕，說鬼當前競賭虛〔五〕。吾道只堪下士笑〔六〕，未須苦辨爲龍猪〔七〕。

【箋注】

〔一〕任華（一九一一—一九九八），字西岩，貴州安順人，師從金岳霖，通多國語言，曾任教於清華大學、北京大學哲學系，主編有《歐洲哲學史簡編》《西方哲學史》等。時任西岩在内遷雲南昆明之國立西南聯合大學，定居於翠湖之畔。

〔二〕《世説新語·容止》：「周伯仁道桓茂倫，嶔崎歷落，可笑人。」

〔三〕任華於一九四一年由國立西南聯合大學公派赴美國哈佛大學留學。

〔四〕反騷，典見《聞瞿禪（承燾）將有廣南之行》詩注。先生詩《魯柯見和拙詩念亂憂生情見乎詞率賦長句奉慰》：「越世襟期合反騷。」

〔五〕李商隱《賈生》：「可憐夜半虚前席，不問蒼生問鬼神。」

〔六〕老子《道德經》：「上士聞道，勤而行之；中士聞道，若存若亡；下士聞道，大笑之。不笑不足以爲道。」

〔七〕龍猪，見《寄友人洛陽》詩注。

贈魯一默生教授〔一〕

腹有詩書身作膽，氣貌堂堂吐奇焰。長街掉臂笑似人〔二〕，百萬當關力能斬〔三〕。有時酷肖古嬰兒〔四〕，隨意言談絶瑕玷〔五〕。霈然流出好肺腸，應接不暇況繩檢。巍乎其望即斯温〔六〕，山是巉巉花與染。自我識面始半載，如夏沃冰冬席毯。偶逢酒後寫篆文，豪情直欲虎狼啖。劉生學廣鑒自精〔七〕，陸氏才多筆誰斂〔八〕。神雕一顧失滄溟㊀，醜婦窮年甘愧忝〔九〕。層雲密雨長昏昏，未信世外栖仙源〔一〇〕，忽來白髮不可耘。吾生貴得適所適〔一一〕，何必苦苦爲愁吞！吁嗟乎！何必苦苦爲愁吞！

【校記】

㊀「神雕」，手鈔本原作「神鷹」，後改。

【箋注】

〔一〕魯默生（一八九〇—一九四三），名志焕，字默生，以字行。安徽全椒赤縣人，曾任南京五卅中學教師、中山大學教授，擅詩書，性亢直，抗日時期在皖遇害身亡。時魯默生在澂江任中山大學歷史系教授。

〔二〕掉臂，自在行游貌。

〔三〕左思《蜀都賦》：「一人守隘，萬夫莫向。」李白《蜀道難》：「劍閣崢嶸而崔嵬，一夫當關，萬夫莫開。」

〔四〕《老子》：「如嬰兒之未孩。」見《游別峰八十六韻》詩注。

〔五〕瑕，玉病也；玷，玉缺也。

〔六〕《論語·子張》：「君子有三變，望之儼然，即之也温，聽其言也厲。」

〔七〕劉生，其指不詳。按，魯默生治史學，重視古史并及甲骨文獻，故或媲之西漢劉歆。《漢書·劉歆傳》：「初，《左氏傳》多古字古言，學者傳訓故而已。及歆治《左氏》，引傳文以解經，轉相發明，由是章句義理備焉。歆亦湛靖有謀，父子俱好古，博見强志，過絶於人。」

〔八〕陸氏，其指不詳。按，牟宗三《魯默生的詩》：「默生詩有風致，有才情，調屬連綿而起伏前進，此三百篇、古樂府、李太白之遺音也。」筆誰斂，典出《南史·江淹列傳》：「淹少以文章顯，晚節才思微退。……嘗宿於冶亭，夢一丈夫自稱郭璞，謂淹曰：『吾有筆在卿處多年，可以見還。』淹乃探懷中得五色筆一以授之。爾後爲詩絶無美句，時人謂之才盡。」

〔九〕先生詩《韓山韓水歌寄邵潭秋（祖平）》：「哀哉醜婦老窮閻，偶得尺布珍千縑。」

〔一〇〕世外仙源，典出陶淵明《桃花源記》：「自云先世避秦時亂，率妻子邑人來此絶境，不復出焉，遂與外人間隔。……乃不知有漢，無論魏晋。」

〔一一〕《世説新語·識鑒》：「張季鷹辟齊王東曹掾，在洛，見秋風起，因思吴中菰菜羹、鱸魚膾，曰：『人生貴得適意爾！何能羈宦數千里以要名爵！』遂命駕便歸。」皇甫冉《寄劉方平》：

「達生貴自適。」歐陽修《雨中獨酌》：「人情貴自適。」

贈別朱德乎榮達㊀〔一〕

叔世亂標新，淺人事媚俗。亦有少年豪，搜刮務眩目。朱生耿介士，高冠而奇服〔二〕。晞髮向陽阿〔三〕，選幽到岩曲。德乎住翠竹庵。〔四〕植性依修篁，瀹腸汲山渌。細路接城隅，日夕借書讀。深觀欲自得，所學异時逐。自我來溦江，傷多情每促。有詩付阿買〔五〕，無才駕昌谷〔六〕。念子誠可親，别子誰能卜。志尚在千秋，子其思之熟。

【校記】

㊀此詩先生有書，其末題曰：「庚辰新秋，德乎仁弟業畢，將離溦江，索小詩留念，賦此貽之。」收録於謝佳華編《學者書家詹安泰》。

【箋注】

〔一〕朱榮達，字德乎，號天風樓，嘗從先生游。先生一九四九年爲朱榮達題「天風樓」，曰：「德乎仁弟，振奇士也。顔其室曰『天風』。」

〔二〕高冠奇服，《楚辭·九章·涉江》：「余幼好此奇服兮，年既老而不衰。帶長鋏之陸離兮，冠切雲之崔嵬。」

〔三〕《楚辭·九歌·少司命》：「晞女髮兮陽之阿。」陽阿，神山名。

〔四〕翠竹庵爲瀫江中山大學文學院院址之一，見《游翠竹庵》詩注。

〔五〕阿買，韓愈侄。韓愈《醉贈張秘書》：「阿買不識字，頗知書八分。詩成使之寫，亦足張吾軍。」

〔六〕昌谷，即李賀，以其居昌谷（今河南宜陽），故稱。

【按】

此詩作於一九四〇年秋。

贈別余兆鋈〔一〕

余生學古有心得，静裏乾坤欲窮極〔二〕。越世高談何堂堂，向人懷抱自翼翼〔三〕。爲妨喧阨選庵住，圍庵修竹參天直。過我時袖新詩來，境味居處如相值。乃知心地大光明，未必窮荒百憂逼。今日便去亦尋常，莫往城南向城北〔四〕。

【箋注】

〔一〕余兆鎏（?—一九四二），嘗於澂江時期從先生游。

〔二〕邵雍《何處是仙鄉》：「静裏乾坤大。」按，先生嘗有「余拈静之一境爲詩中高格」之語。

〔三〕翼翼，恭謹貌。

〔四〕杜甫《哀江頭》：「黄昏胡騎塵滿城，欲往城南忘城北。」陸游《老學庵筆記》：「言迷惑避死，不能記其南北也。」

【按】

此詩或爲一九四〇年澂江中山大學回遷粤北之前贈别所作。

吴辛旨屢惠佳章，報以長句〔一〕

漸看詩骨老來粗，律細杜公無乃誣〔二〕。豈有着花妨醜樹，幾聞警鶴作趨鳧〔三〕。明時懷抱吾能説，奇氣縱横世所須。日暮并難修竹倚〔四〕，冥搜何日對枯梧。

附和詩

次韵酬祝南兄㈠

吴三立

到無人愛斯高绝，邵論梅詩亮不誣。見邵博《聞見後録》。試看軒軒雲際鶴，肯隨泛泛水中鳧。兀彈古調驚傖耳，自媚寒檠撚短須。何日尊前契玄賞，高歌相對據枯梧。

【校記】

㈠後附吴三立和作，手鈔本無，今據於一九四七年國立中山大學文學院院刊《文學》第一期補録。

【箋注】

〔一〕吴三立（辛旨），見前注。

〔二〕律細杜公，杜甫《遣悶戲呈路十九曹長》：「晚節漸於詩律細。」

〔三〕梅堯臣《東溪》：「野鳧眠岸有閑意，老樹着花無醜枝。」

〔四〕杜甫《家人》：「天寒翠袖薄，日暮倚修竹。」

寄劉衡戡翠湖〔一〕二首

始嘆君真不易才，寒潭十丈對山開。爲收清艷醒昏眼，如見風流命百杯。久別幾添詩膽壯，「元祐詩才過海壯」，薩玉衡句。衡戡新自香港來，故云。〔二〕近來應許俗人咍〔三〕。釣竿剩欲相投報，舊客韓江意總哀。

三年去國未能了〔四〕，一命逃荒詎是窮。船笛湖魚差可領，夷歌蠻語漸須通。牙頑自見性情古，舌在誰誇刀劍雄〔五〕。故事如流無足惜，天涯樹樹亂秋風〔六〕。

【箋注】

〔一〕劉錫基（衡戡），見前注。翠湖在雲南昆明。

〔二〕薩玉衡（一七五八—一八二二），字檀河，清福建閩縣人，舉人，有《白華樓詩鈔》。

〔三〕咍，蚩笑也。《楚辭·九章》：「行不群以顛越兮，又衆兆之所咍。」

〔四〕宋祁《登高晚思》：「山川信美非吾樂，已是三年去國遥。」

〔五〕舌在，典出《史記·張儀列傳》：「張儀已學游説諸侯。嘗從楚相飲，已而楚相亡璧，門下意張儀曰：『儀貧無行，必此盜相君之璧。』共執張儀，掠笞數百，不服，醳之。其妻曰：『嘻！子毋讀書游説，安得此辱乎！』張儀謂其妻曰：『視吾舌尚在不？』其妻笑曰：『舌在也。』儀曰：『足矣。』」《丘拉因（玉麟）來坪訊近況》詩：「舌存髮緑吾猶汝，頑健倘無哀歷離。」

〔六〕朱祖謀《解連環·七月十四日坐雨有作》：「緑窗已拼怨抑。又天涯樹樹，哀響攙入。」

七月十五夜坐雨有懷邵潭秋成都〔一〕

江郊馱馬阻游程，一雨山城萬竅鳴〔二〕。瓜下桐陰栖獨念〔三〕，腸迴腹痛費孤撑〔四〕。逢秋集感争詩健，异地相思幾月明。却怪浣花溪畔客〔五〕，半年不作忍飢聲。

【箋注】

〔一〕邵祖平（潭秋），見前注。

〔二〕萬竅鳴，《莊子·齊物論》：「夫大塊噫氣，其名爲風。是唯無作，作則萬竅怒呺。」

〔三〕瓜下桐陰，思故人也。陸游《北窗》：「寒泉斷藕素絲長。紋簟開瓜碧玉香。午睡覺來桐影轉，無人可共北窗涼。」

〔四〕腸迴腹痛，哀亡者也。《後漢書·橋玄傳》：「徂没之後，路有經由，不以斗酒隻鷄過相沃酹，車過三步，腹痛勿怨。」

〔五〕浣花溪畔客，即杜甫，見《雜感寄高痻盦（三首）》詩注。

【按】此詩應作於一九四〇年農曆七月，時邵祖平在四川成都任教。

出澂江城西八里訪迴龍村〔一〕

西來作意訪鄉情〔二〕，未老秋光可緩行。拂鬢有花路能縮，到門無主犬欺生。堂高自并蠻山壯，回教堂頗宏偉。字怪還教宿學驚。村人均習回文。只與歸雲説消息，迴龍端的剩嘉名〔三〕。

【箋注】

〔一〕迴龍村，在今雲南昆明晋寧一帶。

〔二〕西來作意，禪宗語也。《五燈會元》：「僧問：『如何是祖師西來意？』州云：『庭前柏樹子。』」又，「龍牙問翠微：『如何是祖師西來意？』微云：『與我過禪版來。』牙過禪版與翠微。微接得便打牙，云：『打即任打，要且無祖師西來意。』」

〔三〕歸雲，迴龍，《易經·乾》：「雲從龍。」孔穎達疏曰：「龍是水畜，雲是水氣，故龍吟則景雲出，是雲從龍也。」

【按】

此詩應爲先生旅澂時期所作。

欲歸不得鬱悶成咏三首

已過六月仍風雨，澂江以農曆四、五、六月爲雨季。念亂懷歸鎮自嘆。車轉谽谺山百出，宵逢投止語千盤〔一〕。驚心駭浪靈鼉吼，傍海闟員野虎蠻。真悔辭家逾萬里，年年瘦沈與愁潘〔二〕。

蕭然旅橐氣難豪，況復妻孥日對囂。臨夜滅燈飢鼠虐，出門搔首野雲高〔三〕。遠人眠食分槽櫪〔四〕，叔世師儒賤弁髦〔五〕。失笑纖兒還自惜，逢辰作喜供香醪。

年來日日醜蠻奴，此日翻教意鬱紆〔六〕。北首山河成老大，東歸啼笑混華胡〔七〕。黑潭洱海知誰會〔八〕，金殿西山待我無〔九〕。借發平生雄怪氣，邅迴渴慕假斯須〔十〕。

【箋注】

〔一〕投止，投奔托足也。《後漢書·黨錮傳·張儉》：「儉得亡命，困迫遁走，望門投止，莫不重其名行，破家相容。」

〔二〕瘦沈、愁潘，指南朝沈約、晋人潘岳，古有「腰如病沈，鬢似愁潘」之語。《梁書·沈約傳》載沈約言己老病：「百日數旬，革帶常應移孔，以手握臂，率計月小半分。以此推算，豈能支久。」潘岳《秋興賦序》：「余春秋三十有二，始見二毛。」

〔三〕杜甫《夢李白》：「出門搔白首，若負平生志。」陸游《秋夜將曉出籬門迎涼有感》：「出門搔首愴平生。」

〔四〕分槽櫪，《後漢書·馬援傳》：「今者歸老，更欲低頭與小兒曹共槽櫪而食，并肩側身於怨家之朝乎？」

〔五〕賤弁髦，語出《左傳·昭公九年》：「豈如弁髦，而因以敝之。」杜預注曰：「童子垂髦始冠，必三加冠，成禮而弃其始冠，故言弁髦，因以敝之。」喻弃置無用之物。

〔六〕鬱紆，曹植《贈白馬王彪》：「玄黄猶能進，我思鬱以紆。鬱紆將何念，親愛在離居。」李周翰注：「鬱紆，思愁繁也。」

〔七〕先生詩《春盡日初聞蟬書寄孟韋》：「徒傷老大當年節，豈有山川識夏夷。」

〔八〕黑潭，即云南澂江黑龍潭。據《雲南澂江府志》，在澂江城東，其水停滀深黑，利灌溉，古有「龍潭夜月」之景。洱海，又名西洱河，在云南。蘇軾《題馮通直明月湖詩後》注云：「南詔有西珥河，即古牂柯江也，河影如月抱珥，故名之西珥云。」《清史稿·地理·雲南》：「西洱河，亦名洱海，形如月抱珥，亦曰珥河。」

〔九〕金殿，即鳴鳳山太和宫銅殿，在雲南昆明城東北郊，俗名銅瓦寺。《雲南府風俗考》「太和宫」下：「在鳴鳳山。明巡撫陳用賓建。鑄銅爲殿，環以磚，城規制極其弘麗。」西山，在雲南滇池西岸，楊慎《雲南山川志》：「蒼崖萬丈，緑水千尋，月印澄波，雲横絶頂，滇中一佳境也。」

〔十〕邅迴，輾轉難行也。假，借也。

【按】

此詩應作於一九四〇年中山大學自澂江回遷粤北樂昌坪石之前。

滇越車中口占六首[一]

度嶺穿雲路萬千，一百七洞相穿連[二]。停車不遇草寮結，知墮紅塵今幾年。

鋪山幾見花如雪，蒙眼始知身在雲。點滴岩尖水可掬，不勞仙露淪靈芬。

晶瑩顆顆圓精珠，蒙自柘榴天下無[三]。和詞我欲乞坡老，可似楊花和質夫[四]。

芭蕉百里拂車窗，巨幹繁花作綉幢。朝市山林原一覺，偷閑何必戀湖江[五]。

夷語蠻歌孰與聽，但如鳥雀玲瓏聲。口脂紅襯齒牙黑，别有風情未易名。

薄羅衫過膝頭長，中酒心情故故忙[六]。應是後庭花慣唱，不關家國有滄桑[七]。

【箋注】

〔一〕滇越車者，滇越鐵路也。時中山大學由澂江遷回粤北樂昌坪石，先生乃取道返粤。

〔二〕按，滇南多山，一百七洞，蓋言多數也。

〔三〕蒙自，雲南地名，特産石榴。

〔四〕宋人章楶，字質夫。章質夫有詞《水龍吟・楊花》，蘇軾有和作《水龍吟・次韵章質夫楊花詞》。魏慶之《詩人玉屑》：「章質夫咏楊花詞，東坡和之，晁叔用以爲：『東坡如王嬙、西施，净洗脚面，與天下婦人鬥好，質夫豈可比哉！』是則然也。」

〔五〕孔平仲《睡起》：「山林朝市皆相似，何必區區隱釣耕。」

〔六〕中酒，猶言醉酒，見《盧冀野教授寄示〈柴室詩〉賦謝并簡李禿翁》詩注。

〔七〕杜牧《泊秦淮》：「商女不知亡國恨，隔江猶唱後庭花。」

【按】此詩作於一九四〇年夏。是年八月前後，中山大學自澂江回遷粤北樂昌坪石，北行取道黔桂湘而入粤。據《年譜》：「先生先返饒平，接長子伯慧同往坪石。」乃自澂江南行滇越鐵路，取道香港、惠州返饒。

惠州西湖訪朝雲墓〔一〕

艷事流傳八百年，夢中花草舊山川。明湖環抱栖殘照〔二〕，一塔當前罥暮烟〔三〕。多少題名傷墜粉，零星啼淚剩青鵑。我來奈是飄蕭甚，懶向東坡問夙緣。

六如亭下葬嬌娘〔四〕，碑碣勝流苔點蒼。未信芳魂呼便起，得隨名士死何妨。近堤數艇留妝鏡〔五〕，終古寒鴉舞夕陽〔六〕。更有令人凄絕處，環湖樓院半蕪荒。

【箋注】

〔一〕王朝雲墓，在廣東惠州西湖之孤山東麓。蘇軾《朝雲墓志銘》：「東坡先生侍妾曰朝雲，字子霞，姓王氏，錢塘人。敏而好義，事先生二十有三年，忠敬若一。紹聖三年七月壬辰卒於惠州，年三十四。八月庚申，葬之豐湖之上，栖禪山東南。生子遯，未期而夭。蓋嘗從比丘尼義冲學佛法。亦粗識大意。且死誦《金剛經》四句偈以絕。銘曰：浮屠是瞻，伽藍是依，如汝宿心，惟佛止歸。」

〔二〕朝雲墓三面環湖，東北平湖，東南豐湖，西鱷湖。

〔三〕墓東南有泗洲塔，徐旭旦《惠州西湖志》「湖西勝迹」下：「泗洲塔：在西山之上，塔久傾。萬曆間，巡按王公命璿建。」罥，挂也。

〔四〕六如亭，在朝雲墓前。徐旭旦《惠州西湖志》「湖西勝迹」下：「六如亭：朝雲臨逝，誦《金剛經》，嘆曰：『一切有爲法，如夢幻泡影，如露亦如電，應作如是觀。』坡公以題其墓，後人因而立亭。」

〔五〕堤者，蓋指西湖蘇堤。徐旭旦《惠州西湖志》「湖南勝迹」下：「在湖之左岸，介湖心。紹聖三年，東坡出上所賜金錢築焉。」

〔六〕徐凝《蘇小小墓》：「古木寒鴉噪夕陽。」

【按】

此詩或作於一九四〇年。時中山大學自澂江回遷粵北坪石，先生先返饒平，途次惠州。

高陂途次晤汝濱局長，即席賦贈〔一〕

早歲聞思慳一面，客途邂逅忽相忘〔二〕。獨尊曹鄶寧真怯〔三〕，且試鳩鷹與細商〔四〕。

吾道不妨下士笑〔五〕，幾人猶識此中狂。放翁語本涪翁語，悦俗終殊却病方〔六〕。

生事醯雞强作謀〔七〕，亂餘風骨幾能遒。看人殘句艱相寵，入夢孤顰兀自羞。只許

墻蛄知往抱〔八〕，斷無膻蟻賴前修〔九〕。逢君詎敢言憔悴，詩力猶堪驅萬牛〔一〇〕。

附和作

高陂喜晤詹无盦教授即酬枉贈之作㈠　邱汝濱

人間落落幾相知，經亂能逢自展眉。執手仍然憐意氣，關心不待問安危。魚龍跛扈看尤幻，風雨凄迷任所之。羡汝滇南行萬里，萬千光怪一囊詩。

【校記】

㈠ 後附邱汝濱和作，手鈔本無，今據《矚雲樓吟草》補録。

【箋注】

〔一〕邱汝濱，見前注，時在廣東梅州任職。高陂，梅州地名。

〔二〕邂逅，《詩經·鄭風·野有蔓草》：「邂逅相遇，適我願兮。」相忘，《莊子·大宗師》：「相濡以沫，不如相忘於江湖。」

〔三〕曹鄶，喻小道。黄庭堅《子瞻詩句妙一世乃云效庭堅體》詩：「我詩如曹鄶，淺陋不成邦。」

〔四〕鳩鷹，《禮記·月令》：「七月，鳩化爲鷹。」喻時節變化。

〔五〕下士笑，語出老子《道德經》，見《寄任西岩（華）翠湖》詩注。

〔六〕放翁，即陸游；涪翁，即黄庭堅。黄庭堅《論書》：「余嘗言，士大夫處世，可以百爲，惟不可俗，俗便不可醫也。」陸游《西郊尋梅》：「病在一俗無由砭。」按，此詩或説爲范石湖詩。

〔七〕醯鷄，喻微小者，見《短古呈雁晴師》詩注。

〔八〕墻蛄，《莊子·逍遥游》：「蟪蛄不知春秋。」郭慶藩疏曰：「春生者夏死，夏生者秋死，故不知春秋。」

〔九〕膻蟻，《莊子·徐無鬼》：「羊肉不慕蟻，蟻慕羊肉，羊肉膻也。舜有膻行，百姓悦之。」成玄英疏曰：「夫羊肉膻腥，無心慕蟻，蟻聞而歸之。舜有仁行，不慕百姓，百姓悦之。」

〔一〇〕黄庭堅《子瞻詩句妙一世乃云效庭堅體》詩：「萬牛挽不前，公乃獨力扛。」先生詩《平生一首寄石銘老》：「只許筆力驅萬牛，羅將天地作詩膽。」

【按】一九四〇年十月前後，中山大學遷址粤北坪石，文學院在乳源縣清洞鄉。先生自饒平携子前往，途經梅州高陂。此詩當爲其時所作。

鴂鶒巢詩集箋校卷第五

【按】

此卷所録，多爲先生坪石時期所作，自庚辰秋冬之際初入粤北至辛巳歲末。時先生任教於坪石中山大學，初居乳源縣清洞，後搬至坪石附近之鐵嶺，移家數度。饒宗頤《鴂鶒巢詩集序（丙子）》：「憶君自去澂江而後，雖以倚聲設帳上庠，有《宋詞研究》講義之作。然循覽《鴂鶒巢》全集，惟卷三至卷五爲詞，詩則有六七卷之多。蓋是時方刻意爲詩，坪石諸五古，極逋峭冷雋之能事。倚聲之業，反不如詩致力之專焉。」

初到清洞書報羅孟韋成都〔一〕二首

連天霜氣深，匝地陰雲合。山徑泥濘滿，荒屋鬼與接。臭穢難具宣〔二〕，竭來自欣洽。乃知人賢愚，肺肝异吐内。回想澂江居，翻若嬉池鴨。浮沉亦何常，賓友得時狎。

夭桃粲龍潭〔三〕，夕陽媚禪榻。訪勝興盡歸，品茗或挈榼〔四〕。豈如局處此，當春意無愜。居常以待終，貧死復誰懾。〔五〕

來書盛論詩，所見者甚大。爲詩尤老蒼，堅城不可破〔六〕。顧我懶瘦生〔七〕，敢厠時賢座。醜劣久未安，乃蒙獎借過。云能爲七古，可用以自賀。我思古之人，往往甘窮餓。不患不見知〔八〕，日夕詩書課。今竟不謂然，寸長極揚播〔九〕。嬌語賣雛鶯，俚辭索遠和。力薄蚊蚋比，重載焉能馱。偉哉君識度，詩國作偵邏㊀〔一〇〕。

【校記】

㊀「詩國」，手鈔本原作「詩書」，後改。

【箋注】

〔一〕羅倬漢（孟韋），見前注，《年譜》：「澂江時期任教於中山大學師範學院，後未隨中大遷坪石而轉成都。」

〔二〕夏承燾《天風閣學詞日記》一九四一年三月二十五日：「接祝南廣東乳源縣清洞鄉函，謂中山大學文學院新遷彼處，臭氣薰蒸。與雁晴尋屋，數日不得，暫住大便地名炮樓上，内地學校，困苦如此。」

〔三〕按，此記滇南時期同游事也。龍潭，蓋指雲南澂江東龍潭等地。

〔四〕興盡歸，用王子猷訪戴事，見《疊均寄錫純（四首）》詩注。挈榼，飲酒也。

〔五〕《列子·天瑞》：「貧者士之常也，死者人之終也。處常得終，當何憂哉？」「處常得終」，《藝文類聚》作「居常以待終」。

〔六〕黄庭堅詩：「句法提一律，堅城受我降。」見《錫純續寄泛舟飲酒之作再和》詩注。

〔七〕李白《戲杜甫》：「借問别來太瘦生。」

〔八〕《論語·學而》：「子曰：『不患人之不己知，患不知人也。』」

〔九〕寸長，《楚辭·卜居》：「尺有所短，寸有所長。」

〔一〇〕偵邏，偵察巡邏，探索之意。先生《黄伯軒宰台山》詩：「後此定多詩，詩國恣偵邏。」

【按】

此詩應作於一九四〇年冬，時中山大學初遷粤北，先生亦從饒平至文學院新址乳源縣清洞鄉。

爲邱矚雲汝濱題古硯〔一〕

古硯古人久珍視，況復背鐫長洲隸〔二〕。傳來約略幾勝流，武進邵與錢塘厲〔三〕。三橋書畫自卓絶，晚歲精光聚十指。貌蓮秀潤奕如生，撥墨龍蛇呼欲起。青門交游遍公卿，摩弄寧乏瑚璉器〔四〕。猶以秘玩向人誇，老轉澹宕非憙事。可惜樊榭工題識，祇書歲月著名氏。不然萬口争揚播，定與文銘相媲美。三橋有銘，都四句，句四字。嗚呼靈物非等夷，應有鬼神長護持，願君世世永寶之。却笑世人愛古鏡，即今面目何由施。〔五〕

【箋注】

〔一〕邱汝濱（矚雲），見前注。

〔二〕長洲，即明文徵明之子文彭，蘇州府長洲人，字壽承，號三橋，官國子監博士，工書畫，能詩，有《博士詩集》。按，據詩意，硯背有文長洲隸書銘文及畫蓮。

〔三〕武進邵，即明人邵長蘅，字子湘，别號青門山人，武進人，有《青門集》。錢塘厲，即清人厲鶚，字太鴻，號樊榭，浙江錢塘人，擅詩詞，有《宋詩紀事》《樊榭山房集》等。按，據詩意，硯有邵、厲二人題識。

〔四〕瑚璉器，《論語·公冶長》：「子貢問曰：『賜也何如？』子曰：『汝器也。』曰：『何器也。』曰：『瑚璉也。』」包咸曰：「瑚璉，黍稷之器，夏曰瑚，殷曰璉，周曰簠簋，宗廟之器貴者。」按，此意謂邵長蘅（青門）所藏名器夥也。

〔五〕按，古鏡，其指不詳，或謂鏡形圓硯。此句或謂硯身已遍前賢題識，即今無可施鐫矣。

【按】

此詩或爲先生自饒平往石牌中山大學赴任時高陂旅次，邱矚雲以所藏古硯索題因作。

到清洞一月作

入山有願終成讖〔一〕，爲業無官自食貧。日出時來竹鷄叫〔二〕，雲開如對翠蛾顰〔三〕。

岩花艷笑垂髫女，澗瀑聲凉失睡人。何必風華誇管領，春魂一角與逃秦〔四〕。

【箋注】

〔一〕識，驗也。

〔二〕竹鷚，鳥名，似鷓鴣而小。

〔三〕翠蛾，女子眉也，喻青山。

〔四〕逃秦，典見《庚辰元日》詩注。

【按】

此詩作於一九四一年先生初至乳源清洞時。

久不得痦盦書，賦此却寄〔一〕

一書不達動經年，胸鬲盤盤孰與宣〔二〕。清洞獨來殊落莫，晴岩四擁衹蒼堅。亦夢毒龍空擊水，剩留花筆欲箋天〔三〕。舊憶新詩能起痼，群飛涕笑汝何賢〔四〕。

【箋注】

〔一〕高二適（痞盦），見前注。

〔二〕盤盤，曲折貌。

〔三〕毒龍，見《游翠竹庵》詩注。花筆，見《贈王顯詔》詩注。先生《錫純兩度枉訪答拜未能》詩：「説夢有時飛涕笑，箋天何計避嫌憎。」又，《何曼叔自白門惠寄新製》詩：「盡傾瀝液向天箋。」

〔四〕先生詩《報陳寂爰連縣》：「群飛涕笑知誰賢。」揚雄《劇秦美新》：「神歇靈繹，海水群飛。」李善注曰：「海水，喻萬民；群飛，言亂。」

斠師自成都惠貽近照，敬題長句〔一〕

逃荒仍覺海如天，怕向後湖租畫船。廿四年夏曾侍師游後湖。〔二〕別去歷驚幾險阻，夢回應老舊山川。花溪得傍寧非數，師五十後始爲詩，居近子美浣花堂，殆有數也。宿學爭攀許有緣。萬里即今瞻道貌，峨嵋髣髴落尊前〔三〕。

【箋注】

〔一〕陳中凡（斠玄），見前注。

〔二〕後湖，在杭州。先生詞《淡黄柳（飄絲雨急）》序：「廿四年七月廿二日，侍斠玄夫子游後湖，時四山淡漠，一雨霏微，景光凄絶。」先生一九三五年游滬杭事，其詞《玲瓏四犯（玉殿嘯狐）》序、夏氏《天風閣學詞日記》均載其事。

〔三〕峨嵋，山名。蘇軾《次韵徐積》：「若説峨眉眼前事，故鄉何處不堪回。」成都近峨嵋山，故云。《説文》：「髣髴，见不諟也。」

辛巳清明後一日，與友人出游，自清洞，經井水門、單竹徑，歸蓮溪寓所〔一〕

欲剖胸襟洗荆棘〔二〕，清明乍過有嘉招。花邊踪迹人禽共，意外箏琶風葉驕。比瘦香藤蟠屋角，流甘泉水出魚苗。他時筆力追靈運〔三〕，游志名山與斫雕。

【校記】

㊀ 詩題手鈔本有删，「與友人」數字爲後改。

【箋注】

〔一〕井水門、單竹徑諸地，或係乳源縣清洞鄉一帶地名。蓮溪寓所，先生寓居地也。

〔二〕胸襟荆棘，蘇軾《與劉宜翁書》：「今遠竄荒服，負罪至重，無復歸望。杜門屏居，寢飯之外，更無一事，胸中廓然，實無荆棘。」

〔三〕南朝宋詩人謝靈運，以山水詩名。《南史·謝靈運傳》：「靈運爲永嘉太守。郡有山水，靈運素所愛好，既不得志，遂肆意遨游，動逾旬朔。」

【按】

此詩作於一九四一年四月。先生詞《聲聲慢》，題下自注云：「辛巳清明後一日，羅元一、李白華兩兄約同出游。自清洞經井水門、單竹徑、羅家祠歸蓮溪寓所。」應爲同時之作。羅香林（一九〇六—一九七八），字元一，廣東興寧人，時或任教於粤北中山大學文學院。李白華（一八九八—？），原名白華，又名李日華、木村哲夫，廣東興寧人，時自廣東省教育廳督學返中山大學任教。

再答羅孟韋成都〔一〕 四首㊀

客心争秋蟲，幽咽夜不息。又如日月懸，明明照八極。既殷故鄉情，忽墮故人側〔二〕。嶺梅隨手寄〔三〕，蒼壁因風得〔四〕。披玩再而三，燈昏眼常拭。論價肯易城〔五〕，論美當傾國〔六〕。可惜類餓花〔七〕，一過徒成憶。要與鐫肺肝〔八〕，何年學篆刻〔九〕。

去壯信如翦〔一〇〕，到門空見怪。衝天憚高寒，汲古索曠快。日者持心肝，長街不得賣〔一一〕。駭汗或驚走，近視亦嘁噫。獨子能相知，歡呼豁我隘。東風生枯荄㊁，凉漿潤渴肺。運窮樂推遷，道存可静退。如何萬里隔，悠悠今誰在。

凛彼青蠅歌〔一二〕，忽來鸑鷟吟〔一三〕。萬卷書始破〔一四〕，一往情何深〔一五〕。離腸繞清洞，變雅鬱商音〔一六〕。吾生信有恃，妙諦孰與尋。曠觀齊儒道，超論泯古今。來詩中意。所得寧可量，大海一蹄涔〔一七〕。便欲脱空飛〔一八〕，促膝證素心〔一九〕。嗟哉翅翎短㊂，日夕哀窮林〔二〇〕。

叔世尚噍殺〔二一〕，高辭獲珍視。來書謂近作頗得蓉中宿學贊許。豈其仁者心，猶不薄綺靡〔二二〕。泱泱大國風，詩書爲綱紀。是誰之過歟，出柙肆虎兕〔二三〕。披髮號大荒〔二四〕，忍此千夫指〔二五〕。處獨古所難，虛生士之耻。卓立天地間，毀譽何足齒〔二六〕。相期無异營，丹忱誓江水〔二七〕。

附來詩

答詹祝南〔四〕

羅倬漢

錦江涵萬影，花城莽今古。忽奉五言詩，不與草木伍。擲地金石聲，旅空一飛舞。念昔澂江居，共字訴甘苦。爨鼎耐寒風，留韵作詩譜。我行越千里，君歸樂故土。一年不可説，逝日從勁弩。何幸裁天章，其氣猶虎虎。所願春光生，明月照海浦。

海浦寄書來，乳源入清洞。臭穢不可居，鷄塒蟄鸞鳳。軒昂畏打頭，不免發嘲弄。陰風颯然至，大地一昏霧。豈伊渡嶺北，歡情歲月送。吁嗟今成都，日日警動衆。傾城走四郊，歧途同一慟。而我凭書案，漸覺生如夢。長夜渺深思，迴環天宇空。

迴環欲何之，塵沙捲地吹。天籟衆竅出，方知物等夷。死生各有分，一一付天倪。

孟軻亦有言，行其所無爲。儒道本通學，余有《儒道通學》之作。吾生復何疑。青山入北牖，花放水流時。竹林養清風，江上動茶思。近常往錦江竹林飲茶。塵寰任擾攘，且用昌吾詩。

吾詩本繁感，所病在不學。十年湖海悲，長松鬱孤鶴。嘹唳獨往還，天地何寥廓。去歲春風生，大聲振林壑。君謂吾可教，縱之出落漠。遠念聖門寬，四科備博約。游藝亦依仁，興詩足成樂。隨園衆所弃，人生見猶卓。東塾吾私淑，通識益犖犖。袁、陳均闡發四科義。持用以答君，啓予待先覺。

【校記】

㈠ 此詩曾刊載於一九四一年《文史雜志》第一卷第十期，題作「再寄羅孟韋」。

㈡ 「生」，《文史雜志》作「吹」。

㈢ 此句《文史雜志》作「嗟哉無羽翰」。

㈣ 後附羅倬漢來詩，手鈔本無，今據《文史雜志》同期補録。

【箋注】

〔一〕羅倬漢（孟韋），見前注。時先生在粵北清洞，羅在成都。

〔二〕王安石《解使事泊棠陰》詩：「馳心故人側，一望三四反。」

〔三〕嶺梅，《白氏六帖》：「大庾嶺上梅，南枝落，北枝開。」盛弘之《荆州記》：「陸凱與范曄相善，自江南寄梅花一枝，詣長安與曄，并贈花詩曰：『折花逢驛使，寄與隴頭人。江南無所有，聊贈一枝春。』」

〔四〕蒼璧，美玉也。按，此喻羅孟韋詩函。

〔五〕易城，《史記·廉頗藺相如列傳》：「趙惠文王時，得楚和氏璧。秦昭王聞之，使人遺趙王書，願以十五城請易璧。」

〔六〕傾國，《漢書·外戚傳上·李夫人》：「北方有佳人，絶世而獨立。一顧傾人城，再顧傾人國。寧不知傾城與傾國，佳人難再得。」

〔七〕餓花，孟郊《秋懷》：「青髮如秋園，一剪不復生。少年如餓花，暫見不復明。」

〔八〕鐫肺肝，歐陽修《答聖俞莫飲酒》：「雕肝琢腎聞退之。」苦吟詩也。先生詩《寄熊魯柯（閏同）并眎孟韋，與魯柯別廿年矣》：「腐眼猶深零落感，瓓談真欲肺肝鐫。」又，《連日陰晦，與青萍訪舊談詩》：「雕肝漸欲罷憑闌。」

〔九〕篆刻，喻文學小道。揚雄《法言·吾子》：「或問：『吾子少而好賦。』曰：『然。童子雕蟲篆刻。』」

〔一〇〕孟郊《秋懷》：「去壯暫如剪，來衰紛似織。」

〔一一〕王夫之《摸魚兒·病後作》：「噴熱血，心肝摘出從人賣。」先生詩《爲陳蒙龕（運彰）題〈亭角尋詩圖〉》：「我今萬事不如人，苦掬心肝街頭賣。」

〔一二〕青蠅歌，《詩經》有《青蠅》詩，或謂刺周幽王無道信讒也。鄭玄箋云：「蠅之爲蟲，污白使黑，污黑使白，喻佞人變亂善惡也。」

〔一三〕鸑鷟，鳳之别名。孟郊《答晝上人止讒作》：「烈烈鸑鷟吟，鏗鏗琅玕音。」

〔一四〕杜甫《奉贈韋左丞》詩：「讀書破萬卷，下筆如有神。」

〔一五〕《世説新語·任誕》：「桓子野每聞清歌，輒喚『奈何』。謝公聞之，曰：『子野可謂一往有深情。』」

〔一六〕變雅，《詩大序》：「至於王道衰，禮義廢，政教失，國异政，家殊俗，而變風變雅作矣。」商音，哀凄聲也，《禮記·月令》：「孟秋之月……其音商」。

〔一七〕《淮南子·氾論訓》：「夫牛蹄之涔，不能生鱣鮪。」高誘注曰：「涔，雨水也，滿牛蹄迹中，言其小也。」

〔一八〕孟郊《送淡公》：「詩人苦爲詩，不如脱空飛。」

〔一九〕陶潛《移居》：「聞多素心人，樂與數晨夕。」

〔二〇〕韓愈《南山有高樹行贈李宗閔》：「路遠翅翎短，不得持汝歸。」黄庭堅《次韵王稚川客舍》：「身如病鶴翅翎短，心似亂絲頭緒多。」

〔二一〕叔世，《左傳》孔穎達疏引服虔云：「政衰爲叔世。」噍殺，《禮記·樂記》：「是故志微，噍殺之音作，而民思憂。」孔穎達疏曰：「噍殺，謂樂聲噍蹙殺小。」

〔二二〕綺靡，陸機《文賦》：「詩緣情而綺靡，賦體物而瀏亮。」

〔二三〕《論語·季氏》：「虎兕出於柙，龜玉毁於櫝中，是誰之過與？」朱熹《集注》曰：「兕，野牛也。柙，檻也。櫝，匱也。言在柙而逸，在櫝而毁，典守者不得辭其過。」

〔二四〕韓愈《雜詩》：「翩然下大荒，被髮騎騏驎。」蘇軾《潮州韓文公廟碑》：「公不少留我涕滂，翩然被髮下大荒。」

〔二五〕千夫指，語出《漢書·王嘉傳》：「流聞四方，皆同怨之。里諺曰：『千人所指，無病而死。』」

〔二六〕白居易《續座右銘》：「聞毁勿戚戚，聞譽勿欣欣。自顧行何如，毁譽安足論。」《漢書·叔孫通傳》：「此特群盜鼠竊狗盜，何足置齒牙間哉？」

〔二七〕孟郊《答郭郎中》：「志士貧更堅，守道無异營。」丹忱，赤誠心也。

黃田壩舟中與張純嘏、林時雍快談竟日〔一〕二首㊀

斂迹埋聲詎是狂，十年不敢話滄桑。過江風月供吟嘯，黃田壩與曲江城隔河。㊁駭俗文章任激昂。肯信讀書真誤我〔二〕，幾聞負手笑迷羊〔三〕。何當爭賣旁人愛，來日煩憂故故長。

壯游願已逐飛花，簫劍平生未可誇〔四〕。點染空看長白齒，揭來如戴死囚枷。同年老大餘哀賦㊂〔五〕，別夢山川隱暮笳。等待重逢知甚日，莫拋閑淚向天涯。

【校記】

㊀此詩曾刊載於一九四一年《文史雜志》第一卷第十期，題作「黃田壩舟中與友快談連日」。

㊁此句自注，手鈔本無，今據《文史雜志》補録。

㊂「餘」，《文史雜志》作「存」。

【箋注】

〔一〕黄田壩，地名，在今廣東韶關。張純嘏、林時雍，其人不詳。

〔二〕王闓之《澠水燕談录》載劉概：「先生少時，多寓龍興僧舍之西軒，往往凴欄静立，懷想世事，吁唏獨語，或以手拍欄干，嘗有詩曰：『讀書誤我四十年，幾回醉把欄干拍。』」

〔三〕迷羊，歧路亡羊之謂也，見《離亂》詩注。

〔四〕龔自珍《漫感》：「一簫一劍平生意，負盡狂名十五年。」先生詞《念奴嬌·滬上勝流於八月十二日爲龔定盦百年祭瞿禪詞來約同作》：「多少簫劍平生，狂名辜負，贏得傷秋稿。」

〔五〕哀賦，庾信有《哀江南賦》，其序云：「信年始二毛，即逢喪亂，藐是流離，至於暮齒。燕歌遠别，悲不自勝；楚老相逢，泣將何及。」

夜與湛銓談詩，余拈静之一境爲詩中高格，湛銓欣然有會，乃作此貽之〔一〕

廿年習静愛更深，至味到喉時一吟。舞鏡群花栖獨念〔二〕，生山萬籟入孤斟。不容短榻長摇膝，誰識中情與撫琴。避熱未妨高臭共，白雲峰外有遐音。

附和作

次韵无盦師拈詩中静境見貽之什㊀

陳湛銓

清晨枯坐思深深，頗悔頻年放浪吟。閑裏氣匀知静勝，樽中春好待誰斟。徐看指爪渾無垢，并合人天乃敢琴。見否疏林生暗緑，潛中輕换有花陰。

【校記】

㊀ 後附陳湛銓和作，手鈔本無，今據《修竹園詩前集》補録。

【箋注】

〔一〕陳湛銓，見前注。

〔二〕舞鏡，典出《异苑》：「山鷄愛其毛羽，映水則舞。魏武時，南方獻之，帝欲其鳴舞而無由。公子蒼舒令人取大鏡著其前，鷄鑒形而舞，不知止，遂至死。」

【按】據陳湛銓《修竹園詩前集》所録和作下有「辛巳（一九四一年）」字樣，先生此詩或亦作於其時。

悼張藎忱自忠將軍〔一〕

毒龍牙角周八方〔二〕，地踔天跳帝徬徨。萬靈號叫紛趨蹌，熊熊凶焰欺三光。肉骨逐血流汪汪，波山直壓屋脊梁。淹燒大鎮威要荒〔三〕，餘身作膽氣得剛。競存誰復弢明良〔四〕，蝦夷初不辨玄黃〔五〕。隆車妄欲螳斧撞〔六〕，侮弄醉帥偷瀋陽〔七〕。蚍蜉撼樹不自量〔八〕，得寸進尺日披猖〔九〕。將軍一出吐奇鋩，萬馬突陣秋颷颺。摧拉枯朽遒風霜，壁喜峰口成天障〔一〇〕。小醜不敢問河湟〔一一〕，不敢趾高而氣揚〔一二〕。長驅如入無人鄉，鼓死旗掩交忡惶。三四年間殫千方，鬼蜮伎倆憐遑遑。忽來平津勢轉狂〔一三〕，危疑各國眩睛眶。恍值亂山吞夕陽，進止不得客心慌。將軍靜定馭蠻强，日恣狡耳夫何妨。顧民無嘩無殺傷，裏健收鋒顛紀綱。以賁育程式施嬙〔一四〕，整拾散碎調嬌妝。恥笑不恤況篚筐〔三五〕，以諂以媚隨短長〔三六〕。手法老辣生山薑，默抉秘伏預時翔〔三七〕。蘆溝夜起震華疆〔三八〕，五嶽飛動搖昆崗。沙蟲猿鶴難逃藏〔三九〕，將軍於焉喬其裝〔四〇〕。巨鰲入海蛟脱繮，十蕩十決厲莫當〔四一〕。取敵節節易探囊，敵潰爛如沃洪湯〔四二〕。臨沂徐州收覆亡〔四三〕，繼以隨棗暨樊襄〔四四〕。見將軍謂虎與狼，一觸拔脚走且僵。買奸乞和心計忙，將軍驅敵猶驅羊。肯任蟣虱攢髻鬟〔四五〕，成仁取義刻不忘〔四六〕。搜翦凶仇獨騰驤，遂陷重圍卒自戕〔四七〕，切囑空留千慨慷〔四八〕。嗚呼！彼蒼者天信茫茫〔四九〕，舉國聞之淚滂滂。痛甚稚幼奪爺娘，毁裳裂冕縞衣裳〔五〇〕。不覺怒憤激中腸，有志都成百煉鋼。誓復漢室救羸尪〔五一〕，繼將軍起爲國防。嗚呼！將軍死召亦生攘，幽明一體神軒昂〔五二〕，悲啼毋復到鵑螿〔五三〕。嗚呼！將軍誰歟此堂堂，其名自忠其姓張。

【箋注】

〔一〕張自忠（一八九一—一九四〇），字藎臣、藎忱，山東省聊城臨清人，曾任第五戰區右翼集團軍兼第三十三集團軍總司令，於棗宜會戰中戰死沙場，追授二級上將銜。

〔二〕先生詩《上石遺先生》：「毒龍牙角周華疆。」

〔三〕大鎮，猶言大城。要荒，至邊遠也，見《旅瀫一月所懷萬端紀以長句》詩注。

〔四〕弢，藏也。

〔五〕蝦夷，謂日寇。玄黄，天玄而地黄。

〔六〕螳斧，喻不自量，典見《余素患失眠且不能飲》詩注。

〔七〕一九三一年九月十八日，日本關東軍蓄意發動事變，偷襲瀋陽，時日軍參謀本部建川美次自云以酒醉未能阻其事。

〔八〕蚍蜉，蟻也。韓愈《調張籍》：「蚍蜉撼大樹，可笑不自量。」

〔九〕九一八事變，日寇占瀋陽，次年，陷遼寧、吉林、黑龍江三省，侵華北。

〔一〇〕一九三三年三月，日寇占領熱河，進逼長城。二十九軍奉命赴喜峰口阻敵。張自忠率部駐遵化三屯營，誓曰：「國家養兵千日，用兵一時，爲國捐軀，重如泰山。」又云：「人生在世總是要死的，打日寇爲國犧牲是最光榮的。祇要有一兵一卒，我們决心與日寇血戰到底！」張自忠、馮治安、趙登禹諸部以大刀隊夜襲敵營，殺敵逾千人。日本《朝日新聞》：「明治大帝造兵以來，皇軍名譽盡喪於喜峰口外，而遭受六十年來未有之侮辱。」

〔一一〕河湟，黄河、湟水也，指華北一帶。

〔一二〕《左傳·桓公十三年》：「莫敖必敗，舉趾高，心不固矣。」

〔一三〕平津，指北平（今北京）、天津一帶。一九三五年後，張自忠曾任察哈爾省主席、天津市市長、北平市市長。時中央軍已撤離華北，宋哲元所率二十九軍駐守其地，日寇欲乘機扶植親日政權，故其時華北局勢頗爲微妙。宋哲元、張自忠諸人與日寇委蛇斡旋，以求和平。

〔一四〕賁育，孟賁、夏育，皆古勇士。《尸子》：「孟賁水行不避蛟龍，陸行不避兕虎。」《戰國策》：「夏育叱呼駭三軍，身死庸夫。」程式，比擬也。施嬙，西施、毛嬙，皆美人。

〔一五〕篚筐，喻厚禮。一九三七年三四月間，日軍邀宋哲元訪日，時張自忠任天津市長，受宋委托赴日考察，日方以「滿載而歸」「親日氣氛已達到相當效果」等語見諸報端，故國内有「張逆」「漢奸」之責。

〔一六〕謟，疑也。媚，諂也。《張自忠將軍祭文》：「藎忱前主察政，後掌津市，皆以身當樽俎折衝之交，忍痛含垢，與敵周旋，衆謗群疑，無所動摇，而未嘗以一語自明。」張嘗私語人曰：「我希望打開一個局面，維持一個較長的時間，而使國家有充足的準備時間，其他毁譽我是不計較的。」

〔一七〕預時翔，《論語·鄉黨》：「色斯舉矣，翔而後集。曰：『山梁雌雉，時哉時哉！』」朱熹《集注》曰：「鳥見人之顔色不善，則飛去，回翔審視而後下止。人之見幾而作，審擇所處，亦當如此。」

〔一八〕一九三七年七月七日盧溝橋事變，日寇以藉口進犯北平西南宛平縣城（今盧溝橋鎮），發動全面侵華戰爭。

〔一九〕沙蟲猿鶴，《藝文類聚》引《抱樸子》：「周穆王南征，一軍盡化，君子爲猿爲鶴，小人爲蟲爲沙。」今本《抱樸子・釋滯》：「山徙社移，三軍之衆，一朝盡化，君子爲鶴，小人成沙。」盧溝橋事變後，二十九軍傷亡慘重，宋哲元奉令率軍撤往保定，授意張自忠留守北平，與寇周旋，以爲掩護。張遂出任代理晉察委員會委員長、晉察綏靖公署主任、北平市長等職，於是輿論嘩然，毀言愈甚。馮玉祥《痛悼張自忠將軍》：「民國二十五、六年的時候，華北造成一個特殊的局面，他在這局面下苦撐，雖然遭到許多人對他誤會，甚至許多人對他辱駡，他都心裏有底子，本著忍辱負重的精神，以待將來事實的洗白。」

〔二〇〕一九三七年九月，張自忠在美國人福開森、怡和洋行買辦趙子青等人的協助下，喬裝逃出北平城，先至天津，後往南京。南京國民政府以守地失責之罪將其撤職查辦，後以宋哲元、李宗仁諸人出面緩頰，始免。

〔二一〕十蕩十決，《晉書・載記第三》載西晉名將陳安：「安與壯士十餘騎於陝中格戰。安左手奮七尺大刀，右手執丈八蛇矛。近交則刀矛俱發，輒害五六。遠則雙帶鞬服，左右馳射而走。」樂府《隴上爲陳安歌》：「丈八蛇矛左右盤，十蕩十決無當前。」

〔二二〕探囊中物，言極易也。洪湯，水大而熱也。

〔二三〕一九三八年，張自忠以李宗仁舉薦任五十九軍軍長，參與徐州會戰，屢挫敵鋒，復率部馳援山東臨沂龐炳勛部，擊退日軍阪本師團。或謂臨沂戰役「開抗戰勝利之先河，揚國軍抗戰之神威」。

〔二四〕樊襄，謂一九三八年武漢會戰。隨棗，謂一九三九年五月隨棗會戰。時張自忠任國民政府第五戰區右翼集團軍兼第三十三集團軍總司令，所戰諸役，殺敵致果，無一敗績。

〔二五〕蟣虱，虱及其卵也，喻群小。髫鬟，亂毛貌。

〔二六〕成仁，《論語·衛靈公》：「志士仁人，無求生以害仁，有殺身以成仁。」取義，《孟子·告子上》：「生，亦我所欲也；義，亦我所欲也。二者不可得兼，舍生而取義也。」一九三八年初，張自忠率部赴淮河戰場，誓曰：「中國之所以鬧到這個地步，可以説是軍人的罪惡。十幾年來，要是軍人認清國家危機，團結禦侮，敵寇絶不敢來侵犯。我們軍人今天要想洗刷他的罪惡，完成對於國家的義務，也祇有一條路，去死，早點死，早點光榮的死！」

〔二七〕一九四〇年五月棗宜會戰，張自忠率第三十三集團軍阻截日寇南綫進攻，以兵力懸殊，戰況不利。張自忠命副總司令馮治安駐守襄河西岸，親率二千餘士東渡突圍，於南瓜店杏仁山督戰殺敵，曰：「今日是我報國時矣。」五月十六日，張自忠遭圍殞命。

〔二八〕棗宜會戰前夕，張自忠告將士書曰：「國家到了如此地步，除我等爲其死，毫無其他辦法。要相信，祇要我等能本此決心，我們國家及我五千年歷史之民族決不致亡於區區三島倭奴之手。爲國家、民族死之決心，海不清、石不爛，決不半點改變，願與諸弟共勉之。」又致馮治安書曰：「仰之吾弟如晤：因爲戰區全面戰爭之關係及本身之責任，均須過河與敵一拼，現已決定於今晚往襄河東岸進發，到河東後，如能與三十八師、一七九師取得聯絡，即率兩部與馬師不顧一切，向北進之敵死拼。若與一七九師、三十八師取不上聯絡，即帶馬師之三個團，奔著我們最終之目標（死）往北邁進。無論作好作壞，一定求良心得到安慰，以後公私均得請我弟負責。由現在起，以後或暫別，或永離，不得而知，專此布達。」及南瓜店杏仁山遭圍，謂副官馬孝堂曰：「我力戰而死，自問對國家對民族可告無愧，你們應當努力殺敵，不能辜負我的志向。」

〔二九〕《詩經・秦風・黃鳥》：「彼蒼者天，殲我良人。」孔穎達疏曰：「彼蒼蒼者，是在上之天。」

〔三〇〕縞衣，衣居喪也。張自忠殉國後，日軍爲盛殮之，三十八師師長黃維剛率部奪回遺骸。五月二十一日，將軍靈柩沿長江水路運往重慶安葬，途經宜昌，十萬軍民扶柩江岸，敵機飛臨，竟無一人逃散。

〔三一〕羸尩，衰弱也。

〔三二〕幽明一體，死生同也。軒昂，高峻貌。

〔三三〕鵑，即杜鵑鳥，《禽經》：「子規夜啼達旦，血漬草木。」螿，蟬屬，《禮記・月令》：「涼風至，白露降，寒蟬鳴。」

寄黄挽波海章梅州〔一〕二首

又隨卜築武江邊〔二〕，風雨倘來艱食眠。帆肚能肥春奈老〔三〕，故人有夢語難專。時介挽波未遂。〔四〕自安樸訥違時尚，各愛交親肯汝賢。慚與草蟲争骨氣〔五〕，高情日夕悵雲天。

新緑老紅已厭看〔六〕，三年卧起逼層巒。言愁髮秃餘詩健，叱馭心灰耐劫殘〔七〕。豈必貞元問消息〔八〕，每懷朋舊到杯盤。吾儒暫腐何當悔，落日頹波未易安。

【箋注】

〔一〕黄海章（一八九七—一九八九），字挽波，號黄葉，廣東梅縣人，黄遵憲後人，曾任教於梅州中學、潮州金山中學、中山大學等校，有《黄葉樓詩》《中國文學批評簡史》，先生《文教機關舊任公教職工人員登記表》稱其爲「平生第一知己」。黄以離亂未隨中山大學遷滇，其時仍在梅縣。

〔二〕卜築，猶言卜居。王逸曰：「《卜居》者，屈原之所作也。屈原體忠貞之性，而見嫉妒。念讒佞之臣，承君順非，而蒙富貴。己執忠直而身放弃，心迷意惑，不知所爲。乃往至太卜之家，稽問神明，决之蓍龜，卜己居世何所宜行，冀聞异策，以定嫌疑。故曰《卜居》也。」武江，即武水，珠江水系北江干流上源之一，民國《樂昌縣志·地理·山水》：「武水源出湖南臨武溱梧，過宜章，經乳源武陽司，南合莽遼水，北合瀫溪水，東入縣境三星坪，合宜章黄岑水，五里至平石，水勢曲折向西北。」按，時先生寓居坪石鐵嶺，在武江之濱。

〔三〕黄遵憲《與方稚川》：「帆腹漸肥人漸遠，離愁長在夕陽邊。」

〔四〕中山大學遷回粤北坪石後，先生曾向學校當局推介復聘黄海章，未能成願。至一九四一年秋，黄挽波經黄際遇教授介紹，始得重回中山大學中文系任教。

〔五〕草蟲，《詩經·召南·草蟲》：「喓喓草蟲，趯趯阜螽。」喓喓，蟲鳴聲也；趯趯，跳躍貌。喻群小。

〔六〕新緑老紅，楊萬里《又和風雨二首》：「風風雨雨又春窮，白白朱朱已眼空。拚却老紅一萬點，换將新緑百千重。」

〔七〕叱馭，典出《漢書·王尊傳》：「琅琊王陽爲益州刺史，行部至邛崃九折阪，嘆曰：『奉先人遺體，奈何數乘此險！』後以病去。及尊爲刺史，至其阪，問吏曰：『此非王陽所畏道邪？』吏對曰：『是。』尊叱其馭曰：『驅之，王陽爲孝子，王尊爲忠臣。』」謂忠於吏事，不避艱險。

〔八〕貞元，唐德宗之年號。按，劉禹錫《聽舊宮中樂人穆氏唱歌》有「休唱貞元供奉曲，當時朝士已無多」之句，今昔之慨也。

【集評】邱世友《記黄海章、詹安泰兩教授的酬唱》：「這種對朋舊的深切關注和懷念，對國家興衰絶續的憂慮，就是詹先生寄懷黄先生的詩的基調。」

【按】此詩應爲一九四一年夏所作，時先生自清洞搬至坪石鐵嶺。

寄懷石銘老普寧，銘老故鄉淪陷，違難普寧三年矣〔一〕

却憶繩床獨坐翁〔二〕，平時酒力與詩工。《石遺室詩話》謂：「晚近詩人得剛健之美者，石銘吾與曾履川而已。」〔三〕三年不吊繁花死，一飯難量百計窮。日入知誰供涕笑，憂來留夢作沉雄。如狂談口吾猶爾，何日相看側岸楓。余居楓溪時，銘老時相過從。

【箋注】

〔一〕石維岩（銘吾），見前注。逹難普寧者，康曉峰《石銘吾先生墓志銘》：「戊寅（一九三八年）潮城陷，先生逹難他方，猶不輟吟咏。」一九三九年六月，潮汕相繼淪陷。

〔二〕繩床，以繩穿板爲之坐具也。

〔三〕見陳衍《石遺室詩話》。曾克耑（一九〇〇—一九七五），字履川，福建閩侯人，以詩古文著，擅書。

武江寓居八首〔一〕

飄泊吾生事，低徊物外情。江聲喧午枕〔二〕，蟬響咽哀箏。春去花猶粲，樓空夕向明。瞢騰如中酒〔二〕，失念到遥京。

貧居耽静寂，世態舞蛟鼉。中夜起長嘆〔三〕，逢辰一放歌。看山迷古寺，弄水憶群鵝。幽趣隨愁斷，吴鈎欲醉磨〔四〕。

蟲老漸聲粗，根盤穴鼬語〔五〕。梳風疑戰馬，吊月忍啼烏。對景從生病，征人昔戒途〔六〕。攢眉不滿腹〔七〕，何事守頑迂。

水大勢漂屋，客船無翼飛。雨深愁巧鳥，地濕長苔衣。少出筋如縮，殷憂望轉微〔八〕。固應遺滯累，奈此豆苗稀〔九〕。

室陋蛇緣壁，山低樹壓檐。長宵行鼠瘦，破甑落蟲纖。避寇違親故，養年得靜恬。何須更問卜〔一〇〕，恥作大言炎〔一一〕。

天地生胸鬲，當年膽氣豪。雄談揮麈尾〔一二〕，小割試牛刀〔一三〕。口拙心何苦，魔叢道枉高。身名寧壯惜〔一四〕，世網待全逃〔一五〕。

園菊秋争艷，高堂髮始蒼〔一六〕。扶雛淪墜露，倚杖看斜陽〔一七〕。歸夢終難免，閑情久不芳。况傳烽火急，默祝只焚香。

人异登龍客〔一八〕，家盈插架書。望雲天浩渺，坐夜汝何如。大月浮波艷，清鐘度嶺虛。淚深疏對酒，聊爲賦群狙〔一九〕。

【校記】

㈠ 此詩「漂泊」一首曾刊載於一九四一年《文史雜志》第一卷第十一期，題作「武江寓屋」。

【箋注】

〔一〕黄庭堅《六月十七日晝寢》：「馬齕枯萁喧午枕，夢成風雨浪翻江。」

〔二〕瞢騰，醉貌。中酒，即醉酒。晏幾道詞《玉樓春》：「臨風一曲醉瞢騰。」

〔三〕曹植《美女篇》：「盛年處房室，中夜起長嘆。」喻不遇時也。蘇軾《送宋君用游輦下》：「中夜起長嘆，慷慨商聲謳。」

〔四〕吳鈎，春秋吳人善鑄鈎，故稱。

〔五〕孟郊《秋懷》：「秋深月清苦，蟲老聲粗疏。」鼬、鼯，鼠類。

〔六〕戒途，戒備於途，戰事也。

〔七〕陳三立《除日訊季祠》：「攢眉旋捫腹。」

〔八〕筋如縮，筋骨不展也。殷憂，猶言深憂。

〔九〕陶潛《歸園田居》：「種豆南山下，草盛豆苗稀。」

〔一〇〕問卜，卜居也，典見《寄黄挽波（海章）梅州》詩注。

〔一一〕大言炎，《莊子·齊物論》：「大言炎炎。」成玄英疏曰：「夫詮理大言，猶猛火炎燎原野，清蕩無遺。」

〔一二〕《世説新語·容止》：「王夷甫容貌整麗，妙於談玄，恒捉白玉柄麈尾，與手都無分別。」

〔一三〕《論語·陽貨》：「割鷄焉用牛刀？」《諧鐸·鷄談》：「尚得牛刀一試，冀他年大用也哉！」

〔一四〕杜甫《將曉》：「壯惜身名晚，衰慚應接多。」

〔一五〕韓維《題余山人壁》：「曾當逃世網，塵事締朋簪。」

〔一六〕李白《將進酒》：「君不見高堂明鏡悲白髮，朝如青絲暮成雪。」

〔一七〕陸游《雜賦六首》：「柴門偶一出，倚杖立斜陽。」

〔一八〕登龍客，《後漢書·黨錮列傳·李膺》：「是時朝庭日亂，綱紀頽陀，膺獨持風裁，以聲名自高。士有被其容接者，名爲登龍門。」李賢注曰：「以魚爲喻也。龍門，河水所下之口，在今絳州龍門縣。辛氏《三秦記》曰：『河津一名龍門，水險不通，魚鱉之屬莫能上，江海大魚薄集龍門下數千，不得上，上則爲龍也。』」

〔一九〕狙，獮猴也。賦群狙，《莊子·齊物論》：「狙公賦芧，曰：『朝三而暮四。』衆狙皆怒。曰：『然則朝四而暮三。』衆狙皆悦。名實未虧而喜怒爲用，亦因是也。是以聖人和之以是非而休乎天鈞。」黄庭堅《用前韵謝子舟爲予作風雨竹》：「狙公賦七芧，勿用嗔喜對。」

梧叔簡招，賦此奉報〔一〕

杜老無家別〔二〕，山公有簡招〔三〕。亂流驚往復，末劫壯奸刁〔四〕。舊癖蘋漁譜〔五〕，新晞谷口謡〔六〕。報君還一笑，意外得天驕。

【箋注】

〔一〕梧叔，其人不詳，應爲當時政界人士。按，或爲先生鄉親詹朝陽。詹朝陽，字梧生，饒平縣上饒區八絲樓人，曾任廣東省海豐縣法院檢察官、河北省民政廳長等職。時或有招邀先生從政者，乃賦此詩答之。

〔二〕杜甫有《無家别》詩，有「人生無家别，何以爲烝黎」諸句，仇兆鰲《杜詩詳注》引黄生曰：「詩言内顧，無妻也；言永痛，無母也。母亡妻取，曲盡無家之慘。」

〔三〕山公，晋人山濤也。《晋書·山濤列傳》：「濤再居選職十有餘年。……濤所奏甄拔人物，各爲題目，時稱山公啓事。」

〔四〕末劫，釋家語，末法一千年一劫。按，喻時局。

〔五〕蘋漁譜，宋詞人周密有《蘋洲漁笛譜》，倚聲之學也。

〔六〕晞，乾也。《楚辭·九歌·少司命》：「晞女髮兮陽之阿。」谷口，古地名。揚雄《法言·問神》：「谷口鄭子真，不屈其志，而耕乎岩石之下，名震於京師。」隱志也。

妄行

妄行同鬥蟻〔一〕，私泣各抽肝。舊嘆清流賤，今知蜀道難〔二〕。楚歌看四起〔三〕，湘瑟欲千彈〔四〕。亦有褰裳意〔五〕，江天極暮寒。

【箋注】

〔一〕鬥蟻，《世説新語·紕漏》：「殷仲堪父病虚悸，聞床下蟻動，謂是牛鬥。」喻微末争鬥。劉克莊《和仲弟》：「蟻鬥蝸争求予没，老夫身世自難裁。」

〔二〕蜀道難，原爲古曲名。《樂府解題》：「《蜀道難》，備言銅梁、玉壘之阻。」喻世事艱辛也。

〔三〕《史記·項羽本紀》：「項王軍壁垓下，兵少食盡，漢軍及諸侯兵圍之數重。夜聞漢軍四面皆楚歌，項王乃大驚，曰：『漢皆已得楚乎？是何楚人之多也！』」庾信《哀江南賦》序：「楚歌非取樂之方。」

〔四〕湘瑟，《楚辭·遠游》：「使湘靈鼓瑟兮，令海若舞馮夷。」孟郊《泛黄河》：「湘瑟颼飀弦，越賓嗚咽歌。」

〔五〕褰裳，揭衣渡水也。《詩經·鄭風·褰裳》：「子惠思我，褰裳涉溱。」毛序曰：「《褰裳》，思見正也。狂童恣行，國人思大國之正己也。」

移家

北來五月四移家，清洞、坪石均移家兩次。〔一〕總在山腰與水涯。對岸歌聲時擁枕，壓樓霞氣欲蒸花。尋常踏草衣妨濕，四十稱翁髮未華。宋本唐箋明午夜〔二〕，尚餘胸鬲鬱槎枒〔三〕。

【箋注】

〔一〕《年譜》「一九四一年」下引《天風閣學詞日記》：「接祝南廣東乳源縣清洞鄉函，謂……暫住大便地名炮樓上。」又，《年譜》：「後搬至蓮溪。」「夏，因地盤太窄，文學院借用鎮東頭小山崗鐵嶺上原鐵路局的一些房子作教室。先生亦從清洞搬至鐵嶺，於附近武江邊上渡頭街租得一面積約二十多平方米的泥屋。進門是廳，廳後用木板隔開的是卧室，卧室後面是厨房。」

〔二〕宋本，《長物志·宋板》：「藏書貴宋刻。」唐箋，謂箋紙之雅者。

〔三〕槎枒，錯落不齊貌，喻胸懷不平。先生詩《上章行嚴先生》：「廿年人海許逃虛，更遣槎枒穿腹背。」

【按】

此詩應作於一九四一年先生遷居粵北數月後。

寄贈饒固庵香港〔一〕

少年汲古意無前〔二〕，浮海持家艱食眠〔三〕。出處關天吾始信〔四〕，蒼黃不染汝何賢。潮汕初陷時，聞敵方啖，固庵不爲動。驚心蕭艾偷靈濯〔五〕，甚日招携踏野烟。風雨晴明非一世，倘來相待渡頭船。

【箋注】

〔一〕饒宗頤（固庵），見前注，時饒在香港。王振澤《饒宗頤先生學術年曆簡編》「一九三九年」下：「八月，先生以廣東通志館纂修資格，并經詹安泰推薦，受中山大學聘爲研究員。……中山大學遷校於雲南澂江，先生應聘前往，取道鯊魚涌至香港，擬轉赴滇，途中深入畲族地區作調查，竟染上惡性瘧疾，而滯留香港。」

〔二〕按，饒宗頤年十八而續成父書《潮州藝文志》，故云。先生詩《贈饒伯子》：「驥子走追風，雛鳳聲戛玉。」

〔三〕浮海，《論語·公冶長》：「子曰：『道不行，乘桴浮於海，從我者，其由與。』」

〔四〕先生詩《雨山寄近詩奉報二律》：「向來文章交有道，出處關天寧足論。」

〔五〕蕭艾，《離騷》：「何昔日之芳草兮，今直爲此蕭艾也。」先生《離騷箋疏》：「蕭：一種蒿草，和艾同類，都是賤草。」洪興祖《楚辭補注》：「蕭艾賤草，以喻不肖。」靈濯，水清潔也。

【按】

此詩或作於一九四一年，時饒爲當地文界所聘，任商務印書館（香港）特約編輯，協王雲五編《中山大詞典》，協助葉恭綽編《全清詞鈔》。

金鷄嶺〔一〕

巨石突兀摩蒼穹，古色斑駁商周鐘〔二〕。經久變蝕紋層摺，恍若春笋籜重重。葛藤倒挂樹側出，點綴隙罅摇靈風〔三〕。偶然花開玉屏展，日光激射深青紅。上有金鷄貌肖絶，昂首翹尾體豐隆。天鷄媲擬豈不偉〔四〕，其來何自無由踪。或言一鳴乾坤簸，土著以此占吉凶。或言能産圓精卵，得之供玩奇寶同。或言怒曾振翼飛，三年一去如冥鴻〔五〕。异説紛紜誰探究，即今莫辨雌與雄。或言絶頂曠平甚，結屋頗可千人容〔六〕。昔有隱者實居之，歷久不知其所終。又有敗軍據作險，十百力敵萬夫攻〔七〕。天陰時聞鬼陣哭，勢壓武水聲汹汹。細劚黝土栽蔬果，野老背面安寮篷。磴道盤旋得攀陟，一覽足使憂愁鬆。我蓄此願亦已久，惜哉筋力長疏慵。遠觀常抱意切切，逼視頓覺心忡忡〔八〕。憶昨招携游别峰，腰脚强健匹頑童〔九〕。載笑載行驅山鳥，搜幽抉塞披蒙茸〔一〇〕。作詩咏嘆神飽滿，便欲一蹴千岩空〔一一〕。豈料咫尺行不到，悵惘日日昏雙瞳。且去拏舟看倒景，武江在金鷄嶺下。〔一二〕放膽歌嘯呼吟龍。

【箋注】

〔一〕金鷄嶺，在廣東樂昌坪石，因嶺西北峰頂巨石形似雄鷄，故名。

〔二〕商周鐘，古金器也。按，粵北丹霞地貌，多陡崖，岩石呈紅色，故以商周金器擬之。

〔三〕罅，裂也。

〔四〕天鷄，《玄中記》：「東南有桃都山，山上有大樹，名曰桃都。枝相去三千里，上有天鷄，日初出，照此木，天鷄即鳴，天下鷄皆隨之鳴。」媲擬，比也。

〔五〕鴻冥，揚雄《法言·問明》：「鴻飛冥冥，弋人何篡焉。」

〔六〕民國《樂昌縣志·地理》：「金鷄嶺爲平石水口關鍵，四圍峭壁，山頂平坦，可容數百人。」「咸豐間，鄉人何懷楨、吴楚桂等修築要隘，附近居民多避亂期間。」

〔七〕舊傳洪秀全之妹洪宣嬌曾率兵據金鷄嶺以禦清兵。嶺上存點將臺、練兵場、觀武臺等遺址。《洪楊軼聞》：「粤軍洪秀全自廣西竄長沙也，其妹洪宣嬌，稱元帥。常騎馬率粤之大脚婦出隊，服五彩衣，備極怪狀，官軍望之奪氣。」

〔八〕切切，急迫貌。忡忡，憂愁貌。

〔九〕先生游別峰事，見《游別峰八十六韵》詩注。

〔一〇〕《國風·衛風·氓》：「載笑載言。」蒙茸，雜亂貌。

〔一一〕一蹴，言極易也。

〔一二〕民國《樂昌縣志·地理·山水》「武江」下云：「東南經白沙，白沙水自東北來注之，繞金鷄山復東行至羅家渡。」

不得潘伯鷹書五年矣，頃日瘖盦來詩，有簡伯鷹之作，讀罷驚喜，遂成二律寄瘖盦轉達[一]

篆硃繭玉壓春妝[二]，寄我新詩舊有常。壯歲寶書窮百國，五年踪迹去何鄉。磷磷細石魚能醉，裊裊流雲夢故長。便借高生一傳語，亂蟲駭律尚秋凉[三]。

工夫未到平夷處，琢切故人書斷來[四]。櫪馬城烏成坐聽[五]，望門簡髮枉雄猜[六]。情懸狡兔艱三窟[七]，賦罷西京剩七哀[八]。安得心魂屈折去，長髯短簿笑相陪[九]。

【箋注】

〔一〕潘伯鷹、高二適（瘖盦），見前注。時潘伯鷹、高瘖盦均在重慶。

〔二〕篆硃繭玉，印信也。春妝，新詩也。

〔三〕《後漢書·律曆》：「夫五音生於陰陽，分爲十二律，轉生六十，皆所以紀斗氣，效物類也。天效以景，地效以響，即律也。陰陽和則景至，律氣應則灰除。」

〔四〕琢切，《詩經·衛風·淇奥》：「有匪君子，如切如磋，如琢如磨。」
〔五〕劉孝威《侍宴賦得龍沙宵月明》：「櫪馬悲笳吹，城烏啼塞寒。」
〔六〕望門投止，用張儉事，見《欲歸不得鬱悶成咏》詩注。簡髮而櫛，用《莊》典，見《余素患失眠且不能飲》詩注。
〔七〕《戰國策·齊策》：「狡兔有三窟，僅得免其死耳。」
〔八〕西京，長安城也。王粲《七哀詩》：「西京亂無象，豺虎方遘患。復弃中國去，遠身適荆蠻。」唐吕向曰：「七哀，謂痛而哀，義而哀，感而哀，怨而哀，耳目聞見而哀，口嘆而哀，鼻酸而哀也。」
〔九〕長髯短簿，喻筆，見《錫純出示雨夜詩次均奉答》詩注。

負手

漸來腰脚不能驕，負手看天意可饒。已辨鐘聲凉甚水，乍聞花影下如潮〔一〕。壯心寧惜蘊千劫〔二〕，詞客分難賦大招〔三〕。如此偷生吾願足，但編信史集童謡。

【箋注】

〔一〕王采薇《春夕》：「四山花影下如潮。」

〔二〕千劫，《雲笈七籤》：「天地改易，謂之大劫。」

〔三〕《楚辭·大招》，洪興祖《補注》曰：「屈原放流九年，憂思煩亂，精神越散，與形離別，恐命將終，所行不遂，故憤然大招其魂，盛稱楚國之樂，崇懷、襄之德，以比三王，能任用賢，公卿明察，能薦舉人，宜輔佐之，以興至治，因以風諫，達己之志也。」

陳孝威將軍以酬羅斯福總統詩索和，奉報長古〔一〕

當面輸順背面逆〔二〕，聯床忽若陌路客。窺伺肥瘠養饕餮〔三〕，不學堯舜學盜跖〔四〕。上國衣冠等烟埃，無數生靈輕一擲。一自醜寇誇天驕，獨裁渠魁狂暴極〔五〕。弱邦十四役爲奴〔六〕，寰宇無地得蘇息。飛炮轟空彈灑甲，爛頭懸樹臂貼壁。連山積厚長崩騰，鼎日光弢轉炎赫。壯而留命恥非夫，老難苟全同社櫟〔七〕。嫦娥荷負迷所歸，豺虎驚號迷所食。初聆號令寒肝膽，偶語怔忡失精魄。一瞬繁華夢不到，千吐奇冤意誰惜。名埋寧記侯王尊，室毀衹覺江湖窄。冥行擿埴古有哀〔八〕，肆虐妄心斯爲烈。糜耗何止百千萬，血軀已遍東南北。於時西方有聖者，飢猶己飢溺己溺〔九〕。爐邊脱口駭群魔，羅斯福爐邊閑話。〔一〇〕欲以和平銷兵革。惟同則親异則敵，聲辭俱足繼之力〔一一〕。天際雲韶響必宏〔一二〕，雨中荷蓋淋不濕〔一三〕。豈其戾氛未可平，不成世事長如奕〔一四〕。舊聞詩霸吊羅馬，今見元良制日德〔一五〕。信哉异域簇人豪，愧彼僞旗竪家賊。陳侯眼角發奇芒〔一六〕，三萬里遥通一脉。著皇偉論寄白宫〔一七〕，答拜之隆隆九錫〔一八〕。筆尖久矣抉秘怪，慘目傷心况親歷〔一九〕。索詩到我我何能，玉德金聲寓於石〔二〇〕。敢以小技薄歌辭，凌厲竊比孔璋檄〔二一〕。仍掬心香百拜禱，無使復草平戎策。

附原作

美利堅合衆國總統羅斯福先生讀余去年十月七日建議論文賜函奬飾輒酬一律賦呈〔一〕

陳孝威

白宫三主承明席，砥柱終迴逆水流。降此鞠凶人擾擾，閑哉元首政優優。干戈到處洶群盗，日月無私照五洲。欲膾鯨鯢濟滄海，八方風雨感同舟。

【校記】

㊀ 後附陳孝威原作，手鈔本無，今據《太平洋鼓吹集》補録。

【箋注】

〔一〕陳孝威（一八九三—一九七四），福建侯官人，官至中將旅長，離軍界後，於香港創辦《天文臺報》。

〔二〕杜甫《莫相疑行》：「當面輸心背面笑。」按，時德國公開宣稱遵守《凡爾賽條約》《洛迦諾公約》，實則大規模擴充軍備，至於駐軍萊茵蘭非軍事區，突襲波蘭，遂與歐洲英、法諸國反目，引發二戰。

〔三〕窺伺肥瘠，韓愈《争臣論》：「視政之得失，若越人之視秦人之肥瘠，忽焉不加喜戚於其心。」饕餮，《神异經·西南荒經》：「西南方有人焉，身多毛，頭上戴豕，貪如狼惡，好自積財，而不食人穀，强者奪老弱者，畏群而擊單，名曰饕餮。」

〔四〕堯、舜，古聖人也。盗跖，《莊子·盗跖》：「盗跖從卒九千人，横行天下，侵暴諸侯。」《孟子·盡心上》：「欲知舜與跖之分，無他，利與善之間也。」

〔五〕按，渠魁，或謂納粹黨魁希特勒。

〔六〕二戰前夕，納粹德國先後占領歐洲奥地利、捷克斯洛伐克、波蘭、荷蘭、比利時、法國、丹麥、挪威、盧森堡、匈牙利、羅馬尼亞、保加利亞、南斯拉夫、希臘十四國。

〔七〕社櫟，《莊子·逍遥游》：「吾有大樹，人謂之樗。其大本擁腫而不中繩墨，其小枝捲曲而不中規矩，立之塗，匠者不顧。今子之言，大而無用，衆所同去也。」

〔八〕冥行擿埴，揚雄《法言·修身》：「擿埴索塗，冥行而已矣。」李軌注曰：「埴，土也。盲人以杖擿地而求道，雖用白日，無异夜行。夜行之義，面墻之諭也。」

〔九〕《孟子·離婁下》：「禹思天下有溺者，由己溺之也；稷思天下有飢者，由己飢之也，是以如是其急也。」

〔一〇〕爐邊閑話，時美國總統羅斯福常於總統府樓壁爐前接受廣播公司采訪，自云：「希望這次講話親切些，免去官場那一套排場，就像坐在自己的家裏，雙方隨意交談。」一九四〇年十二月廿九日羅斯福談話，謂美國「必須成爲民主國家的大兵工廠」，支持反法西斯戰争。

〔一一〕按，羅斯福談話：「美國要想盡可能不捲入這場戰争，現在就要不遺餘力地支持那些正在保衛自己抗擊軸心國的國家，不能對它們的失敗袖手旁觀。」并推動國内生産飛機、軍艦、炮彈等軍備物資，以支援英法戰鬥前綫。

〔一二〕雲韶，黄帝《雲門》、虞舜《大韶》，皆古樂。曹毗《江左宗廟歌》：「愔愔《雲》《韶》，盡善盡美。」

〔一三〕《楚辭·九歌·湘夫人》：「築室兮水中，葺之兮荷蓋。」喻庇護。

〔一四〕如弈棋者，事不定也。

〔一五〕按，羅馬，或指義大利王國。元良，大德也，或指羅斯福。日、德，或謂日本帝國、納粹德國等法西斯國家。

〔一六〕陳侯，指陳孝威。

〔一七〕據陳孝威《太平洋鼓吹集·自序》，陳於一九四〇年十月有論文《德義日三國協定内對英對美對速作戰案之蠡測》一篇，英譯呈羅斯福總統，建議擴大租地售艦，「旨在呼籲美國以物資援助我國家，驅散於國境之外也」，「亦獲上達白宮，邀羅斯福總統之省覽，獎譽有加」。

〔一八〕九錫，《公羊傳·莊公元年》「錫者何？賜也。」何休注曰：「禮有九錫：一曰車馬，二曰衣服，三曰樂則，四曰朱户，五曰納陛，六曰虎賁，七曰弓矢，八曰鈇鉞，九曰秬鬯。」

〔一九〕李華《吊古戰場文》：「日光寒兮草短，月色苦兮霜白。傷心慘目，有如是耶！」

〔二〇〕石，謂硯石。蘇軾《龍尾硯歌》：「君看龍尾豈石材，玉德金聲寓於石。」

〔二一〕陳琳，字孔璋，有《爲袁紹檄豫州》等。孔璋檄，《三國志·魏書·王粲傳》：「軍國書檄，多琳、瑀所作也。」裴松之注引三國魏魚豢《典略》：「琳作諸書及檄，草成呈太祖。太祖先苦頭風，是日疾發，卧讀琳所作，翕然而起曰：『此愈我病。』」

【按】陳孝威有《太平洋鼓吹集》。據《太平洋鼓吹集》胡適題詞曰：「陳孝威將軍在一九四一年作七言律詩，頌贊羅斯福大總統，楊雲史先生作長詩和之。當時海内外和作者二百餘家。珍珠港事變後，孝威避難，間關至廣西桂林，又續得若乾和詩，前後凡得詩三百六十三首，印成六卷，題曰《太平洋鼓吹集》。」先生此詩亦在集中。據《太平洋鼓吹集·凡例》，本集徵詩起自民國卅年（一九四一）四月廿五日，迄至同年十二月八日太平洋戰事爆發，故知先生此詩應作於一九四一年。

游南華寺〔一〕

平生放脚須長鞭，逢名勝地斯留連。況已踪迹落韶石，游南華願無時捐。今春欲往再不遂，愛而不見心茫然〔二〕。百十里路寧瑟縮，得勢猿鳥争輕便。同游初疑繼驚嘆，毋乃佛法渡無邊。茶寮凉陰聊駐足，巋然古刹羅當前。知幾壞衲乞香飯〔三〕，聞多善信輸齋錢〔四〕。結構莊嚴更精壯，蒲團密綴明花氈。祖殿頂禮先六祖〔五〕，祖似笑我何狂顛。胡裝短服俗臭在，雖甚虔敬難參禪。繼朝兩側三叩首，左憨山師右丹田〔六〕。非時不聞鐘鼓響，但見滿座浮香烟。後門恰對方丈室〔七〕，定有僧榻容僧眠。穿巷别出幽幽趣，古柏十九撐青天。一亭留客曲肱枕〔八〕，聲來細細卓錫泉〔九〕。泉水澄澈嘗一勺，恍入覺路心燈傳〔一〇〕。刷蘚剥苔摩碑讀，眼光作電徒搜研。復返五百羅漢殿〔一一〕，面目一一殊聖賢。用知荀卿虚論相〔一二〕，何曾夢破飛空仙〔一三〕。龕高髣髴靈隱若，中安大佛坐千蓮〔一四〕。鼓樓鐘樓建兩廊〔一五〕，靈照古塔鱗生磚。匾額周覽光爍爍，客堂少憩情懸懸。昔我慶雲三宿後，慶雲寺在鼎湖山。〔一六〕世慮走避忘方圓。枯僧對話或散碎，體質蒼瘦神完全〔一七〕。此行有伴阻羈止，重來無約知何年。回首僧空已出寺，各各機鋒快箭弦〔一八〕。我亦點頭亦微咥，文字言說非所先。〔一九〕欲振林莽携無杖，欲泛曹溪呼無船。當時有苦難自解，頗怪我佛不相憐。佛之修道豈不苦，柏生兩肘烏巢肩〔二〇〕。但令有詩涉禪悟，莫問南宗今幾篇。〔二一〕

【箋注】

〔一〕南華寺，在廣東韶關曹溪之畔。《傳法正宗記》：「六祖慧能，俗姓盧，新興人。少孤，及長，采薪供母。一日，聞客讀經至『應無所住，而生其心』，問曰：『此法得於何人？』客曰：『此名《金剛經》，得於黃梅忍大師。』師遽告其母，即趨五祖。抵韶州，處寶林寺舊基。既得法後，返曹溪。唐景龍元年，詔改寶林爲中興寺，又贈額曰『法泉』，今南華寺是也。」《高僧傳》：「六祖舍新興舊宅爲國恩寺，神龍二年，賜額『法泉』。宋太平興國三年重建塔，改名南華寺。」

〔二〕《詩經·邶風·静女》：「愛而不見，搔首踟躕。」孔穎達疏曰：「心既愛之，而不得見，故搔其首而踟躕然。」

〔三〕壞衲，指諸比丘。比丘之法衣以木蘭等不正色染壞之，謂之壞。衲綴種種之雜片而造之，謂之衲。

〔四〕《維摩詰經·香積佛品》：「於是香積如來，以衆香鉢盛滿香飯與化菩薩。」善信，事佛者曰善男信女。

〔五〕祖殿在南華寺北，供奉六祖慧能和尚肉身。虛雲和尚《重興曹溪南華寺記》：「殿内祖坐木龕，以年遠故，被白蟻損壞，乃請出祖師肉身聖像，重新裝修。另照育王塔式，作祖坐龕。」

〔六〕憨山德清，謚號弘覺，曾爲南華寺住持，有《法華經直解》《夢游詩集》《曹溪通志》等。丹田禪師，謚號真覺。二高僧肉身皆供奉於南華寺。虛雲和尚《重興曹溪南華寺記》：「憨公肉身，原供靈照塔内，有一四尺餘高之銅鑄觀音大士供在憨山下位，序次失儀。而丹田肉身，原供祖殿東厢，已爲駐兵之所，積穢不堪。雲乃先建報恩堂，安奉聖父聖母於祖龕之左。另製一龕，以奉憨山。右製一龕，以奉丹田。」

〔七〕方丈室在祖殿後，民國重修前已摧朽不用。虛雲和尚《重興曹溪南華寺記》：「祖殿之後，舊名蘇程庵，積穢充滿，清除修建，架以履樓，通連祖殿，暫作方丈。」

〔八〕亭或指伏虎亭，在方丈後繞道依山而建。《曹溪通志·古迹》：「伏虎亭，寺後林木深阻，猛虎據之，貽患遠近。元住持僧首衆説法，虎皆馴伏，因建此亭。」曲肱枕，典見《幹青贈詩愛勉甚至》詩注。

〔九〕卓錫泉，《曹溪通志·古迹》「卓錫泉，在寺後一里許。師欲浣所授衣，苦無美泉，因見寺後山林鬱茂，瑞氣盤旋，師振錫卓地，泉應手而出，乃跪膝浣衣石上。」

〔一〇〕釋家語，正覺之路謂之覺路。心中靈明不昧，謂之心燈。《維摩經·菩薩品》：「無盡燈者，譬如一燈然百千燈。冥者皆明，明終不盡。」法能破闇，故以燈譬之。傳法於他，故曰傳燈。

〔一一〕五百羅漢在大雄寶殿内。虛雲和尚《重興曹溪南華寺記》：「民國二十五年丙子，新建大雄寶殿。」「四周塑五百羅漢，左右文殊普賢二菩薩，座後塑觀音大士。使尋聲而至者，覿面相呈，慕曹溪而來者，飽嘗而去。」

〔一二〕《荀子》有《非相》篇，曰：「相人，古之人無有也，學者不道也。」「相形不如論心，論心不如擇術。」

〔一三〕蘇軾《僕曩於長安陳漢卿家見吴道子畫佛》詩：「吴生畫佛本神授，夢中化作飛空仙。」

〔一四〕虛雲和尚《重興曹溪南華寺記》：「既協定星，復觀大壯，堂堂正正，燁然巨觀。外像象王之居，中施獅子之座，塑五丈高金身大佛三尊，迦葉、阿難二尊者侍側。」

〔一五〕鼓樓、鐘樓配大雄寶殿殿前兩旁，西鼓樓、東鐘樓，均始建於元大德年間。《曹溪通志·建制規模》：「鐘樓，上懸銅鐘，重數千斤，擊之聲聞四十里。」虛雲和尚《重興曹溪南華寺記》廿七年戊寅：「重建鐘樓，此銅鐘爲宋代物，埋土中，出而懸之，聲聞十里，發人深省也。」又廿八年己卯：「建鼓樓、祖師殿，供東土初祖以至六祖及本寺開山智藥尊者七位。……復將平藩二碑分嵌於鐘鼓樓内，以備考古。」

〔一六〕慶雲寺，《肇慶府祠廟考》「高要縣」下：「慶雲寺，距城三十里許鼎湖山上。明崇禎間，僧道丘始建茅室一舍，尋修尋廣，今至百餘間。叢林勝概，甲於闔郡。」

〔一七〕蘇軾《維摩像唐楊惠之塑在天柱寺》詩：「此叟神完中有恃。」

〔一八〕機鋒，禪宗語，謂妙語證道如弓上之機牙箭鋒，故稱。

〔一九〕微咥，微笑也。《五燈會元·七佛·釋迦牟尼佛》：「世尊在靈山會上，拈華示衆。衆皆默然，唯迦葉破顔微笑。世尊云：『吾有正法眼藏，涅槃妙心，實相無相，微妙法門，不立文字，教外别傳。付囑摩訶迦葉。』」

〔二〇〕蘇軾《記所見開元寺吴道子畫佛滅度以答子由》：「當時修道頗辛苦，柏生兩肘烏巢肩。」生肘巢肩者，《莊子·至樂篇》：「支離叔與滑介叔觀於冥伯之丘、昆侖之虚、黄帝之所休。俄而柳生其左肘。」《傳燈録》：「佛於雪山入定，有野鵲於佛頂置窠，時取時來。」

〔三〕南宗，曹溪禪宗也。《六祖壇經・頓漸品》：「時祖師居曹溪寶林，神秀大師在荆南玉泉寺，於時兩宗盛化，人皆稱南能北秀，故有南北二宗頓漸之分。」

【按】

此詩作於先生避地粤北時期，時南華寺住持虚雲和尚方興修繕之事。

聞亂憶香港諸親友 二首

遭亂同漂泊，向誰問死生。極天無净土，鬥海有飛鯨。夢入千家哭，城餘百戰聲〔一〕。英兵拒守維多利城已十六日矣。昔日繁華地，當年帝子魂〔二〕。何堪私痛在，未敢説休兵。盡隨烽火渺，留伴海雲昏。恩怨竟何説，交親可幸存。無誰與解脱，欲爲叩重閽。

【箋注】

〔一〕杜甫《閣夜》：「野哭千家聞戰伐。」

〔二〕香港九龍灣西岸有宋王臺遺址，見《游宋王臺》詩注。日治時期，臺屢遭壞。

【集評】

「遭亂」一首，陳渺之《嶺東二十世紀詩詞述評》：「格近浣花。」

【按】

此詩作於一九四一年十二月，時日寇入侵香港，駐港英兵拒守十八日，於十二月廿五日投降。

次均答羅雨山球秘書〔一〕

堂堂骨氣厲高秋，肯作騷人老一樓。但覺浮生惟此可，雨山一號浮生。坐憐下筆不渠休。悲沉剩與炫冠佩，出處今難專壑丘〔二〕。要養魚龍活心海，銜杯待汝放狂游。

附原作

呈祝南先生

羅球雨山

高柳寒江度野秋，寧甘風雨一危樓。雕肝生計能相望，挾淚烽烟苦未休。忽有新詞昇天地，獨憐孤賞問山丘。清溪泠泠響空谷，我欲從之載酒游。

【箋注】

〔一〕羅球（一九〇〇—一九七二），字雨山，號迂翁，又號藤花詞客，江西贛縣人，曾任廣東省政府秘書、廣州市政府秘書、翁源縣長，擅書法篆刻，工詩詞，有《藤花別館詩鈔》《藤花別館題畫詩》《雨山詞影》等。

〔二〕壑丘，喻隱逸。蘇軾《儋耳》：「一壑能專萬事灰。」見《次均答元龍寧都旅次見寄》詩注。

【按】

《年譜》「一九四一年」下：「在坪石，先生每學期都往曲江三兩次（《檢討報告》）。當時曲江是廣東省的戰時臨時省會。是年往曲江時，初晤羅雨山於沈盧因同飯居士林。」先生詩《次均羅雨山同飯居士林見贈之什》自注云：「余初晤雨山於曲江。」此詩或作於一九四一年秋。

辛巳十月與挽波游金鷄嶺〔一〕

黄子腰脚飛仙健，約我共游金鷄嶺。我昔作詩神久馳〔二〕，歡若犢子學驥騁〔三〕。經行江楓幾樹丹，初轉石屏諸天静。脱頂笋岩欝嵯峨〔四〕，滿身霧葉浥清泠。幽徑詰曲隱洞門，風琴挑弄迷人境。野老何年來避秦〔五〕，茅檐一角藏古春。不用丹砂掃白髮〔六〕，寧必樓觀栖紅塵。指點高山最高處，撥草牽蘿摩石乳。黄竹園坐鳥争歌，勝似對床聽夜雨〔七〕。不見有客此題詩，誰歟談笑却熊羆〔八〕。山無寺觀。剩與山靈問消息，還思危立嘘天倪。頃刻精魂百摇蕩，景物萬千置之掌〔九〕。乃知天地本奇觀，枉自年年勞夢想。白波青嶂畫郭熙〔一〇〕，繼起復有黄大癡〔一一〕。筆飛墨舞超恒蹊，世言工與造化齊。他日重游趁逸興，試一取來相印證。

【箋注】

〔一〕黄海章（挽波）、金鷄嶺，均見前注。

〔二〕先生有《金鷄嶺》詩。

〔三〕陸游《秋晴每至園中輒抵暮戲示兒子》：「衰頽已作老驥臥，來往尚如黄犢馳。」

〔四〕先生詩《金鷄嶺》：「經久變蝕紋層摺，恍若春笋簭重重。」

〔五〕避秦，晋桃花源事，見《庚辰元日》詩注。咸豐間，鄉人於金鷄嶺上築隘避亂，見《金鷄嶺》詩注。

〔六〕杜甫《丈人山》：「埽除白髮黄精在。」蘇軾《西山詩和者三十餘人》詩：「丹砂未易掃白髮。」丹砂，即丹藥。

〔七〕蘇軾《送劉寺丞赴余姚》：「中和堂後石楠樹，與君對床聽夜雨。」

〔八〕蘇軾《維摩像唐楊惠之塑在天柱寺》詩：「談笑可却千熊羆。」

〔九〕陸游《東窗偶書》：「山川置掌猶能取，日月無膠可得黏。」

〔一〇〕宋畫家郭熙，師李成，善得烟雲出没、峰巒顯隱之態。蘇軾《郭熙畫秋山平遠》：「白波青嶂非人間。」

〔一一〕元畫家黄公望，自號「大癡道人」，畫山水師董巨源，晚變其法，自成一家，有《山水訣》《富春山居圖》等。

【按】

此詩作於一九四一年十月。《年譜》「一九四一」年下：「秋，黃海章經黃際遇介紹，重回中山大學中文系任教。時吳三立（辛旨）亦在坪石鐵嶺中山大學文學院，三老朝夕相見，相與酬唱，自有一番故人新意。」

避地五首 辛巳殘冬

避地年復年，誰挽心肝去〔一〕。意行不知適，獨坐亦愁苦〔二〕。夜深時驚起，風竹戛相語〔三〕。思泉徒成涌〔四〕，哀聽難爲據〔五〕。無人夢綺春，有月挂高樹。

朔風自慘厲，沉沉天如醉〔六〕。江濤日夜嗚，枯黄百草萎。山空虎晝行，雲壞石紛墜。去壯寧獨惜〔七〕，抽身不可遂。憂悰任弃捐，人命終兒戲。

白楊悲風多〔八〕，賢愚同一丘〔九〕。良辰在何許，滄海見横流〔一〇〕。老驥哀伏櫪〔一一〕，明珠驚暗投〔一二〕。馭龍或上天，委骨在荒溝。風波有深警〔一三〕，跼蹐誰能羞。

才名今幾誤，十年長爲客。奇懷詎得舒，高堂髮已白〔一四〕。烽火況四鄰，修途叢荆棘。耿耿發夢寐，茫茫恨盈積〔五〕。莊周汝何賢，願借垂天翼〔六〕。

貧餓士之常〔七〕，風雲日夕至。去住情懸懸，憂來忘終始。鬌鬣看刺天〔八〕，只如舟不繫。君懷掬明月，妄心澄井水〔九〕。希踪越千載〔一〇〕，從誰悟物理〔一一〕。

【箋注】

〔一〕孟郊《堯歌》：「山色挽心肝，將歸盡日看。」

〔二〕李陵《答蘇武書》：「身之窮困，獨坐愁苦。」

〔三〕孟郊《秋懷》：「竹風相戛語，幽閨暗中聞。」戛，敲擊也。

〔四〕左思《悼離贈妹詩》：「幽思泉涌，乃詩乃賦。」

〔五〕孟郊《秋懷》：「鬼神滿衰聽，恍惚難自分。」

〔六〕黄庭堅《二月丁卯喜雨吴體爲北門留守文潞公作》：「微風不動天如醉。」

〔七〕孟郊《秋懷》：「去壯暫如翦，來衰紛似織。」

〔八〕古詩：「白楊多悲風，蕭蕭愁殺人。」

〔九〕《漢書·楊惲傳》：「古與今同一丘之貉。」黄庭堅《清明》：「賢愚千載知誰是，滿眼蓬蒿共一丘。」

〔一〇〕《春秋穀梁傳》范寧序：「孔子睹滄海之橫流，乃喟然而嘆曰：『文王既没，文不在兹乎？』」楊士勛疏曰：「百姓散亂，似水之橫流，今以爲滄海是水之大者，滄海橫流，喻害萬物之大，猶言在上殘虐之深也。」《孟子·滕文公上》：「洪水橫流，泛濫於天下。」

〔一一〕曹操《步出夏門行》：「老驥伏櫪，志在千里。」

〔一二〕《史記·魯仲連鄒陽列傳》：「明月之珠，夜光之璧，以闇投人於道路，人無不按劍相眄者。」

〔一三〕朱鶴齡《感遇》：「風波得深警，萬感寒心魂。」

〔一四〕李白《將進酒》：「君不見高堂明鏡悲白髮，朝如青絲暮成雪。」

〔一五〕耿耿，不安也。《詩經·邶風·柏舟》：「耿耿不寐，如有隱憂。」

〔一六〕垂天翼，典出《莊子》，見《感事》詩注。

〔一七〕貧者士之常，語出《列子》，見《初到清洞書報羅孟韋成都》詩注。

〔一八〕鬐鬣，魚龍之脊鰭。木華《海賦》：「巨鱗插雲，鬐鬣刺天。」李白《古風》：「鬐鬣蔽青天，何由睹蓬萊。」按，喻時勢也。

〔一九〕胡奎《題澄心堂》：「人心本清净，湛然井中水。井水常自澄，波瀾不曾起。」

〔二〇〕張栻《風雩亭詞》：「嗟學子兮念此，溯千載以希踪。」

〔二一〕物理，天地萬物推移之道也。

【按】

此詩作於一九四二年初辛巳殘冬。《論語·憲問》：「賢者辟世，其次辟地。」時先生避地坪石，見烽火四鄰，而有滄海橫流之慨。

答黃葉并眎雨山〔一〕

眯眼飛糠已大難〔二〕，定誰私愛到頑殘。評量脱口玄逾白，肝膽交人掬可看。幾日蒼山拂袖去，由來名士過江寒〔三〕。未妨寥落尊狂狷，賴有奇情結古歡〔四〕。

【箋注】

〔一〕黃海章（黃葉）、羅球（雨山），均見前注。

〔二〕眯眼飛糠，黃庭堅《吉老受秋租輒成長句》：「少忍飛糠眯君眼，要令私廩上公倉。」

〔三〕名士過江，見《傅尚霖博士將離瀓江索詩贈別》詩注。

〔四〕狂狷，見《論詩三首斠師命作》詩注。羅球《始晤祝南詞長於沈盧因同飯居士林》：「吾輩之交取如此，世上或目爲迂狂。」

次均羅雨山同飯居士林見贈之什〔一〕

問天齋食意可量，作客未老嗟哉狂。异感自生非吾土，山眉偶挹得奇蒼。余初晤雨山於曲江。同光體獨高鄭莫〔二〕，變徵聲終雜伊涼〔三〕。雨山謂余兼事倚聲，故詩多淒鬱之音。髮秃口喑果何補〔四〕，從君還欲傾千觴。

附原作

始晤祝南詞長於沈廬因同飯居士林

羅球雨山

吾輩之交取如此，世上或目爲迂狂。性靈相照欺江海，謦欬微親坐莽蒼。可憩沈廬風乍軟，携從武水語皆涼。菜根禪味知同好，頗惜匆匆負十觴。

【箋注】

〔一〕羅球（雨山），見前注。居士林，其地或在曲江。

〔二〕鄭莫，清詩人鄭珍、莫友芝，陳衍《石遺室詩話》謂「同光以來詩人不專宗盛唐者也」。

〔三〕變徵，音調名，其聲慷慨悲凉，見《寥士自滬寄示四十書懷詩索和》詩注。伊凉，《伊州》《凉州》，皆古曲名，《新唐書·禮樂志》：「天寶樂曲，皆以邊地名，若《凉州》《伊州》《甘州》之類。」曲皆以凄鬱稱。

〔四〕韓愈《感春四首》：「冠欹感髮禿，語誤驚齒墮。孤負平生心，已矣知何奈。」喑，不能言病也。

畏寒

畏寒十日門難出，肅酷天容卧許酣。風一颼飀還渡水〔一〕，山何瘦削絶來驂。無人戰骨收多少〔二〕，群友投書不二三。可但開天莫與説，庾郎淚盡哀江南〔三〕。

【箋注】

〔一〕颼飀，風凛冽貌。

〔二〕杜甫《兵車行》：「君不見青海頭，古來白骨無人收。」

〔三〕庾信《哀江南賦序》：「蔡威公之淚盡，加之以血。」劉向《説苑》：「蔡威公閉門而泣，三日三夜，泣盡而繼之以血，曰：『吾國且亡。』」

辛巳臘不盡一日坪石初見雪

我生體薄弱，畏寒媿畏虎〔一〕。裹足冬未深，閉門風始舉。爐紅最相親〔二〕，竈髒不辭赴。若忘僕役勞，却笑詩書誤。自來坪石居，忽忽歲云暮〔三〕。窮陰鬱旬日，顛風接怪雨。夢想趁晨曦，一散千滯著。何期變非常，十力不五步〔四〕。浩浩激靈光，山山浮白乳。污窪積晶鹽〔五〕，瓦槽垂冰柱。半死江底魚，半没江上路。滉漾眩目睛，癡迷若待兔〔六〕。或謂此霰耳，雪乃六花舞〔七〕。維霰誠先集，言豈無可據〔八〕。顧我宅嶺嶠，焉辨璞與鼠〔九〕。初但覺水凝，繼而氣成霧。到地忽揚粉，漫空作飛絮。證之古有説，謂雪倘非瞽。識小存隙觀〔一〇〕，抒思慚達詁〔一一〕。在昔歐公約，禁用體物語。〔一二〕老坡雖喜事，寸鐵持不許。〔一三〕刻畫臣能爲〔一四〕，恩怨帝何預〔一五〕。譬彼長安雪，一丈深没塢。〔一六〕又如龍荒雪〔一七〕，驚沙掩群羖。自非閲歷多，將安論誰某。用知南人聰，不及北人固。凍骨信難量，豐年定何所〔一八〕。

【箋注】

〔一〕許棐《迓張宰》：「倦骨畏寒如畏虎。」

〔二〕李咸用《依韵修睦上人山居》：「滿爐紅焰且相親。」

〔三〕王逸《九思》：「歲忽忽兮惟暮，余感時兮凄愴。」

〔四〕意謂挽十力之弓，而發不五步之距，喻如箭之疾也。

〔五〕《世説新語・言語》：「謝太傅寒雪日内集，與兒女講論文義。俄而雪驟，公欣然曰：『白雪紛紛何所似？』兄子胡兒曰：『撒鹽空中差可擬。』兄女曰：『未若柳絮因風起。』」

〔六〕滉瀁，水氣閃動也。待兔，典見《風雲日緊阻雨不得歸郡寓》詩注。

〔七〕霰，小冰粒也。雪則結晶有六瓣如花。庾信《郊行值雪詩》：「雪花開六出。」

〔八〕《詩經・小雅・頍弁》：「如彼雨雪，先集維霰。」鄭玄箋曰：「將大雨雪，始必微温，雪自上下，遇温氣而搏，謂之霰。」

〔九〕璞、鼠，名實之辨也。《戰國策·秦策》：「鄭人謂玉未理者璞，周人謂鼠未臘者樸。周人懷璞過鄭賈曰：『欲買樸乎？』鄭賈曰：『欲之。』出其樸，視之，乃鼠也。因謝不取。」

〔一〇〕識小，《論語·子張》：「賢者識其大者，不賢者識其小者。」隙觀，從孔隙中觀物，所見一隅也。

〔一一〕《春秋繁露·精華》：「《詩》無達詁。」

〔一二〕歐公，即歐陽修。體物語，摹狀之辭也。《苕溪漁隱叢話》：「六一居士守汝陰日，因雪會客賦詩，詩中玉、月、梨、梅、練、絮、白、舞、鵝、鶴、銀等事，皆請勿用。」歐公有《雪》詩，并引其事。

〔一三〕蘇軾有《聚星堂雪》詩，引曰：「忽憶歐陽文忠公作守時，雪中約客賦詩，禁體物語，於艱難中特出奇麗。」詩有句云：「汝南先賢有故事，醉翁詩話誰續説。當時號令君聽取，白戰不許持寸鐵。」

〔一四〕李商隱《韓碑》：「帝曰汝度功第一，汝從事愈宜爲辭。愈拜稽首蹈且舞，金石刻畫臣能爲。」

〔一五〕李商隱《韓碑》：「句奇語重喻者少，讒之天子言其私。」李詩咏韓愈《平淮西碑》，朱鶴齡注云：「碑辭多叙裴度事，時入蔡擒吴元濟，李愬功第一，愬不平之。愬妻，唐安公主女也，出入禁中，因訴碑辭不實，詔令磨去愈文，命翰林學士段文昌重撰文勒石。」

〔一六〕杜甫《前苦寒行》：「漢時長安雪一丈，牛馬毛寒縮如猬。」《西京雜記》：「漢元封二年，大雪深一丈，野中烏獸皆死，牛馬蜷縮如猬。」

〔一七〕龍荒，謂漢北地區。龍者，漢時匈奴所居龍城也；荒者，荒服也。

〔一八〕豐年者，俗諺謂瑞雪兆豐年。謝惠連《雪賦》：「盈尺則呈瑞於豐年，袤丈則表沴於陰德。」按，此句蓋哀時局。

【按】

此詩作於一九四二年二月辛巳臘月除夕，時先生在坪石。

明日歲除又作

癡凍雲不流〔一〕，獵颯風不起。殄戾一以殺，飛光滿大地。晚菘心自拳〔二〕，江梅壓愈媚。驢背汝何思〔三〕，雨珠天有意。

【校記】

㈠「雲不流」，手鈔本原作「雲不起」，後改。

【箋注】

〔一〕菘，菜名。《南史·周顒傳》：「文德太子問顒菜食何味最勝。曰：『春初早韭，秋末晚菘。』」

〔二〕驢背思，《北夢瑣言》：「唐相國鄭綮雖有詩名，本無廊廟之望。……或曰：『相國近有新詩否？』對曰：『詩思在灞橋風雪中驢背上，此處何以得之？』蓋言平生苦心也。」

【按】

此詩應作於一九四二年二月辛巳臘月除夕。

鷓鴣巢詩集箋校卷第六

【按】

此卷所録爲先生坪石時期所作，壬午間尤夥。

湘北屢傳警訊 二首（一）

危疑消息露風梢，不道重山複水遥〔一〕。百變雨晴天莫測，多生哀怨句誰驕。守殘短焰餘荒屋，響答霜鐘起夜潮。真欲緘書寄鄉里，横岡了了見春苗〔二〕。

地僻常時違節物，山深猶自足憂嗟。離群盤嶺艱羸馬，亂日呼天只暮鴉。削藁可堪尊左衽〔三〕，望臺終古築長沙〔四〕。聊持氣運與人賭，苦楝當門正發芽。門前苦楝兩株，正發芽也。（二）

【校記】

㈠ 詩題《清暉山館友聲集》先生致陳中凡信作「湘北屢傳警訊，意頗幽鬱，遂成長句，奉寄斠玄夫子賜正」，并詩後有「壬午二月」字樣。

㈡ 此句自注，手鈔本無，今據《清暉山館友聲集》先生致陳中凡信補録。

【箋注】

〔一〕陸游《游山西村》：「山重水複疑無路。」

〔二〕了了，明晰貌。

〔三〕左衽，《尚書·周書·畢命》：「四夷左衽，罔不咸賴。」孔安國傳曰：「言東夷、西戎、南蠻、北狄被髮左衽之人。」按，喻日寇。

〔四〕按，一九三九年至一九四二年間，長沙數度會戰，爲中國軍隊抵禦日寇之重要戰場。見《雨中聞湘警》詩注。

【按】

此詩作於一九四二年春。

丘拉因玉麟來坪訊近况，書此示之〔一〕二首

舊見鸞凰安枳棘〔二〕，誰從秘閣叩刀環〔三〕。無聞四十真何畏〔四〕，絶學沉迷祇自頑。坐負明時横眼白〔五〕，呵餘敗壁愛雲閑〔六〕。行春與辦尊罍未，欲乞餘杯試破顔。余不能飲，拉因酒中仙也。

榮辱無常路豈知。祇如剥蘚讀殘碑〔七〕。上窺天闕風生翼，半落危崖命寄誰。可嘆卅車傳十卷〔八〕，即看一笑壓千詩〔九〕。舌存髮緑吾猶汝〔一〇〕，頑健倘無哀歷離。

【箋注】

〔一〕丘玉麟（拉因），見前注。

〔二〕鸞凰枳棘，《後漢書·循吏列傳·仇覽》：「枳棘非鸞鳳所栖，百里豈大賢之路？」

〔三〕刀環，隱語也，喻歸還。《漢書·李陵傳》：「立政等見陵，未得私語，即目視陵，而數數自循其刀環，握其足，陰諭之，言可歸還也。」

〔四〕四十無聞，《論語·子罕》：「四十、五十而無聞焉，斯亦不足畏也已。」

〔五〕明時，猶言治世。横眼白，《晋書·阮籍列傳》：「籍又能爲青白眼，見禮俗之士，以白眼對之。及嵇喜來吊，籍作白眼，喜不懌而退。喜弟康聞之，乃賫酒挾琴造焉，籍大悦，乃見青眼。」

〔六〕呵壁，屈原作《天問》，王逸序曰：「屈原放逐，彷徨山澤。見楚有先王之廟及公卿祠堂，圖畫天地山川神靈，琦瑋僪佹，及古賢聖怪物行事，因書其壁，呵而問之，以渫憤懣。」

〔七〕韓維《游龍興寺》：「蘚剥殘碑字。」周密《江湖偉觀》：「憑高討勝多幽事，細讀殘碑剥蘚痕。」

〔八〕《晋書·張華傳》：「雅愛書籍，身死之日，家無餘財，惟有文史溢於機篋。嘗徙居，載書三十乘。」張華今傳《博物志》十卷。

〔九〕楊萬里《寒食相將諸子游翟園》詩：「荆溪老守底風流，哦就千詩一笑休。」

〔一〇〕舌存，用張儀事，見《寄劉衡戡翠湖》詩注。髮緑，喻少壯，先生詩《次均潘皃公伯鷹臨觴詩》：「緑髮黄埃互激磨。」

【按】

香港淪陷後，丘玉麟曾因先生推薦在嶺南大學（時校本部遷於曲江縣）任文學與古詩詞講師，後因戰事轉徙興寧任政職。此詩或作於其時前後。

葉元龍教授兄枉過寓廬，談詩至快，率賦長句奉呈〔一〕

綴露絲窠何所用〔二〕，千花開春宜少縱。必待失明始著書〔三〕，世上寧復高屈宋〔四〕。人生撐胸有五嶽〔五〕，慣以牢愁作巧弄。亂蟲駭耳犢壞車〔六〕，狂怪幻忽市一鬨〔七〕。空外噓氣出雲龍〔八〕，燈下微哦切哀痛。竊比稷契詩巢許〔九〕，醯鷄何曾夢破瓮〔一〇〕。便且斂意爲凝眸，山緑波光終坐送。刻畫黃白狐跳立〔一一〕，許勝叢殘老户洞。惜哉美人秋水隔〔一二〕，强着主衣迷恩重〔一三〕。公但能來與鑿鬮，它日玉驄共放鞚。

【箋注】

〔一〕葉元龍（一八九七—一九六七），安徽歙縣人，美國斯康星大學經濟學碩士，以經濟名家，曾任教於南京大學、上海大同大學、暨南大學、國立政治大學、國立中央大學、重慶大學、上海財經學院等校。時葉任重慶大學校長。

〔二〕黃庭堅《戲呈孔毅父》：「文章功用不經世，何异絲窠綴露珠。」絲窠，蛛網也。

〔三〕失明著書，傳春秋時史官左丘明撰《國語》，稽其逸文，纂其別説，以爲《春秋左氏》之外傳。《漢書·藝文志》：「《國語》二十一篇，左丘明著。」司馬遷《報任安書》：「左丘失明，厥有《國語》。」

〔四〕屈宋，即屈原、宋玉。《文心雕龍·辨騷》：「屈宋逸步，莫之能追。」

〔五〕先生詩《贈張覺任（作人）教授兄》：「氣高五嶽峙胸中。」

〔六〕犢壞車，《晋書·石季龍載記》：「快牛爲犢子時，多能破車，汝當小忍之。」

〔七〕市一闤，語出揚雄《法言·學行》：「一闤之市，不勝异意焉。」《文選》李善注引作「一巷之市」，汪榮寶《義疏》：「一巷之市，市之至小者。」

〔八〕《易傳·文言傳·乾》：「雲從龍。」孔穎達疏曰：「龍是水畜，雲是水氣，故龍吟則景雲出，是雲從龍也。」

〔九〕稷、契，上古唐虞時之賢臣。巢許，巢父、許由，古隱逸士也。皇甫謐《逸士傳》：「巢父者，堯時隱人也。及堯讓位乎許由也，由以告巢父焉，巢父責由曰：『汝何不隱汝光？何故見若身、揚若名令聞？若汝，非友也。』乃擊其膺而下之。由悵然不自得，乃過清泠之水洗其耳。」

〔一〇〕瓮中醯鷄，典出《莊子》，見《短古呈雁晴師》詩注。

〔一一〕杜甫《乾元中寓居同谷縣作歌》：「黄蒿古城雲不開，白狐跳梁黄狐立。」《莊子》：「獨不見狸狌乎，東西跳梁，不避高下。」

〔二〕杜甫《寄韓諫議》：「美人娟娟隔秋水，濯足洞庭望八荒。」「美人胡爲隔秋水，焉得置之貢玉堂。」

〔三〕陳師道《妾薄命》：「忍着主衣裳，爲人作春妍。」喻心意專也，見《次均潭秋荔灣夜泛》詩注。

【按】

一九三八至一九四一年間，葉元龍任重慶大學校長，據《送元龍還衢州》詩，應有「南來兩月」之事，期間與先生往來甚密。此詩或作於其時。

明日再用前韻

往者誤信詩有用，如汗血駒蹄四縱〔一〕。摇毫擲簡窮日夕〔二〕，鬥險炫奇泯唐宋。螳斧每嘆或撞衝〔三〕，虎頭不恤人嘲弄〔四〕。旋覺風狂稍稍殺，轉畏孱生叠叠哄。默數浮光掠鬢髮，肯向鄰娃訴憤痛。或乞餘響到寒蛩，閑踏凋花汲曉瓮。自居平石愈落莫，日對昏鐘絶迎送。豈意忽枉高踪至，語瀉谷簾穿幽洞〔五〕。射能没石數或奇〔六〕，印猶枯木守寧重〔七〕。妨有鬼神來竊笑，清歡要須息塵鞚。

【箋注】

〔一〕汗血駒，《漢書·武帝紀》：「四年春，貳師將軍廣利斬大宛王首，獲汗血馬來。」顏師古注引應劭曰：「大宛舊有天馬種，蹋石汗血，汗從前肩髆出，如血。號一日千里。」蘇軾《徐大正閑軒》：「君如汗血駒，轉盼略燕楚。」

〔二〕韓愈《贈崔立之評事》：「揺毫擲簡自不供，頃刻青紅浮海蜃。」

〔三〕螳斧，用《莊》典，見《余素患失眠且不能飲》詩注。

〔四〕虎頭，即顧愷之，見《爲黄君綿（家澤）題〈弱肉强食圖〉》詩注。先生詩《張葆恒教授索贈小詩率成二律》：「逢人或笑虎頭癡。」

〔五〕語瀉谷簾，見《仲英南歸同人宴集合群樓》詩注。

〔六〕《史記·李將軍列傳》：「廣出獵，見草中石，以爲虎而射之，中石没鏃，視之石也。因復更射之，終不能復入石矣。」

〔七〕梅堯臣《次韵和永叔》：「每嗟守印如枯木，欲弃明珠學緯蕭。」

清明後一日，元龍招飲濱江酒樓〔一〕

闕里論詩日〔二〕，孟生登第年。元龍年四十六，適符東野登第之年。〔三〕市朝存半瞀，心腎欲長鐫〔四〕。語出栖群口，懷寬吸百川〔五〕。經綸何足算，朗月耀諸天。元龍以經濟名家。

【箋注】

〔一〕葉元龍，見前注。

〔二〕陳師道《送江楚州》：「濠梁初得意，闕里舊論詩。」闕里，《漢書·梅福傳》：「今仲尼之廟不出闕里。」顏師古注曰：「闕里，孔子舊里也。」

〔三〕孟東野中年始登進士第。《新唐書·孟郊傳》：「年五十，得進士第，調溧陽尉。」吳景旭《歷代詩話》：「郊登第在貞元十二年。李程榜又按《墓志》，郊死於元和九年，年六十四。自元和元年逆數而上，至貞元十二年，凡十九年矣。郊登第當是四十六。」

〔四〕先生《夜與錫純談詩交子始各別去》詩：「肝腎雕鐫寧答颯，去來今古試張望。」

〔五〕孟郊《投贈張端公》：「君子量不極，胸吞百川流。」

【按】

此詩或作於一九四二年清明後二日，即新曆四月七日。

二月廿七日曲江客次喜晤辛旨、雨山〔一〕

亂緒抽搔意自狂〔二〕，况逢二妙敵晁張〔三〕。食鱗浮座如來聽，時坐水榭。出手撐天各有傷。舉世誰尊詩律細〔四〕，看人争説海棠香。恨無同宿與聯句，薄酒苦茶空滌腸。

【箋注】

〔一〕吴三立（辛旨）、羅球（雨山），均見前注。時吴與先生同在坪石鐵嶺中山大學文學院，羅在曲江從政。

〔二〕王令《答李公安》：「顔頳舌澀不可吐，滯若亂緒强抽搔。」

〔三〕二妙，謂辛旨、雨山。晁張，晁無咎、張耒，皆蘇門學士。

〔四〕杜甫《遣悶戲呈路十九曹長》：「晚節漸於詩律細。」

次均葉元龍教授春雨〔一〕二首

貪看霏玉倚閑門〔二〕，一雨沉綿失遠村〔三〕。花定隨泥肥醜菌，人除歸夢展春痕〔四〕。幸來暫熨冰腸暖，歷劫剩容吾舌存〔五〕。身後名真何可問，元龍述某公言，余詩有身後之名。德言此日并難尊。

似聽軍聲過白門〔六〕，風雷還共撼江村。一寒祇供侏儒醉，十憶難描黯澹痕〔七〕。景盡可詩天自靳〔八〕，人方逃命孰相存。猶妨流潦盈前路，何日真甘拙養尊〔九〕。

附原作

春雨

葉元龍

春雨添寒怯出門，江流激蕩欲搖村。數蝸交互成奇字，雙燕歸來着濕痕。捫虱當年豪自許，學詩有願老猶存。還慚蕪蔓耘鋤少，屢泥菩提問世尊。祝南先生所贈詩看不解處，輒請陳湛銓君代詢。

【箋注】

〔一〕葉元龍，見前注。

〔二〕霏霏玉屑，見《贈王顯詔》詩注，喻雨。

〔三〕杜甫《返照》：「歸雲擁樹失山村。」釋善住《苦雨》：「風雨瀟瀟失遠村。」

〔四〕先生詞《減蘭（過橋風急）》：「真個寒山，不展春痕抵死寒。」

〔五〕舌存，用張儀事，見《寄劉衡戡翠湖》詩注。。

〔六〕白門，西南方也。《淮南子·墬形訓》：「西南方爲編駒之山，曰白門。」高誘注曰：「西南月建在申，金氣之始也，金氣白，故曰白門。」按，其時葉元龍所在西南一帶或有戰事，故云。

〔七〕十憶，张邦基《墨庄漫录》：「《玉臺新咏》梁沈約休文，有《六憶》詩，蓋艷詞也，其後少有效其體者，王全玉乃作宫體《十憶》詩，李元膺重見之，愛其詞意宛轉，且曰讀之動人，老狂不能已。聊復效尤，亦作十絕，謂憶行、憶坐、憶飲、憶歌、憶書、憶博、憶顰、憶笑、憶眠、憶妝也。」

〔八〕靳，吝也。

〔九〕杜甫《晚》：「人見幽居僻，吾知拙養尊。」

雨後病濕疥〔一〕，多日不游山矣

詩句縱横豈偶然，追探好景得飛天。意堪飽飯殊深病，花想簪山似去年。魚白韮青虚下箸〔二〕，溪湾日落每啼鵑。可無心力酬枯坐，鄉思藥罏已共煎〔三〕。

【箋注】

〔一〕濕疥，《諸病源候論》：「濕疥起小瘡，皮薄，常有水汁出。此風熱氣淺，在皮膚間故也。」

〔二〕沈周《七十喜言》詩：「饌品久空魚白白，葷柈尚詑韮青青。」

〔三〕范文光《浣溪沙（再贈梁姬文芷）》：「相思同入藥壚煎。」

元龍約偕湛銓茗話平石餐室〔一〕二首

慣向空山招亂石〔二〕，忽來鬧市驗懸旌〔三〕。幽州日澹真成抱〔四〕，開府騷多欲放聲〔五〕。一籌效豈當關斬〔六〕，退食能爲却曲行〔七〕。亂勘詩篇天僅許，莫辭日日聽瓶笙〔八〕。

不作酒狂談吐奇，飄樓夢雨迫人詩。時適天雨。古賢忽忽如分坐，往抱騰騰迸一時。舊笑鸛鵝甘獨斂，東坡詩：「詩壇欲斂鸛鵝軍。」〔九〕幾聞坡谷苦相師〔一〇〕。觀生各有忘言旨〔一一〕，那向初三學畫眉〔一二〕。

【箋注】

〔一〕葉元龍、陳湛銓，皆見前注。時先生任教坪石中山大學。

〔二〕蘇軾《贈治易僧智周》：「揮麈空山亂石聽。」

〔三〕懸旌，《戰國策·楚策》：「寡人卧不安席，食不甘味，心摇摇如懸旌，而無所終薄。」

〔四〕幽州，《周禮·夏官·職方氏》：「東北曰幽州。」李攀龍《寄元美》：「浮雲寒大漠，白日澹幽州。」

〔五〕北朝庾信，官至驃騎大將軍、開府儀同三司，世稱庾開府。《周書·庾信列傳》：「信雖位望通顯，常有鄉關之思。乃作《哀江南賦》以致其意云。」

〔六〕一籌，猶言一策。李白《蜀道難》：「劍閣峥嶸而崔嵬，一夫當關，萬夫莫開。」

〔七〕退食，公餘休息也。却曲，曲折也。《莊子·人間世》：「吾行却曲，無傷吾足。」

〔八〕瓶笙，喻煮茶事。蘇軾《瓶笙》詩引：「劉幾仲餞飲東坡，中觴聞笙簫聲，杳杳若在雲霄間，抑揚往返，粗中音節。徐而察之，則出於雙瓶，水火相得，自然吟嘯，蓋食頃乃已。坐客驚嘆，得未曾有，請作《瓶笙》詩記之。」

〔九〕鸛鵝軍，見《邵潭秋遠貽〈培風樓詩存〉》詩注。

〔一〇〕坡谷，即蘇東坡、黄山谷。

〔一一〕《莊子·外物》：「言者所以在意，得意而忘言。」

〔一二〕危拱辰《新月》：「未審初三月，嫦娥怨阿誰。懶開十分鏡，祇畫一邊眉。」

久雨

春陰胡不開，充塞兵與匪。兵匪略未戢〔一〕，密雲已瀉水。噴壑紅泉鳴〔二〕，歌山百鳥止。秀發昧所羨〔三〕，摧拉識其理〔四〕。夙病瘴癘侵，鬱鬱況倍此。門外涌壯濤，中夜爲驚起〔五〕。余居門對武江。十方風助威，一燈焰欲死〔六〕。向途愧泥濘〔七〕，窺天無尺咫。空想月落床〔八〕，寧知龍掉尾〔九〕。擾擾幸一袪〔一〇〕，待逐騎羊子〔一一〕。

【箋注】

〔一〕戢，藏兵也。

〔二〕李白《春陪商州裴使君游石娥溪》：「橫天聳翠壁，噴壑鳴紅泉。」

〔三〕秀發，樹花繁盛也。《詩經·大雅·生民》：「實發實秀。」

〔四〕潘尼《火賦》：「林木摧拉，沙粒并糜。」

〔五〕柳永詞《婆羅門令》：「中夜後、何事還驚起。」

〔六〕龔自珍《十月廿夜大風不寐起而書懷》：「起書此語燈焰死。」

〔七〕杜甫《對雨書懷走邀許十一簿公》：「相邀愧泥濘，騎馬到階除。」

〔八〕孟郊《秋懷》：「一片月落床，四壁風入衣。」

〔九〕龍掉尾，《淮南子·精神訓》：「禹南省，方濟於江，黃龍負舟，舟中之人五色無主。禹乃熙笑而稱曰：『我受命於天，竭力而勞萬民。生寄也，死歸也，何足以滑和！』視龍猶蝘蜓，顏色不變。龍乃弭耳掉尾而逝。」

〔一〇〕擾擾，煩亂貌。祛，去也。

〔一一〕騎羊子，仙人也。劉向《列仙傳·葛由》：「葛由，羌人也。周成王時好刻木作羊賣之。一旦，乘木羊入西蜀。蜀中王侯貴人追之上綏山。綏山在峨眉山西南，高無極也。隨之者不復還，皆得仙道。」

四絶句

千片浮花憐野水，十年客路得孤顰〔一〕。人前依是橫樗散〔二〕，讓與青鵑説好春。

向來詞客命如花〔三〕，開落山巔與水涯〔四〕。還共栖烏咽寒月，幾從仙窟乞黄芽〔五〕。

清虚日來瘦大宜，「清虚日來，滓穢日去，故瘦。」周伯仁語。〔六〕誰復日日事肥癡〔七〕。流民圖已千千見〔八〕，説與先生恐未知。

亂神着處鬱深哀，豈有明珠誤上才。一掬心香九頂拜，白黿看渡海南來〔九〕。

【箋注】

〔一〕先生詞《高陽臺·武江旅思用蒙盦韻》：「便不思量，天涯可奈孤顰。」

〔二〕樗散，用《莊》典，見《偶成三首》詩注。

〔三〕命如花薄也，鮑溶《辭輦行》：「妾命如花輕易绝。」

〔四〕先生詩《移家》：「北來五月四移家，總在山腰與水涯。」

〔五〕黄芽，仙品也。先生詩《鬱鬱四首》：「何不舍生學仙去，黄芽液與清溪英。」

〔六〕典出《世説新語・言語》：「庾公造周伯仁，伯仁曰：『君何所欣説而忽肥？』庾曰：『君復何所憂慘而忽瘦？』伯仁曰：『吾無所憂，直是清虚日來，滓穢日去耳。』」

〔七〕劉跂《寄晁以道》：「我曹老矣善自持，莫擬狂瘦勝癡肥。」

〔八〕宋人鄭俠有《流民圖》。《宋史・鄭俠列傳》：「是時，自熙寧六年七月不雨，至於七年之三月，人無生意。東北流民，每風沙霾曀，扶攜塞道，羸瘠愁苦，身無完衣。并城民買麻糁麥麩，合米爲糜，或茹木實草根，至身被鎖械，而負瓦揭木，賣以償官，累累不絶。俠知安石不可諫，悉繪所見爲圖，奏疏詣閤門。……疏奏，神宗反覆觀圖，長吁數四，袖以入。是夕，寢不能寐。」

〔九〕白黿，《楚辭・九歌・河伯》：「乘白黿兮逐文魚，與女游兮河之渚。」王逸注曰：「大鱉爲黿，魚屬也。」李白《贈裴十四》：「身騎白黿不敢度。」

簡元龍〔一〕 二首

曾哀無女到高丘〔二〕，千載誰甘學楚囚〔三〕。不拜涪翁笑東野〔四〕，宗工一代壯中州。

謂我爲詩出雙井〔五〕，直攜跛鼈步天街〔六〕。十年已共昏燈老，甚欲從公辨布鞋〔七〕。

【箋注】

〔一〕葉元龍，見前注。

〔二〕《離騷》：「忽反顧以流涕兮，哀高丘之無女。」見《錫純兩度枉訪答拜未能》詩注。

〔三〕楚囚，《左傳・成公九年》：「晉侯觀於軍府，見鍾儀。問之曰：『南冠而縶者，誰也？』有司對曰：『鄭人所獻楚囚也。』」《世説新語・言語》：「當共戮力王室，克復神州，何至作楚囚相對！」

〔四〕涪翁，即黄庭堅。東野，即孟郊。

〔五〕詩出雙井，宗山谷也。雙井，古地名，在今江西省修水縣，黄庭堅故里，故云。

〔六〕跛鼈，足不正也，此指駑馬。

〔七〕辨布鞋，杜甫《奉先劉少府新畫山水障歌》：「若耶溪，雲門寺。吾獨胡爲在泥滓，青鞋布襪從此始。」仇兆鰲《杜詩詳注》：「此見畫而思托身世外。」張元幹《沁園春（神水華池）》：「争知我，辨青鞋布襪，雁蕩天臺。」

【按】

先生此詩寄葉元龍，備言二人詩風所异。詹詩出雙井，葉詩則不用宋調，潘伯鷹《葉元龍監察與詹祝南教授詩境不同迭有唱和》詩：「詹詩取瘦以煉妍，縞紵通自六載先。君侯出語必清邁，品評愁絶并二難。」

大水二首斆東野㊀

哭聲滿天地，滾此一江水。勢驅岸石翻，力割岸根死。千花萬花叢，驚呼奔虎兕。奪魄鬼失雄，悚息人瞠視。列屋攢桅檣，飛漂高岌嶪〔一〕。舟子離舟家，遑遑忘所止。客心脱亂山㊁，危坐觀無始〔二〕。

三點兩點星〔三〕，守此春夜遥。人語一不聞㊂，風水激相號。萬松懾陰壑，流聲争來朝。浩然挾正氣〔四〕，餘響衝青霄。正氣苟不泯㊃，飛走笑徒勞。掩淚謝江神，蓄膽斬凶蛟〔五〕。蛟今未可斬㊄，心劍長飄飄〔六〕。

【校記】

㊀此詩曾刊載於一九四八年七月《廣東日報》副刊《嶺雅》第十三期。

㊁「脱」，《嶺雅》作「盼」。

㊂「一」，《嶺雅》作「絶」。

㈣「泯」，手鈔本原作「冥」，後改。
㈤「今」，《嶺雅》作「兮」。

【箋注】

〔一〕桅檣，船桅杆也。岌嶪，山高貌。先生詩《武江寓居八首》：「水大勢漂屋，客船無翼飛。」
〔二〕陳子昂《感遇》：「茫茫吾何思，林卧觀無始。」
〔三〕黄遵憲《早行》：「東方欲明未明色，北斗三點兩點星。」
〔四〕《孟子·公孫丑上》：「我善養吾浩然之氣。」
〔五〕斬蛟，典見《淮南子·道應訓》：「荆有佽非，得寶劍於干隊。還反度江，至於中流，陽侯之波，兩蛟挾繞其船。佽非謂枻船者曰：『嘗有如此而得活者乎？』對曰：『未嘗見也。』於是佽非瞑目教然，攘臂拔劍，曰：『武士可以仁義之禮説也，不可劫而奪也。此江中之腐肉朽骨，弃劍而已，余有奚愛焉！』赴江刺蛟，遂斷其頭，船中人盡活，風波畢除，荆爵爲執圭。」
〔六〕心劍，水心劍也，古寶劍名。《續齊諧記·曲水》：「秦昭王三月上巳置酒河曲，見金人自河而出奉水心劍，曰：『令君制有西夏。』及秦霸諸侯，乃因此處立爲曲水。」

【按】

許學夷《詩源辨體》：「東野詩諸體僅十之一，五言古居十之九，故知其專工在此，然其用力處皆可尋摘，大要如連環貫珠，此其所長耳。」又：「東野五言古，不事敷叙而兼用興比，故覺委婉有致。」先生此學孟郊詩，一以驚心而動魄，一以拙重有遠韻，非在一字一句之間求之，而斆其氣局。

初晴㊀

初陽微吐山，靈禽鳴山南。一蟬與之和，流韻各清酣。奇樹花鬚繞，石筍鏡心涵〔二〕。浮光穿疏櫺，老氣越窮檐。仰天一長嘯㊁〔三〕，仙雲墜二三㊂。

【校記】

㊀ 此詩曾刊載於一九四八年《廣東日報》副刊《嶺雅》第十四期、《上饒學報》第四期。

㊁ 「一」，手鈔本原作「發」，後改。

㊂ 「墜二三」，手鈔本原作「不可探」，後改。

【箋注】

〔一〕石笋，謂粤北山石直立如笋也。

〔二〕李白《游泰山》：「天門一長嘯，萬里清風來。」

山齋

絡馬黃塵忽五年㊀〔一〕，夢魂長見舊山川。豈知烹鼎鬱奇願〔二〕，争草美新羞太玄〔三〕。近日樓臺腥海氣，及時花雨串狼烟。山齋寥落猶堪酒，莫使春工誤管弦。

【校記】

㊀「黃塵」，手鈔本原作「高塵」，後改。

【箋注】

〔一〕先生詩《夏夜偕張遜之兄及同學諸子納凉龍屴村》：「絡馬黃塵休便去，朦朧顧影意危疑。」

〔二〕烹鼎，《漢書·主文偃傳》：「丈夫生不五鼎食，死則五鼎烹耳！」顏師古注曰：「五鼎烹之，謂被鑊烹之誅。」

〔三〕《劇秦美新》《太玄》，皆揚雄所作。《漢書·揚雄列傳下》：「實好古而樂道，其意欲求文章成名於後世，以爲經莫大於易，故作《太玄》。」「時雄方草《太玄》，有以自守，泊如也。」及王莽篡漢，國號新，揚雄事之，作《劇秦美新》：「臣誠樂昭著新德，光之罔極，往時司馬相如作《封禪》一篇，以彰漢氏之休。臣常有顛眴病，恐一旦先犬馬填溝壑，所懷不章，長恨黄泉，敢竭肝膽，寫腹心，作《劇秦美新》一篇。」

春花一首，立夏日作

春花一日開千里，簇簇山巔連水尾。未終賞游倏夏至，墜澗漂波駢頭死〔一〕。鶯啼燕語并可憐，日夕况聽哀酸辛。郊外紅泥輕埋骨，城裏亂兵冤殺人。骨香何如顔面醜〔二〕，肯復逡巡甘妾婦〔三〕。不必多事怨東風〔四〕，恢恢天網猶多漏〔五〕。

【箋注】

〔一〕駢頭，猶言一并。

〔二〕白居易《青冢》：「禍福安可知，美顏不如醜。」

〔三〕逡巡，恭順貌。

〔四〕歐陽修《和王介甫明妃曲》：「明妃去時淚，灑向枝上花。狂風日暮起，飄泊落誰家？紅顏勝人多薄命，莫怨東風當自嗟。」

〔五〕《老子》：「天網恢恢，疏而不失。」

答元龍教授兄〔一〕

清甘片啜敵瓊漿，苦硬多能石作腸。〔二〕幸是逢公容一笑，不然着語有千妨。世間樂事無逾此，坡公語，見《春渚紀聞》。〔三〕驛路梨花易感霜〔四〕。生計蟲魚看欲老〔五〕，盟鷗何日立斜陽〔六〕。

附來作

酬祝南掌教

葉元龍

沙邊白鳥閑於我，嶺外黄雲寒似君。各有平生千種意，憑詩只寫二三分。

【箋注】

〔一〕葉元龍，見前注。

〔二〕清甘苦硬，茶味也。梅堯臣《次韵和永叔嘗新茶雜言》：「味甘迴甘竟日在，不比苦硬令舌窊。」

〔三〕《春渚紀聞·卷第六》：「先生嘗謂刘景文與先子曰：『某平生無快意事，惟作文章，意之所到，則筆力曲折，無不盡意。』自謂世間樂事無逾此者。」

〔四〕陸游《聞武均州報已復西京》：「懸知寒食朝陵使，驛路梨花處處開。」

〔五〕蟲魚，喻極小者。先生詩《題馬慕蘧〈蘇齋遺詩〉》：「璅細到蟲魚。」

〔六〕黄庭堅《登快閣》：「萬里歸船弄長笛，此心吾與白鷗盟。」喻隱志也，見《和錫純月夜泛舟之什并眎同游諸子》詩注。

失題〔一〕

疏拙寧知饘粥難〔一〕，朅來轉覺地天寬。命如紡績矜殘綫〔二〕，花擁亭臺夢百官。立笏何人真骨峻〔三〕，履霜危日又春寒〔四〕。妖狐狡兔吾能説〔五〕，不獨當年壁上觀〔六〕。

【校記】

〔一〕手鈔本此詩題上標一叉號（×），詩題塗去，不可辨識。《詹安泰全集》（上海古籍出版社二〇一一年版）點校本擬作「失題」，今從之。

【箋注】

〔一〕饘粥，《禮記·檀弓·饘粥疏》：「厚曰饘，希曰粥。」喻生計也。

〔二〕先生詩《遣懷四首》：「命懸一綫輕。」

〔三〕立笏，朝臣持笏板也。

〔四〕履霜，《易經·坤》：「初六，履霜，堅冰至。」王充《論衡·譴告》：「履霜以知堅冰必至，天之道也。」

〔五〕陸游《題拓本姜楚公鷹》詩：「妖狐狡兔笑談無。」元稹《捉捕歌》：「狡兔掘荒榛，妖狐熏古墓。」

〔六〕壁上觀，置身事外也，語出《史記·項羽本紀》：「諸侯軍救鉅鹿下者十餘壁，莫敢縱兵。及楚擊秦，諸將皆從壁上觀。」

三月廿五日訪元龍教授於其西郊之寓樓，遂偕赴酒家，黄昏始行別去，翊日，元龍以詩來，清逸乃如其人，因次均奉答〔一〕

卜築瀕江緑到門〔二〕，襟開雲日抱春温。接談朗比山行玉〔三〕，得句清於水漱痕。舊學誰尊通德里〔四〕，歷官曾過浣花村〔五〕。可容更作詩人去，莽蕩齊州海氣昏〔六〕。

附原作

祝南過訪談詩輒呈一律

葉元龍

屢携佳句過衡門，難得荒齋笑語温。客久時時看日曆，山深處處剩春痕。一篇已見縱横氣，三里猶分上下村。取次評量今古事，酒家惜别又黄昏。

【箋注】

〔一〕葉元龍，見前注。

〔二〕卜築，卜居也。先生詩《久雨》有自注云：「余居門對武江。」范當世《贈顧滌香》：「淮水東流緑到門。」

〔三〕山行玉，典出《世説新語·容止》：「裴令公有俊容儀，脱冠冕，粗服亂頭皆好。時人以爲『玉人』。見者曰：『見裴叔則如玉山上行，光映照人。』」

〔四〕通德里，指東漢鄭玄。《後漢書·鄭玄傳》：「昔東海於公，僅有一節，猶或戒鄉人侈其門閭，矧乃鄭公之德，而無駟牡之路。可廣開門衢，令容高車，號爲『通德門』。」

〔五〕浣花村，指杜甫，以其曾居成都浣花草堂，故稱。

〔六〕李賀《夢天》：「遥望齊州九點烟。」韓愈《題臨瀧寺》：「海氣昏昏水拍天。」齊州，中國也。

詩人節懷屈原〔一〕

春花開老雨水足，欲熱未熱天摇緑。白雲行空不可招，世上乃有招魂曲〔二〕。雲耶魂耶本同體，魂獨冥冥雲濯濯。定有精魂逐雲飛，千載耿耿人心目。我讀離騷每每夢，夢與屈原相馳逐。忽駕六鰲凌滄海〔三〕，旋登灰野攀若木〔四〕。捫摘星斗綴風襟〔五〕，徵遣鳳鸞歌寒玉〔六〕。十盞百盞瓊樓醉，載浮載沉瑶池浴〔七〕。曾未寸慮或來攖，忍聽癡兒抱頭哭。却怪高丘哀無女〔八〕，仍向江潭問清濁〔九〕。當年有苦不自解，死去寧睎命與贖〔一〇〕。導夫先路信有之〔一一〕，亂意煩心流芳馥〔一二〕。使斥不久窮不極，文章孰與開奇局。用知天實降大任〔一三〕，欲放天聲撼地軸〔一四〕。下拜槃槃才士才〔一五〕，况彼鮎魚緣竿竹〔一六〕。誤念廉貞餘事耳〔一七〕，得失馬非真禍福〔一八〕。未須小慧短長嗟，佇看白雲穿古屋。

【箋注】

〔一〕詩人節，一九四一年春夏，重慶《新華日報》發表《詩人節緣起》：「目前是體驗屈原精神最適切的時代。中華民族在抗戰的炮火裏忍受着苦難，東亞大陸在敵人的鐵蹄下留下了傷痕，千百萬戰士以熱血温暖了國土，山林河水爲中華民族唱起了獨立自主的戰歌。……我們決定發起詩人節，是要效法屈原，把他的精神發揚光大；是要使詩歌成爲民族的呼聲。」以文界倡議，每年端午爲詩人節。

〔二〕宋玉有《招魂》，王逸序曰：「《招魂》者，宋玉之所作也。招者，召也。以手曰招，以言曰召。魂者，身之精也。宋玉憐哀屈原，忠而斥弃，愁懣山澤，魂魄放佚，厥命將落。故作《招魂》，欲以復其精神，延其年壽，外陳四方之惡，内崇楚國之美，以諷諫懷王，冀其覺悟而還之也。」

〔三〕六鰲，《玉篇》傳曰：「有神靈之鰲，背負蓬萊之山，在海中。」《列子·湯問》：「龍伯之國有大人，舉足不盈數步而暨五山之所，一釣而連六鰲。」

〔四〕灰野，《水經注》：「灰野之山有樹焉，青衣赤華，厥名灰野，生昆侖山西附西極也。」若木，《山海經·大荒北經》：「大荒之中，有衡石山、九陰山、洞野之山，上有赤樹，青葉，赤華，名曰若木。」《離騷》：「折若木以拂日兮，聊逍遥以相羊。」

〔五〕李白《上清寶鼎詩》：「醉着鸞皇衣，星斗俯可捫。」

〔六〕歌寒玉，李賀《江南弄》：「吴歈越吟未終曲，江上團團帖寒玉。」

〔七〕載浮載沉，《詩經·小雅·菁菁者莪》：「泛泛楊舟，載沉載浮。既見君子，我心則休。」瑶池，《史記·大宛列傳》：「昆侖其高二千五百餘里，日月所相避隱爲光明也。其上有醴泉、瑶池。」

〔八〕《離騷》：「忽反顧以流涕兮，哀高丘之無女。」見《錫純兩度枉訪答拜未能》詩注。

〔九〕《楚辭·漁父》：「屈原既放，游於江潭，行吟澤畔，顔色憔悴，形容枯槁。漁父見而問曰：『子非三閭大夫與？何故至於斯？』屈原曰：『舉世皆濁我獨清，衆人皆醉我獨醒，是以見放。』漁父曰：『聖人不凝滯於物，而能與世推移。世人皆濁，何不淈其泥而揚其波？衆人皆醉，何不餔其糟而歠其釃？何故深思高舉，自令放爲？』」

〔一〇〕《詩經·秦風·黄鳥》：「彼蒼者天，殲我良人。如可贖兮，人百其身。」

〔一一〕《離騷》：「乘騏驥以馳騁兮，來吾道夫先路。」先生《離騷箋疏》：「自己願作引路人爲國效忠。」

〔一二〕《楚辭·卜居》：「心煩意亂，不知所從。」

〔一三〕《孟子·告子下》：「天將降大任於是人也，必先苦其心志，勞其筋骨，餓其體膚，空乏其身，行拂亂其所爲，所以動心忍性，曾益其所不能。」

〔一四〕地軸，張華《博物志》：「地有三千六百軸，犬牙相舉。」

〔一五〕槃槃，大貌，喻才能出衆者。《續晋陽秋》：「大才盤盤謝家安。」

〔一六〕歐陽修《歸田録》：「梅聖俞以詩知名，三十年終不得一館職。晚年奉召修《唐書》，書成未奏而卒，士大夫莫不嘆惜。其初受敕修《唐書》，語其妻刁氏曰：『吾之修書，可謂猢猻入布袋矣。』刁氏對曰：『君於仕宦，亦何异鮎魚上竹竿耶？』聞者皆以爲善對。」後因以「鮎魚上竹竿」喻上升艱難。蘇軾《梅聖俞詩集中有毛長官者》詩：「歸來羞澀對妻子，自比鯰魚緣竹竿。」

〔一七〕《楚辭・卜居》：「吁嗟默默兮，誰知吾之廉貞。」先生《和答陳寥士一念之作》詩：「一念廉貞默始宣。」

〔一八〕《淮南子・人間訓》：「近塞上之人有善術者，馬無故亡而入胡，人皆吊之。其父曰：『此何遽不爲福乎？』居數月，其馬將胡駿馬而歸，人皆賀之。其父曰：『此何遽不能爲禍乎？』家富良馬，其子好騎，墮而折其髀，人皆吊之。其父曰：『此何遽不爲福乎？』居一年，胡人大入塞，丁壯者引弦而戰，近塞之人，死者十九，此獨以跛之故，父子相保。故福之爲禍，禍之爲福，化不可極，深不可測也。」

【集評】

左鵬軍《詹安泰的詩學觀念與創作趣味》：「他讀了《離騷》以後産生了一種如醉如癡的、亦幻亦真的、物我兩忘的狀態。他非常陶醉，就在端午節那一天，他是用讀《離騷》懷念屈原的這種方式來過那個節的。」

陳洂之《嶺東二十世紀詩詞述評》：「氣格高古，煉字煉意迥不猶人。東坡《潮州韓文公廟碑》末之祀歌，純以神行。无盦此首，則以《離騷》之意境人於七古，變凄鬱綿緲爲奇情壯采。」

溪頭獨坐

寺古歇鐘鳴，雲虚容鳥過。蒼蘚濕衣襟，獨向溪頭坐。初蟬露哀音，修鱗啖餘唾。不信有高懷，長年無寸銼〔一〕。

【箋注】

〔一〕按，此二句蓋用朱熹《次季通晝寒亭韵》詩意：「不信高懷與世殊。清游試問與誰俱。相將静聽潺湲水，洗滌塵襟肯自污。」

上章行嚴先生〔一〕

生我天何故作怪，不與抓搔種風疥〔二〕。廿年人海許逃虚，更遣槎枒穿腹背〔三〕。閟鬱常驚簇亂山，尊酒誰同聊一快。晚始獲交古歙葉〔四〕，不笑窮頑頗見愛。謂我有詩庶彰身〔五〕，盍請章公一去穢。我思公名塞天地，古或有之今難對。早踏雲衢綴星斗，忍聽草蟲號雜碎。近聞公興老益豪，得四千首兩年内〔六〕。宰割斯世刃有餘〔七〕，比擬將身膽孰大。日課梅翁酸亦佳〔八〕，况要陸楊齊下拜〔九〕。細流不擇著在昔〔一〇〕，蜜灰可吞情肯外〔一一〕。何日濁塵得蟬蛻〔一二〕，許與清修立五戒〔一三〕。

【箋注】

〔一〕章士釗（一八八一—一九七三），字行嚴，號秋桐、孤桐，湖南善化縣（今長沙）人，曾任《蘇報》主筆，歷任北京大學教授、北京農業大學校長、廣東軍政府秘書長、段祺瑞政府司法總長兼教育總長、中央文史研究館館長等職，有《柳文指要》等。時章士釗或在重慶從政。

〔二〕陸游《悲歌行》：「脱身仕路弃衫笏，如病癖疥逢爬搔。」

〔三〕先生詩《移家》：「尚餘胸鬲鬱槎枒。」

〔四〕古歙葉，指葉元龍，以其安徽歙縣人，故稱。葉元龍與章舊識。

〔五〕先生詩《次均葉元龍教授春雨》有自注云：「元龍述某公言：余詩有身後之名。」

〔六〕章士釗有《近詩廢疾》，自序云：「吾入蜀兩年，成詩約四千首。」

〔七〕宰割，喻從政。《史記·陳丞相世家》：「里中社，平爲宰，分肉食甚均。父老曰：『善，陳孺子之爲宰！』平曰：『嗟乎，使平得宰天下，亦如是肉矣！』」又，《莊子·養生主》：「今臣之刀十九年矣，所解數千牛矣，而刀刃若新發於硎。彼節者有間，而刀刃者無厚；以無厚入有間，恢恢乎其於游刃必有餘地矣。」

〔八〕梅翁，指梅堯臣。蘇軾《歐陽晦夫遺接羅琴枕戲作此詩謝之》：「作詩頗似六一語，往往亦帶梅翁酸。」

〔九〕陸楊，或謂陸游、楊萬里。陸游《小飲梅花下作》自云：「六十年間萬首詩。」《甌北詩話》：「古來作詩之多，莫過於放翁。」王邁《山中讀誠齋詩》有「萬首七言千絶句，九州四海一誠齋」之語。

〔一〇〕李斯《諫逐客書》：「河海不擇細流，故能就其深。」

〔一一〕蜜灰，對語也。至甘者蜜，至冷者灰。

〔一二〕蟬蜕，《史記·屈原賈生列傳》：「自疏濯淖污泥之中，蟬蜕於濁穢，以浮游塵埃之外。」

〔一三〕五戒，釋家語，據《佛説優婆塞五戒相經》，殺戒第一，盗戒第二，淫戒第三，妄語戒第四，酒戒第五。

送元龍還衢州〔一〕

氣豪湖海出高名，定不如人説退耕。此去何時客我過，南來兩月以詩鳴〔二〕。自携姑射明冰質〔三〕，各有山寮刻水聲。可但驅風魂夢苦，殘紅歷歷亂飛鶯。余屢言歸而未果，對此愈難爲懷也。

附和作

贛州旅舍次均柬祝南三首

葉元龍

京華幾載近浮名，雅事輸人未硯耕。問道可能從子去，養生不敢以詩鳴。客中難得雲龍侶，夢裏猶尋語笑聲。梅谷再來春已過，青山十里剩流鶯。

早負才華籍籍名，只今容易説歸耕。祝南亦有意歸家。從教曲榭繁弦雜，未抵深山一鳥鳴。梅國章濱大庾江名。彈鋏客，酒家村店讀書聲。車因橋壞，不能前進，淹留村店中，吟詩自遣。江南尚有春消息，試問參差柳港鶯。

文學村童識姓名，家艱國難忍言耕。雲飛未必龍終卧，瀨險方知水亦鳴。已是登樓傷夕照，可堪斷夢聽笳聲。人間更有多情者，寂寞花林四月鶯。

【箋注】

〔一〕葉元龍，見前注。浙江衢州，葉舊居也。

〔二〕以詩鳴，韓愈《送孟東野序》：「大凡物不得其平則鳴。」「孟郊東野始以其詩鳴。其高出魏晉，不懈而及於古，其他浸淫乎漢氏矣。」

〔三〕《莊子·逍遥游》：「藐姑射之山有神人居焉，肌膚若冰雪，綽約若處子。不食五穀，吸風飲露。乘雲氣，御飛龍，而游乎四海之外。」

【按】

據陳湛銓《修竹園詩前集》所録同題之作，先生此詩或作於一九四二年。初，葉元龍任重慶大學校長，馬寅初教授以抨擊朝政遭拘江西，葉因憤然辭職返衢州。

追紀庚辰七月金殿之游〔一〕

驅車始郊游，昆明經五宿。言向金殿去，輕裝作野服。曠原蕩和風，遥岑賁秋緑。參天萬柏樹，樹樹如新沐。挾山欲俱飛〔二〕，抱殿置之腹。覓途舊徑微，砌石修蛇曲。一二三天門〔三〕，循瞻忘倦足。諸神森拱衛，黝晳俱嚴肅。抉翠覺封雲，飄衣恍騎鹿〔四〕。藤蔓纏紅墻，花樹流芳馥。高高黄金座，鋪階盡琳琭〔五〕。雕鏤何工巧，輝煌眯俗目。短堞圍其外，中有銅柱矗〔六〕。泠泠琴弦鳴，靈風起旁屋。嵌壁剩舊題，居人似廟祝〔七〕。餉我以餅糕，茗花浮乳玉〔八〕。述古耳爲傾，説詩意能屬。香房云尚在，門已扃横木。圓圓卧室適爲權要封用。〔九〕帷床定無塵，况乃遺脂盝〔一〇〕。不斷悵惘情，如還珠賣櫝〔一一〕。因思平西貴，兩朝生怨毒〔一二〕。不及美人恩，百代留芳躅〔一三〕。岩泉濯冰魂，青螺點明睩〔一四〕。經燈長夜懸〔一五〕，奇禽哢仙樂。一寂息萬囂，寧知世榮辱。即今兵火滿，猶得逃空谷。客途暫慰歡，黄昏歸意促。兩年鳥翼過〔一六〕，夢遠何由續。

【箋注】

〔一〕庚辰七月，即一九四〇年七月，時先生尚在澂江任教，而有昆明之游。金殿，雲南昆明鳴鳳山銅瓦寺也，見《欲歸不得鬱悶成咏》詩注。《雲南府風俗考》「太和宮」下：「在鳴鳳山。明巡撫陳用賓建。鑄銅爲殿，環以磚，城規制極其弘麗。崇禎十年，巡按張鳳翮移之鷄足山。皇清康熙九年重鑄。」今所見金殿傳爲吴三桂重鑄。

〔二〕《孟子·梁惠王上》：「挾太山以超北海。」

〔三〕自鳴鳳山至金殿凡一百單八級，有一天門、二天門、三天門，各三十六級。

〔四〕《神仙傳》：「衛叔卿者，中山人也，服雲母得仙。漢元封八月壬辰，孝武皇帝閑居殿上，忽有一人乘雲車，駕白鹿，從天而下。來集殿前，其人年可三十許，色如童子，羽衣星冠，帝乃驚問，曰：『爲誰？』答曰：『吾中山衛叔卿也。』」

〔五〕琳琭，美玉也。

〔六〕金殿殿身有銅柱凡十六，殿宇四角由方形盤龍銅柱承托。

〔七〕廟祝，廟宇中掌管香火之人。

〔八〕乳玉，茶沫也。秦觀《滿庭芳·茶詞》：「輕淘起，香生玉乳，雪濺紫甌圓。」

〔九〕俗傳金殿爲吴三桂爲愛妾陳圓圓所修。《臺灣割據志》：「吴之舉兵爲沅也，既而爲平西夫人，寵貴無比。」

〔一〇〕脂盝，妝具也。

〔一一〕《韓非子·外儲説左上》：「楚人有賣其珠於鄭者，爲木蘭之櫃，薰以桂椒，綴以珠玉，飾以玫瑰，輯以羽翠，鄭人買其櫝而還其珠，此可謂善賣櫝矣，未可謂善鬻珠也。」

〔一二〕平西貴，即平西王吳三桂。兩朝，明清二朝也。

〔一三〕芳躅，美人踪迹也。吳偉業《圓圓曲》：「全家白骨成灰土，一代紅妝照汗青。」

〔一四〕青螺，畫眉也。明睩，美目也。

〔一五〕傳陳圓圓晚年辭宮入道，清李介《天香閣隨筆》載陳辭平西王語：「妾久有修行志，蒙王愛，故不決，今願辭去，布衣蔬食，禮佛以畢此生足矣。」

〔一六〕鳥翼過，語出黄庭堅《新涼示同學》：「今日明日相尋來，百年青天過鳥翼。」蓋化杜甫《貽華陽柳少府》「餘生如過鳥」之句。

次均答元龍寧都旅次見寄四首〔一〕

啼笑當前孰假真，浮榮斷賣自由身。輸渠百口逞天辯，結客多年最汝親。近日又聞驅敵騎，何心重問阻歸人。愁深惟把來詩讀，借浣新增萬斛塵〔二〕。

一壑能專因甚愁，還如坡老貶儋州。〔三〕看雲睡足憑欄檻，隔葉風高聽栗留〔四〕。大國冠裳明海日，千秋骨氣重曹劉〔五〕。河清有頌期吾輩〔六〕，不信亂離抵死休。

摩雲踏浪苦追尋，未了端居一寸心。夜發銅符情可見〔七〕，命懸火海怨誰深。行天日月難償孽，叔世交期要斷金〔八〕。待共屠龍暫縮手〔九〕，坐禪休便笑東林。飛卿詩：「兼笑東林學坐禪。」〔一〇〕

缺壺空見酒悲歌〔一一〕，入水萬難張鳥羅〔一二〕。可怪穿窗片月冷，却憐歸路亂愁多。嶺雲終古如人懶，雄髮應須共劍磨。况是藏山希絶業〔一三〕，未成摧折莫蹉跎。

【箋注】

〔一〕葉元龍，見前注。寧都，即南京。

〔二〕古以十斗爲一斛，萬斛，言極多也。

〔三〕蘇軾《儋耳》：「殘年飽飯東坡老，一壑能專萬事灰。」句意取班固《漢書·自叙傳》：「漁釣於一壑，則萬物不奸其志。栖遲於一丘，則天下不易其樂。」

〔四〕栗留，黄栗留也，即黄鶯。

〔五〕曹劉，曹植、劉楨也。鍾嶸《詩品》「魏陳思王植」下：「骨氣奇高，詞采華茂。」又，「魏文學劉楨」下：「真骨凌霜，高風跨俗。」

〔六〕鮑照有《河清頌》。《易緯·乾鑿度下》：「天之將降嘉瑞應，河水清三日。」《拾遺記》：「黄河千年一清，至聖之君，以爲大瑞。」

〔七〕銅符，喻戰事。《史記·孝文本紀》司馬貞《索隱》引《漢舊儀》：「銅虎符發兵，長六寸。」

〔八〕《易傳·繫辭傳》：「二人同心，其利斷金。」謂交誼至厚也。

〔九〕屠龍，《莊子·列禦寇》：「朱泙漫學屠龍於支離益，單千金之家，三年技成，而無所用其巧。」縮手，袖手也。

〔一〇〕句見温庭筠《却經商山寄昔同行人》。東林，指東晋高僧慧遠。

〔一一〕缺壺悲歌，《世説新語·豪爽》：「王處仲每酒後輒咏：『老驥伏櫪，志在千里。烈士暮年，壯心不已。』以如意打唾壺，壺口盡缺。」

〔一二〕張鳥羅，《戰國策·東周策》：「譬之如張羅者，張於無鳥之所，則終日無所得矣。」

〔一三〕藏山絶業，司馬遷《報任少卿書》：「僕誠以著此書，藏諸名山，傳之其人。」

【按】

據陳湛銓《修竹園詩前集》所録一九四二年同題之作，推知先生此詩或亦作在其時。

平石贈別畢業諸子壬午四月

叢柳韵新蟬，閑花媚零朵。况復有江光，趁涼相映坐。此際言別去，焚心甚業火。一念到讀書，四年疾脱笴〔一〕。奇字叩玄亭〔二〕，初來意亦頗。冥追盛氣力，足智期炙輠〔三〕。邊聲忽奔湊〔四〕，乾坤遂顛簸。譬彼床缺脚，還如舟失柁。蒼茫鬱煩憂，困眠難貼妥。樊須詎小人，老坡論非左。〔五〕世途病艱食，愚魯正自可〔六〕。惜哉道多宥，所思不由我。騁遠必驥騄〔七〕，衡波仗巨舸。未嫌子夏儒〔八〕，肯學嵇生惰〔九〕。頭白休與想，勇往無險坷。幽悁終得[illegible]〔一〇〕，千艱要共荷。

【箋注】

〔一〕笴，箭幹也。如箭脱笴，喻逝時之疾。

〔二〕《漢書·揚雄列傳下》：「劉棻嘗從雄學作奇字。」奇字，顔師古注曰：「古文之异者。」玄亭，揚雄有《太玄》，成都所宅稱「草玄亭」，故云。

〔三〕炙輠，陸續不盡之貌，見《韓山韓水歌寄邵潭秋（祖平）》詩注。

〔四〕邊聲，戰事也。

〔五〕樊須，即孔子弟子樊遲。《論語·子路》：「樊遲請學稼。子曰：『吾不如老農。』請學爲圃。曰：『吾不如老圃。』樊遲出。子曰：『小人哉，樊須也！上好禮，則民莫敢不敬；上好義，則民莫敢不服；上好信，則民莫敢不用情。夫如是，則四方之民襁負其子而至矣，焉用稼？』」蘇軾《杭州牡丹開時僕猶在常潤》詩：「從此年年定相見，欲師老圃問樊遲。」

〔六〕愚魯，《論語·先進》：「柴也愚，參也魯。」高柴、曾參，皆孔子弟子。朱熹《集注》曰：「愚者，知不足而厚有餘也。」「魯，鈍也。」又引尹氏曰：「曾子之才魯，故其學也確，所以能深造乎道也。」

〔七〕驥騄，良馬也。曹丕《典論·論文》：「今之文人，魯國孔融文舉，廣陵陳琳孔璋，山陽王粲仲宣，北海徐幹偉長，陳留阮瑀元瑜，汝南應瑒德璉，東平劉楨公幹。斯七子者，於學無所遺，於辭無所假，咸以自騁驥騄於千里，仰齊足而并馳。」

〔八〕子夏，孔子弟子。《論語·雍也》：「子謂子夏曰：『汝爲君子儒，無爲小人儒。』」《荀子·非十二子》：「正其衣冠，齊其顏色，嗛然而終日不言，是子夏氏之賤儒也。」錢穆《論語新解》：「推孔子之所謂小人儒者，不出兩義：一則溺情典籍，而心忘世道；一則專務章句訓詁，而忽於義理。子夏之學，或謹密有餘，而宏大不足，然終可免於小人儒之譏矣。」

〔九〕嵇生，即嵇康。嵇康《與山巨源絶交書》：「性復疏懶，筋駑肉緩，頭面常一月十五日不洗，不大悶癢，不能沐也。每常小便，而忍不起，令胞中略轉乃起耳。又縱逸來久，情意傲散。簡與禮相背，懶與慢相成。」

〔一〇〕幽悁，憂悒也。鬯，暢也。韓愈《送靈師》：「還如舊相識，傾壺暢幽悁。」

【按】

此詩作於一九四二年夏，時先生客坪石。是屆中山大學畢業諸生有湯擎民等。

挽羅母舒太夫人 雨山之母〔一〕

便及九旬慶，太夫人享壽八十九。胡歸兜率天〔二〕。平生虛一拜，鍾郝識前緣〔三〕。避警依村靖，時避地靖村。〔四〕爲官有子賢。可堪空巷哭，世恨正綿綿。

【箋注】

〔一〕羅球（雨山），見前注。時羅或在曲江從政。

〔二〕兜率天，釋家語，天名。《法華經·勸發品》：「若有人受持讀誦，解其義趣，是人命終爲千佛授手，令不恐怖，不墮惡趣，即往兜率天上彌勒菩薩所。」

〔三〕鍾郝，喻婦德賢淑，典出《世説新語·賢媛》：「王汝南少無婚，自求郝普女。司空以其癡，會無婚處，任其意，便許之。既婚，果有令姿淑德。生東海，遂爲王氏母儀。」「王司徒婦，鍾氏女，太傅曾孫，亦有俊才女德。」「鍾郝爲娣姒，雅相親重。鍾不以貴凌郝，郝亦不以賤下鍾。東海家内，則郝夫人之法。京陵家内，範鍾夫人之禮。」

〔四〕靖村，在廣東韶關一帶。先生詩《雨山寄近詩奉報二律》下自注云：「雨山賃居靖村，晨出暮歸，習以爲常。」又，靖者，安也。

彭伯母張太夫人挽詞 公奮之母〔一〕

吾友忽喪母，赴告極痛切。云母得奇疾，毒癌乳中穴。群醫窮藥餌，一瞑遂永訣。哀哉無母人，萬古心精滅。憶昔南都游，登堂幸拜母。仁愛出性天，康强未白首〔二〕。視我猶諸子，抱孫不離手。七年今已矣，綿綿恨誰剖。珠沉大月死〔三〕，遠想蜀江濆〔四〕。蜀鵑夜滴血，蜀客眼雙昏〔五〕。樹靜風不寧〔六〕，旐翻愛始分〔七〕。有聲縱徹天，何處爲招魂。

【箋注】

〔一〕彭公奮，其人不詳，或曾從政於南京、重慶等地。按，據詩意，一九三五年夏先生南京之行嘗造訪其門。

〔二〕《尚書·洪範》：「身其康强，子孫其逢，吉。」

〔三〕庾信《思舊銘》：「麟亡星落，月死珠傷。」孟郊《逢江南故晝上人會中鄭方回》：「珠沉百泉暗，月死群象閉。」

〔四〕瀆，水崖也。

〔五〕蜀鵑血，典見《久不得家書感夢成咏》詩注。時彭或在渝從政。

〔六〕《韓詩外傳》：「樹欲静而風不止，子欲養而親不待也。」

〔七〕旐，出喪用幡旌也。陳師道《何太中挽詞》：「素車紛雨泣，丹旐與風翻。」

【按】

據「憶昔南都游」詩意，推知此詩或作於一九四二年。

夜過張北海談詩㊀〔一〕

一夕機鋒健九秋，大名張緒舊風流〔二〕。剩持殘霸量精血㊁，曾是中年辨馬牛〔三〕。信意詩寧妨冷齒，戟天柱欲撼孤樓〔四〕。清哀終擬三彈瑟，不信家江老死休。

【校記】

㊀此詩曾刊載於一九四九年八月《廣東日報》副刊《嶺雅》第六十五期，題作「夜過張北海談詩（壬午）」。手鈔本原題已刪，不可辨識，上有「×」號，《詹安泰全集》（上海古籍出版社二〇一一年版）點校本擬作「失題」。今據《嶺雅》補題。

㊁「殘霸」疑鈔誤，《嶺雅》作「殘稿」。

【箋注】

〔一〕張北海（一八九九—一九七七），廣東惠陽人，曾任國民政府黨務特派員、教育部督學，曾任《廣東日報》社長，後在臺灣任職於編譯館。

〔二〕南朝齊人張緒，《南史》有傳：「緒吐納風流，聽者皆忘飢疲，見者肅然如在宗廟。……時舊宮芳林苑始成，武帝以植於太昌靈和殿前，常賞玩咨嗟，曰：『此楊柳風流可愛，似張緒當年時。』」

〔三〕辨馬牛，語出《莊子》，見《絶句二首》詩注。又，先生《奉題陳斠玄師黄山游草》詩：「來去馬牛閲古今。」

〔四〕先生詞《徵招·澂江春仲用白石自度曲挽蔡孑民先生》：「獨弦吟未苦，苦摧折、戟天危柱。」

【按】

據《嶺雅》，此詩作於一九四二年。

壬午六七月間雜書所感

向人春意久無辭，欲割夏雲塵所私。幾損心精驚鬢改，爲貪蟬響與詩宜。門臨箭水風千激〔一〕，夢破長鑱酒一卮〔二〕。寬着練衣閑掉臂，莫思鳧雁下官池〔三〕。

可堪私室伏崎嶇，余寓所崎嶇不堪。任老十年荆棘途。傖父左思人自笑〔四〕，山頭杜甫瘦誰呼〔五〕。玄圭蒼璧都無價〔六〕，百酒千花一是愚。况復驚風吹海立〔七〕，飛騰何意到槍榆〔八〕。

謗禪排道得顏蒼〔九〕，轗軻籠禽空意長〔一〇〕。如此平生原不極，略聞消息始能商。故家兵氣分明在，遥夜鐘聲斷續凉。便與高雲期出處，忍寒終古凛冰霜〔一一〕。

浮翠沉烟晨晚炊，約巢鴉鵲噪繁枝。一風不起樓孤倚，吾道何妨苦自持。待學焦先膠口耳〔一二〕，暫從劉向問威儀〔一三〕。休官林下休輕誚〔一四〕，剩此山川未我欺。

舊爲看花緩緩來，攢眉斂目首頻回。心寒一夕生邊雁，警急千方憶故臺。何日清平與買笑，它時詞賦不成哀。未須岩穴尋高隱，著論潛夫已費才〔一五〕。

酸寒此日將誰怨，聲烈人間不要傳。夢去空懸燕市月〔一六〕，憂深或問左徒天〔一七〕。固應鬥蟻尋常事〔一八〕，已近解牛十九年〔一九〕。刺眼長芒羞老醜，知魚知子總徒然〔二〇〕。

貸粟監河活不難〔二一〕，因何無日得心安。支門已盡花千巧，懸命猶遲路百盤。天口與澆君倘信〔二二〕，虱氂能試我曾觀〔二三〕。鄰家鬻子今成習〔二四〕，長鋏何當一再彈〔二五〕。

耽吟舊愛客兒俊〔二六〕，作記新貪柳子精〔二七〕。坐負當前山水美，遑論夜半古今情。一燈只解白人髮，四座誰聞青汝睛〔二八〕。好去放狂聽海嘯，由來瓦釜作雷鳴〔二九〕。

無復艷情賦惱公〔二〇〕，閑愁商略祇微蟲。都無人信今如此，更要誰傳道以東〔二一〕。殘粒來禽看漸熟，江魚繞屋樂難窮。青山故國輕回首，欲遣先生挽角弓〔二二〕。拂面溪風漸日尖，閑驅帆影落窮檐。端能避熱虚前席，尚想行空駕老蟾〔二三〕。入幻每將歲月送，趁春差勝雨花兼。客來爲説邊廷事，失笑鉛刀久不銛〔二四〕。

【箋注】

〔一〕按，先生居門對武江，故云。

〔二〕長鑱，農具也。杜甫《乾元中寓居同谷縣作歌》：「長鑱長鑱白木柄，我生托子以爲命。」

〔三〕陳師道《西湖》：「官池下鳬雁。」

〔四〕傖父左思，《晉書·左思傳》：「初，陸機入洛，欲爲此賦，聞思作之，撫掌而笑，與弟雲書曰：『此間有傖父，欲作《三都賦》，須其成，當以覆酒瓮耳。』及思賦出，機絶嘆伏，以爲不能加也，遂輟筆焉。」《老學庵筆記》：「南朝謂北人曰『傖父』，或謂之『虜父』。」

〔五〕李白《戲贈杜甫》：「飯顆山頭逢杜甫，頭戴笠子日卓午。借問别來太瘦生，總爲從前作詩苦。」

〔六〕玄圭、蒼璧，瑞玉也。

〔七〕蘇軾《有美堂暴雨》：「天外黑風吹海立。」見《不算》詩注。

〔八〕《莊子・逍遥游》：「鵬之徙於南冥也，水擊三千里，搏扶摇而上者九萬里，去以六月息者也。……蜩與學鳩笑之曰：『我决起而飛，槍榆枋，時則不至而控於地而已矣，奚以之九萬里而南爲？』」

〔九〕謗禪排道，排呰釋老也。

〔一〇〕轍鮒、籠禽，喻身不自由。孟郊《新卜清羅幽居奉獻陸大夫》：「籠禽得高巢，轍鮒還層瀾。」轍鮒，典出《莊子・外物》：「莊周家貧，故往貸粟於監河侯。監河侯曰：『諾。我將得邑金，將貸子三百金，可乎？』莊周忿然作色曰：『周昨來，有中道而呼者。周顧視車轍中，有鮒魚焉。周問之曰：「鮒魚來！子何爲者邪？」對曰：「我東海之波臣也，君豈有斗升之水而活我哉？」周曰：「諾。我且南游吴越之王，激西江之水而迎子，可乎？」鮒魚忿然作色曰：「吾失我常與，我無所處，吾得斗升之水然活耳，君乃言此，曾不如早索我於枯魚之肆！」』」

〔一一〕先生詩《鐵嶺寓居雜詩（十首）》：「作計還鄉那得遂，人間終古凛堅冰。」

〔一二〕焦先，漢末隱士。《高士傳》：「及魏受禪，常結草爲廬於河之湄，獨止其中。……不行人間，或數日一食，行不由邪徑，目不與女子迕視，口未嘗言，雖有警急，不與人語。」

〔一三〕《漢書・劉向傳》：「向爲人簡易無威儀，廉靖樂道，不交接世俗，專積思於經術。」

〔一四〕靈澈《東林寺酬韋丹刺史》：「相逢盡道休官好，林下何曾見一人。」見《答和羅雨山見寄（癸未臘不盡二日）》詩注。

〔一五〕著論潛夫，《後漢書·王符傳》：「自和、安之後，世務游宦，當塗者更相薦引，而符獨耿介不同於俗，以此遂不得升進。志意蘊憤，乃隱居著書三十餘篇，以譏當時失得，不欲章顯其名，故號曰《潛夫論》。」

〔一六〕燕市，見《失題五首（澂江作）》詩注。元好問《人日有懷愚齋張兄緯文》：「明月高樓燕市酒。」

〔一七〕左徒，指屈原，《史記·屈原賈生列傳》載其嘗「爲楚懷王左徒」。唐張守節《正義》：「蓋今左右拾遺之類。」先生《論屈原的階級出身、政治地位及其在文學上的作用》一文辨張説不妥，以爲近似古制之司徒，楚人尚左，故稱。屈原既放，見廟堂圖畫琦瑋僪佹，因呵壁而問之，以渫憤懣，作《天問》，見《久不得家書，感夢成咏（四首）》詩注。

〔一八〕鬥蟻，爭小利也，見《安行》詩注。

〔一九〕解牛，《莊子·養生主》：「良庖歲更刀，割也；族庖月更刀，折也。今臣之刀十九年矣，所解數千牛矣，而刀刃若新發於硎。彼節者有閒，而刀刃者無厚，以無厚入有閑，恢恢乎其於游刃必有餘地矣，是以十九年而刀刃若新發於硎。」

〔二〇〕知魚知子，《莊子·秋水》：「莊子與惠子游於濠梁之上。莊子曰：『儵魚出游從容，是魚之樂也。』惠子曰：『子非魚，安知魚之樂？』莊子曰：『子非我，安知我不知魚之樂？』惠子曰：『我非子，固不知子矣。子固非魚矣，子之不知魚之樂全矣。』莊子曰：『請循其本。子曰「汝安知魚樂」云者，既已知吾知之而問我，我知之濠上也。』」

〔二一〕貸粟監河，用《莊子》「轍鮒」之典，見前注。

〔二二〕澆天口，蘇軾《洞庭春色》：「須君灩海杯，澆我談天口。」典出《史記·孟子荀卿列傳》：「齊人頌曰：『談天衍。』」裴駰《集解》引劉向《别録》曰：「騶衍之所言五德終始，天地廣大，盡言天事，故曰『談天』。」

〔二三〕虱氂，喻極細微物。虱氂能試，《列子·湯問》載紀昌學射事：「昌以氂懸虱於牖，南面而望之。旬日之間，浸大也。」

〔二四〕鬻，賣也。《左傳·宣公十五年》：「敝邑易子而食，析骸以爨。」

〔二五〕長鋏歸來乎，用馮瑗事，見《教師節日同人飲集潮州西湖》詩注。

〔二六〕客兒，即謝靈運。鍾嶸《詩品》：「初，錢塘杜明師夜夢東南有人來入其館，是夕，即靈運生於會稽。旬日，而謝玄亡。其家以子孫難得，送靈運於杜治養之。十五方還都，故名『客兒』。」

〔二七〕柳子，或謂柳宗元。《舊唐書·柳宗元傳》：「下筆構思，與古爲侔，精裁密緻，燦若珠貝。」元好問《論詩三十首》：「謝客風容映古今，發源誰似柳州深。」

〔二八〕青睛，阮籍青眼，見《丘拉因（玉麟）來坪訊近況》詩注。

〔二九〕《楚辭·卜居》：「世溷濁而不清。蟬翼爲重，千鈞爲輕。黄鐘毁弃，瓦釜雷鳴。讒人高張，賢士無名。」

〔三〇〕李賀有《惱公》詩，蓋艷體也。

〔三一〕《後漢書·鄭玄傳》：「鄭生今去，吾道東矣。」見《次均答吴辛旨（三立）融縣寄懷之什》詩注。

〔三二〕《詩經·小雅·角弓》：「騂騂角弓，翩其反矣。」朱熹《集傳》曰：「角弓，以角飾弓也。」

〔三三〕老蟾，月也，以月中有蟾，故云。蘇軾《留題延生觀後山上小堂》：「應逐嫦娥駕老蟾。」

〔三四〕銛，利也。賈誼《吊屈原賦》：「莫邪爲頓兮，鉛刀爲銛。」先生詩《歲除值雨》：「豈有鉛刀一日銛。」

【集評】

陳渺之《嶺東二十世紀詩詞述評》選「酸寒」「拂面」二首，曰：「上首用典老辣，下首運思生新。」

【按】

此詩十首作於一九四二年六七月間。

偶談師道，嘆息彌襟，遂作此詩眎朱澹園偶談師道，嘆息彌襟，遂作此詩眎朱澹

客偶談師道，嘆息彌襟，遂作此詩眎朱澹園子範，時澹園重來教授南雍[一]

斷鶴居然與續鳧[二]，論誰病癖性功殊。料難文正求安定[三]，幾見初寮諱景迂[四]。

一夕恩哀寧此老，廿年提命可勝愚[五]。濁清休共癡兒説[六]，橘刺藤梢剩鳥呼[七]。

【箋注】

[一] 朱子範（一九〇二—一九五八），字澹園，廣東番禺人，少受經於名儒楊裕芬，曾任教於中山大學、臺灣師範大學、東吳大學教授，有《澹園詩稿》《擷秀廬詞稿》。南雍，明南京設國子監，故稱，此指中山大學。時朱重來坪石中山大學文學院任教。

〔二〕斷鶴續鳬，《莊子·駢拇》：「長者不爲有餘，短者不爲不足。是故鳬脛雖短，續之則憂；鶴脛雖長，斷之則悲。」

〔三〕范仲淹，謚文正；胡瑗，字翼之，學者稱安定先生。《宋元學案·安定學案》載胡瑗：「以經術教授吴中，范文正愛而敬之，聘爲蘇州教授，諸子從學焉。景祐初，更定雅樂，文正薦先生，以白衣對崇政殿，授試秘書省校書郎，辟丹州軍事推官，歷保寧節度推官。」

〔四〕王安中，字履道，號初寮；晁説之，字以道，號景迂生。皆宋人。《直齋書録解題·卷十八》：「晁以道爲無極令，安中既第，修邑子禮，用長箋自言以新學竊一第爲親榮，非其志也。以道曰：『爲學當謹初，何患不遠到。』安中築室，榜曰『初寮』。其議論聞見，多得於以道。既貴顯，遂諱晁學，但稱成州使君四丈，無復先生之號矣。」

〔五〕提命，猶言耳提面命，《詩經·大雅·抑》：「匪面命之，言提其耳。」

〔六〕《楚辭·漁父》：「舉世皆濁我獨清。」

〔七〕杜甫《將赴成都草堂途中有作》詩：「橘刺藤梢咫尺迷。」橘刺，語出《楚辭·橘頌》：「曾枝剡棘，圓果摶兮。」

元龍寄示和石公之作次均奉酬兼呈石公[一]

已覺持山願力微[二]，十年日日對林霏。差令人喜新詩至，幾嘆心隨舊月飛。接席勝流誰老健，過門佳客自今稀。伶俜忍便傷寒蝶[三]，有約春歸碧四圍。

【箋注】

[一] 葉元龍，見前注。尹文（一八八八—一九七一），又名尹炎武，號石公、碩公，江蘇丹徒人，曾任教於北京大學、輔仁大學、貴陽師範學院等校，歷任江蘇省通志館編纂、中國國史館編修等職。

[二] 持山，典出《莊子·大宗師》：「夫藏舟於壑，藏山於澤，謂之固矣。然而夜半有力者負之而走，昧者不知也。」黄庭堅《追和東坡壺中九華》：「有人夜半持山去，頓覺浮嵐暖翠空。」先生詩《鐵嶺寓居雜詩》：「自持願力挾山飛。」

[三] 蘇軾《次韵周長官壽星院同餞魯少卿》：「伶俜寒蝶抱秋花。」

雨山寄近詩奉報二律〔一〕

十旬不見江東羅，送水迎山幾放歌。肯爲才難笑南郭〔二〕，還因趣永愛東坡〔三〕。食貧紅袖不成醉，有夢靖村何日過。公事自然了澄定，况聞晨夕踏烟蘿。雨山賃居靖村，晨出暮歸，習以爲常。

斫削瓊玉自紛紛〔四〕，勢成還如陣馬奔〔五〕。澌驚蟋蟀鳴寒夜，可記江樓坐一尊。白月欲浮風生腋〔六〕，小山未賦青對門〔七〕。向來文章交有道〔八〕，出處關天寧足論。

【箋注】

〔一〕羅球（雨山），見前注。

〔二〕才難，意謂人才難得。《論語·泰伯》：「才難，不其然乎？」南郭，典出《韓非子·内儲説上》：「齊宣王使人吹竽，必三百人。南郭處士請爲王吹竽，宣王説之，廪食以數百人。宣王死，湣王立，好一一聽之，處士逃。」

〔三〕東坡，即蘇軾。

〔四〕斫削瓊玉，雕琢辭賦也。

〔五〕陣馬，破陣之馬，喻文筆遒勁。杜牧《李賀歌詩集序》：「風檣陣馬，不足爲其勇也。」

〔六〕黄庭堅《次韵稚川》：「茶罷風生腋。」用盧仝詩意，見《余嗜茶成癖或勸以多飲失眠》詩注。

〔七〕淮南小山有《招隱士》篇。王逸序曰：「昔淮南王安博雅好古，招懷天下俊偉之士，自八公之徒，咸慕其德而歸其仁，各竭才智，著作篇章，分造辭賦，以類相從，故或稱小山，或稱大山，其義猶《詩》有《小雅》《大雅》也。小山之徒，閔傷屈原，又怪其文升天乘雲，役使百神，似若仙者，雖身沉没，名德顯聞，與隱處山澤無異，故作《招隱士》之賦，以章其志也。」

〔八〕杜甫《蘇端薛復筵簡薛華醉歌》：「文章有神交有道。」

馮振心振惠貽《自然室詩續集》賦此報謝〔一〕

曩得杜尊書〔二〕，知公聲名久。及獲交鄭子師許〔三〕，稱公不去口。豈期新詩至，降身欲下友。籍湜汝何人，而不駭汗走〔四〕。想見用力苦，老柏生兩肘〔五〕。入定有真工，放辭乃無偶。威鳳見一毛〔六〕，游龍或矯首〔七〕。矜氣一以殺，小大惟所扣〔八〕。詩道本如花，品高非色受。綺麗寧足珍，斫削亦何有〔九〕。伏敵與巢經〔一〇〕，百年誰抗手。欲呼陳鄭來〔一一〕，山窗與細剖。

附和作

次韻酬詹祝南安泰〔一〕

馮振

白頭或如新，相知不待久。一語苟心契，不啻出自口。故知天下人，神交即至友。殂君珠玉詞，睨我牛馬走。豈特齒生芬，直欲風起肘。布局迥不平，鑄詞時或偶。忽然出新意，天外昂舉首。疏鐘何處來，可聞不可扣。道也進乎技，人巧兼天受。世人尚塗抹，真意杳無有。掣鯨捕長蛇，祇應憑赤手。新詩儻常奇，妙意更同剖。

【校記】

〔一〕後附馮振和作，手鈔本無，今據《自然室詩第三集》補録。

【箋注】

〔一〕馮振（一八九七—一九八三），字振心，號自然室主人，廣西北流人，曾任教於上海暨南大學、大夏大學、交通大學、廣西師範學院等校，有《自然室詩稿》《詩詞雜話》等。時馮在廣西桂林任無錫國學專修學校教職。《自然室詩續集》爲馮《自然室詩稿》續篇，輯馮氏一九三四至一九四一年所作詩。

〔二〕陳柱（柱尊），見前注，馮同鄉人。

〔三〕鄭師許（一八九七—一九五二），原名沛霖，字惠僑，廣東東莞人，曾任教於上海交通大學、上海暨南大學、大夏大學、廣東省立勷勤大學、中山大學等校，有《中國文化史》《古文字學概論》《四部書齋文録》《銅鼓考略》等。時鄭在坪石中山大學任教。

〔四〕蘇軾《潮州韓文公廟碑》詩：「追逐李杜參翱翔，汗流籍湜走且僵。」張籍、皇甫湜，皆韓愈門生。

〔五〕蘇軾《記所見開元寺吴道子畫佛滅度》詩：「當時修道頗辛苦，柏生兩肘烏巢肩。」見《游南華寺》詩注。

〔六〕威鳳，鳳有威儀者。《梁書·劉遵傳》：「威鳳一羽，足以驗其五德。」

〔七〕曹植《洛神賦》：「翩若驚鴻，婉若游龍。」

〔八〕《禮記·學記》：「善待問者如撞鐘，叩之以小者則小鳴，叩之以大者則大鳴。」

〔九〕李白《古風》：「自從建安來，綺麗不足珍。」斫削，謂修飾文辭。

〔一〇〕伏敔堂江湜、巢經巢鄭珍。先生詩《邵潭秋遠貽〈培風樓詩存〉作此報謝》：「一篇此日真龍鳳，异代同功或鄭江。」

〔一一〕按，陳鄭，據詩意，或謂陳柱尊、鄭師許。

鷓鴣巢詩集箋校卷第七

【按】此卷所録，多爲先生坪石時期所作，自壬午至癸未。時先生任教於坪石中山大學，至一九四三年秋冬，以病返饒平。

寄奉李雁晴師長汀〔一〕二首

滄海横流歸甚處〔二〕，寒蟬切響墮江湄。余送別師武江之濱。政令舉世無高學，何以寬人鬱去思。旅雁千方艱粒食，晴山一髮耐秋支〔三〕。銷磨俊逸今休訊，無復當年瓶水詩。師曾謂余詩豪邁似舒鐵雲。譚復堂評瓶水齋詩才俊氣逸。〔四〕

更誰憑不了闌干，古渡西風莽莽寒。各有恩情嗟賫弃〔五〕，幾隨杖屨與心安〔六〕。熱官不詣貧非病〔七〕，「非不愛熱官，但思之爛熟耳。」北齊王晞語。〔八〕曲學争誇守已難。三月重來真信否，嶺梅未放待公看〔九〕。師在中山大學告假三月。

【箋注】

〔一〕李笠（雁晴），見前注。長汀，地名，位於福建西部，時厦門大學以戰亂遷址其地。李雁晴曾任教於長汀厦門大學，後又爲中山大學所聘。

〔二〕滄海横流，見《避地五首》詩注。

〔三〕按，「旅雁」「晴山」句嵌師名號。晴山一髮者，謂青山遠望如髮也。蘇軾《澄邁驛通潮閣》：「青山一髮是中原。」

〔四〕舒鐵雲，即清人舒位，字鐵雲，善書畫，工詩，有《瓶水齋集》。譚復堂，即清人譚獻，字仲修，號復堂。譚獻《重刻瓶水齋集序》：「鐵雲先生天才亮特，超乎塵壒之外，冠劍遠游，與奇氣相發，詩篇熊峻，畦町獨闢，同時朋輩，既無與抗手。」

〔五〕寶弃，珍寶見弃也。曹植《贈徐幹詩》：「寶弃怨何人，和氏有其愆。」

〔六〕隨杖屨，弟從師也。《禮記·曲禮上》：「侍坐於君子，君子欠伸，撰杖屨。」

〔七〕原憲貧非病，典出《史記》，見《鬱鬱四首》詩注。

〔八〕《北齊書・王晞傳》：「晞曰：『我少年以來，閲要人多矣，充詘少時，鮮不敗績。且性實疏緩，不堪時務，人主恩私，何由可保，萬一披猖，求退無地。非不愛熱官，但思之爛熟耳。』」

〔九〕《白氏六帖》：「大庾嶺上梅，南枝落，北枝開。」

柬葉元龍、尹石公〔一〕

秋老幺弦彈不歇〔二〕，江寬游鯽數寧窮〔三〕。極知吾黨二三子〔四〕，始痛人間順逆風〔五〕。袖拂星河歸掩抑，夢回肝膽謝精忠。何時挈鷺提鷗去〔六〕，共挽斜陽對水洪。

【箋注】

〔一〕葉元龍、尹石公，見前注。

〔二〕《莊子・秋水》：「孔子游於匡，宋人圍之數匝，而弦歌不輟。」

〔三〕過江名士多於鯽，見《聽歌舞團陳翠寶唱大鼓詞率成長句》詩注。

〔四〕吾黨二三子，語出《論語・公冶長》：「子在陳，孔子曰：『歸乎，歸乎！吾黨之小子狂簡，斐然成章，不知所以裁之。』」《論語·述而》：「子曰：『二三子以我爲隱乎？吾無隱乎爾。吾無行而不與二三子者，是丘也。』」

〔五〕杜甫《白水崔少府十九翁高齋三十韵》：「人生半哀樂，天地有順逆。」

〔六〕挈鷺提鷴，語出樊宗師《絳守居園池記》：「可大客旅鐘鼓樂，提鷴挈鷺，傦池豪渠。」

循白沙溪出水口書寄羅雨山〔一〕 四首

群山横地起，一水裂其腹。水性樂濴洄〔二〕，山勢隨屈曲。循水去看山，意興古難足。我來踏亂石，秋高氣未肅。風響叢林哀，日射金波蹙。烏桕幾霜洗，臨流碎紅玉〔三〕。篩影上泥墻，墻根繫黄犢。三兩肥花猪，貪睡禾秆屋。烟裊餘殘絲，午炊定已熟。雖絶去來踪，想見黄農服〔四〕。

觀魚野艇旁，坐沙喜軟白。山情長相鐫，水趣亦既得。畫眉夾道鳴，岩翠當襟滴。清悲或起感，躄行迷踪迹〔五〕。女郎樵何來，無花束寒櫪。有寺建道左，兵衛森戈戟〔六〕。仁義從血腥，佛法何由覓。

豁眼出幽谷，快步遵荒塗。陂塍半滅没，草樹始凋疏。忽見時世裝，居處樓閣殊。

至培正學校。〔七〕百十男與女，逐水相嬉娭。懸心比明月，托體本冲虛。寧知有理亂，誰復判賢愚〔八〕。

昔人夢攀天，時得天之趣。今人果飛天，轉觸天之怒。年貌不長在，悠悠詎可訴。吾今一日游，樂也頗自詡。腰脚看猶健，饑餓肯爲侮〔九〕。以兹簫韶心〔一〇〕，憑寄青蘭去。太白詩：「寄君青蘭花，惠好庶不絶。」〔一一〕招隱亦游仙〔一二〕，懷哉吾與汝。

【箋注】

〔一〕白沙溪，粤北樂水支流之一。同治《樂昌縣志》卷三：「白沙溪在縣城西，源出宜章、樟橋，經白石渡流入武水。」羅球（雨山），見前注。

〔二〕白居易《可大客旅鐘鼓》：「縈迴水性柔。」

〔三〕烏桕，樹名，葉至秋冬而轉紅，故云。陸游《秋興》：「烏桕霜前已半赬。」

〔四〕黄農，即黄帝、神農氏。

〔五〕《説文》：「戆，愚也。」孟郊《寒溪》：「戆行失踪蹊。」

〔六〕按，時因戰事，寺内駐兵，故云。

〔七〕一九四一年，培正中學、培道女子中學先後從香港遷至廣東樂昌坪石，開辦培正培道聯合中學。

〔八〕按，此數句謂身居僻壤，不得已而作老莊出世之想，心如明月，體性沖夷，寄意山水，頗可不問當世治亂、人間賢愚。

〔九〕先生詩《報陳寂爰連縣》：「雖缺温飽得天全。」

〔一〇〕簫韶，古樂名。《尚書·益稷》：「《簫韶》九成，鳳皇來儀。」

〔一一〕句出李白《自金陵溯流過白璧山玩月達天門寄句容王主簿》詩。

〔一二〕淮南小山有《招隱士》之賦，郭璞有《游仙詩》。朱熹《秘閣張丈簡寂之篇》詩：「長吟游仙詩，亂以招隱章。」

丘滄海遺墨爲丘矚雲題〔一〕

海日嶺雲明素抱〔二〕，深悲苦笑出沉雄。脱矰奇翼有時響，起皺微波無路通。何限滄桑來腕底，但能憂樂與民同〔三〕。亂餘留此精魂在，作健誰堪拜下風〔四〕。

【箋注】

〔一〕清人丘逢甲（一八六四—一九一二），字仙根，號蟄仙，别署倉海君，祖籍廣東梅縣，生於淡水廳銅羅灣（今臺灣苗栗銅鑼），抗日保臺志士，詩人，有《柏莊詩草》《嶺雲海日樓詩鈔》等。丘汝濱（矚雲），見前注。

〔二〕丘逢甲《歸粤十四年矣愛其風土人物將長爲鄉人詩以志之》：「嶺雲海日署吾樓，潦倒平生萬念收。」自注云：「山中樂樓，顔曰『嶺雲海日』，并以名吾集。」

〔三〕《孟子·梁惠王下》：「樂民之樂者，民亦樂其樂；憂民之憂者，民亦憂其憂。樂以天下，憂以天下，然而不王者，未之有也。」

〔四〕拜下風，《莊子·在宥》：「廣成子南首而卧，黄帝順下風膝行而進，再拜稽首。」

遣懷四首〔一〕

餓死知何日，江聲哭暮寒。一燈一鑪火，瑟縮不成嘆。能老言豈易，乞食歌已難〔二〕。誰得無悶隱〔三〕，飛焰烈群山。用心存獨苦，當衆且爲歡。

雨隨風俱來，風停雨不停。室地無尺乾，碎心見紅腥。痛絶誰憐顧，命懸一綫輕。

但看皮骨在，鳥鼠有高名〔三〕。

岸草艱露芽，竈菌先春欣。陰陽或顛倒，海水簇高墳〔四〕。向來如此世，飢馬踏荒原。猝然一長嘶，天地爲昏翻。

窮賤謂之何，譬彼昏失道。虎聲懾魂魄，萬山更擁抱㊁。烏猪自癡肥，醜石自堅老。豈全君子拙〔五〕，顧乃受天討〔六〕。吐氣逐高雲，霞餐倘一飽〔七〕。

【校記】

㊀此詩曾刊載於一九四九年六月《廣東日報》副刊《嶺雅》第五十四期，題作「遣懷四首（壬午）」。

㊁「擁抱」，《嶺雅》作「迴抱」。

【箋注】

〔一〕陶潛晚年有《乞食》之詩。蘇東坡云：「淵明得一食，至欲以冥謝主人，哀哉！哀哉！此大類丐者口頰也。非獨余哀之，舉世莫不哀之也。飢寒常在身前，功名常在身後，二者不相待，此士之所以窮也。」

〔二〕無悶，無煩惱也。《易傳·文言傳·乾》：「遁世無悶，不見是而無悶。樂則行之，憂則違之。」

〔三〕鳥鼠，《詩經·小雅·斯干》：「風雨攸除，鳥鼠攸去，君子攸芋。」鄭玄箋云：「寢廟既成，其墻屋弘殺，則風雨之所除也。其堅致，則鳥鼠之所去也。」

〔四〕先生詩《哭滄萍》：「黎廷窟群妖，海水堆高墳。」

〔五〕孟郊《西齋養病夜懷多感》詩：「方全君子拙，耻學小人明。」

〔六〕顧，天心乃顧也。《後漢書·光武帝紀贊》：「神旌乃顧，遞行天討。」

〔七〕餐霞，司馬相如《大人賦》：「呼吸沆瀣兮餐朝霞，咀噍芝英兮嘰瓊華。」《漢書》顏師古注引《列仙傳》曰：「春食朝霞，朝霞者，日始欲出赤黄氣也。」

【按】

據《嶺雅》，此詩作於一九四二年。

寒夜讀杜集漫成十五韵〔一〕

風雨積旬日，來往迹如掃。解悶惟展卷，杜詩夙所好。理亂開家國，刻未去諸抱。

饑餓長相親，皮骨空爾老〔二〕。世路悲梗澀〔三〕，流離失昏曉。驚人百死餘，豈盡由心造。不待痛定思〔四〕，慘絶能屬稿。當其下筆初，已非人可到。世既憚其行，而苦學其貌。徒詫工力深〔五〕，公名寧獨保。大劫正通天〔六〕，血肉滿衢道。受風猝倒斃，食人以求飽。彈花燒城里，機翼横蒼昊。雨淚如沸湯，着木木立槁。后山句。〔七〕使公猶在今，哀歌定浩浩。

【箋注】

〔一〕杜集，即杜甫詩集。

〔二〕杜甫《將赴成都草堂途中有作先寄嚴鄭公五首》：「三年奔走空皮骨，信有人間行路難。」

〔三〕杜甫《春歸》：「世路雖多梗，吾生亦有涯。」

〔四〕韓愈《與李翱書》：「痛定之人，思當痛之時，不知何能自處也。」

〔五〕詫，誇也。

〔六〕大劫，釋家語。天地一成一毀爲一劫，經八十小劫爲一大劫。喻時局也。

〔七〕陳師道《秋懷十首》：「雨淚落成血，着木木立槁。」

【集評】

「驚人百死餘」至「公名寧獨保」，韓善濱《抗戰時期詹安泰對杜甫接受的變化芻議》：「詹氏這一結論也是多數學者窮盡一生學習杜甫却不得門而入的顛破，它不但意味着詹氏在詩學功夫上從『詩内』真正轉向了『詩外』，獲得了詩歌創作上的質變，而且也是詹氏接受杜甫從偏重形式技巧轉向繼承精神思想的分水嶺。」

十一月初七夜武江寓失竊

蒼山數百里，峭壁自撑拒。多陰常伏濕，瘴蒸厲毒蠱。中雖結小市，久疑非王土〔一〕。鄙僿亦獷猛，盜賊乃麕聚〔二〕。越貨不紀時，劫客每卓午〔三〕。我來爲避敵，賃居破落户。修葺窮日月，僅可蔽風雨。緣壁有長蛇，穿瓦有黠鼠。中宵時警惕，竊賊遂來侮。初作鼠囓聲，繼復效蛇步。我雖未成眠，苦爲風寒阻。一燈熒熒照，捶床嚇之去。比及僕婦興，望門顫雙股。驚呼賊闖來，知復飇何處。嗟賊胡不智，剥掠到窮旅。罄其所有值，不抵一酒脯。在林爲樛木，在皮謂敗鼓。〔四〕得豈足爲資，徒令失者苦。忡惶睫莫交，戒慎日方暮。深愧君子儒，布德勝强禦。先師鄭曉屏先生，遇賊以禮，饋以

錢物，送之出門。賊感泣相戒，勿復犯其家。〔五〕

【箋注】

〔一〕《詩經·小雅·北山》：「溥天之下，莫非王土。」疑非王土，喻地遠僻也。

〔二〕麇聚，如麇群聚也，見《秋興四首和高痦盦（二適）》詩注。

〔三〕越貨，《尚書·康誥》：「殺越人於貨，暋不畏死，罔弗憝。」孔傳曰：「殺人，顛越人，於是以取貨利。」卓午，當正午也。

〔四〕樛木，下垂之木也。樛木、敗鼓，喻無用者。

〔五〕鄭國藩（一八五七—一九三七），字曉屏，號似園老人，潮州人，清光緒年間拔貢，曾執教於汕頭嶺東同文學堂、潮州金山書院、省立金山中學，有《似園老人佚存文稿彙鈔》《似園制義十二篇》等。先生在金山中學時嘗從鄭氏學，故師稱之。

【按】

此詩作於一九四二年底。《年譜》「一九四二年」下：「十二月二十一日，武江寓所失竊。」

壬午十一月廿三日四十一度初度，時客平石

四十一年如電掃，髮雖未白齒多落。健頑腰脚供轉徙，零星記憶餘崩剥。讀書窮愁算何愚〔一〕，買牛耕種力慚薄〔二〕。我本鄙人家山鄉，左右迴溪面橫塘〔三〕。秋風時飄連林葉，白鷴每起搏沙岡。笑呼逐逐鄰童子，捕雀上樹魚入水。齋中瓷缸養紅鯉，烏籠百十排廊尾。我祖瀟灑好畫圖〔四〕，欲收天地歸吾廬。我父性行獨仁愛〔五〕，晚雖精醫出於儒〔六〕。賤子小時亦了了〔七〕，壯不如人忽將老〔八〕。三步回頭五步坐，杜公句。〔九〕懶殘擬借杜公貌。自濯肺腑明冰輪，敢視富貴如浮雲〔一〇〕。一燈死守羞囊哲，廿年依戀惟山根〔一一〕。道南道東誰復顧，蘭陵老師等塵土〔一二〕。譬彼男兒愛後婦〔一三〕，寧問織縑與織素〔一四〕。羊棗昌歜嗜各殊〔一五〕，涑雨顛風神能主〔一六〕。久慕玉螭吐清液〔一七〕，悄向銅仙乞墜露〔一八〕。勤書細字界烏絲〔一九〕，往往煮茶藤一枝〔二〇〕。忍此心魂長寂寞，奚必金石流歌辭。得意翻憐世病蠢，活活駢頭束春笋〔二一〕。瘦骨嶙峋貧逾奮，盡集秋蟲號壤腎〔二二〕。天跳地踔波飛揚，犀象奔踣蛇蛟藏。〔二三〕竄避偶然立風露，河清待賦嗟哉長〔二四〕。苟全性命

豈易易，夜夢歸見爺娘喜，知復倚閭都幾祀〔三五〕。别家此日真可畏，况以孱軀犯瘴癘。逢辰狂氣未許存，要看癡肥自今始〔三六〕。

【箋注】

〔一〕虞卿窮愁而著書，見《用前韵再寄輝光》詩注。

〔二〕先生詩《己卯除夜》：「賣劍買牛倘可商。」

〔三〕先生舊居饒平縣新豐鎮潤豐樓，樓前有溪水横塘，見《久思游别峰不果》詩注。

〔四〕據《饒平詹氏族譜·伯玉公世系》，先生祖父名益蓋。

〔五〕據《饒平詹氏族譜·伯玉公世系》，先生父名欽耀，字輝瓊，卒於一九四八年。又鄭《年譜》所載，名上珍，字揮瓊。詹伯慧《我的父親詹安泰》：「祖父是位懸壺濟世的老中醫，遠近馳名，上門求醫的人絡繹不絶，但他從不收診金，衹是開了藥方，讓患者到鎮上藥鋪去『拆藥』。」先生有致陳中凡信：「家父習醫數十年。」

〔六〕陳湛銓《壽詩一百韵爲无盦師父母七十雙慶作》言及詹父：「垂髫下筆干風雨，知今知古文披麗。用其餘力於書藝，點畫絶似曹娥碑。於時當清之季業，士不降志而媚夷。公但承歡與教子，不居上位爲上醫。……間嘗出爲邑人役，遇事巨細俱平治。非公曷肯至官所，論人直與澹臺期。」

〔七〕賤子，先生自稱也。《世説新語·言語》：「小時了了，大未必佳。」

〔八〕先生詩《秋興四首和高瘖盦（二適）》：「壯不如人今垂老。」語出《左傳·僖公三十年》：「臣之壯也，猶不如人，今老矣，無能爲也已。」

〔九〕杜甫《憶昔行》：「千崖無人萬壑静，三步回頭五步坐。」

〔一〇〕冰輪，月也。《論語·述而》：「子曰：『飯疏食，飲水，曲肱而枕之，樂亦在其中矣。不義而富且貴，於我如浮雲。』」

〔一一〕先生自一九二一年考進廣東高等師範文史部，離鄉修學，至其時廿年。

〔一二〕道南道東，見《短古呈雁晴師》《次均答吴辛旨（三立）融縣寄懷之什》詩注。蘭陵老師，荀子也。《史記·孟子荀卿列傳》：「荀卿，趙人。年五十始來游學於齊。……田駢之屬皆已死齊襄王時，而荀卿最爲老師。……齊人或讒荀卿，荀卿乃適楚，而春申君以爲蘭陵令。春申君死而荀卿廢，因家蘭陵。」

〔一三〕辛延年《羽林郎》：「男兒愛後婦，女子重前夫。」

〔一四〕古詩：「新人工織縑，故人工織素。織縑日一匹，織素五丈餘。將縑來比素，新人不如故。」

〔一五〕羊棗昌歜，見《錫純過訪楓溪快談竟日》詩注。

〔一六〕《楚辭·九歌·大司命》：「令飄風兮先驅，使涷雨兮灑塵。」王逸注曰：「暴雨爲涷雨。」顛風，猶言狂風。

〔一七〕玉螭，駿馬也。蘇軾《書韓幹牧馬圖》：「樓下玉螭吐清寒。」

〔一八〕銅仙墜露，李賀《金銅仙人辭漢歌》序：「魏明帝青龍元年八月，詔宮官牽車西取漢孝武捧露盤仙人，欲立置前殿。宮官既拆盤，仙人臨載，乃潸然淚下。」

〔一九〕烏絲，烏絲欄也。李肇《唐國史補》：「宋亳間，有織成界道絹素，謂之烏絲欄、朱絲欄。」韓愈《短燈檠歌》：「夜書細字綴語言，兩目眵昏頭雪白。」

〔二〇〕黄庭堅《題落星寺四首》：「處處煮茶藤一枝。」

〔二一〕束春笋，韓愈《贈崔立之評事》：「深藏篋笥時一發，戢戢已多如束笋。」喻文稿積累多也。

〔二二〕號壞腎，先生《夜與錫純談詩交子始各别去》詩：「肝腎雕鎸寧答颯。」

〔二三〕先生詩《悼張藎忱（自忠）將軍》：「毒龍牙角周八方，地踔天跳帝徬徨。」韋莊詩《和鄭拾遺秋日感事》：「熊羆驅涿鹿，犀象走昆陽。」喻時局也。

〔二四〕河清待賦，鮑照有《河清頌》，見《次均答元龍寧都旅次見寄四首》詩注。

〔二五〕倚閭，母望子也，見《驚聞黄岡失陷》詩注。祀，年也。

〔二六〕劉玹《寄晁以道》：「我曹老矣善自持，莫擬狂瘦勝癡肥。」先生詞《天香・丁丑新秋爲陳廖士題單雲閣圖》：「玉蕊浮雕，空王浪説，癡肥惱亂人意。」

【集評】

施議對《中國詞學文化學的奠基人》：「生日自述，不忘根本。」

【按】

先生一九〇二年生人。《年譜》「一九〇二」年下注引先生一九四九年所填《文教機關舊任公教職工人員登記表》（今存中山大學檔案館）：「先生自言四十八歲，照此推斷，在年齡表述上，先生更習慣用虛歲。」此詩作於一九四二年農曆十一月廿三日，先生四十一歲，時客居粵北坪石。

矚雲示石銘老近作，因成長句寄銘老〔一〕

闊寄聲今五載餘，近來可有鬑鬑鬚〔二〕。身丁百一天如燬〔三〕，詩道性情舊不殊〔四〕。得失久同夢蕉鹿〔五〕，平夷深已見工夫〔六〕。西臺晞髮休重訊〔七〕，一念排閶淚早枯〔八〕。

【箋注】

〔一〕邱汝濱（矚雲）、石維岩（銘吾），均見前注。

〔二〕鬑鬑，鬚髮長貌。樂府《陌上桑》：「鬑鬑頗有鬚。」

〔三〕燬，火也。《詩經·周南·汝墳》：「魴魚赬尾，王室如燬。」

〔四〕《滄浪詩話·詩辯》：「詩者，吟咏情性也。」

〔五〕夢蕉鹿，典見《列子·周穆王》：「鄭人有薪於野者，遇駭鹿，御而擊之，斃之。恐人見之也，遽而藏諸隍中，覆之以蕉。不勝其喜。俄而遺其所藏之處，遂以爲夢焉。順塗而咏其事。傍人有聞者，用其言而取之。既歸，告其室人曰：『向薪者夢得鹿而不知其處，吾今得之，彼直真夢矣。』室人曰：『若將是夢見薪者之得鹿邪？詎有薪者邪？今真得鹿，是若之夢真邪？』夫曰：『吾據得鹿，何用知彼夢我夢邪？』薪者之歸，不厭失鹿。其夜真夢藏之之處，又夢得之之主。爽旦，案所夢而尋得之。遂訟而争之，歸之士師。士師曰：『若初真得鹿，妄謂之夢。真夢得鹿，妄謂之實。彼真取若鹿，而與若争鹿。室人又謂夢認人鹿，無人得鹿。今據有此鹿，請二分之。』」

〔六〕陸游《追懷曾文清公》詩：「律令合時方帖妥，工夫深處却平夷。」

〔七〕西臺晞髮，宋遺民謝翺，字皋羽，自號晞髮子，有《晞髮集》。謝以布衣投丞相文天祥，任諮議參軍，及兵敗，避地浙東。丞相既薨，謝嘗過嚴子陵祠，登西臺而哭之，有《登西臺慟哭記》。

〔八〕排閶，《説文》：「閶，天門也。」楚辭《遠游》：「命天閽其開關兮，排閶闔而望予。」

次陳青萍湛銓韵二首〔一〕〔二〕

蒲澗羅浮無恙否〔三〕，青鶻白水送年涯。偶然一笑人難得，幾見高情世不乖。袖海摩雲成去夢，餘生百死有同懷。炫將奇服今何日〔三〕，便阻南山力與排〔四〕。

一路三叉黯黯烟〔五〕，追風蘛足亦徒然〔六〕。涉江與采芙蓉去〔七〕，破屋來安犢鼻眠〔八〕。浩劫猶容雙眼放，詩腸不避萬愁煎〔九〕。即收天地開奇局，莫嘆艱難上水船〔二〕〔一〇〕。

附原作

呈无盦師〔三〕　陳湛銓青萍

鵲躢枝頭葉滿街，當門流水是天涯。更誰浮海乘桴共，始信孤生與俗乖。嘩世才名簇車耳，一時秋氣迫人懷。江湖燈火兼年學，剩有牢愁莫自排。

比來人事散如烟，静對江天一惘然。小草出山行處着，先生何意放閑眠。風摇霜月弥寒白，茗轉肝腸與灼煎。指點漁燈入詩句，不消歌管下樓船。

【校記】

㈠此詩曾刊載於一九四九年三月《廣東日報》副刊《嶺雅》第四十二期，題作「次青萍韵二首（壬午）」。

㈡「莫嘆」，《嶺雅》作「作箇」。

㈢陳湛銓原作亦見《修竹園詩前集》，題作「秋日呈无盦師，時身心有忍痛而難言者」，下有「辛巳（一九四一年）」字様，文有异同。

【箋注】

〔一〕陳湛銓（青萍），見前注。此詩作於一九四二年。

〔二〕蒲澗、羅浮，仙家名勝。蘇軾《和陶桃花源》：「蒲澗安期境，羅浮稚川界。」蒲澗寺在廣州府菖蒲澗，安期生在此飛升。羅浮山在廣東東江北岸，傳葛洪煉丹藥於此。

〔三〕奇服，《楚辭·九章·涉江》：「余幼好此奇服兮，年既老而不衰。」王夫之《通釋》曰：「奇，珍异也。奇服，喻其志行之美，即所謂修能也。」

〔四〕樂府《梁甫吟》：「力能排南山。」

〔五〕一路三叉，《列子・説符》：「歧路之中又有歧焉，吾不知所之。」

〔六〕追風，馬名。崔豹《古今注》：「秦始皇有七名馬，一曰追風。」繭足，《淮南子・修務訓》載墨子：「自魯趨而十日十夜，足重繭而不休息。」

〔七〕古詩：「涉江采芙蓉，蘭澤多芳草。采之欲遺誰，所思在遠道。」

〔八〕犢鼻，犢鼻褌也。《漢書・司馬相如傳上》：「相如身自著犢鼻褌。」王先謙《補注》曰：「但以蔽前，反繫於後，而無褲襠，即吾楚所稱圍裙是也。」喻貧窮。

〔九〕李白《寄東魯二稚子》：「肝腸日憂煎。」

〔一〇〕上水船，逆水行船也，喻艱難。

題《梁節庵先生遺詩》〔一〕二首

擔天風力鳳鸞姿，極靚奇馨要護持。山館叢殘埋獨抱，餘生犬馬斷深期。幽悁苦寫精禽恨〔二〕，半指寒添別殿悲〔三〕。閑夢去來總頭白，沉湘有願竟誰知〔四〕。

再傳弟子學何有，先師楊果庵先生爲文忠高第弟子。[五] 竊以芹香叩妙門[六]。自愛靈珠忘食寐，看承仙露瀹心魂[七]。笑談長蓄經天淚[八]，温厚中藏絶足奔[九]。宗法三元歸一乳[一〇]，正風變雅漫深論[一一]。

【箋注】

〔一〕梁鼎芬（一八五九—一九一九），字星海，號節庵，清廣東番禺人，光緒進士，授編修，歷官直隸州知州、湖北按察使，謚文忠，有《節庵先生遺詩》。龍鳳鑣輯《節庵先生遺詩》凡二卷，初刻於清光緒年間，陳三立有序，後余紹宋輯詩凡六卷八百餘首，民國十二年（一九二三）刊行，後葉恭綽又有遺詩續編。

〔二〕精禽，《山海經・北山經》：「發鳩之山，其上多柘木。有鳥焉，其狀如烏，文首、白喙、赤足，名曰精衛，其鳴自詨。是炎帝之少女名曰女娃，女娃游於東海，溺而不返，故爲精衛，常銜西山之木石，以堙於東海。」梁鼎芬《夜深無寐起書一詩》：「千年心念滄桑見，精衛當年力已微。」陳三立《節庵先生遺詩序》：「要梁子志極於天壤，誼關於國故，掬肝瀝血，抗言永嘆，不屑苟私其躬，用一己之得失進退爲忻慍，此則梁子昭昭之孤心，即以極諸天下後世而猶許者也。」

〔三〕別殿，或指帝王別寢。《清史稿·梁鼎芬列傳》：「及武昌事起……旋奉廣東宣慰使之命，粵中已大亂，道梗不得達，遂病嘔血。兩至梁格莊叩謁景皇帝暫安之殿，露宿寢殿旁，瞻仰流涕。及孝定景皇后升遐，奉安崇陵，恭送如禮，自願留守陵寢，遂命管理崇陵種樹事。」

〔四〕沉湘，《史記·屈原列傳》：「屈原至於江濱，被髮行吟澤畔。顏色憔悴，形容枯槁。……屈原曰：『吾聞之，新沐者必彈冠，新浴者必振衣。人又誰能以身之察察，受物之汶汶者乎？寧赴常流而葬乎江魚腹中耳。又安能以皓皓之白，而蒙世之溫蠖乎？』乃作《懷沙》之賦，於是懷石遂自沉汨羅以死。」

〔五〕楊壽昌（一八六八—一九三八），別號果庵。曾任中山大學、廣州大學、嶺南大學教授，有《大義講義》等。先生青年於國立廣東大學修學，時果庵在校任教，故師稱之。

〔六〕芹香，喻學校。《詩經·魯頌·泮水》：「思樂泮水，薄采其芹。」妙門，《老子》：「玄之又玄，衆妙之門。」

〔七〕靈珠，陸倕《新漏刻銘》：「陸機之賦，虛握靈珠。」李周翰注曰：「靈珠、昆玉，喻文章美也。」承仙露，喻受教。先生《壬午十一月廿三日四十一度初度》詩：「久慕玉螭吐清液，悄向銅仙乞墜露。」

〔八〕經天淚，杜甫《得舍弟消息》：「猶有淚成河，經天復東注。」先生詞《鳳簫吟·春意模糊寒風淒厲傷離念遠難已於言》：「芳尊，從今謾勸，經天淚、灑遍鵑春。」

〔九〕温厚，《禮記》：「天地温厚之氣，始於東北而盛於東南，此天地之盛德氣也，此天地之仁氣也。」又，「温柔敦厚，詩教也。」絶足，千里馬也。杜甫《行次昭陵》：「風雲隨絶足，日月繼高衢。」

〔一〇〕三元，陳衍《石遺室詩話》：「蓋余謂詩莫盛於『三元』：上元開元，中元元和，下元元祐也。」三元歸一乳，《石遺室詩話》謂梁節庵詩：「時窺中晚唐及南北宋諸名家堂奧。」陳三立《節庵先生遺詩序》：「梁子於詩喜宋王、蘇氏，亦喜歐陽氏，遂及於杜、韓云。」

〔一一〕正風，《詩經》「毛詩國風」，陸德明釋文曰：「國者，總謂十五國；風者，諸侯之詩。從《關雎》至《騶虞》二十五篇謂之正風。」變雅，《詩大序》曰：「至於王道衰，禮儀廢，政教失，國异政，家殊俗，而變風變雅作矣。」孔穎達疏曰：「王道衰，諸侯有變風；王道盛，諸侯有正風。」

歲暮雜感六首

夢飽何曾一療飢〔一〕，歲闌風雪况離披〔二〕。咽殘酸淚江如訴〔三〕，矖冷高花月未知。

久客衣裳欺篋衍，窮山虎豹替蛾眉。罏邊扶醉分明在，錯怪當年名位卑。

啼雁嶺雲聲自切，鬻兒村婦語多寒。一時并覺尋常事，何日渾忘生死難。空腹有人争橡實〔四〕，百年虛願膾龍肝〔五〕。神姿天挺今安用，最痛生男與藝蘭〔六〕。

獨以詩鳴恐未然〔七〕，癡蠅凍雀亂蟲天。古情或到無人愛，敗絮惟當盡日眠。蚯蚓響腸空負手〔八〕，明駝得旨快飛仙〔九〕。糖霜寒礫何當問，無補精神爛漫傳〔一〇〕。

清淺寒溪樂網師，觀魚誰復定真知〔一一〕。霜風割面穿棱骨，過客談鋒繞大旗。卜命無常偏壯歲，時抽壯丁。歸耕有日即明時。終當鏟采埋光去〔一二〕，山鳥山花要我詩〔一三〕。

堅坐時時到四更，留將骨氣夜縱横。一燈失養恍垂死，雙眼難花欲怒聲。敢爲成翁欣折臂〔一四〕，偶看有美許傾城〔一五〕。窮生行樂止於此，失笑癡兒懵懵行。

望窮千里書難至，留得一錢看自真〔一六〕。狂使嵇康羞薄禄〔一七〕，美如曲逆竟長貧〔一八〕。有人於此歌同谷〔一九〕，問道真當向水濱。鄉願即今成大隱〔二〇〕，歸與猶及趁芳辰〔二一〕。

【箋注】

〔一〕蘇軾《次韵孔毅父久旱已而甚雨》：「飢人忽夢飯甑溢，夢中一飽百憂失。只知夢飽本來空，未悟真飢定何物。」

〔二〕宋玉《九辯》：「白露既下百草兮，奄離披此梧楸。」朱熹《集注》：「離披，分散貌。」

〔三〕酸淚，李賀《金銅仙人辭漢歌》：「魏官牽車指千里，東關酸風射眸子。空將漢月出宮門，憶君清淚如鉛水。」

〔四〕橡實，櫟樹之實也，味苦。《莊子·盜跖》：「晝拾橡栗，暮栖木上，故命之曰有巢氏之民。」又《徐無鬼》：「居山林，食芧栗。」杜甫《故著作郎貶台州司户荥阳郑公虔》：「飢拾楢溪橡。」

〔五〕龍肝，喻食至珍美者。蘇軾《江瑶柱傳》：「方其爲席上之珍，風味藹然。雖龍肝鳳髓，有不及者。」

〔六〕藝蘭，喻生男子。《左傳·宣公三年》：「初，鄭文公有賤妾曰燕姞，夢天使與己蘭，曰：『余爲伯鯈。余而祖也。以是爲而子，以蘭有國香，人服媚之如是。』既而文公見之，與之蘭而御之。辭曰：『妾不才，幸而有子。將不信，敢徵蘭乎？』公曰：『諾。』生穆公，名之曰蘭。」又，《離騷》：「余既滋蘭之九畹兮，又樹蕙之百畝。」

〔七〕孟東野以其詩鳴，見《送元龍還衢州》詩注。

〔八〕先生《久思游别峰不果》詩：「響腸但蚯蚓。」

〔九〕明駝，善走之駱駝也。典出樂府《木蘭辭》：「可汗問所欲，木蘭不用尚書郎，願馳千里足，送兒還故鄉。」《酉陽雜俎》引作「願馳千里明駝足」。

〔一〇〕糖霜、寒礫，喻霜雪。王安石《韓子》：「力去陳言誇末俗，可憐無補費精神。」

〔一一〕觀魚，用《莊》典，見《壬午六七月間雜書所感》詩注。

〔一二〕鏟采埋光，喻隱藏不用。《新唐書·高儉竇威傳贊》：「古來賢豪，不遭興運，埋光鏟采，與草木俱腐者，可勝吒哉！」

〔一三〕杜甫《嶽麓山道林二寺行》：「山鳥山花吾友于。」

〔一四〕《世説新語·術解》：「人有相羊祜父墓，後應出受命君。祜惡其言，遂掘斷墓後，以壞其勢。相者立視之曰：『猶應出折臂三公。』俄而祜墜馬折臂，位果至公。」翁，公也。

〔一五〕《詩經·鄭風·野有蔓草》：「有美一人，清揚婉兮。」李延年詩：「北方有佳人，絶世而獨立。一顧傾人城，再顧傾人國。寧不知傾城與傾國。佳人難再得。」

〔一六〕杜甫《空囊》：「囊空恐羞澀，留得一錢看。」典出《竇存》：「阮孚持一皂囊，游會稽。客問囊中何物，曰：『但有一錢看囊，恐其羞澀。』」

〔一七〕《晋書·嵇康傳》：「山濤將去選官，舉康自代。康乃與濤書告絶。」有《與山巨源絶交書》：「若趣欲共登王途，期於相致，時爲懽益，一旦迫之，必發狂疾。自非重怨，不至於此也。」

〔一八〕曲逆，漢丞相陳平，封曲逆侯，故稱。《史記·陳丞相世家》：「户牖富人有張負，張負女孫五嫁而夫輒死，人莫敢娶。平欲得之。邑中有喪，平貧，侍喪，以先往後罷爲助。張負既見之喪所，獨視偉平，平亦以故後去。負隨平至其家，家乃負郭窮巷，以獘席爲門，然門外多有長者車轍。張負歸，謂其子仲曰：『吾欲以女孫予陳平。』張仲曰：『平貧不事事，一縣中盡笑其所爲，獨奈何予女乎？』負曰：『人固有好美如陳平而長貧賤者乎？』卒與女。」

〔一九〕歌同谷，杜甫有《乾元中寓居同谷縣作歌》七首。《唐詩選脉會通評林》引吴山民曰：「自述形容衰颯，讀之黯然。實境語可傷，未若有情。」

〔二〇〕鄉願，《論語·陽貨》：「子曰：『鄉願，德之賊也。』」《孟子·盡心下》：「言不顧行，行不顧言，則曰：『古之人，古之人。行何爲踽踽涼涼？生斯世也，爲斯世也，善斯可矣。』閹然媚於世也者，是鄉原也。」按，「鄉」或同「嚮」，鄉願，舊願也，嚮願成大隱，先生詩《到清洞一月作》「入山有願終成讖」，《報青萍滬瀆》「小隱無山貧豈畏」，皆此義也。

〔二一〕歸與，《論語·公冶長》：「子在陳，曰：『歸與！歸與！吾黨之小子狂簡，斐然成章，不知所以裁之。』」

長飢

王戎聚錢難紀極〔一〕，杜甫一錢重珙璧〔二〕。天之於人本不均，待富送窮此何益〔三〕。

不如南山歸敝廬〔四〕，蒔花種樹選讀書。昭序癡兒豈識事，《五代史》崔居儉曰：「昭序癡兒，豈識事體？」〔五〕長飢聊復歌吾愚。

【箋注】

〔一〕王戎聚錢，《晋書·王戎列傳》：「性好興利，廣收八方園田水碓，周遍天下。積實聚錢，不知紀極，每自執牙籌，晝夜算計，恒若不足。而又儉嗇，不自奉養，天下人謂之膏肓之疾。」

〔二〕杜甫《空囊》：「囊空恐羞澀，留得一錢看。」拱璧，喻珍稀者。

〔三〕待富者，白居易《浩歌行》：「欲留年少待富貴，富貴不來年少去。」送窮者，韓愈有《送窮文》，唐訓方《里語徵實》引《四時寶鏡》：「正月晦日衣敝食糜，是日祀於巷，曰送窮鬼。」陳與義《寄若拙弟兼呈二十家叔》：「退之送窮窮不去，樂天待富富不來。」

〔四〕孟浩然《歲暮歸南山》：「北闕休上書，南山歸敝廬。」

〔五〕句出《新五代史》，乃後唐時臣崔居儉評右散騎常侍孔昭序之語。又：「居儉拙於爲生，居顯官，衣常乏。死之日，貧不能葬，聞者哀之。」故下謂「長飢」云云。

遣悶二首〔一〕

霜空無片葉，怪石擁高灘。水薄風難勁，山深月更寒。往來成獨惜，杯斝孰留殘。

海宇兵猶壯，閑愁且自寬〔一〕。
玄晏寧真病〔二〕，君侯信自癡。謝万謂王述語。〔三〕看松知出處〔四〕，與水論心期。亂影鴉翻日，刺天淚作碑〔五〕。向來如此世，歸夢碧山湄㊁。

【校記】

㊀此詩「玄晏」一首曾刊載於一九四八年八月《廣東日報》副刊《嶺雅》第十七期，題作「歸夢」。

㊁「湄」，《嶺雅》作「眉」。

【箋注】

〔一〕陸游《躬耕》：「空盡閑愁酒地寬。」

〔二〕玄晏，即晋人皇甫謐。《晋書·皇甫謐列傳》：「年二十，不好學，游蕩無度，或以爲癡。」及後有所感激，勤學不怠，「沉静寡欲，始有高尚之志，以著述爲務，自號玄晏先生。」

〔三〕《世説新語·簡傲》：「謝中郎是王藍田女婿，嘗著白綸巾，肩輿徑至揚州聽事見王，直言曰：『人言君侯癡，君侯信自癡。』藍田曰：『非無此論，但晚令耳。』」

〔四〕劉歊《寺居》：「青松知出處，白髮耐耕耘。」
〔五〕西晋太傅羊祜碑，《晋書·羊祜傳》：「襄陽百姓於峴山祜生平游憩之所建碑立廟，歲時饗祭焉。望其碑者莫不流涕，杜預因名爲『墮淚碑』。」

贈王玉章教授〔一〕

觥觥一士來嶺東〔二〕，校律填詞兩獨工。向日林花迷衆眼，漏天秋雨裂高桐〔三〕。山前緑髮驚初改，城外蒼鶊叫未終〔四〕。取意閑談應不惡，溪沙崖月共玲瓏。

【箋注】

〔一〕王玉章（一八九五—一九六九），號和雲主人，江蘇江陰人，師從吴梅先生，治曲學，曾任教於復旦大學、暨南大學、同濟大學、雲南大學、中央大學、中央戲劇學院、南開大學等校，有《元詞斠律》。
〔二〕觥觥，壯健剛直貌。
〔三〕李賀《李憑箜篌引》：「女媧煉石補天處，石破天驚逗秋雨。」

〔四〕蒼鶊，典見《韓山韓水歌寄邵潭秋（祖平）》詩注。

寄張輝光〔一〕

誰安氈席坐年年，晚輩交稱最汝賢。世態多能催涕淚，剛腸只合寫遥天。莫飛走馬看花夢〔二〕，待共移山對榻眠〔三〕。爲護鷄孫勤織竹〔四〕，上頭鷹隼旋蒼烟。

【箋注】

〔一〕張輝光（一九〇八—一九七六），字无輝，廣東饒平上饒人，嘗於廣東省立第二師範學校（今韓山師範學院）師從先生，後畢業於上海中國公學，任教於饒平上饒中學等校，能詩書。張无輝之子張百棟《地久天長話書香——詹安泰與張輝光兩家讀書人的情誼》：「詹先生與父親一生相處時間祇有短短的幾年，但筆墨之交却從未中斷。」

〔二〕走馬看花，孟郊《登科後》：「春風得意馬蹄疾，一日看盡長安花。」蘇軾《秦少游夢發殯而葬之》詩：「看花走馬到東野，餘子紛紛何足數。」

〔三〕方岳《送史子貫歸覲》詩：「儘有好山容對榻。」

〔四〕陳師道《次韻夏日江村》：「織竹護鷄孫。」句蓋出杜甫《催宗文樹鷄柵》：「織籠曹其内，令入不得擲。稀間可突過，觜爪還污席。我寬螻蟻遭，彼免狐貉厄。」

壬午臘不盡五日

巒藤織簟今誰巧，野藿行厨味獨尋。入座峰巒相對冷，埋名僻左歲時深〔一〕。更何人惜飢驅我〔二〕，有日春回月在林。定借雕龍綉虎手〔三〕，心聲寸寸答幽禽。

【箋注】

〔一〕僻左，謂粵北一帶。《增韵》：「手足便右，以左爲僻，故凡幽猥，皆曰僻左。」

〔二〕黄庭堅《丙寅十四首效韋蘇州》：「出身世喪道，解綬飢驅我。」

〔三〕雕龍綉虎，美文辭也。

【按】

此詩作於壬午臘月，即新曆一九四三年一月底。

用前韻再寄輝光〔一〕 三首

還鄉癡念忽多年，肯信紛紛吾道賢。骨賤奈難白浮髮，烽高猶寄碧圍天。龍蛇當面騰騰化〔二〕，花雨行春往往眠。便説虞卿堪述作〔三〕，可容殘稿委風烟。

激蕩風埃及壯年，即當垂老未爲賢。徒歌慷慨思宗國〔四〕，空見蟲魚樂好天〔五〕。蕭瑟寒條連壘出，栖遲行客一廛眠。生涯似此何如汝，得放閑愁踏野烟。

記否山齋正妙年，家鷄未數群兒賢〔六〕。但能問字常驚座〔七〕，一念掄才欲叫天。杜老麻鞋艱歷世〔八〕，陶公尊酒許高眠〔九〕。人生出處何堪問，抱月當前盡化烟。

【箋注】

〔一〕張輝光，見前注。

〔二〕秦觀詞《好事近·夢中作》：「飛雲當面化龍蛇，夭矯轉空碧。」

〔三〕虞卿，戰國時人，爲趙國上卿，故稱。《史記·平原君虞卿列傳》：「不得意，乃著書，上采《春秋》，下觀近世，曰《節義》《稱號》《揣摩》《政謀》凡八篇，以刺譏國家得失，世傳之曰《虞氏春秋》。太史公曰：……虞卿非窮愁，亦不能著書以自見於後世云。」司馬貞《索隱》曰：「虞卿失相，乃窮愁而著書也。」《虞氏春秋》，今佚，清人有輯本。

〔四〕韓愈《送董邵南序》：「燕趙古稱多感慨悲歌之士。」

〔五〕歐陽修《梅聖俞詩集序》：「凡士之蘊其所有，而不得施於世者，多喜自放於山巔水涯之外。見蟲魚草木風雲鳥獸之狀類，往往探其奇怪。」

〔六〕家鷄群兒，《南史·王僧虔傳》：「小兒輩賤家鷄，皆學逸少書。」見《守玄寄紙索書近作既用報命賸以長句》詩注。

〔七〕問字，《漢書·揚雄列傳下》：「劉棻嘗從雄學作奇字。」張輝光從先生學。

〔八〕杜老麻鞋，杜甫《述懷一首》：「麻鞋見天子，衣袖露兩肘。」陳藻《誦少陵詩集》：「麻鞋奔走杜陵翁。卧盡風帆雨驛中。天也不愁窮餓殺，年年催促要詩工。」

〔九〕陶淵明《歸去來辭》：「有酒盈樽。」又，《晋書·隱逸傳·陶潛》：「嘗言夏月虚閑，高卧北窗之下，清風颯至，自謂羲皇上人。」

【集評】

張百棟《地久天長話書香——詹安泰與張輝光兩家讀書人的情誼》：「先生一面表揚了父親，也記述了自己的過去，壯年，妙年的生活、經歷及思想，推心置腹，情真意摯。由此可見情誼之深。」

壬午歲除書示挽波、辛旨〔一〕

壓檐雲氣放寒芒，繚繞山猶舊日蒼。一水送人明處處，廿年老我去堂堂〔二〕。亂餘酒勸無根客〔三〕，歸及花開誰氏郎。生事艱虞莫重數，留分詩膽與公嘗〔四〕。

【箋注】

〔一〕黄海章（挽波）、吴三立（辛旨），皆見前注。

〔二〕薛能《春日使府寓懷》：「青春背我堂堂去，白髮欺人故故生。」陸游《秋思六首》：「背人歲月去堂堂。」

〔三〕無根客，蘇軾《次韵劉貢父獨直省中》：「心空客疾本無根。」

〔四〕嘗膽，語出《史記·越王句踐世家》：「吴既赦越，越王句踐反國，乃苦身焦思，置膽於坐，坐卧即仰膽，飲食亦嘗膽也。」

【按】此詩作於壬午除日，即新曆一九四三年二月。

挽波出示《臘盡》詩要余同作〔一〕

臘盡天南無歲計，生涯與我共堅艱。似聞人困浮沉海，可但寒深千萬山。亂點霜空蒼隼健，不摇一葉野風蠻。冥搜苦語成奇逸，何日阮孫清嘯還〔二〕。

附來作

臘盡　　黄海章挽波

無術酬家國，天涯爾許愁。劫餘春自在，臘盡歲難謀。暗雨敲檐瓦，深寒閉小樓。廿年惟養拙，一笑謝王侯。

【箋注】

〔一〕黄海章（挽波），見前注。

〔二〕阮孫，指晋人阮籍、孫登。《晋書·阮籍列傳》：「嘗於蘇門山遇孫登，與商略終古及栖神導氣之術，登皆不應，籍因長嘯而退。至半嶺，聞有聲若鸞鳳之音，響乎岩谷，乃登之嘯也。」

歲除值雨

經年留滯在周南〔一〕，豈有鉛刀一日銛〔二〕。新歲忽來人總老，寒門多忌口能鉗〔三〕。看飛急雨村千洗，瞞過歸期水尺添。欲爲主人芟惡竹〔四〕，不教徹夜響窮檐。

【箋注】

〔一〕留滯周南，《史記·太史公自序》：「是歲天子始建漢家之封，而太史公留滯周南，不得與從事，故發憤且卒。而子遷適使反，見父於河洛之閑。太史公執遷手而泣曰：『余先周室之太史也。自上世嘗顯功名於虞夏，典天官事。後世中衰，絶於予乎？汝復爲太史，則續吾祖矣。今天子接千歲之統，封泰山，而余不得從行，是命也夫，命也夫！余死，汝必爲太史，爲太史，無忘吾所欲論著矣。』」摯虞曰：「古之周南，今之洛陽。」

〔二〕賈誼《吊屈原賦》：「莫邪爲鈍兮，鉛刀爲銛。」銛，利也。

〔三〕《淮南子·精神訓》：「鉗口而不以言。」

〔四〕杜甫《將赴成都草堂途中有作》詩：「新松恨不高千尺，惡竹應須斬萬竿。」

【按】

此詩應作於壬午歲除，即新曆一九四三年二月。

爲陳蒙盦運彰題《亭角尋詩圖》㊀〔一〕

蕙風一脉果誰在，昔聞君名想風采。蒙盦爲況夔笙弟子，以詞名於時。〔二〕豈期於我幸見私，往往投報豁我隘〔三〕。近聞日涉詩成趣〔四〕，簡齋一老獨下拜〔五〕。既倩又韓繪之圖，圖爲況又韓製。㊁〔六〕復跋其尾志不懈〔七〕。堂上楓樹看猶生〔八〕，半粟蜜灰病可瘥〔九〕。息影雖局小亭角，游心何妨天地外。自古仁義多爲賊〔一〇〕，如此人生寧發喟。坐聽風林響蕭蕭，定有詩魂來沛沛。簡齋本是杜陵徒〔一一〕，長驅雷霆入病肺。句律蒼瘦態縱橫，久踵黄陳開氣派〔一二〕。白鶴矯翼翔青霄，黄河落天走東海〔一三〕。君家法乳得遠紹，何限爬搔同癢疥。〔一四〕而況書畫自夐絶，能以高古行疏快。蒙盦兼工書畫。㊂手香舊寫霜花腴〔一五〕，眼明誰搜海月大。我今萬事不如人，苦掬心肝街頭賣〔一六〕。當春啼鴂伴孤樓〔一七〕，入夜懷人騰百怪〔一八〕。與君所遭或甚殊㊃，癖好共堪蜀犬吠〔一九〕。爲題此畫三作惡〔二〇〕，如值凶年割最愛。安得接席笑開樽，一洗堆胸千煩穢。

【校記】

㊀此詩曾刊載於一九四三年《文訊》第四卷第一期，題作「爲陳蒙盦題亭角尋詩圖」。

㊁此句自注，手鈔本無，今據《文訊》補録。

㊂此句自注，《文訊》作：「蒙盦於詩詞□，兼工書畫。」

㊃「或甚殊」，《文訊》作「諒或殊」。

【箋注】

〔一〕陳運彰（蒙盦），見前注。《亭角尋詩圖》爲况維琦（又韓）所繪，蒙盦跋之。亭角尋詩，典出陳與義《尋詩》絶句：「楚酒困人三日醉，園花經雨百般紅。無人畫出陳居士，亭角尋詩滿袖風。」

〔二〕況周頤（一八五九—一九二六），字夔笙，號蕙風，廣西臨桂（今桂林）人，精詞學，有《蕙風詞》《蕙風詞話》等。

〔三〕投報，相酬唱也。《詩經・衛風・木瓜》：「投我以木桃，報之以瓊瑶。」

〔四〕陶淵明《歸去來兮辭》：「園日涉以成趣，門雖設而常關。」

〔五〕簡齋，陳與義也。按，蒙盦詩學簡齋。

〔六〕況維琦（一九〇四—？），字又韓，廣西桂林人，況周頤長子，師從趙叔儒，工山水畫，與蒙盦友善。

〔七〕《鄭逸梅小品》嘗録況、陳二人藝事：「一日，與蕙風哲嗣又韓赴某君之家宴，主人出一手卷，約二三丈，請又韓作山水，蒙盦爲題。時酒已微醺，又韓誇謂：『濡筆可以盡卷。』蒙盦莞爾曰：『法繪所至，余長古以隨之。』又韓山水，遠坡一抹，烟雨空蒙，着墨不多，居然卷盡。蒙盦不甘示弱，略一凝思，持翰揮灑，累累數百言，頃刻而成。主人驚爲奇迹。」

〔八〕杜甫《奉先劉少府新畫山水障歌》：「堂上不合生楓樹，怪底江山起烟霧。」

〔九〕蜜灰，見《上章行嚴先生》詩注。瘥，病愈也。

〔一〇〕《孟子・梁惠王下》：「齊宣王問曰：『湯放桀，武王伐紂，有諸？』孟子對曰：『於傳有之。』曰：『臣弑其君，可乎？』曰：『賊仁者謂之賊，賊義者謂之殘，殘賊之人，謂之一夫。聞誅一夫紂矣，未聞弑君也。』」

〔一一〕簡齋詩宗老杜。先生《无盦説詩》：「簡齋學杜，得其氣勢。」

〔一二〕黄陳，即黄庭堅（山谷）、陳師道（后山）。《瀛奎律髓》：「古今詩人當以老杜、山谷、后山、簡齋四家爲一祖三宗。」

〔一三〕李白《贈裴十四》：「黄河落天走東海，萬里寫入胸懷間。」

〔一四〕紹，繼也。先生詩《贈閻宗臨、梁佩雲夫婦》：「詎有麻姑搔，愈我十年疥。」

〔一五〕吴文英《霜花腴》：「霜飽花腴，燭消人瘦，秋光作也都難。」調見《夢窗詞》。

〔一六〕謂熱血心肝不爲世用，見《再答羅孟韋成都》詩注。

〔一七〕鴂，伯勞鳥也。《離騷》：「恐鵜鴂之先鳴兮，使夫百草爲之不芳。」

〔一八〕騰百怪，韓愈《調張籍》：「精誠忽交通，百怪入我腸。」

〔一九〕蜀犬吠，《楚辭・九章・懷沙》：「邑犬之群吠兮，吠所怪也。非俊疑杰兮，固庸態也。」柳宗元《答韋中立論師道書》：「僕往聞庸蜀之南，恒雨少日，日出則犬吠。」意謂不爲世用。

〔二〇〕作惡，中心悒鬱也。《世説新語・言語》：「謝太傅語王右軍曰：『中年傷於哀樂，與親友别，輒作數日惡。』」

晚步

迤岸奇花紅短短〔一〕，繞墻新笋出斑斑〔二〕。方欣野水弄白鴨，忽見殘陽呑亂山。寫意惟當初飯足，偷春幾得共雲閑。插天鱗鬣孤行脚〔三〕，可怪流鶯笑汝頑〔四〕。

【箋注】

〔一〕杜甫《十二月一日作》：「短短桃花臨水岸。」

〔二〕文同《後溪晚步》：「紫笋斑斑半出泥。」

〔三〕鱗鬣，龍之鱗片鬣毛也，喻松。

〔四〕黎光地《溪上》：「誰家新燕同人語，一任流鶯笑我頑。」

陰雨

墨雲落天化爲雨，陰風十日吹不去。匆匆空見行路人，斷魂斷腸誰復數。㈠〔一〕屋角鳥夢歌青枝〔二〕，溪口新水唼魚兒。千峰翠疊無一路，媚弄岸柳初生絲〔三〕。石鏡披花待寒日，蒼苔靜鎖寒衣濕。未是老夫白雙鬢，豎耳睁眶慎出入㊁。

【校記】

㊀此句手鈔本「斷魂斷腸」旁有小字「排水灌水」，或有修改之意。

㊁此二句手鈔本旁有小字「莫笑老夫白雙鬢，吐氣猶能如山立」，或有修改之意。

【箋注】

〔一〕杜牧《清明》：「清明時節雨紛紛，路上行人欲斷魂。」

〔二〕鳥夢，《晉書·羅含傳》：「少有志尚，嘗晝卧，夢一鳥文彩异常，飛入口中，因驚起説之。朱氏曰：『鳥有文彩，汝後必有文章。』自此後藻思日新。」

〔三〕王維《晦日游大理韋卿城南别業四聲依次用各六韵》：「林薄媚新柳。」

清明㊀

濕紫愁紅洗寒緑〔一〕，江繞白烟蛇入屋。天公未厭屍骨横，不許婦人上墓哭〔二〕。浩浩平岡走潦水，野草漂根老鴉死。惟有白楊舞春風〔三〕，年年等待無家子〔四〕。

【校記】

㊀此詩曾刊載於一九四八年九月《廣東日報》副刊《嶺雅》第十九期，題作「甲申清明」。

【箋注】

〔一〕温庭筠《懊惱曲》：「恨紫愁紅滿平野。」楊无咎《陽春（蕙風輕）》：「盡憔悴、過了清明候，愁紅慘綠。」

〔二〕婦人哭墓，典出《禮記·檀弓下》：「孔子過泰山側，有婦人哭於墓者而哀。』」喻苛政，見《赤狼行》詩注。

〔三〕白楊舞春風，徐鉉《謝文靜墓下作》：「春風白楊裏，獨步淚沾巾。」徐詩題注云：「時閩嶺用師，契丹陷梁宋。」蓋感時局也。

〔四〕班彪《北征賦》：「野蕭條以莽蕩，迴千里而無家。」

【按】

此詩作於新曆一九四四年四月清明。

春盡日初聞蟬書寄孟韋〔一〕

無主花開風四野〔二〕，不登樓望此何時〔三〕。往事關天春遂去，一蟬驕午鬢能絲。徒傷老大當年節〔四〕，豈有山川識夏夷〔五〕。作意酬君復西笑〔六〕，高文今愛鏤冰脂〔七〕。

【箋注】

〔一〕羅倬漢（孟韋），見前注。

〔二〕無主花，杜甫《江畔獨步尋花》詩：「桃花一簇開無主，可愛深紅愛淺紅。」

〔三〕登樓望，王粲《登樓賦》：「登茲樓以四望兮，聊暇日以銷憂。」

〔四〕徒傷老大，漢樂府《長歌行》：「少壯不努力，老大徒傷悲。」

〔五〕夏夷，華夏、夷狄也。《春秋公羊傳》：「尊王攘夷，以夏變夷。」

〔六〕西笑，望帝都也，見《和答陳寥士一念之作》詩注，時羅孟韋在蜀。

〔七〕鏤冰脂，《鹽鐵論·殊路》：「內無其質而外學其文，雖有賢師良友，若畫脂鏤冰，費日損功。」

浴佛日與陳寂園、湛銓茗話江閣〔一〕

四十已漸覺衰老，往來渾欲忘輩行。因詩放膽聊自壯，及夏留春殊可傷。便許君家同落莫，强持苦茗慰肝腸。世情爛熟莫挂齒，六月誰看天雨霜〔二〕。

【箋注】

〔一〕浴佛日，俗以農曆四月八日爲釋迦牟尼誕辰，人以香湯灌洗佛像，謂之「浴佛」。陳寂（一九〇〇—一九七六），字寂園，號枕秋，廣東懷集（原屬廣西）人，世居廣州，早年在粤東南各地中學任教，後任中山大學教授，有《魚尾集》《枕秋閣詩詞》《粤謳評注》等。陳湛銓，見前注。

〔二〕六月雨霜，《淮南子》：「鄒衍盡忠於燕惠王，惠王信譖而繫之。鄒子仰天而哭，正夏而天爲之降霜。」

【按】

《年譜》以此詩爲一九四三年所作。

武江釣書示容元胎肇祖〔一〕

玉川先生釣明月，三十持竿無一得。水清水濁理自殊〔二〕，直鈎曲鈎吟何益。玉川子有《直鈎吟》。〔三〕武江江中沙石底，有魚味敵武昌美〔四〕。我居瀕江神在水，每每銀刀躍江起〔五〕。呼鄰一試閑中趣，十日五日若待兔〔六〕。余垂釣恒自晨至暮。空相轉於微物知〔七〕，心鐵欲將百忍鑄〔八〕。老魚奸怯古所捐〔九〕，小魚貪食亦可憐。待拂竿絲向滄海，相看一笑三千年〔一〇〕。

【箋注】

〔一〕容肇祖（一八九七—一九九四），字元胎，廣東東莞人，曾任教於厦門大學、中山大學、嶺南大學、北京輔仁大學等校，主治哲學、民俗學，曾任《民俗》周刊主編，有《迷信與傳記》《李卓吾評傳》《王安石老子注輯本》等。時容在坪石中山大學任教。

〔二〕水清水濁，典出《楚辭・漁父》：「滄浪之水清兮，可以濯我纓。滄浪之水濁兮，可以濯我足。」又，杜甫《佳人》：「在山泉水清，出山泉水濁。」

〔三〕盧仝《直鈎吟》：「初歲學釣魚，自謂魚易得。三十持釣竿，一魚釣不得。人鈎曲，我鈎直。哀哉我鈎又無食。文王已没不復生，直鈎之道何時行。」《武王伐紂平話》：「姜尚因命守時，直鈎釣渭水之魚，不用香餌之食，離水面三尺，尚自言曰：『負命者上釣來。』」

〔四〕武昌魚，武昌一帶名産，又稱團頭魴、縮項鯿。《襄陽耆舊傳》：「峴山下漢水中出鯿魚，味極肥而美。」

〔五〕銀刀，陸游《春晴泛湖入城》：「魚躍銀刀論網買。」白魚躍出，其狀如刀，故云。

〔六〕待兔，典出《韓非子》，見《風雲日緊阻雨不得歸郡寓》詩注。

〔七〕空相，釋家語，《心經》：「舍利子，是諸法空相，不生不滅，不垢不浄，不增不減。」微物，謂釣事也。

〔八〕心鐵欲鑄，李商隱《贈司勳杜十三員外》：「心鐵已從干鏌利。」

〔九〕梅堯臣《途中寄上尚書晏相公》：「日對順流思疾置，老魚奸怯潛鱗鬐。」

〔一〇〕蘇軾《寄吴德仁兼簡陳季常》：「握手一笑三千年。」

十里亭晤阮參議退之㊀〔一〕

忽來十里亭中會，相喻忘言道共高㊁〔二〕。得句清奇吾所畏，或時科跣本無曹〔三〕。待看國論尊燕許〔四〕，退之約余共司文事。倘可心期并謝陶〔五〕。何草不黃經亂燒〔六〕，此懷難白漫深逃。

【校記】

㊀此詩曾刊載於一九四三年十一月十七日《嶺東民國日報》。

㊁「相喻忘言」，《嶺東民國日報》作「如對廿年」。

【箋注】

〔一〕十里亭，在今廣東省韶關市湞江區一帶。阮退之（一八九七—一九七九），原名紹元，字退之，以字行，廣東陽江人，曾任教於廣雅中學、上海暨南大學等校，曾任廣東省文史館員，擅書，有《阮退之詩詞集》《阮退之自書詩》。時阮在韶關任廣東省政府參議。

〔二〕先生《錫純過訪楓溪快談竟日》詩：「相看或大笑，相喻乃無語。」

〔三〕科跣，不冠露髻謂之科頭，無屨而空跣謂之徒跣。魚豢《魏略》：「饑不苟食，寒不苟衣，結草以爲裳，科頭徒跣。」

〔四〕燕許，唐中宗景龍年間，燕國公張説、許國公蘇頲皆以文章顯，稱望略等，故時號「燕許大手筆」，事載《新唐書·蘇瓌傳》附子頲傳。

〔五〕謝陶，謝靈運、陶淵明也，喻山水逸志。

〔六〕《詩經·小雅·何草不黄》：「何草不黄，何日不行。何人不將，經營四方。」《毛詩序》：「四夷交侵，中國背叛，用兵不息，視民如禽獸。君子憂之，故作是詩也。」

宿南華寺，晨行十里登車〔一〕

南華舊許參禪地，安步當車今一程〔二〕。十里曹溪山緑在，畫眉聲接鷓鴣聲。

【箋注】

〔一〕《年譜》「一九四三年」下：「夏，先生送長子伯慧回饒平上初中。途中於南華寺宿一夜，次日晨步十里登車，得詩一首。」南華寺，見前注。

〔三〕《戰國策·齊策四》：「晚食以當肉，安步以當車。」

連平食蜜〔一〕

詩情舊喜蜜殊師〔二〕，可爲養生作許奇。不擷花鬚飲花汁，心魂一片要蜂知。

【箋注】

〔一〕連平縣在廣東北部，今屬河源市。

〔二〕蜜殊師，宋僧仲殊也，自云嗜蜜，人稱蜜殊。蘇軾《贈詩僧道通》：「雄豪而妙苦而腴，祇有琴聰與蜜殊。」自注云：「安州僧仲殊，詩敏捷立成，而工妙絶人遠甚。殊辟穀，常啖蜜。」

連平山中

車與雲俱飛不下，路隨山轉記多乖。人間惟此真兒戲，未必莊生一試來〔一〕。

【箋注】

〔一〕《莊子·齊物論》：「昔者莊周夢爲胡蝶，栩栩然胡蝶也。」

寄挽波平石〔一〕

當時才業看凋零，始覺虛名未可憑。白日青蠅飛短語〔二〕，五年萬念集孤燈〔三〕。向人塞馬羞多論〔四〕，夢汝秋山約共登。去住此身誰斷得，對門雲浪自層層。

【箋注】

〔一〕黄海章（挽波），見前注。此詩應作於一九四三年，時先生以故自坪石返饒平，黄在坪石中山大學任教。

〔二〕青蠅，喻污讒也，見《再答羅孟韋成都》詩注。范成大《龍學侍郎清河侯張公挽詞》：「滄溟淙赤舌，白日照青蠅。」按，或謂先生介挽波未遂之事。

〔三〕先生自一九三九年隨中山大學遷澂江，至其時五年矣。鄭孝胥《八月二十八日夜坐時將出都》：「宵涼百念集孤燈。」

〔四〕塞人失馬，典出《淮南子》，見前注。先生詩《詩人節懷屈原》：「得失馬非真禍福。」

病中 二首

空谷無人松自聲〔一〕，夜風穿幌月微明。不緣淺病長開眼〔二〕，負却晴秋十日行。
對床長是一碗藥，入夜惟聞百和蟲。亦有中夜好丹桂〔三〕，不似花草香春風〔四〕。

【箋注】

〔一〕陳仁玉《南峰寺藍光軒懷吴直翁》：「蹇獨立兮山上，空山無人兮寒松自聲。」

〔二〕長開眼，失寐也。

〔三〕丹桂，月也。虞喜《安天論》：「俗傳月中仙人桂樹，今視其初生，見仙人之足，漸已成形，桂樹後生焉。」

〔四〕杜甫《絶句二首》：「春風花草香。」

【按】

此詩作於一九四三年。《年譜》「一九四三年」下云，先生送長子伯慧回饒平上初中，途中「大病，於饒平休養直至病愈。」夏承燾《天風閣學詞日記》一九四四年二月：「得詹祝南中山大學信，有詞四五首，云去秋大病。」

病起

肥柹朱殷蕉實大，漠漠黄雲秋愁破〔一〕。夜風不與落葉期，晝卧空齋似蒸糯。三年歸客病起初，麴糝薑絲脔鮮魚〔二〕。所求脚力生飽飯，溷世那妨出無車〔三〕。

【箋注】

〔一〕韓駒《題蕃騎圖》：「沙場漠漠黄雲秋。」

〔二〕羅雨山癸未寄先生詩有「祝南歸病食魚甚美」、「故鄉始有蒓鱸美」云云。

〔三〕出無車，用馮諼故事，見《教師節日同人飲集潮州西湖》詩注。

鷦鷯巢詩集箋校卷第八

【按】一九四四年初，先生在坪石中山大學任教，至是年秋冬，因避寇警返饒平，寄居百煉岡，在饒平上饒區初級中學任教。一九四五年初，坪石告急，中山大學疏遷至東江梅縣及連縣三江鎮，先生乃赴梅縣中山大學任教，賃居角塘。是年十月前後，先生爲火藥炸傷，又返饒平養病。及日寇投降，神州光復，中山大學陸續復員遷回廣州石牌原校址，先生病愈後乃往赴任。手鈔本此卷至《韶生違難來坪賦贈長句》都爲一篇，另自《報陳寂爰連縣》以下都爲一篇，蓋前者爲先生坪石時期所作，後者爲饒平、梅縣時期所作。

答和羅雨山見寄〔一〕 癸未臘不盡二日

欲斂勞踪已大難，不緣白屋始多寒〔二〕。此時何適非非病，時余初病愈來坪石。怪石能浮往往看。各有古歡與世隔，相期尊酒坐更殘。開春遲我花林下，落魄人誰問好官〔三〕。

附原作

祝南歸病，食魚甚美，返坪未晤，承示詩却寄

羅球雨山

故鄉始有蒓鱸美，此地能知水石寒。隔嶺烽烟閑處嘆，孤燈詩草病中看。少留譚噱君何吝，不耐生涯歲又殘。已蓄御冬三斗酒，任人笑問未休官。

【箋注】

〔一〕羅球（雨山），見前注，時羅或在曲江從政。

〔二〕白屋，《漢書·蕭望之傳》顏師古注曰：「白屋，謂白蓋之屋以茅覆之，賤人所居。」

〔三〕按，此句蓋用羅詩「任人笑問未休官」句意，典出靈澈《東林寺酬韋丹刺史》詩：「年老心閑無外事，麻衣草座亦容身。相逢盡道休官好，林下何曾見一人。」《碧溪詩話》曰：「世傳爲口實，凡語有及抽簪，即以此譏之。」好官，喜作官也。

【按】此詩作於癸未臘月，即新曆一九四四年一月。先生於去歲秋冬在饒平養病，《年譜》「一九四四年」下：「年初，先生返坪石，仍在中山大學中文系任教。」

癸未除夕口占

何所無歡樂，居然有弟兄。燈看少日態，酒識故鄉情。但願親長健，寧知歲屢更〔一〕。千花待汝放，倦眼倘能明。

【箋注】

〔一〕先生詩《得慧兒報藝冠其曹，成此却寄》：「共慰惟餘一事在，高堂長健故家安。」

【按】

此詩作於癸未除夕，即新曆一九四四年一月二十四日，時先生在坪石。

甲申元日，公奮自渝來訪，旋即別去，至難爲懷，賦此寄贈㈠〔一〕

八年重會真何幸，各有風懷笑老蒼。問舊已驚無半在〔二〕，逢春肯復爲花忙〔三〕。濤腥吹海橫千劫，劍外留都策一匡〔四〕。神馬騰騰看便去〔五〕，可容心鐵鑄寒芒。

【校記】

㈠此詩曾刊載於一九四四年四月《中山日報》，題作「甲申元日彭公奮自渝來訪賦贈（一首）」。

【箋注】

〔一〕彭公奮，見前注，時或在渝任職。

〔二〕杜甫《贈衛八處士》：「訪舊半爲鬼。」

〔三〕李商隱《夜思》：「鶴應聞露警，蜂亦爲花忙。」

〔四〕劍外，劍閣以南，蜀地也。一匡，《論語·憲問》：「管仲相桓公，霸諸侯，一匡天下。」馬融曰：「匡，正也。」

〔五〕神馬騰騰，《漢書·張騫傳》：「神馬當從西北來。」喻彭公奮。

【按】

此詩應作於甲申正月，即新曆一九四四年一月。

上元後一日得雨山韶州詩奉酬一律〔一〕

剩憑詩力貌花天，暫對江樓豈偶然。去日長安果誰會〔二〕，背人談口且河懸〔三〕。行春事獨思陳迹〔四〕，忍痛心今過七年〔五〕。歌酒靖村留後約，雨山居靖村。客愁我尚未華顛。

附來作

人日前一日祝南來韶夜話肆樓

羅球雨山

隔年纔見若爲歡，相視須眉各耐寒。可與言從何處説，生兹世比古人難。春衢行樂仍非昔，列肆娛賓頗勝官。庸補艱虞慚女我，萬端零落一燈殘。

【箋注】

〔一〕羅球（雨山），見前注。

〔二〕去日長安，《世説新語·夙惠》：「晋明帝數歲，坐元帝膝上。有人從長安來，元帝問洛下消息，潸然流涕。明帝問何以致泣，具以東渡意告之。因問明帝：『汝意謂長安何如日遠？』答曰：『日遠。不聞人從日邊來，居然可知。』元帝异之。明日集群臣宴會，告以此意，更重問之。乃答曰：『日近。』元帝失色，曰：『爾何故异昨日之言邪？』答曰：『舉目見日，不見長安。』」

〔三〕談口河懸，《世説新語·賞譽》：「郭子玄語議如懸河瀉水，注而不竭。」

〔四〕陸游《東窗遣興三首》：「殘春又陳迹，撫事一傷神。」

〔五〕按，自一九三七年日寇全面侵華，故土陵夷，已逾七載。

【按】

此詩應作於甲申上元（正月十五日）後，即新曆一九四四年二月。

晚晴獨出

小晴正好舒行脚，極悶難堪閱二句〔一〕。懸樹晚霞紅墜水，壓籬霜菜緑浮春。但能一醉盤山石，誰信廿年栖亂塵。還約月明分感慨，逃虚猶是學眉顰〔二〕。

【箋注】

〔一〕十日爲一旬。

〔二〕學眉顰，《莊子·天運》：「西施病心而顰其里，其里之醜人見之而美之，歸亦捧心而顰其里。其里之富人見之，堅閉門而不出，貧人見之，挈妻子而走。彼知顰美，而不知顰之所以美。」

百鳥

百鳥呼風有正聲〔一〕，蒼鬢坐擁岸花明〔二〕。如何掉臂行春客，不了排閶賦鵬情〔三〕。

短髮搔殘奇夢杳〔四〕，山樓看足暮雲平。猶聞故里兵塵滿，欲向江頭問死生〔五〕。

【箋注】

〔一〕正聲，《荀子·樂論》：「正聲感人而順氣應之。」

〔二〕蒼鬟，喻山。

〔三〕排閶，《楚辭·遠游》：「命天閽其開關兮，排閶闔而望予。」賦鵬，賈誼有《鵬鳥賦》，序曰：「誼爲長沙王傅。三年，有鵬鳥飛入誼舍，止於坐隅。鵬似鴞，不祥鳥也。誼既以謫居長沙，長沙卑濕，誼自傷悼，以爲壽不得長，乃爲賦以自廣。」

〔四〕杜甫《春望》：「白頭搔更短，渾欲不勝簪。」

〔五〕杜甫《月夜憶舍弟》：「無家問死生。」

得慧兒報藝冠其曹，成此却寄〔一〕

知誰爲汝品題寬，使我於今笑惱難〔二〕。蹉跌半生書豈補，沉綿萬劫眼頻看。多時未信龍失馭，何日真能風與摶〔三〕。共慰惟餘一事在，高堂長健故家安。

【箋注】

〔一〕慧兒，即先生長子伯慧。

〔二〕先生詞《菩薩蠻》：「平生只慣愁人惱，新來翻學癡人笑。笑惱兩難憑，心濤日夜鳴。」

〔三〕摶風，《莊子・逍遥游》：「鵬之徙於南冥也，水擊三千里，摶扶摇而上者九萬里，去以六月息者也。」

【按】

此詩或作於一九四四年春，時詹伯慧在饒平就讀初中。

山寮

坐領山寮又幾秋，沸天哀吹此幽囚〔一〕。朅來歌酒春誰管〔二〕，花草平生夢亦休〔三〕。
老始能頑殊肺腑〔四〕，詩當工絶不窮愁〔五〕。清鐘一閣還依水，終古高魂在白鷗。

【箋注】

〔一〕鮑照《蕪城賦》：「廛閈撲地，歌吹沸天。」

〔二〕趙長卿詞《點絳唇·春暮》：「啼鳥喃喃，恨春歸去春誰管。」

〔三〕陳獻章《病中咏梅》：「江山都太極，花草亦平生。」

〔四〕陸游《野興》：「老去癡頑百不能，非醒非醉日騰騰。」

〔五〕歐陽修《梅聖俞詩集序》：「予聞世謂詩人少達而多窮，夫豈然哉？蓋世所傳詩者，多出於古窮人之辭也。……蓋愈窮則愈工。然則非詩之能窮人，殆窮者而後工也。」

正月廿五日報陳青莘貴州〔一〕

頻來句欲勘人天〔二〕，生事如何兀自憐。定見吟肩聳驢背〔三〕，略同愁雨坐春邊。青莘書告貴州苦雨兩月，坪石亦一雨兼旬。無花十里山誰買〔四〕，絶業千秋意欲捐。難寄孤根仍險阻，笑談可復念當年。青莘謂余暑後赴黔，殆傳聞失實。余尚無此想也。〔五〕

【箋注】

〔一〕青苹，即陳湛銓（青萍），見前注。

〔二〕先生論詩，以「湊合人天」爲尚，見《贈饒伯子》詩注。

〔三〕吟肩驢背，典見《北夢瑣言》載鄭綮語：「詩思在灞橋風雪中驢背上。」見《明日歲除又作》詩注。

〔四〕買山，典出《世説新語·排調》：「支道林因人就深公買印山，深公答曰：『未聞巢由買山而隱。』」先生詩《鋤荒》：「買山寧有極，斂手一長嗟。」

〔五〕《年譜》「一九四三年」下引《檢討報告》：「是年，貴陽師範學校經文友尹碩公介紹欲聘先生爲教授，先生未往。」是年三月三十日尹石公有致先生信函：「不揣冒昧，下學年擬請先生移研來築，嘉惠黔中子弟。」是年七月一日先生有致中山大學吴康信函：「去秋曾兩電泰主貴大中文系，電竟未達，不知何故。……泰月前已應貴師之聘，惟經函尹石公先生，萬一不得離開中大，當先期電辭耳。」後吴康有致時任中山大學校長金曾澄信函：「詹安泰先生月薪請改爲四百元，請飭辦。昨已與教務長詳談。因方便囑其電辭貴陽師院邀聘故也。」

【按】

此詩或作於一九四四年前後，時陳湛銓在貴州貴陽任教於大夏大學文學院。

陳寂園出示《魚尾集》即書其後五首㊀〔一〕

寶瑟彈空山，忽落無際水〔二〕。奇襟托樵風〔三〕，始悟生生理〔四〕。

大夢不可破〔五〕，怊悵小迴身〔六〕。高花今在抱，何必啼向春。

湛然此心光，明月可攬結。今古一山川，相對胡癡絶。

吐出萬古春，報之百蟲號。百蟲號可憐，風雨乃徒勞。

不解傾淚血，瑩然見紅猩。持謝塵世人，香蘭無此情〔七〕。

附和作

无盦爲題拙集，讀之欣然有會，賦答短什㊁

陳寂

遭亂十年餘，鬱鬱中腸結。斜陽滿天地，北風正愁絶。

楚騷不可讀，讀之愁人心。湛湛瀟湘流，中有慷慨音。

萬古惟此月，萬古惟此心。心月忽相觸，共墮雲水岑。
鄰嬰妄笑啼，不自識其性。安心良獨難，歌哭亦吾病。
丹鳳翔八極，寒蛩鳴諸天。虎溪得神遇，一笑千萬年。

【校記】

㊀此詩見於陳寂《魚尾集二集》題辭，亦曾刊載於一九四八年八月《廣東日報》副刊《嶺雅》第十五期，題作「題陳寂園《魚尾集》五首」。

㊁陳寂和詩亦見於《魚尾集二集》，題作「答无盦」。《嶺雅》第十五期亦載，題作「答无盦五首」。

【箋注】

〔一〕陳寂，字寂園，有《魚尾集》，見前注。

〔二〕張炎《瀟瀟雨·泛江懷友》：「空山彈古瑟，掬長流、洗耳復誰聽。」

〔三〕樵風，好風也。孔靈符《會稽記》：「射的山南有白鶴山，此鶴爲仙人取箭。漢太尉鄭弘嘗采薪，得一遺箭，頃有人覓，弘還之，問何所欲，弘識其神人也，曰：『常患若邪溪載薪爲難，願旦南風，暮北風。』後果然。」

〔四〕生生理，《易傳·繫辭傳》：「生生之謂易。」孔穎達疏曰：「生生，不絶之辭。陰陽變轉，後生次於前生，是萬物恒生謂之易也。」

〔五〕大夢，《莊子·齊物論》：「方其夢也，不知其夢也。夢之中又占其夢焉，覺而後知其夢也。且有大覺而後知此其大夢也。」

〔六〕小迴身，語蓋出《史記·五宗世家》裴駰《集解》引應劭：「景帝後二年，諸王來朝，有詔更前稱壽歌舞。定王但張袖小舉手。左右笑其拙，上怪問之，對曰：『臣國小地狹，不足迴旋。』」張海鷗《詹安泰與陳寂的詩詞交誼》：「『小迴身』言陳詩美妙但需要更多的理解和重視。」

〔七〕《琴操》：「《猗蘭操》，孔子所作。孔子自衛反魯，隱谷之中見香蘭獨茂，喟然嘆曰：『蘭當爲王者香，今乃獨茂，與衆草爲伍。』乃止車援琴鼓之，自傷不逢時，托詞於香蘭云。」

【集評】

張海鷗《詹安泰與陳寂的詩詞交誼》：「這五首詩明顯是詩友初交的口氣，稱贊陳詩高古，有情懷，但世俗人多不識貨，鼓勵陳寂自信自持。『寶瑟』『高花』『香蘭』之美從來都是高雅的，『塵世人』不知珍重没關係。」

【按】

若依《鷓鴣巢詩集》之編次，先生詩應作於一九四四年前後。張海鷗教授《詹安泰與陳寂的詩詞交誼》一文則據《枕秋閣詩文集》所録陳寂《魚尾集二集》詩作之編次，推斷陳寂「《答无盦》詩必作於一九四二年剛到坪石中大不久……這應該是詹與陳的第一次詩交」。因是時陳寂新受聘於中山大學，且有《魚尾集二集》初刊，「以理揆之，詹因陳贈《魚尾集》而題詩五首，陳答詩五首，應該都是在一九四二年暮春時節」。

寄葉元龍重慶㊀〔一〕

別遂經年意可知，鰥居况又及花時。臨樓坐月情如昨，排日叢哀滌向誰。心事關天寧避酒〔二〕，白鷗似汝可無詩。元龍曾贈詩云：「沙邊白鳥閑於我，嶺外黄雲寒似君。」忍寒斂手終何説，委結猶能芳杜期〔三〕。

【校記】

㊀ 手鈔本原題有删字。

【箋注】

〔一〕葉元龍，見前注，時葉在重慶國民政府任監察院監察委員。

〔二〕先生詩《楓溪困雨寄懷石銘老》：「闞天心事夢同短，醉眼怪花欹自扶。」

〔三〕《楚辭·山鬼》：「山中人兮芳杜若。」杜若，香草名。

風寒有作

摇兀窗扉作意聲，犯寒可復爲花行。一風已嘆春多負，私室誰諳氣不平〔一〕。薄有羽毛供愛惜〔二〕，却從離亂憶晨星〔三〕。來纔兩月歸應未，得句何當忍耐聽。

【箋注】

〔一〕先生詩《散愁四首》「私室愁難度。」

〔二〕羽毛愛惜，《説苑·雜言》：「夫君子愛口，孔雀愛羽。」

〔三〕蘇軾《祭范蜀公文》：「今如晨星，存者幾人。」

【按】此詩或作於一九四四年，時先生病愈自饒平初至坪石。

讀《蒹葭樓詩》〔一〕二首

節庵剛父與公三〔二〕，詩派能開非浪談。憂自何來煎獨抱〔三〕，夢隨蛟瘦舞澄潭〔四〕。
人當雪涕寧初願，天壓重寒素所諳。猶憾哀歌今不及，獨容後死發深慚〔五〕。「天壓重寒似亂原」「吾亦作歌哀不及」，俱《蒹葭樓》中語。〔六〕

氣古乃如陳后山〔七〕，不徒拙澀見蒼堅。聲能變徵腸最斷〔八〕，語到紅桑秋自憐〔九〕。
閑着一花觀世法〔一〇〕，强支殘骨傲風烟〔一一〕。別張獨幟真何似，欲著明詩起昔賢〔一二〕。

【箋注】

〔一〕黄節《蒹葭樓詩》二卷，集古今體詩約三百餘篇，有民國廿三年（一九三四）排印本。

〔二〕梁鼎芬（節庵）、曾習經（剛父），均見前注。梁、曾、黄皆嶺南近代名家。張昭芹輯《嶺南近代四家詩》，序云：「吾粵詩人……以余夙常親炙及世人所常稱道者，則惟四家，在番禺有梁節庵（鼎芬），在揭陽有曾剛甫（習經），在順德有羅癭公（惇曧）、黄晦聞（節）之四家者。」

〔三〕李白《贈宣城宇文太守兼呈崔侍御》：「憂恨坐相煎。」

〔四〕李賀《李憑箜篌引》：「夢入神山教神嫗，老魚跳波瘦蛟舞。」

〔五〕後死，《論語・子罕》：「天之將喪斯文也，後死者不得與於斯文也。」何晏《集解》曰：「文王既没，故孔子自謂後死。」

〔六〕句出黄節《蒹葭樓詩》，《閉門》：「意摧百感將横决，天壓重寒似亂原。」《桑柔》：「吾亦作歌哀不及，國猶靡止去何鄉。」

〔七〕黄晦聞詩宗陳師道（后山）。張爾田《〈鮑參軍詩注〉序》謂黄詩：「其詩歷宗后山、宛陵諸家，盡規其度。」陈三立《〈蒹葭樓詩〉序》：「格澹而奇，趣新而妙，造意鑄語，冥闢群界，自成孤詣。……卷中七律疑尤勝，效古而莫尋轍迹，必欲比類，於后山最近，然有過之無不及也。」

〔八〕變徵之聲慷慨悲凉。《史記・刺客列傳》：「高漸離擊築，荆軻和而歌，爲變徵之聲，士皆垂淚涕泣。」見《寥士自滬寄示〈四十書懷〉詩索和》詩注。

〔九〕紅桑，仙樹也。王嘉《拾遺記・少昊》：「窮桑者，西海之濱，有孤桑之樹，直上千尋，葉紅椹紫，萬歲一實，食之後天而老。」曹唐《小游仙詩》：「秦皇漢武死何處，海畔紅桑花自開。」

〔一〇〕《出梵網經》：「一花百億國。」《大方廣佛華嚴經》：「佛觀世法如光影。」

〔一一〕陸游《閑適》：「早曾寄傲風烟表，晚尚鍾情水石間。」

〔一二〕張爾田《〈蕪葭樓詩〉序》：「吾與君戴而游者今何世耶？天綱淪，人紀絕，神州數千年立國精神不毀之异族，竟摧拉燔坑於服古誦數之徒，僇僇洄洄十七年。昊天僤怒於上，黔首慄慄於下。纖纖仄望，比屋可誅。求一民勞板蕩之音，如古之人遭苛虐，相呻吟者而不可得。生斯時也，而有詩，莊生所謂逃空虛者，聞跫音而喜也。又安可以無言！金之亡也，驅縉紳如群羊、木佛編鐘、括宮排市，而元遺山之詩作。明之亡也，白骨如麻，赤地千里，至奴僕呼家主以兄弟，擅索文書，結寨焚殺，而屈翁山、顧亭林諸君子之詩作。嗚呼！今乃得君而三矣。」

寄青苹貴陽〔一〕

識子於今五載强，滇南粵北駈蛩將〔二〕。此生幾得共所好，久客仍離覲一望。鍵户吟應逾我苦，欺眠茗不遣愁長。近來心力妨消却，亦爲題詩寄貴陽。

附和作

無盦師疊錫二詩見懷，因報坪石㈠　　陳湛銓

仰首東南天面寒，五年心力恐凋殘。底春風雪妨高卧，少日文章怯細看。屢惜月明生鬼魄，獨留酸淚走珠盤。綿綿憂患頻來甚，欲語宗師出口難。

五年侍席不自實，來聽天涯風雨聲。淺飲江湖無限淚，盡抽肝膽有餘情。人前一默常成慟，腹裏千詩欲化兵。容易明時罷行役，江南終返庾蘭成。

【校記】

㈠後附陳湛銓和作，手鈔本無，今據《修竹園詩前集》補録。

【箋注】

〔一〕青苹，即陳湛銓（青萍），見前注。

〔二〕滇南、粤北，謂中山大學遷徙澂江、坪石時期。駏蛩，典出《淮南子·道應訓》：「北方有

獸，其名曰蹶，鼠前而兔後，趨則頓，走則顛，當爲蛩蛩駏驉取甘草以與之，蹶有患害，蛩蛩駏驉必負而走。」喻關係密切。韓愈《醉留東野》：「低頭拜東野，願得終始如駏蛩。」陳湛銓就讀中山大學時師從先生，及畢業留校受聘校長室秘書兼任講師，亦常從先生游。

【按】此詩或作於一九四四年，蓋繼《正月廿五日報陳青萍貴州》詩所寄，時陳湛銓在貴州貴陽大夏大學。

寒夜抽思未竟，忽傳虎警，擲筆茫然，翌日成此

寫懷未比尺波深〔一〕，忽漫驚呼猛虎臨。賦命已同塵土賤〔二〕，投荒誰辨獸人心〔三〕。山留寒月風俱嘯，迹印紅泥曉獨尋。欲爲饑驅作天問〔四〕，可堪百劫到叢林。

【箋注】

〔一〕尺波，水微波也。陸機《長歌行》：「寸陰無停晷，尺波豈徒旋。」李善注：「言日無停景，川

不旋波，以喻年命流行，曾無止息也。」

〔二〕鮑照《代空城雀》：「賦命有厚薄，長嘆欲如何。」

〔三〕《漢書·匈奴傳贊》：「被髮左衽，人面獸心。」

〔四〕陶潛《飲酒》：「此行誰使然，似爲饑所驅。」又《乞食》：「饑來驅我去，不知竟何之。」天問，見《久不得家書感夢成咏》詩注。

林時雍偕丁滄波、莊起翔過訪坪石，翌日別去，賦此却寄〔一〕

三年慳一面，後會定何期。氣盛行天健〔二〕，情真似我癡。笑歌休自放，風雨及花時。不盡沉冥意，還愁故鏡知〔三〕。

【箋注】

〔一〕林時雍、丁滄波、莊起翔，其人不詳。林時雍事亦見《黄田壩舟中與張純嘏、林時雍快談竟日》詩。

〔二〕行天健，《易傳·象傳·乾》：「天行健，君子以自强不息。」見《韓山韓水歌寄邵潭秋祖平》

詩注。

〔三〕先生詩《花朝日作三首》：「冥想故園春，能朱鏡中顔。」悲白髮也。

江干閑步㊀〔一〕

性拙無能醉作鄉〔二〕，放晴聊且逐人忙。驅風蒼隼掠危石，避路桃花羞小棠。偶與鳧鷖分勺水，欲忘身世有斜陽〔三〕。覩生難得崢嶸在，餘事逢春未可傷。

【校記】

㊀此詩曾刊載於一九四四年四月廿三日《中央日報》。

【箋注】

〔一〕時先生在坪石中山大學任教。按，江應指武江一帶。

〔二〕醉作鄉，王績有《醉鄉記》，曰：「阮嗣宗、陶淵明等十數人，并游於醉鄉。」

〔三〕王沂孫《齊天樂·蟬》：「病葉難留，纖柯易老，空憶斜陽身世。」先生詞《臨江仙（飛雨無端摇夢）》：「斜陽身世亂流中。」

花朝日作三首〔一〕〔二〕

孤命寄窮荒，花朝忽五度。霜嚴風助威，有葩未敢怒。窺牖玲瓏鳥〔三〕，刷羽卑枝駐。肯復喚行人，各自抱寒素。心泉欲絶響，嘉招不一遇。百年坐沉憂，得此亦云豫〔三〕。

四山虎豹多，時虎患正熾。湫室心氣短〔三〕。江頭集野興，聊放故時眼。澄波抱淡紅，一花一柔婉。都無粉蝶尋，時覺香雲散。静悟若有得，夕陽紅已滿。因思循陌上，看花歸緩緩〔四〕。何似浣花翁，不歸意自遠〔五〕。

天地豈不偉，吾生信多艱。及時不爲樂，誰挽爾心肝〔六〕。媚陽花依水，悦夢鳥歌山。隨分命儔侶〔七〕，無復問忙閑。冥想故園春，能朱鏡中顔〔八〕。如何久行役，有力苦自殫。一哀吾能賦，千哀孰與寬。且插膽瓶花，刻此一日歡。

【校記】

㈠此詩曾刊載於一九四四年四月《中山日報》、一九四七年國立中山大學文學院院刊《文學》第一期，《文學》題作「甲申花朝三首」。

㈡「牖」，《中山日報》《文學》作「窗」。

【箋注】

〔一〕花朝日，《夢粱録》：「仲春十五日爲花朝節，浙間風俗，以爲春序正中，百花争放之時，最堪游賞。」

〔二〕豫，悦也。

〔三〕湫室，矮小居室也。《左傳・昭公三年》：「子之宅近市，湫隘囂塵，不可以居。」杜預注：「湫，下；隘，小。」

〔四〕蘇軾有《陌上花三首》并引：「游九仙山，聞里中儿歌《陌上花》，吴越王妃每歲春必歸臨安，王以書遺妃曰：『陌上花開，可緩緩歸矣。』吴人用其語爲歌，含思宛轉，聽之凄然。」

〔五〕浣花翁，即杜甫。杜甫《曲江對酒》：「苑外江頭坐不歸。」

〔六〕古詩：「爲樂當及時，何能待來兹。」孟郊《堯歌》：「山色挽心肝，將歸盡日看。」

〔七〕命儔侣，呼友朋也。嵇康《贈兄秀才入軍》：「鴛鴦于飛，嘯侣命儔。」曹植《洛神賦》：「命儔嘯侶。」

〔八〕黄庭堅《次韵柳通叟寄王文通》：「心猶未死杯中物，春不能朱鏡裏顔。」

【按】

此詩作於甲申花朝（農曆二月十五日），即新曆一九四四年三月九日，時先生寄身粤北坪石。

雨望

因春嘆老意何癡，瘠土能花雨亦宜。嘆髪兼風凉粤客〔一〕，醒心衆醉屈湘纍〔二〕。臨江覓步寧真快，極痛聊安已可詩。世事騷然休與問，暫爲天地易肝脾。

【箋注】

〔一〕按，粤客，時先生客居粤北，故云。

〔二〕《楚辭·漁父》：「舉世皆濁我獨清，衆人皆醉我獨醒。」湘纍，指屈原，不以罪死曰纍。

春半坐雨

春半雨不極〔一〕，詩卷獨長看。觸緒悲家國，憑誰起懶殘。圍山群動息，飛夢一燈寒。未老風雲氣，枯栖且自安。

【箋注】

〔一〕不極，猶言不盡。

固庵將赴桂林，過訪平石，别後寄此㊀〔一〕

舊諾今來遂隔年㊁，尊前有意各難宣。從知一過空群馬〔二〕，誰復偏張到獨弦〔三〕。撥悶聊當人痛飲，余素不能酒。攤書應共夜深眠。逢佳山水休輕負，寫一囊詩寄我箋。

【校記】

㈠ 詩題「寄此」，手鈔本原作「作此寄贈」，後改。

㈡「遂隔年」，手鈔本原作「已隔年」，後改。

【箋注】

〔一〕饒宗頤（固庵），見前注。

〔二〕空群馬，《左傳·昭公四年》：「冀之北土，馬之所生。」韓愈《送温處士赴河陽軍序》：「伯樂一過冀北之野，而馬群遂空。夫冀北馬多天下，伯樂雖善知馬，安能空其群耶？解之者曰：『吾所謂空，非無馬也，無良馬也。伯樂知馬，遇其良，輒取之，群無留良焉。苟無良，雖謂無馬，不爲虚語矣。』」

〔三〕獨弦琴，《新唐書·南蠻傳》：「有獨弦匏琴，以班竹爲之，不加飾，刻木爲虺首；張弦無軫，以弦系頂，有四柱如龜兹琵琶，弦應太簇。」

【按】

一九四三年，饒公初在金山中學（時遷址於饒平鳳凰山）任國文教員，後以鄭師許之薦，赴廣西桂林任無錫國學專修學校教授。先生此詩或作於其時。

上巳日獨行漫賦〔一〕

郊行十日不五里，晚對殘陽墮寒水。小橋小立暫愁寬，況有布帆來天外〔二〕。天風吹香蕩古魂〔三〕，上巳野花開正繁。層巒分翠落江濆，青蘿裊裊亦欣欣。翔禽高下絶哀響，游女清歌大堤上。綠竿斜矗酒旗颺，樹杪人家出三兩。怪石崢嶸虚其腹，妝點奇麗疑列屋。許有幽靈時來栖，肉眼那如仙眼毒〔四〕。夜半負山走未知〔五〕，血泊漂山今見之〔六〕。寧止蹋山爲平地〔七〕，山顛窟宅千蛟螭。某水某山昔在某，舊夢重尋一搔首。不祥不仁天地心〔八〕，禊事於今更何有㊀〔九〕。山行使汝身如飛，村行使汝心如歸。一世此時無此樂，莫信人間誰是非。

【校記】

㊀「禊」，手钞本誤作「褉」，應爲钞誤，徑改。

【箋注】

〔一〕上巳日，舊俗以農曆三月上旬巳日，修禊事也，王羲之《蘭亭集序》有載，魏晉後多以三月三爲上巳日。《夢粱録》：「三月三日上巳之辰，曲水流觴故事，起於晉時。唐朝賜宴曲江，傾都禊飲踏青，亦是此意。」

〔二〕布帆，船也。《世説新語·排調》：「行人安穩，布帆無恙。」

〔三〕楊萬里《釣雪舟倦睡》：「特地吹香破夢魂。」

〔四〕《維摩經·不二法門品》：「實見者尚不見實，何况非實，所以者何？非肉眼所見，慧眼乃能見。」

〔五〕《莊子·大宗師》：「夫藏舟於壑，藏山於澤，謂之固矣，然而夜半有力者負之而走，昧者不知也。」

〔六〕血泊漂山，喻死者多。《尚書·武成》：「血流漂杵。」孔穎達疏曰：「血流漂舂杵，甚之言也。」

〔七〕施閏章《磨盤山》：「踏山作平地，巍阪尚千盤。」

〔八〕《老子》：「天地不仁，以萬物爲芻狗。」王弼注：「天地任自然，無爲無造，萬物自相治理，故不仁也。」

〔九〕禊事，王羲之《蘭亭集序》：「永和九年，歲在癸丑，暮春之初，會於會稽山陰之蘭亭，修禊事也。」何延之《蘭亭始末記》：「右軍蟬聯美胄，蕭散名賢，雅好山水，尤善草隸。以晉穆帝永和九年三月三日，宦游山陰，與太原孫統承公、孫綽興公、廣漢王彬之道生、陳郡謝安安石、高平郗曇重熙、太原王蘊叔仁、釋支遁道林，及其子凝之、徽之、操之等四十有二人，修祓禊之禮。揮毫制序，興樂而書。」

《呼龍耕烟圖》起賢乞題㊀〔一〕

以其志尚續之圖〔二〕，歷有所聞近尤習。彊村歸鶴吾最愛㊁，朱古薇《歸鶴圖》及《彊村校詞圖》。㊂〔三〕怳侍高賢勤古汲。蔡子從我事倚聲〔四〕，十載每妨短景急。便試呼龍耕烟去〔五〕，一了冤襟萬怪襲。畫自奇逸轉清蕭，粗服亂頭坐亦得〔六〕。人生容易眉鬢白，惟愚者始工刻飾〔七〕。少弄雲水樂無窮，况有清吟伴栖息。

【校記】

㊀ 手鈔本此詩題上標一圓圈（○）。此詩曾刊載於一九四七年國立中山大學文學院院刊《文學》

第一期。

㈡「彊村歸鶴」，手鈔本原作「歸鶴彊村」，後改。

㈢此句自注原作「鄭叔問《歸鶴圖》、朱古薇《彊村校詞圖》」，後改。

【箋注】

〔一〕蔡起賢（一九一七—二〇〇三），號缶庵，別署金沙村人，廣東潮安人，曾任教於汕頭一中、汕頭教育學院等校，有《缶庵詩詞鈔》《前賢詩萃》等。蔡起賢《春風杖履失追陪》：「我於一九三三年秋天考進廣東省立第二師範學校（即韓山師範前身）之後，雖然名列詹老師門墻，而始終是一株閑桃李，可是詹老師對我這株閑桃李，倒是極盡灌溉培育的辛勞。」「一九三八年詹老師應聘爲中山大學教授……從此以後，詹老師無論在石牌、雲南澂江、坪石等地，雖是抗戰烽火連天，我們還是繼續通訊。」《呼龍耕烟圖》，據蔡起賢《春風杖履失追陪》：「王顯詔老師且爲我繪製一幅《呼龍耕烟室填詞圖》（「呼龍耕烟種瑶草」，李賀詩句），饒宗頤、許偉餘、陳湛銓幾位先生，都在圖上題詩。」蔡文并録先生此詩。

〔二〕繢，畫也。

〔三〕朱祖謀（一八五七—一九三一），一名孝臧，字古薇，號漚尹，又號彊村，浙江歸安（今湖州）人，清末進士，官至禮部侍郎，攻詞學，有《彊村語業》《彊村叢書》等。《歸鶴圖》，鄭文焯（叔問）爲彊村翁作《歸鶴圖》，時賢多有題咏。《彊村校詞圖》，據《蕙風詞史》：「彊村侍郎《校詞圖》兩幅，一蘇州顧西津繪，一安吉吴昌碩繪。」顧西津顧鶴逸《彊村校詞圖》，逸社諸君多爲咏唱，龍榆生輯有《彊村校詞圖題咏》一卷。吴昌碩與吴侍秋、王竹人嘗合作《校詞圖》，晚歲時又自作《校詞圖》。另，何維樸亦有《彊村校詞圖》傳世。

〔四〕倚聲，詞學也。

〔五〕李賀《天上謠》：「王子吹笙鵝管長，呼龍耕烟種瑶草。」按，蔡起賢於詩嘗學李長吉，乃取「呼龍耕烟」名其室。

〔六〕粗服亂頭，謂不加修飾也。《世説新語·容止》：「裴令公有俊容儀，脱冠冕，粗服亂頭皆好，時人以爲玉人。」

〔七〕蔡起賢《春風杖履失追陪》：「我初學詩時，因年齡輕，喜歡藻繪逞艷，語言流便，詹老師即責以應戒尖新纖巧。」

【按】據詩中「十載短景」詩意，推知此詩作於一九四三年前後，時先生寄身坪石，蔡起賢避地揭陽。

寒食日江樓晚坐偕辛旨、寂爰〔一〕〔二〕

揖岩闌檻俯沙溪，向晚投林鴉亂啼。坐數春辰到寒食，客愁如雨萬峰西。

開殘桃杏見紅鵑，蔬甲深青卧晚烟。尚想雙笙坐明月〔三〕，獨收餘涕向江天。

【校記】

㈠ 手鈔本此詩題上標一三角形（△）。此詩曾刊載於一九四七年國立中山大學文學院院刊《文學》第一期。

【箋注】

〔一〕寒食在清明前一二日，俗以禁火冷食。吴三立（辛旨）、陳寂（寂園），俱見前注，時二人皆在坪石中山大學。

〔二〕按，雙笙蓋比吴辛旨、陳寂園也。李白《古風·其七》：「兩兩白玉童，雙吹紫鸞笙。」梅堯臣《送楊明叔通判越州》：「明月樓中吹玉笙。」

【按】

此詩或作於甲申寒食日，即新曆一九四四年四月。

甲申清明〔一〕

論定一棺追詎及〔二〕，風飄大夢寂無聲。料難麥飯供殘酹，讓與青鶍説舊情。開到野棠山骨冷〔三〕，看携孤幼客魂驚。何當弱草輕塵會〔三〕，屑屑人間釣薄名〔四〕。且共閑花説好春，飄流十載氣猶辛。早時屍骨塞衢道，不斷江關鏖戰塵〔五〕。雨意已隨雲浪去，草痕長媚柳條新。旅墳三尺知誰記〔六〕，念亂傷離大有人〔七〕。

【校記】

〔一〕手鈔本此詩題上標一圓圈（○）。又，「論定」一首曾刊載於一九四七年國立中山大學文學院院刊《文學》第一期。

【箋注】

〔一〕論定一棺，《韓詩外傳》：「孔子曰：『學而不已，闔棺乃定。』」《宋書》：「大丈夫蓋棺事乃定矣。」

〔二〕辛弃疾詞《念奴嬌·書東流村壁》：「野棠花落，又匆匆過了，清明時節。」蘇軾《待旦》：「夢破山骨冷。」

〔三〕弱草輕塵，皇甫謐《列女傳》：「人生世間，如輕塵栖弱草耳，何至辛苦乃爾！」

〔四〕屑屑，勞瘁匆迫貌。《管子·法法》：「釣名之士，無賢士焉。」

〔五〕盡死殺人曰鏖。按，時豫湘桂一帶寇氛正熾。

〔六〕旅墳，客死者之墳也。

〔七〕夏孫桐《金錢孫梧下定詩圖》：「傷離復念亂，詩與人俱冷。」先生詞《秋宵吟（鬌棱花）》：「憑闌望、慣念亂傷離，舊人歸後。」

【按】

此詩作於一九四四年四月清明日，同時先生有《菩薩蠻》一闋：「弱楊飄鬌參差緑，紅黄鵑亂闌干曲。痛淚自成瀾，雨晴天不闕。忍尋春夢去，草死花開路。何日定風波，青山青冢多。」

大雨連日聊短述〔一〕

撼山山雨勢難支，似狂與醉相傾欹。瓦罣薜薄遂成漏，蕊弱恩多應自危。樹蕙心寬無日昃〔二〕，毀茶文就要天知〔三〕。便能踪迹滄洲寄〔四〕，濁浪滔滔待語誰。

【箋注】

〔一〕杜甫有《江上值水如海勢聊短述》，不能長吟，聊爲短述也。

〔二〕樹蕙心，《離騷》：「余既滋蘭之九畹兮，又樹蕙之百畝。」

〔三〕毀茶文，《新唐書》載陸羽：「羽嗜茶，著經三篇，言茶之原、之法、之具尤備，天下益知飲茶矣。時鬻茶者，至陶羽形置煬突間，祀爲茶神。有常伯熊者，因羽論復廣著茶之功。御史大夫李季卿宣慰江南，次臨淮，知伯熊善煮茶，召之，伯熊執器前，季卿爲再舉杯。至江南，又有薦羽者，召之，羽衣野服，挈具而入，季卿不爲禮，羽愧之，更著《毀茶論》。」

〔四〕李白《酬談少府》：「壯士屈黄綬，浪迹寄滄洲。」滄洲，隱者所居。

蓀簃來坪一月，談詩至快，將歸故里，賦此贈別〔一〕

瞿髯工詞人所諗〔二〕，君得其傳聲藉甚。瞿髯工書極渾樸，君斆其體亦超俗。何期睞我復以詩，詩力於詞乃過之。雲龍夭矯恣酣嬉，俯視百輩同蛸蠐〔三〕。鉥劌肝腎信自苦〔四〕，荒荒此世誰汝顧。要當負天奮翼去〔五〕，闢闔靈機空萬古。我昔嗜頗與君若，狂氣豪情不可縛。恍聞神鬼晝日躍〔六〕，每見仙葩眉際落〔七〕。快揮雄劍戳龍角，還上揚州騎白鶴〔八〕。如鷹隼正脫錦韝〔九〕，如馳騁有千驊騮〔一〇〕。或時高枕碧溪流〔一一〕，或吟天風浩浩秋。亂蹋崕巇雲外浮〔一二〕，一搴芳杜中情留〔一三〕。嗟哉此境不復返，十載枯心成廢苑。斷肢血軀瘖寐見，荒花幽獸迷近遠〔一四〕。因屈雄懷自偃蹇〔一五〕，守此拙質乞高簡。忽辱佳章日摩玩，譬溫舊夢得微暖。漸欲奇襟一再展，胡遽別去不少緩。況詞若書亦所勉，更復共誰論長短。嗚呼！重重花草香春風〔一六〕，馬蹄此日直須東。年時故舊倘相逢，道我人瘦與詩同〔一七〕。

【校記】

㈠ 此詩曾刊載於一九四七年國立中山大學文學院院刊《文學》第一期。

【箋注】

〔一〕張荃（一九一一—一九五九），字蓀簃，别號念孫，原籍廣東揭陽，後居海外，姚梓芳之外孫女，工詩詞，曾任教於之江文理學院、厦門大學、臺灣師範學院、臺灣大學、馬來西亞大學，有《劉後村先生年譜》《蓀簃詩詞稿》等。時蓀簃或以事過坪石，并取道回揭陽。

〔二〕瞿髯，即夏承燾，見前注。張蓀簃曾師從夏承燾。

〔三〕蝤蠐，蝎蟲也，木中蛀蟲也。

〔四〕鉥劌肝腎，韓愈《貞曜先生墓志銘》：「劌目鉥心，刃迎縷解，鈎章棘句，掏擢胃腎，神施鬼設，間見層出。」

〔五〕負天奮翼，《莊子·逍遥游》：「鵬之背，不知其幾千里也，怒而飛，其翼若垂天之雲。」

〔六〕李白《草書行歌》：「恍恍如聞鬼神驚。」

〔七〕仙葩，奇花也。《太平御覽》引《雜五行書》：「宋武帝女壽陽公主人日卧於含章殿檐下，梅花落公主額上，成五出花，拂之不去。」

〔八〕殷芸《小説·吴蜀人》：「有客相從，各言所志，或願爲揚州刺史，或願多貲財，或願騎鶴上升。其一人曰：『腰纏十萬貫，騎鶴上揚州。』欲兼三者。」

〔九〕韝，臂衣也。白居易《雜興》：「錦韝臂花隼。」

〔一〇〕驊騮，良馬。《荀子・性惡》：「驊騮、騹驥、纖離、緑耳，此皆古之良馬也。」

〔一一〕枕流，典出《世説新語・排調》：「孫子荆年少時欲隱，語王武子『當枕石漱流』，誤曰『漱石枕流』。王曰：『流可枕，石可漱乎？』孫曰：『所以枕流，欲洗其耳；所以漱石，欲礪其齒。』」

〔一二〕崜，小山貌；巇，高山貌。

〔一三〕《楚辭・九歌・湘夫人》：「搴汀洲兮杜若，將以遺兮遠者。」

〔一四〕韓愈《喜侯喜至贈張籍張徹》：「荒花窮漫亂，幽獸工騰閃。」

〔一五〕偃蹇，高貌。東方朔《七諫・哀命》：「靈魂屈而偃蹇。」

〔一六〕杜甫《絶句二首》：「春風花草香。」

〔一七〕李白《戲贈杜甫》：「借問別來太瘦生，總爲從前作詩苦。」

殘春〔一〕

漸來長日如小年〔二〕，危坐猶能一聽鵑。便不懷歸花落後，支風白板亦生憐。

蛙聲隨雨亂孤燈，一枕愁春豈易名。起插堅竿扶弱柳，留供詩筆貌淒清。
時霎聞香不定風，斜陽雨後却疏慵。漂花十里春誰問〔二〕，夢醒猶妨百杵鐘。

【校記】

〔一〕手鈔本此詩題上標一圓圈（○）。此詩曾刊載於一九四七年國立中山大學文學院院刊《文學》第一期。

【箋注】

〔一〕唐庚《醉眠》：「山静似太古，日長如小年。」

〔二〕蘇軾《和子由岐下詩·雙池》：「不見雙池水，長漂十里花。」

梧叔自洛陽歸省後將返任所，喜晤韶州，賦呈二律〔一〕

八載勞思一笑删，艱虞各此驗心肝。撐天任重愛能割〔二〕，似水官清世所難。苦佇行旌還自訊〔三〕，獨携古抱向誰看。未成報國寧真曹，危坐窮荒有百端。

苦楝花開春自歸，料無香夢泥行衣。可知狐鼠走白日〔四〕，一爲家江哀式微〔五〕。拄笏看山天未肯〔六〕，百書一面意終違〔七〕。杜陵舊許驚人語〔八〕，共割黄雲與療饑〔九〕。

【箋注】

〔一〕按，梧叔，或指詹朝陽，見前注。據劉壽林等編《民國職官年表》，詹朝陽於民國二十九年（一九四〇）至三十四年（一九四五）任河北省政府委員、民政廳長等職。時河北省政府駐地以戰事臨時遷至洛陽縣。

〔二〕《論語·泰伯》：「曾子曰：『士不可以不弘毅，任重而道遠。』」

〔三〕行旌，官員出行之旌幟也。

〔四〕狐鼠，喻小人。

〔五〕式微，《詩經·邶風·式微》：「式微式微，胡不歸。」朱熹《集傳》曰：「式，發語辭。微，猶衰也。」

〔六〕拄笏看山，典出《世説新語·簡傲》，見《陳寥士寄示自金華至麗水所得詩三十首》詩注。

〔七〕百書一面，語出黄庭堅《寄上叔父夷仲》：「百書不如一見面，幾日歸來兩慰心。」

〔八〕杜甫《江上值水如海勢聊短述》：「爲人性僻耽佳句，語不驚人死不休。」

〔九〕王安石《同陳和叔游齊安院》：「割盡黃雲稻正青。」

將赴桂頭，阻雨不果，寄孟韋〔一〕

往我過桂頭，知交不一遇。盡取溪山歸，留供夢魂去。今欲過桂頭，兩爲雨所苦。雨果爲我下，思之亦有趣。獨惜願見人，終竟成虛慕。初者花正繁，奇艷得狂顧〔二〕。雖非江南春，持贈其猶庶〔三〕。繼而紅已老，亂緑闖大路。采摘憐餓花〔四〕，亦用明吾素。豈料投荒客，只合窮山住。一快不可幾，千哀孰可語。胸次自崢嶸〔五〕，知君久能馭。餘事爲文章〔六〕，亦復獲盛譽。愛我實殊常，談詩許頓悟〔七〕。平生事著論，百學未一具。秉性幸倔强，冠服不妄污〔八〕。因得掬心精，或時若神助〔九〕。賞析欣同嗜〔一〇〕，俄乃别以去。别去今五年，旦晚欲共訴〔一一〕。何期秋雨嘆〔一二〕，翻爲春夏賦〔一三〕。陶公孤影情，韓公風雲喻。陶公《雜詩》：「欲言無予和，揮杯勸孤影。」韓公《贈李觀》：「風雲一朝會，變化成一身。」〔一四〕聊寄一寸心，片月在高樹。

【校記】

㈠此詩曾刊載於一九四七年國立中山大學文學院院刊《文學》第一期。

【箋注】

〔一〕桂頭，地名，在今廣東乳源，時屬曲江。羅倬漢（孟韋），見前注，時羅任教於廣東省立文理學院，其校址遷在廣東曲江桂頭圩。

〔二〕《楚辭·九章·抽思》：「狂顧南行，聊以娛心兮。」蔣驥注曰：「狂顧，左右疾視也。」

〔三〕《荆州記》：「陸凱與范蔚宗交善，自江南折梅花一枝，詣江北，與蔚宗，兼贈詩曰：『折花逢驛使，寄與隴頭人。江南無所有，聊贈一枝春。』」

〔四〕餓花，花嬌弱也，喻少年，見《再答羅孟韋成都》詩注。

〔五〕蘇轍《題李十八黄龍寺畫壁》：「胸次崢嶸落筆端。」

〔六〕韓愈《和席八十二韵》：「多情懷酒伴，餘事作詩人。」趙抃《故吴丞相充挽詩》：「純誠先德行，餘事著文章。」

〔七〕頓悟，釋家語，禪宗速疾證悟妙果之謂。嚴羽《滄浪詩話·詩辨》：「禪家者流，乘有小大，宗有南北，道有邪正。學者須從最上乘、具正法眼，悟第一義。……論詩如論禪，漢、魏、晋與盛唐之詩，則第一義也。……大抵禪道惟在妙悟，詩道亦在妙悟，且孟襄陽學力下韓退之遠甚，而其詩獨出退之之上者，一味妙悟而已。惟悟乃爲當行，乃爲本色。」韓駒《贈趙伯魚》：「學詩當如初學禪，未悟且遍參諸方。一朝悟罷正法眼，信手拈出皆成章。」

〔八〕《楚辭·漁父》：「吾聞之，新沐者必彈冠，新浴者必振衣，安能以身之察察，而受物之汶汶者乎。」

〔九〕《南史·謝惠連傳》載謝靈運「嘗於永嘉西堂思詩，竟日不就，忽夢見惠連，即得『池塘生春草』，大以爲工。常云：『此語有神功，非吾語也。』」

〔一〇〕陶淵明《移居二首》：「奇文共欣賞，疑義相與析。」

〔一一〕按，羅孟韋嘗與先生共事於中山大學，故云。

〔一二〕秋雨嘆，杜甫有《秋雨嘆》三首，仇兆鰲引盧注曰：「《唐書》：『天寶十三載秋，霖雨害稼，六旬不止，帝憂之，楊國忠取禾之善者獻之，曰，雨雖多，不害稼也。』公有感而作是詩。」

〔一三〕春夏賦，杜甫《喜晴》：「春夏各有實，我飢豈無涯。」

〔一四〕句出陶淵明《雜詩十二首》、韓愈《北極贈李觀》。

四月廿五夜起作〔一〕

車塵擾擾夢頻經，故國叢哀又幾程。自過浮春山萬緑，起看殘夜月微明。能容負手天如厚，便與埋名世豈驚。坐瘦一燈還待曉〔二〕，人間剩此不平鳴〔三〕。

【箋注】

〔一〕此詩或作於甲申四月，即新曆一九四四年五月。

〔二〕陸游《夜興》：「燈爐欲殘看瘦影。」先生詩《歲暮雜詩（丁亥六首）》：「一燈堅坐夜，忍寒久所甘。」

〔三〕韓愈《送孟東野序》：「大凡物不得其平則鳴。」

雨中聞湘警

雨脚兼旬不肯停，奇懷無地酹長星〔一〕。閲愁幾共蘚衣濕，去意争隨湘水腥。三戰之名今倘繼〔二〕，七年以往夢能醒〔三〕。從兹莫作囚山賦〔四〕，坐失英光爲挈瓶〔五〕。

【箋注】

〔一〕先生詞《卜算子（風過葉能啼）》：「杯酒酹長星，倒瀉銀河水。」

〔二〕三戰，《春秋左傳·莊公十年》：「夫戰，勇氣也。一鼓作氣，再而衰，三而竭。」按，一九三九年至一九四二年間，薛岳將軍先後指揮三次長沙會戰，三戰三捷，殲敵無數，以此成名。

〔三〕按，自一九三七年日寇全面侵華，至其時七年。

〔四〕柳宗元有《囚山賦》，曰：「聖日以理兮，賢日以進，誰使吾山之囚吾兮滔滔？」王儔補注引晁補之曰：「宗元謫南海久，厭山不可得而出，懷朝市不可得而復，丘壑草木之可愛者，皆陷阱也，故賦《囚山》。」

〔五〕挈瓶，《春秋左傳·昭公七年》：「人有言曰，雖有挈瓶之知，守不假器，禮也。」杜預注曰：「挈瓶，汲者，喻小知。」

【按】此詩或作於一九四四年春夏之際，時日寇發動豫湘桂作戰。是年五六月間，有第四次長沙會戰（湘北會戰），民國政府第九戰區薛岳軍戰敗，湘北五縣淪陷。先生同時詩《鐵嶺寓居雜詩（十首）》下有自注云：「時湘北第四次大戰。」

鐵嶺寓居雜詩十首〔一〕

人生有飯隨緣食，泛海無方偶此居。腐眼懸知飛血肉，嘘天莫便問何如〔二〕。爲鄰與古翻成病，染手生香一例虛。詩卷長留吾輩事，岩猿沙鳥况相於〔二〕。

懶散吾生合數奇〔三〕，出山長似在山時〔四〕。人前幾見同笙磬〔五〕，夢去常欣友鹿麋〔六〕。下士聲聞餘苦笑〔七〕，中情風雨剥殘碑。有功翰墨真誰顧〔八〕，作計田廬不可期〔九〕。

异采靈光自控拳〔一〇〕，孱軀暫此得安便。彎弓不發誰之過〔一一〕，曲突能知汝所賢〔一二〕。天下事何斑駁甚，風前淚已短長懸。流民圖貌終當濟〔一三〕，不信人寰靳一廛〔一四〕。

卑卑户牖當山闢，尚想岩花野鳥窺〔一五〕。有夢長飛瀼西舍，將愁與補草堂詩。〔一六〕嘆嗟略解貧誰省，茶竈能安苦亦宜。便射羊群出牛弩〔一七〕，顛風簸雨總危疑。

富麗誰睎至寶丹，王禹玉詩主富麗，時人有「至寶丹」之目。見王直方《詩話》。〔一八〕攜將孤抱落荒寒。山頑時見歸雲度，樹老猶能裂石攢。祠部文章尊切至〔一九〕，冬郎風貌半凋殘〔二〇〕。可知鬼母騰空嘯〔二一〕，故作尋常雀啐看。

傾河瀉海意難平，走向高崗引吭鳴〔二二〕。肯與癡兒酬一笑，可堪狂氣積三生。曹劉不得暗中索〔二三〕，蛙黽翻能日下聲〔二四〕。退院僧今真欲學〔二五〕，逢人稍許目瞠瞠。

晝日收風息衆柯，嶺雲猶自拂青螺〔二六〕。初容袖手看高鳥，又聽驕氛暗汨羅〔二七〕。

有史未聞刊涑水〔二八〕，無愁可解拜東坡〔二九〕。但能發冢將詩禮〔三〇〕，與了人天萬折磨。

食貧地僻埋名久，回雁峰高礫鼠仍〔三一〕。時湘北第四次大戰。與斂雄愁入小草〔三二〕，慣能長夜坐孤燈。山沉鳥夢聲歸樹，風揭窗扉月弄藤。作計還鄉那得遂，人間終古凜堅冰〔三三〕。

棘句鉤章與世違〔三四〕，自持願力挾山飛〔三五〕。鮎魚上竹將誰憾〔三六〕，藤杖看花得所歸。片月生江意如會，尺棰取半道能肥〔三七〕。何當苦學孟東野，厚地高天客息機〔三八〕。

故讀人間不讀書，心存魏闕身江湖〔三九〕。有時腕底出鷄鶩，何日天中射訓狐。〔四〇〕欲洗酒腸親瘦沈，東老。〔四一〕不貪廡肉學癡朱〔四二〕。年年政爾無閑過，難得浮生一味愚〔四三〕。

【校記】

〔一〕此詩曾刊載於一九四七年國立中山大學文學院院刊《文學》第一期。又，「人生」「懶散」「傾河」「食貧」「棘句」五首有先生手書册頁，書末題曰：「其銓老棣屬書舊作。」收録於謝佳華編《學者書家詹安泰》。

【箋注】

〔一〕噓天，仰天吐氣。屈原有《天問》，王逸序曰：「屈原放逐，彷徨山澤。見楚有先王之廟及公卿祠堂，圖畫天地山川神靈，琦瑋僪佹，及古賢聖怪物行事，因書其壁，呵而問之，以渫憤懣。」陳渺之《詹安泰〈鐵嶺寓居雜詩十首〉淺析》：「詩人此處暗用該典，但字面上不着『呵壁』之相，可謂不露痕迹。」

〔二〕《宋史·種放傳》：「岩猿溪鳥之性，固不敢以禄仕爲意。」相於，相厚之意也。

〔三〕數，命數也；奇，不偶合也。數奇，謂己命運不佳。

〔四〕杜甫《佳人》：「在山泉水清，出山泉水濁。」

〔五〕笙磬，《詩經·小雅·鼓鐘》：「笙磬同音。」毛傳曰：「笙磬，東方之樂也。同音，四懸皆同也。」鄭玄箋曰：「八音克諧。」朋侶知音相洽也。

〔六〕友鹿麋，蘇軾《前赤壁賦》：「吾與子漁樵於江渚之上，侶魚蝦而友麋鹿。」

〔七〕下士笑，典出《道德經》，見《猛淬篇寄贈龍雨生教授》詩注。

〔八〕黄庭堅《送王郎》：「有功翰墨乃如此，何恨遠别音書少。」

〔九〕《漢書·疏廣傳》：「顧自有舊田廬，令子孫勤力其中，足以共衣食，與凡人齊。」薛師石《自題》：「半生作計在田廬。」作計田廬，思歸也。

〔一〇〕控拳，《史記·孫子吴起列傳》：「夫解雜亂紛糾者，不控捲。」司馬貞《索隱》曰：「謂解雜亂紛糾者，當善以手解之，不可控捲而擊之。捲，即拳也。」陳渺之《詹安泰〈鐵嶺寓居雜詩十首〉淺析》：「首句意謂自己的文采靈思頗能如控拳般運用自如。」

〔一一〕韓愈《雉帶箭》：「將軍欲以巧伏人，盤馬彎弓惜不發。」《論語·季氏》：「虎兕出於柙，龜玉毀於櫝中，是誰之過與？」按，此或指時事。

〔一二〕曲突能知，《藝文類聚》引桓譚《新論》：「淳於髡至鄰家，見其灶突之直而積薪在傍，謂曰：『此且有火』，使爲曲突而徙薪。鄰家不聽，後果焚其屋，鄰家救火，乃滅。烹羊具酒謝救火者，不肯呼髡。智士譏之曰：『曲突徙薪無恩澤，燋頭爛額爲上客。』蓋傷其賤本而貴末也。」

〔一三〕鄭俠《流民圖》，見《四絶句》詩注。

〔一四〕靳，吝也。一廛，喻地之小者。

〔一五〕歐陽修《會峰亭》：「岩花爲誰開，春去夏猶妍。野鳥窺我醉，溪雲留我眠。」

〔一六〕瀼西，地名，蜀地有瀼水，其一南流奉節縣，爲西瀼水。杜甫嘗賃草屋於其地，《瀼西寒望》：「瞿唐春欲至，定卜瀼西居。」

〔一七〕蘇軾《次韻錢越州見寄》：「莫將牛弩射羊群。」王十朋注曰：「漢有八牛弩，以射楚軍，矢及十里。」牛弩，以牛筋角所製强弩也。

〔一八〕宋人王圭，字禹玉，以文章致位通顯，有《華陽集》。王直方《詩話》：「王禹玉詩，世號

「至寶丹」，以其多使珍寶，如「黃金」必以「白玉」爲對。」《瀛奎律髓》：「禹玉爲詞臣則摛藻細潤，典雅勁健，未有後來全句長句之病，時號爲「至寶丹」，以多用金玉錦綉之類。」先生《論詩中的理緻》：「王禹玉詩主富麗，其兄謂之『至寶丹』，有人强效其體云云，也見《宋稗類鈔》。」

〔一九〕祠部，陳瀏之《詹安泰〈鐵嶺寓居雜詩十首〉淺析》：「頸聯的『祠部』似是指韓愈，韓愈曾做過『都官員外郎分司東都兼判祠部』的官。」

〔二〇〕冬郎，即韓偓，見《奉題陳斠玄師黃山游草即用杜贈原均》詩注。

〔二一〕鬼母，喻日寇飛機。先生詞《永遇樂·仲琴丈屬題陳恭甫舊藏武梁石刻》：「黃土丹花，青閨紅淚，鬼母騰空嘯。」任昉《述异記》：「南海小虞山中，有鬼母，能産天下鬼。一産千鬼，朝産之，暮食之。」

〔二二〕《禽經》：「鳴則引吭。」韓愈《送孟東野序》：「大凡物不得其平則鳴。」

〔二三〕曹劉，即曹植、劉楨，見《次均答元龍寧都旅次見寄四首》詩注。《國史纂异》：「許敬宗性輕，見人多忘之，或謂其不聰，乃曰：『卿自難記，若遇曹劉沈謝，暗中摸索着，亦可識。』」

〔二四〕《太平御覽》引墨子曰：「蝦蟆蛙黽，日夜恒鳴。口乾舌擗，然而不聽。」韓愈《雜詩》：「蛙黽鳴無謂，閤閤祇亂人。」

〔二五〕陸游《初夜》：「身似游邊客，心如退院僧。」

〔二六〕青螺，喻青山。劉禹錫《望洞庭》：「遥望洞庭山水翠，白銀盤裏一青螺。」

〔二七〕汨羅，指湖南一帶。按，時湘北邊警猶急，見《雨中聞湘警》詩注。

〔二八〕涑水，即司馬光，山西夏縣涑水鄉人，故稱。司馬光編《資治通鑒》，起周威烈王，迄於五代，勒成二百九十六卷，神宗以爲「鑒於往事，有資於治道」者。

〔二九〕蘇軾有《無愁可解》之調，自序云：「國工花日新作越調《解愁》，洛陽劉幾伯壽聞而悦之，戲作俚語之詞，天下傳咏，以爲幾於達者。龍丘子猶笑之。此雖免乎愁，猶有所解也。若夫游於自然而托於不得已，人樂亦樂，人愁亦愁，彼且惡乎解哉？乃反其詞，作《無愁可解》云。」

〔三〇〕《莊子·外物》：「儒以詩禮發冢。」郭象注曰：「詩禮者，先王之陳迹也，苟非其人，道不虚行，故夫儒者乃有用之爲奸，則迹不足恃也。」成玄英疏曰：「儒生誦詩禮以發冢，由是觀之，聖迹不足賴。」

〔三一〕回雁峰，在湖南衡陽，相傳雁至衡陽而止，遇春而回，或説其峰勢如雁回轉，故稱。陸游《贈粉鼻》：「連夕狸奴磔鼠頻。」

〔三二〕小草，見《將入蜀賦示同人五首》詩注。

〔三三〕先生詩《壬午六七月間雜書所感》：「忍寒終古凛冰霜。」《易經·坤》：「履霜，堅冰至。」

〔三四〕韓愈《貞曜先生墓志銘》謂孟東野：「及其爲詩，劌目鉥心，刃迎鏤解，鈎章棘句，掏擢胃腎。」

〔三五〕挾山願力，見《元龍寄示和石公之作次均奉酬兼呈石公》詩注。

〔三六〕鮎魚上竹，喻升遷艱難，見《詩人節懷屈原》詩注。

〔三七〕尺棰取半，典出《莊子·天下》：「一尺之捶，日取其半，萬世不竭。」道肥，《韓非子·喻老》：「子夏見曾子。曾子曰：『何肥也？』對曰：『戰勝，故肥也。』曾子曰：『何謂也？』子夏曰：『吾入見先王之義則榮之，出見富貴之樂又榮之，兩者戰於胸中，未知勝負，故臞。今先王之義勝，故肥。』」

〔三八〕元好問《論詩》：「東野窮愁死不休，高天厚地一詩囚。」《詩經·小雅·正月》：「謂天蓋高，不敢不局。謂地蓋厚，不敢不蹐。」

〔三九〕《呂氏春秋·審爲》：「身在江海之上，心居乎魏闕之下。」

〔四〇〕鷄鶩、訓狐，皆喻小人。《楚辭·九章·懷沙》：「鳳皇在笯兮，鷄鶩翔舞。」訓狐，鴟鴞也，即猫頭鷹。

〔四一〕沈思，字持正，宋湖州歸安人，隱居縣東之東林，因號東老，善釀酒，能導氣修生，趙孟頫有《東林山回仙觀沈東老傳》載其事。

〔四二〕清人朱彝尊（竹垞）有《風懷二百韵》詩，紀與妻妹之情事，收録於《曝書亭集》，或勸以删之，曰：「吾寧不食兩廡豚，不删風懷二百韵。」廡肉，廟堂祭祀所用豚肉也。

〔四三〕蘇軾詞《南鄉子·和楊元素》：「搔首賦歸歟。自覺功名懶更疏。若問使君才與術，何如？占得人間一味愚。」

【集評】

施議對《中國詞學文化學的奠基人》：「其所作《鐵嶺寓居雜詩》十首，謂户牖當山，岩花野鳥相窺。夜坐孤燈，雄愁斂入小草。鈎章棘句，自持願力。顛風簸雨，浮生一味。亦可看作是坪石時期的生活寫照。」

陳偉《詹安泰〈鐵嶺寓居雜詩十首〉淺析》：「詹教授詩走宋派一路。於少陵、昌黎、宛陵、東坡、山谷諸家致力尤深。又繼承清末民初同光派以學問爲詩，合詩人之詩與學人之詩爲一的傳統，所作亦煮字煉意，勁健奇鬱。是近現代潮州詩人學宋成就最高者。他的七律瘦硬通神，極見爐錘功夫，《鐵嶺寓居雜詩十首》正是其代表作。」

「山頑時見歸雲度，樹老猶能裂石攢」，陳偉《詹安泰〈鐵嶺寓居雜詩十首〉淺析》：「頷聯詩寫景名句，煉意煉格都像宋人，讓人想起梅堯臣《東溪》詩的名句：『野鳧眠岸有閑意，老樹着花無醜枝。』」

【按】此詩十首或作於一九四四年五六月間，時先生寓居坪石鐵嶺。

畢業同學餞別互勵社賦贈一律〔一〕

頹鬢叢埃久蕩磨，當筵狂醉不成歌。從今莫賦閑金粉〔二〕，別後能軍幾鸛鵝〔三〕。略有寸長終一試〔四〕，微聞短簿費千摩〔五〕。强持笑語將誰供，如此江山憤慨多。

吾道非耶又一時〔六〕，廿年多負學顰眉〔七〕。逢人莫説茲焉老，寄我可能仍以詩。何日聲華看獨出，他時癡夢約群嬉。初胎奇蕊當珍護，風雨天涯未易支。

【箋注】

〔一〕互勵社，旅館名，在粤北韶關。

〔二〕閑金粉，謂游冶佚樂之詩。

〔三〕軍鸛鵝，喻藝冠詩壇，見《邵潭秋遠貽〈培風樓詩存〉作此報謝》詩注。

〔四〕寸長，《楚辭·卜居》：「尺有所短，寸有所長。」先生詩《初到清洞書報羅孟韋成都》：「寸長極揚播。」

〔五〕短簿，喻筆，見《錫純出示雨夜詩次均奉答》詩注。

〔六〕《史記·孔子世家》：「《詩》云：『匪兕匪虎，率彼曠野。』吾道非耶，吾何爲於此？」

〔七〕學顰眉，學無功也，見《晚晴獨出》詩注。

【按】

此詩或作於一九四四年六月坪石中山大學畢業季。

病起上後園

篋中得癸未秋家居時殘稿，當日情狀如見。不忍弃置，補录於此。

白菜花已繁，芥藍葉正綠。出泥蘿蔔頭，肥嫩嬰兒足。短籬青藤蔓，欹石黄茆簇。暗水流低溝，微風動高竹。其東有草亭，又北森萬木。五旬不到此，曠然豁心目。如癢得快搔〔一〕，如書當快讀。因思避敵人，千萬鬱冤曲。家食無可繼，零落道左宿。頽檐蔽風雨，以菜果其腹。菜亦不時有，草樹作粱肉〔二〕。遂爾身臃腫，受風立僵撲。陳屍日計百，所至流深毒。時霍亂盛行，死者甚多。誰無胞與懷〔三〕，而忍此殘酷。萬彙存生機〔四〕，天道有剥復〔五〕。吾欲叩九閽〔六〕，夕陽挂樓角。

【箋注】

〔一〕陸游《悲歌行》：「脱身仕路弃衫笏，如病癬疥逢爬搔。」

〔二〕粱、肉，食之美者也。

〔三〕胞與，民胞物與，語出張載《西銘》：「民吾同胞，物吾與也。」泛愛衆也。

〔四〕萬彙，猶言萬物。

〔五〕剥復，語出《易經》，謂事物消長，見《羅孟韋（倬漢）教授兄過訪山樓》詩注。

〔六〕先生詩《感事》：「九閽有願終難訴。」

【按】

此詩作於一九四三年秋，時先生以病返饒平休養。

鍵户㊀

久經濕樹風凉進，可有前山櫻笋香〔一〕。鍵户難堪酬一坐，放晴翻愛得多忙。不成極目思田里，細寫騷心厭故常。何日清平真意快〔二〕，廿年消息剩顔蒼。

【校記】

㊀ 手鈔本此詩題上標一圓圈（○）。

【箋注】

〔一〕按，三月多櫻桃、春笋，故云。

〔二〕清平，猶言太平。

甲申四月閏四月所作五律

一雨遂經月，無花與餞春。山昏雲壓晝，草腐夜飛磷。壯往終成惜，孤居不厭貧。拚將家國淚，灑向酒懷新。

漸緑門前柳，新喧膝下蛙。樹光浮薄日，山水嚙重階。氣嗇非游事〔一〕，燈明約好懷。未須愁落莫，且自外形骸〔二〕。

棗栗當千户〔三〕，低徊又一時。不成竈下婢，勤老鬢邊絲〔四〕。鬧市魚蝦貴，山家耕種宜。何當書苦讀，坐此病難醫。

忽作五年客，來平石忽五年矣。〔五〕依然四壁空〔六〕。喧豗迷寵辱，消息故沉雄。江月明黃浪，高柯定晚風。與山論出處，岩穴有真功〔七〕。

江頭開霽色，落日見孤清。稍覺笙歌起，誰安少小情。呼天千淚迸，回夢一燈明。別有沉綿意，何年復兩京〔八〕。

天心存警戒，活計忍酸寒。懶久還成癖，愁深不可寛。輕衫當户外，亂髮舞風端。

閲世成孤囈〔九〕，蟬聲應未殘。

齒脱舌猶在〔一〇〕，余盛年落齒，今存無幾矣。名卑氣不寒。寧無千歲計〔一一〕，聊與此心安。斷酒雄愁斂，將詩萬户看。曉山來鳥雀，亦爲説頑殘。

晚照紅收市，條風緑布門。江空沙的皪，山静鳥飛翻。蝕壁蝸行篆〔一二〕，邀蟲夜對言。生涯蕭索久，車馬不須論。

道狹艱舒眼，顔蒼欲轉喉。驚飈奈日夜，大夢幾春秋〔一三〕。即物聊觀法〔一四〕，逢人只掉頭〔一五〕。女蘿與山鬼〔一六〕，厭汝説離憂〔一七〕。

親老猶多别，時艱每共嗟。浮沉凋鬢緑，風雨損天涯。險字烹東野〔一八〕，宗風拜浣花〔一九〕。一錢今不值〔二〇〕，坐看日西斜㊀。

【校記】

㊀「坐看」，手鈔本原作「坐老」，後改。

【箋注】

〔一〕嗇者，閉塞不通也。

〔一〕王羲之《蘭亭集序》：「因寄所托，放浪形骸之外。」

〔二〕《禮記》：「子事父母，棗栗飴蜜以甘之。」按，此句蓋言思鄉也。

〔三〕先生《錫純過訪楓溪快談竟日》詩：「身羞竈下婢，心向高丘女。」

〔四〕按，先生自一九四〇年隨中山大學遷粤北坪石，至其時五年。

〔五〕四壁空，《史記·司馬相如列傳》：「文君夜亡奔相如，相如乃與馳歸成都。家居徒四壁立。」

〔六〕岩穴，喻隱居也。

〔七〕陸游《殘年》：「遺戍雖傳説，何時復兩京。」兩京，宋有東西二京，故云。

〔八〕先生詩《寄居百煉岡匝月作》：「孤嘒出正聲。」嘒，小聲也。

〔九〕用老聃事，見《寄劉衡戡翠湖》詩注。

〔一〇〕陳師道《次韵德麟植檜》：「生世能幾何，擬作千歲計。」

〔一一〕蝸篆，蝸行迹如篆字，故云。

〔一二〕大夢，《莊子·齊物論》：「方其夢也，不知其夢也。夢之中又占其夢焉，覺而後知其夢也。且有大覺而後知此其大夢也，而愚者自以爲覺，竊竊然知之。」

〔一三〕觀法，釋家語，於心觀念真理之法。

〔一四〕掉頭，猶言摇頭。《莊子·在宥》：「鴻蒙拊髀雀躍掉頭曰：『吾弗知！吾弗知！』」

〔一五〕女羅山鬼，《楚辭·九歌·山鬼》：「若有人兮山之阿，被薜荔兮帶女羅。」女蘿，菟絲也，松蘿也。

〔一七〕離憂，《史記·屈原賈生列傳》：「離騷者，猶離憂也。」司馬貞《索隱》引應劭曰：「離，遭也。」

〔一八〕東野，即孟郊，詩以寒瘦稱。烹東野者，語蓋出蘇軾《讀孟郊詩二首》：「初如食小魚，所得不償勞。又似煮彭越，竟日持空螯。」又，「詩從肺腑出，出輒愁肺腑。有如黄河魚，出膏以自煮。」

〔一九〕浣花，指杜甫。《苕溪漁隱叢話》：「江西平日語學者爲詩旨趣，亦獨宗少陵一人而已。」

〔二〇〕一錢不值，語出《史記·魏其武安侯列傳》：「生平毁程不識不直一錢。」

【按】五律十首作於甲申四月閏四月，即新曆一九四四年五六月間。

晚來

嫩緑葱葱溪澗濱，高柯摇曳一蟬新〔一〕。晚來覓步涼生鬢，又見紛紛避亂人。

【箋注】

〔一〕貫休《明進士北齋避暑》：「濕樹一蟬新。」

韶生違難來坪，賦贈長句〔一〕甲申端午

每別常如當面醉，相看各有避兵心。廿年前事天呼夢〔二〕，一夕邊聲鬼哭陰〔三〕。可記汨羅冤屈子〔四〕，最妨清議誤東林〔五〕。平生風力猶堪騁，不信人間竟陸沉〔六〕。

【箋注】

〔一〕王韶生（一九〇四—一九九八），號懷冰，廣東梅州豐順人，嘗從黄節、高步瀛游，曾任教於廣州中山大學、嶺南大學、香港中文大學崇基學院、珠海書院等校，後旅居香港，有《懷冰室集》《嶽雪盧叢稿》《當代人物述評》等，曾編修《豐順縣志》。

〔二〕按，王韶生於一九二二年考入廣東高等師範學校（即後國立廣東大學）文史部，與先生同校就讀，至其時廿年有餘。

〔三〕李華《吊古戰場文》：「此古戰場也，常覆三軍。往往鬼哭，天陰則聞。」

〔四〕屈子自沉汨羅死，見《題〈梁節庵先生遺詩〉》詩注。

〔五〕東林，即東林黨。《東林列傳》四庫提要：「明萬歷間，無錫顧憲成與高攀龍重修宋楊時東林書院，講學其中，欲以主持清議爲己任，一時聲氣蔓延，趨附者幾遍天下。……天啓中，魏忠賢亂政，附閹諸人因東林以起黨獄，一時誅斥殆盡。」

〔六〕陸沉，見《偶成三首》詩注。徐夤《休説》：「休説人間有陸沉。」

【按】

此詩作於甲申端午，即新曆一九四四年六月廿五日。時王韶生或以戰亂避地坪石。

報陳寂爰連縣㊀〔一〕

陳子夙以七絶著，近爲古體尤蒼堅。想見寓樓擁被時，短長不肯無其傳。龍蜃百怪恣讕謔〔二〕，雖缺温飽得天全。惜哉世士多所障，乍覷天巧輕相捐〔三〕。當此百川競倒蹷〔四〕，一闤之市千腥膻〔五〕。便與摩放及頂踵〔六〕，群飛涕笑知誰賢〔七〕。舊識春風入花骨〔八〕，剩容老鶴賡堯年〔九〕。取徑寧辭陶韋下㊁〔一〇〕，携夢許到軒羲前〔一一〕。况復有酒助之興，興酣天地争迴旋。舒音山水常入扣〔一二〕，刻貌岩澗能爲專㊂。即此窮儒頗願足，驚人功業何預焉。出今無車歸無田〔一三〕，短刀銹澀無可鎸〔一四〕。誇奪時時自斫喪㊃〔一五〕，獨餘寸抱飛長箋㊄。豈期佳章忽寵我㊅，吟玩夜永艱成眠㊆。僻左莫問人會否，聊一爲子張斷弦。

附來詩

爲无盦題漱宋室填詞圖㊇

陳寂

世人窺豹未見豹，模取一斑聊自奇。我詩學宋不學杜，黄陳范陸徒相師。少年涉筆晏幾道，海綃老人頗绝倒。當時翼我者鄧次卿劉洪度，捫闇强追終草草。此事向來人罕爲，爲者難喻知者稀。吁嗟姜張不可作，得毋有人闡其遺。无盦琢詞過廿載，顛倒二白百不疑。網羅珠玉蔑不有，鞭笞精怪成瑰辭。我祖北宋君未許，我善歐秦君非之。同游最狎論輒左，古心古貌非相欺。鷓鴣庵闃虎夜吼，風爐煮茗匡床右。隔户頻呼黄葉僧海章，譚詩喜吐懸河口。風烟忽入武溪水，車輪一夕三千里。勿幕亭前澗道乾，遲我寄詩秋滿紙。

【校記】

㊀此詩曾刊載於一九四八年五月《廣東日報》副刊《嶺雅》第一期。

㊁「寧辭」，手鈔本原作「寧避」，後改。

㊂「爲專」，手鈔本原作「生磷」，後改。

㊃「時時」，手鈔本原作「政爾」，後改。

㊄「獨餘寸抱飛長箋」，手鈔本此句原作「强持牛鐸黄鐘肩」，後改。按，牛鐸，協音律也，典出《晋書·荀勖傳》：「勖於路逢趙賈人牛鐸，識其聲。及掌樂，音韵未調，乃曰：『得趙之牛鐸則諧矣。』」黄鐘，宫調名，《禮記·月令》孔穎達疏：「黄鐘宫最長，爲聲調之始。」

㊅「豈期」，手鈔本原作「豈知」，後改。

㊆「夜永」，手鈔本原作「夜深」，後改。

㊇後附陳寂來詩，手鈔本無，今據《枕秋閣詩文集》所録《魚尾集二集》補録。詩亦見於先生《无盦詞》題辭。

【箋注】

〔一〕寂爰，即陳寂（寂園），見前注。時陳在中山大學任教，隨校西遷連縣（今屬廣東清遠市）。

〔二〕歐陽修《答蘇子美離京見寄》：「滄溟産龍蜃，百怪不可名。」蜃，蛟龍之屬。

〔三〕韓愈《答孟郊》：「文字覷天巧。」

〔四〕梅堯臣《青龍海上觀潮》：「百川倒蹙水欲立。」

〔五〕一闤之市，市之至小者，見《葉元龍教授兄杜過寓廬》詩注。

〔六〕摩放頂踵，身勞苦也。《孟子·盡心上》：「墨子兼愛，摩頂放踵利天下，爲之。」頂踵，即頭頂、足踵。

〔七〕群飛，亂貌。先生詩《久不得瘖盦書，賦此却寄》：「群飛涕笑汝何賢。」

〔八〕王庭珪《次韵韓朝美惠硯》：「詩如春風入花骨。」

〔九〕老鶴堯年，見《秋興四首和高瘖盦》詩注。

〔一〇〕陶韋，即陶潛、韋應物。

〔一一〕軒羲，即軒轅、伏羲氏，喻上古治世。

〔一二〕入扣，合度也。

〔一三〕用馮諼事，見《教師節日同人飲集潮州西湖》詩注。

〔一四〕李白《獨漉篇》：「雄劍挂壁，時時龍鳴。不斷犀象，銹澀苔生。」

〔一五〕 誇奪，逐名利也，韓愈《雜詩》：「向者夸奪子，萬墳厭其巔。」

【集評】

「取徑寧辭陶韋下，携夢許到軒義前。况復有酒助之興，興酣天地争迴旋」，《嶺雅》所刊，此句下評曰：「二句的論。」

張海鷗《詹安泰與陳寂的詩詞交誼》：「陳寂比詹年長兩歲，但詹早已在學術和詩詞兩方面都有很高的聲譽，而陳剛入大學執教，詩名方顯，而學術尚無成就。所以他與詹交往，姿態比較複雜，常常需要自我表白。而詹自然有居高臨下的姿態，以贊賞爲主，明顯回避了陳寂提到的詩詞理念的分歧，不和他討論。這個回避的態度非常婉約，特别耐人尋味。」

【按】

此詩或作於一九四四年秋冬。一九四四年秋，日敵進犯粤北，坪石告急，中大被迫再度搬遷，文學院遷至粤東梅縣。《年譜》「一九四四年」下：「冬，先生回饒平，寄居百煉岡，并在上饒區初級中學（今饒平四中）授國文課。黄海章回梅縣，陳寂往連州，吴辛旨往平遠。」

饒城晤姚文傑兄，匆遽别去，文傑先有詩，賦此報之〔一〕

定向長孺乞方正〔二〕，惜無癡叔與流連〔三〕。不期而遇燈誰剪〔三〕，且住爲佳别幾年〔四〕。小印可堪枯木守〔五〕，高樓曾抱一經眠。少遲共汝箋天去，點滴詩情莫浪捐〔六〕。

【箋注】

〔一〕饒城，在今廣東饒平縣三饒鎮，時爲饒平縣治。姚文傑，其人不詳。

〔二〕長孺，西漢汲黯字。《史記·汲鄭列傳》：「黯爲人性倨，少禮，面折，不能容人之過。合己者善待之，不合己者不能忍見。」

〔三〕癡叔，指晋人王湛。鄧粲《晋紀》：「王湛字處冲，太原人。隱德，人莫之知，雖兄弟宗族，亦以爲癡，唯父昶异焉。昶喪，居墓次，兄子濟往省湛，見床頭有《周易》，謂湛曰：『叔父用此何爲？頗曾看不？』湛笑曰：『體中佳時，脱復看耳。今日當與汝言。』因共談《易》。剖析入微，妙言奇趣，濟所未聞，嘆不能測。」

〔三〕李商隱《夜雨寄北》：「何當共剪西窗燭。」

〔四〕且住爲佳，顔真卿《寒食帖》：「寒食只數日間，得且住爲佳耳。」辛弃疾詞《霜天曉角・旅興》：「宦游吾倦矣，玉人留我醉。明日落花寒食，得且住，爲佳耳。」

〔五〕守印如枯木，見《次均高瘖盦見寄》詩注。

〔六〕箋天，見《錫純兩度枉訪答拜未能詩以寄意》詩注。先生詩《久不得瘖盦書賦此却寄》：「剩留花筆欲箋天。」

【按】一九四四年冬，先生以戰事自坪石返饒平，寄居百煉岡，在上饒區初級中學任教，此詩或作於其時。

鄭師許寄示連縣紀游詩，賦此報謝〔一〕

爲別忽已五月餘，近來始得通一書。媵以新詩記歷覽，文字險勁歸敷愉〔二〕。類歐學韓梅學孟〔三〕，不犯死執柴翁徒〔四〕。師許喜柴翁詩。面貌豈必俗士喜，真氣足潤山川枯。中間瑰瑋自閟伏，令人坐卧迷鴻都〔五〕。譬米家畫惟水墨，不施勾勒神理俱〔六〕。亦猶荆川論古文，放筆直幹遺精粗。〔七〕兹游毋乃得天助〔八〕，頓使十指生靈珠。惜哉我未履其地，未由共洗千煩紆。聞子避難入境初，一飽不易胡清娱。失之於彼得之此，事果不可常理拘。德人自昔無所累〔九〕，憂患百慮雲烟如。腰脚挺健乃真樂，銀鞍煜爚徒區區〔一〇〕。

【校記】

㈠ 手鈔本此詩題上標一三角形「△」。

【箋注】

〔一〕鄭師許，見前注。

〔二〕敷愉，喜悦貌。

〔三〕歐，即歐陽修。韓，即韓愈。梅，即梅堯臣。孟，即孟郊。

〔四〕柴翁，即鄭珍，見前注。不犯，猶言不愧。

〔五〕迷鴻都，用蔡中郎事，見《游别峰八十六韵》詩注。

〔六〕宋人米芾、米友仁畫山水，多以水墨點染，不拘形色勾皴，人謂「米氏雲山」。米芾《畫史》：「信筆作之，多以烟雲掩映，樹石不取細，意似便已。」

〔七〕明嘉靖間唐順之，號荆川先生，論文主張「本色」。《答茅鹿門知縣》：「一人心地超然，所謂具千古隻眼人也，即使未嘗操紙筆呻吟，學爲文章，但直抒胸臆，信手寫出，如寫家書，雖或疏鹵，然絶無烟火酸餡習氣，便是宇宙間一樣絶好文字。」又《與洪方洲書》：「近來覺得詩文一事，衹是直寫胸臆，如諺語所謂『開口見喉嚨』者，使後人讀之，如真見其面目，瑜瑕俱不容掩，所謂本色，此爲上乘文字。」

〔八〕《文心雕龍·物色》：「若乃山林皋壤，實文思之奥府。……抑亦江山之助乎。」

〔九〕《莊子·天地》：「德人者，居無思，行無慮，不藏是非美惡。」賈誼《鵩鳥賦》：「德人無累兮，知命不憂。」

〔一〇〕辛延年《羽林郎》：「銀鞍何煜爚，翠蓋空踟躕。」煜爚，光輝燦爛貌。

【按】

此詩或作於一九四四年至一九四五年間，時鄭師許在中山大學任教，以戰事隨校西遷連縣。

赤狼行

赤狼來，赤狼來，村南村北相驚告。破腦吸漿喉吸血，不同餓虎食肉飽。中婦携兒山中行，兒前狼撲不敢聲。忍淚密伏林莽裏，抱兒屍歸哭欲死。聞道兵戰今八年，白骨萬里無人烟。老弱轉徙丁壯盡，官家作苦日抽捐〔一〕。腐儒莫用苛政比，不上山行猶得避〔二〕。

【箋注】

〔一〕抽捐，即抽稅。

〔二〕比苛政，典出《禮記·檀弓下》：「孔子過泰山側，有婦人哭於墓者而哀，夫子式而聽之，使子路問之，曰：『子之哭也，壹似重有憂者。』而曰：『然。昔者吾舅死於虎，吾夫又死焉，今吾子又死焉。』夫子曰：『何爲不去也？』曰：『無苛政。』夫子曰：『小子識之，苛政猛於虎也。』」

【按】

此詩或爲一九四五年先生避亂饒平百煉岡時所作。先生詩《百煉崗寄羅雨山吴辛旨羅孟韋黄挽波諸子》「竄身頻傳赤狼毒」句下有自注云：「時山中多狼患。」

百煉崗寄羅雨山、吴辛旨、羅孟韋、黄挽波諸子〔一〕

百煉崗誰住其間，書聲咿唔夜向闌〔二〕。清静還疑耕谷口〔三〕，稻田漠漠溪水環。含烟古木森道左，時見怪禽枝上坐。矮閣簇簇自高下，歸客悠悠同坎軻。山老石瘦斷崖孤，野雲飛掠峰模糊。竄身頻傳赤狼毒，時山中多狼患。念亂驚聽饑鴉呼。惟思與君共游處〔一〕，醉踏斜陽入花塢。不然亦擬得君詩，一爲溪山潤色之。小別乃今隔千里，使我心焉日如燬〔四〕。安得相從以遨嬉，盡洗蟠胸千鬱奇〔二〕。暫豁昏花眼不易，可有山川爲汝私。

【校記】

〔一〕「與君」，手鈔本原作「與子」，後改。

〔二〕「盡洗」，手鈔本原作「洗却」，後改。

【箋注】

〔一〕羅球（雨山）、吴三立（辛旨）、羅倬漢（孟韋）、黄海章（挽波），均見前注。諸子皆先生於坪石中山大學時期共游者。據《年譜》，時黄海章在梅縣，吴辛旨往平遠。

〔二〕咿唔，誦書聲也。按，時先生寄居百煉崗，任教於上饒區初級中學，見前注。

〔三〕耕谷口，揚雄《法言·問神》：「谷口鄭子真，不屈其志，而耕乎岩石之下，名振於京師。豈其卿！豈其卿！」《華陽國志·漢中士女》：「鄭真岳跱，確乎其清。」注云：「鄭子真，褒中人也，玄静守道，屢至德之行，乃其人也。……家谷口，號谷口子真。」

〔四〕《詩經·周南·汝墳》：「王室如燬。」燬，火也。陶宗儀《永思堂詩爲董仲資作》：「瞻望莫及，心焉如燬。」

【按】

此詩作於先生寄居饒平百煉崗時期。

題舊藏沈周畫山水長卷〔一〕

平生意畫不擅畫，薄有家藏供日展。石田此卷尤奇妙，澹墨秃毫寫秋晚。相映疏林千里明，不着雲烟一水限。近樹偃蹇根半拳，遠樹離立身半斷。略斜紅葉見風輕，乍露征鴻覺天遠。亭臺小結不二三，中有高人神閑散。邈然如揖晋宋風，使我頓忘俗慮滿。石田書詩俱卓越，不獨畫爲時冠冕〔三〕。乃知晴窗弄筆耳，道通心性非淺短。拜石襄陽惟其癖〔三〕，學馬子昂何足算〔四〕。

【箋注】

〔一〕沈周（一四二七—一五〇九），字啓南，號石田，晚號白石翁，明蘇州府長洲人，工詩畫。沈周山水長卷，是先生祖上所藏舊物。據一九三五年《國畫月刊》第九、十期合刊，王顯詔有《自題畫卷》詩四首，其序云：「饒平詹氏，爲清代望族，有一門同時九進士一翰林之號，收藏甚富，乃者其文孫祝南文曾出示沈石田山水長卷，神采斐動，紙墨如新，且爲天籟閣舊物，真神品也。」

〔二〕《明史·沈周傳》：「文摹左氏，詩擬白居易、蘇軾、陸游，字仿黄庭堅，并爲世所愛重。尤工於畫，評者謂爲明世第一。」

〔三〕襄陽，指宋人米芾，字元章，世居太原，後徙襄陽，世稱米襄陽。《宋史·文苑·米芾傳》：「無爲州治有巨石，狀奇醜，芾見大喜曰：『此足以當吾拜。』具衣冠拜之，呼之爲兄。」

〔四〕子昂，指趙孟頫，字子昂，號松雪道人，宋宗室，入元，官至翰林學士承旨，以書畫名世，於畫馬一科尤通，有《浴馬圖》《調良圖》《古木散馬圖》《秋郊飲馬圖》《人騎圖》等。

【按】

此詩或爲一九四四年至一九四五間避地饒平百煉崗時所作。

寄吴辛旨平遠〔一〕

眠食相看都幾年，饒平平遠心相懸㈠。生事已拚世所弃，猶喜共得生還山㈡。山居養親兼讀書，暇日山水資清娱。不界關防寸願了，恨無琢切故人俱〔二〕。永懷往客坪石日，煮茗談詩數晨夕。脱口如我或游移，持律推君最密栗〔三〕。偶然意見不相若，長慶頭與元和脚〔四〕。剖蚌探驪軒輊誰〔五〕，涌韓聳孟才性各〔六〕。久聞安燕不徹警〔七〕，敢以浮榮自掠影。衹信旁人客氣多，夾鏡雙瞳無虚騁〔八〕。疥手摩堅阻百艱，心精銷鑠白日寒。誓爲篙師戰狂瀾，遑問長河深淺灘。古貨原知今難賣〔九〕，鼙鼓聲中驚老大〔一〇〕。

雖然設想身後名，可慣當前受駭怪。一飯不易況其餘，人間用舍量肥癯〔二〕。楚客工瑟齊好竽〔三〕，吾道於今孤不孤〔四〕。

【校記】

㊀「心相懸」，手鈔本原作「長相懸」，後改。

㊁「共得」，手鈔本原作「得共」，後改。

【箋注】

〔一〕吳三立（辛旨），見前注。

〔二〕琢切，切磋琢磨也。《詩經·衛風·淇奧》：「有匪君子，如切如磋，如琢如磨。」

〔三〕密栗，猶言縝密。杜甫《遣悶戲呈路十九曹長》：「晚節漸於詩律細。」

〔四〕長慶、元和，指唐詩人元稹、白居易。《舊唐書·元稹傳》：「稹聰警絶人，年少有才名，與太原白居易友善。工爲詩，善狀咏風態物色，當時言詩者稱元白焉。自衣冠士子，至閭閻下俚，悉傳諷之，號爲『元和體』。」唐穆宗長慶年間，元有《元氏長慶集》、白有《白氏長慶集》，故又號爲「長慶體」。《通雅·釋詁·綴集》：「元和體、長慶體則以年號名也。」

〔五〕剖蚌探驪，《三國志·蜀志·秦宓傳》：「剖蚌求珠。」《莊子·列禦寇》：「夫千金之珠，必在九重之淵而驪龍頷下。」軒輊，謂高低優劣，語出《詩經·小雅·六月》：「戎車既安，如輊如軒。」朱熹《集傳》曰：「輊，車之覆而前也。軒，車之却而後也。凡車從後視之如輊，從前視之如軒，然後適調也。」

〔六〕涌韓聳孟，指韓愈、孟郊。孟郊《戲贈無本》：「詩骨聳東野，詩濤涌退之。」許學夷《詩源辨體》：「古人自許不謬。……以濤歸韓，以骨自許，不謬。」李耆卿《文章精義》：「韓如海。」方東樹《昭昧詹言》：「韓公當知其『如潮』處，非但義理層見叠出，其筆勢涌出，讀之攔不住，望之不可極，測之來去無端涯，不可窮，不可竭。」又，韓愈《貞曜先生墓志銘》謂孟郊詩：「劌目鉥心，刃迎縷解，鈎章棘句，掏擢胃腎，神施鬼設，間見層出。」先生《論詩之風格》曰：「東野詩實有意以骨力見長者，退之之評，爲得其真。」

〔七〕黄庭堅《送李德素歸舒城》：「人生要當學，安宴不徹警。」語出《左傳》：「宴安鴆毒，不可懷也。」又：「軍衛不徹，警也。」

〔八〕夾鏡雙瞳，目明亮也，喻良馬。顏延之《赭白馬賦》：「雙瞳夾鏡，兩權協月。」杜甫《驄馬行》：「隅目青熒夾鏡懸。」

〔九〕歐陽修《水谷夜行寄子美聖俞》：「古貨今難賣。」一作「古物今誰買」。

〔一〇〕白居易《長恨歌》：「漁陽鼙鼓動地來，驚破霓裳羽衣曲。」鼙鼓，軍用鼓也。

〔一一〕《論語・述而》：「用之則行，舍之則藏。」《淮南子・精神訓》：「玩天地於掌握之中，夫豈爲貧富肥臞哉！」

〔一二〕韓愈《答陳商書》：「齊王好竽，有求仕於齊者，操瑟而往，立王之門，三年不得入，叱曰：『吾瑟鼓之，能使鬼神上下，吾鼓瑟，合軒轅氏之律吕。』客罵之曰：『王好竽而子鼓瑟，雖工，如王不好何？』是所謂工於瑟而不工於求齊也。今舉進士於此世，求禄利行道於此世，而爲文必使一世人不好，得無與操瑟立齊門者比歟？文雖工，不利於求，求不得，則怒且怨，不知君子必爾爲不也。」

〔一三〕《論語・里仁》：「德不孤，必有鄰。」

【按】此詩或作於一九四四至一九四五年間，時吴避兵自坪石返家鄉廣東平遠縣（在今梅州），先生在饒平。

年關

陰雨連日不驚雷，居人鬱悶行客怨。年關歷爲俗所重，誰似痟癱甘坐困〔一〕。貧家無用張彩燈，略貼祥符挽氣運。器皿箕筐都時需，一一潔治供請獻。净洗房室拭几案，厚禄故人倘一問〔二〕。黄鷄自畜酒自釀，肥嫩紅甜還自勸。碌碌窮生此少休，大似行軍得中頓。我生轉徙如轆轤〔三〕，年節十常九在途。難得香粳炊白玉，肴饌豐嗇何關渠。可復向人論年齒，兒時種柳絲垂地。便與追歡非妄貪，親前猶覺身童稚。願親康健同往年，年年長得侍親前。直待兒年如親長，看兒拜起各華顛〔四〕。

【箋注】

〔一〕痡、癱，皆病難動也。

〔二〕杜甫《狂夫》：「厚禄故人書斷絶。」蘇軾《林子中以詩寄文與可及余》詩：「故人多厚禄，能復哀君否。」

〔三〕轆轤，車輪也。先生《溦江苦無書讀忽睹〈宛陵集〉》詩：「連年離亂工轉徙。」

〔四〕《説文》：「顛，頂也。」華顛，謂白首也。

【按】

此詩或作於甲申年底，即新曆一九四五年二月上旬，時先生在饒平。

饒城聞夢真之喪，悲痛欲絶，哭之以詩〔一〕 三首

八年遭離亂，常嗟會面難。何期一爲别，去秋始來饒城晤夢真。竟去不復還。親老婦淑賢，號痛欲毁顔。幼子始三齡，呼爸故闖棺。知交各慘戚，涕下不可删。天乎胡此酷，而刳我心肝。

吉人之辭寡〔二〕，出處惟狷潔。危言奪魄精，析事窮毫髮。老魚肆其奸〔三〕，天網恢恢設〔四〕。毒草或摇風，寸定不可懾〔五〕。貧者士之常〔六〕，理乃性所結。老氏鍾嬰兒〔七〕，莊生泯堯桀〔八〕。究闡日以永，心精日以竭。奇花粲諸天，誰歟共采擷。

曰固其誰信，少著青睛譽〔九〕。群書既博涉，大恐虚名誤。近乃守以卓，希踪到鄒魯〔一〇〕。餘力試爲詩〔一一〕，欲叩大謝户〔一二〕。雕績雖滿眼〔一三〕，至理時一遇。精嚴如其人，堅壁不可侮〔一四〕。膏以明自煎〔一五〕，才實天所妒。鬼瞰莫之逃〔一六〕，窮達寧非數。胡不三緘口〔一七〕，而告人以故。師道自淪喪，彼蒼復何與〔一八〕。

【箋注】

〔一〕夢真，其人不詳。

〔二〕《易傳·繫辭傳》：「吉人之辭寡，躁人之辭多，誣善之人其辭游，失其守者其辭屈。」

〔三〕梅堯臣《途中寄上尚書晏相公》詩：「老魚奸怯潛鱗鬐。」

〔四〕《老子》：「天網恢恢，疏而不漏。」

〔五〕梅堯臣《送蘇子美》：「毒草見人摇。」寸定，猶言心志。

〔六〕《列子·天瑞》：「貧者士之常也，死者人之終也。處常得終，當何憂哉？」

〔七〕《老子》：「專氣致柔，能嬰兒乎？」先生詩《游别峰八十六韵》：「卓哉老氏鍾嬰兒。」

〔八〕《莊子·大宗師》：「與其譽堯而非桀也，不如兩忘而化其道。」泯堯桀者，無毁譽也。

〔九〕《陳書·徐陵傳》：「目有青睛，時人以爲聰惠之相也。」青睛，目明亮也。

〔一〇〕鄒魯，喻孔孟之道。《史記·孔子世家》：「孔子生魯昌平鄉陬邑。」《孟子列傳》：「孟軻，鄒人也。」司馬貞《索隱》曰：「鄒，魯地名。」

〔一一〕韓愈《和席八十二韵》：「餘事作詩人。」

〔一二〕大謝，即謝靈運。

〔一三〕雕繢滿眼，語出《南史·顔延之傳》：「延之嘗問鮑照己與靈運優劣，照曰：『謝五言如初發芙蓉，自然可愛。君詩若鋪錦列綉，亦雕繢滿眼。』」

〔一四〕黃庭堅《奉和文潛贈無咎篇末多見及》詩：「張侯真理窟，堅壁不與戰。」

〔一五〕《莊子·人間世》：「膏火自煎也。」成玄英疏曰：「膏能明照以充鐙炬，爲其有用，故被煎燒。豈獨膏木，在人亦然。」

〔一六〕鬼瞰，揚雄《解嘲》：「高明之家，鬼瞰其室。」劉良注曰：「是知高明富貴之家，鬼神窺望其室，將害其滿盈之志矣。」

〔一七〕三緘口，劉向《說苑·敬慎》：「孔子之周，觀於太廟，右陛之側，有金人焉，三緘其口而銘其背曰：『古之慎言人也，戒之哉！戒之哉！無多言，多口多敗；無多事，多事多患。』」

〔一八〕《詩經·秦風·黃鳥》：「彼蒼者天，殲我良人。」

【按】

此詩或作於一九四五年，時先生在饒平。

得挽波梅州詩，適聞坪石失陷〔一〕

陰寒一月惟孤悶，得句如同選勝游。所幸天留真懶窟，不然我滯古韶州〔二〕。刺心萬鏃聞初變，覆水何時得再收〔三〕。煮茗哦詩應不惡，未須生事苦冥搜。

【箋注】

〔一〕黄海章（挽波），見前注。

〔二〕韶州，古地名，此指粤北一帶。

〔三〕《後漢書・何進傳》：「國家之事，亦何容易。覆水不可收，宜深思之。」

【按】

一九四五年初，粤北坪石、樂昌相繼淪陷。《年譜》「一九四五年」下：「年初，粤漢綫失陷，一月上旬，警報頻傳，一月十六日，因在農學院粟源堡發現日寇，學校當局發放應變費，通知緊急疏遷。」此詩或作於其時，時黄海章因避戰事返家鄉梅州，先生在饒平。

陳歷典院長屢惠佳章，賦此報之〔一〕

詩律要嚴清，涪翁舊説在。〔二〕今士章與江，章行嚴、江翊雲。〔三〕精能共推戴。申韓習既熟〔四〕，爲詩亦可愛。用知法與詩，中自通沆瀣〔五〕。陳子長法院，嗜詩莫等輩。不讓都官勤，更下浪仙拜。〔六〕其微固難論，嚴清寧獨外。譽我實過情，旁人頗駭怪。昨者曠蕩談，連日不少僊。山骨自峥嶸，春林見芳薈。醜樹或着花，風枝有餘態〔七〕。榮枯何可擬，及時力當賣。持此占修能〔八〕，壯夫憚群碎〔九〕。

【箋注】

〔一〕陳歷典，字存玄，廣東潮州人，嘗師從圓五居士王弘願，有《華嚴疏序口義記》。

〔二〕涪翁，即黄庭堅。黄庭堅《再次韵兼簡履中南玉》：「李侯詩律嚴且清。」

〔三〕章士釗（行嚴），見前注。江庸，字翊雲，晚號澹翁，四川璧山人，曾任北洋政府司法總長、國立法政大學校長等職。二人皆通法學，世多推戴。按，陳歷典曾任司法官，故云。

〔四〕申韓，指戰國時法家申不害、韓非。《漢書·藝文志》：「法家者流，蓋出於理官，信賞必罰，以輔禮制。」

〔五〕沆瀣，氣味相投合也。

〔六〕都官，即梅堯臣。浪仙，即賈島。

〔七〕梅堯臣《東溪》：「老樹着花無醜枝。」

〔八〕修能，《離騷》：「紛吾既有此内美兮，又重之以修能。」王逸注曰：「修，遠也。言己之生，内含天地之美氣，又重有絶遠之能，與衆异也。」

〔九〕群碎，生活瑣碎也。

【按】此詩或作於一九四五年先生返饒時期。先生《余卧病兩旬（火藥炸傷）》詩自注謂存玄、乙穆、倬藩「三君來饒，交余數月耳」。

遜之教授兄出示祭妻文，情見乎辭，讀之惻楚，不能無言〔一〕

知君慘戚甚，遭難復喪偶。讀君祭妻文，淚直流入口。潘元昔悼亡〔二〕，謂曠代稀有。逮及梅翁作〔三〕，真質愈深厚。惟其美且賢〔四〕，人間乃鷄狗。君文與詩若，心肝更細剖。當富能無驕〔五〕，秉德已不苟〔六〕。一旦貧病交，絶不聞誶詬〔七〕。我每過君居，肅然起敬久。人亦知敬愛，孰如君夫婦。人亦有離合，孰如君孝友〔八〕。勤樸世所稀，狂直天所宥〔九〕。如何得還鄉，幽明遽分手。霜哀值春芳〔一〇〕，寃氣觸牛斗〔一一〕。痛傾千淚血，還期魂終守。準之四海情〔三〕，獨向彼蒼咒〔三〕。留此斷腸聲，百蟲爲尸咎〔四〕。日夜哀切切，下泉人會否。

【箋注】

〔一〕張掖（一八九五—一九七五），原名友敏，字遜之，湖南茶陽人，曾在國民革命軍第一軍政治處任上校秘書等職，曾任中山大學出版部主任、中山大學西語系教授、廣東省參議會參議員。時張或在中山大學任法文教授。

〔二〕潘岳有《悼亡詩三首》，文選注曰：「妻亡，故賦詩以自寬。」

〔三〕梅堯臣亦有《悼亡詩三首》。

〔四〕梅堯臣《悼亡詩三首》：「見盡人間婦，無如美且賢。」

〔五〕《論語・學而》：「子貢曰：『貧而無諂，富而無驕，何如？』子曰：『可也。』」

〔六〕《楚辭・九章・橘頌》：「秉德無私，參天地兮。」

〔七〕誶詬，責難辱罵也。

〔八〕善父母曰孝，善兄弟曰友。

〔九〕龔自珍《題王子梅盜詩圖》：「我喜攻人短，君當宥狂直。」宥，恕也。

〔一〇〕孟郊《杏殤》：「春壽何可長，霜哀亦已深。」
〔一一〕牛斗，即牽牛、北斗，星宿名。
〔一二〕《禮記·祭義》：「夫孝……推而放諸東海而準，推而放諸西海而準，推而放諸南海而準，推而放諸北海而準。」鄭玄注曰：「準，猶平也」。
〔一三〕《詩經·秦風·黄鳥》：「彼蒼者天，殲我良人。」孔穎達疏曰：「彼蒼蒼者，是在上之天。」
〔一四〕尸咎者，古者祭祀，皆有尸以依神。

寄居百煉岡匝月作

地曠宜偃息，崗高可舒嘯〔一〕。幾幅輞川圖〔二〕，一角西湖貌。近溪自屈曲，遠峰相環抱。曉晴水田寬，斜日炊烟繞。樓閣與茆寮，一一供眼飽。我來自繁都，久厭市聲鬧。寄寂值僧夏〔三〕，倏焉秋已到。白雲媚前汀，欲放夷猶棹〔四〕。登歌氣象雄，密坐情味足。園花來撲座，叢筱舒其緑。〔五〕蟲爲夜色驕，烏向曉光浴。起我詩思清，渾忘世榮辱。大月朗諸天，品茶逾酒香。佳邀各悵惘，獨攄得疏狂。胸中水鏡懸〔六〕，敵彼白日光。蟪蛄昧春秋〔七〕，椿槿孰短長〔八〕。睇眄發華采〔九〕，咨嗟非所望。闕此爲藥餌，留待挹奇芳〔一〇〕。

大道存糞溺〔一一〕，虛名媚俗聽。孤嘒出正聲〔一二〕，何用事奔競。吕氏語小兒〔一三〕，張氏編養正〔一四〕。濡首未盲心〔一五〕，庶以舌爲聖〔一六〕。況有賢師友，開襟見明靚。童蒙雖未學〔一七〕，靈機存真性。當歌神以怡，群囂息一定。歡笑不終宴〔一八〕，視此寧非病。

【箋注】

〔一〕陶潛《歸去來兮辭》：「登東皋以舒嘯。」

〔二〕王維有《輞川圖》。《畫鑒》：「王右丞工人物山水，筆意清潤，畫羅漢、佛像至佳。平生喜作雪景、劍閣棧道、騾綱曉行、捕魚、雪渡、村墟等圖，其畫《輞川圖》，世之最著者。蓋其胸次瀟灑，意之所至，落筆便與庸史不同。」

〔三〕僧夏，僧寺每以四月十五日起結夏，坐寺禪修，至七月十五日解夏，故云。韋應物《起度律師同居東齋院》：「安居同僧夏，清夜諷道言。」

〔四〕夷猶，從容自得貌。

〔五〕韋驤《訪隱》：「掃門風竹影，撲座露花香。」

〔六〕水鏡，猶言明鏡。《晉書·樂廣傳》：「此人之水鏡，見之瑩然，若披雲霧而睹青天也。」蘇軾《次韵僧潜見贈》：「道人胸中水鏡清，萬象起滅無逃形。」

〔七〕《莊子·逍遥游》：「朝菌不知晦朔，蟪蛄不知春秋，此小年也。」蟪蛄，夏秋際生之小蟬。

〔八〕椿，木名，《莊子·逍遥游》：「上古有大椿者，以八千歲爲春，八千歲爲秋，此大年也。」槿，即木槿，朝花而暮落。黄庭堅《次韵孫子實題少章寄寂齋》：「短長見椿槿。」

〔九〕睇眄，顧盼也。阮籍《咏懷》：「玄髪發朱顔，睇眄有光華。」

〔一〇〕先生詩《挽波過寓齋夜話》：「遥芬如可挹，生世不須驚。」

〔一一〕道在屎溺，用《莊》典，見《懷潮中故舊》詩注。

〔一二〕先生詩《甲申四月閏四月所作五律》：「閲世成孤嘒。」

〔一三〕明吕得勝編有《小兒語》，序曰：「以立身要務，諧之音聲，如其鄙俚，使童子樂聞而易曉焉，名曰《小兒語》，是歡呼戲笑之間，莫非義理身心之學。」

〔一四〕清張伯行輯有《養正類編》，輯前人嘉言懿行及訓蒙著述，取《易傳·象傳·蒙》「蒙以養正」之義。

〔一五〕濡首，喻沉湎，語出《易經·未濟》：「濡其首，有孚失是。」《象傳》曰：「飲酒濡首，亦不知節也。」盲心，語出韓愈《代張籍與李浙東書》：「當今盲於心者皆是，若籍自謂獨盲於目爾。」

〔一六〕「以舌」云者，教書之事也。王嘉《拾遺記》載漢經師賈逵：「門徒來學，不遠萬里。……贈獻者積粟盈倉。或云賈逵非力耕所得，誦經口倦，世所謂『舌耕』也。」

〔一七〕童蒙，《易經·蒙》：「匪我求童蒙，童蒙求我。」朱熹《本義》曰：「童蒙，幼稚而蒙昧。」時先生教授於初級中學，故云。

〔一八〕終宴，猶言終晏。晏，晚也。阮籍《詠懷·其五十九》：「歡笑不終晏，俯仰復欷歔。」

【按】

此詩或作於一九四五年初，時先生寄居饒平百煉岡，任教於上饒區初級中學（今饒平四中）。

離家一月梅州作〔一〕

東風漂山送妙香，古月入屋生夜凉。閑雲戀岫鳥鳴岡〔二〕，使我刻刻心還鄉。藹然清瘦老高堂，步履出入雖健强。奈我兄弟勞遠望，兒侄倏忽亦成行〔三〕。大者牛犢小羔羊，或時破車或傍徨〔四〕。其成與否未易量，譬赴絶域向河湟〔五〕。途次誰與資糇糧〔六〕，可堪日夕長依娘。奉親中饋已遑遑〔七〕，小鬟掃地如鏡光〔八〕。頗解止哭供糖霜，主恩縱未生鞭嘗。皸手裂足嗟哉忙，離家憶家鬢欲蒼。家居反不事家常，苦較古人記短長。文字鬱律走何方〔九〕，高歌無端如風狂。驚動鄰里鷄飛墻，溪頭每每夢湖湘〔一〇〕。雨餘聲色在篔簹〔一一〕，坐此乃作無家郎。不死不活今該當，丈夫要爲國棟梁。萬釘圍腰猶探囊〔一二〕，風姿趹宕神軒昂。飄若天馬脱轡繮〔一三〕，庶不負此剛烈腸。一世聰明比孤孀，那更苦學到啼螿〔一四〕。君看隔岸千舞楊，花花葉葉争春芳。何用羈栖情暗傷，勤修書札了荒唐。

【箋注】

〔一〕梅縣，在今廣東省梅州市。

〔二〕劉禹錫《送霄韵上人游天臺》：「鶴戀故巢雲戀岫。」

〔三〕杜甫《贈衛八處士》：「昔别君未婚，男女忽成行。」

〔四〕《晉書·石季龍載記》：「快牛爲犢子時，多能破車。」

〔五〕絶域、河湟，喻偏遠地。

〔六〕糇糧，遠行所備熟食乾糧之類。《詩經·大雅·公劉》：「乃裹糇糧，於槖於囊。」朱熹《集傳》：「糇，食。糧，糗也。」

〔七〕中饋，謂家中給膳諸事。

〔八〕黄庭堅《常父答詩有煎點徑須煩緑珠之句復次韵戏答》：「小鬟雖醜巧妝梳，掃地如鏡能檢書。」

〔九〕鬱律，高聳貌。

〔一〇〕湖湘，指洞庭、湘江一帶。黄庭堅《客自潭府來》詩：「正苦窮年對塵土，坐令合眼夢湖湘。」

〔一一〕篔簹，指篔簹谷，以谷中多産竹，故名。蘇軾《文與可畫篔簹谷偃竹記》：「因以所畫篔簹谷偃竹遺予曰：『此竹數尺耳，而有萬丈之勢。』篔簹谷在洋洲。與可嘗令予作洋洲詠，篔簹谷其一也。」按，此句憶友朋也。

〔一二〕萬釘圍腰，喻功勛卓著。黄庭堅《次韵子瞻以紅帶寄王宣義》：「萬釘圍腰莫愛渠。」

〔一三〕王庭圭《和劉端禮》：「天馬飄飄不可繮。」

〔一四〕《風土記》：「蟪蛄鳴於朝，寒螀鳴於夕。」螀，寒蟬也。

【按】

此詩或作於一九四五年春夏。《年譜》「一九四五年」下：「四月，文學院遷到粤東梅縣。先生隻身從饒平回到梅縣中大，賃居角塘。」一九四五年九月編《國立中山大學文學院現狀》：「本年春，粵贛轉進，本院在粵北坪石鐵嶺院址陷入敵手，輾轉東遷，擇定梅縣北郊曾龍岃村之守成居爲院址，并於附近賃屋爲教職員及學生宿舍，添置家私校具。雖甚簡陋，尚勉足敷用。」時先生賃居角塘一帶，滔滔之下，常懷恓惶之感。先生詞《木蘭花慢（試排閶細叩）》序曰：「乙酉三月，大學文院東遷梅州，賃居角塘。驚魂未定，又傳風鶴，不知來者之何如。」

晦鳴齋主署木遠惠詩章，情義肫篤，奉酬一律〔一〕

偶以頑殘接勝流，知公新占一庵幽。署木潔室雙流寺爲讀書習静之所。〔二〕溪山許與懵騰醉，作述猶然不少休〔三〕。舊宰重來寧落莫〔四〕，遥貽過愛及蝤蛑〔五〕。署木贈詩，有「詩齊黃山谷，詞駕吳夢窗」句。中風我亦哀時慣〔六〕，每到無人一放喉。

樓上元龍舊有傳〔七〕，反騷何日竟耽禪〔八〕。署木近耽禪悦。從知一了安心法，可笑還生無住天〔九〕。和藥性剛寧獨咎〔一〇〕，失時文隱詎非賢。詩書滿屋權籤整〔一一〕，要看重牽百丈船。

【箋注】

〔一〕陳署木（一九〇一—一九八八），號晦鳴齋主，祖籍廣東澄海，生於泰國，曾任潮汕地區抗日游擊副司令、饒平縣長、揭陽縣長。時陳或在饒平。

〔二〕雙流寺，在今饒平縣三饒鎮，舊屬饒城，在城東南郊。

〔三〕述作，《論語·述而》：「述而不作。」朱熹《集注》曰：「述，傳舊而已，作，則創始也。」

〔四〕按，舊宰者，陳署木前於一九三九至一九四二年任饒平縣長，故云。

〔五〕蛸蛑，《嶺表録异》：「蛸蝥，乃蟹之巨而异者。」趙翼《甌北詩話》：「魯直詩文如蛸蛑、江瑶柱，格韵高絶，然不可多食，多食則發風動氣。」

〔六〕蛸蛑多食中風，見前注。杜甫《咏懷古迹》：「詞客哀時且未還。」

〔七〕漢人陳登，字元龍。《三國志·魏志·陳登傳》：「許汜與劉備并在荆州牧劉表坐，表與備共論天下人，汜曰：『陳元龍湖海之士，豪氣不除。』……備曰：『君有國士之名，今天下大亂，帝主失所，望君憂國忘家，有救世之意，而君求田問舍，言無可采，是元龍所諱也，何緣當與君語？如小人，欲卧百尺樓上，卧君於地，何但上下床之間邪？』」陸游《秋思》：「欲舒老眼無高處，安得元龍百尺樓。」

〔八〕反騷，典見《聞瞿禪（承燾）將有廣南之行》詩注。

〔九〕安心、無住，皆禪語。覓安心之法，用達摩、慧可事，見《游龍泉寺》詩注。無住，心無所住着也。《壇經》：「無住者，爲人本性。」《金剛經》：「應無所住而生其心。」

〔一〇〕黄庭堅《薄薄酒》：「性剛太傅促和藥。」按，時陳map木以事卸任揭陽縣長之職，故云。

〔一一〕黄庭堅《送李德素歸舒城》：「蠹簡要籤整。」

無題二首

忍淚含辛却爲誰，朱窗日日苦支頤。眼紅垂死花争颺〔一〕，鬢緑難描樹作圍〔二〕。始信深盟成獨惜，可堪一去竟無辭。斜橋便與迷樓近，寸碎芳心不自持〔三〕。

單枕支愁又幾年，環山日夕聽啼鵑。風流一往成虚抱，針綫頻拈損夜眠。書字欹斜休細數，舊家門巷不勝憐。欺人况有愁邊月〔三〕，冷照銀屏自作妍〔四〕。

【校記】

〔一〕「争颺」，手鈔本原作「争墜」，後改。

【箋注】

〔一〕樹作圍，典出《世説新語·言語》，見《次均潭秋荔灣夜泛》詩注。

〔二〕李白《古風》：「芳心空自持。」

〔三〕黄庭堅《減字木蘭花（舉頭無語）》：「月到愁邊總不知。」

〔四〕柳永詞《引駕行》：「花朝月夕，最苦冷落銀屏。」

【按】

此詩或寄妻柯氏。

晚來

客意千山外，林塘一派青。風香吹浪語，樹老斂修翎〔一〕。閲世飛車過，攄懷逸響零〔二〕。晚來聊散策〔三〕，無地叩蒼冥。

【箋注】

〔一〕修翎，鳥之翎羽修美者。

〔二〕孟郊《奉報翰林張舍人見遺之詩》：「餘響逸零雰。」

〔三〕散策，拄杖閑步也。

雨後郊行，歸途遇雨，遂憩貽燕樓〔一〕二首

低阜高峰翠欲流，淡晴風物似臨秋。行天雲澀能欺月，歸樹鴉翻故傍樓。海大離愁誰與寄，歡多心事渺難收。料無閑地容歌哭〔二〕，日日黄昏衹此游。

懶散吾生百不聊，剩從山水挂行瓢〔三〕。賤名差幸無誰會，獨趣何曾待客招。夢雨忽逢歸路阻，流人共惜馬蹄遥。何當疏瀹閑花竹〔四〕，澹定家園息衆囂〔四〕。

【箋注】

〔一〕貽燕樓，不詳其地，或在梅縣一帶，取《詩經·大雅·文王有聲》「詒厥孫謀，以燕翼子」之義，宗祠多以名樓。

〔二〕黄節《秋深得憲庵香江寄詩還答》：「幾時舊國歸吾土，無地新亭哭老傖。」

〔三〕挂瓢，蔡邕《琴操》：「許由無杯器，常以手捧水。人以一瓢遺之，由操飲畢，以瓢挂樹。風吹樹，瓢動，歷歷有聲。由以爲煩擾，遂取捐之。」先生有《滇南挂瓢集》，即取其義。

〔四〕疏瀹，疏通洗滌也，語出《莊子·知北游》：「疏瀹而心，澡雪而精神。」

【按】

此詩或作於一九四五年。

偕張遜之、張嘉謀兩教授游龍岃村，踏月歸角塘寓所〔一〕

極暑小凉游興發，陂塍乍過稻風寬。沉哀一往知何適，浪謔能飛已大難〔二〕。片月生山來水榭，林花分影上朱欄。可容長乞蕭閑願，欲向青霄驗肺肝〔三〕。

【箋注】

〔一〕張掖（遜之），見前注，時或在梅縣中山大學任教。張嘉謀（一九一一—一九八五），廣東梅州五華縣人，攻哲學、德國文學，曾任教於中山大學、中央大學、中華文化學院、文法學院等校，曾任廣州市臨時參議會參議員，譯有《社會主義通史》《大鐘歌》《浮士德》，著有《生存哲學》《德語句子結構與功能》等。龍岃村，即梅縣北郊曾龍岃村，時中山大學文學院遷址其地；角塘寓所，先生梅縣賃居地也，均見前注。

〔二〕大難，語出樂府《善哉行》：「來日大難，口燥脣乾。今日相樂，皆當喜歡。」

〔三〕先生詩《過石牌天文臺贈張子春教授兄》：「風露肺肝今莫驗，劇憐終古一微塵。」

【按】

此詩或作於一九四五年夏。

州龍岃村與丘陶常、許寄儂、鄭碧珠夜坐苦楝下，時乙酉端午後四

梅州龍岃村與丘陶常、許寄儂、鄭碧珠夜坐苦楝下，時乙酉端午後四日也〔一〕二首

暑威略能殺，孤月傍樓明。一風勢不起，萬樹寂無聲。佳邀共夜坐，作意慰飄零。

不茶代以蜜，凉沁肺脾清。論事究原委〔二〕，論人判渭涇〔三〕。莊諧紛雜沓，意態極縱橫。無復年輩拘，誰分深淺情。有如魚插翼，飛沉窮滄溟。又如珠走盤〔四〕，點滴見晶瑩。人生貴有適〔五〕，鬢髮不常青。况當離亂日，而可耗其精。得此亦云樂，何用慕浮榮。

坐花無佳會〔六〕，夏緑亦可愛。天地自然寬，酷熱苦無奈。因之乘夜游，得月意愈快。苦楝散微香，漏光幻千怪。近樹青枝繁，遠畦蔬甲大。樓燈時明滅，高冢或向背。静悟理有得，放談語不礙㊀。陶常眼易澀，碧珠神亦憊。獨我與寄儂，夜短略不介。歸及二更餘，意興猶未敗。探首對窗紗，淡月依依在。

【校記】

㊀「放談」，手鈔本原作「高談」，後改。

【箋注】

〔一〕龍岃村，見前注。丘陶常（一九一四—一九八三），廣東潮安人，曾任教於暨南大學、中山大學，有《中國古代史講義》等，時就讀於中山大學歷史系。許寄儂，潮籍人氏，時就讀於中山大學教育學系。鄭碧珠，潮籍人氏，時就讀於中山大學中文系。

〔二〕《禮記・學記》：「三王之祭川也，皆先河而後海，或源也，或委也，此之謂務本。」

〔三〕渭涇，指渭水、涇水，渭水清而涇水濁。《詩經・邶風・谷風》：「涇以渭濁，湜湜其沚。」毛亨傳曰：「涇渭相入，而清濁异。」

〔四〕珠走盤，釋家語。《大慧語録》：「如盤走珠，無障無礙。」先生詩《贈萬仲文教授兄》：「辯才纍纍盤走珠。」

〔五〕《世説新語・識鑒》張季鷹語：「人生貴得適意爾！」見《贈魯二（默生）教授》詩注。

〔六〕坐花，喻春日。李白《春夜宴從弟桃花園序》：「開瓊筵以坐花。」

【按】

此詩作於乙酉端午後四日，即西曆一九四五年六月十八日。詹伯慧《我的父親詹安泰》：「有幾位潮籍的中大學生，如丘陶常、陳叔良、方書春、許寄儂、鄭碧珠以及福建籍的陳必恒、新會的陳湛銓等，從澂江到坪石到梅縣，幾經播遷，大都時相過從，成爲父親身邊的至親門人。」

日來苦熱，碧珠、妙嫻饋我荸薺麥冬水，謝以長句㊀〔一〕

連日大汗似出浴，渴想清陰卧冰谷㊁。一喉不潤况體膚，寸脚難伸自局促。何期飲我勝參漿，直向髮尖凉到足。已弄霜鐘穿白雲〔二〕，竊笑夸夫逐群鹿〔三〕。「夸者死權，衆庶每生。」賈長沙句。〔四〕譬猶久寒得狐腋〔五〕，久饑忽見花猪肉。東坡詩：「五日一見花猪肉。」〔六〕物各有用用有時，得時溪骨貴昆玉〔七〕。胸中雲夢八九呑〔八〕，望外柳槐參差緑。何限江山與懷寬，乃比凍鴉獨頸縮〔九〕。開户鍵户兩不宜，待招風來早日暴。抱頭終覺無事暈，攤書誰能快意讀。得此真同八碗茶〔一〇〕，起我詩情車轉轂〔一一〕。報詩莫謂意甚輕，聊欲酬君珠百斛〔一二〕。

【校記】

㊀ 詩題「日來」，手鈔本原作「連日」，後改。

㊁「渴想」，手鈔本原作「渴思」，後改。

【箋注】

〔一〕碧珠、妙嫺，皆先生之學生，鄭碧珠，見前注。

〔二〕黄庭堅《奉答周彦起予之作》詩：「手弄霜鐘看白雲。」

〔三〕逐鹿，典出《史記·淮陰侯列傳》：「秦失其鹿，天下共逐之，於是高材疾足者先得焉。」裴駰《集解》引張晏曰：「以鹿喻帝位也。」

〔四〕賈誼《鵩鳥賦》：「貪夫殉財兮，烈士殉名。夸者死權兮，品庶每生。」

〔五〕狐腋，亦作「狐掖」，皮毛之珍者。《史記·商君列傳》：「千羊之皮，不如一狐之掖。」

〔六〕句出蘇軾《聞子由瘦》，以儋耳至難肉食，故云。

〔七〕陶潛《歸去來兮辭》：「善萬物之得時。」昆玉，昆侖山多産美玉，故稱。

〔八〕雲夢，古藪澤名，在湘楚一帶。司馬相如《子虛賦》：「吞若雲夢者八九於其胸中，曾不芥蒂。」《雲仙雜記》：「張曲江語人曰：『學者常想胸次吞雲夢澤，筆頭涌若耶溪，量既并包，文亦浩瀚。』」黄庭堅《再次韵呈廖明略》：「學如雲夢吞八九，文如壯士開黄間。」

〔九〕蘇軾《獨覺》：「朝來縮頸似寒鴉。」戒懼貌也。

〔一〇〕八碗茶，用盧仝事，見《余嗜茶成癖或勸以多飲失眠》詩注。

〔一一〕轉轂，謂車疾行貌。

〔一二〕崔珏《和人聽歌》：「百斛明珠异日酬。」

夏夜偕張遜之兄及同學諸子納凉龍岃村〔一〕

無風長日鬱深悲，小憩蟬邊又一時。星斗漲天誰與問，笑談激座各宜詩〔二〕。未妨苦茗酬肝膽，終古騖才佩陸離〔三〕。絡馬黄塵休便去，朦朧顧影意危疑〔四〕。

【箋注】

〔一〕張掖（遜之）、龍岃村，均見前注。

〔二〕先生詩《遣興》：「况有雄談能激座。」

〔三〕騖才，劉勰《文心雕龍・辨騷》：「不有屈原，豈見《離騷》。騖才風逸，壯志烟高。」佩陸離，語出《離騷》：「高余冠之岌岌兮，長余佩之陸離。」王逸注曰：「陸離，猶嵾嵯，衆貌也。言己懷德不用，復高我之冠，長我之佩，尊其威儀，整其服飾，以异於衆也。」先生《離騷箋疏》：「陸離：美好分散貌，即光彩四射。」

〔四〕先生詩《山齋》：「絡馬黄塵忽五年，夢魂長見舊山川。」

【按】

此詩應作於一九四五年，時先生在梅縣中山大學。

哭李德善〔一〕

欲別寄我書，未答身竟死。悠悠千萬年，誰悟沉冥理。骨眼自能高，拙厚俗所鄙。獨我清狂人，得君中有恃〔二〕。四載坪石居，相從駏蛩似〔三〕。去秋遭亂歸〔四〕，晨夕共行止。雄劍鋸綫天，崩波激石齒。尪羸精氣索〔五〕，借力强虎兕。遂越難險關，輕舟渡清泚。此誼不可忘，他善難具紀。方期德叢修，心花粲桃李〔六〕。白骨鎖枯棺，長圖驚逝水〔七〕。慘戚孰與寬，哀號中夜起。

【箋注】

〔一〕李德善，其人不詳，或爲潮籍人氏，嘗從先生學。

〔二〕蘇軾《鳳翔八觀》：「此叟神完中有恃。」恃，持也。

〔三〕駏蛩似，所從游也，見《寄青蘋貴陽》詩注。

〔四〕按，一九四四年冬，先生以戰事自坪石返饒平，寄居百煉岡，見前注。

〔五〕尫羸，瘦弱貌。索，盡也。

〔六〕桃李，喻門生，語出《韓詩外傳》：「夫春樹桃李，夏得陰其下，秋得食其實。」

〔七〕逝水，語出《論語・子罕》：「子在川上曰：『逝者如斯夫，不舍晝夜。』」

【按】

此詩或作於一九四五年，時先生在梅縣中山大學。

晚步

金黃穀實界浮崗，槐柳陰垂十畝塘。風蹙鏡波春影在〔一〕，亂蟬聲裏看斜陽〔二〕。

高下樓臺樹半遮，渫雲泛泛漾明霞〔三〕。青皮紅骨山如許，待聽僧鐘煮緑茶。

【箋注】

〔一〕陸游《巢山》：「風蹙水生紋。」

〔二〕范成大《拄笏亭晚望》：「亂蟬高柳滿斜陽。」

〔三〕渫雲，雲散漫貌。謝朓《敬亭山》：「渫雲已漫漫。」

樹木、存玄、業宣、卓藩諸兄約游雙流寺，正蝦夷服罪、普天同慶時也，海宇重光，諸兄客寄，恐他時無復此樂耳㊀〔一〕

無煩江革避兵方〔二〕，來洗圖澄點垢腸〔三〕。詩酒一龕誰得似〔四〕，昏沉八表此重光〔五〕。自從天海容臣放，多恐溪山笑汝狂。寸戀諸緣孰長短，當前惘惘轉難量。

【校記】

㊀詩題「蝦夷服罪」，手鈔本原作「暴日投降」，後改。

【箋注】

〔一〕樹木，即陳署木，見前注。陳歷典（存玄），見前注。業宣，其人不詳。卓藩，或即徐倬藩，其人不詳，先生有詞《聲聲慢·徐倬藩囑題其尊甫熾昌先生遺像》。時諸人或多避地饒平一帶。雙流寺，在饒城（今饒平縣三饒鎮）東南郊，見前注。

〔二〕《後漢書·江革傳》：「江革字次翁，齊國臨淄人也。少失父，獨與母居。遭天下亂，盜賊并起，革負母逃難，備經阻險，常采拾以爲養。數遇賊，或劫欲將去，革輒涕泣求哀，言有老母，辭氣願款，有足感動人者。賊以是不忍犯之，或乃指避兵之方，遂得俱全於難。」

〔三〕圖澄洗腸，見《月夜聞簫招石銘老楊瘦子（光祖）納凉》詩注。

〔四〕一龕者，浮圖塔也，指雙流寺。

〔五〕八表，猶言八方。陶淵明《聽雲》詩：「八表同昏。」

【按】

一九四五年八月十四日，日本宣布無條件投降。此詩作於其時前後。

存玄歷典、倬藩兩兄遠道枉訪，談詩至快，賦贈長句〔一〕

平時未賦高軒過〔二〕，激座還來狂雨聲。奇論摩空齊萬法，一燈留焰到三更。奈無石鼎鬥天巧〔三〕，各有心花開百城。擁被微哦何足恤，會看鬐鬣奮長鯨〔四〕。

【箋注】

〔一〕陳歷典（存玄）、徐卓藩，均見前注。

〔二〕李賀有《高軒過》。《新唐書·文藝列傳下》：「李賀字長吉，系出鄭王後。七歲能辭章，韓愈、皇甫湜始聞未信，過其家，使賀賦詩，援筆輒就如素構，自目曰《高軒過》，二人大驚，自是有名。」

〔三〕唐人劉師服、侯喜、軒轅彌明等有《石鼎聯句》詩，韓愈有序紀其事。韓愈《答孟郊》：「文字覷天巧。」

〔四〕木華《海賦》：「巨鱗插雲，鬐鬣刺天。」左思《吳都賦》：「長鯨吞航，修鯢吐浪。」

余卧病兩旬火藥炸傷，存玄、乙穆、倬藩諸兄數度枉問，奉謝長句〔一〕

兼旬殘疾勞三過，半載交情重一生。三君來饒，交余數月耳。已忍頑皮任剥落〔二〕，天留微命看清平。秋心詩卷夢慵理，獨夜孤燈風自鳴。剩欲蘭陵論名相〔三〕，何時健步到山城。

【箋注】

〔一〕陳歷典（存玄）、徐卓藩，均見前注。乙穆，其人不詳，按，據一九四七年《饒平青年》第三期載先生《鬥鵪鶉》曲，稱其「乙穆檢察兄」，或係政界人士。

〔二〕先生詩《病中雜詩六首》：「皮肉層層脱，沉痛徹中腸。」

〔三〕蘭陵，指荀卿，見《壬午十一月廿三日四十一度初度》詩注。

【按】

《年譜》「一九四五年十月」下：「某日散步時不幸被炸藥炸傷。」先生有《病中雜詩六首》詩紀其事。

病中口占眎諸親友

慣是飄離得返鄉，又携慘劫到匡床。余上年還家亦大病。〔一〕初看擁腫魂無着，層剥皮肌痛可當。面目定知殊我相〔二〕，風流何日復真狂。强搜寸語酬親愛，此是金蟬脱殼方〔三〕。

【箋注】

〔一〕按，一九四三年秋冬，先生以病自坪石中山大學返饒平，見前注。

〔二〕先生詩《病中雜詩六首》：「面目已全非，誰復辨蠢慧。」我相，釋家語，實我之相也。

〔三〕金蟬脱殼，喻脱胎换骨。先生詩《病中雜詩六首》：「從茲號更生，一洗貧愁涕。」

【按】

此詩應作於一九四五年十月前後，時先生爲火藥炸傷，卧病兩旬，見前注。

病中雜詩六首〔一〕

高秋景氣佳，意行不求侶。偶過故人居，忽觸天之怒。火藥一爆炸，聲烟塞林宇〔二〕。昏蹶不略省，孱軀定誰主。

面目既黧黑，手足亦負傷。皮肉層層脱，沉痛徹中腸〔一〕。料無生存理，視息此何方〔二〕。業障應前定〔三〕，胡然怨彼蒼〔四〕。

親友來存問，淚眼只相視。時聞相顧言，恐難霍然起。家人益倉皇，其間不容咫。

委命復何言，有生此有死〔五〕。

十日不茶飯，所求惟水漿。十夜不交睫，白晝夢荒唐。腐爛難一聞，手脚俱成僵。轉仄不易安，步履何敢望。

白鵝亦知更〔六〕，雄鷄信矯矯。床側對窗光㊂，凉月入孤抱。不眠知幾人，愁苦各難了。獨我痛刻骨，性命乃潦草。但求定力在〔七〕，焉知世所好。

一日如一年，一月乃一世。新肌日以生，陳胔日以替。面目已全非，誰復辨蠢慧〔八〕。留此懸絲命〔九〕，實惟天之惠。從兹號更生〔一〇〕，一洗貧愁涕。

【校記】

㊀此詩曾刊載於一九四七年五月《饒平青年（復刊號）》第三期。

㊁「聲烟」，手鈔本原作「聲光」，後改。

㊂「對窗光」，手鈔本旁改作「透窗風」，而未塗改。

【箋注】

〔一〕杜甫《新婚别》：「沉痛迫中腸。」

〔二〕視息，目視與氣息也，喻苟活命。

〔三〕業障前定者，先生詩《又作三首》有自注云：「術者謂余九月有大厄。」

〔四〕彼蒼者，天也。

〔五〕陶潛《擬挽歌辭》：「有生必有死，早終非命促。」

〔六〕知更者，夜不寐也。

〔七〕定力，釋家語，謂伏除煩惱妄想之禪定。

〔八〕先生詩《病中口占眎諸親友》：「面目定知殊我相。」蠢慧，肖不肖也。

〔九〕《六祖壇經》：「命如懸絲。」先生詩《正月廿九夜酒集石牌寓舍》：「懸絲有命終當慰。」

〔一〇〕更生，《莊子·達生》：「弃世則無累，無累則正平，正平則與彼更生，更生則幾矣。」郭象注曰：「更生者，日新之謂也。」

【按】

此詩應作於一九四五年十月前後，時先生爲火藥炸傷，卧病兩旬，見前注。

又作三首〔一〕

脱齒經年更脱皮，未成壯往欲頹衰。短長得句終何用，四十無聞古所嗤〔二〕。述作寧當臏脚後〔二〕，思量未是入山時。便能一脱錐刀外〔三〕，骨格崢嶸空汝爲。

骯髒真如老獄囚，一床天地苦冥搜。相投臭味除蚊虱，獨念平生走馬牛。筋力何當强作健〔四〕，芳華終古易成秋。未須憚彼寒蛩笑，碌碌吾生此少休。

幾曾聲烈要人傳〔五〕，裂冕毀裳自作顛。偶以愁多圖一快，微聞運厄實關天。術者謂余九月有大厄。投閑待寫河清頌㈡〔六〕，賦命誰矜美女篇〔七〕。筆硯琴尊俱冷落，涌思頓覺箭離弦。

【校記】

㈠ 此詩曾刊載於一九四七年五月《饒平青年（復刊號）》第三期。

㈡ 「閑」，《饒平青年（復刊號）》作「聞」。

【箋注】

〔一〕《論語·子罕》：「四十、五十而無聞焉，斯亦不足畏也已。」

〔二〕《史記·太史公自序》：「孫子臏脚，而論兵法。」《史記·孫子吴起列傳》：「孫臏嘗與龐涓俱學兵法。龐涓既事魏，得爲惠王將軍，而自以爲能不及孫臏。乃陰使召孫臏。臏至，龐涓恐其賢於己，疾之，則以法刑斷其兩足黥之，欲隱勿見。……世傳其兵法。」

〔三〕脱錐刀，典出《史記·平原君虞卿列傳》：「平原君曰：『夫賢士之處世也，譬若錐之處囊中，其末立見。』……毛遂曰：『臣乃今日請處囊中耳。使遂蚤得處囊中，乃穎脱而出，非特其末見而已。』」

〔四〕辛弃疾《鷓鴣天（有甚閑愁可皺眉）》：「十分筋力誇强健，只比年來病起时。」

〔五〕先生詩《壬午六七月間雜書所感》：「酸寒此日將誰怨，聲烈人間不要傳。」烈，美也。

〔六〕鮑照《河清頌》，見《次均答元龍寧都旅次見寄》詩注。

〔七〕曹植有《美女篇》，丁晏《曹集詮評》曰：「美女者，以喻君子。言君子有美行，願得明君而事之。若不遇時，雖見徵求，終不屈也。」

【按】

此詩應作於一九四五年十月前後，時先生爲火藥炸傷，卧病兩旬，見前注。

居覺生正院長七十壽詩〔一〕代作

看人飢溺都猶己〔二〕，涉世艱虞肯問天。大願今真回國運〔三〕，至仁自昔享高年〔四〕。

漫云補過書還讀，詎可收身任獨專。公自述詩有「補過時還讀我書」及「乞骸辟穀考槃阿」句。換取恩波將玉液〔五〕，南天遥祝地行仙〔六〕。

【箋注】

〔一〕居正（一八七六—一九五一），原名居之駿，字覺生，號梅川，湖北廣濟人，曾任國民政府委員、司法行政部部長、司法院院長。

〔二〕《孟子·離婁下》：「禹思天下有溺者，由己溺之也；稷思天下有飢者，由己飢之也。是以如是其急也。」

〔三〕按，時日寇投降，故云。

〔四〕《論語·雍也》：「仁者壽。」

〔五〕玉液，美酒也。

〔六〕地行仙，釋家喻高壽者。《楞嚴經》：「人不及處有十種仙：阿難，彼諸衆生，堅固服餌，而不休息，食道圓成，名地行仙。」「阿難，是等皆於人中煉心，不修正覺，別得生理，壽千萬歲，休止深山或大海島，絶於人境。」蘇軾《樂全先生生日以鐵拄杖爲壽》：「先生真是地行仙，住世因循五百年。」

【按】

此詩應作於一九四五年，時居正任司法院院長。

乙酉十二月廿九日途次潮安，同人集大士庵，爲后山設祭〔一〕

逢辰遥爲詩人祭，此例吾州開未曾。可但后山留法眼，却從瘦島乞明燈〔二〕。石腸妙語誰多健〔三〕，故紙新聲筆有棱。鍵户窮愁亦何畏，冰風颯颯響寒蠅。

【箋注】

〔一〕大士庵，在潮州城西，中奉觀音大士，故稱。光緒《海陽縣志·古迹略》：「大士庵，舊傍山麓韓祠左，乾隆間知府周碩勛、運同馬兆登、知縣金紳同建。光緒十四年，知府方功惠新韓祠，增拓祠基，移今地。」後荒廢，及今重建，即古大士庵。后山，即宋詩人陳師道。《年譜》「一九四六年」下：「一月三十一日，先生途次潮州，與同人集大士庵爲后山設祭。」

〔二〕瘦島，指唐詩人賈島。語出蘇軾《祭柳子玉文》：「郊寒島瘦。」

〔三〕陳師道《次韵李節推九日登南山》：「語妙何妨石作腸。」

【按】

一九四五年十月，抗戰勝利後中山大學各學院陸續遷回廣州石牌。此詩作於一九四六年一月底，近丙戌新春。時先生病愈，自饒平往廣州中山大學赴任，途經潮州。

丙戌人日潮安壽慵石翁㊀[一]

客途人日意無着，還共朋親祝大年[二]。與世殊科寧有累[三]，能詩一老已巋然。笑談猶比當時健，涕淚難爲別後懸。石老違難六年，初回里。如此周遭那復問，石老鄰舍盡成廢墟。但求日挂杖頭錢[四]。

【校記】

㊀ 詩題手鈔本「丙戌」原作「甲戌」，應爲鈔誤，後改。

【箋注】

[一] 石維岩（慵石），見前注。時慵石翁於普寧避亂六年，初返潮州。

〔二〕大年，《莊子·逍遥游》：「上古有大椿者，以八千歲爲春，八千歲爲秋，此大年也。」

〔三〕殊科，道不同也。

〔四〕杖頭錢，《世説新語·任誕》：「阮宣子常步行，以百錢挂杖頭，至酒店，便獨酣暢。雖當世貴盛，不肯詣也。」

【按】

此詩作於丙戌人日，即新曆一九四六年二月八日前後。時先生病愈，自饒平往廣州中山大學赴任，途經潮州。

鷓鴣巢詩集箋校卷第九

【按】

此卷所録，多爲先生任教於石牌中山大學時期所作，自丙戌至丁亥。手鈔本至《石牌寓居》都爲一篇，另自《黄伯軒宰臺山》以下都爲一篇。

得慧兒報各地亢旱求神，黯然賦此〔一〕

最難支拄此凶年，久醉如焚可問天。三月收風無點雨，萬家傾淚欲平田。未聞李靖行驄馬〔二〕，孰踵龜堂拜杜鵑〔三〕。各有心肝休論命，前頭隱隱起狼烟。

【箋注】

〔一〕慧兒，指先生長子伯慧。

〔二〕李靖行驄馬，行雨也。《續玄怪録》載，舊傳衛國公李靖微時，嘗射獵霍山中，至龍宮。夫人請代爲行雨，敕黄頭鞲青驄馬，又命取一小瓶，誡曰：「郎乘馬，無須銜勒，信其行，馬躩地嘶鳴，即取瓶中水一滴滴馬鬃上，慎勿多也。」靖於是隨所躩，輒滴之，既而電掣雲開。下見舊所憩村，思曰：「吾擾此村多矣，方德其人，計無以報。今久旱，苗稼將悴，而雨在我手，寧復惜之！」顧一滴不足濡，乃連下二十滴。及歸，夫人泣曰：「何相誤之甚！本約一滴，何私感而二十之！天此一滴，乃地上一尺雨也。此村夜半平地水深二丈，豈復有人！妾已受譴，杖八十矣。」

〔三〕龜堂，即陸游。拜杜鵑，杜甫有《杜鵑》：「杜鵑暮春至，哀哀叫其間。我見常再拜，重是古帝魂。」鳥名杜鵑，云是古時蜀帝，見《失題五首（澂江作）》詩注。

【按】《年譜》「一九四六年」下：「暑假，長子詹伯慧到廣州，就讀中山大學附中高中部。」此詩或作於其時前後。

饒固庵出眎《傜山草》，讀之神王，漫題長句㊀〔一〕

平生倦行脚，頗愛訪奇踪㊁。有如嗜古成癖人，欲闡窮荒摩骨龍。謝客名山曾作志㊂〔二〕，東野凄神貌石淙〔三〕。古來有書皆可味，何必苦苦夢游天姥峰〔四〕。饒子睎我傜山草，略施斧鑿覷天巧〔五〕。渾沌自闕三光精〔六〕，豈獨南雁飛不到。古木千章藤百丈〔七〕，極靚奇馨出青嶂。碎剥雲衣刻古歡，未許玄猿含淚上。怪趣時豁昏花睛，更聞岩漏清琴聲。長風吹月摇空冥，夜静每坐窺仙靈。南村北村一澗隔，不通情話但看客。獠奴猺婦各天真，十幅裙氈半床石〔八〕。顧此遑遑行役子，避兵身在心欲死。得來歌笑了生生，誰哀絶聖與弃智〔九〕。况有佳朋邀二三，選勝日日恣雄貪。勘磨得失真何馬〔一〇〕，不抵一篇閑散談。

【校記】

㊀此詩亦見饒宗頤《傜山詩草》題辭。

㊁「愛」，《傜山詩草》作「欲」。

㊂「曾」，《傜山詩草》作「爲」。

【箋注】

〔一〕饒宗頤（固庵），見前注。時饒宗頤在桂林無錫國專任教，因戰亂避地廣西蒙山，兩度入大瑶山，有《傜山詩草》一卷，一九四五年秋自序曰：「去夏桂林告警，予西奔蒙山，其冬敵復陷蒙，遂乃竄迹荒村。托微命於蘆中，類寄食於漂渚。……區脱暮警，寒柝宵鳴，感序撫時，輒成短咏。録而存之，都爲一卷。」

〔二〕謝客，即謝靈運，以山水詩名。

〔三〕孟郊有《石淙十首》。石淙，石上流水聲也。

〔四〕天姥山，在浙江一帶，李白有《夢游天姥吟留别》。

〔五〕斧鑿，文章修飾也。韓愈《答孟郊》：「文字覷天巧。」

〔六〕三光，日月星也。

〔七〕饒宗頤《〈傜山詩草〉自序》：「攀十丈之天藤，觀百圍之柚木。」

〔八〕按，十幅裙氈者，西南地區瑶族服飾繁複多樣，故云。

〔九〕《老子》：「絶聖弃智，民利百倍。」

〔一〇〕得馬失馬，典出《淮南子》，見《詩人節懷屈原》詩注。

送雨山之官翁源〔一〕

十年參簿著賢聲〔二〕，一領銅章道許行。慣向風前埋獨抱，可堪劫後對蒼生。牛刀小試寧終拙〔三〕，微尚猶存應共清。不待綉絲將佛供〔三〕，含光早日動層城〔四〕。

【校記】

㈠此句「參簿」手鈔本原作「團簿」，後改；「著」原欲改作「領」，後删。

【箋注】

〔一〕羅球（雨山），見前注。翁源，今屬廣東韶關。時羅初任翁源縣長。

〔二〕牛刀小試，見《武江寓居八首》詩注。

〔三〕綉絲供佛，敬意也。李賀《浩歌》：「買絲綉作平原君，有酒惟澆趙州土。」

〔四〕含光，寶劍名。《列子·湯問》：「孔周曰：『吾有三劍……一曰含光，視之不可見，運之不知有。』」

丙戌端午得家電，告母病重，旋復電至，母病得醫，已減半矣，驚喜交集因作

一病瀕危險，連年獨苦辛。天涯況遠别，劫後更難親〔一〕。有子真何益，余兄弟三人

俱寓穗。〔二〕無誰與療貧。慈恩自浩蕩，終擬作頑民。

七十今過五，憂勞古所難。寧無家國恨，不羨子孫官。本性鍾仁愛，看人惜廢殘。吾母薄自奉，而多恤廢殘。〔三〕猶能歌曲册，唱本，潮人謂之曲册。吾母喜此，鄰居交稱。每爲兒曹講古事，至老不倦。於此辨忠奸。

天意真堪據，轉危又一年。客歲六月，亦轉危爲安，論者謂吾母好施之報。呼鷄勤織竹，灌圃引流泉。群碎身能拄，孱軀老益堅〔四〕。終憐兒媳蠢，家教欲相傳。

池寬魚尾赤〔五〕，山近竹林青。落日支雙杖，養鵝愛白翎。余家前池後竹，父母親每於夕陽西下時看鵝回舍。生平零夢集，談笑一燈熒。如此團欒樂，離愁不敢醒。

【箋注】

〔一〕按，時日寇投降，海宇重光，先生自家鄉饒平往廣州石牌中山大學任教。

〔二〕據《饒平詹氏族譜·伯玉公世系》，詹欽耀，妣錢芙蓉，子三女四，子安泰、天泰、力泰。

〔三〕陳湛銓有《壽詩一百韵爲无盦師父母七十雙慶作》稱及先生之母：「仰事惟謹教子義，妯娌戚黨稱孝慈。井臼不以勞僕婢，要以一己爲人儀。恤鄰救灾不望報，自有光彩生履綦。」

〔四〕《後漢書·馬援傳》：「窮當益堅，老當益壯。」

〔五〕魚尾赤，《詩經·周南·汝墳》：「魴魚赬尾。」毛傳曰：「赬，赤也，魚勞則尾赤。」

【按】

此詩作於丙戌端午後，即新曆一九四六年六月前後。據《饒平詹氏族譜·伯玉公世系》，先生母錢氏芙蓉，三饒官田月半樓人。時母七十五歲。

闌干

闌干向晚復來憑，一角蒼山閱廢興。聊續弦歌寬日月，欲從頽放叩嚴凝〔一〕。無花私賞知何待，有客雄談感不勝。肯與秋風討消息，對門綠樹正層層〔二〕。

【箋注】

〔一〕嚴凝，猶言嚴寒。

〔二〕許渾《晨起二首》：「桂樹綠層層。」

遣興

手栽豆角廣州方言。初開花，還向階前種白瓜。怪雀窺檐如失偶，毒蜂背日大排衙〔一〕。藏山時霎涼吹雨，醒眼文章夜煮茶。況有雄談能激座，雁晴師、静聞兄時時過談。〔二〕伴教閑遣小生涯。

不資猩色酒消愁，已到江南最淺秋。亂蹋繁陰看過馬，微聞遠客得科頭〔三〕。放歌無約何人會，小食時需有婦謀。如此閑身天乞與〔四〕，未妨明月一登樓。

【箋注】

〔一〕蜂排衙，見《和邵潭秋〈越秀山觀紅棉歌〉》詩注。

〔二〕李笠（雁晴），先生師，見前注。鍾敬文（一九〇三—二〇〇二），原名譚宗，又名静聞、金粟，别號静聞居士，廣東海豐人，主治民俗學、民間文學，曾任教於中山大學、浙江大學、北京師範大學等校，有《民間文藝新論集》《民俗學概論》《西湖漫話》等。時鍾任教於中山大學文學院。《年譜》引胡守仁《九旬老人的回憶》：「當時教師間有兩派：潮州派領袖爲詹安泰先生，梅縣派領袖爲鍾敬文先生，兩派之間，和衷共濟；因得推動教學，日有新功，此足以爲全國教育界表率者也。」

〔三〕科頭，無冠帽也。王維《與盧員外象過崔處士興宗林亭》：「科頭箕踞長松下，白眼看他世上人。」

〔四〕楊萬里《聖恩增秩進職致仕感恩述懷》：「問天乞得個閑身。」

【按】

《年譜》「一九四六年」下：「春，先生回校……住石牌中大教授住宅區遼河路二十六號。」「時國統區法幣貶值，教工生活艱苦，先生於屋前屋後自種菜，有豆角、白瓜等。」此詩或作於其時前後。

答矚雲潮州〔一〕

居僻差無俗垢侵，每於清夜憶朋簪〔二〕。詩來古峭盤山石，中有堅硐激洞青。知我猶妨爲下吏，矚雲來書，有「願兄爲詩人，不願兄作官吏」之語。賣名可笑碎空琴〔三〕。固應鬱勃磨除盡，苦茗搜腸抱膝吟〔四〕。

【箋注】

〔一〕邱汝濱（矚雲），見前注。時邱或客在潮州。

〔二〕朋簪，《易經·豫》：「勿疑，朋盍簪。」王弼注曰：「盍，合也；簪，疾也。」孔穎達疏曰：「群朋合聚而疾來也。」謂思故友也。

〔三〕用陳子昂事，《唐詩紀事》引《獨异記》：「子昂初入京，不爲人知。有賣胡琴者，價百萬，豪貴傳視無辯者。子昂突出，謂左右曰：「輦千緡市之！」衆驚問，答曰：「余善此樂。」皆曰：「可得聞乎？」曰：「明日可集宣陽里。」如期偕往，則酒肴畢具，置胡琴於前。食畢，捧琴語曰：「蜀人陳子昂，有文百軸，馳走京轂，碌碌塵土，不爲人知。此樂賤工之役，豈宜留心！」舉而碎之，以其文軸遍贈會者。一日之內，聲華溢都。」

〔四〕苦茗搜腸，盧仝詩：「三碗搜枯腸。」見《余嗜茶成癖或勸以多飲失眠》詩注。抱膝吟，《魏略》載諸葛亮：「亮在荆州……每晨夜從容，常抱膝長嘯。」庾信《卧疾窮愁》詩：「詎知長抱膝，獨爲梁父吟。」

寄熊魯柯閏同并眎孟韋，与魯柯別廿年矣〔一〕〔二〕

死草枯香意獨全〔三〕，苦從蕪穢刻芊綿〔三〕。極天怨抱收奇響，异地勞忽近廿年。腐眼猶深零落感，璅談真欲肺肝鎸〔四〕。誰同此日幽芬擷，終古芳期咽暮蟬。

附和作

次韵酬祝南兄見貽　熊潤桐

車墜曾聞以酒全，此中神理自綿綿。危邦不去非無意，故侶重逢更問年。閲世祇成千感喟，論詩真愧百雕鎸。平生哀樂今餘幾，魂斷西風送晚蟬。

【校記】

〔一〕此詩曾刊載於一九四八年五月《廣東日報》副刊《嶺雅》第一期。

【箋注】

〔一〕熊潤桐（一九〇三—一九七四），又名閏同，字魯柯，又字濯柯，號則庵，廣東東莞人，曾任教於中山大學、香港珠海書院等校，早歲有詩名，與曾希潁、佟紹弼、李履庵、余心一號稱「南園今五子」，有《勸影齋詩》《入海集》《厄閏集》《羿彀集》等。《年譜》謂熊「可能爲先生廣東高等師範同學」。羅倬漢（孟韋），見前注。

〔二〕孫星衍《入茅山作》：「山根草死聞枯香。」

〔三〕芊綿，草木茂盛貌。

〔四〕肺肝鐫，喻苦吟詩，見《再答羅孟韋成都》詩注。

【按】

據《年譜》「一九四六年」下：「秋，熊魯柯至廣州，先生喜，常與談詩。」此詩或作於其時前後。

明日又寄魯柯〔一〕

聲華少日迥不群，五嶽胸中雲吐吞。說與虛名堪笑閔〔二〕，斂餘狂氣得温存。唐箋宋本心長在〔三〕，懷遠交親義獨敦。可復光岆仍鍵户〔四〕，聽教高學日沉昏。

附和作

次韵酬祝南兄見貽㊀　熊潤桐

再來冀北嘆空群，蕩蕩江流氣欲吞。刮目每慚三日别，豪情能許幾分存。名如畫餅嗟何用，誼托班荆老更敦。朗月清風原不忘，那堪八表祇同昏。

【校記】

㊀熊潤桐和作，手鈔本無題而接在前詩之下，姑沿用前題。

【箋注】

〔一〕熊潤桐（魯柯），見前注。

〔二〕黄庭堅《次韵孫子實題少章寄寂齋》：「虚名誤壯夫，今古可笑閔。」笑閔，猶言憫笑。

〔三〕先生詩《移家》：「宋本唐箋明午夜，尚餘胸鬲鬱槎枒。」

〔四〕弢，同韜。蕭統《〈陶淵明集〉序》：「聖人韜光，賢人遁世。」

題呂晚村《東莊吟稿》㊀〔一〕

最蒼質處最奇橫，并世悠悠孰與京〔二〕。真掬此心争日月〔三〕，可憐舊夢故崢嶸。沉潛宋學詩其次〔四〕，妝點明時意所輕〔五〕。極海漲天冤倘剖〔六〕，不妨隨地與埋名。

雙眸炯炯將誰哭，百劫殘軀戴此頭。肯向西臺尋轍迹〔七〕，剩從詩筆見春秋〔八〕。寸魚尺木恩哀在〔九〕，萬水千山放浪休。奇福何如祈死去，賣文賣藥兩蒙羞。先生《祈死詩》云：「此行未必非奇福，沽酒泉台得快論。」又云：「賣文賣藥汝乎安。」㊁

【校記】

㊀此詩曾刊載於一九四八年五月《廣東日報》副刊《嶺雅》第一期。

㊁此句自注末「賣文賣藥汝乎安」一句，《嶺雅》録作：「作賊作僧何者是，賣文賣藥汝乎安。」

句出呂留良詩《祈死二首》。

【箋注】

〔一〕呂晚村，即明遺民呂留良，字莊生，後字晚村，浙江石門縣（今崇德縣）人，著述多毀，存《呂晚村先生文集》《東莊吟稿》等。《東莊吟稿》凡七卷，清宣統間鄧實輯入《風雨樓叢書》刊印。

〔二〕京，同勍，强也。

〔三〕《史記·屈原列傳》：「推此志也，雖與日月争光可也。」

〔四〕宋學，指程朱之學。呂氏治學宗程朱而貶陸王，以爲「救正之道，必從朱子」。

〔五〕妝點明時，飾太平也。

〔六〕呂留良殁後，至清雍正時以曾静文字獄牽涉，闔門被禍，牽連者衆。

〔七〕西臺，宋人謝翱有《登西臺慟哭記》，見《矚雲示石銘老近作因成長句寄銘老》詩注。

〔八〕《史記·孔子世家》：「孔子在位聽訟，文辭有可與人共者，弗獨有也。至於爲《春秋》，筆則筆，削則削，子夏之徒不能贊一詞。」《孟子·滕文公下》：「孔子成《春秋》，而亂臣賊子懼。」

〔九〕寸魚尺木，喻微小物。先生詩《叠均寄錫純》：「尺木寸魚生有本。」

潮陽陳召南六十自壽，郵詩索和，奉酬一絶〔一〕

遍栽桃李老來看〔二〕，況有兒郎作好官。遲我峽山濠水上〔三〕，欲携明月與盤桓。

【箋注】

〔一〕潮陽陳召南，其人不詳。

〔二〕栽桃李，喻栽培教育。《韓詩外傳》：「夫春樹桃李，夏得陰其下，秋得食其實。」

〔三〕峽山、濠水，皆廣東潮陽地名。清光緒《潮陽縣志·山川》：「峽山距縣西四十里，上有石塔曰祥符塔。」今地屬汕頭潮南。濠水，即濠江，按，此或亦采《莊》典，見《幹青贈詩愛勉甚至》詩注。

【按】

此詩應作於先生在石牌中山大學任教時期。

八月初三夜大風，余與内子、夏兒均感風寒，走筆成此〔一〕

垂老畏風畏虎似，一夕窗扉三啓閉。人力定知難勝天〔二〕，偶或不慎病隨至。初如坡老感人念，私室無端苦噴嚏。〔三〕繼乃有髮亦成僧，終日垂頤只鼻涕〔四〕。不關嚴寒與盛暑，感冒每當氣候異。今年入秋猶苦熱，忽然狂飈夜動地。未及穿衣起掩窗，風魔乘機虐遂肆。其時山妻與稚子，夢中驚醒猝不備。并爲中傷不寧寐，痛頭酸脚呼不置。嗟我有生胡不辰〔五〕，病如隨娘長依倚。或言飲啄所係大〔六〕，不足於食魔侵易。着二十年茂瑶虞玩之屐，夾注：《南齊書·虞玩之傳》：「太祖鎮東府，朝野致敬。玩之猶躡屐造席。太祖……問曰：『卿此屐已幾載？』玩之曰……：『茲已二十年，貧士竟不辦易。』」食三九種景行庾景之味。夾注：「悰善爲滋味，和齊皆有方法。豫章王嶷盛饌享賓，謂悰曰：『今日肴羞，寧有所遺不？』悰曰：『恨無黄頷臛，何曾《食疏》所載也。』」見《南齊書》悰本傳。㊀素貧賤行乎貧賤〔五〕，慣於堅艱詎爲累。使虞悰補黄頷臛，豈便得長生久視〔六〕。變急事小古有聞，明日且進凉散劑。

【校記】

㊀「着二十年茂瑶屐，食三九種景行味」，手鈔本夾注録在頁眉。又，手鈔本「景行」旁注「庚景之」，疑當作「庚景豫」，即庚悰。

【箋注】

〔一〕内子，即妻柯氏；夏兒，即先生之子叔夏。據《饒平詹氏族譜·伯玉公世系》，三子叔夏生於民國乙酉（一九四五），時方襁褓。

〔二〕人定勝天，語出《史記·伍子胥列傳》：「人衆者勝天。」蘇軾《三槐堂銘》序：「吾聞之申包胥曰：『人衆者勝天，天定亦能勝人。』世之論天者，皆不待其定而求之。」

〔三〕蘇軾《元日過丹陽》詩：「白髮蒼顏誰肯記，曉來頻嚏爲何人。」古之遺語，人嚏云「人道我」，見《將入蜀賦示同人五首》詩注。

〔四〕垂頤流涕，或用僧懶瓚事，見《寓樓口占》詩注。

〔五〕《詩經·大雅·桑柔》：「我生不辰，逢天僤怒。」生不逢時，勞苦自傷之言。

〔六〕飲啄，《莊子·養生主》：「澤雉十步一啄，百步一飲，不蘄畜乎樊中。」

〔五〕《中庸》：「君子素其位而行，不願乎其外。素富貴，行乎富貴；素貧賤，行乎貧賤。」

〔六〕《老子》：「深根固柢，長生久視之道。」視，活也。

丙戌中秋寄存玄、倬藩饒平㈠〔一〕

去年此日同聽雨，今夜月明相憶否。太息勞生真潦草〔二〕，佳時异地總淹留。微吟寧了心如燬〔三〕，孤憤難磨鬢已秋。何似山城政清簡，笑談猶是舊風流。

慣忍飢腸不放聲，行天大月自孤清。高情終古無偏照，閱世何年真太平。别有笑啼看聚散，誰携冰雪洗紅猩。喧豗一夕成虚妄〔四〕，莫問人間瓅瓅名。

【校記】

㈠此詩「慣忍」一首，先生有書，末題：「舊作書爲其銓老棣雅鑒。」收録於謝佳華編《學者書家詹安泰》。

【箋注】

〔一〕陳歷典（存玄）、徐卓藩，均見前注。

〔二〕《離騷》：「長太息以掩涕兮。」《莊子·大宗師》：「夫大塊載我以形，勞我以生，佚我以老，息我以死。」

〔三〕先生詩《百煉崗寄羅雨山吴辛旨羅孟韋黄挽波諸子》：「小别乃今隔千里，使我心焉日如燬。」

〔四〕先生詩《甲申四月閏四月所作五律》：「喧豗迷寵辱。」

【按】

此詩作於丙戌中秋，即新曆一九四六年九月十日。時日寇雖降，戰氛未息。

秋分日得熊魯柯詩次均奉答〔一〕

正及秋凉倘一來，架藤籬菊約行杯。山林何所無清氣，談吐差能遠俗埃。大笑當年餘下士〔二〕，能詩此日已非才。尋常花鳥容相憶，可復逢人賦七哀〔三〕。

附來作

祝南孟韋枉過水亭話舊

叩門失喜故人來，携就池亭倒一杯。坐嘆鼓鼙消歲月，依然儒服雜塵埃。早荷漸露離披態，晚世難論述作才。領取風光還語笑，漫因蟬吹更興哀。

【箋注】

〔一〕熊閏同（魯柯），見前注。

〔二〕下士笑，典出《老子》，見《寄任西岩（華）翠湖》詩注。

〔三〕樂府有「七哀」之題，吕向題解曰：「七哀，謂痛而哀，義而哀，感而哀，怨而哀，耳目聞見而哀，口嘆而哀，鼻酸而哀也。」王粲有《七哀詩》，哀漢亂也。

靜聞謂余詩風略變，賦此示意〔一〕

爲詩廿載詎稱工，放筆差如鳥脱籠。無夢與親三婦艷〔二〕，有時閑貌一林紅。多能出險非驚俗，獨好鳴秋作病蟲〔三〕。索解嘆嗟心力瘁，何曾拜宋格唐風。

【箋注】

〔一〕鍾敬文（靜聞），見前注。

〔二〕樂府有「三婦艷」之篇。劉鑠《三婦艷詩》：「大婦裁霧縠，中婦牒冰練。小婦端清景，含歌登玉殿。丈人且徘徊，臨風傷流霰。」又王融詩：「大婦織綺羅，中婦織流黄。小婦獨無事，挾瑟上高堂。丈夫且安坐，調弦詎未央。」古樂府《相逢行》《長安有狹斜行》等亦有類者。

〔三〕鳴秋蟲，《禮記·月令》：「孟秋之月……凉風至，白露降，寒蟬鳴。」韓愈《送孟冬野序》：「大凡物不得其平則鳴。……以鳥鳴春，以雷鳴夏，以蟲鳴秋，以風鳴冬。四時之相推敚，其必有不得其平者乎！」

【集評】

陳融《黄梅花屋詩話》：「詩旨如是，所謂沉浸有年自出機杼者也。」

【按】

石牌以來，時局少乂，先生心境亦有所變化，於詩不多務奇險，而趨平正冲夷，故人有詩風略變之謂。然世以先生詩宗宋，不盡是也。先生論詩，頗稱唐調，《无盦説詩》有「清新刻免滑俗」之語，又曾與陳湛銓談詩亦拈『静』之一境爲詩中高格，皆在講求自然之生機與清新之意境。故此詩自謂「何曾拜宋格唐風」，格者，相抵牾也。先生有詩題邵潭秋《培風樓詩存》，許以「唐宋共鑪冶」云云，亦夫子自道。吴承學、彭玉平《〈詹安泰全集〉序》謂先生詩「宗宋并不拘泥於宋詩派，而是要博師百家，融合唐宋，歸於自然，自出手段」。

重九不出，窗外蔦蘿盛花，爲移植籬下

俯仰吾廬自天地，尋常眼底有滄桑。斷難枯坐酬行脚，忍復臨瞻眷故鄉。簪菊應嫌鬢髮短〔一〕，窺窗瞥見蔦蘿長〔二〕。爲妨頑老花生笑，補綴疏籬别有芳。

【箋注】

〔一〕農曆九月九日重陽節有簪菊之俗。《武林舊事·重九》：「都人是月飲新酒，泛萸簪菊。」杜甫《春望》：「白頭搔更短，渾欲不勝簪。」

〔二〕蔦蘿花莖細長，能卷絡。

散愁四首

八載今如此，千憂正未窮〔一〕。行滕看聚散〔二〕，好夢故朦朧。坐夜誰相惜，蕪辭衹自通〔三〕。憑將青玉玦〔四〕，摩玩月明中。

私室愁難度，鄰墻語欲挑。不盡沉綿意，其如風色嬌。還鄉餘小枕〔五〕，怨曲托明簫。但使舊情在，斷腸都得饒。

響切寒蟬苦〔六〕，秋高紅葉多。征宵零戍卒，絶塞陣明駝。後恨何堪説〔七〕，孱軀不耐磨。斷無珠可賣，空有淚成河〔八〕。

去住真何擇〔九〕，恩哀兩未知〔一〇〕。後堂聞苦笑，前夢繞雲旗。悶極調鸚鵡〔一一〕，嬌多擘荔枝〔一二〕。古來傾國事〔一三〕，消息總迷離。

【箋注】

〔一〕按，自七七事變至日寇投降，歷時八載。時國中戰氛猶未歇也。

〔二〕行縢，舊綁腿布也，《詩經·小雅·采菽》鄭玄箋曰：「逼束其脛，自足至膝。」喻遠行。
〔三〕楊萬里《偶送西歸朝天二集與尤延之》詩：「自笑蕪辭敢浪傳。」
〔四〕玉佩如環而有缺曰玦。《荀子·大略》：「絶人以玦，還人以環。」
〔五〕曾習經《平谷雜詩》：「長謡仍獨酌，小枕當還鄉。」
〔六〕柳永《雨霖鈴》：「寒蟬凄切。」
〔七〕後恨，《荀子·成相》：「不知戒，後必有恨。」
〔八〕郭憲《漢武洞冥記》載吠勒國人：「乘象入海底取寶，宿於鮫人之舍，得淚珠，則鮫所泣之珠也。」蘇軾《追和戊寅歲上元》：「合浦賣珠無復有，當年笑我泣牛衣。」
〔九〕蔡琰《胡笳十八拍》：「去住兩情兮難具陳。」
〔一〇〕先生詞《南鄉子·悼張家璧》：「未了恩哀將血淚，誰知。」
〔一一〕馮延巳詞《虞美人》：「玉鈎鸞柱調鸚鵡，宛轉留春語。」
〔一二〕杜甫《宴戎州楊使君東樓》：「重碧拈春酒，輕紅擘荔枝。」
〔一三〕傾國云者，李夫人事也，見《再答羅孟韋成都》詩注。

夜坐和魯柯〔一〕

詩社秋桐霜後凋，抗顔猶此坐深宵。微涼百感孤燈集，不起一風蟲響遥。事往聲光留小夢，年來心願抵長潮。肯辭未老花雙眼，見說河清意已消㊀〔三〕。

附原作

夜坐㊁

熊潤桐

鄰樹因風略未凋，時傳墜葉響中宵。暉暉殘月當窗見，淡淡予懷與世遥。夜氣自凝心上白，江波長接海邊潮。芙蓉落盡秋何賴，待得黄花意也消。

【校記】

㊀「見説」，手鈔本原作「説與」，後改。

㊁後附熊潤桐和作，手鈔本無題，今據《勸影齋詩》補。

【箋注】

〔一〕熊閏同（魯柯），見前注。

〔二〕鮑照有《河清頌》，見《次均答元龍寧都旅次見寄》詩注。

【按】

以熊魯柯《勸影齋詩》原詩下有「丙戌」字樣，推知先生此詩或同作於一九四六年。

題戴醇士《竹石圖》〔一〕

相高氣韵寓於圖，歷古有聞此其一㊀。文節平生吾所敬，玩賞不足夜繼日㊁。豈徒奇逸爲深蒼，中有高人呼便出。偶得真同明月珠，風味與可雖差殊〔二〕。欲起東坡居士問，慰情何似餐花猪〔三〕。

【校記】

㊀「歷古有聞此其一」，手鈔本「歷古有聞」原作「歷有所聞」，後改。

㊁「玩賞不足夜繼日」，手鈔本「玩賞」原作「愛賞」，後改。

【箋注】

〔一〕清人戴熙，字醇士，號榆庵、蒓溪、鹿床居士，浙江錢塘人，官至兵部右侍郎，謚文節，有畫名，山水尤勝，有《習苦齋詩集》《習苦齋畫絮》等。

〔二〕文同（與可），畫以墨竹名，見前注。差殊，不同也。

〔三〕蘇軾《聞子由瘦》：「五日一見花猪肉，十日一遇黄鷄粥。」意謂難得。

【按】

此詩應作於一九四六冬。先生詞《慶春澤慢》序曰：「題《戴文節竹石圖》，圖不署名，僅左上角一小朱印，尚依稀可認。丙戌十月，余得之冷攤中。歸懸小堂，頗自愛賞。」後鍾敬文、陳湛銓諸子皆有詩咏此圖。

青萍東歸喜極賦贈〔一〕

結屋園山舊所宜，只無佳士與淫詩。告天事往情如復，入夢人歸喜可知〔二〕。噓氣猶能津渴肺，賦才未許待明時。飽看河嶽壓行卷〔三〕，失笑鷦鷯巢一枝〔三〕。

撥置人間事萬千，風燈摇夜坐忘年。文章百輩枉自許，涕笑無端誰與傳。頗怪辭高競陳散原。鄭海藏。〔四〕，別來胸次幾山川。思量吾道終當廣，何況南州最汝賢〔五〕。

附和作

次韻无盦師賦贈二律〔二〕

陳湛銓

酒甘茶滑笑言宜，扶夢來還覺可詩。一往蟲囂終此滅，平生風力更誰知。鬱心雲霧資吞吐，刻骨悲酸自歲時。懶與情春通好約，寒梅遲放向南枝。余尚須往滬也。

放脚經行路幾千，耐寒霜鶴閲堯年。入神精義誰真探，嘩世狂名只浪傳。捫額暗驚生卦象，舉身寧不重山川。阮生清曠甘淪迹，難得何曾恕此賢。

【校記】

〔一〕此詩曾刊載於一九四九年九月《廣東日報》副刊《嶺雅》第六十八期，詩題後有「（丙戌）」字樣。

㊁「入夢人歸喜可知」，《嶺雅》「入夢」作「刻夢」。
㊂後附陳湛銓和作，手鈔本無，見載於《修竹園詩前集》《修竹園近詩》，文稍异同，如「寒梅遲放向南枝」下自注「余尚須往滬也」，《修竹園近詩》作「余時未有留南意也」。今據《修竹園詩前集》補録。

【箋注】

〔一〕陳湛銓（青萍），見前注。

〔二〕河嶽，指黄河、五嶽。壓行卷者，程大昌《演繁露·唐人行卷》：「唐人舉進士必行卷者，爲緘軸，録其所著文以獻主司也。」

〔三〕《莊子·逍遥游》：「鷦鷯巢於深林，不過一枝。」

〔四〕陳三立、鄭孝胥也。楊聲昭《讀散原詩漫記》：「光宣詩壇，首稱陳鄭。」

〔五〕南州，指兩粵一帶。按，陳青萍粵人，故云。

【按】

陳湛銓「東歸」云者，據陳乾綱《陳湛銓生平學術簡譜（一九一六—一九八六）》「一九四六年」下：「上半年，任教大夏大學，之後向夏大請假半年，到重慶。」「八月，被聘爲四川省重慶華僑工商學院教授兼秘書長及訓導長。」「一九四七年」下：「一月，辭去重慶華僑工商學院教授職，再度回廣州探親。」又，《陳湛銓教授事略》：「及勝利回粵，本以歷數年抗戰奔波，不再擬遠行。」先生此詩當作於其時前後。

連日陰晦，與青萍訪舊談詩〔一〕

嵯峨愁對積年深，亭館經兵費舊尋㊀。短日逢歡須痛飲〔二〕，横冬結悶甚長霪㊁。回天衆夢真何補，亂座浮花未可簪。一味芳菲凋晚節，眼前了了欲誰喑〔三〕。

獨抱超奇信大難㊂〔四〕，刳腔舞殯慣常看〔五〕。憶翁心史寧無續㊃〔六〕，樂令清言且自寬〔七〕。蕪徑從知殊故國，雕肝漸欲罷憑闌〔八〕。何時脱却長芒刺〔九〕，力洗千年膽氣寒。

【校記】

㊀「經兵」，手鈔本原作「迷離」，後改。

㊁此句「結悶」手鈔本原作「悶得」，後改。「甚」字亦後改。

㊂「獨抱超奇」，手鈔本原作「獨□雄奇」，後改。

㊃「憶」，手鈔本作「億」，應爲鈔誤，徑改。

【箋注】

〔一〕陳湛銓（青萍），見前注。

〔二〕黃庭堅《次韵德孺感興二首》：「客至還須飲，逢歡起自斟。」

〔三〕了了，清晰貌。暗，不能言也。

〔四〕大難，樂府《善哉行》：「來日大難，口燥脣乾。今日相樂，皆當喜歡。」

〔五〕刳腔舞殯，喻悲歡無常，見《張葆恒教授索贈小詩率成二律》《秋興四首和高痦盦（一適）》詩注。

〔六〕宋遺民鄭思肖，字憶翁，號所南，相傳有《心史》七卷，蓋發矢滅虜之志。

〔七〕樂令，指晋人樂廣，官至尚書令，故稱。《世説新語·政事》：「樂令善於清言，而不長於手筆。將讓河南尹，請潘岳爲表。潘云：『可作耳，要當得君意。』樂爲述己所以爲讓，標位二百許語，潘直取錯綜，便成名筆。時人咸云：『若樂不假潘之文，潘不取樂之旨，則無以成斯矣。』」

〔八〕雕肝，苦吟之謂，見《再答羅孟韋成都》詩注。

〔九〕長芒刺，錐鋩也，見《又作三首》詩注。

冬至日赴石榴岡訪羅孟韋，遂游杜華村，憩村館小食〔一〕

天寒游非宜，登覽意尤憚。忽來值冬仲，相看驚喜半。積悶信難舒，瀕江頗可玩。遂及杜華村，輟棹江之畔。果園亘十里，覓路若中斷。晚菘獨肥嫩〔二〕，小溪時流貫。架橋出古構，鋪石如明練。水静苔自蒼，徑曲心彌遠。萬緑欲埋人，一花不留盼。冬寒果樹猶不凋謝，但無花耳。凄耳無寒螿〔三〕，翻空絶零雁。墟落過牛群，廢祠列食館。館食味殊常，屋民神閑散。雜坐趣横生，曰歸情猶戀。即此娱幽悰，已足忘世難。芳春期再來，并聽鳴禽變〔三〕。

【校記】

〔一〕此詩曾刊載於一九四八年《廣東日報》副刊《嶺雅》第一期、國立中山大學文學院院刊《文學》第二期。

〔二〕「獨」，《嶺雅》作「乍」。

〔三〕「寒螿」，原作「寒蜩」，後改。《嶺雅》亦作「寒蜩」。

【箋注】

〔一〕石榴岡，在今廣州市海珠區，原勷勤大學校址所在，時廣東省立文理學院（今華南師範大學）由廣州光孝寺遷址於此。羅倬漢（孟韋），見前注。時羅或在廣東省立文理學院任教。杜華村，或即土華村，在今廣州市海珠區一帶。

〔二〕《南史·周顒傳》：「文德太子問顒菜食何味最勝。曰：『春初早韭，秋末晚菘。』」

〔三〕謝靈運《登池上樓》：「園柳變鳴禽。」

【按】

此詩或作於一九四六年冬。

丙戌除夕雨石牌作四首㈠

冬柯葉不落，寒雨乃爲祟。連天出泥濘，迫人短心氣。一燈差可親，瓶花來相媚。堅坐待明時，肯復傷孤寄。

積晦氣難平，觸物風始勁〔二〕。爐火暖小閣，奇情欲怒迸。漫亂凛荒花〔三〕，游辭耻浪評。締古得至欣，栖神存一定〔三〕。

生平煎百慮〔四〕，鈴鐸酸風音〔五〕。斂兹一夕景，爲寫團欒心。高堂坐白髮，孤榻横清琴〔六〕。飛夢到故家，遥遥隔重岑〔七〕。

年年除夕詩〔八〕，如花開破曉。艷艷向人明，忽忽驅愁抱。大夢覺有時〔九〕，穹蒼意未了。空持青松枝，枯萎驗百草〔一〇〕。

附和作

次韵雜詩四首

魯柯

昔不善自謀，中年貧作祟。兒女損剛腸，坐鬱嶔崎氣。折節欲隨人，骨相苦難媚。天道信安排，吾生直如寄。

入春已數日，雨止風轉勁。袖短不遮寒，低徊千慮迸。尺水有漩淵，薄俗喜譏評。善哉簡齋言，小立待其定。

積歲傷亂離，感慨多悲音。誦君除夕詩，撫我平生心。成虧物自取，昭氏可忘琴。

據梧但欲寐，飛夢度遥岑。指眼尚人間，夢覺天亦曉。共盡百年身，焉用矜懷抱。舉國正匈匈，事豈癡兒了。終悲澗底松，莫問山頭草。

【校記】

〔一〕此詩曾刊載於一九四七年五月《上饒學報》第一期、一九四八年國立中山大學文學院院刊《文學》第二期。

【箋注】

〔一〕劉敞《和永叔喜雪》：「陰風觸物生晚勁。」

〔二〕韓愈《喜侯喜至贈張籍張徹》：「荒花窮漫亂。」

〔三〕締，結不解也。一定，志不易也。

〔四〕杜甫《羌村》：「撫事煎百慮。」

〔五〕鈴鐸，金屬響器名，大者爲鈴，小者爲鐸。酸風，李賀《金銅仙人辭漢歌》：「魏官牽車指千里，東關酸風射眸子。」

〔六〕陶潛《時運》：「清琴横床。」

〔七〕苏軾《和陶雜詩十一首》：「故山不可到，飛夢隔五嶺。」

〔八〕一九八七年《詹安泰紀念文集》所録沈南城《門墻外的遐思》：「我總清晰地記起師母對我説過的一些話：……『每年除夕，他必寫詩填詞志慶，至少一首。不管深夜、凌晨，不完成就不就寢，這已經成爲老習慣了。』」

〔九〕典出《莊子·齊物論》，見《甲申四月閏四月所作五律》詩注。

〔一〇〕按，青松長存，百草立枯，喻天道修短之數也。

【按】

此詩作於丙戌除夕，即新曆一九四七年一月二十一日。時先生任教於石牌中山大學。

丁亥初九夜雨集廣州西園二首〔一〕

抱殘一往曾何遂〔二〕，經亂能詩盡可名。芳事已殊前日了，雨聲休想隔年驚。跳珠向夕淚無價，繞鼻浮香花自明〔三〕。留得崢嶸真氣在，裝春全勝萬流鶯㊀。

共放奇情杯酒前，强搜零夢與迴妍。及春且作風光主〔四〕，餘劫猶堪花雨憐。剩向明燈試肝膽，可無特筆謝貞堅。新來又覺千憂集，始信時流一輩賢。時有詩刊之議。〔五〕

【校記】

㈠「裝春」，手鈔本原作「驚春」，後改。

【箋注】

〔一〕廣州西園，酒家名，舊址在惠愛西路（今中山六路）與六榕路交匯處，一九二一年開業，歷經戰亂，於廣州光復後重新營業，今已不存。

〔二〕先生詩《移家前後作》：「一往難容遂，千憂那可捐。」

〔三〕黄庭堅《次韵楊君全送酒》：「醡頭夜雨排檐滴，杯面春風繞鼻香。」

〔四〕黄庭堅《贈黔南賈使君》：「何時定作風光主。」

〔五〕按，其時張北海數邀文化教育界同人集議設辦文言詩文刊物，至一九四八年五月《廣東日報》副刊《嶺雅》創刊。「詩刊之議」云者，或謂此也。

【按】

此詩或作於丁亥元月初九，即新曆一九四七年一月底。同年，陳湛銓有《初春風雨，西園雅集，同无盦師作》。

丁亥上元示靜聞〔一〕二首㊀

漸過中年事更艱，佳辰流眼一舒顔。孤雲分暝依寒日㊁〔二〕，離鳥驚風入亂菅。寥落誰封長劫淚，烟霞難訂此生頑。憑呼大月騰騰起，與放心光照百蠻。是日挈家人游近郊村落。㊂

九衢一夕萬家燈，寒翠壓檐心鬱凝。近野無花客蹀躞，高松摇影自軒騰〔三〕。飄零世海帆千轉，突兀奇懷山百層。難得長宵分茗椀，昌詩吾輩老猶能。

【校記】

㊀ 此詩曾刊載於一九四七年五月《上饒學報》第一期，又刊載於一九四八年國立中山大學文學院院刊《文學》第二期，題爲「丁亥上元二首示靜聞」。

〔二〕「分暝」，手鈔本原作「抱□」，後改；「依寒日」，手鈔本原作「凄寒日」，後改。

〔三〕此句自注，手鈔本無，今據《文學》補録。

【箋注】

〔一〕鍾敬文（静聞），見前注。

〔二〕王安石《登寶公塔》：「嶺雲分暝與黄昏。」

〔三〕蹀躞，小步行走貌。軒騰，猶言飛騰。

【按】

此詩作於丁亥上元，即新曆一九四七年二月五日。

固庵書訊近況賦此却寄〔一〕

跼天有日長爲客，泛海無槎更住山〔二〕。高咏每當孤月上，深杯難討昔顔還。頻看畫記栖春艷，欲戴狂花壓鬢斑。垂老此情嗟可念，聲聞了了况相關〔三〕。

【校記】

㊀此詩曾刊載於一九四八年國立中山大學文學院院刊《文學》第二期。

【箋注】

〔一〕饒宗頤（固庵），見前注。

〔二〕泛海槎，《論語·公冶長》：「道不行，乘桴浮於海。」

〔三〕了了，清晰貌。李白《秋浦歌》：「了了語聲聞。」

正月廿九夜酒集石牌寓舍㊀

一月沉陰寒氣圍，剩憑酒力奪風威。垂燈衆影能相暖，去日煩憂且放歸〔一〕。衢路何人憐凍骨〔二〕，高情自古托長饑。懸絲有命終當慰〔三〕，極痛呼天事已微〔四〕。

【校記】

㊀此詩曾刊載於一九四八年國立中山大學文學院院刊《文學》第二期。

【箋注】

〔一〕去日煩憂，語本李白《宣州謝朓樓餞別校書叔雲》：「弃我去者，昨日之日不可留。亂我心者，今日之日多煩憂。」

〔二〕杜甫《自京赴奉先縣咏懷五百字》：「路有凍死骨。」

〔三〕懸絲有命，語出《壇經》：「命如懸絲。」杜甫《得舍弟消息二首》：「兩京三十口，雖在命如絲。」

〔四〕極痛呼天，《史記·屈原賈生列傳》：「人窮則反本，故勞苦倦極，未嘗不呼天也。」

【按】

此詩或作於丁亥正月廿九，即新曆一九四七年二月中下旬。時先生在石牌中山大學。

魯柯見和拙詩，念亂憂生，情見乎詞，率賦長句奉慰①〔一〕

書竄詩成寄寂寥②〔二〕，能安鍵户自無曹③〔三〕。彌天憂患銷前劫，越世襟期合反騷〔四〕。夜永可辭桑落酒〔五〕，魯柯近止酒。城西新有小紅桃〔六〕。賣癡也擬收狂口，謗道排禪爾許勞。

【校記】

㈠此詩曾刊載於一九四八年國立中山大學文學院院刊《文學》第二期。

㈡「書竄詩成」，手鈔本原作「自寫詩篇」，後改。

㈢「自無曹」，手鈔本曾改作「自矜高」，後改此。

【箋注】

〔一〕熊閏同（魯柯），見前注。

〔二〕書竄，梅堯臣有《書竄》詩，見《澂江苦無書讀忽睹〈宛陵集〉大喜過望因題》詩注。

〔三〕無曹，不群也。

〔四〕反騷，見《聞瞿禪（承燾）將有廣南之行》詩注。先生詩《寄任西岩（華）翠湖》：「反騷何日真名世。」

〔五〕桑落酒，美酒名。酈道元《水經注·河水四》：「民有姓劉名墮者，宿擅工釀，采挹河流，釀成芳酎，懸食同枯枝之年，排於桑落之辰，故酒得其名矣。」

〔六〕小紅桃，杜甫《江雨有懷鄭典設》：「點注桃花舒小紅。」

花朝後一日，偕静聞、魯柯市樓茗話㊀〔一〕

濡沫餘生悲笑忙〔二〕，登臨异地更神傷〔三〕。天留鬧市恣談謔，詩到中年愛老蒼。百世寧知窮有恃〔四〕，西鄰况以水爲鄉。魯柯居近荔灣。〔五〕春來日日與寒鬥，且約花林坐夕陽〔六〕。

【校記】

㊀此詩曾刊載於一九四八年國立中山大學文學院院刊《文學》第二期。

【箋注】

〔一〕鍾敬文（静聞）、熊閏同（魯柯），均見前注。

〔二〕《莊子·大宗師》：「泉涸，魚相與處於陸，相呴以濕，相濡以沫，不如相忘於江湖。」

〔三〕王粲《登樓賦》：「登兹樓以四望兮，聊暇日以銷憂。」

〔四〕《説文》：「恃，賴也。」陶潛《飲酒》：「不賴固窮節，百世當誰傳。」取《論語》「君子固窮」之意。

〔五〕荔灣，地名，在廣州城西郊，舊稱「西關」。「西鄰」云者即指此，語出宋玉賦，見《衡戡寄無題詩三首乞和既次均報之》詩注。

〔六〕先生詞《鷓鴣天（舊夢和燈閣淺塘）》：「昏沉排日難消遣，何似年時坐夕陽。」

【按】

此詩或作於丁亥花朝後一日，即新曆一九四七年三月五日。

黄花節日，友人群赴黄花岡，余獨未往，自理廢園，恍然有會因作㊀〔一〕

驚人節日又黄花，瞻吊年年淚雨斜。可奈重增新感慨，未忘多難舊天涯〔二〕。春留小圃栖寒緑，世愛禽聲到亂鴉。莫笑先生慳一出㊁，養成胸膈太槎枒〔三〕。

【校記】

㈠此詩曾刊載於一九四八年國立中山大學文學院院刊《文學》第二期、《廣東日報》副刊《嶺雅》第五期。《嶺雅》題作「黄花節日不出自理廢園恍然有會因作」。

㈡「笑」，《嶺雅》作「怪」。

【箋注】

〔一〕黄花節日，一九二五年國民政府爲紀念一九一一年廣州起義（黄花崗起義），以每年新曆三月廿九日爲黄花崗烈士殉國紀念日，一九三〇年改稱「革命先烈紀念日」，俗稱「黄花節」。黄花岡，在廣州白雲山南麓，有七十二烈士陵園。

〔二〕《左傳·昭公四年》：「或多難以固其國，啓其疆土。」

〔三〕先生詩《移家》：「尚餘胸鬲鬱槎枒。」意不平也。

【按】

此詩或作於一九四七年三月底，時先生在石牌中山大學。

晨起㈠

晨起略無書可娱，郊行初日弄青蕪㈡。忽看鄰舍寒烟裊㈢，似解風情巧鳥呼㈣。好夢堪回且熟睡，一生所得是真愚。繁華亂眼山遮斷〔一〕，天意如能借腐儒。

【校記】

㈠此詩曾刊載於一九四八年五月《廣東日報》副刊《嶺雅》第五期。

㈡「弄」，《嶺雅》作「上」。

㈢「寒烟」，《嶺雅》作「炊烟」。

㈣「似解風情」，手鈔本原作「大賣春情」，「賣」又改「費」，後改此。《嶺雅》作「大費春情」。

【箋注】

〔一〕黄庭堅《奉答李和甫代簡二絶句》：「醉裏繁華亂眼生。」

茶

茶吾所好日不離，卅年以此寬勞疲㈠。北苑武彝長夢到㈡〔一〕，綠脚黄芽備嘗之〔二〕。連年蹭蹬氣拂逆〔三〕，時唤王濛造水厄〔四〕。誇張頗怪酒人多，苦硬轉於烏嘴得。烏嘴茶，吾鄉特産。〔五〕去年携家來廣州，朋親有贈當珍饈。含膏小壺得妙配〔六〕，微微香氣籠山樓。點滴入喉花裛露〔七〕，意快鶩天走雲霧。下視萬彙滚千埃〔八〕，不數甕源况日注〔九〕。寵茶自昔稱盧陸，元祐諸老嗜尤酷。〔一〇〕衹將官焙壓家製〔一一〕，詎見良工邁琢玉。雜花生樹鶯啼風〔一二〕，矮罏欖炭燒通紅。烹茶以欖核炭最佳。〔一三〕一啜能使憂愁鬆，請君來試杯玲瓏。以小壺配小杯，玲瓏精緻，亦吾州獨尚。〔一四〕

【校記】

㈠「寬」，手鈔本原作「娛」，後改。

㈡「長」，手鈔本原作「或」，後改。

【箋注】

〔一〕北苑，即北苑茶，熊蕃《宣和北苑貢茶録》：「五代之季，建屬南唐，歲率諸縣民采茶北苑。」沈括《夢溪補筆談》：「建茶之美者，號北苑茶。」武彝，即武夷，福建武夷山以産茶名，謂閩茶也。清周碩勛修撰《潮州府志》：「粤素不産茶，所給皆閩産，近饒平之百花山、鳳凰山多有植之者。」

〔二〕緑脚，《茶譜》：「湖州之研膏紫笋，烹之，有緑脚垂下。」黄芽，《參同契》：「玄含黄芽，五金之主。」又或即黄茶，郭子章《潮中雜記》：「潮俗不甚貴茶，佳者多不至，今鳳山茶佳，亦云待詔山茶，可以清肺消暑，亦名黄茶。」即今潮州之烏龍茶也。

〔三〕蹭蹬，險阻難行也。

〔四〕水厄，典出《世説新語》：「晋司徒王濛好飲茶，人至輒命飲之，士大夫皆患之。每欲候濛，必云：『今日有水厄。』」

〔五〕烏嘴茶，即烏喙茶，鳳凰烏崠之茶也。光緒二十八年《海陽縣志》：「鳳凰山有峰，曰烏崠，産烏喙茶，其香能清肺膈。」以産自葉尖似烏嘴之紅茵茶樹，故稱。或謂即今鳳凰水仙品種，民國《豐順縣志》：「鳳凰茶亦名水仙，又稱烏喙茶。」丘逢甲《潮州春思》：「小砂壺瀹新鷓咀。」

〔六〕含膏，茶名。楊伯岩《臆乘·茶名》：「福閩曰生第、露第，岳陽曰含膏。此外無多。」小壺妙配者，馮可賓《岕茶箋》：「或問茶壺畢竟宜大宜小？茶壺以小爲貴，每一客，壺一把，任其自斟自飲，方爲得趣。何也？壺小則香不涣散，味不耽擱，況茶中香味，不先不後，只有一時。」

〔七〕褭，同浥，濕也。晏殊《閏九月九日》：「猶見黄花褭露新。」

〔八〕萬彙，猶言萬類。秦觀《秋興》：「市朝滚滚共埃塵。」

〔九〕壑源，宋代茶名，黄儒《品茶要録》：「壑源在建溪。」黄庭堅《謝送碾壑源揀芽》：「壑源包貢第一春。」任淵注曰：「第一春，謂元豐元年建州茶以北苑、壑源爲上，沙溪爲下。」日注，又稱日鑄，茶名。施宿《嘉泰會稽志》：「日鑄嶺在會稽縣東南五十五里，其陽坡名油車，朝暮常有日，産茶絶奇。」歐陽修《歸田録》：「草茶盛於兩浙，兩浙之品，日注爲第一。」

〔一〇〕盧陸，盧仝、陸羽也，皆以茶名。元祐諸老，謂宋哲宗元祐年間蘇軾、黄庭堅、陳師道諸人。先生《余嗜茶成癖》詩：「往讀玉川先生詩，恒向茶經問陸羽。東坡涪翁亦憙事，作詩寵茶壓酒脯。」

〔一一〕官焙，亦稱貢焙，唐宋時官府所設采制茶葉之專門場所，造茶以入貢用也。熊蕃《宣和北苑貢茶録》：「壑源、沙溪以外，北苑獨稱官焙，爲漕司歲貢所自出。」家製，猶云私焙。

〔一二〕丘遲《與陳伯之書》：「暮春三月，江南草長，雜花生樹，群鶯亂飛。」

〔一三〕翁輝東《潮州茶經》：「潮人煮茶多用絞隻炭，以堅硬之木入窑室燒，木脂燃盡，烟嗅無存，敲之有聲，碎之瑩黑，以之熱茶，斯爲上乘。更有用橄欖核炭者，以烏欖剥肉去仁之核，入窑室燒，逐盡烟氣，伊若煤屑，以之燒茶，焰活火匀，更爲特别。」

〔一四〕清施鴻保《閩雜記》：「漳泉各屬，俗尚工夫茶。茶具精巧，壺有小如胡桃者，曰孟公壺，杯極小者名若深杯。」又，黄天驥《嶺南詞宗，樹蕙滋蘭——記詹安泰教授》：「詹老師讓我坐在他身旁，詹師母便用托盤端著幾隻小小的茶杯，放在桌上。詹老師把開水注入小茶壺中，均匀地斟到小杯裏。杯子裏茶色金黄，清香撲鼻。……詹老師看到我的模樣，笑了笑，告訴我，我們喝的是潮州的『工夫茶』，不宜牛飲，應該小口吮咂，細品茶的滋味。他又告訴我有關『功夫茶』的知識，例如用小茶壺，把茶均匀地斟在圍成一圈的小杯上，這叫『關公巡城』；最後還有壺中餘瀝，點點滴滴，分别注入小杯裏，這叫『韓信點兵』。」

【按】先生嘗謂已「嗜茶成癖」云云。據詩中「去年携家來廣州」諸語，此詩或作於一九四七年。據邱陶瑞《潮州茶葉》，一九四三年以來，潮汕地區因久旱不雨，茶農歉收，茶産量極少，且因滯銷致價格大跌，茶葉市場萎靡不振。又，詩中不乏「北苑武彝長夢到，緑脚黄芽備嘗之」諸語，具言别地茶葉之好，先生詞《夢江南（清醒腦）》「北苑南岩曾小試，龍芽雀舌欲窮搜」數句近之。陳椰《「嶺南詞宗」詹安泰與潮州工夫茶》：「據表姨們的回憶，他們詹家常用的茶具是景德鎮産：

白色蓋碗（偶爾也用朱泥壺）、瓷盤上配置四或六個玲瓏白杯，炭爐銅爐烹水，喝的多是福建的鐵觀音、武夷岩茶。當時潮州鳳凰茶産量少，品種單一，不入主流，但因鄉情所繫，故頗見珍重。」

丁亥閏花朝不出〔一〕

往年近水花如燒〔二〕，今年棲山花苦少。物意寧知哀樂殊，臨風似怯清明到。花朝後二日清明。〔三〕水行不敢踏亂雲，山行不敢款墓門。倒闔白扉煮佳茗，自濯道眼窺心源。殘緒入詩還寸寸，肯信奇才爲花困。吾廬俯仰準天地〔三〕，金印一雙不可勸〔三〕。那學乘春爛漫游，縱横老氣莽然秋。飛書走檄長未了〔四〕，有人夜夢大刀頭〔五〕。

【校記】

〔一〕此詩曾刊載於一九四八年國立中山大學文學院院刊《文學》第二期。

〔二〕此句自注，《文學》作：「閏花朝後二日清明。」

【箋注】

〔一〕花如燒，陸游《柳林酒家小樓》：「桃花如燒酒如油。」

〔二〕俯仰，《孟子·盡心上》：「仰不愧於天，俯不怍於人。」準天地，《易傳·繫辭傳》：「易與天地準，故能彌綸天地之道。」

〔三〕金印一雙，喻得高官。典出《世説新語·尤悔》周顗語，見《久思游别峰不果》詩注。楊萬里《念奴嬌（老夫歸去）》「休説白日升天，莫誇金印，斗大懸雙肘。」先生詩《贈閻宗臨梁佩雲夫婦》：「金印枉雙輝。」

〔四〕飛書走檄，喻战事。见《黑雲》詩注。

〔五〕大刀頭，古樂府：「槁砧今何在？山上復有山。何當大刀頭？破鏡飛上天。」《邵氏聞見後録》：「何當大刀頭，刀頭有環，何時還也。」

【按】

此詩作於丁亥閏花朝，即新曆一九四七年四月三日。

胡修人守仁惠贈佳章，報以長句㊀〔一〕

渾渾古氣獨天全，何意新詩寄我先㊁。乍讀忽攜千慮去，十年初築一城堅〔二〕。聲名蝸蟻那堪鬥〔三〕，句律蘇黃今可傳〔四〕。但共晴窗煮佳茗，不殊排日坐春邊。

附和作及原作

次韻祝南見和之作

胡守仁修人

誰與退之策萬全，名場縮手莫爲先。自憐坐此交游少，忽漫逢君金石堅。玉樹蒹葭誠可感，文章書法盡能傳。和詩未覺風騷遠，喚取豪情到酒邊。

以紙求祝南法書即書其詩見貽

胡守仁

詹侯胸中萬甲兵，作詩作字皆峥嶸。十年嶺南得重名，我來初有雷霆驚。感此伐木聲丁丁，數過成親如故情。遺我墨妙掉蛟鯨，句與梅翁抗顔行。此贈爲重千金輕，何以報之心長傾。

【校記】

㈠ 此詩曾刊載於一九四九年八月《廣東日報》副刊《嶺雅》第六十六期，題作「修仁教授兄惠贈佳章奉報長句（丁亥）」。

㈡ 「寄」，《嶺雅》作「惠」。

【箋注】

〔一〕胡守仁（一九〇八—二〇〇五），字修人，號拜山，江西吉安人，曾任教於山東省立第二師範、國立武漢大學、國立中山大學、中正大學、南昌大學、江西師範學院等校，有《觀我齋詩稿》《拜山集》等。

〔二〕一城堅，語出黄庭堅詩，見《錫純續寄泛舟飲酒之作再和》詩注。

〔三〕文同《和仲蒙夏日即事》：「不分便衰聞蟻鬥，可嗟具妄見蝸争。」蟻鬥、蝸争，蕞爾之争逐也，見《游别峰八十六韵》《妄行》詩注。

〔四〕蘇黃，即蘇軾、黃庭堅。

【按】

先生此詩應作於一九四七年。湯擎民《仰念詹安泰先生》：「先生不僅是學者詩人，而且是有名的書法家。求書者衆，大約每兩月必擇一星期假日揮毫，我常任研墨伸紙之事。……其時胡守仁教授初來校任教，有《以紙求祝南法書即書其詩見貽》詩。」

報青萍滬瀆㊀〔一〕

書來萬里如相對，感集中年紙放吟。射屋飛磷銷焰蠟〔二〕，際天暝色入寒心。吹沙世上誇霖雨，覆轍人前有古今〔三〕。小隱無山貧豈畏〔四〕，共看風骨聳遥岑㊁〔五〕。

【校記】

㊀詩題手鈔本原作「青萍自滬□……□」，後刪改。此詩曾刊載於一九四八年五月《廣東日報》副刊《嶺雅》第一期。

（二）「共看」，手鈔本原作「共留」，後改。

【箋注】

〔一〕陳湛銓（青萍），見前注。時陳任教於大夏大學，學校自貴陽回遷上海。《陳湛銓教授事略》：「及勝利回粵，本以歷數年抗戰奔波，不再擬遠行，然終以難卻大夏大學之再三催促而赴滬。」

〔二〕飛磷，螢火也。周邦彥詞《解語花·元宵》：「風消焰蠟。」

〔三〕覆轍，《韓詩外傳》：「前車覆，後車不誡，是以後車覆也。」

〔四〕王康琚《反招隱》：「小隱隱陵藪，大隱隱朝市。」陳與義《再用景純韵咏懷》：「試謀小隱可無山。」

〔五〕風骨聳，語出黃庭堅《和舍弟中秋月》：「吾家阿熊風骨聳。」

偶成

噴血寧能到腐儒，弓蛇莫問碧成朱〔一〕。彰身冠佩從多悔，花眼人禽未易殊。一角榴紅當夕照，圜天海水作群呼。河清賦筆嗟誰會〔二〕，斂手來看鄭俠圖〔三〕。

【箋注】

〔一〕弓蛇，典出《晉書·樂廣列傳》：「嘗有親客，久闊不復來，廣問其故，答曰：『前在坐，蒙賜酒，方欲飲，見杯中有蛇，意甚惡之，既飲而疾。』於時河南聽事壁上有角，漆畫作蛇，廣意杯中蛇即角影也。復置酒於前處，謂客曰：『酒中復有所見不？』答曰：『所見如初。』廣乃告其所以，客豁然意解，沉疴頓愈。」王僧孺《夜愁》：「誰知心眼亂，看朱忽成碧。」

〔二〕鮑照有《河清頌》，見《次均答元龍寧都旅次見寄》詩注。

〔三〕鄭俠有《流民圖》，見《四絶句》詩注。

丁亥端午，張北海邀同人雅集西園，與北海别六年矣〔一〕

叱馭逃虛那較量〔二〕，六年人事兩周章〔三〕。深觀絲染身何適〔四〕，説與龍馴意已傷〔五〕。花樹非時羞薄媚，星辰有夢補殘陽。此情耿耿知誰會，鏟采空能哭大荒〔六〕。凌騫霜翮久能軍〔七〕，别有肝腸納世紛。了願將詩留信史〔八〕，掄才坐酒覓奇文。汪汪雨瀉天心淚，漸漸風掀塞上雲。大藥何時真驗得〔九〕，眼前嗔愛簇飛蚊。

【校記】

㈠ 此詩曾刊載於一九四七年十二月《上饒學報》第二期。

【箋注】

〔一〕張北海，見前注。

〔二〕叱馭，喻忠於吏事，見《寄黄挽波（海章）梅州》詩注。

〔三〕周章，猶言周折。

〔四〕絲染，典出《墨子・所染》：「子墨子言見染絲者而嘆，曰：『染於蒼則蒼，染於黄則黄，所入者變，其色亦變，五入必，而已則爲五色矣！故染不可不慎也！』」

〔五〕龍馴，顔延之《五君咏・嵇中散》：「鸞翮有時鎩，龍性誰能馴。」

〔六〕鏟采，埋光不見也。先生詩《歲暮雜感》：「終當鏟采埋光去。」

〔七〕蘇軾《會客有美堂》詩：「詩壇欲斂鸛鵝軍。」見《邵潭秋遠貽〈培風樓詩存〉》詩注。

〔八〕《本事詩・高逸》：「杜甫逢禄山之難，流離隴蜀，畢陳於詩，推見至隱，殆無遺事，故當時號爲詩史。」

〔九〕大藥，道家金丹之類。杜甫《贈李白》：「苦乏大藥資。」白居易《效陶潛體詩十六首》：「神仙但聞説，靈藥不可求。長生無得者，舉世如蜉蝣。」

【按】此詩作於丁亥端午，即新曆一九四七年六月二十三日。

得外母逝訊，詩以當哭〔一〕

廿年申姻好〔二〕，視我所生若。我窮既有歸，我子亦有托。不時饋魚米，細意調湯藥。雖知學可貴，每憂體日削。遠别尤懸懸，神符或暗縛。余赴滇，外母暗縛神符於襯衣中，日久始覺。如珠置諸掌〔三〕，如笋護以籜〔四〕。慈愛出性天，深恩寸報莫。豈期噩耗來，冤哀浩難度。外母究以何病致死，至今猶莫明也。心肝百雜碎，淚血眼中落〔五〕。何日拜墓門，哭聲震林壑。

【箋注】

〔一〕外母，指先生妻柯氏之母。

〔二〕姻好，姻親也。

〔三〕傅玄《短歌行》：「昔君視我，如掌中珠。」

〔四〕籜，竹皮也。

〔五〕《韓非子·和氏》：「和乃抱其璞而哭於楚山之下，三日三夜，泣盡，而繼之以血。」

夜坐雜寫

夜夜蟲囂慣廢眠，微涼闌外坐星天。一花一葉尋常見，轉眼渾如隔歲年。

叔世耽書百不聊，人間可意剩闌宵。埋名僻左何當惋，國恤猶容尺布謡〔一〕。

四無人語自微吟，夜氣清凝似我心。向老未須愁短眼，抱殘只合卧疏林。

兀坐何曾有屈伸，當山不見亦吾真〔二〕。猶嫌留得聞根在〔三〕，冥索長哀一世人。

【箋注】

〔一〕尺布謠，《史記·淮南衡山列傳》：「孝文十二年，民有作歌歌淮南厲王曰：『一尺布，尚可縫；一斗粟，尚可舂。兄弟二人不能相容。』」按，此句蓋言時局。

〔二〕《五燈會元》載青原惟信禪師語：「老僧三十年前未參禪時，見山是山，見水是水。及至後來，親見知識，有個入處，見山不是山，見水不是水。而今得個休歇處，依前見山衹是山，見水衹是水。」

〔三〕聞根，釋家語，猶言耳根。按，夜中當山不見，唯聲塵不能斷於兩耳，故謂「冥索」。

石牌寓居㊀

物理何由測〔一〕，山居復諱名。將詩酬苦膽㊁，與夢説平生。大壑驚風吼〔二〕，寒心入夜明。多年思退老，及此未休兵。

孤塔刺天立㊂，長車動地號。火車道石牌赴九龍。窺檐山雀瘦，拂石野雲高。去日終成惜〔三〕，投閑得自豪。鏡鸞欺短髮，何事首頻搔〔四〕。

每出情難了，當春願早違。獨留青眼望〔五〕，自在白雲飛。曠度空今古，妄行無是非。病身與屈膝，翻笑北山薇㊃〔六〕。

抛卷餘殘思，朝南坐小堂。蕉聲翻雨脚㊄，日色瘦燈光〔七〕。奔撲寧無悔，高明舊有傷。未須買醉去㊅，茗語得清涼。

走食無長算，爲詩有賤名。不成摇膝坐，還復扶頭行〔八〕。海嘯虛前夢，蟲號得正聲〔九〕。百年能幾日，癡絶庾蘭成〔一〇〕。

餓劍人誰試〔一一〕，幺弦獨自哀〔一二〕。先須經萬刧，始信此狂才。井李難終咽〔一三〕，盎糧非夙媒〔一四〕。寒毛戴酷熱〔一五〕，何地不驚猜。

行飯爲時課㊆〔一六〕，乘涼不待風。柳高來暗碧，泥滑出深紅。筋力垂垂憊〔一七〕，恓惶處處同。蛇多妨夜返，語笑尚能融。

【校記】

㊀此詩「物理」「孤塔」「每出」「走食」「餓劍」五首曾刊載於一九四八年國立中山大學文學院刊《文學》第二期。

㊁「酬」，手鈔本原作「詶」，後改。

㊂「孤塔」，手鈔本原作「萬樹」，後改。

㊃「翻」，手鈔本原作「却」，後改。

㊄「翻雨脚」，手鈔本原作「宣雨意」，後改。

㊅「去」，手鈔本原作「笑」，後改。

㊆「爲」，手鈔本原作「當」，後改。

【箋注】

〔一〕白居易《效陶潛體詩十六首》：「物理不可測，神道亦難量。」

〔二〕大壑，海也。《莊子·天地》：「夫大壑之爲物也，注焉而不滿，酌焉而不竭。」

〔三〕梅堯臣《和歲除日》：「去日苦多誰會惜。」

〔四〕鏡鸞，見《衡戡寄無題詩三首乞和既次均報之》詩注。杜甫《春望》：「白頭搔更短，渾欲不勝簪。」劉克莊《次竹溪所和薛明府鏡中我詩三首》：「搔白髮翁疑是假，對青銅鏡認爲真。」

〔五〕青眼，典見《丘拉因（玉麟）來坪訊近況書此示之》詩注。

〔六〕北山薇，《史記·伯夷列傳》：「武王已平殷亂，天下宗周，而伯夷、叔齊耻之，義不食周粟，隱於首陽山，采薇而食之。」

〔七〕杜甫《無家别》：「日瘦氣慘凄。」

〔八〕搖膝，吟詩貌。先生詩《偶成三首》：「微哦還搖膝。」扶頭，醉酒貌。
〔九〕正聲，《荀子·樂論》：「正聲感人而順氣應之。」
〔一〇〕庾蘭成，即庾信，見《無題三首次劉衡戡韵（錫基）》詩注。
〔一一〕孟郊《峽哀》：「怪光閃衆异，餓劍唯待人。」
〔一二〕幺弦，即細弦，多代指琵琶等弦樂器。張先《千秋歲》：「莫把幺弦撥，怨極弦能説。」先生詩《宵悰》：「時來蟲響將哀訴，無復幺弦向世張。」
〔一三〕井李，《孟子·滕文公下》：「陳仲子豈不誠廉士哉？居於陵，三日不食，耳無聞，目無見也。井上有李，螬食實者過半矣。匍匐往，將食之，三咽，然後耳有聞，目有見。」
〔一四〕盎糧，一缶之食也，喻貧廉。
〔一五〕「寒毛戴」云者，語出《晋書·隱逸傳·夏統》：「宗族勸之仕，謂之曰：『卿清亮質直，可作郡綱紀，與府朝接，自當顯至，如何甘辛苦於山林，畢性命於海濱也。』統勃然作色曰：『諸君待我乃至此乎！使統屬太平之時，當與元凱評議出處，遇濁代，念與屈生同污共泥；若污隆之間，自當耦耕沮溺，豈有辱身曲意於郡府之間乎！聞君之談，不覺寒毛盡戴，白汗四市，顔如渥丹，心熱如炭，舌縮口張，兩耳壁塞也。』」
〔一六〕行飯，謂飯後散步。
〔一七〕蘇軾《巫山》：「衰老筋力憊。」

【按】此詩作於先生任教石牌中山大學時期。

黄伯軒宰台山，同人餞送俱有詩，獨余無作，越三月，伯軒復來，則與梁女士結褵矣，乃并成一詩以賀〔一〕

詩人宰大邑，責重詩難課㊀。以故於君行，我詩獨無個。君今諳此苦，復來乃有賀。豈伊色相戀〔二〕，爲此風流過。并枕刻恩私，虚窗肆吟和。直以閨幨樂，留夢他時馱〔三〕。作詩貴養源〔四〕，險坎圖力破。雅量雖常蓄，焉得中無佐。有如積糇糧，所需非一餓〔五〕。又如谷簾懸〔六〕，點塵不可涴。余情其信芳〔七〕，濯濯靈苗播。寸寸胎奇葩，王事詎能剉〔八〕。後此定多詩，詩國恣偵邏〔九〕。荒傖倘及念〔一〇〕，乞與酬枯坐。

【校記】

㊀「責重」，手鈔本原作「道行」，後改。

【箋注】

〔一〕黃伯軒（一八九七—一九五三），廣東台山人，曾任湖南大學教師，於民國三十六年（一九四七）任台山縣長。台山縣，在今廣東江門市。

〔二〕色相，釋家語，色身之相貌現於外而可見者。

〔三〕閨幨，妻室也。先生詞《木蘭花（清明節近毛毛雨）》：「歌珠串串足魂銷，飛閣騰騰馱夢去。」

〔四〕《荀子·君道》：「君子養原，原清則流清，原濁則流濁。」

〔五〕糇糧，食糧也。《莊子·逍遥游》：「適莽蒼者，三餐而反，腹猶果然。適百里者，宿舂糧。適千里者，三月聚糧。」

〔六〕谷簾，廬山康王谷水簾也，見《仲英南歸》詩注。

〔七〕《離騷》：「不吾知其亦已兮，苟余情其信芳。」先生《離騷箋疏》：「只要内心真正芳潔，没有瞭解也就算了。」

〔八〕剉，折傷也。

〔九〕偵邏，探索之意。先生詩《初到清洞書報羅孟韋成都》：「詩國作偵邏。」

〔一〇〕《集韵》：「傖，吴人駡楚人曰傖。」荒傖，指微賤僻陋之人，此自謙辭。

【按】

此詩或作於一九四七年。

贈閻宗臨、梁佩雲夫婦㊀〔一〕

閻子至性人，所學窮小大。生世際亂離，肺腸獨流霈。交我一載餘，脫略形骸外。能容嵇生狂，不陋伯夷隘〔二〕。歷險如履常，高談欲無輩。寒瀨漱孤清〔三〕，黃河鍾氣派〔四〕。視彼溝瞀儒，逢辰束冠帶。〔五〕何殊茆菅叢，因風拜松檜。〔六〕夕陽下平岡，霞衣映深藹。行飯或過從，漏夜意不懈。詎有麻姑搔，愈我十年疥。〔七〕嫂氏本慧賢，日夕事瑣碎。小食得時供，群兒欣母愛。青綾不自蔽〔八〕，辯才亦無礙〔九〕。世相鬱千艱〔一〇〕，古今同一慨。安知天地樂，乃繫室家內。金印枉雙輝〔一一〕，利劍空百淬㊁。豈如闔其扉，胸無豪髮介。蟲聲和月色，與了眼耳債。亦復勝繁都，行險而炫怪㊂〔一二〕。吁嗟逐逐徒，竟不此之會。我詩寫我心，略不資藻繢〔一三〕。异時或相違，庶以慰無奈。

【校記】

㈠此詩曾刊載於一九四八年《廣東日報》副刊《嶺雅》第六十四期、國立中山大學文學院院刊《文學》第二期。

㈡「利劍」，手鈔本原作「雄劍」，後改。

㈢「炫怪」，手鈔本原作「索怪」，後改。

【箋注】

〔一〕閻宗臨（一九〇四—一九七八），又名已然，晚號鐵牛老人，山西省五台縣人，曾任教於山西大學、廣西大學、中山大學、山西大學等校，治歷史學，有《傳教士與法國早期漢學》《歐洲文化史論》《世界古代中世紀史》《中西交通史》等。閻妻梁佩雲，任教於山西大學等校。

〔二〕嵇康、伯夷，均見前注。伯夷隘，《孟子·公孫丑下》：「孟子曰：『伯夷隘，柳下惠不恭。隘與不恭，君子不由也。』」趙岐注曰：「伯夷隘，懼人之污來及己，故無所含容，言其太隘狹也。」

〔三〕歐陽修《水谷夜行寄子美聖俞》：「石齒漱寒瀨。」

〔四〕按，黃河氣派，閻山西人，故云。

〔五〕溝瞀儒，無知人也，見《寄陳守玄滬瀆》詩注。束冠帶，喻得顯貴。

〔六〕茆、菅，雜小草。松、檜，大樹名。《論語・顏淵》：「君子之德風，小人之德草，草上之風必偃。」

〔七〕麻姑搔，見《旅濰一月所懷萬端》詩注。先生詩《病起上後園》：「如癢得快搔。」

〔八〕青綾自蔽，《晉書・列女傳》：「王凝之妻謝氏，字道韞。凝之弟獻之嘗與賓客談議詞理，將屈，道韞遣婢白獻之曰：『欲爲小郎解圍。』乃施青綾步障自蔽，申獻之前議，客不能屈。」

〔九〕辯才無礙，《大乘起信論》：「或令人知宿命過去之事，亦知未來之事，得他心智，辯才無礙。」

〔一〇〕世相，釋家語，世間之事相也。

〔一一〕金印雙輝，黃金印大如斗而懸於雙肘也，典出《世説新語・尤悔》周顗語，喻得高官。見《丁亥閏花朝不出》詩注。

〔一二〕行險，《禮記・中庸》：「君子居易以俟命，小人行險以徼幸。」

〔一三〕藻繢，文辭修飾也。潘尼《玳瑁碗賦》：「文不煩於錯鏤，采不假乎藻繢。」

【按】據《年譜》：「閻宗臨，一九四六年應聘中山大學，據先生《經歷表》，一九四七年二老相識，

『相處兩年多，過從甚密』。一九五〇年後閻先生離開中大往山西。」此詩或作於其間。

贈萬仲文教授兄〔一〕

昔聞三語判同殊〔二〕，又聞責實存守虛〔三〕。我交萬子日相於，竊嘆前言真不誣。入火不爇水不濡〔四〕，既習政法鄙時趨。病足兩載坐椅車，仲文病足，椅下安輪，驅以代步。長開笑口神敷愉。高懷落落道非孤〔五〕，辯才纍纍盤走珠〔六〕。十年講學粵桂區〔七〕，多士侍座依娘如〔八〕。眼力所到無枝梧〔九〕，頃刻與辨幾龍豬〔一〇〕。未成郡國利病書〔一一〕，咳唾或見良謀謨〔一二〕。人來不勞折簡呼，風晨雨夕聲撼廬。寧辭短簿雜長鬚〔一三〕，獨憙稚幼攀臞儒。偃蹇如山山四隅，靈風拂拂能噓枯〔一四〕。何時健步出妙圖，共看天日行清都〔一五〕。

【箋注】

〔一〕萬仲文（一九一一—一九八八），原名萬蔚程，別號雲庵，海南儋州人，曾任《華東日報》《中華日報》記者編輯、《建設研究》月刊主編，歷任廣西大學、中山大學、臺灣大學教授，有《中國歷代專制政治略論》《桂系見聞談》《大學回顧録》《雲庵詩稿》等。

〔二〕三語判同殊，《世説新語·文學》：「阮宣子有令聞，太尉王夷甫見而問曰：『老莊與聖教同异？』對曰：『將無同。』太尉善其言，辟之爲掾。世謂『三語掾』。」

〔三〕責實守虚，《鄧析子·無厚》：「是知大道，不知而中，不能而成，無有而足。守虚責實而萬事畢。」

〔四〕歐陽修《贈李士寧》：「吾聞有道之士游心太虚，逍遥出入，常與道俱。故能入火不爇，入水不濡。」

〔五〕《論語·里仁》：「德不孤，必有鄰。」

〔六〕盤走珠，《大慧語録》：「如盤走珠，無障無礙。」

〔七〕萬仲文於一九三七年由日本返回廣西任政職，爲桂系智囊團「六君子」之一。又於一九三九年任教廣西大學，教授中國外交史、政治史等課目。

〔八〕《詩經·大雅·文王》：「濟濟多士。」《禮記·曲禮上》：「侍坐於所尊。」

〔九〕枝梧，《史記·項羽本紀》：「諸將皆慴服，莫敢枝梧。」裴駰《集解》引臣瓚曰：「小柱爲枝，邪柱爲梧，今屋梧邪柱是也。」

〔一〇〕龍猪，猶言優劣，見《寄友人洛陽》詩注。

〔一一〕顧炎武有《天下郡國利病書》，自序云：「崇禎己卯秋闈被擯，退而讀書，感四國之多虞，耻經生之寡術，於是歷覽二十一史，以及天下郡縣志書、一代名公文集及章奏文册之類，有得即録，共成四十餘帙，一爲輿地之記，一爲利病之書。」

〔二〕咳唾，《莊子·漁父》：「竊待於下風，幸聞咳唾之音以卒相丘也。」

〔三〕短簿長鬚，筆也，見《錫純出示雨夜詩次均奉答》詩注。

〔四〕噓枯，《後漢書·鄭太傳》：「孔公緒清談高論，噓枯吹生。」李賢注曰：「枯者噓之使生，生者吹之使枯。言談論有所抑揚也。」

〔五〕清都，天也。《列子·周穆王》：「清都、紫微、鈞天、廣樂，帝之所居。」

贈別靜聞〔一〕

餘夢酬真愛，因風餞白雲。行纏原不着，世事更何云。溪澗魚腥石，天荒雁失群。膏蘭寧自惜〔二〕，書劍欲同焚。

【箋注】

〔一〕鍾敬文（靜聞），見前注。

〔二〕《漢書·龔勝傳》：「薰以香自燒，膏以明自銷。」潘尼《贈侍御史王元貺》：「膏蘭孰爲銷，濟治由賢能。」吕向注曰：「膏蘭爲物，以明燭暗，以香變臭，自致銷爍，不辭其勞。賢能濟理，亦猶是也。」

羅孟韋過訪山樓〔一〕

避囂偶復到山林，談座依前列素心。星月行天來驗世，孟韋喜觀天象。樓風吹夢起開襟。清流滚滚羞狂狷，渴劍眈眈誤古今〔二〕。偃蹇剩容懸老眼，可堪日下大江深〔三〕。世變紛紜未易平，共看汲古慰今生。一言不合寧姑息，十載相交真弟兄。浩蕩雄懷歸蚓竅〔四〕，張皇墜緒放天聲〔五〕。短長心事杯尊外，肯笑揚雲身後名〔六〕。

【箋注】

〔一〕羅倬漢（孟韋），見前注。時羅或在廣東省立文理學院任教。

〔二〕狂狷，語出《論語》，見《論詩三首鬭師命作》詩注。眈眈，深邃貌。

〔三〕蘇轍《君術策》：「其狀如長江大河，日夜渾渾趨於下而不能止。」顧炎武《答徐甥公肅書》：

「山嶽崩頹，江河日下。」

〔四〕蚓竅，舊誤蚯蚓能鳴，有微聲發於孔竅，故云。軒轅彌明等《石鼎聯句》：「時於蚯蚓竅，微作蒼蠅鳴。」

〔五〕張惶墜緒，繼絶學也。韓愈《進學解》：「補苴罅漏，張惶幽眇。」「尋墜緒之茫茫，獨旁搜而遠紹。」

〔六〕揚雲，即揚雄揚子雲。揚雄作《解嘲》，曰：「子之笑我玄之尚白，吾亦笑子病甚。」

一往〔一〕

一往寧爲天下計，千呼難挽此心還。蒔花鋤月纔盈掬，狂雨驚風忽滿山。極望人歸魂獨苦，何時身與石同頑〔二〕。交親去住休重訊，溪瘴林烟鎖百蠻。

【校記】

〔一〕此詩曾刊載於一九四八年國立中山大學文學院院刊《文學》第二期、一九四八年九月六日《和平日報》。

【箋注】

〔一〕釋文珦《閑居》：「心如灰已死，身與石同頑。」

青萍約赴石榴崗訪羅孟韋并食荔枝，連日阻雨，不果行，因成此詩，分寄青萍、孟韋〔一〕

瀟瀟長雨滿平蕪，作凉使我心焚如〔二〕。坐想石榴崗上路，泥濘没脛顛脂車〔三〕。城西陳子相待久，見面猶艱那共走。聞道荔實早辭枝，龍眼初珠未可口。要當飛檄江東羅〔四〕，舊約莫踐今如何。雕龍炙轂雖聳聽〔五〕，何殊露綴交絲窠〔六〕。人生快意不其難，胡孫入袋魚上竿〔七〕。果果政爾出雲端，誰洗堆胸千屈盤〔八〕。

【箋注】

〔一〕陳湛銓（青萍）、羅倬漢（孟韋），均見前注。時陳湛銓爲黄麟書先生所聘，自大夏大學返穗任廣州珠海大學中文系教授。羅孟韋在廣東省立文理學院任教，居廣州石榴崗。

〔二〕先生詩《百煉崗寄羅雨山吴辛旨羅孟韋黄挽波諸子》：「小别乃今隔千里，使我心焉日如燬。」

〔三〕脂車，油塗車軸，以利運轉也。

〔四〕江東羅，或謂羅球（雨山）。先生詩《雨山寄近詩奉報一律》：「十旬不見江東羅。」

〔五〕雕龍炙轂，典出《史記·孟子荀卿列傳》：「騶衍之術迂大而閎辯；奭也文具難施；淳於髡久與處，時有得善言。故齊人頌曰：『談天衍，雕龍奭，炙轂過髡。』」裴駰《集解》引劉向《别録》曰：「騶奭修衍之文，飾若雕鏤龍文，故曰『雕龍』。」炙轂，見《韓山韓水歌寄邵潭秋（祖平）》詩注。

〔六〕黄庭堅《戲呈孔毅父》：「文章功用不經世，何异絲窠綴露珠。」絲窠，蛛網也。

〔七〕胡孫入布袋，喻不自由。鯰魚上竹竿，喻上升艱難。語出歐陽修《歸田録》，見《詩人節懷屈原》詩注。

〔八〕先生詩《爲陳蒙盦運彰題亭角尋詩圖》：「安得接席笑開樽，一洗堆胸千煩穢。」

贈張覺任作人教授兄〔一〕

狂風吹天古月瘦，九垓崩陷土龍吼〔二〕。將身作膽不可軀，夜半何人負山走〔三〕。眼明憫此蚩蚩氓〔四〕，獨從物物窮源津。卅載聲光自赫奕，肯復隨渠車後塵〔五〕。世間惟學無止極，卿相低頭拾亦得〔六〕。氣高五嶽峙胸中〔七〕，天地何曾相迫窄。可憐方朔徒飽死〔八〕，不及文中道如砥〔九〕。餘論往往至精存，勤業莘莘寧無恃。有史安用埋命讀，近覺任圈讀《通鑑》。㊁與管千春人歌哭。從來白髮無由玄，短短此生風前燭〔一〇〕。山頭日落萬愁吞，來對秋林坐夕曛。公語猶詩工諭諷，我臞如鶴思空群〔一一〕。況有知交閻宗臨。與萬仲文。㊂〔一二〕，萬釘圍腰不受勸〔一三〕。片雲可使心魂清，回頭莫看蒼茫雁。

【校記】

㊀此詩曾刊載於一九四七年十二月《上饒學報》第二期、一九四八年國立中山大學文學院院刊《文學》第二期、一九四九年十月《廣東日報》副刊《嶺雅》第七十一期。

㊁此句自注，《文學》《嶺雅》俱作：「近覺任方圈讀《通鑑》。」

㊂此句自注「宗臨、仲文」，《文學》注在句後。

【箋注】

〔一〕張作人（一九〇〇—一九九一），字覺任，江蘇泰興縣人，曾任教於上海中國公學、上海大學、大夏大學、中山大學、同濟大學、華東師範大學等校，治生物學，我國原生動物細胞學、實驗原生動物學開拓者。時張任中山大學生物系教授。

〔二〕九垓，猶言九天。《漢書·司馬相如傳》：「上暢九垓。」服虔注曰：「垓，重也。天有九重。」

〔三〕《莊子·大宗師》：「夫藏舟於壑，藏山於澤，謂之固矣，然而夜半有力者負之而走，昧者不知也。」

〔四〕蚩蚩氓，《詩經·衛風·氓》：「氓之蚩蚩。」氓，民也。蚩蚩，敦厚之貌。

〔五〕孫一元《驅車復驅車》：「願作車後塵，逐君車輪去。」

〔六〕《漢書·夏侯勝傳》：「士病不明經術。經術苟明，其取青紫如俯拾地芥耳。」顏師古注曰：「地芥謂草芥之横在地上者。俯而拾之，言其易而必得也。青紫，卿大夫之服也。」

〔七〕先生《仲英南歸同人宴集合群樓》詩：「塞胸有五嶽。」

〔八〕方朔，東方朔也。《漢書·東方朔傳》：「朱儒長三尺餘，奉一囊粟，錢二百四十。臣朔長九尺餘，亦奉一囊粟，錢二百四十。朱儒飽欲死，臣朔飢欲死。」

〔九〕道如砥，《詩經·小雅·大東》：「周道如砥，其直如矢。」

〔一〇〕樂府《怨詩行》：「天德悠且長，人命一何促，百年未幾時，奄若風吹燭。」

〔一一〕陸游《即事》：「形如野鶴臞。」

〔一二〕閻宗臨、萬仲文，均見前注。

〔一三〕萬釘圍腰，喻富貴功名，見《離家一月梅州作》詩注。

新曆元日㊀

風勢此焉殺㊁，寒日得輝映。坐閑天自寬，吹虛氣猶勁㊂。冷翠有新含，輕烟作遥孕。山容失蒼莽㊃，豆花試明靚㊄。迹削歲時深，心餘鳥雀競。氛埃去何方，瑩然見物性。終愛招隱篇〔一〕，無爲事俗慶。

【校記】

㊀此詩曾刊載於一九四八年國立中山大學文學院院刊《文學》第二期。

㊁此句《文學》作：「風勢一以殺。」

㊂「猶」，《文學》作「逾」。

㊃「蒼莽」，手鈔本原作「莽蒼」，後改。

㊄「豆花」，手鈔本原作「豆棚」，後改。

【箋注】

〔一〕招隱篇，淮南小山有《招隱士》，王逸序曰：「小山之徒，閔傷屈原，又怪其文升天乘雲，役使百神，似若仙者，雖身沉没，名德顯聞，與隱處山澤無异，故作《招隱士》之賦，以章其志也。」

【按】

此詩或作於新曆一九四八年一月一日。

迫歲寄无輝〔一〕

迫歲陰多積，經年意不舒。星宵勞卜祝，邊寇勢何如。鴉噪枝難穩，江空淺可漁。飄燈仍鬧市，未忍説兵初。

【箋注】

〔一〕張輝光（无輝），見前注。

【按】

此詩或作於丁亥歲末，即新曆一九四八年初。

挽波過寓齋夜話㊀〔一〕

道路叢荆棘，粗疏見性情。小壺來夜對〔二〕，老氣得秋横〔三〕。骨峻矜高相，頑深耻薄名。遥芬如可挹，生世不須驚。

舊愛清河頌，新看賦鵩辭。〔四〕行藏成偶遂，風雨鬱深悲。酒薄寧堪述〔五〕，談狂祇及私。登臨休定約，晨夕有安危。

【校記】

㊀ 此詩曾刊載於一九四八年國立中山大學文學院院刊《文學》第二期，題作「挽波過寓齋夜話二首」。又，「舊愛」一首，先生有自書扇面贈弟子朱榮達（德孚），書末題曰：「挽波過談近古，書應德孚賢弟正屬。」收録於謝佳華編《學者書家詹安泰》。

【箋注】

〔一〕黄海章（挽波），見前注。

〔二〕先生詩《茶》下自注云：「以小壺配小杯，玲瓏精緻，亦吾州獨尚。」

〔三〕孔稚圭《北山移文》：「風情張日，霜氣横秋。」

〔四〕鮑照《河清頌》，見《次均答元龍寧都旅次見寄》詩注。賈誼《鵬鳥賦》，見《百鳥》詩注。

〔五〕陶淵明有《述酒》詩。

種菜㈠

種菜不爲看緑大，灌水鋤蕪當日課㈡。寒士食籍詎能論〔一〕，充虛解作中餐佐〔二〕。菠菱蘿蔔如珍饈，葱韮芥藍等奇貨㈢〔三〕。歲闌豌豆更可人㈣，小白花繁實個個。北饌南庖我何知〔三〕，擇甘飫肥未足賀㈤〔四〕。人生禍福相倚伏〔五〕，長樂多難受寸銼㈥。眼見大車揚飛塵〔六〕，舊學端居而危坐。弃取之間與深參，世士説鈴定可破〔七〕。疾走小兒漫競誇，東坡詩：「世上小兒誇疾走。」〔八〕老夫以此慰窮餓。

【校記】

㈠ 此詩曾刊載於一九四八年國立中山大學文學院院刊《文學》第二期、一九四九年九月《廣東日報》副刊《嶺雅》第七十期。

㈡「鋤蕪」，《文學》《嶺雅》俱作「鋤荒」。

㈢「葱韮芥藍」，手鈔本原作「芥藍葱韮」，後改。

㈣「可人」，手鈔本原作「可愛」，後改。

㈤「擇甘飫肥」，《文學》《嶺雅》俱作「飫肥澤甘」。

㈥「長樂」，手鈔本原作「常樂」，後改。《文學》《嶺雅》俱作「常樂」。

【箋注】

〔一〕食籍，即食祿，民俗以人生在世應享之食固有定數。黄庭堅《戲贈彦深》：「世傳寒士有食籍，一生當飯百瓮葅。」

〔二〕充虚，猶言充飢。

〔三〕《史記·吕不韋列傳》：「此奇貨可居。」

〔三〕北饌南庖，黄庭堅《蕭巽葛敏修二學子和予食筍》詩：「北饌厭羊酪，南庖豐筍菜。」

〔四〕黄庭堅《戲贈彦深》：「飫肥擇甘果非福。」

〔五〕《老子》：「福兮禍所伏，禍兮福所倚。」

〔六〕李白《古風》：「大車揚飛塵，亭午暗阡陌。」

〔七〕説鈴，揚雄《法言·吾子》：「好書而不要諸仲尼，書肆也；好説而不要諸仲尼，説鈴也。」李軌注曰：「鈴，以喻小聲。猶小説不合大雅。」

〔八〕句見蘇軾《往富陽新城李節推先行三日留風水洞見待》，蓋譏世人多務急進。

【按】此詩作於石牌中山大學時期，時國統區法幣貶值，教工生活艱苦，常自種菜，見《遣興》詩注。

歲暮天寒，書寄陳蒙盦海上〔一〕

四合陰雲失大荒，來牛去馬尚遑遑〔二〕。猶温敗絮酬佳寢〔三〕，作吼長車撼獨床〔三〕。户有闔開關冷暖，天留風雨寫蒼茫。心聲莫要人知得，後夜相思夢更長〔四〕。

【校記】

㈠此詩曾刊載於一九四八年國立中山大學文學院院刊《文學》第二期。

㈡「猶」，手鈔本原作「微」，後改。

【箋注】

〔一〕陳運彰（蒙盦），見前注。時陳寓居上海。

〔二〕來牛去馬，《莊子·秋水》：「秋水時至，百川灌河。涇流之大，兩涘渚崖之間，不辨牛馬。」杜甫《秋雨嘆》：「闌風伏雨秋紛紛，四海八荒同一雲。去馬來牛不復辨，濁涇清渭何當分。」趙彥材注云：「於馬曰『去』，於牛曰『來』，此正左氏『風馬牛不相及』意，蓋馬趁逆風，牛趁順風故爾。」《左傳·僖公四年》：「君處北海，寡人處南海，唯是風馬牛不相及也。」

〔三〕長車，指火車。先生詩《石牌寓居》下有自注云：「火車道石牌赴九龍。」

〔四〕陳師道《過杭留別曹無逸朝奉》：「後夜相思隔烟水，夢魂空寄過江船。」

放晴不出

累日陰寒忽放晴，未春檐樹鳥偷聲。同人各有迎年計，空橐誰貪入市行。酒愛青缸津渴肺，是日内子新沽青缸酒。風來幽谷夢靈笙〔一〕。石欄斜曲猶堪倚，可釣浮生浪蕩名。

【箋注】

〔一〕先生詞《蝶戀花·咏事四首》：「夢外笙歌，夢裏空相覷。」

歲暮雜詩 丁亥六首㊀

復國殷千望，離家又二年。生事不可問，此心常淒然。庭梅知幾花，弄影竹娟娟。千山隔重水，一鳥飛蒼烟。懷往情如昨，抽身慮漸捐。誰抱歲寒姿〔二〕，而希人世憐。

窗前三芭蕉，分緑上眉宇〔三〕。迎風一披拂，碎魂如受雨。時來玲瓏鳥，踏葉自媚舞。静定理可長，趨營俗易侮〔三〕。凛此冷光存，庶幾慎所樹。

陰氣鬱不舒，畏途難策杖。庭草不曾除，瓶花自長養。攤書喜當户，初陽懸萬象。至道未易窮〔四〕，高賢來瞑想。寧無清芬挹，或聽心泉響㊁。識字憂愁始〔五〕，此語難激賞。使我昏雙睛，古鞭曷由獎。

一燈堅坐夜，忍寒久所甘。清苦束棱骨，瘦蛟窟澄潭。寧復知時雨，所戒在癡貪。大樸閎希聲〔六〕，俯仰心深慚〔七〕。繼晷聊自策〔八〕，非同作繭蠶〔九〕。嗟哉一世人，解此無二三。

藝蘭信不芳〔一〇〕，窮檐羞老醜。頗閔虛名誤㊂，如瓶還守口〔一一〕。霜威凋百草㊃，風力皸雙手。取暖詎有途，學飲無多酒。浮年自難追〔一二〕，眷我天既厚。散步當夕暉，長笑看高柳。

天風發浩歌〔一三〕，來破蕭寂境。關心昨宵雨，明日將誰定。及茲一夕晴，微茫涵星影。摳衣出户牖，叩閽再三請〔一四〕。幾聞呼愴情㊄，能伏豺虎猛。罷寫左徒騷〔一五〕，留夢發深省。

【校記】

㊀此詩曾刊載於一九四八年國立中山大學文學院院刊《文學》第二期，題作「歲暮雜詩六首」。又，手鈔本「天風」詩鈔在「藝蘭」詩之前，後頁眉有注「其一」至「其六」，更正次序。

㊁「或聽」，《文學》作「時覺」。

㊂「閿」，《文學》作「聞」。

㊃「霜威」，手鈔本原作「霜嚴」，後改。

㊄此句「呼」手鈔本原作「忍」，後改。又，「愴」手鈔本原作「蹌」，後改。《文學》亦作「蹌」。

【箋注】

〔一〕歲寒姿，《論語・子罕》：「子曰：『歲寒，然後知松柏之後凋也。』」何晏《集解》：「大寒之歲，衆木皆死，然後知松柏之小凋傷，平歲則衆木亦有不死者，故須歲寒而後别之。喻凡人處治世亦能自修整，與君子同在濁世，然後知君子之正不苟容也。」

〔二〕楊萬里《閑居初夏午睡起》：「芭蕉分緑與窗紗。」

〔三〕静定，守根不離也。趨營，奔走鑽營也。

〔四〕《莊子・在宥》：「至道之精，窈窈冥冥。至道之極，昏昏默默。」

〔五〕蘇軾《石蒼舒醉墨堂》：「人生識字憂患始，姓名粗記可以休。」先生詩《猛滓篇寄贈龍雨生教授》：「人生識字憂難空。」

〔六〕大樸，大道也。《老子》：「大音希聲，大象無形。」王弼注曰：「聽之不聞名曰希，不可得聞之音也。有聲則有分，有分則不宫而商矣。分則不能統衆，故有聲者非大音也。」

〔七〕《孟子・盡心上》：「仰不愧於天，俯不怍於人。」

〔八〕繼晷，韓愈《進學解》：「焚膏油以繼晷，恒兀兀以窮年。」
〔九〕繭蠶，陸游《書嘆》：「人生如春蠶，作繭自縛裹。」
〔一〇〕《離騷》：「余既滋蘭之九畹兮，又樹蕙之百畝。……雖萎絶其亦何傷兮，哀衆芳之蕪穢。」「蘭芷變而不芳兮，荃蕙化而爲茅。」
〔一一〕《維摩經》：「防意如城，守口如瓶。」
〔一二〕孟郊《秋懷》：「浮年不可追，衰步多夕歸。」
〔一三〕《楚辭・九歌・少司命》：「臨風怳兮浩歌。」
〔一四〕叩閽，叩請於天也。先生詩《聞亂憶香港諸親友（二首）》：「無誰與解脱，欲爲叩重閽。」
〔一五〕左徒騷，屈原《離騷》，見《壬午六七月間雜書所感》詩注。

【按】

此詩作於丁亥歲末，即新曆一九四八年初。

聞聖雄甘地蒙難感賦〔一〕 補録

陰風四布雲冪冪〔二〕，駭浪滔天天倒植〔三〕。其魚其魚自生哀〔四〕，大星晝隕况莫測〔五〕。聖雄甘地誰不識，如青天青白日白〔六〕。浩然正氣塞大千〔七〕，猶復辛勤一車織〔八〕。一介不以取諸人〔九〕，一民不得忘其國。百舍重繭口亦瘏〔一〇〕，既老向人惟絶食〔一一〕。所願雖達寧願了，以柔制剛終柔克〔一二〕。頂禮膜拜泯畛域〔一三〕，如此乃受人狙擊〔一四〕！吁嗟乎！如此乃受人狙擊，前古後今那可得！

【箋注】

〔一〕莫罕達斯·卡拉姆昌德·甘地（MohandasKaramchandGandhi），印度人，印度民族解放運動領導人，倡導非暴力抵抗之政治學説，世稱「聖雄甘地（MahatmaGandhi）」，於一九四八年一月三十日遇刺身亡。

〔二〕幂幂，濃密貌。

〔三〕《尚書·堯典》：「湯湯洪水方割，蕩蕩懷山襄陵，浩浩滔天。」倒植，猶言倒置。

〔四〕其魚，典出《左傳·昭公元年》：「天王使劉定公勞趙孟於潁，館於雒汭。劉子曰：『美哉禹功！明德遠矣。微禹，吾其魚乎！』」

〔五〕庾信《周大將軍聞嘉公柳遐墓志》：「智士石坼，賢人星隕。」何景明《挽謝中丞》：「誰看大星落，天柱使人哀。」

〔六〕陳亮《謝羅尚書啓》：「青天白日，有是清明。」

〔七〕《孟子·公孫丑上》：「我善養吾浩然之氣。」

〔八〕一九二〇至一九二二年間，甘地與印度國大黨發起手紡土布運動，號召印度人民推廣手工紡織、穿用土布，抵制英國紡織品，以實現司瓦德希（印度語Swadesh，即自産）之目的。

〔九〕《孟子·萬章上》：「非其義也，非其道也，一介不以與人，一介不以取諸人。」朱熹《集注》：「介與草芥之芥同。言其辭受取與，無大無細，一以道義而不苟也。」

〔一〇〕百舍重繭，《尸子·止楚師》：「墨子聞之，百舍重繭，往見公輸般。」百里爲一舍。重繭，累胝也。瘏，病也。《詩經·周南·卷耳》：「陟彼砠矣，我馬瘏矣。」

〔一一〕甘地一生多次絶食，以非暴力不合作方式反抗英人在印度之統治。

〔一二〕《老子》：「天下莫柔弱於水，而攻堅强者若之能勝。其無以易之。柔之勝剛，弱之勝强，天下莫不知，莫能行。」柔克，和柔能治也。

〔一三〕頂禮膜拜，禮佛之儀，五體投地，頭面禮足而拜，以見極尊崇也。《歸敬儀》：「我所貴者，頂也；彼所卑者，足也。以我所尊，敬彼所卑者，禮之極也。」泯畛域，謂各地盡然。

〔一四〕一九四八年一月三十日下午禮畢，國民公僕團納圖頭目拉姆·戈德森（NathuramGodse）假行禮之名槍殺甘地。

《鷓鴣巢詩集》集外補録

【按】先生少作，散見於《二師旬刊》《韓師周刊》諸書刊，後多悔弃，手鈔本未存。又據《年譜》引先生自填《廣東省公私立高等學校教職員概况表》「已完成之著作」之目，有「《鷓鴣巢詩集》十卷」，今手鈔本僅見九卷，乃知丁亥以後，或有未定之稿，今散見於《嶺雅》《海濱》《上饒學報》諸書刊。學者輯佚，有黄坤堯、馬晴、羅克辛、黄曉丹、孔令彬、劉慧寬、陳俊華諸賢達。玆以輯軼之詩，外編一卷，依年補録於左。其中謬漏不免，苟有見聞，克用增補。

素絲行

素絲由來不易織，美人勤苦荒江北。皓月當空露玉纖，晨鷄乍唱操梭力。忽然凝望海潮生，薄袖荒寒隱憂逼。待將蛱蝶綉羅襦，還效花間雙舞翼。高樓一夜西風起，長裾醉舞稱人意。疊雪迴風自生情，白粲紅鮮等閑視。容華瘦損未經時，楊花凝盡斂綃淚。君不見貞潔幽閨獨守人，不願榮華虧素志。

歸園田居

堅孤少交游，門巷無車駕。松菊解忘言，鳴禽相上下。樽中酒未空，時復招鄰舍。塵俗何可謀，適意在耕稼。耕稼日以藩，吾心日以化。所憂北風來，緑葉成凋謝。

右擬詩兩首，係童年所作，以出版部催稿急，漫録應之，壽陵學步，閲之啞然！顧字裏行間，猶具風致，今者心如眢井，并此亦不能爲矣。

【按】

《素絲行》《歸園田居》二首刊載於一九二七年十二月十日《二師旬刊》第八十四、八十五期合刊，據以補録。此先生少作，蓋效陶《閑情賦》《歸園田居》之作。

過香泉寺

馳逐俗所謀，遨游平生志。凌晨朝氣清，杖策尋古寺。羊腸何迴迂，零露落蒼翠。桂蕊紛以繁，松香時撲鼻。人靜鳥空呼，林深迷端始。小憩石蹬間，忽聞雲犬吠。招提知匪遥，摳衣鼓餘氣。金烏迫林梢，寺門猶深閉。徘徊階坪外，驚湍激石齒。龍潭映澄清，桂山相對峙。瞻矚周八方，悠然蕩神智。即此已忘憂，何須更隱避。

【按】此詩曾刊載於一九二五年六月《國立廣東大學潮州學生會年刊》第一期，據以補録。香泉寺，又名桂子寺，位於廣東饒平縣新豐鎮内桂山桂坑窠，始建於明，由先生之世祖詹氏伯玉公倡建，寺内供觀音，時呼「娘廟」。據《年譜》「一九二一年」：「八月，先生考進廣東高等師範文史部。」「一九二二」年：「八月，先生因病停學一年，回饒平修養。」此詩爲先生休居饒平期間所作。

辭家篇得家書感賦

辭家未爲久，節序幾推遷。弱質怯寒風，日高枕經眠。通者持書來，開緘讀素箋。字字苦叮嚀，語語含酸辛。伊人已攖疾，歲穀復歉登。内外失憑依，言念心如煎。顧彼豪華兒，風度何翩翩。擁抱异常情，一擲或萬錢。豈天獨厚渠，失勢溝壑填。慎莫多煩憂，窮獨道彌敦。

【按】

此詩曾刊載於一九二五年六月《國立廣東大學潮州學生會年刊》第一期，據以補録。先生於廣東高等師范學校修學期間，因病修學一年，見前注。《年譜》「一九二三年」：「八月，先生到廣州，繼續在廣東高等師範學校修學。」此詩或作於其時前後。

悲從弟夢齡

夢齡從弟生十有五年，以庚申中秋夜殤於家。時予客鳳城，聞耗馳歸，已弗及見矣。今冬旋里，經過其墓，觸緒增悲，祭之以詩。

言過登康崗，倏至夢齡墓。墓草萎以黄，迴飆激陳土。松柏森前丘，白楊鬱道下。四野顧蕭條，幽魂將焉附。觸目動寒心，悲思引遥緒。憶汝辭世時，吾正羈旅寓。夜月無光輝，栖鴉啼不住。疇知家運斁，方嘆客途乖，三日耗噩來㈠，驚號失常□。㈡馳歸惜已違，滿庭空愁雨。逼迫復奔波，經年今重遇。白骨亮久灰，信知負汝多，積悃向誰訴，夙昔猶指顧。奉命近就傅，高堂念汝殷，汝生未七齡，呼我好將護。夜誦徹三更，聞鷄時起舞。愛好若同生，八年無嫌捂。所望凌風雲，高舉天衢步。何當未冠年，竟弃我而去。天道誠難窮，人生譬朝露。窔窀且自安，歸休日就暮。

【校記】

㈠「秏噩」，疑刊誤，當作「噩秏」。

㈡「疇知」至此句，原本作：「疇知家運斁。方嘆客途。乖三日秏噩來。驚號失常。」句讀應爲刊誤，且末缺一字，徑改。

【按】

此詩曾刊載於一九二五年六月《國立廣東大學潮州學生會年刊》第一期，據以補録。據詩序，詩應作於庚申後一年冬，即新曆一九二一年，時先生就讀於廣東高等師範學校。

憶祖母

乍聞噩秏黯寒天，痛哭秋風又一年。切記來春寒食後，紙灰和淚灑墳前。

【按】

此詩曾刊載於一九二五年六月《國立廣東大學潮州學生會年刊》第一期，據以補録。

和答冰若白下寄詩四首

冰若寄示近作，勉步其韵，續貂之誚，知所不免；然翦浮華，存真實，冰若觀之，知我此際情况也。

簫心劍膽兩沉銷，剩有秋禽話寂寥。我自笑人人笑我，那堪重問韓江潮。

回夢也曾繞鳳城，年時草木已皆兵。風華王儉休追憶，宵語從無到二更。入夜鄉人皆扃户，無敢過談者。〔一〕

敢與居家證無生，來詩有「茫茫冷月證無生」之句。傷情祇爲忒多情。何時得上揚州路，快聽千場落淚箏。

不風不雨鎮陰晴，溪響松聲入夢清。贏得笑啼俱不敢，游神竟日掩真情。宋人謂終日馳逐名利者爲「游神」，與今日潮俗游神，士紳尾隨之情態宛合，可怪也。

【校記】

〔一〕「過談」，原作「過淡」，應爲刊誤，徑改。

【按】此詩四首刊載於一九二七年十二月三十一日《二師旬刊》第八十六、八十七期合刊，據以補録。李冰若，見前注，時李在南京。據倪春軍《李冰若年譜》，李於一九二三至一九二五年間任教於國立東南大學，先生此詩或作於其時。

寄冰若白下 丁卯九月

獨立蒼茫百感秋，六榕九曜記綢繆。夢回每妒江南柳，不放詞人汗是游。

萬端經略待如何，乍爲蒼生感逝波。冰若曾一度從戎。莫下新亭憂國淚，江山半壁恐無多。

醉蹋紅塵幾歲華，空留健筆走龍蛇。天涯爾已交游遍，可勝江南數落花。

談心許我劣能振，壽世問誰氣獨雄。如此才華如此遇，文章何處哭秋風。

詞壇冷落獨能軍，又聽簫聲到白門。叔世名成終何補，好温酒膽唤詩魂。

空羡季長傳絶業，時冰若寄居斠玄師處。愧無正則寫離騷。雨窗儻起師門感，爲道暫從世網逃。新豐橋畔愁千種，新豐爲余生長之鄉。雲碗鑪邊月一龕。雲碗，齋名。風定懷人魂夢穩，欲隨秋雁到江南。

【按】此詩七首刊載於一九二八年四月三十日《二師旬刊》第九十五、九十六期合刊，據以補録。李冰若，見前注。此詩作於一九二七年丁卯九月，時先生在韓師任教，李冰若在南京。又，「六榕九曜」云者，六榕寺、九曜園也，皆廣州勝迹。李冰若曾在國立廣東大學，與先生皆從陳斠玄學，後在穗任教，二人交游甚密。

雜詩十首

垂壯蕭疏餘短髮，春酸敢復訊眉顰。靈犀一點依稀在，勘破十年禪定身。

情烟意月迸山樓，眼幕心旌一味秋。可怪新來面骨峻，容華能耐幾温柔。

把盞抽刀總惘然，萬般香夢一絲牽。阿蒙自有難言隱，不買狂名亦可憐。

亭皋日黯柳風斜，悄琢新詞祭落花。我亦有家歸未得，俱將哀怨入琵琶。

塵根未斷總嫌猜，寄語麻姑可暫來。錯想司勛留夢覺，花街盡日看簾開。

花樽悄換月輪明，細串心花禮玉清。消息忽來春夢碎，而今真個作流氓。

經時小病怯羅幃，懶薄心情悵落暉。不道沈郎腰帶減，尚留微命逐花飛。

蓮心自是芳含苦，蝶夢而今醒亦癡。奈他大千魂一片，奈他幽怨鎖雙眉。

何曾真個已消魂，臥酒吞花未許論。我自有心向明月，劇憐風雨鬧黄昏。

懶散情懷不自持，高唐夢雨一絲絲。憑它笑煞妝臺入，難賣人間兒女詞。

此年前舊作也。生平不喜作香艷詩，偶有所作，亦弃置不存稿。誠以作者未必有真對象，而閱者或因之疑竇叢生也。斯之所録，祇憑憶得，足成十首，淪次漫無，一片模糊，非花非霧，自家亦不記省，更何恤於人言？留得寫詩史上之些兒痕迹而已。倘或以此而觀吾詩，則幼稚之嫌，知所不免矣。

【按】此詩十首刊載於一九三二年四月十五日《二師學生》第二期，據以補録。

韓江樓觀大水，忽忽有感，因而成詩

六年日日過樓下，去年始一乘春游。今年春光不比昔，登樓四望興百憂。江水不知幾派合，勢吞天胸驅萬牛。群峰失影船壓屋，黄浪接白雲俱浮。陂塍崩没入□網，市集吐吸奔蛟虬。决疏或惜無新聖，父老相向嗟故侯。何用坐嗟復行惜，謀之不臧誰其瘳。不見流民圖淮漢，斷烟千里爲□流。伏藏虎□窟狐鼠，肉骨狼藉魂號丘。蠻觸兩角儘兒戲，腰鼓百萬争貔貅。三月五月久不息，當同天憤翻低頭。刳腹不痛况膚髮，貫檜昔詬今豈猶。莽蕩齊州鬱靈氣，縱具綱目容吞舟。老魚奸怯麟鳳杳，呼愴肉食難爲謀。平生意志故應在，對此未敢書窮愁。鍵户不如常病病，脚力雖健昏雙眸。

【按】

此詩刊載於《新嶺東日報》一九三二年五月十三日《壬社月刊》第三期，據以補録。此詩作於一九三二年四五月間，爲壬社社課之作，《壬社月刊》第二期末云：「本社社友鑒，第三期課題限定『韓江樓』，體韵不拘。」時先生任教於廣東省立第二師範學校。韓江樓，即潮州廣濟樓。

晚步橋東，因過湘橋，比歸，夜二鼓矣

向晚無心四散行，天留風物與荒傖。樓臺高下連江起，雲木深蒼刺眼明。村婦柴扉歌曲冊，長空片月媚神燈。遣愁縱不杯尊共，勝倚迴廊聽水聲。帆影依山山倒行，山塘鳥噪敵儜傖。網魚翁比童兒健，夾岸花争組織明。百慮都消還袖手，浮橋慣走不携燈，爲妨學子疑歸晚，故向閑階放脚聲。

【按】

此詩二首刊載於一九三三年四月二十二日《二師周刊》第二十七期，據以補録。湘橋，即潮州廣濟橋。此詩或爲先生任教廣東省立第二師範學校時期所作。

閑步汝平亭歸來有作

意奚漸爲憂病減，春深始上汝平亭。乍看遠近江城活，相送青紅花樹生。想像空餘敗壁在，雲山爭向夕陽明。歸來猶及憑窗聽，無數谷禽散晚聲。

【按】

此詩刊載於一九三三年四月二十二日《二師周刊》第二十七期，據以補録。汝平亭，在省立第二師範學校（今韓山師範學院）北側筆架山下，始建於一九二六年，由馬來西亞僑胞曾汝平等捐建，又名音樂亭，亭内有民國十五年（一九二六）《重修宋陸丞相祠碑文》殘碑及明人沈伯咸《孤忠大節》等碑，址今猶在。先生此詩刊後，王顯詔、洪應塋（北岸）、余仿真（星火）、黄家瑞、黄昌祺（枯萍）等師友有和作，俱載《二師周刊》。此詩或爲先生任教廣東省立第二師範學校時期所作。

俚句恭祝仲琴詞丈五十榮壽

投荒萬里師儒闕，愧我十年膽氣粗。晚睹道真歸煦育，試從樂令藥煩迂。望門肯下傷窮淚，罵座空聞買醉徒。大壽天留與大德，看花莫厭敩狂奴。

【按】

此詩載於一九三四年《嵩園五十自壽詩唱和册》。黄仲琴（一八八五—一九四二），名嵩年，號嵩園，以字行，廣東海陽縣（今潮安）人，南社中人，曾任教於嶺南大學、中山大學，有《嵩園詩草》《湖邊文存》《木棉庵志》等。黄有甲戌十月五十生朝自壽詩，唱和者衆，先生此詩亦作於其時。孔令彬《詹安泰執教韓師二十載年譜簡編》以詩作於一九三四年。

病耳久治弗愈，而銘老猶屢屢來索鬥魚，報之以詩。鬥魚者，阮亭詩話所謂旂颱魚也

我耳不須聰，君魚頗善鬥。君眼倘難明，鬥魚亦何姤。相期絶聰明，乾坤寬雙袖。坐室量濁清，隨人道肥瘦。有時笑口開，在物貴能宥。有時短膝摇，在俗貴能守。寧論富貴權，齊向死前溜。所願良不惡，惜哉瞠乎後。腰骨要人扶，樓風吹面皺。還冀老婆心，作我三日祐。王晉卿耳疾，東坡貽詩，限三日疾去，後果驗。晉卿報詩有「老婆心急頻相勸，令嚴只作三日限」云云。

【按】

此詩刊載於一九三五年十二月二十一日《韓師周刊》第二卷二十一期，據以補録。石維岩（銘吾），見前注。阮亭詩話者，清人王士禛（阮亭），有《帶經堂詩話》。

丙子盛夏避暑楓溪村，寄懷龍榆生教授羊石

不向人前叩瘠肥，更無時地脱天威。熱風自割黃雲死㊀，中座誰嗟吾道非。時粵局猶未平靖也。漸展冰綃裹病肺，渴蕲大句轉新機。荆公詩：「大句安能屈兩雄。」支離倘得最閑適，「忠信偏成拙，支離最得閑。」王玄佐《贈段十》句。何日江山一笑歸。

【校記】

㊀「黃雲」原作「黃風」，據《韓師周刊》第三卷十七期《更正》改。

【按】

此詩刊載於一九三六年十月十九日《韓師周刊》第三卷二期，據以補録。龍榆生，見前注。此詩作於一九三六年，時先生在潮州，龍榆生原在廣州中山大學任教，時因時局不穩，已去穗返滬。

讀端木子疇《漱玉詞序》，忽忽有感，率成十章

酸情孤憤天難問，儒行莊懷世豈知。自是聰明長誤汝，那關謡咏有蛾眉。

東坡養子願蠢才，讒構由來解不開。佯啞争如佯笑好，逢人只道看花回。

绿鬓凋疏黯黯驚，斷無綺夢况雙清。不煩磨礪閑刀劍，與斬人間未了情。

話□無生詎太遲，撩人鶯燕隔簾窺㊀。腹中鱗甲尋常有，蓑笠何須問夙期。

擔得江南粉幾肩，從來蛱蝶最相憐。拋殘花絮休重訊，無處空山無杜鵑。

織錦簸錢理豈私，評量千古惜功虧。風懷未許癡人覺，錯向燈窗寫小詞。

此心清過澄澤水，游語工捨縛虱蚤。徒倚修梧還自慰，亂雲飛散月輪高。

一庭紅雨四山烟，荒老倩誰念玉田。可怪曼卿多眷戀，花風不上大羅天。

誰甘冷肉換風情，記取葩經第一評。十萬香鬟齊下拜，虧他傖父罵狂生。

中年哀樂不能多，肯學紅蠶自網羅。凉月雙肩花萬態，意行處處養天和。

【校記】

〔一〕「簾」，原本作「篇」，應爲刊誤，徑改。

【按】

此詩刊載於一九三七年四月十九日《韓師周刊》第三卷二十三期，據以補録。端木子疇《漱玉詞序》，清光緒間四印齋重刻本李清照《漱玉詞》，清人端木埰（子疇）有序。易安居士晚年改嫁事，學者多有争議，俞正燮、陸心源等論改嫁誣妄，具附録於四印齋重刻本，端木序云：「所期哲士力掃妄言，如吾子之用心，恨古人之不見。」先生詩頗用其義。如「織錦簸錢理豈私」句，端木序云：「有宋以降，無稽競鳴。燈籠織錦，潞國蒙譏；屏角簸錢，歐公受謗。」以文彦博、歐陽修遭誣之事擬之。又如「記取芭經第一評」「十萬香鬟齊下拜」諸句，蓋取端木「允光淑女之名」「齊下貞姬之拜」句意。

和答潘皃公都門見寄并簡李禿翁

幾見淄衣一破顔，摩挲胸膈鬱叢菅。際天瘴海埋芳杜，朗夜隋珠抵玉山。千里築

魚憐夢遠，十年爲客幸生還。余旅居十年，始一還家。歸雲猶帶塞愁入，幕府文書那可攀。來詩有「幕府文書茁草菅」句。㈠

絶徹孤城久抗顏，何來神草出茅菅。才腸天縱踪歐范，皀公詩近六一、石湖。僻澀人争枉谷山。山谷、后山。漫以風埃嗟髮變，直須鼎鼐挽春還。一觴會合長留願，萬里逍遥潘閬。許倘攀。

附原作

潮州詹祝南惠和拙詩有緑髮黄埃互激磨之句賦謝㈡

潘伯鷹

吹竽操瑟倦開顏，幕府文書茁野菅。辛苦黄埃磨緑髮，寂寥素抱語蒼山。忽驚瓊玖馳春至，頓覺江湖拓夢還。回首潮陽思吏部，雲龍猶願及追攀。

【校記】

㈠ 此句自注「茁草菅」，《玄隱廬詩》作「茁野菅」。

㈡後附原作，據潘伯鷹《玄隱廬詩》補録。

【按】此詩刊載於一九三七年四月十九日《韓師周刊》第三卷二十三期，據以補録。潘伯鷹（鳧公）、李冰若（禿翁），俱見前注，時潘、李或在重慶。

題畫

柳絮隨風轉，燕兒傍水飛。他年我學畫，添個不如歸。

【按】此詩據一九三六年十一月《韓師周刊》第三卷三、四期合刊所載王顯詔《題畫》詩補録。王顯詔詩并序云：「家澤寫燕，倡合作小畫軸，文希爲補石頭，余亦以柳綫繫之，祝南復題句云：『柳絮隨風轉，燕兒傍水飛。他年我學畫，添個不如歸。』余憶嶺南有陳燕兒者，善畫，年前曾睹其倩影於書坊間，因續題是詩云：『撥盡柳絲難繫住，君何多事我何堪。睡醒更續新裁句，空惹王孫憶嶺南。』越日戲示語山，又題：『何須渡海問消息，繞壁呢喃已慢春。老祝好詩應示汝，虧君也作嶺南人。』」「不如歸」者，即杜鵑鳥，其鳴如「不如歸去」，故稱。孔令彬《詹安泰與王顯詔》以先生此詩爲一九三六年十月所作。

《聽鵑樓詩草》題詞

廿年前已播英聲，詞筆皇皇震百城。頦唾猶堪驚後起，窮愁誰復念先生。眼高勃鬱凌肝膽，世亂功名付甲兵。各有風懷休論命，江山各此不堪行。

每爲啼鵑腐肺腸，可堪射眼有鋒芒。沉憂信自勞芳杜，私泣共誰發古香。稍覺同光争氣力，剩從温李吸深蒼。一關已造寧終秘，此際名山未易藏。

【按】

此詩據郭國英等編戴貞素《聽鵑樓詩草》鈔本補録。戴貞素（一八八三—一九五一），原名仙儔，字祺孫，廣東潮安歸湖人，有《聽鵑樓詩草》。

《潮安民國日報》復刊二周年紀念

久着鐵肩擔道義，還看犀筆照奸妖。莫愁黯鬱人間世，此是通光第一橋。

【按】

此詩曾刊載於一九四二年四月廿六日《潮安民國日報》，據以補録。《潮安民國日報》此詩後有編者附志：「本報二周年紀念日，是本年的元旦，離現在已經是好久。大家看到了右面詹安泰先生的題詞，定感到有點錯愕，爲什麽現在還要補祝呢？然而事非説明，大家便不明白。詹先生遠從坪石中山大學文學院，熱愛的給本報以題詞，發信的日子是去年十二月五日，信封上有曲江八日的郵戳。可是不知何故，却給郵政局錯配到淪陷區去，在信封上蓋着一月十九日汕頭的郵戳，幸而漏過敵人的檢查網，到了前天，已是四個多月了，方才輾轉回到我們這裏來，一切無恙，更覺可貴，怎忍以明日黄花弃置，故亟爲登出。」

睡起

正起昏昏意不平，賣花聲似夢中清。辭枝自可追新戀，插鬢誰能屈老生。頗熱舊情緣酒涌，□留微尚以詩鳴。何須門巷高高叫，往日故園已厭聽。

【按】此詩曾刊載於一九四六年九月廿五日汕頭《原子能報》，據以補録。

雜詩五首

峭壁破青空，女蘿網古洞。洞亦不知深，通光漏一縫。坐久怪蟲囂，山月來相送。

拂檐有醜樹，出谷有閑雲。醜樹已多態，閑雲不屬君。何如歸去好，溪水滿前村。

忽時野趣愜，縱□上上頭。春歸萬象變，水抱一城流。水亦隨□有，春情遂此休。

堆雲凍不流，如山立天上。天風忽吹來，披襟一曠爽。古柳夕陽多，炊烟已淡蕩。

日夕見祠堂，斑駁亦精壯。門對大江流，山驅萬馬上。千載想遺芬，書聲猶嘹亮。

【按】此詩曾刊載於一九四六年十月九日汕頭《原子能報》，據以補録。

戊子歲朝，弟侄輩挈眷來會，欣然有作

風聲滿山林，爲客又成歲。宵燈得長明，窮眼已多恵。况兹弟侄來，雜然話鄉味。笑顔容一展，積愁忽如弃。有如孟東野，看花初得意。東野四十六登第，余年適如之。野鳥鳴嘐戛，圍山滴蒼翠。緩步景昭融，對吟日明麗。安樂隨心生，物物團和氣。糖果薄能供，鷄黍新有備。娱情酒幾巡，祝福家舊例。各有在掌珠，群慕追風驥。歲月念飛騰，言辭愈切至。世事正茫茫，歡會豈易易。且學風人思，求之以寤寐。

【按】此詩刊載於一九四八年《上饒學報》第二期，據以補録。此詩作於戊子正月，即新曆一九四八

年二月，時先生任教於石牌中山大學。

鋤荒

覓食隨時改，鋤荒對日斜。小園未下種，寒蝶來尋花。事爲因循誤，貧妨子女嘩。買山寧有極，斂手一長嗟。

【按】

此詩刊載於一九四八年《上饒學報》第三期，據以補録。

當前一首寄伯鷹㈠

十年艱虞合斂聲，當前兵氣益峥嶸。依徊日下情何切，如此天心寫不成。歷劫文章供一哂，自刳肝膽慰平生。野田十里勞飢雀，那復乘春緩緩行。

【校記】

㈠ 詩題《上饒學報》所載作「當前一首寄伯鷹滬濱」。

【按】

此詩刊載於一九四八年《京滬周刊》第二卷第三十四期《飲河集》，據以補録。一九四八年《上饒學報》第三期亦載。潘伯鷹，見前注，時潘在上海。

戊子三月初八日，張嶔坡設宴石牌寓齋，爲楊遇夫、譚戒甫兩先生洗塵，王了一、孔肖雲、岑時甫、嚴子君諸兄及余均在焉。既各醉飽，雜話所經，楊、譚二老言之尤切，其慘痛之狀，蓋前史所未有也。余口不便給，而傷感獨深，因成此詩呈二老，并示王、孔諸君子

腐眼驚心年復年，猶容醉飽詎非天。各途轉轉成兹會，往抱騰騰并一宣。可笑文流虛眦裂，似聞門外有鵑傳。一花一葉清悲在，如此青山值幾錢。

越二日，子君復依嶔坡故事，余亦依前韻成二詩呈二老

真成一忽抵千年，誰信飢軀各一天。偶樂留供他日夢，長愁休向客前宣。春來消息都無賴，道有精埒盡可傳。便擬風燈隨衆小，聽經與辦杖頭錢。

愁來小日如長年，曠快當前莫問天。知幾由旬行此劫，傾千涕淚待誰宣。安花剪草人如在，埋劍驅牛事有傳〔一〕。獨惜昂藏趙元叔，文章終古愧囊錢。

【校記】

〔一〕「驅」，《上饒學報》作「看」。

【按】

《戊子三月初八日張嶔坡設宴石牌寓齋》《越二日》二題共三手刊載於一九四八年《海濱》復刊第一期，據以補録。一九四八年《上饒學報》第三期亦載。是詩作於一九四八年四月，時先生任

教於石牌中山大學。詩題中諸子：張崧坡，即張爲綱（一九一四—一九六四），字冠三，江西南豐人，治語言學、音韻學，曾任教於中山大學，有《南昌音系》《南昌兒歌輯解》《方音辨正》等。楊樹達（一八八五—一九五六），字遇夫，號積微，湖南長沙人，曾任教於湖南師範、北京師範、清華大學、湖南大學等校，有《漢書補注補正》《馬氏文通刊誤》《積微居小學金石論叢》等。譚作民（一八八七—一九七四），字介夫（介甫、介圃），號天噫，湖南湘鄉人，曾任教於武漢大學、西北大學、西北師範學院、貴州大學、貴陽師範學院、湖南大學等校，有《墨辯發微》《公孫龍子形名發微》《莊子天下篇校釋》等。王力（一九〇〇—一九八六），字了一，廣西博白縣人，曾任教於清華大學、燕京大學、廣西大學、昆明西南聯合大學、嶺南大學、中山大學等校，主治語言學，有《中國音韻學》《中國現代語法》等。孔德，字肖雲，畢業於清華國學研究院，曾任職於中山大學。岑麒祥（一九〇三—一九八九），字時甫，祖籍河南南陽，曾任教於中山大學、北京大學等校，主治語言學，有《國際音標用法説明》《語音學概論》《方言調查方法》等。嚴學宭（一九一〇—一九九二），號子君，江西分宜縣人，曾任教於中山大學、華中師範學院、中南民族學院等校，主治語言學、音韻學，有《記分宜方音》《大徐本説文反切的音系》《廣韻導讀》等，時嚴任教於中山大學語言學系。一九四八年春，楊樹達任教於湖南大學，譚作民任教於武漢大學，受聘往石牌中山大學作短期講學。張、王、孔、岑、嚴皆任職於石牌中山大學。據梁山等編《中山大學校史》，岑麒祥於一九四八年七月至一九四九年間任中山大學文學院負責人。

贈别楊遇夫、譚戒甫、吴雨僧三先生

此去將安慰所思，南來已是過花時。未秋山住斷紅葉，度嶺人誇擘荔支。吾道流行寧有坎，故王臺榭要題詩。聽猿何日還鞭馬，擬待重逢一展眉。

【按】此詩載於吴學昭整理《吴宓詩集》（商務印書館二〇〇四年版），據以補録。吴學昭注云：「此律録自作者所書詩箋，詩後書有：俚句奉呈雨僧先生方家賜正，後學詹安泰呈稿，戊子四月。」楊樹達（遇夫）、譚作民（戒甫），均見前注。吴宓（一八九四—一九七八），字雨僧，陝西涇陽縣人，曾任教於東南大學、清華大學、武漢大學等校，曾任《學衡》雜志總編輯，有《吴宓詩文集》《空軒詩話》等。此詩作於一九四八年春，時楊任教於湖南大學，譚、吴任教於武漢大學，皆在石牌中山大學作短期講學。

送雨僧先生之武漢大學戊子四月

危涕高樓黯不收，未堪北上更南游。名高寧止深西學，先生歷主各大學外文系，此來爲中文系講學。道廣今看隘九州。先生化及國中各大學，獨未南來耳。兹來中大，逍遥九州矣。花埭何年同一過，花埭春時可醉人，先生未及游也。山鶯四月苦相留。送公别有沉綿意，亂世爲儒易白頭。

【按】

此詩載於吴學昭整理《吴宓詩集》（商務印書館二〇〇四年版），據以補録。吴學昭注云：「此律録自作者一九四八年五月二十九日手書詩箋。」吴宓（雨僧），見前注。時吴任教於武漢大學。據《吴宓日記》一九四八年三月二十七日，應中山大學國文系主任孔德（肖雲）之邀，擬「五月一日到粤講學，授《世界文學史》（四）、《文學批評》（三）、《文學與人生》（二），三門九小時，凡五周」，緩期，及五月六日赴粤，至六月間離穗。

讀《范伯子集》，若有所觸，率成二律

投身天地殊無適，遮眼山河若有情。日與群猪飲盆酒，誰來獨夜數長更。環中自得寧非厚，膜外能容不狂生。吾髮雖疏未肯白，行藏何必問君平。

文離廿載信無何，惟憶高堂白髮多。長此不官應定命，一門所誡在盈科。余祖母臨終曾以官、訟二事誡子孫。自安跼蹐觀風雨，可笑荒寒衣薜蘿。未死鼓聲有限淚，爲君惜福且狂歌。

【按】

此詩曾刊載於一九四八年五月《廣東日報》副刊《嶺雅》第四期，據以補録。清人范當世，字無錯，號肯堂，貢生，文紹桐城，詩宗蘇黄，有《范伯子詩集》《范伯子文集》。范嘗爲李鴻章延入幕府，後又入廣東巡撫徐景澄幕，陳三立《范伯子文集跋》：「雖若文士，好言經世，究中外之務，其後更甲午、戊戌、庚子之變，益慕泰西學説，憤生平所習無實用。」先生因以發投身無適之慨。

乞滄萍書近製

强學操刀孰短長，一從世海障飛糠。高文定接歸熙甫，詩集閑編退聽堂。隔水兩年慳再見，懸心無日許相忘。近來麝鼠銷多少，乞瀉明珠與我量。

【按】此詩曾刊載於一九四八年五月《廣東日報》副刊《嶺雅》第四期，據以補録。李滄萍，見前注。李書學米而工，先生曾有「君書尤蒼逸」（《哭滄萍》）之語。

游上中六首録二

城狐爲男女，沐猴而衣冠。譎變無老少，誰復羞其顔。以兹歌泉水，古人重在山。

豈獨矜螢爝，庶不萌貪殘。樹以堅貞軀，乃足保歲寒。久涅而不淄，何害乎當官。咄哉浮薄兒，無腐爾肺肝。

昧爽氣清佳，日上光煜煜。屋漏蘿未補，廢畦要鋤斸。園花時撲座，叢篁舒其緑。天以蟲鳴秋，鳥如囚脱梏。生意各爾遂，舉世何慘毒。乃知遑遑人，不若依草木。

【按】此詩曾刊載於一九四八年六月《廣東日報》副刊《嶺雅》第八期，據以補録。

張侯美塗重建石魚齋徵詩賦寄

爲石類魚乃築齋，中丞好事張侯儕。丁雨生中丞築石魚齋已湮没，美塗得石魚，移置揭陽縣署。此中意豈遑一快，定取魚清石堅介。不然八表同昏日，誰得高高自暇逸。東坡移魚信有之，一笑之樂今非時。元章拜石亦不惡，顛放乃真不可縛。持較張侯都無似，侯之爲此良有以。天風吹空游石魚，愧殺貪暴民其蘇。安得移將眼中血，永永活此石魚穴。

【按】

此詩曾刊載於一九四八年七月《廣東日報》副刊《嶺雅》第十期，據以補録。張美淦，廣東潮安人，一九四七至一九四八年任廣東揭陽縣長。張美淦《重建石魚齋記》：「向讀百蘭山館詩，稔榕署有石魚齋，洎余來長是邦，見故址湮泯，爰興重建之議，衆謀僉同。戊子春，鳩工庀材，匝月竣事。」姚秋園《石魚齋宴集序》：「潮安張侯美淦，宰吾邑既年餘，暇於後圃榛莽中得石魚一，長約三尺許，狀若天成，不加人工斧鑿痕，侯流連不能去云。縣署内原有石，榜曰『石魚』，余少時嘗見之。丁禹生中丞未遇時，嘗移置於此，題句云：『問己可能心是石，依人休歡食無魚。』當是有感而言。往事流傳，至今逾百年，閭里中尚有能舉其辭者。戊子初夏，侯於署東隙地，闢屋三楹，規復故址，仍榜曰『石魚齋』。工竣，歡宴士紳同宴於此，余亦承邀厠末座中。侯既乞得百子爲之記，林璞庵爲題眉，座客多爲詩歌稱頌者，亂餘不廢談風雅，可尚也已！」孫淑彦《揭陽書目叙録》有「張美淦編《石魚齋集》（民國三十六年油印本）」：「《石魚齋集》乃張氏所發起，約請各家撰寫石魚齋事，輯而成篇。首篇爲潮州學者饒宗頤所撰，次爲邑人姚秋園、百木園、林清揚、鍾勃等人共十餘篇。張美淦序之。」乃知先生此詩應亦作於一九四八年。

戊子六月初七日，余將還里省親，同人餞別北園，賦呈長句并乞政和

食實過庭心早歸，當筵何語慰將離。酒堪瀉恨夢千曲，花况臨樓風一池。嘆賞剩容重結念，焚坑那忍久攢眉。竟行此日天休問，百怪蟠胸試我詩。

【按】此詩曾刊載於一九四八年《廣東日報》副刊《嶺雅》第十六期、《上饒學報》第四期，據以補録。此詩作於一九四八年七月，時先生將由石牌中山大學返饒平省親。北園，或即廣州北園酒家。

過潮安訪石銘吾丈

末路頹陽那可云，料難願力救風輪。生涯七十詩爲命，枯槁形骸氣自春。堅坐吾

盧觀萬法，俱分千抱與何人。尋常趣向成天壤，一面真教悟出塵。

附和作

次韻答詹祝南見訪　石維岩銘吾

昔者東坡已有云，老來光景似奔輪。閑栽花竹無多地，乞與湖山自在春。只擬閉門去尋句，何妨新進笑陳人。知君問我憂時意，閱盡榮枯等一塵。

用前韻寄祝南　石維岩銘吾

世無輪扁已云云，此士真成老斫輪。自願持竿專一壑，又能落筆着千春。伊余詩外復何事，今日詞家不數人。君看當年采風録，有誰不染庾公塵。

【按】

此詩曾刊載於一九四八年十月《廣東日報》副刊《嶺雅》第廿五期，據以補録。石維岩（銘吾)，見前注，石翁和作據《嶺雅》同期及陳融《黃梅花屋詩話》補録。先生此詩或作於石牌中山大學時期。

夜坐憶廣州諸友

幾輩長年心自老，三分明月夢成瀾。趁風孤閣懵騰坐，去月豪情屈折看。山徑狂陰曾獨出，名園臨夜可常歡。偶來塘角蘋花小，尚想城西荷葉殘。

【按】此詩曾刊載於一九四八年十一月《廣東日報》副刊《嶺雅》第廿八期，據以補録。此詩或作於石牌中山大學時期。

寄陳青萍穗垣

高林葉葉擁閑門，牛馬秋坪各有村。此境十年今始到，北窗長日況無喧。深燈汲古翻陳册，敗榻安禪憶慧根。自我别來逾一月，心源處處共誰論。

【按】

此詩曾刊載於一九四八年十一月《廣東日報》副刊《嶺雅》第廿九期，據以補録。陳湛銓（青萍），見前注，時陳或在穗任教於珠海大學。又，陳湛銓《修竹園詩》有詩題云：「鴻烈出視中山大學五十周年特刊中詹祝南先師遺詩十九首，内有《寄陳青萍穗垣》一首。……《寄穗垣》一首，余平生所未見，想是祝師逝世前數年見憶之作也。……『穗垣』應是香江，『一月』應是一紀，皆祝師憶故意惑之以遮宵小耳目者。捧讀凄然，痛心酸鼻，灑淚數過。」陳以此詩爲先生六十年代前後所作，應誤。此詩作於石牌中山大學時期，或爲一九四八年先生返鄉省親前後所作。

題盦詞丈惠賜《黄梅花屋詩稿》敬賦二律報謝

巋然嶺表此靈光，餘力爲詩不可當。更與平章聊指引，獨標清勁寫蒼茫。人天滲透成微笑，風雅總持欲再張。冠蓋往來緣底事，黄梅花下自昂藏。

聞道書樓富舊山，舊書經亂半叢殘。城居深静仍丘壑，手稿交親有杜韓。與古爲徒情宛宛，如期得老樂盤盤。可堪回首英游侶，自我逢公已大難。

【按】

此詩曾刊載於一九四九年三月《廣東日報》副刊《嶺雅》第四十四期，據以補録。陳融（一八七六—一九五五），字協之，號顒盦、松齋，廣東番禺人，歷任政界要職，詩詞書藝俱負時譽，有《黄梅花屋詩稿》《顒園詩話》《讀嶺南人詩絶句》等。陳顒庵《黄梅花屋詩稿》於民國卅七年（一九四八）版行，此詩或作於其時前後。

哭滄萍

危病驚方聽，省視已無及。腐眼剩殘山，傷心但飲泣。背日陰風號，隔雨亂紅濕。諒無納俗懷，戕生何太急。循常酒寧嗜，雜碎憂所入。兄別有隱憂，以酒自解，積久成疾，遂以不起。有如積洑流，一決遂莫戢。吁嗟君子儒，生世有與立。已矣復何言，英光長熠熠。君詩與君文，久爲人所尊。君書尤蒼逸，骨董亦深敦。以兹論雅士，吾見罕其倫。而况天賦厚，對之如南薰。卜齡宜遐享，蘭芳乃自焚。嫠廷窟群妖，海水堆高墳。由來如此世，一暝了千冤。君今去何方，嶺月悵流雲。

【按】此詩曾刊載於一九四九年三月《廣東日報》副刊《嶺雅》第四十五期，據以補録。李滄萍，見前注，於一九四九年因肝病歿，此詩或作於其時。

何曼叔自白門惠寄新製，多獨創之辭，殆欲自開户牖者，報以詩二首

誰看柳媚復鶯嬌，門外春魂叠叠遥。一紙雄詩來福眼，十年前事忽成潮。余於乙亥游白門，忽忽十餘年矣。同攀山寺人何在，獨救風輪世不饒。剩約南朝何水部，宏開句法藐天驕。

呼吸千年吾輩事，一闢戛造要誰傳。風雷不斷横胸隔，非笑何曾有後先。畏與蛇虺同窟聚，盡傾瀝液向天箋。江南又雜花生樹，小白長紅可得憐。

附和作

次韵无盦見寄二首

何冀曼叔

花外詞如好女嬌，豈知沉痛寄情遥。寫成簾影菲殘雪，意在錢塘上暗潮。剩水存乎甘莽撞，北人休矣企寬饒。重揮熱淚平倭日，九地精魂爲國驕。

數點紅英孤艇泛，一襟餘恨九秋傳。楊花身世癡心望，金鏡山河破瞑先。已在童年欽大句，始知今日有長箋。辛勤弭筆琶洲影，七級浮圖好自憐。

【按】此詩曾刊載於一九四九年四月《廣東日報》副刊《嶺雅》第四十七期，據以補録。何冀（一八九五—一九五五），字曼叔，又字邁叔，廣東東莞人，曾任職於廣州《民國日報》及華僑大學、廣東文理學院、華南師範學院等校，工詩詞，富收藏，有《曼叔詩存》《何曼庵叢書》等。據何冀家人撰《何曼叔傳略》，何於抗日戰争勝利後自重慶返南京，至一九四九年初回廣州，先生寄詩當在其時。何和作據《岭雅》第五十一期陳顒盦《黄梅花屋詩話》補録。

因宗法轉何曼叔

老屋聞聲曾獨惜，新詩及我乃相譽。渾身酸削餘放眼，短紙欹斜聊報書。支世萬緣仍答颯，因風千里問何如。大流倘可心精寫，及此春光澹宕初。

【按】此詩曾刊載於一九四九年四月《廣東日報》副刊《嶺雅》第四十八期，據以補録。伍宗法，號紫園，廣東人，曾任教於赤水博文中學，嘗從政，後辭官歸粤，曾任美國紐約環球詩壇總顧問。何冀（曼叔），見前注。

蠢蠢一首寄瞿禪杭州

蠢蠢此生將底歲，東齊西楚兩難名。聞聲前路虎群伏，載夢宵舫風亂鳴。歷劫那客長轂轉，大流何日比江清。當春狂氣看消盡，準擬方回作老兵。

【按】此詩曾刊載於一九四九年五月《廣東日報》副刊《嶺雅》第五十期，據以補録。夏承燾（瞿禪），見前注，時在杭州。

讀白沙先生遺書敬題

爲學窮千途，希聖主一静。威鳳鳴九霄，天葩開絶頂。八溟垂絲綸，「更整絲綸釣八溟。」先生句。乾坤欲重整。舜顔夢或期，「邈哉舜與顔，夢寐或見之。」先生《自策示諸生》句。孔孟志所秉。冥心游太虚，萬緣自空屏。紛然天機來，古今成俄頃。於焉悟至道，寧復事風影。譬彼澄潭澄，印兹境外境。氣高極無上，夙夜猶鞭打。庸言與庸行，理亦與之等。狂名非异徒，衆醉乃獨醒。我讀先生書，未敢深深領。何日脱雲飛，一刻再三請。

【按】此詩曾刊載於一九四九年五月《廣東日報》副刊《嶺雅》第五十二期，據以補録。明人陳獻章，廣東新會人，世稱白沙先生，有《白沙詩教解》《白沙集》等。

贈余少颿

功言早歲著奇男，覿面風神水鏡涵。到處儒冠常力集，無時客座不高談。看人指鹿寧無辯，作吏耽詩未是貪。疾首還能憑醉脚，青雲倒踏落天南。

附和作

次韻答无盦

余祖明

蹉跎吾已遜丁男，欲弃粗疏學渾涵。薄有篇章同嶺雅，尚難昕夕接鄒談。稱詩愧未窺三昧，禮佛終期去一貪。目斷昔年觴咏地，宵來縈夢夢江南。

【按】此詩曾刊載於一九四九年六月《廣東日報》副刊《嶺雅》第五十四期，據以補録。余祖明

（一九〇三—一九九〇），字少颿，以字行，廣東南海人，陳融入室弟子，久居香港，教授上庠，主持南薰詩社，晚年歸老廣州，有《自强不息齋吟草》，輯有《廣東歷代詩鈔》《近代粵詞搜逸》等。余祖明和作亦據《嶺雅》同期補録。

過石牌天文臺贈張子春教授兄

萬流同有經天淚，獨悟真成絶代人。遼邈誰填媧女石，冤哀難了左徒身。從知光鏡收靈境，試放奇花養好春。風露肺肝今莫驗，劇憐終古一微塵。

【按】

此詩曾刊載於一九四九年六月《廣東日報》副刊《嶺雅》第五十五期，據以補録。張雲（一八九七—一九五八），字子春，廣東開平人，法國里昂大學天文學博士，曾任教於中山大學，曾任數學天文系主任、校長等職，主攻天文學，有《變星法研究》《天文學概論》等。中山大學天文臺始建於一九二九年，由張子春教授倡建并任臺長。中山大學石牌校址（舊址在今華南理工大學）新天文臺，始建於一九三六年，至一九三七年秋落成，及日寇侵華，學校内遷，天文臺圖書儀器諸物隨校流離滇南粤北，至一九四五年神州光復乃有正式使用。先生此詩或作於石牌中山大學期間。

宵悰

十年白日去堂堂，剩有宵悰蓄正芳。入座騷魂團瘦影，騰天光氣據胡床。時來蟲響將哀訴，無復幺弦向世張。暫得安心真大藥，閑凫野水夢空長。

【按】此詩曾刊載於一九四九年六月《廣東日報》副刊《嶺雅》第五十六期，據以補録。

感事示宗臨

屑屑往來幾合圍，黄塵欲障白雲飛。相逢各有明時抱，一向誰哀生事微。共舞鄉儺花宛轉，獨過衢市夢依稀。猶容踏地歌殘闕，莫問人間今是非。

【按】此詩曾刊載於一九四九年七月《廣東日報》副刊《嶺雅》第五十八期，據以補録。閻宗臨，見前注。

魯柯招同湛泉小飲市墟，有詩見寄賦答

一嘆群書尚有厄，用廣陵句意。重逢久別各成翁。瓶花似惜餘生短，市酒猶堪借面紅。幾見群倫歸鄭郭，并難殘淚話熙豐。可談剩此二三子，始信人言吾道窮。

【按】此詩曾刊載於一九四九年七月《廣東日報》副刊《嶺雅》第五十九期，據以補録。熊潤桐（魯柯）、陳湛銓（湛泉），均見前注。此詩或作於石牌中山大學時期，時熊、陳俱在廣州任教。

移家前後作

罔罔將何適，紛紛不可知。處窮猶自警，留命與人欺。母老家遥遠，燈殘夢陸離。斷無書可讀，翻悔卅年癡。

一往難容遂，千憂那可捐。坐憐山磴蔓，空負緑陰圓。有雀來相訊，無花不自妍。重逢知甚日，飄徙任年年。

風雨竟晨夕，吾生安所之。有聲皆作怪，無語慰將離。豢虎刳雄膽，舂糧求指椎。忽來如此世，大夢豈曾知。

村落浮塘角，雲山正對門。游蜂隨户闖，飛燕趁風翻。念舊各蒼老，攄懷千吐吞。幾人愁束濕，昨夜雨傾盆。

佳訊歲時杳，飛機日夜聲。織天寧作錦，驅雁不知程。習静真何地，觀空别有情。亂來過十載，無淚向人傾。

隔山兵試炮，連日聽驚心。自了聞蟬唱，誰安抱膝吟。風聲天地滿，烟水贛湘深。

甚日兵氛靖，引泉上玉琴。

【按】此詩曾刊載於一九四九年八月《廣東日報》副刊《嶺雅》第六十三期，據以補録。

己丑人日寓宗法紫園

風塵栗鹿坐長饑，諱説新年又一時。故國叢哀虛巧勝，客途人日欲何詩。當門梅柳但留賞，失驗蓍龜休決疑。鄙事多能成獨往，直呼屠狗與深期。草堂今日誰題寄，園角花開尚及時。春自有心無此痛，人皆不愛最工詩。逢辰説夢番番誤，負手看天故故疑。四面春風餘一半，江湖後夜可堪期。

【按】此詩曾刊載於一九四九年九月《廣東日報》副刊《嶺雅》第六十七期，據以補録。此詩作於一九四九年二月。伍宗法（紫園），見前注。

遣興五首

容我青山今幾春，不知温飽送迎人。晚來負手看高鳥，燈上關門寫洛神。此秘可窺天浩蕩，無言與説意悲辛。誰還有集名晞髮，未許逢花一欠伸。

涉想當年有可哀，問誰何計與安排。浪游坦道難伸脚，隨處長街見病骸。鉛槧編摩那异夢，雁鳧斷續總成乖。不如日日昏昏飲，天許劉伶死便埋。

白酒甜鹽詎可常，家遥逢節轉多狂。爲貪野鼠穿藤便，欲借群花壓屋香。樂趣生妨隨日減，詩情誰遣比江長。端居幸莫思年少，鬢角而今已有霜。

大月當空猶有憾，亂山如夢不知程。何日招携一局酒，石床消受萬松聲。强尋异世安心法，難得投閑置散名。兵塵磨洗但能了，蟣虱叢攢未可驚。

風葉敲窗徹夜聽，略回夜氣竟誰能。人禽長見同嬉戲，來往何曾問廢興。物國他年應有待，帶河此日豈堪憑。呼天已短伊川髮，乞與他山作野僧。

【按】此詩曾刊載於一九四九年九月《廣東日報》副刊《嶺雅》第六十九期，據以補録。毛谷風《二十世紀名家詩詞鈔》以此詩作於一九四九年。又，其中「白酒」一首，先生有手書條幅贈陳世嬰，款曰：「世嬰先生雅正，祝南詹安泰録近作於廣州康樂村。」陳世嬰（一九一七—二〇〇三），字静山，別號小山，廣東澄海人，能書畫。

湛銓郵寄近詩，詩力邁進，大喜過望，即次其見寄韵答之，聞港中盛賭詩，以吾湛銓之作，直可令百輩捲旗降耳

隨緣舊喜賦群狙，老作詩傭律轉疏。肯信文通還色筆，欲呼叔起釣江魚。情懷一往成孤肓，門户千方待掃除。且賦雙環與賭唱，平生所待總非虚。

【按】此詩據程中山《陳湛銓少作〈修竹園詩近稿〉風格承傳之研究》（刊載於《文學論衡》第十八

至十九期）引陳湛銓《修竹園詩近稿》補録。陳湛銓，見前注，時陳在港任教。

挽石銘吾先生

壯歲聲華出奇岩，晚來樸厚轉深蒼。眈詩一室成天地，不向江山坐夕陽。

飄離鮀海廿年餘，詩友凋零淚早枯。一老僅留天亦吝，共誰佳咏到西湖。先生嘗作《西湖雜咏》。

【按】

此詩二首見於《慵石室詩鈔》（綫裝書局二〇〇七年版）附蕭漢卿輯《石銘吾先生挽章彙編》，據以補録。石維岩（銘吾），見前注。石翁於一九六一年謝世，此詩或作於其時。

後記

某時春日，與彌綸室主人論及无盦，而謂余曰：「无盦汝鄉詩伯，曷疏注諸篇，使廣流布云？」於心有戚戚焉。是書之作，緣起於此。其作成者，歷時半紀，增删數度。初，以稿問於吾師沁廬楊權教授，師不以蕪陋，悉細披檢，即指某葉某條何處謬妄，并示文章箋注諸徑。中心惕然，敢不戒慎。後每函丈，師皆詢以書稿，常爲誨喻。以久居海隅，文獻不資者，諸方賢達惠我實夥。其中吴榕青師爲聯繫韓師圖書館陳俊華先生協助提供《詹安泰作品彙編（選自韓師民國校刊）》資料，韓師學報編輯部姚則强先生協助提供《二師學生》《韓師周刊》等舊刊，饒平黄外浩先生爲提供《上饒學報》等饒地相關文獻。又於潮州「紀念詹安泰先生誕辰一百二十周年暨中国詩詞學術研討會」上得幸請益諸家，裨補良善。癸卯冬，因陳椰先生之介，書稿呈詹教授伯慧老先生，時先生以高齡目眇，而賜題書簽，忻然謂余：「帮先人做了一件好事。」長者厚愛，感荷至矣。責任編輯張賢明燕説兄不嫌文字疏拙，代爲奔走申報選題，汪坤梅女士爲審讀書稿，校訂紕繆，遂成梓行。沁公賜序，用冠書首。兹叙成書之始末，謹志高情徽風，長致謝忱。甲辰秋杪張中之識於見素齋。